Megan Parker

Time of Lust 2

Absolute Hingabe

Roman

www.blue-panther-books.de

BLUE PANTHER BOOKS TASCHENBUCH
BAND 2193
1. AUFLAGE: OKTOBER 2013

VOLLSTÄNDIGE TASCHENBUCHAUSGABE
ORIGINALAUSGABE

COVER: © CONRADO @ SHUTTERSTOCK.COM
UMSCHLAGGESTALTUNG: WWW.HEUBACH-MEDIA.DE
GESETZT IN DER TRAJAN PRO UND ADOBE GARAMOND PRO
PRINTED IN GERMANY
ISBN 978-3-86277-318-3
WWW.BLUE-PANTHER-BOOKS.DE

INHALT

Mit dem Gutschein-Code **MP4TBKLRE** erhalten Sie auf **www.blue-panther-books.de** diese exklusive Zusatzgeschichte als E-Book in den Formaten PDF, E-PUB und Kindle. Registrieren Sie sich einfach online oder schicken Sie uns die beiliegende Postkarte ausgefüllt zurück!

Weine nicht um Santiago!

»Zahira?«

»Zahira ... hörst du mich?«

»Edward, leg eine Decke darüber. Sie soll das Blut nicht sehen!«

»Zahira ... bitte ... mach die Augen auf!«

All meine Sinne waren wie betäubt und weit weg von jeder Realität. Nur ganz leise, am Rande meines Bewusstseins, erreichte mich die einfühlsame Stimme aus der Außenwelt. Sie streichelte meine Seele und ich ließ mich bereitwillig von ihr einfangen. Wie gern wollte ich mich ihr öffnen, sie tiefer in mich eindringen lassen ... und vor allem, das vertraute Gesicht dazu sehen. Schwerfällig hoben sich meine Augenlider und ich erblickte ... David.

Er wirkte besorgt ... nein, das war noch untertrieben, er sah fix und fertig aus. Noch nie hatte ich so viele Adern und Falten in seinem Gesicht gesehen, und seine Haare waren schweißnass. Sein Anblick machte mir Angst.

»David ...«, hauchte ich.

Er lächelte gequält, zwinkerte und brachte damit das Wasser in seinen hübschen Augen zum Überlaufen. »Ganz ruhig ...«, flüsterte er, »besser du sprichst noch nicht.« David tropfte mich mit Tränen voll und plötzlich entdeckte ich eine Infusion neben mir.

»Was ist passiert? Bin ich krank?«, fragte ich panisch.

»Nein«, flüsterte er. »Kannst du dich nicht erinnern?«

Ich sah mich um und bemerkte, dass ich auf dem Teppich lag, direkt neben einem Doppelbett. David kniete neben mir und hielt meine Hand. Er blickte kurz auf, und sprach zu Jude: »Marcus soll die *Evita* fertig machen. In diesem Zustand fahre ich sicher nicht mit dem Speedboot mit ihr!«

So angestrengt ich auch nachdachte, ich konnte mich beim besten Willen an keinen Unfall erinnern. »Bin ich aus dem Bett gefallen?«, fragte ich David.

»Nein, Zahira ...« Da war es wieder, sein gequältes Lächeln. »Weißt du noch, dass du mit mir weggehen wolltest, weg von Ivory?«

»Ja.« Jetzt, wo er es sagte, dämmerte es mir wieder, und sofort fuhr ein anderer Gedanke wie ein Blitz durch meine Blutbahn. »Santiago!!« ... Erschrocken schnappte ich nach Luft.

David nickte und legte seine Hand auf meine Stirn, um mich zu beruhigen. Aber das half mir auch nicht auf die Sprünge. »Was hat Santiago dazu gesagt?«, wollte ich ungeduldig wissen.

»Wir können gehen. Willst du es denn noch?«

Er ließ uns gehen? So, wie Estelle und Keathan? Sie hatte ihre Achilles-Sehnen geopfert, um ihn verlassen zu dürfen. Sofort blickte ich auf meine Füße ... Aber ich hatte sie noch an, meine gläsernen High Heels mit den glitzernden Steinchen, die angeblich echt sein sollten. Gut verschlossen zierten die versperrten Riemen meine Fesseln. Eine Infusion hing in meiner Armbeuge. David injizierte mir zusätzlich ein hellgelbes Serum. Danach streichelte er über meine Wange.

»David, was hat er mit mir gemacht?«, fragte ich mit weinerlicher Stimme. Santiago musste der Grund sein, warum ich plötzlich Infusionen brauchte. Doch David schwieg. Er wartete sichtlich darauf, dass das Medikament wirkte. Mein

Atem beruhigte sich spürbar. Auch Jude beugte sich jetzt zu mir herunter und streichelte durch meine Haare. Seltsame Trauer legte sich über sein Gesicht. Santiago? ... Nein! Bitte nicht! Ihm durfte nichts zugestoßen sein! »Ist Santiago etwas passiert?«, fragte ich panisch.

David seufzte. »Nein, Santiago ist drüben im Kontrollraum, Damian hält ihn dort fest. Zahira ... er hätte dich fast umgebracht! Kannst du dich denn an nichts erinnern?«

Die Injektion zeigte scheinbar schon Wirkung. Mein Herz blieb ruhig und ich schüttelte nur den Kopf.

David sprach weiter: »Ihr habt noch ein letztes Mal miteinander geschlafen ... danach hat er dich mit seinen Händen erstickt!« Sprachlos und ungläubig sah ich ihn an. »Er hielt dich sogar noch fest, als Jude bereits die Tür eingetreten hatte. Wir mussten ihn zu dritt von dir losreißen. Du hattest keinen Puls und keine Atmung. Ich hab dich wiederbelebt, hier auf dem Boden. Es tut mir so leid, Zahira, ich hätte früher reagieren sollen. Ich hätte ihm das nie zugetraut.« Er schluckte schwer. »Jude hat dir das Leben gerettet.«

Das Medikament wirkte genial, nicht mal jetzt bekam ich Herzklopfen. Ich sah Jude und erkannte immer noch den Kampfgeist in seinem Gesicht. Als wäre das alles tatsächlich eben gerade passiert!

»Danke ...«, hauchte ich verwirrt in seine Richtung. Jemand hatte mein Gedächtnis gelöscht!

»Zahira«, sprach David weiter, »meine Entscheidung, Santiago zu verlassen, steht fest. Ich weiß nicht, wie es bei dir aussieht, was du nach all dem empfindest, aber wenn du mich immer noch willst, dann kannst du mit mir kommen. Du darfst auf gar keinen Fall hierbleiben. «

Ich nickte.

»Du musst dich nicht sofort entscheiden. Ich bringe dich in eine Klinik. Dann sind wir zumindest einmal aus seinem Einflussbereich.«

»Das Boot ist da!«, unterbrach uns Edward.

Boot? Bescheidener Ausdruck für eine Zwanzig-Meter-Yacht, wie die *Evita* ... Jude nahm mich vorsichtig auf seine Arme. Im Vorbeigehen sah ich Blutspuren im Bett. War das mein Blut? ... Peitschenhiebe! ... Zögerlich erinnerte ich mich an Peitschenhiebe. Sie hatten meine Haut zerschnitten! Mit zwei Fingern fühlte ich dicke Pflaster unter meinem Kleid, eines an meiner Brust, eines auf meinem Bauch und mein rechter Oberschenkel war komplett eingebunden. Gerade als ich das Pflaster an meiner Wange entdeckte, gab mir Edward einen Kuss auf die andere Seite. »Du wirst mir fehlen, Prinzessin!«

Hayle und Liam trugen Taschen nach unten und begleiteten uns bis zum Anlegesteg.

Ich dachte weder an all die anderen Mädchen noch an Damian. Ich war mir nicht mal richtig im Klaren darüber, dass ich gerade im Begriff war, Santiago zu verlassen. Mit dieser Spritze völlig ruhig gestellt, vertraute ich voll und ganz auf David, er würde bestimmt richtig entscheiden ... für uns beide. David war jetzt mein Leibarzt ... und mein Geliebter.

Jude brachte mich in den Wohnbereich der Yacht und legte mich auf einem breiten Sofa vorsichtig ab. Dann kniete er sich neben mich. Er war so hübsch, mein junger englischer Lord, mein Retter. Wehmütig blickte er in meine Augen und seine Stimme klang so liebevoll: »David wird auf dich aufpassen – so, wie du es dir immer gewünscht hattest. Versprich mir, dass wir uns irgendwann wiedersehen!«

Normalerweise hätte er mich damit zum Weinen gebracht. Es tat mir unheimlich leid, ihn zurücklassen zu müssen. »Jude, die Spritze ... Ich kann nicht denken, ich kann nichts empfinden, sonst würde ich ganz bestimmt in Tränen ausbrechen. Ich wollte dich nie verlieren. Es tut mir so leid. Ich werde dann um dich weinen, wenn ich es wieder kann, das verspreche ich dir!«

Er lächelte. »Versprich mir nur eines, weine nie um Santiago! Er hat es nicht verdient!«

Eigentlich hätte ich jetzt nicken müssen, aber ich konnte nicht. Es fühlte sich an, wie eine innere Blockade. Ich konnte auch Jude nicht mehr in die Augen sehen und wandte meinen Blick von ihm ab. Er gab mir keinen Abschiedskuss. Bestimmt hatte ich ihn enttäuscht. Jude ging tatsächlich von Bord, ohne sich von mir zu verabschieden.

David und Hayle blieben. Marcus steuerte die Yacht.

David war sehr aufgeregt, er führte ein Telefonat nach dem anderen. Sie beachteten mich kaum und bald wurden meine Augenlider so schwer, dass ich sie nicht mehr offen halten konnte. Mit Gewalt versuchte ich mich zu erinnern, was passiert war. Santiago hatte mich auspeitschen lassen ... von David ... mit der Sorte von Peitschen, die sich tief in die Haut gräbt und Narben hinterlässt. Er wollte uns damit beide bestrafen. Wir hatten ihn hintergangen ... David, sein Leibarzt und langjähriger Geliebter, von dem er bis zum heutigen Tag dachte, dass er konsequent schwul sei, war ihm untreu geworden. Mit mir. Santiago hatte ihm nur Hayle und Liam zugestanden, seine beiden jungen Geliebten, als Entschädigung dafür, dass er sich nicht im Keller bedienen konnte, wie all die anderen Männer. Keller .... zum ersten Mal fielen mir wieder die Mädchen ein. Jana, sie war mir so sehr ans Herz gewachsen. Victoria, Judes häufigste Wahl, er würde bestimmt gut auf sie aufpassen. Alice, die nun, nachdem ich fort und Estelle mit Keathan in die Schweiz gegangen war, als einzige über die Fähigkeit verfügte, Santiago freihändig mit ihren sinnlichen Lippen zu befriedigen. Und nicht zuletzt Natalie, die immer so zerbrechlich wirkte mit ihrem blassen Teint und ihren langen hellblonden Haaren. Sie alle hatten vermutlich nichts davon mitbekommen, was heute Morgen passiert war. Aber auch meine Erinnerung war noch von gewaltigen Lücken durchzogen. Bestimmt hatte es Santiago mehr als schockiert, dass ich ihn mit David verlassen wollte. Er war stets so sehr mit sich selbst beschäftigt gewesen, dass er gar nicht bemerken konnte, wie unsterblich ich mich in David verliebt hatte. Und dass er meine Zuneigung heimlich erwiderte. Ein wohliges Gefühl überkam mich beim Gedanken an Davids zärtliche Art zu lieben. In seinen Armen fühlte ich mich beschützt und geborgen. Ich liebte seinen ästhetischen schlanken Körper, seine seidig zarte Elfenbein-Haut, seine hübschen Augen ... und noch viel mehr liebte ich die Erfahrung, die in seinen Berührungen lag und die mich ständig darüber hinwegtäuschte, dass vor mir kaum ein weibliches Wesen seine intime Zuwendung hatte erfahren dürfen. Nur ganz selten, wenn Santiago ihn dazu gezwungen hatte, musste er sich gegen seinen Willen einem Mädchen schenken.

Die frischen Schnitte auf meiner Haut brannten, besonders die auf meiner Bauchdecke. David meinte, ich hätte mit Santiago noch Sex gehabt, bevor er ... ich ... ich konnte es nicht mal in Gedanken in Worte fassen. Aber der stechende Schmerz brachte unausweichlich eine Erinnerung zurück ... Er hatte sich auf meinen Wunden gerieben ... Ja! ... Plötzlich war ich mir ganz sicher. Sein Schweiß brannte höllisch auf mir und überall war Blut, selbst sein Gesicht konnte ich nun rot verschmiert vor mir sehen, seine Lippen, seine Wangen, alles rot! Der Schrecken jagte ungebremst durch meine Sedierung und ließ mich aufschreien. Ich fuhr in die Höhe und fasste grob in meine Haare.

Sofort war David bei mir. »Was ist passiert?«

»Blut! ... Er hat sich in meinem Blut gerieben ... auf meinem Bauch ... überall!«, keuchte ich.

David nickte mitfühlend. »Ja ... das mag stimmen. Ich hab dich schreien gehört.« Vorsichtig löste er die Krallen aus meinen Haaren. »Aber, sag mir, wenn ich falsch liege, meines Erachtens waren es nicht nur Schmerzensschreie.« Er sah mir prüfend in die Augen und hielt meine Handgelenke fest umklammert.

»Du meinst, es hat mir gefallen?«, hauchte ich.

David zuckte mit seinen Schultern.

Ich war schockiert. Über mich selbst. Obwohl, wenn ich genau in mich hineinhorchte, war ich schockiert, dass es mich nicht schockierte. Erschöpft legte ich mich wieder nieder.

David streichelte über meine Wange und seine Stimme klang nun beruhigend. »Wir wissen beide, dass du gern für ihn leidest. Und wir wissen auch beide, wie sehr ihn das erregt. Du hast dich damit bei ihm bis an die Spitze gehangelt und ich bin mir sicher, dass es ihm jetzt das Herz aus der Brust reißt, wenn du ihn verlässt. Aber er hat sich das selbst zuzuschreiben. Diesmal ist er zu weit gegangen. Viel zu weit!«

So sehr es mich auch interessierte, was David erzählte, mir fielen schon wieder die Augen zu.

»Bleib noch kurz bei mir, bitte!«, verlangte er.

Ich sah ihn wieder an.

»Du bist achtzehn und bildhübsch. Er hat deine Model-Karriere ruiniert! Du trägst sein Brandmal am Hals. Er hat dich in diese Schuhe gezwungen, sodass du nicht mehr barfuß laufen kannst. Und er ließ mich dir diese Wunden zufügen, all die Schnitte auf deinem Körper, die nie wieder unsichtbar werden. Du musst von ihm loskommen! Bitte! Mir fällt es auch nicht leicht, aber ich habe meine Grenzen. Du hättest tot sein können, wenn Jude nicht reagiert hätte!«

Ich schluckte schwer.

»Zahira, ich möchte, dass du bis wir in der Klinik sind über etwas nachdenkst ...« Er drückte meine Hand fest und sah mich eindringlich an. »Du solltest ihn anzeigen! Wenn dich die Ärzte sehen! Du kannst ohnehin nicht verbergen, dass du misshandelt wurdest. Weißt du, was ich meine? Du hast ganz rote Augen, weil dir so viele Äderchen geplatzt sind, als du keine Luft mehr bekommen hast ... und sein Sperma ist noch in dir. Denk an die anderen Mädchen auf Ivory, denen dasselbe zustoßen könnte. Damian hat mir versprochen, er bleibt bei ihm, bis die Polizei kommt. Und ich vertraue ihm – er hatte Santiago heute in seiner Aufgebrachtheit in Handschellen an der Gitterwand fixiert. Damian kennt ihn schon seit frühester Jugend an, er hat sexuell keine Beziehung zu ihm und ist wohl der Einzige, der ihm einen Funken Widerstand bieten kann.«

»In Handschellen? An der Gitterwand?«, fragte ich betroffen.

Plötzlich schlug mich David mit der flachen Hand ins Gesicht. »Zahira, bitte! ... Das gibt's ja nicht! Ich hätte das überspringen sollen!«

Wenigstens hatte er auf meine gesunde Wange gezielt. In den gesamten vier Monaten, die ich auf Ivory zugebracht hatte, hatte mich David noch nie geschlagen. Ich war ziemlich perplex über seine Entgleisung. Und es dauerte ein paar Sekunden, bis ich das verarbeitet hatte. Ich brauchte den Blick in sein zorniges Gesicht und in seine endlos schönen jadegrünen Augen. Beides bewirkte, dass die Anspannung spürbar aus meinen Gliedmaßen wich, und im nächsten Moment fühlte es sich nur noch gut an. Jetzt konnte ich ihm viel besser zuhören, was auch er an meiner Körpersprache zweifellos erkannte. Jetzt gehörte ich ihm. Und seine Stimme beruhigte sich wieder. »Du musst ihn anzeigen, Zahira! Stell dir vor, er hätte das mit mir gemacht, dann würdest du auch nicht zögern!«

»Ja«, hauchte ich einsichtig.

Miami Aphrodite Treatment

Wir trennten uns von Marcus am Hafen und setzten unsere Fahrt in einer großen schwarzen Limousine fort. Etwas außerhalb von Miami erreichten wir ein schlossähnliches Gebäude.

»Das ist die Schönheitsklinik, in der ich früher gearbeitet habe, bevor ich meine Karriere für Santiago aufgab«, erklärte David. »Ich kenne hier den Leiter der Klinik, und der Oberarzt der Chirurgie ist ein guter Freund von mir. Du bekommst ein schönes großes Zimmer, nur für ein paar Tage. Ich möchte, dass dein Herz noch überwacht wird, sie werden zur Sicherheit ein paar Test durchführen und das Allerwichtigste: Sie werden deine Schnittwunden optimal versorgen. Es gibt heute schon sehr gute Methoden auf dem Gebiet der Narbenbehandlung.«

»Du bleibst nicht hier?«, fragte ich David.

»Nicht über Nacht, das geht nicht. Hayle fährt schon mal voraus und sucht ein Hotel, wo wir bleiben können, bis ich eine geeignete Wohnung für uns gefunden habe.«

Eine Schwester erwartete uns bereits am Eingang, ich bekam einen Rollstuhl und David wich nicht von meiner Seite. Bei der Aufnahme ersparte man uns sämtliche Formalitäten. Es hieß, aus Sicherheitsgründen dürfe mein Name nirgendwo erscheinen. Ich war also inkognito hier. Mein Zimmer lag im zweiten Stock. Es war wie angekündigt sehr luxuriös und hätten die Pflaster an meiner rechten Wange nicht so gespannt, wäre mir vor Begeisterung tatsächlich ein breites Lächeln über die

Lippen gerutscht. Es war sehr hell, hatte vier doppelflügelige hohe Fenster mit Ausblick auf einen palmenbepflanzten Park. Die Einrichtung hatte Wohnzimmercharakter und man hätte sie genauso gut einem gediegenen Luxushotel zuschreiben können, wenn man von dem obligatorischen Krankenbett absah.

Unter Davids strenger Aufsicht, und obwohl ich mich schon viel besser fühlte, musste ich mich gleich wieder ins Bett legen. Er öffnete die kleinen Schlösser an meinen High Heels, um mich von den edlen »Foltergeräten« zu befreien.

»Oberarzt Dr. Lacourt wird gleich bei Ihnen sein«, kündigte die Schwester an, während sie das Kopfteil des Bettes etwas aufrichtete, damit ich mein Zimmer besser überblicken konnte. Dann verließ sie den Raum.

David ging nervös auf und ab. Er fasste sich angespannt an die Stirn und sah aus dem Fenster, als würde irgendwo dort draußen eine große Gefahr lauern. Seine blonden Haare fielen in hübschen Strähnen in sein Gesicht. Es tat mir leid, dass ich ihm so viel Kummer bereitete. Es war alles meine Schuld. Nie hätte ich mich in ihn verlieben dürfen. Und was noch viel schlimmer war, wenn es stimmte, was David gesagt hatte, dann hatte ich Santiago zum Straftäter gemacht. Meine Beruhigungsspritze schien langsam ihre Wirkung zu verlieren und gerade, als meine Augen sich vor lauter Selbstmitleid mit Wasser füllten, öffnete Dr. Lacourt die Tür. Ich musste einige Male zwinkern, um wieder klare Sicht zu haben, und bevor mir schlagartig klar wurde, was mir David mit der Auswahl dieser Klinik angetan hatte. Dr. Lacourt war ein Freund von ihm, aber nicht nur das, auch ich kannte ihn. Und sein Anblick bohrte sich tief in mein Schamgefühl. Die Feier der Schönheitschirurgen auf Ivory – Lacourt war einer der Gäste gewesen, die bis zum Ende geblieben waren, um mich mit heißer

Schokolade zu übergießen. Auch er hatte sich daran ergötzt, wie ich mich verzweifelt in dieser überdimensionalen Cocktailschale gewunden hatte, um weiß Gott wie den Schmerzen zu entgehen. Sein Gesicht werde ich wohl nie vergessen, den kalten Ausdruck und die stechend blauen Augen. Er wirkte älter als David, vielleicht durch seine grau-melierten Haare oder die ausgeprägten Geheimratsecken, die mich an meinen früheren Mathe-Lehrer erinnerten. David hätte mich zumindest vorwarnen können.

Dr. Lacourt schüttelte David zur Begrüßung die Hand und kam danach an mein Bett. Er hatte ein paar Unterlagen in der Hand, lächelte und schlug vorsichtig meine Bettdecke zur Seite. David wich an das Fußende des Bettes und wartete gespannt auf das Urteil seines Freundes.

»Vielleicht kann ihr die Schwester die Verbände abnehmen«, sprach Lacourt und läutete gleichzeitig nach ihr. »Ich werde einen Bericht schreiben. Die Polizei wartet bereits draußen. Ich hab sie sofort verständigt, als du mich angerufen hast.«

Mein Herz klopfte ... Ich hatte mir überhaupt noch nicht überlegt, was ich denen erzählen sollte.

»Es sieht auf jeden Fall nicht gut aus für Santiago. Die roten Augen sagen alles, blaue Flecken, Schnitte, Kampfspuren ... Hat sie schon geduscht oder finden wir noch Sperma?«

»Sie hat nicht geduscht«, entgegnete David.

Der Oberarzt zog ein langes Wattestäbchen aus einer Plastikhülle und wandte sich an David: »Möchtest du das lieber machen?«

David nickte und nahm es ihm aus der Hand. Ich musste mein Höschen ausziehen und meine Beine leicht spreizen, damit er mit dem Stäbchen in mich eindringen konnte. Ich spürte, wie es in mir alle Richtungen aufsuchte ... und hasste gleichzeitig die Blicke von Lacourt, die währenddessen auf meinem Gesicht ruhten. Er war sogar kurz davor, seine Hand auf meine Stirn zu legen, hätte ich ihn nicht beiläufig weggestoßen, als ich vor Scham meine Unterarme vor meinem Gesicht überkreuzte. David war so auf seine Arbeit konzentriert, dass er es gar nicht bemerkte. Und als er fertig war, kam auch schon eine Schwester, um mir die Verbände abzunehmen.

»Was sagst du zu den Schnitten, André?«, fragte David.

Sie hatten mir mein Kleid bis zum Hals hochgeschoben. Ich lag splitternackt vor Lacourt, während der eingehend meine Wunden prüfte. »Wie lange ist es jetzt her?«

David sah auf die Uhr. »Etwas über drei Stunden.«

»Da haben wir noch gute Chancen. Wenn keine Infektion hinzukommt, so, wie es hier am Bauch eventuell aussieht, bekommen wir sie bestimmt ganz weg.«

David lächelte erleichtert. Er deckte mich zu und umarmte mich innig, während Lacourt etwas Abstand suchte, um seinen Bericht fertigzuschreiben.

»Du wirst hier die beste Behandlung bekommen, die es gibt«, versprach mir David. »André ist auch in das Problem mit deinen Füßen eingeweiht, du brauchst dir also keine Sorgen zu machen. Und ... du weißt, was du jetzt tun musst, wenn die Polizei kommt?«

Ich nickte und bekam ganz schreckliches Herzklopfen, allein beim Gedanken daran. »Bleibst du bei mir?« fragte ich nervös.

»Ich weiß nicht ... wir werden sehen.«

»So, ich bin fertig«, verkündete Lacourt, »wir sprechen uns dann später noch.«

Er verließ das Zimmer und kaum war er aus der Tür, standen auch schon zwei Polizistinnen im Raum. »Wenn Sie bitte draußen warten würden«, ersuchte eine von ihnen David. »Zu Ihnen kommen wir dann im Anschluss.«

Er drückte noch kurz bestärkend meine Hand, bevor er mich allein ließ. Die Einvernahme dauerte keine fünf Minuten, vermutlich viel zu kurz für Davids Geschmack. Nur eine der Beamtinnen befragte mich, die andere machte sich Notizen. Danach verabschiedeten sie sich höflich und ich hörte durch die offene Tür, wie eine Polizistin zu David sagte: »In diesem Fall brauchen wir Ihre Aussage nicht. Die Dame möchte keine Anzeige erstatten. Und sie kann sich auch nicht erinnern, zu irgendetwas gezwungen worden zu sein ... Regen Sie sich bitte nicht auf ... Sie glauben gar nicht, wie oft wir so etwas erleben!«

Kurz darauf schlug David die Zimmertür von innen zu. Er kam zu meinem Bett, sah mich eiskalt an und hatte für mein Verhalten nur ein Wort: »Warum?«

Ich seufzte und wandte meinen Blick von ihm ab.

Plötzlich schlug er mit seiner Faust gegen die Wand hinter mir und begann mich anzuschreien: »Warum machst du so etwas? Stehst du drauf, wenn dich jemand umbringen will? Möchtest du sterben? Wozu habe ich dich wiederbelebt?« Er riss an meinem Bettgestell, sodass ich sitzend fast das Gleichgewicht verlor.

»David! Bitte beruhige dich ...«

»Soll ich dich zu ihm zurückbringen? Ist es das, was du willst?«

»NEIN!«, schrie ich ihn verzweifelt an. »Ich hab ja auch keine Ahnung, was in mich gefahren ist. Ich ... ich wollte einfach sein Leben nicht zerstören!«

David konnte sich gar nicht mehr einkriegen. Sein sonst so bleiches Gesicht hatte richtig Farbe angenommen und er lief wie von der Tarantel gestochen um mein Bett. »SEIN LEBEN? Sein Leben KANNST du gar nicht zerstören! Er wird IMMER einen guten Anwalt haben, der ihn irgendwo rausboxt, oder einen Schuldigen finden, der für ihn einspringt – aber es wäre ein gewaltiger Denkzettel gewesen und hätte ihn einiges gekostet!« David setzte sich zu mir aufs Bett. »Aber wenn du es so willst, dann sollst du jetzt auch das mitbekommen!« Er zückte sein Handy, wählte ... und schaltete auf Lautsprecher.

»Ja?« Es war Damians Stimme.

»Damian, wo bist du?«

»Ich bin bei ihm, in der Lounge. Er spricht seit einer guten Stunde mit dem Anwalt!«

David hielt sich eine Hand vor die Augen und seufzte. »Sag ihm, er kann aufhören ... Es gibt keine Anzeige.«

»Bitte?«, entgegnete Damian im Flüsterton. »Ist das dein Ernst?!«

»Ja! Sie kann sich an nichts erinnern ... Aber richte ihm aus, wenn er sich uns nicht fern hält, dann werde ich persönlich dafür sorgen, dass sie sich wieder erinnert, so schnell kann er gar nicht denken. Wir haben seine DNA konserviert und es gibt einen schriftlichen Chefarztbericht, folglich kann sie ihre Anzeige jederzeit nachholen, wenn sich ihre ... ›Amnesie‹ gebessert hat.« Die letzten drei Worte sprach er betont langsam und sah mich dabei verächtlich an.

Einen Moment herrschte Stille, bevor Damian sich meldete: »Nicht notwendig. Er hat mitgehört! Und David ... eines kannst du mir glauben, solange ich ihn kenne, hab ich ihn noch nie so süffisant lächeln gesehen!«

David klappte das Handy zu und sah mich angewidert an. Bis vor einer Minute hatte ich ja gar keine Vorstellung gehabt, wie sehr er Santiago hasste. Und jetzt hatte ich ihn auch noch enttäuscht. Er wandte sich von mir ab, legte sein Gesicht in seine Hände und seufzte schwer.

Ich wollte nicht, dass er auf mich sauer war. Vorsichtig

berührte ich ihn an der Schulter. »Schlag mich, David, wenn dir dann besser ist!«

»Spinnst du?« Schockiert sprang er von meinem Bett auf. »Ich sage dir jetzt etwas: Ich werde dich NIE wieder schlagen! Ich weiß, dass du es dir wünschst, aber auf dieses Gefühl wirst du bei mir verzichten müssen!« Er nahm die Tasche, in der sich nun auch meine High Heels befanden, und ging zur Tür. Dort drehte er sich ein letztes Mal nach mir um. »Ich werde dich zärtlich lieben! Und wenn dir das nicht genug ist, dann musst du dir einen anderen suchen!«

Noch bevor ich irgendetwas dazu sagen konnte, war er verschwunden. Ich wollte ihm doch nur meine Liebe beweisen, damit er nicht mehr böse auf mich war. Nicht mal nachlaufen konnte ich ihm ... ohne Schuhe. Gekränkt zog ich meine Decke über den Kopf und schmollte.

***

Später wurde ich zu einer Narbenbehandlung geholt, die zum Glück eine Ärztin durchführte. Sie war sehr nett und machte mir Hoffnung, dass nichts zurückbleiben würde. Keiner der Peitschenhiebe war wirklich tief in meine Haut eingedrungen. Mein Transportmittel war wie zuvor der Rollstuhl. Niemand fragte, was meinen Füßen fehlte und warum ich nicht gehen konnte. Vermutlich stand irgendeine Erklärung dafür in meinem Krankenblatt.

Wieder in meinem Zimmer verging keine halbe Stunde, als ein Pfleger zu mir kam. »Würden Sie sich bitte zur Seite drehen, wir machen einen Einlauf.«

Erschrocken sah ich ihn an. »Wieso? Ich war heute schon auf der Toilette!«

»Ja. Das hat damit nichts zu tun. Dr. Lacourt hat das angeordnet.«

Ungern ließ ich diese Prozedur über mich ergehen. Der Pfleger half mir auch noch in den Rollstuhl und zur Toilette.

Danach, in meinem Bett, wurde ich von einer Schwester an ein Herzüberwachungsgerät angeschlossen und durfte mich nicht mehr viel bewegen. Ein leichtes Hungergefühl drängte sich in den Vordergrund. Eigentlich sollte doch schon längst das Abendessen serviert werden. Hatten sie mich vergessen? Ich versuchte mich mit Fernsehen abzulenken. David würde bestimmt erst morgen wieder zu mir kommen, vorausgesetzt er war nicht mehr böse auf mich. Er hatte mir kein Handy dagelassen ... und keine Schuhe. Wie stellte er sich wohl vor, sollte ich allein duschen oder zur Toilette gehen? Eigentlich hätte ich allen Grund gehabt, auf ihn sauer zu sein. Und das war ich auch. Zornig drehte ich schließlich den Fernseher ab, ich hatte ohnehin kein Wort mitbekommen, also machte ich das Licht aus und versuchte zu schlafen.

Doch ich fühlte mich äußerst unbehaglich ... und schon nach ein paar Minuten bekam ich richtig Angst in dieser ungewohnten Umgebung. Schreckliche Angst! Die Fenster ließen sich nicht verdunkeln und im Mondlicht zeichneten sich die unterschiedlichsten Schatten an den Wänden ab. Sie spiegelten vermutlich die Bewegungen der hohen Palmen im Park wider. Ich hörte den Wind an den alten Fensterflügeln rütteln und musste bald zugeben, dass ich mich selbst in meinem kleinen Verlies auf Ivory geborgener gefühlt hatte. Immer wieder blickte ich mich erschrocken um, weil ich das Gefühl hatte, jemand wäre in meinem Zimmer. Ich merkte, dass ich zu schwitzen begann ... und schließlich läutete ich nach der Schwester.

Ich musste nicht lange warten und konnte endlich jemandem mein Leid klagen. »Mir geht's gar nicht gut, ich hab Angst im Dunkeln. Könnte ich vielleicht ein Schlafpulver bekommen?«

Sie nickte. »Natürlich, ich frage nur schnell die Oberschwester, dann bringe ich Ihnen eines.«

Ich ließ das Licht an, während ich auf sie wartete. Kurz darauf öffnete sich die Zimmertür erneut. Mit einem Glas Wasser in der Hand setzte ich mich auf und erblickte ... Dr. Lacourt. Mir schauderte. Was hatte sie getan?

Mach deinen Mund auf!

Lacourt ging um mein Bett herum, nahm mir das Glas aus der Hand und hängte den Schwesternnotruf außer Reichweite. »Leg dich hin!«, sprach er mit ruhiger Stimme.

Ich konnte gar nicht glauben, dass mir das jetzt passierte ... gerade hier, in einer privaten Schönheitsklinik. Wie sollte ich flüchten, ohne Schuhe? Verzweifelt tat ich, was er verlangte.

Er setzte sich zu mir ans Bett und schob meine Decke weg. Erst jetzt wusste ich wieder, was richtige Angst war ... All die gespenstischen Schatten, die ich zuvor gesehen hatte, waren nichts im Vergleich dazu. Seine Hand glitt unter mein Nachthemd, er berührte mich am Bauch, und das angeschlossene EKG piepte immer schneller.

»Mache ich dich nervös?«, fragte er mit einem selbstverliebten Lächeln.

Ich zischte verächtlich und griff nach seinem Arm, um ihn abzuhalten.

»Wehr dich nicht, sonst fasse ich dich grob an!«, warnte er mich. Ich seufzte und ließ ihn wieder los. Seine Hand wanderte tiefer in meinen Schritt. Er schob mein Höschen nach unten und ließ seine Finger die ganze Länge meiner intimsten Zone auf und ab gleiten. Zwischendurch massierte er mich mit der flachen Hand.

»Bitte nicht ...«, flehte ich ihn an.

»Du willst doch schöne Narben von mir ... vielleicht solltest du dir überlegen, was ich als Ausgleich dafür von dir bekomme?«, gab er mir zu bedenken. Mit seiner freien Hand machte er nun endlich den Ton am EKG aus und befreite mich von den Kabeln.

»Was wollen Sie von mir?«, fragte ich.

Zwei seiner Finger drangen abrupt in mich ein und begannen mich ruckartig zu stoßen. Ich rutschte im Bett immer höher. Gleichzeitig sprach er weiter: »David hat mir erzählt, er fährt nach New York, um sich nach einer Wohnung umzusehen. Er wird erst in vier Tagen zurück sein. Bis dahin wirst du mir gehorsam sein!«

Ich schluckte. »Sie tun mir weh ... bitte ...« Ich stöhnte und flüchtete immer weiter, doch da war schon das Kopfende des Bettes.

Er zog seine Finger aus mir. »Wenn du einen Fehler machst, dann hat eine deiner Narben offiziell eine Infektion bekommen und wird ein hässliches Ende nehmen. Und wenn du mich, wann auch immer, an David verraten solltest, dann zeige ich deinen Ex des versuchten Mordes an. Ich habe alle Beweismittel in der Hand!«

Das Argument saß. Mir wurde schlecht vor Angst. Vier Tage mit diesem Perversen!

»Wann hast du zuletzt gegessen?«, fragte er, ohne jeden Zusammenhang, wie ich fand.

»Ich ... heute ... fast gar nichts ... nur einen Apfel am Nachmittag.« Mir war der Appetit vergangen, als David mich ohne Verabschiedung zurückgelassen hatte. David ... beim Gedanken an ihn schnürte sich meine Kehle zusammen.

»Zieh dich aus!«, befahl Lacourt.

Ich konnte kaum klar denken und gehorchte einfach. Als ich gänzlich nackt war, nahm er mich auf seine Arme und trug mich ins Badezimmer. In der Dusche kniend musste ich mich waschen, während wasserdichte Pflaster meine Wunden schützten.

»Wie hoch müssen High Heels sein, damit du gehen kannst?«, erkundigte er sich.

»Fünfzehn Zentimeter.«

»Und welche Größe hast du?«

»38.«

Lacourt stand in der Tür, mit beiden Händen in den Hosentaschen, und sah mir beim Duschen zu.

»Soll ich meine Haare auch waschen?«, fragte ich.

»Ja ... Und vergiss nicht, den Scheiß von deinem Ex aus dir rauszuspülen!«

Ich hasste ihn dafür, dass er so von Santiago sprach.

Als ich fertig war, warf er ein Handtuch in meine Richtung und ich trocknete mich gründlich ab. Zum Schluss kniete ich mich auf das feuchte Laken.

Er betrachtete mich einen Moment lang. Ich wagte kaum, in seine Augen zu sehen, denn ich fürchtete, was nun passieren würde. Mein Herz raste und schon machte er einen Schritt auf mich zu. Er fasste unter meine Arme und hob mich ein Stück weiter. Auf meinen Knien drängte er mich gegen eine Wand. Ich musste meine Beine seitlich drehen, um meine Füße nicht falsch zu belasten, während er seine Hose öffnete und eine mächtige Erektion zum Vorschein kam.

»Mach deinen Mund auf ... und sieh mich an!«, verlangte er.

Er schob sein steifes Glied in mich und drückte damit meinen Hinterkopf gegen die Fliesenwand. Die ersten langsamen Stöße landeten tief in meiner Kehle. Ich hatte das Gefühl, mich übergeben zu müssen. Sofort quoll Wasser aus meinen Augen. Aber er hatte kein Mitleid. Er hielt meinen Kopf fest in seinen Händen und quälte mich minutenlang. Ich kämpfte mit meiner Atmung und mit meinen Reflexen, während er einen schnelleren Rhythmus fand und erregt stöhnte. Und ich war es von Santiago so sehr gewohnt, meine Hände nicht zu Hilfe nehmen zu dürfen, dass ich gar nicht auf die Idee kam, ihn von mir wegzustoßen. Endlich spritzte er in meinen Mund und ich schluckte angewidert.

Danach hob er mich auf und brachte mich zurück ins Bett. Er fesselte mich mit einem breiten Klebeband und deckte mich zu. »Ich hole dich in zwei Stunden ab. Versuch ja nicht um Hilfe zu schreien! Oder soll ich dir den Mund zukleben?«

»Nein! Bitte ... Ich schrei nicht!«, flehte ich ihn an. Plötzlich spürte ich panische Angst vor dem Ersticken.

Er streichelte noch über meine Haare. »Keine Angst, ich will dich auch gar nicht knebeln. Es ist zu gefährlich, falls du weinen musst oder hysterisch wirst. Aber denke immer daran, was passiert, wenn du mir nicht gehorchst!«

Als er ging, verschloss er das Zimmer von außen.

Ich brach in Tränen aus. David ... Wie konnte er mich nur hier allein lassen? New York ... Wir hatten nie darüber gesprochen so weit weg zu gehen! Ich wollte gar nicht erst darüber nachdenken, was Lacourt jetzt mit mir vorhaben könnte. Ich war ihm ausgeliefert. Vier Tage! Er würde mich bestimmt nicht verletzten, redete ich mir ein, er durfte mir überhaupt nichts antun, was bleibende Schäden hinterließ, sonst würde sein Übergriff auffliegen, also konnte es im Vergleich zu meinem Brandmal oder meinen Peitschenhieben nicht so schlimm werden. War ich doch schon einiges gewohnt. Ich versuchte, tief durchzuatmen. Und mit der Zeit beruhigte ich mich wieder.

***

Die Uhr zeigte Punkt Mitternacht, als Lacourt zu mir zurückkam. Er war ganz in Grün gekleidet, stellte Stöckelschuhe auf den Boden, legte einen weißen Ärztekittel auf mein Bett und befreite mich von den Klebebändern.

»Probier die Schuhe!«, befahl er.

Er hielt mich am Arm fest, während ich mich aufsetzte, und ich dachte, er wollte mir behilflich sein, doch gleichzeitig stach eine kleine Nadel in meinen Oberarm. »NEIN!«, fuhr ich ihn an und schreckte zurück. Doch da war es auch schon zu spät.

Die nächsten Minuten bekam ich nur sehr vage mit. Ich hatte den weißen Ärztekittel an ... und stöckelte neben Lacourt her. Er führte mich über einsame Gänge ... in einen Bettenlift ... durch schwere Flügeltüren ... wieder Gänge ... Türen ... und schließlich standen wir in einem verlassenen, dunklen Raum.

Lacourt machte ein grelles Licht an und als sich meine Augen daran gewöhnt hatten, entzog es mir fast den Boden unter den Füßen. »Ein OP?«, hauchte ich entsetzt. Doch meine Lippen waren taub und man konnte wohl nichts verstehen. Auch die Panik in mir hielt sich in Grenzen.

Lacourt war damit beschäftigt, technische Geräte einzuschalten. Wie angewurzelt stand ich da und starrte auf den Operationstisch, der über eine geteilte Auflage für die Beine verfügte. »Wir machen eine Narbenbehandlung«, erklärte er beiläufig und ohne mich anzusehen. Ich war mir fast sicher, dass das gelogen war, aber ich brachte keinen Ton hervor. Dann fing er an, meinen Mantel aufzuknöpfen. Ich schüttelte zaghaft den Kopf und mein Atem wurde schneller. Milde belächelte er meinen jämmerlichen Widerstand. Er nahm mir den Ärztekittel ab, führte mich an den Operationstisch und befahl mir, mich hinzulegen. Ich wollte es nicht ... aber ich konnte ihm nicht viel entgegensetzten. Irgendwie hatte ich nicht alle Sinne beisammen und sah mir fast selbst dabei zu, wie ich gehorchte und mich auf diesen Tisch legte. Lacourt schnallte meine gestreckten Arme seitlich fest und legte enge Gurte um meine Beine. Einen letzten zog er über meine Stirn, sodass ich nicht mehr aufsehen konnte. Er streichelte über meinen Hals und rang sich ein gutmütiges Lächeln ab. »Entspann dich«, raunte er. »Ich will dir nichts Böses. Im Gegenteil!«

Dann ging er um den Tisch herum zwischen meine gespreizten Beine. Ich fühlte seine Hände auf meinen Schenkeln und etwas Feuchtes, das über mich wischte. Er legte ein großes Papiertuch über meinen Bauch und plötzlich sprühte ein kaltes Spray auf meine Intimzone. Ich erschrak ... Nun setzte sich doch leichte Panik in mir durch. Meine letzte Hoffnung, dass es ihm vielleicht tatsächlich nur um meine Narben ging, schien zerstört. Mit aller Kraft schaffte ich es, ein verzweifeltes Seufzen aus meiner Kehle zu zwängen ... Aber es blieb unbeachtet. Meine wirren Gedanken kreisten und mutmaßten, was er vorhatte. Würde er nun in mich eindringen? Und womit? An eine Operation wollte ich erst gar nicht denken. Was wollte er operieren? Gefielen ihm meine Schamlippen nicht? Bis jetzt hatte ich immer gedacht, sie wären hübsch, klein und rosa ... also wozu? AUA! Er hatte mich gestochen ... und noch mal ... Zwei Spritzen setzte er direkt in mein empfindliches Fleisch. Kurz darauf wurde der ganze Bereich taub und ich konnte seine gezielten Handgriffe nicht mehr einordnen. Die schlimmere Variante hatte mich erwischt ... Er war tatsächlich im Begriff, mich zu operieren.

Ich war verzweifelt, als ich das metallische Klirren des Operations-Besteckes hörte, wie er es ständig auswechselte. Er konzentrierte sich sehr auf seine Arbeit und sprach nicht mit mir. David! Wenn er das bloß hätte sehen können ... Oder Jude, mein Retter, wo war er jetzt? Wäre ich doch nur mit ihm gegangen, als er es mir angeboten hatte. Ich wollte kein Intim-Piercing ... und keine kleineren Schamlippen ... Was machte er da unten? Die Zeit verging nicht ...

»Gleich hast du es überstanden«, hörte ich plötzlich seine Stimme und sie brachte mir tatsächlich eine geringfügige Erleichterung. Noch zwei Mal klirrte das Besteck. Verschwommen konnte ich erkennen, wie er zwischen meinen Beinen aufstand, einen Stoff über meine Hüften breitete und festzog. Dann kam er wieder um den Tisch herum, blickte zufrieden in meine glasigen Augen und löste meinen Stirngurt. Sofort hob ich den Kopf und blickte an meinem Körper hinunter. Aber ich konnte nichts sehen. Er hatte mir eine Art Binde zwischen die Schenkel gelegt und das Ganze mit einem engen weißen Höschen fixiert.

»Vorsicht, du darfst die nächsten drei Tage nicht sitzen!«, warnte er mich, bevor er meine anderen Gurte löste. Erst jetzt sah ich das kleine Säckchen, das an einem dünnen Schlauch aus meinem Höschen hing. Er hatte es mit einem breiten Pflaster an meinem rechten Oberschenkel befestigt. »Das ist ein Katheder für deinen Harn«, erklärte er, »aus hygienischen Gründen.«

Ich war fassungslos! Was hatte er mit mir gemacht? Mit wackeligen Beinen schlüpfte ich in meine roten High Heels und stand schließlich nur mit diesem engen weißen Verbands-Höschen bekleidet vor ihm. Aber er machte keine Anstalten, das Geheimnis um diesen Eingriff lüften zu wollen. Stattdessen streichelte er versonnen über meine nackte Taille, berührte meine Brüste, hob mein Kinn an ... und begann mich zu küssen. Ich war wie gelähmt vor Angst und obwohl Küssen bestimmt das Letzte war, was ich jetzt von ihm ertragen konnte, wehrte ich mich nicht. Ich spürte seine Zunge in meinem

Mund, seine Leidenschaft und seine Begierde, die mich endlose Augenblicke lang vereinnahmte. Seine Hände vergruben sich in meinen Haaren, dann glitten sie hinunter über meinen Rücken. Er zog mein Becken an sich und ließ mich spüren, wie sehr ich ihn erregte. Ein breiter Muskelstrang stemmte sich gegen mein weißes Höschen. Dann gab er mich frei ... atmete tief durch ... und flüsterte in mein Ohr: »Ich hab dir dein Jungfernhäutchen wieder zusammengenäht!«

Der Stolz glänzte in seinen Augen, als er mich daraufhin ansah. Mein Mund blieb offen stehen.

»In drei Tagen wird es verheilt sein«, keuchte er, »dann gehörst du mir ... noch bevor David zurückkommt!«

Ein eiskalter Schauer lief über meinen Rücken. Er war pervers! Mich für so ein kurzes Vergnügen einer Operation zu unterziehen, wo wir doch beide ganz genau wussten, dass ich nicht mehr Jungfrau war. Vermutlich wollte er wie Santiago meine Schmerzen beim »Ersten Mal« genießen, mich schreien hören, aber dafür gab es doch auch andere, wesentlich unkompliziertere Möglichkeiten. Und die schönste davon, die ich in meiner Erinnerung fand, war Jude. Er hatte mich ehrenvoll zum Schreien gebracht. Aber dafür fehlte Lacourt in seinem Alter vermutlich die Kondition! Deshalb musste er sich mit solch schmutzigen Tricks behelfen. Wie billig!

Mit einem festen Griff an meinem Oberarm begleitete er mich zurück in mein Zimmer. Es war schon fast zwei Uhr in der Früh, als er mich schließlich zudeckte. Die Schuhe durfte ich neben meinem Bett behalten. »Sollte ich mitbekommen, dass du versuchst, den Verband an deinem Höschen zu öffnen, dann muss ich dich ab morgen Tag und Nacht fesseln ... das wollen wir doch beide nicht, oder?«

Hastig schüttelte ich meinen Kopf.

Er nickte. »Ich werde die Zimmertür wieder verschließen. Und den Schwesternnotruf lasse ich auf mein Handy umleiten. Nur für den Notfall!« Er drückte mir einen Kuss auf die Stirn und ging Richtung Tür. Dann war er fort und ein Schlüssel drehte sich im Schloss.

Eigene Vorstellung von Reinheit

Am nächsten Morgen war es schon lange hell und es dauerte ewig, bis Lacourt zu mir zurückkehrte. Ich hatte genügend Zeit, mich mit dem Gedanken zu befassen, nun wieder Jungfrau zu sein ... zumindest für ein paar Tage. Und ich merkte, dass mein größtes Problem damit sentimentaler Natur war. Denn es fühlte sich nicht an, als hätte mir Lacourt mit seinem Eingriff etwas zurückgegeben – ich hatte eher das Gefühl, er hatte mir etwas genommen. Ein Erlebnis. Mein Erstes Mal. Mein Erstes Mal mit Santiago! Zwar konnte er es nicht ungeschehen machen, aber ungültig. Und dafür hasste ich ihn!

»Wie hast du geschlafen?«, fragte er freundlich, als er wieder neben meinem Bett stand.

»Nicht gut, es tat ziemlich weh.«

Er nickte. Dann streifte er Gummihandschuhe über und entfernte meinen Verband. Mit einer Creme versorgte er meine Wunde. Dann legte er mir wieder eine Binde und das enge weiße Höschen an. »Ich muss dir noch etwas sagen ...«, begann er zaghaft mir seine nächste kranke Fantasie zu offenbaren, »nicht dass du mir zu dick wärst, du hast eine sehr schöne Figur und ohnehin kaum ein Gramm Fett an dir, aber weißt du ...« Sein Blick schweifte in theatralischer Melancholie Richtung Fenster. »Ich habe eine sehr eigene Vorstellung von Reinheit ...« Nach einer kurzen Gedankenpause sah er mich wieder an. »Du wirst von mir nichts zu essen bekommen solange du hier bist. Ein Pfleger wird dir jeden Nachmittag einen Einlauf machen und dein kleines Säckchen hier ausleeren. Ich möchte, dass du völlig leer bist, wenn sich unsere Körper vereinigen, frei von jeglicher Nahrung oder Verdauung. Ich möchte, dass mein Schwanz das Einzige ist, was sich in dir bewegt. Dein Bauch soll flach einfallen zwischen deinen Beckenknochen ... und ich möchte meine Härte sehen, wie sie von innen gegen deine Bauchdecke stößt ... wenn unsere Zeit gekommen ist.« Sein Kopf zitterte in Ekstase, allein schon bei der Schilderung seines Vorhabens. Er war psychisch krank. Jetzt war ich mir sicher.

Noch nie hatte ich drei Tage ohne Essen zugebracht. »Bekomme ich Wasser?«, fragte ich.

»Ja. Jeden Tag eine Flasche.«

Ich nickte.

»Heißt das, du bist einverstanden?«, fragte er überrascht.

Fast musste ich lachen. »Einverstanden? Hab ich eine Wahl?«

Er kam mir näher, küsste mich an der Wange und am Ohr. »Nein, aber du könntest mich lieben, dann würde dir alles viel leichter fallen.«

Seine Nähe widerte mich an. Ich schüttelte den Kopf, aber er überging es einfach.

»Der Pfleger, der heute Nachmittag zu dir kommt, ist teilweise eingeweiht. Trotzdem sprichst du bitte nicht mit ihm. Er begleitet dich zur Narbenbehandlung, macht dir den Einlauf und er hilft dir beim Waschen. Er hat auch die Aufgabe, deine Wunde am Schluss zu desinfizieren. Kurz vor achtzehn Uhr wird er dein Zimmer verlassen und absperren. Dann werde ich zu dir kommen. Ich möchte, dass du im Badezimmer auf mich wartest, nackt und auf Knien, so wie gestern ... mit deinem Kopf an der Wand.«

Ich schluckte, suchte in Gedanken nach einem Ausweg.

Sein tiefer Atem verriet seine Erregung. »Das machen wir jetzt jeden Tag so ... und der Pfleger wird auch darauf achten, dass du am Gang keine Leute um Essen anbettelst!«

»Ich habe jetzt schon Hunger ...«, antwortete ich.

Er nickte. »Versuch dich zu entspannen.«

Wie angekündigt entfernte er sich und verschloss die Tür.

Ich spürte Erleichterung, als er weg war, obwohl es nicht wirklich Grund zur Erleichterung gab. Mein Hunger war groß – ich hatte schon gestern kaum etwas gegessen – und auch der heutige Tag verlief wie von Lacourt geplant. Mein Pfleger war äußerst wortkarg und beschränkte sich nur auf die notwendigsten Anweisungen. Da es mir streng verboten war zu sitzen, eskortierte er mich in meinen High Heels ohne Rollstuhl zur Narbenbehandlung und brachte mich danach wieder zurück in mein Zimmer. Ich versuchte, ihn als meinen Gynäkologen zu betrachten, damit es mir nicht so unendlich peinlich war, als er an meinen intimsten Stellen herumhantierte. Nach der Desinfektion legte er mir den Hüftverband wieder an und verschwand kurz vor achtzehn Uhr. Ich zog mein Nachthemd aus und ging wie bestellt hinüber in das verhasste Badezimmer. Neben dem Waschtisch kniete ich nieder und legte meine Schuhe zur Seite. Meine Beine seitlich angewinkelt, lehnte ich mich gegen die Wand. Ich wartete ... geduldig ... bestimmt eine halbe Stunde ... dann hörte ich das Schließen an der Tür ... Lacourt trat ein und sein erster Blick fiel sofort in meine Richtung. Sein Ausdruck wirkte gefühllos und kalt. Er sagte nichts, öffnete nur seine Hose und führte seine pralle Erektion in meinen Mund. Seine Stöße waren unbarmherzig, wie gewohnt. Ich musste würgen und mein Magen hob sich ständig. Jetzt war ich fast froh, nichts gegessen zu haben. Er drang so tief in mich ein, dass ich kaum noch Luft bekam, dafür hörte ich ihn vor Erregung stöhnen, sehr beherrscht und nicht zu laut. In jeder kurzen Pause, die er mir gewährte, rang ich verzweifelt nach Luft, während er die Zeit nutzte, um seinen Schwanz an meinem Gesicht abzuwischen. Zum Schluss hielt er meinen Unterkiefer fest und spritzte mir eine gewaltige Ladung gegen den Gaumen. Er sah mir dabei in die Augen und kurz schüttelte es ihn am ganzen Körper. Erst nachdem ich für ihn deutlich sichtbar geschluckt hatte, ließ er mich los. Er knöpfte seine Hose zu und verschwand, ohne ein Wort mit mir gesprochen zu haben.

***

Der nächste Tag verlief nicht viel anders, außer, dass ich mich entsetzlich schwach und zittrig fühlte. Bei meinem Einlauf am späten Nachmittag versagte mir fast der Kreislauf. Die ganze Prozedur war schrecklich anstrengend. Ich wollte nur noch liegen. Trotz allem schleppte ich mich gegen achtzehn Uhr ins Bad. Und diesmal kam er pünktlich. Er sah ganz bestimmt, dass es mir nicht gut ging, aber er hatte kein Mitleid. Er hielt meinen Kopf fest in seinen Händen und befriedigte sich selbst in meinem offenen Mund. Ich fiel flach auf den Boden, nachdem er mit mir fertig war. Und er stand noch neben mir, als ich mich auf den Rücken drehte und hungrig all sein Sperma von meinen Lippen leckte … Es war meine einzige Nahrung.

***

Am dritten Tag war ich schon sehr zeitig wach. Kurz nach Sonnenaufgang schlüpfte ich in meine Schuhe und ging nervös in meinem Zimmer auf und ab. Die Hungerattacken waren unerträglich. Mein Magen hatte das Knurren längst aufgegeben und zog sich nur noch schmerzhaft zusammen. Meist dauerte es eine halbe Stunde, dann wurde es etwas besser. Die ärgsten

Krämpfe bekam ich, nachdem ich meine Zahnpasta-Tube bis auf den letzten Rest in meinen Mund gedrückt hatte. Aber allein schon das Wissen, Lacourt damit überlistet zu haben, war ein kleiner Triumph für mich. Heute war der letzte Tag, den ich noch durchhalten musste ...

Mein Pfleger kam wieder erst am späten Nachmittag und ich hatte Panik vor meinem Einlauf. Kurz überlegte ich, ob ich ihn anbetteln sollte, es nicht zu tun. Doch dann hatte ich zu viel Angst vor Lacourt. Ich wollte mir nicht kurz vor Schluss alles verderben. Es war grauenvoll, so, wie jeden Tag. Ich hasste es, nicht die Kontrolle über meinen Körper zu haben. Der Pfleger führte mir den Schlauch ein und ich fühlte das kühle Wasser in mich rinnen. Dann wurde mir wieder schwindelig und ich schaffte es nicht, aufzustehen. Wie am Vortag erleichterte ich mich von all dem Wasser auf der Schüssel, vor den Augen des Pflegers, und ließ auch die darauffolgenden Salbungen über mich ergehen. Erschöpft blieb ich liegen, als er kurz vor sechs das Zimmer verließ. Ich war am Ende meiner Kräfte und konnte mich beim besten Willen nicht mehr motivieren, ins Bad zu gehen, um dort auf Lacourt zu warten.

Kurz darauf betrat er das Zimmer. Er kam zu meinem Bett und streichelte durch meine langen Haare.

»Ich kann nicht mehr ... bitte«, schluchzte ich und flehte ihn mit meinen Blicken an.

Er nickte verständnisvoll. »Ich könnte dich jetzt ins Badezimmer tragen, aber ich bin kein Unmensch. Angesichts dessen, was du mir heute Abend schenken wirst, will ich dich jetzt verschonen.«

Ich atmete erleichtert auf.

Lacourt streichelte über meine Stirn. »Wie sollen wir beide denn heute Abend Essen gehen, wenn du so schwach bist?«

»Essen?«, fragte ich sehnsüchtig.

»Ja, ich hab in einem feinen Lokal einen Tisch reserviert. Hier ist etwas zum Anziehen für dich.« Er zog ein kleines rotes Kleid aus seiner Tasche.

Ich konnte nur an das Essen denken. »Bis zum Abend geht es mir bestimmt schon besser ... es ist nur ... immer nach dem Einlauf ... kann ich einfach nicht ...«

»Okay, dann schicke ich dir später noch mal den Pfleger, er wird dich von all dem hier befreien, dann kannst du dich für mich hübsch machen. Bis dahin ruhe dich ein wenig aus!« Er legte das Kleid zu meinen Füßen und ging.

Der Gedanke an ein Essen ließ mir das Wasser im Mund zusammenlaufen. Ich drehte mich auf den Rücken und wartete, dass die Zeit verging. Plötzlich schloss schon wieder jemand an meiner Tür. Lacourt. Er hatte ein Handy dabei, kam schnellen Schrittes zu mir ans Bett und blickte mich aufgebracht an. »David! ... Er will dich sprechen!« In die eine Hand gab er mir das Telefon und mein anderes Handgelenk umfasste er so übertrieben fest, dass ich dachte, er wollte es zerdrücken. Er ließ mich nicht los, solange ich telefonierte. »Hallo?«, meldete ich mich eingeschüchtert.

»Hi! ... Wie geht's dir, mein Kleines?«

David ... Er klang so fröhlich! »Du fehlst mir«, brachte ich gerade noch heraus, bevor meine Stimme kippte.

»Ja?« Er lachte geschmeichelt. »Morgen früh komme ich dich abholen. Ich habe hier eine schöne Wohnung für uns gefunden, in Manhattan, Upper East Side, sechs Zimmer und ein toller Ausblick. Du fehlst mir auch, Zahira. Ist André nett zu dir?«

Ein verächtliches Lachen stolperte über meine Lippen, doch ich zwang mich zu einem »Ja«.

»Fein ... Und wie sehen deine Narben aus?«

»Ich weiß nicht ... sie sind noch zugeklebt ... David, du fehlst mir ...« In meiner Aufregung merkte ich erst, als ich den verstärkten Druck an meinem Handgelenk fühlte, dass ich mich soeben wiederholt hatte.

David stockte kurz. »Ist alles in Ordnung, Zahira?«

Lacourt nahm mir das Telefon aus der Hand und sprach für mich weiter: »Sie hat einen kleinen Magen-Darm-Virus erwischt, gleich am ersten Tag. Jetzt hat sie etwas abgenommen und ist vielleicht noch geschwächt ... Du weißt ja, bei dem Gewicht sind schon ein oder zwei Kilo ein Problem.«

Ein oder zwei Kilo? Das waren nicht bloß ein, zwei Kilo!

»Ja, sie bekommt morgen früh noch eine Behandlung, vielleicht, wenn du sie so gegen zehn Uhr abholen kommst? ... Sehr gut ... dann bis morgen.« Lacourt sah mich kurz an und überlegte ... Dann seufzte er und verschwand.

***

Als vier Stunden später der Pfleger meine Versorgung beendet hatte, lief ich schon wieder etwas motivierter in meinem Zimmer auf und ab. Das rote Kleid passte gut und hatte genau die Farbe der High Heels. Allzu viel Mühe hatte ich mir mit meinen Haaren nicht gegeben, aber sie fielen trotzdem in schönen großen Wellen über meine nackten Schultern. Lacourt strahlte zufrieden und stolz, als er mich erblickte, und entlockte auch mir ein kleines Lächeln, welches er jedoch eher meiner Vorfreude auf das Essen zu verdanken hatte.

Wir verließen die Klinik durch einen Hinterausgang, wo ein Taxi auf uns wartete, und zirka zwanzig Minuten später erreichten wir das besagte Restaurant. Es war im sechzehnten Stock eines Luxushotels untergebracht und bot einen schönen Blick über das nächtliche Miami.

Lacourt wählte einen Zweiertisch an der Fensterfront. Der

Kellner reichte uns Speisekarten und beim Durchlesen fiel mir auf, ich hatte uneingeschränkt Appetit auf alles. Mir war völlig gleich, was ich heute essen würde und deshalb hatte ich auch kein Problem damit, als Lacourt mir die Karte aus der Hand nahm, mit den Worten: »Du brauchst nicht zu überlegen, ich werde für dich bestellen, wenn es dir recht ist.«

Ich nickte und widmete mich dem Ausblick. Wehmütig sah ich über Miami hinweg auf das dunkle Meer hinaus. Ob Santiago wohl jetzt irgendwo dort draußen war? Ob er versuchen würde, mich zu finden?

»Haben Sie schon gewählt?«, fragte der Kellner.

»Ja«, antwortete Lacourt. »Ich bekomme ein Mal die marinierten Entenbrüstchen, danach den Kanadischen Wildlachs mit Parmesan-Ruccola-Salat und eine Flasche Brunello 95. Für die Dame ein Glas stilles Wasser. Sie ist auf Diät.«

»Wie Sie wünschen«, entgegnete der Kellner höflich.

Mit ungläubigen großen Augen sah ich ihn an ...

Er grinste. »Verzeih mir, wenn du das mit unserem Essen falsch verstanden hast.«

»Das ist nicht Ihr Ernst! Ich soll Ihnen beim Essen zusehen und dabei ein Glas Wasser trinken?!«, fuhr ich ihn etwas ungehalten an.

»Sprich bitte nicht so laut. Ich hab dir vorweg genau erklärt, wie ich mir deinen Körper wünsche. Wie konntest du annehmen, ich würde dich jetzt kurz davor etwas essen lassen?«

Ich verschränkte die Arme vor meiner Brust und sah wieder aus dem Fenster. Die Wut kochte in mir.

»Zahira, gib mir deine Hand, bitte.«

»Ich kann nicht!«, trotzte ich.

»Komm schon, ich hab dich ganz höflich darum gebeten.« Er streckte mir seine offene Hand entgegen und ich legte meine widerwillig darauf.

»Zahira, ich hab uns hier im Hotel die Präsidenten-Suite reserviert, das beste Zimmer, mit Dachterrasse. Und ich verspreche, ich bestelle dir gleich danach, was immer du möchtest. Würdest du jetzt etwas essen, hättest du nur Magenschmerzen und ich möchte doch, dass es auch für dich ein schönes Erlebnis wird. Du wirst dich dein Leben lang an mich erinnern.« Plötzlich vibrierte sein Handy. »Entschuldige bitte ...«

Leider konnte ich nur eine Seite des Gesprächs mitverfolgen. »Hallo? ... Es ist halb elf! Wo bist du? ... Ich bin mit ihr auswärts essen ... sie ... sie hatte endlich Appetit bekommen, und nachdem es der letzte Abend ist, dachte ich, ich führe sie fein aus.« Sein Blick verfinsterte sich zusehends und er schlug mit der Faust angedeutet gegen die Fensterscheibe. Am Telefon blieb er jedoch souverän. »Sicher, du kannst gern herkommen, aber du hast bestimmt einen anstrengenden Flug hinter dir ... und sie bekommt morgen noch eine Behandlung ... lassen wir es doch bei morgen Vormittag!« Jetzt legte er gequält seine Hand an die Stirn und sprach nur noch unwillig weiter. »Im Eden Palace.« Dann klappte er das Handy zu und steckte es in sein Sakko.

David! Er war hier! Eigentlich hätte ich jetzt allen Grund gehabt, mich zu freuen, aber Lacourts Gesichtsausdruck machte mir weiterhin Angst und ich verhielt mich vorsichtshalber ruhig.

»Bedienung! Bringen Sie der Dame eine Hühnersuppe, aber bitte schnell«, rief er durch das Lokal. Dann lächelte er mich gekünstelt an. »Schade! ... Ewig schade!« Seine Hand legte sich auf meine und er betonte noch mal eindringlich: »Ich hoffe, du hältst dich an unsere Abmachung!«

Ich nickte, noch immer von meiner Angst geplagt. Ihm hätte ich zugetraut, dass er noch im letzten Moment ausrasten würde.

Kurz darauf brachte der Kellner meine Suppe.

»Iss!«, befahl Lacourt, »David soll sehen, dass ich auf dich achte!«

Es fiel mir nicht schwer, ihm diesen Wunsch zu erfüllen, allein schon der Duft dieser Brühe war kaum zu übertreffen. Ich nahm den Löffel. Und Lacourt sprach weiter: »Du kannst dich glücklich schätzen, mit dem, was ich an dir vollbracht habe. Andere Frauen zahlen ein Vermögen für so etwas!«, prahlte er. »Jetzt kommt vermutlich David in den Genuss!«

Die Suppe schmeckte köstlich und ich bemühte mich, langsam zu essen, damit ich meinen ausgehungerten Magen nicht überforderte. Wir hörten beide die elektrische Schiebetür des Restaurants und wenig später kam David um die Ecke. Er sah uns sofort.

Lacourt gab sich übertrieben höflich. »David, schön dich zu sehen, setz dich doch zu uns!«

David sah ihn bitterböse an. »Mach dir keine Mühe, André!« Dann schweifte sein Blick zu mir. »Wo hat sie das Kleid her?«

»Ich hab es ihr gekauft!«

»Wieso kaufst du ihr ein Kleid?« David streckte seinen Arm nach mir aus. »Komm, wir gehen! Mein Wagen wartet.«

Nichts lieber als das ... In der Sekunde sprang ich auf und nahm seine Hand. Lacourt rief uns nach: »Du schuldest mir etwas, David!«

Im Lift fiel ich David um den Hals. Er erzählte mir, dass er am Telefon an meiner Stimme erkannt hatte, dass etwas nicht stimmte. Deshalb hatte er sofort den nächsten Flug genommen. Doch ich konnte nicht reden und ihm nichts erklären ... konnte kaum fassen, dass er tatsächlich hier war und dass ich es überstanden hatte.

Auf der Rückbank der Limousine lehnte mich in die andere

Ecke des Wagens. Ich wollte David einfach nur ansehen ...

»Wir bleiben heute in einem Hotel und fliegen erst morgen nach New York«, erklärte er mit ruhiger Stimme, während er versuchte, aus meinem Gesicht schlau zu werden ... »Willst du es mir erzählen?«, fragte er vorsichtig.

Ich schüttelte den Kopf.

Er nahm verständnisvoll meine Hand in seine und ich fühlte mich in Sicherheit.

Still überlegte ich, wie viel von meinem Kummer ich mit ihm teilen durfte, denn schließlich wollte auch er Santiago einen Denkzettel verpassen. Bestimmt würde er darin seine Chance sehen, gleich zwei Fliegen mit einem Streich zu erschlagen, wenn er wüsste, was dieser Psychopath mir angetan hatte. Ich musste es für mich behalten solange ich konnte ...

Neues Leben

Am nächsten Morgen erwachte ich in Davids Armen. Ich war glücklich. Geradezu euphorisch. Vor mir lag die Freiheit ... New York ... und David.

»Fliegen wir heute?«, fragte ich aufgeregt.

»Ja«, antwortete er, während er mit meinen Haaren spielte.

Die Sonne strahlte in unser Hotelzimmer und wir bekamen ein herrliches Frühstück ans Bett serviert.

David hatte am Abend zuvor noch stundenlang auf mich eingeredet, er wollte sich nicht mit meinem Schweigen begnügen und wenn nötig, wollte er sogar selbst noch einmal in die Klinik fahren und Lacourt zur Rede stellen. Doch irgendwann in den frühen Morgenstunden hatte ich schließlich eine Version gefunden, mit der er sich annähernd zufrieden gab. Das Entscheidende war schließlich, dass er definitiv rechtzeitig gekommen war und so das Schlimmste verhindern konnte. Und für mich selbst betrachtete ich nun das, was mir von Lacourts Tat geblieben war, als eine Art Entschädigung für meine Qualen. In ein paar Tagen würde ich David meine Jungfräulichkeit zum Geschenk machen und ich hoffte, im Gegenzug würde er mir meine kleinen Notlügen verzeihen. Doch jetzt wollte ich nur noch weg aus Miami.

Wir flogen Business-Class und es war richtig eigenartig und aufregend zugleich, nun zum ersten Mal mit David allein unterwegs zu sein. Wir redeten nicht mehr über Lacourt, stattdessen wollte er wissen, wie ich damals Santiago im Flugzeug kennengelernt hatte, und ich erzählte es ihm bereitwillig in allen Details. Manchmal sah ich ihn amüsiert schmunzeln. Vermutlich kannte er bereits Santiagos Version und vielleicht unterschied sie sich ein wenig von meiner.

»Glaubst du, er wird uns zurückhaben wollen?«, fragte ich David.

»Ich gehe nicht zurück! Aber ich denke, er wird es versuchen. Das ist mit ein Grund, warum ich mich für New York entschieden habe. Dort findet er uns nicht leicht. Die Wohnung läuft offiziell auf Hayles Mutter. Ich möchte ihm nicht eines Tages unerwartet gegenüberstehen müssen.«

»Hayles Mutter?«

»Ja, es ist ja nur eine Mietwohnung.«

»Und was machen wir mit meiner Wohnung?«

»Um die musst du dich ab jetzt selbst kümmern, aber ich möchte, dass du so wenig Zeit wie möglich dort verbringst. Das wäre zu riskant. Bis jetzt hat es auch genügt, einmal pro Monat nach dem Rechten zu sehen.«

Ich nickte und David erzählte weiter: »Auch Hayle wollte nach New York. Er möchte versuchen, wieder als Tänzer beim Musical zu arbeiten. Und ich habe mir gedacht, wenn deine Narben schön verheilt sind, willst du es vielleicht noch mal bei deiner Agentur versuchen. Natürlich nur, wenn du Lust hast, und wenn ich dich aus meinem Bett lasse.« Er drückte zärtlich meinen Kopf an seine Schulter und küsste meine Haare.

»Aber mein Brandmal ...«, erinnerte ich David.

»Tattoos werden auch überschminkt. Du solltest es zumindest versuchen.«

Während der nächsten Tage stellte sich jedoch heraus, dass meine Achillessehnen ein viel größeres Hindernis darstellten als alles andere. David behandelte sie regelmäßig und trotzdem brauchte ich zumindest Zehn-Zentimeter-Absätze, um schmerzfrei gehen zu können. Also vorläufig war an ein Vorsprechen bei meiner Agentur nicht zu denken.

Unsere neue Wohnung lag direkt am Central Park. Es war ein edles Gebäude mit prunkvollem Eingang. Im vierten Stock gab es nur zwei Türen, beide ohne Namensschild. Hayle öffnete uns in einem seidigen Kimono und ich war mir nicht sicher, wie ich ihn begrüßen sollte. David kam mir zuvor und küsste ihn auf den Mund. Ich wollte nicht, dass Hayle auf mich eifersüchtig war. Bestimmt dachte er in diesem Moment, ich hätte eine leidenschaftliche Nacht mit seinem Geliebten verbracht. Und bestimmt konnte er sich gar nicht vorstellen, wie heilfroh ich war, das David mich nicht angerührt hatte.

David sah mich zögern, er blickte kurz zu Boden und ich war dankbar für diese kleine Aufforderung, denn ich hatte das grenzenlose Bedürfnis, vor Hayle niederzuknien und ihm die Hand zu küssen. Ich konnte mir nicht erklären warum, aber ich war ganz verrückt danach. Und für einen jungen Mann in seinem Alter zeigte Hayle große Reife. Seine Miene blieb ernst und er ließ es sich gefallen. Er schenkte mir damit ein wundervolles Gefühl.

David führte mich durch die riesige Wohnung. Sie war hell und sonnig, überall Marmorböden, viele Säulen, hohe Spiegel, eine offene moderne Küche mit angeschlossener Bar und ein gemütliches, sehr stilvoll eingerichtetes Wohnzimmer. Selbst das Bücherregal war schon spärlich befüllt. David nahm mich an der Hand und öffnete die Terrassentür. Er ging mit mir hinaus in die Kälte und schlang von hinten seine Arme um mich. Vor uns lag der winterliche Central Park und wir hatten sogar Sicht auf den großen See. Die Wohnung musste ein Vermögen kosten. »Können wir uns das leisten?«, fragte ich ihn.

»Ja«, hauchte er in meine langen Haare.

»Ich kann auch meine Schuhe verkaufen!«, bot ich ihm an.

»Deine Schuhe sind in einem Banksafe. Solange du bei mir bist, sorge ich für dich.«

Ich drehte mich in seiner Umarmung um und sah in seine schönen Augen. »Glaubst du, ich könnte dich jemals verlassen?«

David rang sich ein liebevolles Lächeln ab. »Uns trennen sechsundzwanzig Jahre. Du wirst irgendwann einen Jüngeren kennenlernen, den du nicht teilen musst!«

Ich schüttelte entschieden den Kopf.

Er seufzte. »Vielleicht möchtest du irgendwann Kinder?«

»Ja, vielleicht ... mit dir!«, strahlte ich ihn an. Das war wohl auch das einzige, was ihm Hayle nicht geben konnte.

Aber er schüttelte genauso entschieden den Kopf, wie kurz zuvor ich selbst. »Ich kann keine Kinder zeugen.«

Ein kurzer Schreck fuhr in mein Herz. Das tat weh. Betroffen verbarg ich mein Gesicht an seiner Brust. Er streichelte über meinen Rücken und machte meinen Schmerz mit Worten gleich noch viel größer: »Wenn der Richtige kommt, lasse ich dich gehen.«

Ein dicker Kloß zwängte sich in meinen Hals. Gekränkt löste ich mich von ihm, ich konnte nicht mehr sprechen ... und als er meine Reaktion sah, ging er nach drinnen. Seine gut gemeinten Worte klangen wie eine Drohung für mich. Ich dachte, David wäre der Mann, den ich mir für mein Leben wünschte ...

Doch dann ermahnte ich mich irgendwann selbst, nicht so weit vorauszudenken. Mein Leben drehte sich ohnehin alle paar Monate komplett in eine andere Richtung. Ich versuchte, dieses Thema zu vergessen, mich zu fangen und als ich wieder ins Wohnzimmer kam, saß David mit Hayle auf der Couch.

»Geht's wieder?«, fragte David.

Ich nickte tapfer und setzte mich zu ihnen.

»Ich muss dir noch die Regeln erklären ...« Er lächelte. Vermutlich erinnerte dieser Satz nicht nur mich an meine ersten Tage auf Ivory.

»Wir haben hier drei große Schlafzimmer. Ich habe mir vorgestellt, dass wir grundsätzlich getrennt schlafen. Wenn ich eine Nacht mit Hayle verbringen möchte, kommt er zu mir, und wenn ich eine Nacht mit dir verbringen möchte, komme ich zu dir.«

Ich war etwas enttäuscht über diese geplante räumliche Trennung. »Uns beide gemeinsam willst du nicht mehr?«, fragte ich leise.

»Hättest du dir das gewünscht?«

»Ich hatte mir ausgemalt, jeden Tag gemeinsam mit Hayle bei dir zu schlafen.«

Hayle lachte verächtlich und David warf ihm sofort einen bösen Blick zu. »Ich möchte Hayle zu nichts zwingen«, erklärte er. »Wenn er dich dabeihaben möchte, dann nehmen wir dich zu uns. Das ist nicht allein meine Entscheidung.«

Hayles Gesichtsausdruck zur Folge, würde das nie passieren. Er war eifersüchtig auf mich. Das spürte ich.

»Noch etwas«, ergänzte David, »du hast an dein Zimmer ein eigenes Bad angeschlossen. Ich teile mir eines mit Hayle.«

Ich nickte ... Damit konnte ich leben.

»Kannst du kochen?«, fragte mich David.

Mit großen Augen sah ich ihn an und überlegte gerade, was ich antworten sollte, als er nach meiner Hand griff und lächelte. »Keine Sorge, Hayle wird für uns kochen. Du weißt ja, dass er das gern macht. Und wenn er keine Lust hat, dann bestellen wir einfach etwas. Ich werde mich auch nach einer

Reinigungsfirma umsehen – ich möchte, dass zumindest jeden zweiten Tag jemand kommt. Du siehst, du brauchst dich um nichts zu kümmern.«

David stand auf und zeigte mir die einzelnen Zimmer, bevor er mich in meines führte. Es war viel größer als erwartet und genauso stilvoll eingerichtet wie die übrigen Räume. Im Schrank hingen bereits einige Kleider, die David von Ivory für mich mitgenommen hatte, und auf einer Anrichte erkannte ich das Ultraschallgerät für meine Füße. Es war erst Nachmittag, aber ich fragte mich, ob David wohl heute Nacht zu mir kommen oder ob er Hayle den Vorzug geben würde.

»Wir essen um sieben. Wenn du dich bis dahin ausruhen möchtest ...« David zeigte auf das mit Kissen beladene Bett.

Ich nickte und David ließ mich allein.

***

Am Morgen frühstückten wir gemeinsam im Wohnzimmer. David hatte die Nacht mit Hayle verbracht.

Gut gelaunt machte ich Pläne für den Tag. Ich wollte shoppen gehen. Nachdem ich fast all meine persönlichen Sachen zurückgelassen hatte, brauchte ich dringend Kosmetik-Artikel und wärmere Kleidung. Es war schrecklich kalt in New York.

David führte mich in die exklusivsten Boutiquen, er sah mir geduldig beim Anprobieren zu und half mir beim Tragen der Einkäufe. Wir hatten keine weiten Wege, denn eine gemietete Limousine samt Fahrer war unser ständiger Begleiter. David zeigte mir auch die Bank, in der er meine High Heels in einem Safe für mich verwahrte. Er fragte mich, ob ich sie sehen wollte, aber allein der Gedanke daran brachte mir ein flaues Gefühl im Magen. Also lehnte ich ab. Dann unterbrachen wir unseren Shopping-Trip für einen gemütlichen Lunch und am Nachmittag holten wir eine große Tasche Winterkleidung aus meiner Wohnung. Ich bekam ein Handy, einen Laptop und eine Kreditkarte. David bezahlte alles.

In einem Coffee-Shop speicherte ich als erstes seine Nummer in mein neues Handy, danach die von Hayle. »Hast du eigentlich Santiagos Nummer?«, fragte ich David.

»Nein, Santiago hat keine eigene. Von extern kann man nur Damian erreichen.«

»Und die Nummer hast du?«

»Ja. Warum? Willst du Santiago anrufen?«

Ich lächelte verlegen. »Nein, ich wollte nur wissen, ob du es theoretisch könntest.«

»Ich müsste mich von Damian verbinden lassen.«

»Hat er deine Telefonnummer?«, fragte ich neugierig weiter.

»Damian ja. Aber er gibt sie nicht an Santiago. Und er weiß nicht, wo ich bin. Wir haben auch nicht vor, zu telefonieren. Es ist nur für den Notfall.«

»Welchen Notfall?«

David zuckte mit den Schultern. »Ich hatte einfach das Bedürfnis, ihm meine Nummer zu geben. Ich möchte es nicht in der Zeitung lesen müssen, wenn etwas passiert.«

So langsam dämmerte mir, dass es gar nicht der Verlust meiner Person war, der Santiago jetzt beschäftigen würde, sondern viel eher der von David. Vielleicht versuchte er gar nicht, mich zu finden, David war das viel größere Problem! Ich hatte David aus seinem Leben gerissen. Seine Nummer Eins. Mit ihm hatte er mehr als zehn Jahre verbracht und eine innige Beziehung geführt. David war ihm ergeben gewesen, genau wie ich, aber gleichzeitig bot er ihm auch Stabilität und Rückhalt. Vermutlich hätte er nie gedacht, dass so etwas jemals passieren könnte. »Denkst du, Santiago kann ohne dich leben?«, fragte ich zaghaft.

»Es ist mir egal«, antwortete David kühl.
»Glaubst du, er würde sich etwas antun?«
»Nein. Reden wir bitte über etwas anderes.«

Ich sah David an, dass auch er noch nicht über Santiago hinweg war, obwohl er weit stärker wirkte als ich. Also fragte ich nicht weiter.

***

Am Abend kochte Hayle für uns. Italienisch. Danach war ich fast zwei Stunden damit beschäftigt, auf meinem Laptop eine Internet-Verbindung und einen E-Mail-Account einzurichten. Ich saß auf einem Drehsessel vor dem PC. Gegen dreiundzwanzig Uhr ging Hayle schlafen und fast hätte ich vergessen, mir über meine nächtliche Gesellschaft Gedanken zu machen, als David plötzlich hinter mir stand und seine Hände auf meine Schultern legte. Er streichelte zärtlich über meinen nackten Hals und drückte mich an seinen Körper. Bereitwillig ließ ich die Finger von der Tastatur und mein Herz machte Freudensprünge, als ich die Absicht in seiner Berührung erkannte. Er legte eine Hand auf meinen Mund, ich spürte seine Finger an meinen Lippen und war augenblicklich erregt. In diesem Moment konnte ich mir absolut nicht vorstellen, dass es irgendetwas auf der Welt gab, das ich mehr begehren konnte als David. Seine zweite Hand legte sich auf mein Dekolleté. Ich konnte nicht länger still sitzen, wollte mich ihm zuwenden, ihn umarmen ... und er sollte mit mir schlafen.

Langsam drehte ich mich um und sank vor David auf die Knie. Sofort half er mir hoch. Kurz angedeutet, aber zärtlich, küsste er meine Lippen. Dann nahm er mich an der Hand und wir gingen in mein Zimmer. David half mir aus dem Kleid, schlug die Bettdecke zurück. Plötzlich fiel es mir wieder ein ... Ich hatte ein Problem ... und ich musste es ihm sagen, bevor er es selbst bemerken würde. Doch dann öffnete David sein Hemd und ich hatte ganz etwas anderes im Sinn. Ich genoss es, ihn zu beobachten, denn es gab dabei einen erotischen Moment, der mich ganz verrückt machte. Seit Jude mich im Penthouse geschlagen hatte, konnte ich mir nichts Aufregenderes vorstellen, als einem Mann dabei zuzusehen, wie er seine Ellenbogen abwinkelte, um die Manschettenknöpfe eines Hemdes zu öffnen. Und einen ganz besonderen Reiz hatte es, wenn er mich dabei ernst ansah. Die Mischung aus Macht, Gefahr und Leidenschaft zauberte die schönste Erregung in meine Blutbahn. Obwohl ich von David nichts zu befürchten hatte, war es für mich trotzdem extrem stimulierend, ihn bei diesem kleinen Ritual zu beobachten.

Danach zog er mich ins Bett und begann mich leidenschaftlich zu küssen. Unsere nackten Körper schmiegten sich aneinander und ohne nachzudenken schlang ich ein Bein um seine Hüften. Sofort spürte ich seine Erregung, sein stolzer Muskel beanspruchte bereits mächtig Platz zwischen uns. David atmete immer schwerer, seine Küsse waren fordernd. Ich wusste, er war kurz davor, in mich einzudringen. Doch ein Funke eines Gedanken erinnerte mich daran, dass ich ihm irgendetwas sagen wollte. Und plötzlich musste ich mich wehren. Es kostete mich einiges an Überwindung, diesen schönen Moment zu unterbrechen. Ich stemmte mich gegen seine Schultern und rutschte zur Seite.

»Warte!«, keuchte ich, völlig außer Atem.

»Was ist denn?«, flüsterte er erschrocken.

»Ich muss dir etwas sagen.«

»Jetzt?« David wurde etwas lauter.

»Ja.«

»Bist du verrückt?« Er zog die Decke über uns und sah mich zornig an.

Ich griff nach seiner Hand, sprach ganz leise und versuchte dabei zu lächeln. »Nein, David, ich ... wie soll ich sagen ... ich bin ... Jungfrau.«

Kurz fehlten ihm die Worte und er wirkte äußerst ungläubig. »Du willst mich ärgern, Zahira ... wenn das jetzt irgendein Spiel von dir ist, um mich wütend zu machen, damit ich dir gegenüber handgreiflich werde, dann ...«

Ich schüttelte den Kopf.

Er sah mich fragend an.

»Lacourt ... Er hat mich operiert ...«

David zwinkerte ein paar Mal ... dann sah ich förmlich, wie er in Gedanken kombinierte. Langsam wich er von mir zurück und drehte sich auf den Rücken. Beide Handflächen bedeckten sein Gesicht, als er laut seufzte. »Erkläre mir jetzt bitte nicht, er hat dich gegen deinen Willen operiert!«

»Es ist doch egal, wie es zustande gekommen ist, fest steht, dass du der Erste sein darfst!«

»Hat er dich gegen deinen Willen operiert?«, fragte er erneut.

»Lacourt meinte, andere Frauen würden ein Vermögen dafür bezahlen. Sicher war ursprünglich sein Plan, am letzten Abend selbst in den Genuss zu kommen, deshalb rief er uns auch nach, du würdest ihm etwas schulden.«

»Ich habe dir eine Frage gestellt, Zahira. Warst du mit der Operation einverstanden?«

»Ich bin nachträglich damit einverstanden!«, trotzte ich.

Er nickte fassungslos, stieg aus dem Bett und zog sich an.

»Was machst du?«, fragte ich verwirrt. »Bitte geh jetzt nicht!«

Daraufhin setzte er sich noch einmal kurz zu mir und ich spürte, dass nun jedes einzelne Wort seine Beherrschung erforderte. »Das Wort ›Genuss‹ musst du mir genauer erklären!«

Ich verstand nicht, worauf er hinaus wollte und stotterte:

»Er … er steht wahrscheinlich auf so etwas …«

»Ja, genau! ER! … ICH aber nicht!« Seine Kieferknochen zeichneten sich hart an seinen Wangen ab. Ich konnte noch gar nicht realisieren, was das für mich zu bedeuten hatte, da stand er schon auf und ging Richtung Tür.

»Warte!« Eilig suchte ich nach meinen Schuhen, um ihm nachlaufen zu können. Ich riss die dünne Decke an mich und folgte ihm bis zum Eingang seines Schlafzimmers. »Bitte David!« Ich packte ihn am Ellenbogen und stellte mich vor ihn. »Wo ist das Problem?«

»DU bist das Problem!«, fauchte er mich an, »Lacourt und Santiago … alle zwei gehören hinter Gitter!«

Jetzt wurde auch ich etwas ungehalten. »Kannst du vielleicht mal deinen Gerechtigkeitssinn außer Acht lassen! Was hindert dich daran, jetzt einfach mit mir zu schlafen?«

Er nahm mein Gesicht in beide Hände und sprach übertrieben deutlich: »Ich ergötze mich nicht daran, wenn du Schmerzen hast! Ich will dich nicht bluten sehen! Ich bin homosexuell … und zu einigem bereit … aber das ist zu viel verlangt!«

»Und was bitte soll ich jetzt machen?«, fragte ich, während langsam Verzweiflung in mir aufstieg.

»Ich weiß es nicht!« Er schubste mich von sich und schlug die Tür vor meiner Nase zu.

Ich war schockiert über Davids Reaktion. Mit vielem hatte ich gerechnet, aber nicht damit. Enttäuscht kehrte ich in mein Bett zurück und lag fast die ganze Nacht wach …

***

Erst in den Morgenstunden musste ich eingeschlafen sein und erwachte durch einen Kuss. David saß auf meiner Bettkante und flüsterte: »Es tut mir leid, dass ich gestern die Fassung verloren habe.«

Ich schluckte. Hatte er es sich anders überlegt?

Reumütig sprach er weiter: »Es ist meine Schuld. Schließlich habe ich dich der Willkür dieses Psychopaten ausgesetzt. Es muss schrecklich für dich gewesen sein.«

Ich lächelte milde ... Wenigstens kannte er den Rest der Geschichte nicht. »Ich hab es schon verdrängt«, erklärte ich ihm, »schrecklich ist für mich nur, wenn du mich jetzt nicht mehr willst!«

David nickte. »Eine Hymen-Plastik braucht drei Wochen, bis sie verheilt ist. Davor solltest du keinen Sex haben. Und bis dahin finden wir eine Lösung.«

»DREI WOCHEN!!!« Mir blieb die Luft weg. »Lacourt wollte vorgestern mit mir schlafen! ... Und was verstehst du unter einer Lösung? Einen anderen Mann?!«

David griff nach meiner Hand. »Lass mir Zeit ... bitte!«

Ich nickte und merkte, dass er keine Fragen mehr hören wollte.

»Aber wenn du dich für mich umdrehst, dann schlafe ich jetzt mit dir!«, schlug er vor.

Sein plötzliches Angebot erschreckte mich fast. Gleichzeitig war ich ganz entzückt über den bestimmenden Ton, den er plötzlich angeschlagen hatte. Ich wollte es nicht als Frage verstehen, viel reizvoller war es, einen Befehl von ihm zu erhalten. »Darf ich noch kurz ins Bad?«, fragte ich.

»Natürlich.« Er lächelte und ließ mich aufstehen.

Ich brauchte etwas länger als geplant und als ich zurückkam, hatte sich David auf meinem Bett ausgestreckt und sah mich vorwurfsvoll an. »Ich dachte schon, du hast mich vergessen.«

Ich schüttelte den Kopf und krabbelte zu ihm. Vorsichtig kniete ich mich mit gespreizten Beinen über seine schlanken Hüften und stütze mich auf meine Ellbogen. Ich strich meine langen Haare auf eine Seite, damit ich ihn nicht kitzelte, und begann ihn am Hals zärtlich zu küssen. Meine Brüste schmiegten sich an seinen Oberkörper und ich fragte mich, ob ihm dieses eindeutige Signal meiner Weiblichkeit wohl angenehm war. Langsam wanderte ich tiefer, bis ich seinen sanft erigierten Penis an meinem Hals fühlen konnte. Ich nahm ihn zwischen Schulter und Kinn und ließ ihn ein paar Mal geschmeidig durch die entstandene Höhle entlang meines Schlüsselbeines gleiten. Er schwoll dadurch zu beachtlicher Größe an und zeigte sich schnell in seiner ganzen Schönheit, geschmückt mit einem feucht glänzenden Tropfen an seiner Spitze. Von allen Seiten lutschte ich ihn, in der Absicht, mir das Beste bis zum Schluss aufzuheben. Doch dann quoll er über und ich nahm ihn schnell in meinen Mund, um nichts von seinem wohlschmeckenden Liebessaft zu vergeuden. Davids Hand lag in meinen Haaren, gefühlvoll und warm, als wollte sie mich schützen, während ich voller Hingabe an seinem Schwanz saugte.

Irgendwann drehte sich David auf die Seite und zog mich zu sich nach oben. Er strich meine Haare aus dem Gesicht und küsste mich, während seine andere Hand zwischen meine Beine glitt. Behutsam tastete er nach meiner Feuchtigkeit und begann mich gekonnt zu massieren. Das Spiel seiner Finger war berauschend. Ich stöhnte und konnte mich kaum beherrschen, drängte ihm rhythmisch meine Hüften entgegen. Von jetzt an war mir alles egal, ich wollte keine Rücksicht auf Hayle nehmen, bestimmt würde er mich hören ... es war mir auch völlig gleich, was David jetzt mit mir machen würde ... wenn er mich nur mit seinen Fingern zum Orgasmus bringen würde, wäre ich einverstanden gewesen. Und plötzlich, genau als ich an das besagte Wort dachte, war es um mich geschehen.

Seine Hand vibrierte zwischen meinen Beinen und ein kleines Blitzgewitter durchzuckte meinen Unterleib. Ich stöhnte und wimmerte, während David an meinem empfindlichsten Punkt festhielt, bis es schon fast wehtat. Und kaum hatte ich mich erholt, waren all meine Vorsätze vergessen. Nun hatte ich doch Lust auf mehr.

Willig drehte ich mich auf den Bauch, schob ein Kissen unter meine Hüfte und reckte einladend meinen nackten Po in die Höhe. David lächelte. Doch er blieb neben mir liegen und gab mir nur seine Hand. Wie ein anderer Mann vielleicht die Brüste einer Frau anfassen würde, griff er nach meinen Pobacken, um sie beherzt zu kneten. Ich sah an seinem Gesicht, dass er es zu genießen schien und fühlte mich geschmeichelt. Es waren sehnsüchtige Blicke ... verlangend ... und unweigerlich glitten seine Finger schnell tiefer zwischen meine Schenkel, um sich an meiner Feuchtigkeit zu laben. Dann begann er, von hinten in mich einzudringen, vorsichtig, mit sehr viel Gefühl, und mit nur einem Finger. Seine andere Hand berührte meinen Mund, meine Lippen. Ich begann an seinem Zeigefinger zu saugen, lasziv und voller Hingabe, und er bewegte synchron dazu seinen Finger in meinem Po. Es war exakt dieselbe Bewegung, wie in meinem Mund. Die pure Lust quälte mich, während ich in seine Augen sah, mit dem Wissen, ihm meine aller intimsten Körperstellen anvertraut zu haben. Ich mochte das Tempo, mit dem er so regelmäßig ein und aus glitt, die ausgeprägten Knöchel an seinen schlanken Fingern machten jede Bewegung zu einem Erlebnis. David spürte schnell, dass ich bereit war ... voller Liebe ... und entspannt genug, um mehr als nur einen Finger von ihm zu empfangen.

Er legte sich auf mich und fasste mit einer Hand unter meiner Schulter hindurch an meinen Hals. Noch einmal spürte ich kurz seine Hand zwischen meinen Pobacken, danach nur noch den warmen unnachgiebigen Druck seines erregten Gliedes und dann die Dehnung. Er schob sich in mich, meine Finger ballten sich zu Fäusten und ein sehnsüchtiges Stöhnen floss über meine Lippen. Verführerisch langsam und gleichmäßig bewegte er seine Lenden, während er meine Wange mit Küssen übersäte. Tief in mir spürte ich ihn wachsen, er wurde immer größer und härter. Trotzdem hielt er fest an der Zärtlichkeit seiner Stöße und ich war mir nicht sicher, ob er das nur tat, um mir nicht wehzutun, dabei wollte ich doch seine Ekstase erleben, er musste keine Rücksicht auf mich nehmen. David stöhnte in meine langen Haare und der sonore Klang seiner Stimme erregte mich zutiefst. Ich keuchte vor Verlangen … konnte nicht mehr denken … fühlte seinen Schweiß auf meiner Haut und plötzlich erkannte ich einen geringfügigen Schmerz, ausgelöst von seinem stolzen Muskel, der mittlerweile mächtig angeschwollen war. Ein kleiner Schrei kam über meine Lippen. Alle folgenden erstickte ich in meinem Kopfkissen. Jetzt war ich dankbar für die langsamen Bewegungen, denn selbst die genügten, um meinen Körper in Ekstase zu versetzten. Die Dehnung war anspruchsvoll. Sie verlangte mir alles ab. Bei jedem Stoß zitterte ich innerlich. Ich schwitzte. Dennoch versuchte ich mich zu entspannen, mich ihm zu öffnen, damit er ungehindert ein und aus gleiten konnte, ganz so wie es ihm gefiel, während mein Innerstes immer sensibler wurde. Ich spürte den Orgasmus langsam kommen. Und als es soweit war, schrie ich vor Lust. Gleichzeitig fühlte ich auch Davids Körper vibrieren, und seine Stimme verriet mir seinen Höhepunkt. Sein Schwanz pulsierte heftig in mir … und ich war glücklich.

Erst Minuten später zog er sich aus mir zurück und rutschte neben mich. Zärtlich streichelte er mein Gesicht und lächelte.

All meine Probleme waren vergessen. Von mir aus konnte ich für immer Jungfrau bleiben. Das eben Erlebte war mehr als erfüllend für mich.

Süsser Schmerz

Die folgenden Nächte verbrachte David entweder mit Hayle oder allein ... ich wusste es nicht. Sein Zimmer lag am anderen Ende der Wohnung und alle Türen blieben stets geschlossen. Immer wieder versicherte ich ihm meine Liebe und ich merkte, wie sehr er diese Bestätigung brauchte. Er wollte uns beide glücklich machen. Es lag ihm unheimlich viel daran, dass sich jeder in unserer Dreier-Beziehung wohlfühlte. Zwischendurch nahm er sich jedoch auch viel Zeit für sich selbst. Er ging oft allein aus – ohne uns Bescheid zu sagen, wohin – oder er zog sich stundenlang in sein Schlafzimmer zurück.

Es war wieder ein Vormittag, als er mich wählte. Ich stand an der Glasfront zu unserer Terrasse und er umarmte mich. Sofort erkannte ich an der Zärtlichkeit seiner Berührung, dass er meine Liebe wollte. Hayle war nicht zu Hause. David küsste mich im Nacken, dann hatten wir Sex. Doch diesmal lief etwas anders. David war genauso zärtlich wie immer, er brachte mich auch zum Höhepunkt, aber ein undefinierbares Detail fehlte. Und als ich anschließend in seinen Armen lag und darüber nachdachte, fand ich den Unterschied. Der kleine Schmerz war ausgeblieben, der beim letzten Mal bei mir eingesetzt hatte, als sein bestes Stück zu voller Größe herangewachsen war. Vielleicht war er nicht so erregt gewesen? Oder ich war nicht mehr so empfindlich? Dann traf mich eine schlimme Erkenntnis ... Es war gerade dieser kleine Schmerz, der ein ganz eigenes Prickeln in mir ausgelöst und mich in Ekstase versetzt hatte! Aber ich ließ mir nichts anmerken, denn ich konnte angesichts der Tatsache, dass er soeben mit mir geschlafen hatte, auch nicht wirklich enttäuscht sein. Allein seine Erregung und seine Befriedigung waren es wert, mich ihm immer wieder hinzugeben, selbst wenn ich dabei auf das so sehr geliebte Prickeln verzichten musste.

***

Durch meinen gesundheitlichen Zustand war mein Alltag noch etwas eingeschränkt. David behandelte regelmäßig meine gequälten Füße. Um meine Narben konnte ich mich selbst kümmern, viermal täglich mussten sie eingecremt werden. Und ich freute mich auf den Zeitpunkt, wo ich endlich wieder Sportschuhe tragen durfte. Mir fehlte die Bewegung. Obwohl in New York Winter war, sah ich von unserer Terrasse aus ständig Leute joggen. Auf Ivory konnte ich mit meinen High Heels wenigstens ins Fitnesscenter, um ein paar Kraft-Übungen zu machen. Hier würde man mich mit hochhackigen Schuhen sicher nirgends trainieren lassen. David sagte, ich müsse nur Geduld haben, es würde alles so werden, wie ich es mir wünschte. Vielleicht hatte er recht und ich war einfach zu ungeduldig.

Was mir jedoch berechtigte Sorgen bereitete, war mein unkontrollierbarer Trieb auf der Suche nach Erniedrigung. Eines Tages erwischte ich mich selbst dabei ... in einem exklusiven Schuhgeschäft. Ich probierte perlmuttfarbige High Heels an und kniete mit einem Bein auf dem Boden, um einen Riemen zu schließen, als plötzlich wunderschöne, gepflegte Herrenschuhe aus schwarzem Lack-Leder neben mich traten. Ich bekam sofort Herzrasen ... Dann erst merkte ich, dass ich dem zugehörigen Herren den Weg versperrt hatte. Er sagte nichts und blieb einfach nur neben mir stehen. Verträumt sah ich zu ihm auf und unsere Blicke trafen sich. Er war sehr attraktiv, ungefähr in Santiagos Alter. Am liebsten hätte ich mich auf der Stelle vor ihm auf den Rücken gelegt. Ich wollte diesen Schuh auf meinem Körper spüren. Ich sehnte mich fast schmerzhaft danach, wehrlos unter diesem Mann zu liegen. Ich wollte sein Gewicht auf mir spüren und mich seiner Willkür ausliefern. Ich war mir sicher, er würde das richtige Maß an Gewalt für mich finden. Ich wollte diesen Schuh auf mir! Meine Lippen öffneten sich mit einem leisen Seufzen. Ein letzter Funke von Verstand riss mich jedoch aus meinen Fantasien. Leicht schwindelig erhob ich mich und schob meinen zweiten Schuh aus seinem Weg, sodass er vorbeigehen konnte. Sehnsüchtig sah ich ihnen hinterher, dem Herren und seinen beiden Lustobjekten ...

Kurz überlegte ich, mir ähnliche Schuhe zu kaufen. Nur für mich. Ich hätte sie David schenken können ... zur Tarnung. Aber dann begriff ich, dass mir der schönste Herrenschuh nichts brachte, wenn nicht ein Mann mit der richtigen Einstellung darin steckte. Nie würde ich David ändern können. Nicht mal auf meine Finger würde er damit treten wollen. Plötzlich erschrak ich vor meinen eigenen Gedanken und verließ fluchtartig das Schuhgeschäft, ohne etwas gekauft zu haben.

***

Eine Woche später passierte es zum ersten Mal, dass ich Sex mit David hatte, ohne dabei Befriedigung zu erlagen. Ich hatte auch nicht genug Mut, ihm einen Orgasmus vorzuspielen. David war schließlich Arzt. Doch er reagierte sehr einfühlsam, schloss mich in seine Arme und erklärte mir tröstend, dass es völlig normal wäre, nicht jedes Mal zum Höhepunkt zu gelangen. Es tat so weh, dass ich mein Geheimnis, meine seltsame Neigung, vor ihm verbergen musste. Mittlerweile betrachtete ich meine Sucht schon wie eine böse, heimtückische Geisteskrankheit, über die man nicht sprechen durfte. Ich müsse mir jemand anderen suchen, hatte er angedroht, wenn ich solche Wünsche hätte.

Umso schwerer fiel es mir, Santiago aus meinem Gehirn zu verbannen. Zeitweise hasste ich mich dafür, von Ivory fortgegangen zu sein. Ohne meine Entscheidung, ihn verlassen zu wollen, hätte ich nach wie vor mit beiden zusammenleben können. Auch wenn es manchmal nahezu unerträglich war, meine jetzige Situation würde irgendwann auch unerträglich werden, das wusste ich.

***

Am Nachmittag, nach meinem unbefriedigenden Erlebnis mit David, war ich mit Hayle allein zu Hause. Er sah fern und ich schrieb E-Mails auf dem Laptop. Irgendwann stand ich auf und blickte wehmütig aus dem Fenster. Ich spürte, dass ich etwas unternehmen musste, um mit David wieder ein Prickeln empfinden zu können. Dabei wäre alles so einfach. Wenn er mir nur ein Mal die Hände auf dem Rücken zusammenhalten könnte, mich generell härter anfassen würde oder mich für ein paar Stunden mit einem Tuch ... Ich seufzte betrübt. Auf gewisse Art fand ich es sogar grausam, was David mit mir machte, indem er es eben nicht machte. Ich fühlte mich von ihm gequält, aber seltsamerweise verschaffte es mir keine Befriedigung. Alles lief falsch in meinem Leben. Ich ärgerte mich und schlug zornig mit meiner Stirn gegen die Glasscheibe.

Plötzlich drehte Hayle den Ton des Fernsehers ab. »Weinst du?«, fragte er.

Ich schüttelte den Kopf, ohne mich umzudrehen. Kurz darauf spürte ich seine Hand auf meinem Rücken.

»Was ist los?«, fragte er mitfühlend.

»Lass mich ... bitte«, seufzte ich.

»Kann ich dir irgendwie helfen? Soll ich David anrufen?«

»Nein, wieso willst du mir helfen? Du hasst mich doch!«

»Ich hasse dich nicht. Wie kommst du auf so einen Blödsinn?«

»Du wärst lieber allein mit David ... gib's zu!«

Er lachte. »Ja ... du vielleicht nicht?«

»Wenn ich nicht wäre, dann wäre David jetzt noch bei Santiago!«, erklärte ich ihm.

»Du meinst also, ich sollte dir dankbar sein?«

»Nein, ich will nur nicht, dass du mich hasst.«

»Tue ich doch gar nicht ... hab ich dir gerade erklärt ... ohh, Frauen sind anstrengend! Hasst du mich denn?«

»Nein.«

»Fein, dann kann ich jetzt weiter fernsehen, und du hörst auf, deinen Kopf gegen die Scheibe zu schlagen!«

Er wandte sich von mir ab, doch ich griff schnell nach seiner Hand, um ihn aufzuhalten. »Warte, du hast angeboten, mir zu helfen ...«

Abwartend sah er mich an.

»Bitte hilf mir ... und verrate mich nicht an David. Kannst du das?« Ich lächelte ihn verstohlen an.

Etwas verwirrt stand er vor mir. »Planst du eine Überraschung für ihn?«

Der Junge hatte absolut keine Ahnung, was in mir vorging. »Nein ... fessle mich!« Kaum hatte ich es ausgesprochen, begann mein Herz voller Verzückung zu rasen. Hayle fielen fast die Augen aus dem Gesicht. Ich musste es ihm langsamer erklären. »Du weißt, dass David immer sehr zärtlich zu mir ist und dass Santiago anders war ... Mir fehlt das. Ich verlange von dir nichts Unmenschliches ... hab keine Angst, bitte.«

»Ich hab keine Angst!«, protestierte er. Hayle war sechs Jahre älter als ich. Ich wusste, dass er sich so etwas von mir nicht sagen ließ.

»Dann hilf mir!«

»Okay. Was soll ich machen?«

Mein Herz lachte, aber ich blieb ernst. Sofort musste ich tiefer atmen. Bereits jemanden darum zu bitten, mich zu fesseln, erregte mich unendlich. »Das Wichtigste, du darfst nicht lachen und nicht sprechen!«, erklärte ich ihm. »Am besten wir gehen in mein Zimmer. Verbinde mir als erstes die Augen und fessle mich in meinem Bett, egal womit. Und immer, wenn du mich anfasst, tu es so fest du kannst und nimm keine Rücksicht darauf, welche Laute ich von mir gebe. Du musst mir nur versprechen, mich zu befreien, bevor David nach Hause kommt.«

Hayle blies eine geballte Ladung Luft aus seinem Mund, als hätte ich ihm aufgetragen, ein Haus zu bauen. Dann lächelte er verlegen und blickte kurz hilfesuchend zur Decke. Es kostete ihn sichtlich Überwindung.

»Ein richtiger Mann hätte kein Problem damit!«, half ich ihm auf die Sprünge.

Und siehe da, ich erntete dafür einen bitterbösen Blick. Plötzlich rempelte er mit einer Hand gegen meine Schulter, sodass ich auf meinen High Heels fast das Gleichgewicht verlor. »Das erzähl ich David!«, fuhr er mich an.

»Ja, nur weil du dir selbst nicht helfen kannst!«, fauchte ich zurück. »Ein richtiger Mann würde mir ins Gesicht schlagen, für so eine Meldung!«

Ich sah die Wut in seinen Augen, er war kurz davor, die Beherrschung zu verlieren und zu meiner Überraschung klatschte in der nächsten Sekunde eine Ohrfeige in mein Gesicht.

Lachend stand ich vor ihm. »Das war alles?«

Die zweite Ohrfeige war beachtlich hart, sein Handrücken traf meinen linken Wangenknochen und ich fiel zu Boden. Vor Schreck erstarrt blieb Hayle neben mir stehen. Ich stütze mich auf meine Unterarme und rieb meine Wange. Verlegen sah ich zu ihm auf. »Danke ... Ich wollte dich nicht beleidigen, es tut mir leid«, entschuldigte ich mich bei ihm.

Noch immer stand Hayle besinnungslos im Raum.

»Ich werde ein blaues Auge bekommen«, erklärte ich ihm. »Ich kann David erzählen, dass ich mich an einer offenen Tür gestoßen habe.«

Hayle nickte. Er konnte gar nicht anders, wie wollte er David beichten, dass er mich geschlagen hatte?

»Machst du jetzt das mit mir, worum ich dich vorhin gebeten hatte?«, bettelte ich kleinlaut, während ich vor ihm kniete, ihn treuherzig anblickte und ihm meine überkreuzten Handgelenke entgegenstreckte.

Hayle nahm sie.

Als ich mich aufgerichtet hatte, führte er mich ins Schlafzimmer. Er machte fast alles richtig, konnte sich sogar sein Lächeln verkneifen, vermutlich war er selbst noch in Gedanken und schockiert darüber, dass er mich gerade geschlagen hatte. Noch stehend verband er mir die Augen mit einem Tuch. Ich befreite mich selbst aus meinem Kleid, bis auf BH und Höschen ... mehr wollte ich ihm nicht zumuten. Und ab da war alles nur noch schön für mich. Er drückte auf meine Schulter und gab mir zu verstehen, dass ich mich aufs Bett setzen und danach hinlegen sollte. Er drehte mich zur Seite und gab sich echt Mühe, jedes Mal fest zuzupacken, wenn er mich berührte. Einmal zog er mich sogar an den Haaren, um mich in die richtige Position zu bringen. Innerlich jubelte ich über den kleinen Schmerz und mein Körper verlangte sofort nach mehr. Ich hörte Hayle in meinen Schubladen nach Schals und Tüchern suchen. Ganz intensiv stellte ich mir vor, ich wäre auf Ivory, und er handle im Auftrag von Santiago. Mein Atem wurde schwerer und ich fiel in eine angenehme Trance. Freiwillig hielt ich meine Hände hinter dem Rücken und spürte bald den ersten Knoten um meine Handgelenke. Danach zog er einen anderen Schal eng um meine Füße und meine Knie. Er drehte mich wieder auf den Rücken und legte abschließend eine Hand an meinen Hals. Mein Brustkorb hob und senkte sich. Ich musste meinen Mund öffnen, um besser Luft zu bekommen, so sehr erregte mich das Gefühl, ihm ausgeliefert zu sein. Gleichzeitig überlegte ich, ob mein flehendes Stöhnen, ihn vielleicht dazu verleiten könnte, mir ein bisschen mehr zu geben. Dann ließ er mich jedoch los und ich hörte ihn weggehen. Fast ein bisschen enttäuscht drehte ich mich zur Seite. Aber meine angenehme Stimmung blieb. Meine einzige Sorge war David. Er durfte nicht zu früh zurückkommen.

Ein paar Minuten später hörte ich Schritte. Hayle setzte sich erneut zu mir ans Bett. Seine Hand legte sich an meine Taille und plötzlich begann er, an meinem Höschen herumzuzupfen. Er drehte mich hin und her, damit er es bis zu meinen Knien nach unten ziehen konnte.

»Was machst du?«, fragte ich schockiert.

»Wir sprechen nicht ... hast du's vergessen?«, ermahnte er mich.

Ich war richtig perplex, als ich seine Finger an meinem Po fühlte, wie sie mich mit einem Gleitgel eincremten. Was hatte er vor? Wollte er mit mir schlafen? Und woher nahm er auf einmal diese Eigeninitiative? Mein Atem beschleunigte sich ... Nur zu gern ließ ich seine Hände an mir arbeiten, ohne zu wissen, was er mit mir anstellen würde. Was sollte schon passieren? Ich hielt ihn nicht für fähig, mir absichtlich Schmerzen zuzufügen. Im nächsten Moment zwängte sich etwas Rundes Hartes zwischen meine Pobacken ... Es fühlte sich groß an und glitt langsam meine Spalte auf und ab, auf der Suche nach einem Eingang. Hayle legte sich hinter mich und umschlang mit einem Arm meinen Hals, er drückte mich fest an sich, während er versuchte, mit dem kühlen Fremdkörper in mich einzudringen. Ich war so dankbar für diesen Hauch von Dominanz, den er zeigte. Mein Herz klopfte aufgeregt, sehnsüchtige Laute kamen über meine Lippen. Der Druck war stark, ich spürte, dass er fest entschlossen war, meinen Widerstand zu überwinden ... und plötzlich, als meine Muskeln nachgaben, drang eine Kugel in mich ein. Im nächsten Moment realisierte ich, dass mit der ersten Kugel eine zweite verbunden war. Mit vorsichtigen Stößen verlangte auch diese nach Einlass. Ich liebte Hayle dafür, er schenkte mir das Prickeln, das mir David nicht mehr geben konnte. Ich war so erregt von seinen drängenden Bewegungen, dass ich laut stöhnen musste ... Gleichzeitig versuchte ich, mich zu entspannen, um die zweite Kugel in mich aufzunehmen. Wieder gaben meine Muskeln nach ... Gänsehaut breitete sich auf meinem ganzen Körper aus, und mit Freude stellte ich fest, dass es noch eine dritte Kugel gab. Er hielt mich mit seinem Oberarm in einer engen Halskrause gefangen und meine Stöhnlaute wurden immer intensiver. Er bewegte sich rhythmisch und bereits das Ausmaß der ersten beiden Kugeln fühlte sich wundervoll an. Doch noch mehr mochte ich das starke Drängen der dritten Kugel, die so unablässig in mich wollte. Als meine mittlerweile geübten Muskeln schließlich erneut nachgaben, war ich überwältigt von Gefühlen. Ich fand es endlos schön, diese drei Kugeln in mir zu tragen. Nun bewegten sie sich nicht mehr, doch sie füllten mich spürbar aus. Hayle zog einen Schal zwischen meinen Beinen hindurch und schlang ihn danach eng um meine Taille. Dann hörte ich ihn aus dem Zimmer gehen und die Tür leise schließen. Nie im Leben hätte ich ihm das zugetraut. Woher er das Ding wohl hatte? Es konnte nur von ihm oder von David stammen. Ich war so glücklich. Vorsichtig versuchte ich, an meinen Fesseln zu ziehen, aber sie hielten fest. Ich drehte mich auf den Bauch, weil ich so die Kugeln am besten spüren konnte, und ließ mich von meinen Gefühlen verzaubern.

Später ... irgendwann ... kam er zurück. Er löste nur meine Hände. »Den Rest schaffst du allein«, sagte er. »Im Bad steht ein Desinfektionsspray, beeil dich!«

Als ich meine Augenbinde abnahm, war er schon wieder gegangen. Ich befreite mich von den ganzen Tüchern. Er hatte sie mit hübschen Schleifchen verknotet. Ich musste lächeln. Leicht o-beinig stakste ich ins Bad, kniete ich mich auf den Boden und zog an der kleinen Schlinge, die aus mir herausragte. Drei weiße Bälle, steif miteinander verbunden, erblickten nacheinander das Tageslicht.

Als ich eine Stunde später mit frisch gewaschenen Haaren und gut deckender Schminke das Wohnzimmer betrat, war David bereits zurück. Er küsste mich zur Begrüßung und merkte nichts von unserem Geheimnis. Leise entschuldigte mich bei Hayle für mein Verhalten – dass ich ihn provoziert hatte, wo er doch nur nett sein wollte. Er kochte für uns, und beim Abendessen fiel mir auf, dass ich nach langer Zeit endlich wieder entspannt und wunschlos glücklich war. Glücklich mit David.

Und Hayle war glücklich, dass David mein blaues Auge unter der Schminke nicht erkannt hatte.

***

In der darauffolgenden Woche war ich voller Tatendrang. Ich stellte fest, dass ich mit etwas erhöhten Sportschuhen wieder laufen konnte. Nachdem es draußen jedoch immer noch eisig kalt war, bevorzugte ich das Fitnesscenter hinter unserer Häuserzeile. Mit David besprach ich, nun doch über eine Fortsetzung meiner Modelkarriere nachzudenken. Er bestand darauf, mit mir gemeinsam bei meiner ehemaligen Agentur vorzusprechen, um die Rahmenbedingungen zu klären. Dafür war ich sehr dankbar, denn ich fürchtete, dass mein Brandmal mich in Verlegenheit bringen würde.

David kannte den Chef von »Liberty Models« bereits. Von ihm hatte er vor einem halben Jahr meine Telefonnummer bekommen. Ich trug hautenge Jeans, High Heels und ein fein geripptes weißes Top, als ich vor Mr Wilkins auf und ab laufen musste.

»Ja, dass sie laufen kann, wissen wir. Aber ich denke nicht, dass sie im letzten halben Jahr noch viel gewachsen ist.« Er lächelte. »Darum ist es ziemlich unerheblich. Sie wird kein Laufsteg-Model werden.«

Mr Wilkins bat mich, näher zu kommen. Ich setzte mich neben David. »Also, wenn du wieder als Beauty-Model für uns arbeiten möchtest, würden wir uns freuen. Wir hatten viele Anfragen während du weg warst.«

»Gern!«, antwortete ich. »Es gibt da nur ein Problem ...« Ich hielt meine Haare hoch.

Prüfend blickte Mr Wilkins auf meinen Hals. »Ist das permanent?«

Ich nickte und er ließ vor Entsetzen seinen Kugelschreiber auf die Mappe fallen. Auf der Stelle kam er um den Schreibtisch herum zu mir. »Darf ich?«, fragte er und ich wandte mein Gesicht zur Seite, damit er einen Blick auf meinen Hals werfen konnte. »Was ist das?«

»Ein Brandmal«, sagte David.

Mr Wilkins war kurz schockiert, dann fasste er an meinen Unterarm und fragte mich eindringlich: »Wo um alles in der Welt kriegt man heutzutage ein Brandmal her?«

»Sie war in einer Art Sekte, wo es solche Rituale gab«, erklärte David. »Ich habe sie von dort weggeholt.«

»Sind das Schnitte an der Wange?«

»Ja, die sind auch aus der Zeit. Ich hab auch am Körper ein paar«, gestand ich der Vollständigkeit halber.

Mr Wilkins zischte fassungslos und sah mich kopfschüttelnd an. »Wieso kannst du nicht Drogen nehmen, wie andere auch, wenn du den Kick brauchst?«

»Ich glaube, diese Frage stellt sich jetzt nicht mehr«, raunte David.

Mr Wilkins setzte sich wieder. »Tja, was soll ich mit dir machen? Wir haben gute Visagisten, aber offen gestanden, die meisten Kunden schrecken vor so etwas zurück, wenn sie die Wahl haben.«

»Es verlangt niemand von Ihnen, dass Sie ihr jede Woche drei Jobs anbieten.« David hielt meine Hand fest. »Aber vielleicht geben Sie ihr eine Chance. Es wäre sehr wichtig für sie, um wieder ein normales Leben zu beginnen. Ich habe vorhin im Foyer gesehen, Sie haben auch andere Models mit Tattoos.«

Mr Wilkins blickte nachdenklich in meine Unterlagen. »Ich lese gerade, *Crystal-Cosmetics* hätte sich damals für dich entschieden, mit einem Jahres-Vertrag ... aber wir haben dich nicht erreicht.«

Das tat weh. Gekränkt hielt ich mir eine Hand vors Gesicht.

»Aber da ist noch ein Vermerk ... Warte, vielleicht habe ich doch etwas ... Michelle Klein hat vor zwei Wochen angefragt, ob du bei der New York Fashion Week für ihn laufen würdest. Laufsteg!« Er runzelte bedeutungsvoll die Stirn. »Er hatte dich letzten Sommer in Paris ein paar Mal gebucht. Wir mussten ihm absagen. Aber vielleicht kann man da noch etwas machen. Vorausgesetzt er akzeptiert deine Makel.«

Glücklich sah ich David an und er zwinkerte.

»Wir mailen deine Unterlagen nach Frankreich und sagen dir so schnell wie möglich Bescheid. Der Termin ist schon kommenden Sonntag. Ich hoffe, ich kann dann fix mit dir rechnen?«

»Auf jeden Fall ... danke«, entgegnete ich.

Doch bevor wir aufbrachen, hatte David noch ein Anliegen: »Wie möchten Sie mit ihr in Verbindung bleiben?«, fragte er. »Ich möchte unbedingt vermeiden, dass irgendjemand von dieser besagten Sekte mit ihr Kontakt aufnimmt! Selbst, wenn er sich als Mode-Gott bei Ihnen ausgibt.«

Mr Wilkins lachte herzlich. »Ja, normalerweise kontaktieren nur wir selbst die Mädchen, über Telefon oder E-Mail, aber wenn Sie möchten, mache ich diesbezüglich noch mal einen Vermerk in ihren Unterlagen, damit ihre Nummer unter keinen Umständen weitergegeben wird.«

David bedankte sich und wir verabschiedeten uns.

Unsere Wohnadresse war der Agentur ohnehin nicht bekannt. Mein »Mode-Gott« würde mich also nicht finden.

Auf der Straße fiel ich David um den Hals, so glücklich war ich. Und ganz spontan, ohne jeden Zusammenhang, brachte mir der unvermittelte Körperkontakt ein Thema zurück, das mich belastete. »Du darfst mich auf keinen Fall als Jungfrau ins Model-Leben ziehen lassen!«, warnte ich David.

Er seufzte. »Kannst du immer nur an das Eine denken?«

»Nein, wann habe ich denn zuletzt etwas gesagt? Mittlerweile sind über vier Wochen vergangen, bei mir ist längst alles verheilt. Selbst nach deiner Theorie!«

David nickte nur stumm und legte seinen Arm um meine Taille. Wir gingen die Fifth Avenue Richtung Norden.

»Heute Abend?«, fragte ich ungeduldig.

Er lächelte und sah zum Himmel.

»Soll ich jemand anderen fragen?«, stachelte ich ihn auf. »Vielleicht gleich hier auf der Straße?«

David machte mit seiner Hand eine einladende Bewegung.

Ich glaubte es nicht! Am liebsten hätte ich wirklich wahllos jemanden angesprochen. Schweigend spazierten wir ein paar Minuten nebeneinander her. Irgendwann, als wir schon auf Höhe des Central Parks waren, gingen direkt vor uns drei zumindest von hinten sehr attraktive Männer mit schwarzen Haaren, langen Mänteln und »schönen Schuhen«. Ich war fest entschlossen, David einen Denkzettel zu verpassen. Noch immer trug ich meine High Heels und die hautengen Röhrenjeans. Unauffällig öffnete ich meine kurze Winterjacke und bat David, stehenzubleiben. Ich selbst lief ein paar Schritte voraus und fasste einem der Herren leicht an die Schulter. »Entschuldigen Sie bitte, Sir ...«

Alle drei hielten an und drehten sich nach mir um. Dem Aussehen nach waren sie arabischer oder persischer Herkunft. Absichtlich fuhr ich mir ein paar Mal durch die Haare, um Zerstreutheit vorzutäuschen. David stand vielleicht fünf Meter von mir entfernt und verschränkte seine Arme. Ich lächelte die Männer freundlich an. »Verstehen Sie meine Sprache?«

»Ja, sehr gut«, entgegnete einer von ihnen. Er schien ganz besonders verzückt von meinem Anblick, also beschloss ich, mich an ihn zu wenden. »Es ist nicht leicht zu erklären, aber … ich hab mit Freundinnen gewettet, noch heute Nacht meine Unschuld zu verlieren … und ich dachte … ähm … vielleicht könnte mir einer der Herren dabei behilflich sein?«

Wortlos tauschten die drei Fremden Blicke aus. Beschämtes Lächeln verriet ihr Unbehagen. Dann fasste einer von ihnen Mut und berührte mich zärtlich an der Wange. »Bist du aus New York?«, fragte er.

Im selben Moment packte mich David am Ellenbogen und zog mich weg. »Komm jetzt, es reicht!«

Schnellen Schrittes ließen wir die peinliche Situation hinter uns. Ich bog mich vor Lachen, konnte kaum gerade gehen neben David.

»Du findest das lustig?«, fragte er.

»Ja … sehr!«, erwiderte ich kichernd.

Er drängte mich im nächsten Hauseingang gegen eine Mauer. Sofort verging mir das Lachen, als ich merkte, er war aufgebracht … und er wollte mich küssen. Ich liebte es, von ihm dabei gegen die Wand gedrückt zu werden, so etwas bekam ich zu Hause nie. Sein Begehren war so leidenschaftlich, dass er mir damit den Atem raubte. Er hielt mein Gesicht fest in seinen Händen und seine Zunge drang tief in mich ein. Sie war heiß und fordernd, sie erregte mich unbeschreiblich. Meine Hände zerrten an seinem Rücken, immer fester wollte ich ihn an mich drücken. Und selbst als er von mir wieder abließ, konnte ich mich gar nicht beruhigen und keuchte noch weiter. Hilflos und fragend sah ich ihn an.

Er zog meinen Kopf an seine Schulter und flüsterte in meine Haare: »Ich liebe dich.«

»Ich liebe dich auch«, antwortete ich atemlos.

Doch wir gingen weiter … und die Diskussion über meine

Jungfräulichkeit war damit wieder aus der Welt. David konnte ich vergessen.

***

Während der nächsten Tage beschloss ich, dass ich mir selbst helfen würde. Ich konnte mich nur noch nicht entscheiden, ob ich mir einen Vibrator kaufen, Hayle um die weißen Kugeln bitten oder einen Arzt aufsuchen sollte, denn ich war mir nicht ganz sicher, ob ich mir selbst wehtun konnte. Beim gemeinsamen Abendessen kam mir allerdings der Gedanke, dass es eine Möglichkeit gab, genau das zu testen. Hayle hatte thailändisch gekocht und war sich mit den Fingern, mit denen er zuvor ein paar scharfe Chilis geschnitten hatte, ins Auge gefahren. Seine Schmerzen waren beeindruckend und dauerten bestimmt eine halbe Stunde.

Als ich am nächsten Vormittag allein war, machte ich mich in der Küche auf die Suche nach diesen kleinen Chili-Schoten. Ich fand sie im Kühlschrank ... knallrot, frisch und knackig. Mit einem scharfen Messer schlitzte ich ein zirka fünf Zentimeter langes Exemplar der Länge nach auf und faltete es auseinander. Die Kerne störten mich, also entfernte ich sie ... genauso wie den Stiel. Kurz überlegte ich, wo ich mir am liebsten Schmerzen zufügen wollte ... meine Augen lagen ganz bestimmt nicht an vorderster Stelle auf meiner Hitliste ... und nachdem es um meine Jungfräulichkeit ging, war das Zielgebiet klar.

Ich schlüpfte aus meiner Jogginghose und legte sie über einen Barhocker. Dann nahm ich die aufgefaltete Chilischote, tauchte mit derselben Hand in mein Höschen und rieb die saftige Innenseite der roten Frucht an meiner intimsten Stelle. Ich zog sie wieder heraus und spürte nichts. Also versuchte ich es noch einmal und bedachte dabei wirklich alle Regionen meiner empfindlichen, zarten Haut. Schließlich warf ich die

Schote in den Müll. Plötzlich spürte ich eine Wirkung. Es brannte. Immer heißer wurde mir zwischen den Beinen. Das Brennen steigerte sich mit jeder Sekunde. Ich begann zu keuchen. Während ich auf kaltes Wasser aus dem Hahn wartete, entzündete sich ein vermeintlicher Flammenwerfer zwischen meinen Schenkeln. Ich klammerte mich an die Arbeitsfläche und ließ kühles Nass über meine Hand laufen, um sie kurz darauf zwischen meine Beine zu halten. Aber ich spürte keine Linderung. Panik überfiel mich ... Das war zu viel des Guten. Tränen schossen aus meinen Augen. Ich bekam einen Schweißausbruch. Laut und verzweifelt begann ich zu stöhnen und fiel schließlich auf die Knie. Genau in dem Moment kam David nach Hause. Ich ließ die Arbeitsfläche los und rollte mich mit beiden Händen zwischen den Beinen auf dem Boden klein zusammen. Weinend keuchte ich, als er mich erblickte. Sofort bückte er sich zu mir und legte eine Hand an mein Gesicht. »Was ist passiert?«

»Chili!«, presste ich aus meinem Mund. Obwohl ich dachte, es könnte nicht schlimmer werden, steigerte sich die Wirkung noch immer kontinuierlich. Verzweifelt richtete ich mich auf, umklammerte David und schrie über seine Schulter.

Er nahm meine Hände von sich und wurde etwas ungehalten: »Wo hast du Chili?«

Ich keuchte und hielt mich selbst grob zwischen den Beinen fest.

»Du hast dir mit Chili-Fingern zwischen die Beine gegriffen?«

»Nein ... ich hab ... mich eingerieben!«, stöhnte ich. »Hilf mir ... bitte!« Wieder kroch ich zur Spüle und drehte das kalte Wasser auf. Das Feuer fraß sich durch meinen ganzen Unterleib. Ich überlegte, ins Waschbecken zu klettern, aber endlich reagierte David. Er nahm mich auf seine Arme, griff nach einer Packung Milch aus dem Kühlschrank und trug mich ins Badezimmer. In der leeren Wanne legte er mich ab, gab mir ein kleines Gästehandtuch zwischen die Beine und goss Milch darüber. Erschöpft keuchte ich und spürte endlich Linderung.

David legte mir eine Hand an die Stirn, als wäre ich krank. »Wieso machst du so etwas?«

Ich zuckte mit den Schultern. »Du hast dich auf Ivory auch mit Wasser verbrüht, um den Schmerz der Sehnsucht zu überdecken, weil dir Santiago so fehlte!«

»Dir fehlt Santiago?«, fragte er betroffen.

Die Frage kam mir etwas zu plötzlich. Und selbst wenn es so gewesen wäre, hätte ich es vor David nicht zugeben wollen. »Ich weiß nicht«, seufzte ich.

David streichelte durch meine Haare. »Er hatte recht, oder? Ich kann dir nicht geben, was er dir gegeben hat.«

So etwas durfte er nicht sagen, es klang, als wollte er mit mir Schluss machen. Der Kummer mischte sich mit meinen Schmerzen. Ich hielt mir eine Hand vors Gesicht und heulte ganz bitterlich. Der Hall in der Badewanne verstärkte meine Stimme noch dramatischer. David zog mich an sich und ließ sich von mir über den Wannenrand hinweg umarmen. »Ich liebe dich«, schluchzte ich. »Ich liebe dich ... wirklich!«

»Ja, ich weiß«, hauchte er und streichelte zärtlich über meinen Kopf. »Ich darf dich nicht so viel allein lassen.«

Ich küsste ihn noch einmal kurz am Hals, dann forderte mein Brandherd wieder volle Aufmerksamkeit. Ich presste den mit Milch getränkten weichen Stoff an mich, ständig auf der Suche nach der kühlsten Stelle. Nach zehn Minuten gab mir David eine Salbe und ich legte mich mit einem Kühlpaket ins Bett, aber erst spät abends ließ der Schmerz nach und ich schlief ein.

New York Fashion Week

Die New York Fashion Week war mit Abstand der beste Job, den ich während meiner Model-Karriere jemals erhalten hatte. Es waren viele Mädchen dort, die ich aus Illustrierten kannte, von Titelblättern und Hochglanzmagazinen. Wir hatten zwei Tage lang geprobt, bis schließlich der große Abend gekommen war. Leider konnte sich David keine Zeit nehmen, dabei zu sein, obwohl ich eine gratis Eintrittskarte für ihn bekommen hatte. Die Halle war voll. Man reichte uns in den Garderoben Champagner gegen die Nervosität und trotzdem war ich dankbar, diesmal nicht als *First Face* laufen zu müssen. Dafür gab es Supermodels.

Als Auftakt stelzten alle Mädchen in kurzen Abständen eine gerade Linie bis ans Ende des Laufstegs und wieder zurück. Der Publikumsbereich war zum Glück so sehr abgedunkelt, dass man die vielen Leute und Kameras gar nicht erkennen konnte.

Zirka zehn Minuten später war mein Auftritt. Ich präsentierte Dessous von Michelle Klein und lief mit nur zwei weiteren Mädchen über den langen Catwalk. Diesmal beleuchteten einige Spots auch die ersten Reihen des Publikums und bei meinem streng geradeaus gerichteten Blick traf es mich plötzlich wie der Blitz ... Santiago!

Ich bildete mir ein, ihn in im Scheinwerferlicht gesehen zu haben – ganz am Ende des Catwalks frontal in der ersten Reihe. Das konnte er mir nicht antun! Mir stockte der Atem. Ich konzentrierte mich krampfhaft auf jeden einzelnen Schritt und bekam kaum noch Luft. Längst war ich nicht mehr im Takt, mir zitterten die Knie und als ich kurz vor ihm angekommen war, wurde er ein zweites Mal von einem Spotlight erleuchtet. Er war es tatsächlich! Der Schreck erfasste nun meine Beine mit voller Wucht. Ich wackelte, stürzte und fiel direkt vor ihm auf die Knie. Sofort musste ich meinen Blick von ihm losreißen, um wieder aufstehen zu können. Ich meinte, ihn im Augenwinkel lächeln gesehen zu haben. Endlos erschien mir der Weg zurück bis zum Vorhang. In den Garderoben angekommen, wartete bereits die Rechte Hand von Michelle auf mich. Völlig außer sich wollte er wissen, was mit mir los war. Ich erklärte ihm, dass mein Ex-Freund im Publikum saß und ich erschrocken war ... aber das interessierte ihn reichlich wenig. In einer Minute musste ich noch einmal raus ... mit Michelle Klein persönlich ... für den Abschluss-Applaus. Mein Outfit konnte ich anbehalten, eine Stylistin kümmerte sich um meine Haare, im nächsten Moment stand Michelle neben mir. Er reichte mir die Hand und dann kam unser Einsatz. Wir betraten die Bühne, er hielt mich weit von sich gestreckt und trotzdem war ich dankbar für den Halt, den er mir gab. Ich schaffte es ohne zu stürzen bis ans Ende des Laufstegs. Die Leute applaudierten. Hinter uns nahm die ganze Gruppe seiner Pariser Models Aufstellung. Es war hell und ich konnte Santiago gut sehen. Er war ganz in schwarz gekleidet. So schwarz wie seine Haare. Und so schwarz wie die auffällige Sonnenbrille, die modisch darin steckte. Er sah atemberaubend gut aus, extrem sexy, er hatte lässig seine Beine überkreuzt und applaudierte nicht. Stattdessen stützte er sich mit einem Ellenbogen auf die Lehne und hielt zwei Finger an die Schläfe gepresst, als würde er angestrengt nachdenken, während er mich mit seinen Augen fixierte. Wir bekamen Standing Ovations, alle Leute standen auf, nur Santiago blieb demonstrativ sitzen. Seine Miene flößte mir Angst ein. Ich meinte, er wollte mich töten mit seinen Blicken. Sie brannten auf meiner Haut. Sie brannten meinen Körper rauf und runter. Im selben Moment küsste mich Michelle auf die Wange. Reflexartig zogen sich Santiagos Augenbrauen zusammen, er riss sich von mir los und blickte zu Boden. Dann stand auch er auf, wandte sich von uns ab und während die Leute noch immer applaudierten, verließ er die Halle.

Hinter den Kulissen suchte ich als erstes nach meinem Handy. Ich hatte Angst, Santiago würde vor dem Eingang auf mich warten. Was sollte ich bloß tun? Ich musste David Bescheid sagen, dass er hier war. Vielleicht konnte er mich abholen kommen? »David ... David ... bitte heb ab ... DAVID!«

»JA!« rief er. Gleichzeitig schüttelte er mich!

Ich hielt mich an ihm fest und bekam kaum Luft.

Verwirrt sah ich mich in meinem Schlafzimmer um ...

Ich hatte geträumt!

»Das kann nicht sein! David! Es war so realistisch«, keuchte ich. »Ich hab von Santiago geträumt, er war auf der NY Fashion Week, im Publikum!«

»Es war nur ein Traum!«, beruhigte er mich.

Mein Herz klopfte wie verrückt. Ich war schweißnass und noch immer atemlos. David küsste mich auf die Wange und wir legten uns wieder nieder. Jetzt erst merkte ich es ... »Wieso schläfst du bei mir?«, fragte ich ihn.

Er lächelte. »Ich habe dir doch versprochen, dich weniger allein zu lassen.«

»Bitte versprich mir noch etwas«, bettelte ich.

»Was denn?«

»Wenn ich wirklich dort laufen darf, musst du bei mir sein und ganz vorn sitzen!«

»Natürlich! Ich lasse dich nicht allein!«

Dankbar küsste ich seine Hand. »Ich bin so froh, dass du da bist.«

David umarmte mich liebevoll, bis ich wieder eingeschlafen war.

***

Am nächsten Morgen behandelte er zum letzten Mal meine Füße mit Ultraschall. Ich konnte wieder schmerzfrei barfuß laufen. Dafür irritierte mich die Chili-Entzündung zwischen meinen Beinen ziemlich heftig und ich beschloss, den Zeitpunkt meiner Selbst-Entjungferung zu vertagen.

Ich bekam eine Zusage für die NY Fashion Week! Michelle Klein hatte mich mitsamt meiner Makel gebucht. Meine Freude war groß ... trotz meines vorangegangenen Albtraumes. David sprach noch einmal mit meiner Agentur und ersuchte, dass nach Möglichkeit vermieden werden sollte, Interessenten über meine laufenden Jobs und Termine Auskunft zu geben.

Fast alles verlief, wie ich es vorhergesehen hatte. Meine Aufregung war unbeschreiblich, genauso unbeschreiblich wie die Schönheit der ganzen anderen Models, die ich zu Gesicht bekam. Alle trugen Dessous und unsere Haare wurden zu beeindruckenden Kunstwerken gestylt. Ich gehörte zu jenen, die ihre großen wallenden Locken offen tragen durfte. Kurz vor dem Auftritt reichte man uns ein Glas Sekt – anstelle von Champagner – und zum Glück, als ich den Laufsteg betrat, wich alle Nervosität von mir. Ich konnte vorbildlich laufen und freute mich endlos, David in der zweiten Reihe zu erblicken. Nur am Schluss, war nicht ich diejenige, die an Michelles Seite für den Abschluss-Applaus auf die Bühne durfte, sondern ein anderes Mädchen. Es gab auch keine Standing Ovations.

David wartete nach der Show beim Hintereingang auf mich und obwohl man hätte denken können, er müsste nach diesem Auftritt stolz auf mich sein, war ich es, die stolz darauf war, von ihm abgeholt zu werden. Ich fand die meisten der anderen Models hübscher als mich selbst – trotzdem wartete er auf mich! Und er war mit Abstand der attraktivste unter all den Männern, die hier auf ihre Töchter oder Freundinnen warteten. Er lächelte und schloss mich in seine Arme. Und obwohl bereits die ganze Anspannung von mir abgefallen war, produzierte mein Adrenalinspiegel noch immer reihenweise Glückshormone, die sich nun alle auf David fokussierten, mit dem Ergebnis, dass ich ganz verrückt nach ihm war. Wohl wissend, dass er so ein Verhalten nicht leiden konnte, begann ich im Taxi, ihn anzubetteln, mit mir die Nacht zu verbringen. Ungeniert fasste ich meine überschwängliche Sehnsucht in Worte, ohne Rücksicht auf den Fahrer. Zur Strafe bekam ich keine Antwort. Wortlos blickte David aus dem anderen Fenster, während ich an seiner Schulter um seine Liebe flehte. Aber ich hatte Erfolg. Er schlief bei mir. Jedoch – wie vorhergesehen – ohne mich von meinem mittlerweile chronischen Problem zu befreien.

***

Eine gute Woche später schickte mich meine Agentur zu zwei weiteren Castings, wo es um Printkampagnen ging. Leider machten hier jedoch andere Mädchen das Rennen.

Bete mich an!

Eines Abends kam David nach Hause und ich merkte sofort, dass ihn etwas bedrückte. Nachdenklich sah er durch eine der Terrassentüren hinaus auf den Central-Park, während Hayle noch in der Küche beschäftigt war. Meistens, wenn er nicht reden wollte, mochte er trotzdem eine innige Umarmung. Vorsichtig legte ich meine Hand auf seine Schulter und sein verträumter Blick schien kurz zu erwachen. Er umarmte mich liebevoll, drückte mich ganz fest und seufzte schwer. Ich fühlte sein Herz klopfen, ungewohnt laut und aufgeregt. David war nervös. Und das machte mir Angst. Was war passiert?

Hayle servierte das Abendessen und die gedrückte Stimmung nahm kein Ende. Ich konnte fast nichts essen. Meine größte Sorge war, David zu verlieren. Vielleicht hatte er jemanden kennengelernt. Ich malte mir Horrorszenarien aus, kam sogar auf die wahnwitzige Idee, dass eine andere Frau, die nicht mit meinem Handikap zu kämpfen hatte, sein Herz erobert haben könnte.

»Ich muss mit euch reden, mit euch beiden«, begann er schließlich, als Hayle und ich den Tisch abgeräumt hatten.

Wir setzten uns und David brach das Schweigen. »Jude hat mich heute angerufen ... Er hat Santiago verlassen.«

Ungläubig schüttelte ich den Kopf, ein stimmloses »Nein« kam über meine Lippen.

Aber David nickte. »Es gab einen Vorfall auf Ivory ... irgendetwas ist passiert ... Er will es mir nicht erzählen.«

Mein Mund blieb offen stehen, sofort begann ich schwerer zu atmen. »Woher hat er deine Nummer?«

»Damian hat sie ihm bei der Überfahrt nach Miami gegeben. Jude wird uns morgen besuchen kommen. Er möchte nach Los Angeles gehen. Und er hat Victoria bei sich.«

»Victoria? Ist sie verletzt?«

»Nein, Santiago hat sie beide gehen lassen. Victoria durfte nur ihre Schuhe nicht behalten. Das ist aber bei Judes Vermögen kein wirkliches Problem.«

Jude ... Victoria ... ich musste nachdenken.

»Wieso kommt er uns besuchen?«, fragte Hayle.

David nahm seine Hand. »Um genau zu sein, will er mich besuchen. Ich werde euch beide bitten, mich mit ihm allein zu lassen.«

Hayle stand betroffen auf und ging in sein Zimmer, woraufhin David sich an mich wandte: »Ist das für dich auch ein Problem?«

Ich schüttelte den Kopf. David kam mir näher und küsste mich auf die Wange. Ich legte meine Arme um seinen Hals und fühlte mich dann doch etwas eigenartig. Der Gedanke, David teilen zu müssen, schmerzte.

»Jude kommt morgen Nachmittag«, erklärte er.

»Kann ich ihn auch sehen?«

»Ja, kurz. Ich möchte, dass du danach mit Hayle irgendwohin gehst ... shoppen, essen, Kino, egal ... drei Stunden. Bitte, tu das für mich.«

Ich schluckte schwer und nickte.

David küsste mich noch einmal. Kurz darauf erhob er sich und holte Hayle zu sich ins Zimmer.

***

Am nächsten Morgen war ich weit nervöser als David. Ich

wollte mich hübsch machen für Jude und benötigte dafür gute zwei Stunden im Bad. David und Hayle schliefen sehr lange, sie ließen das Frühstück aus und gingen gemeinsam auswärts Mittagessen. Die Stunden wollten nicht vergehen und meine Nervosität steigerte sich noch, als mir die Idee kam, dass eigentlich Jude die Lösung für mein größtes Problem wäre ... wenn doch nur ich diejenige sein könnte, die mit ihm ein paar Stunden verbringen durfte. Vielleicht sollte ich meine Gedanken mit David teilen, es wäre doch auch in seinem Interesse. Andererseits hätte er selbst daran denken können und die Tatsache, dass er es nicht tat, ließ mich vermuten, dass er es nicht erlauben würde. Ich musste eigene Pläne schmieden. Fünf Minuten ... mit Jude ... nur fünf Minuten. Irgendwie musste sich das doch einrichten lassen.

Ich versuchte, mit meinem Outfit seinen Geschmack zu treffen. Also wählte ich eine nachtblaue hautenge Hüfthose, die seidig glänzend schimmerte – Jude mochte enge Hosen bei Mädchen – und dazu eine himmelblaue Korsage, schulterfrei, im Rücken geschnürt.

Gegen sechzehn Uhr klingelte es an der Gegensprechanlage und vor Schreck blieb mir fast das Herz stehen. Hayle und ich warteten im Wohnzimmer. David öffnete die Tür. An den zwei Säulen im Eingangsbereich vorbei konnte ich Jude sehen, wie er mit Victoria unsere Wohnung betrat. David half ihm aus dem Mantel und begann ihn danach innig zu küssen. Vicky sank neben Jude auf die Knie – ich hatte die Rituale von Ivory schon fast vergessen, aber so schrieb es die Etikette vor, wenn zwei Männer im Beisein eines Mädchens intim wurden. Auch ich drehte mich schließlich um. Hayle saß auf der auf der Couch und befasste sich vorgeblich mit einer Zeitung.

Als ich wieder hinsah, waren alle drei bereits auf dem Weg

ins Wohnzimmer. Jude warf mir einen kurzen Blick zu, reichte dann aber zuerst zu Hayle die Hand. Ich stand am Fenster und beobachtete, wie David nun Victoria küsste. Sie war plötzlich völlig aufgelöst, gierte mit ihren Händen nach ihm, durchkämmte seine Haare, hielt sich an seinen Schultern fest und machte ihm schluchzend Vorwürfe: »Du warst einfach weg ... ohne dich zu verabschieden ... wir wussten gar nichts.«

David nickte stumm und küsste sie weiter, als könnte seine Leidenschaft sie trösten. Es machte mich fertig, dass ich nicht wusste, was er auf Ivory mit Victoria erlebt hatte ... ob er jemals mit ihr geschlafen hatte.

Jude lächelte mich an, als er sah, wie ich die beiden mit offenem Mund beobachtete – aber sofort war meine Aufmerksamkeit bei ihm. Erst jetzt wurde mir wieder bewusst, wie attraktiv er war. Seine Schönheit blendete in meinen Augen. Er kam auf mich zu und legte eine Hand an meine Taille. Doch ich wandte mein Gesicht von ihm ab.

»Willst du mich nicht küssen?«, hauchte er lasziv.

Das wollte ich durchaus. Aber nicht vor David! Es brach mir das Herz, mit ansehen zu müssen, wie er Victoria küsste und umarmte. Ich wollte David nicht gleichermaßen verletzen. Doch Judes strenger Blick fesselte mich und ich traute mich nicht, ihm zu widersprechen. Nur zögerlich schüttelte ich meinen Kopf, denn ich fürchtete mich vor seiner Reaktion. Aber Jude zeigte edle Toleranz, er nickte und trat von mir zurück. Plötzlich erhob sich Hayle, um ihm leise etwas anzuvertrauen: »Schlag sie, wenn du ein richtiger Mann bist!«

Leicht perplex sah Jude ihn an. »Was hat dich geritten?«

»Sie steht auf so was, glaub mir«, flüsterte Hayle.

Ich war fassungslos. Wie konnte er so etwas nur tun? Als ob man das Jude zweimal sagen müsste.

»Du hast doch keinen blassen Schimmer davon, was sie für mich empfindet«, konterte Jude selbstsicher. »Soll ich dir erklären, warum sie mich nicht küssen will?« Er wandte sich nun an mich und sprach so langsam, als wollte er mich mit einem Fluch belegen: »Es würde alles vorweg nehmen ... Sie ist noch nicht bereit dafür, meine plötzliche Nähe zu ertragen. Viel lieber würde sie vor mir auf die Knie fallen, sich auf dem Boden vor mir ausstrecken, um mit ihren Lippen meine Schuhe zu berühren.«

Hayle lachte. Ungläubig setzte er sich wieder auf die Couch. Jude hingegen kam zu mir und sah mir fest in die Augen. Zärtlich legte er eine Hand an meine Wange, dann hauchte er in mein anderes Ohr: »Sieh zu mir auf ... bete mich an ... hebe mich in deinen Himmel!«

Stechende Gänsehaut lief über meinen Körper. Sofort spürte ich pochende Erregung in meinem Unterleib. Sehnsüchtig wich alle Luft aus meinen Lungen und formte sich zwischen meinen Stimmbändern zu einem leisen Stöhnen, das ihm ein hingebungsvolles »Ja« bedeuten wollte. Mit seinen perfekt gewählten Worten saugte er alle Energie aus meinem Körper, er machte mich willenlos und ihm ergeben. Ich vergaß alles um mich herum, und als er daraufhin wieder zwei Schritte von mir zurücktrat, sank ich auf meine Knie ... Ich legte mich flach ausgestreckt vor ihm auf den Boden und küsste, erfüllt von tiefer Hingabe, seine Schuhspitzen.

»Jude, lass das!«, vernahm ich schmerzhaft Davids Stimme und im nächsten Moment packte er mich am Oberarm und zwang mich aufzustehen. Böse sah er mich an – so, wie man ein kleines Mädchen ansieht, das sich unartig benommen hatte – aber ich musste erst wieder zu mir kommen. David setzte mich neben Hayle auf die Couch und ich hielt mir beide

Hände vors Gesicht. Ich wollte heute nicht mehr sprechen. Zu schön war dieses prickelnde Gefühl in meinem Bauch. Jude hatte genau meinen wunden Punkt getroffen. »Sieh zu mir auf … bete mich an … hebe mich in deinen Himmel …« Seine Worte wiederholten sich unentwegt in meinem Kopf. Wie eine Droge breiteten sie sich in meiner Blutbahn aus. Ich konnte kaum noch klar sehen … sogar Jude, der mir jetzt gegenüber saß, verschwamm in meinem Blickfeld. Aber es fühlte sich herrlich an, im selben Raum mit einem Mann zu sein, den ich hemmungslos anbeten durfte.

David und Victoria setzten sich zu uns. Sie berührte mich beiläufig mit ihrer Hand zur Begrüßung. Das war so üblich. Santiago wollte keinen intimen Kontakt zwischen Mädchen. Wir küssten einander nie auf die Wange und schon gar nicht auf den Mund. Er verabscheute lesbische Liebe und jedes Anzeichen, das darauf schließen ließ. Ich versuchte tief durchzuatmen, um mehr Sauerstoff in mein Gehirn zu bekommen, damit ich der Unterhaltung zwischen David und Jude folgen konnte.

»Wie geht es Santiago?«, fragte David.

»Er ist angeschlagen. Aber er wird auch das wegstecken«, entgegnete Jude. »Ich kann dir wirklich nicht mehr erzählen, David. Du weißt, die Schweigepflicht.«

David wandte sich an Victoria: »Sagst du es uns?«

Doch sie schüttelte den Kopf und Jude lächelte sie mitfühlend an. »Du darfst ihr das nicht übel nehmen, sie hat kein Geld bekommen, sie schützt ihn aus anderen Motiven. Genau wie Zahira.«

David verdrehte die Augen. »Darf ich den Zeitpunkt wissen, wann es war?«

»Vor einer Woche.«

»Damian hat mich nicht angerufen. Ich bin mir sicher,

wenn ihr einen Arzt gebraucht hättet ...«

»David ... Santiago hat dich schon lange ersetzt! Er hat wieder einen Arzt an seiner Seite, einen Psycho-Doktor.«

David nickte und biss sich dabei auf die Lippen. Dann wechselte er das Thema: »Denkst du, er sucht uns?«

»Schwer zu sagen, anfangs ist er durchgedreht wegen dir, David. Er hat dich in Miami vermutet und gesucht. Er war wirklich getroffen, hat sogar professionelle Hilfe angenommen, in einer Klinik in Atlanta, zwei Wochen stationär ... Das musst du dir vorstellen! Dort hat er auch *ihn* kennengelernt. Dann ist er jedes Wochenende zu ihm geflogen und seit einer Woche, seit dem Unfall, wohnt er dauerhaft bei uns. Aber keine Ahnung, wie lange das halten wird. Der Typ ist ziemlich dominant.«

»Hast du mit ihm geschlafen?«, fragte David.

»Nein, ich hab ihn auch erst vor einer Woche zum ersten Mal gesehen, und wir hatten wirklich andere Sorgen.«

David seufzte. »Sucht er Zahira?«

»Er hat eine Zeit lang ihre Wohnung hier in Manhattan beobachten lassen. Aber ohne Erfolg.«

»Wir haben dich auf der Fashion Week gesehen«, sagte Vicky zu mir.

»Ja, im Fernsehen«, nahm ihr Jude das Wort aus dem Mund, »letzten Sonntag.«

»Hat Santiago es auch gesehen?«, fragte ich.

»Ja, ich kann dir aber nicht sagen, wie er es fand. Seine Gedanken sind sehr schwer zu durchschauen ... kurz darauf ist dann auch der Unfall passiert.«

»Ich bin schuld?«, fragte ich entsetzt.

»Nein, so weit würde ich nicht gehen ... Ich glaube, da überschätzt du dich«, beruhigte mich Jude. Dann blickte er kurz auf seine Uhr und sah zu Victoria. »Dein Wagen wartet unten!«

Sie nickte traurig und fiel noch einmal David um den Hals.

»Victoria bleibt nicht hier?«, fragte ich Jude.

»Nein, sie fährt ins Hotel.«

»Warum nehmt ihr euch ein Hotel, ihr hättet doch bei uns bleiben können?«, bot ich an, aber sofort unterbrach mich David. Er beendete die Unterhaltung, griff Hayle aufs Knie und deutete damit unmissverständlich an, dass auch wir gehen sollten. Victoria küsste Judes Hand, David flüsterte mir zum Abschied »Danke« zu, während Jude lässig auf der Couch sitzen blieb und mich von oben bis unten taxierte. Ich kniete vor ihm nieder, küsste ebenfalls seine Hand und erntete dafür ein süßes Kompliment von ihm. »Hab ich dir gesagt, dass du hinreißend aussiehst?«

Ich schüttelte verlegen den Kopf und lächelte danach glücklich. Dann machten wir uns zu dritt auf den Weg. Victoria stieg vor dem Haus in ein Taxi. Ich blickte auf die Uhr, um die Drei-Stunden-Grenze nicht zu verpassen, ich wollte unbedingt zurück sein, bevor Jude womöglich wieder gegangen war.

»Was machen wir?«, fragte ich Hayle. Im nächsten Moment merkte ich, dass er mit den Tränen kämpfte. Er drehte sich ständig von mir weg und fuhr sich hektisch durch die Haare. »Willst du lieber allein sein?«, fragte ich ihn. Er zuckte mit den Schultern. Es war kalt und windig. Mich fror beim Herumstehen. Ich hatte David versprochen, mich um Hayle zu kümmern. »Gehen wir doch ins Kino, bei der Kälte fällt mir nichts Besseres ein!«, schlug ich vor und hielt ein Taxi an. »Komm schon, steig ein!«

Widerwillig folgte er mir. Keine Ahnung, welchen Film wir uns ansahen, vermutlich waren wir beide mit unseren Gedanken wo anders. Ich bei Jude. Und Hayle bei David. Ich überlegte, wie ich Jude unauffällig in mein Geheimnis einweihen konnte. Ich musste einen guten Grund finden, kurz mit ihm allein zu sein. Bestenfalls schliefe David, wenn wir nach Hause kämen. Wenn nicht, könnte ich vielleicht vorgeben, Jude mein Zimmer zeigen zu wollen. Ich könnte ihn auch hinunter zum Taxi begleiten ...

Der Film war zu Ende, bevor ich einen richtigen Plan geschmiedet hatte. Gute zwei Stunden waren vergangen und wir konnten uns bereits auf den Rückweg machen. Zehn Minuten zu früh kamen wir zu Hause an, doch als ich die Tür aufschloss, merkte ich schon, dass mir jemand von innen öffnete. David empfing uns, frisch geduscht. Jude war weg.

Mein Herz klopfte aufgeregt. »Warum ist er schon gegangen? Ich dachte, ich sehe ihn noch mal«, klagte ich enttäuscht.

David nahm Hayle in seine Arme. »Wozu hättest du ihn sehen wollen? Du hattest dich bereits von ihm verabschiedet!«

Ich warf meine Jacke in die Ecke und ging in mein Zimmer. Ohne meine Stimme zu gebrauchen, fluchte ich ein paar unanständige Worte. Fassungslos raufte ich mir die Haare. Das durfte nicht wahr sein, ich hatte Jude verpasst! Wie konnte das passieren? Ich hatte meine Chance vergeben. Meine einzige Chance! Ich hatte niemanden außer Jude! Ich schluchzte verzweifelt und wusste, ich war jetzt endgültig bereit ... ... für die weißen Kugeln!

Schnell waren neue Pläne geschmiedet. Doch ich musste warten, bis David und Hayle schliefen. Wenn ich Glück hatte, bewahrten sie die Dinger in Hayles Zimmer auf. Mühevoll öffnete ich meine Korsage vor dem Spiegel, streifte meine enge Hose ab und schlüpfte in ein Nachthemd. Im Badezimmer erschrak ich vor meiner Frisur – ich hatte mich komplett zerzaust. Doch als ich mir die Hände waschen wollte, stieß ich auf ein kleines Kärtchen im Waschbecken, auf dem geschrieben stand:

»Carlton Hotel NY – Zi. 227 – Komm zu mir!«

Hitze stieg in mir auf. Mit offenem Mund betrachtete ich die Karte eine Minute lang, bevor ich glauben konnte, was ich gelesen hatte. Dann benötigte ich den gesamten Auslauf meines Zimmers, damit ich meine Nervosität wieder loswerden und richtig denken konnte. Jude hatte mich »gewählt« – wie man auf Ivory so schön sagte – und dazu sollte ich mich heute Nacht heimlich aus der Wohnung schleichen. Aber nachdem ich jetzt ein freies Leben führte, musste ich mir erst einmal darüber klar werden, ob ich das überhaupt wollte. Die Frage war schnell beantwortet: Ja, ich wollte. Und bei David war ich mir bis dahin ziemlich sicher, dass er mir fast alles verzeihen würde. Also war mein einziges Problem – ähnlich wie kurz zuvor – wann die beiden sich endlich zurückziehen würden.

Zwei Stunden später war es soweit. In einem hübschen kurzen Kleid, getarnt mit einem Wintermantel, und sündhaft teuren High Heels verließ ich klammheimlich die Wohnung. Ich nahm ein Taxi und stellte fest, dass das Hotel ganz in der Nähe lag. In der Eingangshalle begab ich mich ohne Anmeldung zu den Liften und hoffte, nicht aufgehalten zu werden. Ich wollte nicht erklären müssen, ob ich hier ein Zimmer hatte oder nicht. Vor der Tür mit der Nummer 227 angekommen, warf ich einen Blick auf meine Uhr, es war halb eins, mein Herz klopfte laut und mein Atem wollte sich nicht beruhigen. Ich zögerte anzuklopfen, überlegte kurz, wie ich mich verhalten sollte ... niederknien oder nicht? Was, wenn Vicky öffnete? Vielleicht hatte er mich früher erwartet und schlief jetzt schon. So viele Fragen, doch schließlich klopfte ich. Zuerst blieb es lange still, dann hörte ich Schritte ... Jude öffnete die Tür.

Er war noch elegant gekleidet, trug eine sandfarbige Anzugshose und ein weißes Hemd. Aber er war barfuß. Er sah mich an und lächelte nicht. Stattdessen legte er seine Hand um meine Taille und zog mich an sich. Hinter mir schloss er die Tür. Er machte keine Anstalten, mich küssen zu wollen, hielt mich nur still schweigend an sich gedrückt. Ich war glücklich. So sehr hatte ich mir gewünscht, mit ihm allein zu sein. Gleichzeitig spürte ich Angst in mir aufsteigen, wundervolle Angst, sie erregte mich. Jude war unberechenbar und gnadenlos, das wusste ich nur zu gut. Und heute Nacht würde ich ihm gehören. Ich wollte vor ihm niederknien, aber er hielt mich davon ab. »Nicht«, flüsterte er. »Wir gehen ins Schlafzimmer.«

Er half mir aus dem Mantel und ich schlüpfte aus meinen Schuhen.

»Wo ist Vicky?«, fragte ich leise.

»Nebenan ... ich hab ihr ein Schlafpulver gegeben.«

»Wozu?«

»Ich wollte, dass du dich auf mich konzentrieren kannst und dir keine Gedanken machst. Mir wäre es egal gewesen ...«

»Warst du dir sicher, dass ich komme?«

Er belächelte meine Frage. »Absolut! Ich hab sogar eine Überraschung für dich.«

Ich machte neugierige Augen. Doch er entschied: »Später!«

Ich hasste Überraschungen. Da fiel mir wieder ein, dass ich auch etwas mitgebracht hatte. »Jude, ich muss dir was sagen. Um genau zu sein, ich hab auch eine Überraschung für dich.«

Gespannt sah er mich an.

»Ich ... ich ... bin Jungfrau!«

Jude verzog keine Miene, legte nur seine Hand an meine Stirn, um zu fühlen, ob ich Fieber hatte.

»Nein, lass das!«, wehrte ich mich. »Ich hab mir in einer Beauty-Klinik mein Jungfernhäutchen wieder herstellen lassen!«

»Für mich?«, fragte er überrascht.

Ich musste lachen. »Nein ... oder ... jetzt eigentlich doch. Das kannst du sehen, wie du willst. Es war schon vor einem Monat.«

»Hast du mit David denn keinen Sex?«

»Doch! ... Aber anders ...«

Jude nickte verstehend. »Was zahlt man für so eine OP?«

»Ich weiß es nicht ... Es war ein Freund von David.«

Doch nun beharrte er auf seiner Frage: »Für wen hast du es dann machen lassen?«

»Es ... war ... nicht ganz freiwillig. Und ich möchte eigentlich nicht darüber reden!«

»Nicht freiwillig? Dann will ich es erst recht wissen!«

Ich seufzte schwer, aber er drängte mich noch weiter ... und schließlich erzählte ihm meine Tortur in groben Zügen.

Jude schluckte und musste gestehen: »Da bekomme sogar ich Herzklopfen!« Etwas betroffen nahm er mich an der Hand und führte mich ins Schlafzimmer.

Auf seinem großen Doppelbett sank ich in viele weiche Kissen, während Jude die Jalousien zudrehte. Dann setzte er sich zu mir und legte eine Hand auf meinen Bauch. Gefühlvoll begann er über meinen Körper zu streicheln und mein Atem verstärkte sich unter seinen Händen.

»Ich hätte Arzt werden sollen«, schmachtete er.

Ich lächelte ... Doch ich wollte nicht mehr sprechen, so schön waren seine Berührungen. Ergeben legte ich meine Arme über den Kopf und schloss meine Augen, um mich auf seine Hände konzentrieren zu können. Ich fühlte prickelnde Erregung in mir aufsteigen ... mir wurde warm zwischen meinen Beinen ... und meine Lippen öffneten sich für einen noch tieferen Atem.

Nach einer Weile half er mir aus meinem Kleid und als ich mit weichen Knien und erfüllt von Begierde nackt vor ihm auf dem Bett saß, kam er hinter mich. Er zog mich zwischen seinen Beinen dicht an seinen Körper. Ich fühlte sein Hemd an meinem Rücken, und seine Körperwärme. Ein Arm schlang sich um meine Taille und seine andere Hand legte er an meine Kehle. Ich fühlte mich fast vollständig von seinem Körper aufgenommen. Er drückte mich fest und ich liebte ihn für die Kraft seiner Arme, die mir fast den Atem raubte. Ich wollte in ansehen, wandte ihm mein Gesicht zu und unweigerlich musste ich sehnsüchtig seufzen. »Ich will dich, bitte, ich will dich! Bitte ... schlaf mit mir!«, flehte ich ihn an.

Jude lächelte. »Ein bisschen Geduld musst du schon haben.« Langsam ließ er meinen Hals los, seine Finger strichen über meine Wangen und erreichten meinen Mund. Sie öffneten meine Lippen und drei seiner Finger drangen in mich ein. Sofort empfing ich sie freudig mit meiner Zunge und saugte daran. Doch sie glitten schnell tiefer, bis sein Daumen und sein kleiner Finger von außen gegen meine Wangen stießen. In meinem Körper fühlte es sich an, als wäre er intim in mich eingedrungen. Mein Geschlecht begann zu pulsieren und ich sah dankbar in seine Augen, während seine Hand nun eine vorsichtige Bewegung aufnahm. Ich betrachtete es als anspruchsvolle Herausforderung, es wehrlos zuzulassen. Jude beraubte mich aller Worte, doch ich atmete erregt. Zwischendurch berührte er ganz empfindliche Punkte in meiner Kehle. Tränen liefen aus meinen Augen. Seine andere Hand hielt sich an meinem Oberbauch fest, sodass er es jedes Mal fühlen konnte, wenn mein Magen unfreiwillig kontrahierte. Jude besorgte es mir mit seinen Fingern. Meine Hände lagen ruhig neben mir, nie wäre ich auf die Idee gekommen, mich ihm zu widersetzen. Doch allmählich verminderte er den Druck seiner Finger und als ich merkte, dass er sie mir entziehen wollte, begann ich sofort wieder daran zu saugen. Aber so sehr ich mich auch bemühte, er gewann ... Schwer atmend legte ich mein Gesicht an seinen Hals und betete, dass diese Nacht nie enden würde.

Jude stand kurz auf, um sich ebenfalls auszuziehen. Dann kam er wieder zu mir, unsere nackten Körper schmiegten sich aneinander, und ich merkte, dass ich ziemlichen Respekt davor hatte, ihn anzufassen. Gleichzeitig liebte ich es, wenn er es tat. Als seine Hand mich im Nacken fasste, fragte ich ihn neugierig: »Hattest du schon mal eine Jungfrau?«

Er lächelte amüsiert und kam mit seinem Mund dicht an mein Ohr. Doch ich bekam keine Antwort. Er küsste mich zärtlich und an seinem Atem merkte ich, dass er sehr erregt war. An meinen Lenden bestätigte sich kurz darauf mein Verdacht. Er rieb sich mit seinem schönsten Muskel an meinem Venushügel. Ich seufzte begierig. Seine Hand fasste zwischen meine Beine und das Überangebot an Feuchtigkeit versicherte ihm, dass er keine Hände benötigen würde, um in mich einzudringen. »Halt dich an mir fest«, flüsterte er.

Ich schlang meine Arme um seine breiten Schultern. Dann fühlte ich seine Erektion gegen mich stoßen und sofort begann mein Herz noch etwas lauter zu schlagen. Ich sah in seine schönen grauen Augen und stellte willig meine Beine für ihn auf. Zweimal rutschte er von mir ab, so sehr erregt hatte mich unser Vorspiel. Ich überlegte, ob ich mich dafür entschuldigen sollte, doch dann fand sein stolzer Liebesmuskel meinen Eingang und hielt daran fest. Langsam drückte er sich in mich und gleich zu Beginn traf er dabei auf einen Widerstand, den ich von mir selbst noch nicht kannte. Bei Santiago fühlte sich mein Erstes Mal ganz anders an ... Er wurde nicht aufgehalten, es war eher die Erweiterung des Spielfeldes, die etwas schmerzte, aber jetzt gab es einen eindeutigen Widerstand. Wer wusste schon, was Lacourt an mir verbrochen hatte? Plötzlich wurde mir ganz anders. Drei oder vier Mal stieß er mit leichtem Druck gegen meine Blockade. Jude sah die Panik in meinen Augen. Ich hatte Angst, dass irgendetwas mit mir nicht stimmte und wollte gerade etwas sagen, als er mir plötzlich den Mund zuhielt. Sein Oberkörper hob sich ein Stück von mir ab und eine heftige Bewegung seiner Hüfte versetzte mir einen so brutalen Stoß, dass mir für einen Moment schwarz vor Augen wurde. Er durchbrach das gespannte Netz meiner Jungfräulichkeit, ich schrie kurz in seine Hand und keuchte danach aufgeregt ... Ich war ziemlich erschrocken, doch die nachfolgenden Schmerzen hielten sich in Grenzen. Trotzdem fühlte ich neues Nass zwischen meinen Beinen. Jude nahm seine Finger wieder von meinem Mund. Er küsste mich am Hals und fing an, sich in mir zu bewegen. Langsam beruhigte sich mein nervöser Atem, ich hatte Schmerzen, erträgliche Schmerzen, und ich ließ mich bereitwillig von seiner Begierde verzaubern.

Ich blickte an die Decke und dachte an meine erste Liebesszene mit Santiago. Wie hingerissen ich war ... von seiner Schönheit, seiner Ausstrahlung, seinem Glanz ... und wie maßlos ich ihn begehrt hatte. Ich dachte an meine unwissenden Hände, die ihn immer wieder versucht hatten zu berühren, und an das unbeschreibliche Verlangen, das eben dieses Verbot in mir ausgelöst hatte ...

Jude riss mich aus meinen Träumen. Er bewegte sich heftiger, begann, mit seiner Hüfte beschwingt zu kreisen und provozierte damit neuen Schmerz. Ich konnte mein Stöhnen nicht unterdrücken und hielt mich verkrampft an seinen Schultern fest. Er selbst hauchte mir weiter leise ins Ohr. Da begriff ich ... diese kunstvollen Bewegungen waren nur für mich gedacht. Meine

Erregung war weit größer als seine eigene. Jude wollte zuerst mich ins Paradies führen, bevor er mir folgen würde. Kurz darauf konnte ich nicht mehr denken, fühlte nur noch seine kräftigen Stöße. Ich hatte es schon immer gewusst ... obwohl er aussah wie ein englischer Lord, er hatte das Temperament und die Geschmeidigkeit eines Brasilianers in den Hüften. Seine Bewegungen waren geschickt und außergewöhnlich, verfolgten aber dennoch eine gewisse Regelmäßigkeit, der ich mich hingeben konnte. Mein ganzer Körper schien sich unter ihm aufzulösen und dann sah ich nur noch Sterne ... mein Tänzer drehte seine letzten Pirouetten ... und plötzlich begannen meine intimsten Muskeln im Orgasmus zu flattern. Ein Lustschrei entsprang meiner Kehle. Meine Nägel bohrten sich in seinen Rücken, ich schrie und keuchte und wusste, dass Jude es fühlen konnte, mein heftiges inneres Zucken an seinem Schwanz. Bis ich langsam in mich zusammensackte.

Doch Jude gönnte mir keine Pause. Er drehte sich mit mir auf den Rücken, sodass ich nun über ihm war. Ich stütze mich auf meine Arme. Er hielt meinen Kopf fest ... wollte mich ansehen. Meine langen Haare legten sich wie ein finsterer Schleier über uns, aber es schien ihn nicht zu stören. Gefühlvoll begann er mich zu küssen. Ich hielt mein Gewicht auf Knien und Unterarmen, sodass ich seinen Körper nur leicht berührte. Dann zog er mein Gesicht an seine Schulter und hielt mein Becken fest. Wieder entlockte er mir einen Lustschrei, als er in mich eindrang. Seine Bewegungen waren jetzt geradlinig und schneller ... ich fühlte ihn fest und tief in mir. Jeder einzelne Stoß erschütterte meinen Körper. Jude war kaum noch zu halten, er konnte sich unter mir frei bewegen und tat dies mit fast unerträglicher Geschwindigkeit. All meine Muskeln waren hart gespannt, ich schrie und keuchte ... Plötzlich presste er sein Becken fest gegen mich ... ich fühlte das zärtliche Spritzen in meinem Unterleib und konnte vor Erregung gar nicht mehr aufhören zu schreien. Zu schön war die Vorstellung, ihn befriedigt zu haben und sein Sperma nun in mir zu tragen. Liebevoll streichelte er über meinen schweißnassen Rücken und war selbst kaum außer Atem. Ich aber war glücklich und erschöpft.

Ein kurzer prüfender Blick in meinen Schritt sagte mir, dass ich das Badezimmer aufsuchen musste. Auch die weißen Laken waren befleckt. Jude half mir aus dem Bett und führte mich ins Bad. Schnell hüpfte ich unter die Dusche, ich sah, dass meine Wimperntusche leicht verlaufen war, meine Haare zerzaust, doch ich hatte keine Zeit, das alles zu richten, denn ich wollte wieder zu ihm. Kaum war ich trocken, kehrte ich mit einem weißen Badetuch umwickelt zurück in den Wohnbereich.

Jude stand im Durchgang zum Schlafzimmer und streckte eine Hand nach mir aus. »Zieh das an und setz dich!« Er gab mir meine Dessous und zeigte auf den wuchtigen Ledersessel, der unmittelbar neben dem Bett stand. Das klang nach einem Spiel, so gut kannte ich ihn mittlerweile schon. Ich schlüpfte in meine knappe Spitzenunterwäsche und setzte mich.

»Leg deine Arme auf die Lehnen und stell deine Beine weiter auseinander.«

Ich befolgte seine Anweisungen und fand es richtig spannend, so aufreizend breitbeinig vor ihm zu sitzen. Jude zündete sich eine Zigarette an. Wohl eine neue Angewohnheit. Plötzlich klopfte es an der Eingangstür. Mit der Zigarette zeigte er kurz aber bestimmend auf mich und ging danach zur Tür. Ich sollte also sitzen bleiben. Er kam mit zwei Damen mittleren Alters zurück und deutete auf das Bett. Sie trugen Arbeitskleidung, hellblaue Blusen, schwarze knielange Röcke und waren offensichtlich vom Reinigungspersonal des Hotels. Ihre Blicke verliefen nahezu synchron und fast filmreif: Zuerst sahen sie mich – ungewöhnlich aufreizend im Sessel lehnen – danach das Blut auf den Laken vor ihnen, der dritte Blick landete sofort wieder auf mir und dann tauschten sie untereinander noch ein paar Mimiken aus, die ich vermutlich nicht bemerken sollte. Nur Jude wagten sie nicht anzusehen. Er stand in der Zimmertür, beobachtete das Geschehen und lächelte mich verschmitzt an. Ich konzentrierte mich darauf, ruhig zu atmen, und dachte, so könnte ich vielleicht verhindern, dass ich im Gesicht rot anlief. Aber ganz schnell spürte ich eine unvermeidbare Hitze in mir aufsteigen. Meine Wangen glühten. Und die beiden Frauen genierten sich offensichtlich nicht minder. Eilig bespannten sie das Bett mit frischen Bezügen und tauschten die Kissen gegen neue. Jede Bewegung schien einstudiert und es dauerte kaum fünf Minuten bis sie fertig waren. Danach flüchteten sie hastig aus dem Zimmer. Jude gab ihnen, während er seine Zigarette mit den Lippen festhielt, Trinkgeld und verschloss hinter ihnen die Tür.

Als er wieder zurückkam, hatte er ausgeraucht. Er sah mich belustigt grinsend an. Ich musste auch lächeln und überschlug nun endlich meine Beine. Er setzte sich mir gegenüber auf die Bettkante und stützte seine Unterarme auf seine Knie, als wollte er etwas mit mir besprechen. Wehmütig überlegte ich, ob er mich jetzt auffordern würde zu gehen. Doch ihn interessierte ganz etwas anderes ...

»Wirst du es David erzählen?«

»Was?«, fragte ich.

»Dass ich mit dir geschlafen habe. Dass du jetzt nicht mehr Jungfrau bist.«

Ich lächelte verlegen. »Er wird es merken.«

Jude blickte mich skeptisch an. »Wie denn, wenn er so nicht mit dir schläft?«

»Ach so, nein, generell möchte er schon, er wollte nur nicht ...« Plötzlich konnte ich nicht mehr weitersprechen.

»Was wollte er nicht?«

»Nichts«, antwortete ich kleinlaut.

»Dich entjungfern?«

Ich schüttelte hastig den Kopf.

Jude griff nach meinen beiden Handgelenken und riss mich vom Stuhl, sodass ich vor ihm auf die Knie fiel. »Sicher! Das ist David. Er kann niemandem wehtun. Jetzt verstehe ich erst. Du hast mich benutzt ... Du hast mich eiskalt benutzt!«

Ich atmete panisch. »Jude, das stimmt nicht! Wie kannst du so etwas sagen?«

Erbost fauchte er in mein Gesicht: »Wärst du sonst heute Nacht zu mir gekommen?«

Die Tatsache, dass ich darüber kurz nachdenken musste, reichte aus ... für die erste Ohrfeige. Vermutlich lag er damit gar nicht so falsch, ich wäre nicht gekommen. Es war die Hoffnung, mein intimes Problem loszuwerden, die mir Mut machte, David zu hintergehen. Aber das durfte ich Jude nicht spüren lassen. »Ich wollte dich!«, himmelte ich ihn an, »und keinen anderen!«

»Warum glaube ich dir nicht?« Er warf mir einen verächtlichen Blick zu, ließ mich los und stand auf. Beim Verlassen des Zimmers drehte er sich nach mir um. »Falls du wieder vorhast, eine Panikattacke zu kriegen, wäre jetzt die Gelegenheit dafür!«

Ich schluckte. Dann stand ich auf und lief ihm ins Wohnzimmer nach. »Jude, es war doch auch für dich ...«

Er schlug mich mit seiner rechten Hand ins Gesicht und ich fiel schmerzhaft zu Boden. Ich hatte mir die Schulter am

Couchtisch gestoßen. Mein Blick war auf den Hotelteppich gerichtet, als ich mich auf meine Unterarme stütze und zu weinen begann. Ich wusste, ich durfte jetzt nicht mehr sprechen, er wollte keine Erklärung. Und mein Körper gehörte ihm. Wenn ich mir vorstellte, dass mein Körper ihm gehörte, brauchte ich nicht so viel Angst haben, denn dann lag es in seiner Verantwortung, was er mit mir anstellen würde, und ich konnte mich ihm ruhigen Gewissens hingeben. Er riss mich an den Haaren zu sich hoch, blickte in meine Augen und suchte nach der Panik darin, aber es gab keine. Ich war kurz davor, ihn zu umarmen, ihn zu küssen. Barfuß war ich fast einen Kopf kleiner als er und meine Blicke begehrten ihn.

Seine Hand streichelte über mein Gesicht. »Geh wieder ins Bett!«, verlangte er ruhig.

Eigentlich wäre es so langsam Zeit gewesen, Jude zu verlassen, ich wollte wieder zu Hause sein, bevor David aufwachen würde. Aber Jude drängte mich ins Schlafzimmer. Ich legte mich auf die frische Decke. Er riss zwei lange Zier-Kordeln von den Vorhängen und begann mich zu fesseln. Als er fertig war, legte er eine Hand auf meinen Bauch und seine Blicke waren leer. Plötzlich versagte meine Theorie, mich ihm ruhigen Gewissens hinzugeben, und ich bekam Angst. Er überlegte doch nicht ernsthaft, mir jetzt Mund und Nase zuzuhalten? Mein Atem wurde immer schneller. Dann sah er mir in die Augen und legte seine Hand mit weit gespreizten Fingern auf mein Gesicht. Das war das Ritual. Er wollte es tatsächlich tun. Ich schüttelte heftig meinen Kopf und wollte mich aufsetzen. Woraufhin er seine Hand wegnahm und mich an den Schultern nach unten drückte.

»Nein«, flehte ich ihn an, »ich bin dabei fast gestorben ... Das kannst du nicht machen!«

»Hast du eine Ahnung ...«

»Jude, ich hatte Herzstillstand! Bitte ...«

»Ja, weil ER seinen Verstand verloren hat. Bei MIR ist noch alles in Ordnung!«

»Ich kann nicht ... Jude ... bitte!«, flehte ich weiter und versuchte gegen die Kraft seiner Hände anzukämpfen.

»Hör auf, dich zu wehren ...«

Ich keuchte und hielt kurz still. Er nahm langsam seine Hände von mir und streichelte über meine Wange. »Lass es mich tun, damit ich dich wieder lieben kann.«

Tränen quollen aus meinen Augen. »Wozu brauchst du meine Erlaubnis? Ich bin gefesselt!«, schluchzte ich.

»Du sollst ausatmen ... Ich möchte, dass du es freiwillig tust. Für mich!« Wieder legte er seine Hand auf mein Gesicht.

Ich keuchte kurzatmig. Jude war bei diesem Spiel grausam, das wusste ich aus Erfahrung. Ein letztes Mal seufzte ich schwer, dann schloss ich meine Augen und versuchte, mich zu beruhigen und zu entspannen.

»Atme tief aus!«, flüsterte er.

Ich gehorchte ihm – ohne lange nachzudenken – in der Hoffnung, ihn dadurch zu besänftigen. Der letzte Hauch meines wertvollen Sauerstoffs strömte an seinen Fingern vorbei in Nichts. Eine Hand legte sich an meinen Hinterkopf und gleichzeitig verschloss die andere Mund und Nase. Ich sah ihn an. Ob er jetzt wohl glücklich war? Nein, er wirkte verletzt und traurig. Ich hatte ihm wehgetan und jetzt lag mein Leben in seinen Händen. Meine Augenbrauen zogen sich besorgt zusammen. David ...

Meine vergeblichen Versuche, Luft zu holen, schmerzten in meiner Brust. Ich begann, mich zu winden, mit meinen gefesselten Beinen um mich zu schlagen, bekam schrecklichen

Druck in den Ohren und konnte meine Augen nicht mehr offen halten. Noch ein paar Sekunden hielt er mich fest, dann gab er mich frei. Ich kreischte nach Luft, drehte mich von ihm weg und keuchte. Er streichelte über meinen Rücken und ich fing an zu weinen, dankbar, dass ich überlebt hatte.

Jude legte sich hinter mich und umschlang mich liebevoll mit beiden Armen. Noch immer war ich übertrieben aufwändig gefesselt. »Ich will nicht, dass du weg gehst«, schluchzte ich.

Er küsste meine Haare und sagte nichts.

Jude hatte mir Ivory zurückgebracht. Es fühlte sich so gut an, bei ihm zu sein. Der Gedanke, mich von ihm verabschieden zu müssen, bereitete mir Kummer. Meine Sehnsucht, die ich mit Sicherheit in den nächsten Wochen für ihn empfinden würde, schmerzte schon jetzt. Wie sollte ich es bloß anstellen, dass er hier blieb ... in New York ... bei mir ... Wie gern hätte ich ihm gestanden, dass ich ihn liebte, aber das entsprach nicht der Wahrheit. Ich liebte ihn nicht. Ich betete ihn an. Das war ein Unterschied. Meine Liebe für David kam von Herzen. Die Gefühle, die ich für Jude empfand, waren wie eine Sucht. Ich liebte ihn nicht. Aber ich liebte es, ihn anzubeten.

»Jude, ich bete dich an!«, schmeichelte ich ihm.

Jude drehte mich zu sich. Er strich meine Haare aus dem Gesicht und wollte in meine Augen sehen.

»Ich bete dich an ... ich sehe zu dir auf ... und ich hebe dich in meinen Himmel.« Voller Überzeugung legte ich meine Worte auf seine angeschlagene Seele.

Er begann mich zu küssen, hielt meinen Kopf fest in seinen Händen und schenkte mir minutenlang seine Leidenschaft. Als er sich wieder von mir löste, waren seine Augen erfüllt von Bewunderung für mich.

»Bleib in New York, bitte, geh nicht weg!«, flehte ich ihn an.

»Ich kann nicht«, flüsterte er und streichelte wehmütig über mein Gesicht. »Aber ich hab dir etwas mitgebracht, das dich glücklich machen wird. Auch wenn ich nicht bei dir bin.«

»Die Überraschung?«, fragte ich neugierig.

Er nickte.

»Wie soll mich ein Ding glücklich machen?«

»Habe ich dich heute Nacht glücklich gemacht?«

»Ja.« Mit treu ergebenen Blicken sah ich ihn an.

»Dann mache ich mir da gar keine Sorgen«, versprach er mir.

Jude löste meine Fesseln und holte aus dem Wohnzimmer einen kleinen weinroten Geschenkkarton mit edler Schleife, sein Handy und einen Schal. Er setzte sich zu mir aufs Bett und verband mit dem Schal meine Augen. »Du sollst blind erraten, was es ist«, erklärte er. »Öffne es!«

Ich war mir nicht ganz sicher, ob ich mich wirklich freuen konnte, bei dem, was Jude für mich ausgesucht hatte. Aber die Art, wie er es mir präsentierte, bezauberte mich. Ich tastete nach der Schachtel, zog langsam an der Schleife und öffnete den Karton. Vorsichtig griffen meine Finger hinein und fühlten einen samtigen Stoff. Es war ein Beutel, den ich herausnehmen konnte. Ich lockerte das Bändchen und als ich kurz darauf ein längliches rundes Ding in der Hand hielt, das einem Vibrator glich, war ich enttäuscht. Ich wollte es mir nicht selbst machen ... mit einem Vibrator.

Jude fasste an mein Kinn. »Was ist los?«

»Es ist ein Vibrator«, antwortete ich.

»Ja, aber ein ganz besonderer! Fühl mal.«

Ich seufzte und erkundete ihn genauer, ließ ihn durch meine Hände gleiten und stellte fest, dass er zwar unregelmäßig, aber durchgehend sehr dick war. Es gab nirgendwo einen Schalter, um ihn zu aktivieren. Anscheinend hatte er keine Funktion.

Das obere Ende war eine glatte Kugel. Den Abschluss bildete eine gerade Platte, die etwas über den Durchmesser hervorragte, vielleicht damit er nicht in mir verschwinden konnte. Plötzlich ... »AHHH!« Ich schrie und ließ ihn fallen.

Jude lachte.

»Er hat mich elektrisiert!«, klagte ich.

Jude nahm meine Augenbinde ab und zeigte mir das bösartige Ding. Es war aus protzig glänzendem Gelbgold. »Das ist kein normaler Vibrator. Er wird ferngesteuert, über mein Handy. Du gehörst mir, wenn du ihn trägst!«

Sprachlos fasziniert sah ich ihn an.

»Willst du ihn ausprobieren?«

»Jude, er hat mich gerade elektrisiert!«

»Ich weiß, das fühlt sich aber anders an, wenn er in dir ist, vertrau mir! Leg dich hin!«

Wir rutschten in die Mitte des Bettes und ich legte mich flach auf den Rücken. Jude schob den goldenen Stab vorsichtig zwischen meine Schenkel. Er war hart, kühl und brauchte extrem viel Platz. Ich spürte einen markanten Ring, der zirka fünf Zentimeter vor dem Ende kam. Zum Schluss schmiegte sich die runde Platte von außen an meine zarte Haut. Den untersten Bereich fühlte ich am stärksten. Er dehnte meine intimen Muskeln aufdringlich, wie ein Penis mit einem zu breiten Schaft.

»Wir nennen ihn ›Angel‹ wie ›Engel‹.« Jude grinste. »Er wird meinem kleinen Engel den Himmel zeigen.« Dann tippte er in sein Handy und ich fühlte etwas in mir aufspringen. »Das ist eine Klammer, die sich schirmartig in dir öffnet, sobald ich *Angel* aktiviere. Du kannst ihn dann allein nicht mehr entfernen.«

Sofort griff ich mit einer Hand an die Platte und zog daran.

Es rührte sich nichts, doch ich spürte deutlich den Druck gegen meine inneren Muskeln. »Und wie krieg ich ihn wieder raus?«, fragte ich ängstlich.

»Wenn ich mit dir fertig bin, werde ich dich freigeben.«

Jude schaltete eine andere Funktion ein. Drehbewegungen. ein pulsierendes Pochen. Meine Angst mischte sich mit Erregung – eigentlich genau das, wonach ich mich gesehnt hatte. Jude legte seine Hand auf meinen Unterbauch und *Angel* begann, mich zu stoßen. Er hielt sich dabei an dem Ring fest, der sich am unteren Ende in mir verspreizt hatte. Gemeinsam mit der Platte bot er einen geeigneten Widerstand für beherzte Stöße. Ich keuchte und blickte voller Verlangen in Judes Augen. Ja, ich mochte *Angel.* Er war wundervoll.

»Dreh dich auf die Seite«, verlangte Jude.

»Nein«, keuchte ich, »bitte ... es ist so schön.«

Er lachte. »Ja, trotzdem. Komm, dreh dich!«

Ich tat ihm den Gefallen, und er legte sich hinter mich. Jude gab mir ein Kissen in die Hände und hielt mit seinem Arm meine Taille fest umschlungen. In der anderen Hand befand sich vermutlich sein Handy. Der glatte breite Ring, der meine intimen Muskeln leicht spannte, begann sanft zu vibrieren.

»Ich zeige dir jetzt nur, was ich mit dir machen kann. Aber du wirst nicht kommen!«

Als hätte ich es nicht gehört, stöhnte ich weiter erregt in seinen Armen. Ich hielt mich an meinem Kissen fest und plötzlich gesellte sich zu den leichten Vibrationen ein stechendes Knistern ... wie Blitze traf es meine Intimzone. Ich begann zu schreien, halb vor Schmerz, halb vor Lust, und hielt mir dabei selbst das Kissen vors Gesicht. Der Ring sandte elektrische Impulse aus, die immer stärker wurden und sich bald wie ein sprühender Funkenflug anfühlten. Ich riss mich von ihm los, drehte mich auf den Bauch und versuchte meine Schreie zu ersticken. Es kribbelte überall. Meine Fingernägel krallten sich in die Matratze, meine Beine schlugen abwehrend um sich ... Es hörte nicht auf! Ich schrie ... doch bald versagte meine Stimme. Und ich erschrak fast, als Jude das Gerät ausschaltete und es plötzlich still war.

Erschöpft lag ich auf dem Bauch, alles von mir gestreckt, und rang nach Luft. Ich drehte meinen Kopf in seine Richtung und sah ihn neben mir sitzen. Jude nahm meine Hand in seine und wartete, bis ich mich erholt hatte. Dann griff er vorsichtig zwischen meine Beine und nahm mir *Angel* weg.

Kurze Zeit später kam er damit aus dem Bad, ich hatte mich im Bett bereits aufgesetzt. Jude legte *Angel* vor mich hin, gemeinsam mit der Samthülle. »Ich möchte, dass du mir jedes Mal eine SMS schickst, nachdem du ihn dir eingeführt hast. Du sollst mich darin bitten! Schreib mir vielleicht auch, ob du allein bist, damit ich weiß, wie weit ich gehen kann. Wir werden *Angel* vor David geheim halten – ich nehme an, das ist auch in deinem Interesse – ich werde dich nicht schreien lassen, wenn er zu Hause ist. Und beachte bitte die Zeitverschiebung. Wenn bei dir Vormittag ist, schlafe ich«, erklärte er mir und küsste mich zärtlich auf den Mund. »Zahira, wenn du ihn trägst, gehörst du mir. Eine Stunde lang. Du darfst dir vorstellen, ich würde dich lieben.«

Ich nickte. »Hat *Angel* eine Batterie?«, fragte ich und merkte dabei, dass meine Worte nahezu stimmlos krächzend aus meinem Mund kamen.

»Bist du heiser?«, fragte er.

Ich hustete. »Ja, ich glaube.« Es klang kaum besser als zuvor.

Jude lachte. Es amüsierte ihn königlich. »Entschuldige, ich stelle mir gerade vor, wie du das David erklärst.«

David! »Wie spät ist es?«, fragte ich erschrocken.

Jude sah auf die Uhr. »Halb acht. Ich denke, du solltest aufbrechen.«

»HALB ACHT? Ich wollte zu Hause sein, bevor er aufwacht!«, krächzte ich wieder tonlos.

»Warte, wegen der Batterie – lass mich zu Ende erklären – sie hält extrem lang, aber falls du sie wirklich mal austauschen musst, die untere Platte lässt sich abschrauben.« Er führte es mir kurz vor. »Und noch etwas: *Angel* hat eine Sicherheitsfunktion, er schaltet sich automatisch ab, wenn ich ihn zehn Minuten lang nicht bediene, falls ich vergesse. Bei den pulsierenden Elektroschocks gibt es eine Zeitgrenze von einer Minute.«

»Okay«, hauchte ich.

»Komm jetzt!« Er stand auf ... und ich suchte nach meiner Kleidung. Währenddessen erreichte mich die bittere Gewissheit, dass ich Jude jetzt endgültig verlassen würde. Und das schmerzte. Ich hasste es, in mein Kleid schlüpfen zu müssen. Jude ließ mich nicht aus den Augen, während er sich ebenfalls anzog. Er sah, dass ich meine Tränen unterdrückte, und nachdem ich *Angel* in meine Handtasche gepackt hatte, flüsterte er: »Ich begleite dich nach unten.«

Wir verließen das Hotelzimmer. Im Lift speicherte er seine Nummer in mein Handy. Auf dem langen Weg durch die Lobby legte er seinen Arm um meine Taille und ich merkte, dass es mich zwischen all den Menschen hier genauso stolz machte wie damals in Miami, als ich auf der Beach Promenade zum ersten Mal neben ihm gegangen war ... und wir uns vor bewundernden Blicken gar nicht hatten retten können. Wir waren tatsächlich ein schönes Paar.

Vor dem Hotel – nachdem er ein Taxi angehalten hatte – umarmte er mich noch einmal innig. Ich schmiegte mein

Gesicht an seinen Hals und weinte. Es tat so weh, ihn verlassen zu müssen. Meine Lippen wanderten an sein Ohr und flüsterten ergeben: »Ich bete dich an … ich sehe zu dir auf … und du bist schon längst … in meinem Himmel.«

Jude brauchte darauf nicht zu antworten, und er tat es auch nicht. Er lächelte fast unmerklich. Dann senkten sich seine Lippen gefühlvoll auf meinen Mund … für einen letzten Kuss … und weiterhin schweigend ließ er mich gehen.

Sweet Angel

Es war zehn Minuten nach acht, als ich zu Hause ankam.

Ich gab mir wirklich Mühe, leise aufzuschließen ... stellte meine Handtasche zur Seite, schlüpfte aus den Schuhen und hängte meine Jacke auf. Vergebens ... David kam mir bereits im Morgenmantel entgegen. »Du warst schon weg?«, fragte er überrascht. »Ich dachte du schläfst noch ...«

Ich lehnte mich mit dem Rücken gegen die Eingangstür und ließ schuldbewusst meinen Kopf hängen, bevor er mich zur Begrüßung küssen konnte. Wie sollte ich es ihm erklären? Vielleicht wäre es besser gewesen, zu warten bis Jude im Flieger saß. Aber David war schließlich nicht Santiago, er würde Jude nichts antun. Außerdem war es mein Vergehen.

David hob mein Kinn an und betrachtete mich skeptisch. »Du siehst müde aus ...«

Für einen Moment musste ich meine Augen schließen ... dann räusperte ich mich. Doch es war zwecklos, meine Stimme war weg. »Ich war bei Jude ... die ganze Nacht«, hauchte ich.

Er ließ mein Kinn los und wich einen Meter von mir zurück. Ich sah, wie sich Enttäuschung in sein schönes Gesicht grub. »Du bist heiser!«, stellte er angewidert fest.

Ich nickte. David fuhr sich fassungslos durch die Haare.

»Du hättest NIE mit mir geschlafen!«, fauchte ich ihn stimmlos an. »Du hast mich in seine Arme getrieben!«

David zischte verächtlich. »Du betrügst mich und kommst mit Vorwürfen nach Hause ... reizend!«

Er hatte recht. Ich wusste selbst nicht, warum ich so aufbrausend war. Vielleicht weil ich während der gesamten Taxifahrt verzweifelt versucht hatte, eine Erklärung für mein Verhalten zu finden, eine Rechtfertigung vor David. »Es tut mir leid ... bitte entschuldige«, flüsterte ich kleinlaut.

»Was genau tut dir leid?«

»Alles!« Mit glasigen Augen sah ich ihn an. Ich wollte vor ihm niederknien, aber er hielt mich sofort am Oberarm fest.

»Damit kannst du mich nicht beeindrucken! Komm, wir gehen in dein Zimmer!« Er schob mich vor sich her und führte mich bis in mein kleines privates Reich. Hinter uns schloss er die Tür und lehnte mich etwas unsanft von innen dagegen. Dann betrachtete er zum zweiten Mal mein Gesicht. »Ich muss mich korrigieren«, sagte er, »du siehst nicht müde aus, du siehst fix und fertig aus! Und wenn das an deiner Wange das ist, was ich vermute, dann war es offensichtlich eine Nacht ganz nach deinem Geschmack!«

Ich schluchzte ... Warum konnten wir jetzt nicht einfach ein paar Tage überspringen? David ging im Zimmer auf und ab, sah mich ein paar Mal verächtlich an, dann stellte er sich wieder vor mich. »Was soll ich jetzt mit dir machen?«

Aus meiner Sicht, gab es da ohnehin nur eine Möglichkeit. Aber die wollte er ganz bestimmt nicht hören. Also presste ich meine Lippen zusammen und schwieg. Er hingegen nickte wissend. »Sag es! Ich sehe es förmlich aus deinen Augen leuchten!«

Ich schüttelte entschieden den Kopf. David war sichtlich schwer gekränkt. Ich hatte nicht damit gerechnet, dass ihn das so sehr verletzen würde. Es tat unendlich weh, in seine Augen blicken zu müssen. Ich sah Enttäuschung, aber auch irgendwie Hilflosigkeit darin. »Ich liebe dich, David«, schluchzte ich. »Es tut mir so leid ... ich wollte dich nicht verletzen ... bitte, glaub mir.« Bittere Tränen liefen über meine Wangen und jede einzelne versprach ihm, dass ich es ehrlich meinte.

David seufzte schwer, dann zog er mein verheultes Gesicht an seine Brust. Er schloss mich in seine Arme und aus meinem Weinen wurde Erleichterung. »Schlaf dich aus. Wir reden am Nachmittag weiter...«, flüsterte er in meine Haare.

Ich sah zu ihm auf und hauchte: »Danke«, voller Liebe für ihn.

»Ich verzeihe dir, mach dir keine Sorgen«, versicherte er mir, »aber ich werde mir bis zum Nachmittag eine Strafe für dich ausdenken.«

Ich nickte und küsste ihn auf die Wange. Mit diesem Angebot konnte ich leben.

David ließ mich allein, und ich fiel ins Bett.

***

Stunden später riss mich ein Gedanke aus dem Schlaf: Ich hatte *Angel* im Vorzimmer vergessen. Normalerweise kontrollierte David meine Sachen nicht, aber »normalerweise« kam ich auch nicht von einer Nacht mit einem anderen Mann nach Hause. Ich blickte auf die Uhr. Es war bereits später Nachmittag. Ich atmete tief durch und überlegte. Jetzt meine Handtasche zu holen, fand ich zu auffällig, also beschloss ich, zuerst zu duschen.

Im Badezimmer versetzte es mir den nächsten Schreck ... mein Auge! Es sah grauenvoll aus ... halb zugeschwollen und dreifarbig. Ich hätte in einem Horrorfilm mitspielen können! Noch nie hatte ein Schlag solche Auswirkungen in meinem Gesicht gehabt. Bisher wurde ich jedoch auch immer unmittelbar danach verarztet. Heute Morgen hatte ich das in meinem Gefühlschaos vergessen. David offensichtlich auch. Ich seufzte.

In der Dusche ließ ich eiskaltes Wasser über meine Wange laufen, danach packte ich noch mindestens zehn nasse Watte-

Pads auf mein Auge, aber es half nur bedingt. Schließlich gab ich auf. Ich schlüpfte in ein Long-Shirt und traute mich mit einer Hand vor meinem linken Auge aus dem Zimmer. David kam gerade aus der Küche. Ich fühlte mich wie das schlechte Gewissen auf zwei Beinen.

»Hi …«, lächelte ich verlegen, aber auch glücklich, dass ich meine Stimme größtenteils wiederhatte, »ich … ich brauche die Creme … bitte.«

David nahm leichtfertig meine Hand zur Seite, doch der Anblick ließ sogar ihn zusammenzucken. »Wir haben das heute Morgen vergessen. Das war keine Absicht«, beteuerte er.

Ich nickte. Das hatte ich auch nicht angenommen.

»Setz dich auf die Couch! Ich komm gleich.«

Hayle war gerade dabei, für das Abendessen aufzudecken. Er hatte Sushi selbst gemacht. David kam zurück und ersuchte ihn, das Essen an den Couchtisch zu verlegen. Nebenbei verarztete er mein Auge. »Die Creme hilft nur zu Beginn so gut, jetzt wirst du sicher ein paar Tage damit leben müssen«, erklärte er mir. Danach öffnete er eine Flasche Champagner.

»Feiern wir etwas?«, fragte ich.

»Nein, ich trinke gern Champagner zu Sushi, außerdem werden wir in Zukunft eine Menge Geld sparen.«

Ich überlegte. »Warum?«

David schenkte uns allen ein und gab mir ein Glas in die Hand. Nachdem wir angestoßen hatten, sprach er weiter: »Ab sofort wird keine Reinigungsfirma mehr zu uns kommen.«

»Wieso nicht?«

»Ich hab sie vor einer Stunde gekündigt.«

Bei mir begann es zu dämmern. »Nein«, hauchte ich.

David nickte sehr ernst.

»Meine Strafe?«, fragte ich zögernd.

»Genau. Du wirst ab sofort für uns putzen, waschen, bügeln, einkaufen und kochen. Einen Monat lang. Hayle wird dir morgen alles erklären, was Küche und Einkäufe betrifft, putzen kannst du ja hoffentlich.«

Ich trank einen Schluck Champagner. Jede andere Strafe wäre mir lieber gewesen. Von mir aus hätte er auch mein zweites Auge haben können. »Das ist nicht dein Ernst?«, fragte ich.

»Mein voller Ernst!«

»Das ist zu hart!«, kritisierte ich ihn, »es war nur eine Nacht mit Jude ... Vielleicht überschätzt du das?«

Er lachte amüsiert, schüttelte den Kopf und trank aus seinem Glas.

Verzweifelt versuchte ich, ihn umzustimmen. »Wir ... wir haben sehr viel geredet ... sehr, sehr viel! ... Und ... ich hatte nur einen einzigen Orgasmus.«

»Bitte erspar mir das!«, unterbrach er mich. »Mein Entschluss steht fest!«

Provokant sah ich ihn an. »Und was willst du tun, wenn ich es nicht mache?«

»Nichts!«

»Wie nichts?«

Er lächelte entspannt. »Dann werde ich genau das nicht tun, was du dir so sehr von mir wünschst.«

Ich war sprachlos ... perplex ... und schockiert. »Du erpresst mich?«

»Nein. Ich belohne dich. Wenn du es gut machst, werde ich mit dir schlafen, wie du es willst. Diese Chance hattest du gestern noch nicht.«

»Ja, aber wir haben genug Geld für eine Putzfrau!«

»Darum geht es nicht, Zahira! Ich hab dich getroffen, gib's zu!«

Eine unangenehme Hitze durchströmte meinen Körper. Ich sah keinen Ausweg. David hatte gewonnen. Ich stellte mein Glas zur Seite, lehnte mich zurück und verschränkte meine Arme.

Nachdem wir gegessen hatten, verlangte er von mir, dass ich gleich mit meinem neuen Job beginnen und in der Küche sauber machen sollte. Widerwillig erledigte ich die paar Handgriffe, zum Glück hatten wir einen Geschirrspüler. Danach holte ich meine Handtasche und zog mich in mein Zimmer zurück.

Wenigsten *Angel* war noch da ...

Ich musste einen sicheren Platz für ihn finden. Meine Unterwäsche-Schublade schien mir dafür geeignet. Man konnte sie nicht ganz aufziehen und der letzte Winkel war garantiert uneinsehbar. Eingepackt in seinen schwarzen Samtbeutel bettete ich ihn inmitten ebenfalls schwarzer Dessous. Danach fiel mein Blick auf die Türklinke ... es gab kein Schloss. Bisher hatte mich das nicht interessiert, aber jetzt, wo ich vielleicht auch mal ungestört sein wollte, stellte das ein gewaltiges Problem dar. Dann dürfte ich ja *Angel* nur an mich lassen, wenn niemand zu Hause war, und der Vormittag war auch tabu, wegen der Zeitverschiebung.

Völlig in Gedanken stand ich direkt vor der Tür, als sie plötzlich aufging und David mit einem Mal vor mir stand. Ohne vorher angeklopft zu haben! Genau das war das Problem.

Ich fuhr erschrocken zusammen und strich sofort verlegen durch meine Haare. David sah mich an, als hätte ich schon wieder etwas verbrochen. »Hab ich dich gestört?«

Ich schüttelte den Kopf.

»Gib mir dein Handy«, verlangte er.

Ich befürchtete Schlimmes. »Warum? Du kannst mir nicht auch noch mein Handy wegnehmen, ich brauche es, allein schon wegen meiner Agentur!«

»Ich nehme es dir nicht weg. Ich will es sehen!«

Mein Atem beschleunigte sich, ich suchte in meiner Handtasche danach und gab es ihm widerwillig. David drückte darauf herum.

»Was machst du?«, fragte ich ungeduldig.

»Ich will sehen, ob Jude dir seine Nummer gegeben hat.«

Panik überfiel mich. Mein Herz raste. Nicht nur, dass er jetzt seine Nummer finden würde, er würde sie bestimmt auch löschen. Aber was sollte ich dagegen unternehmen? Verzweifelt setzte ich mich auf mein Bett und versuchte, ruhig zu bleiben. Nach einer Minute gab er es mir zurück. Er küsste mich auf die Stirn und seine Stimme hatte geradezu etwas Versöhnliches. »Entschuldige bitte, ich muss anscheinend erst wieder lernen, dir zu vertrauen.«

Mit großen Augen sah ich ihn an und nickte sprachlos.

Kaum war David gegangen, durchforstete ich verwirrt meine Kontakte. Völlig aufgelöst musste ich feststellen, dass es weder unter dem Namen »Jude« noch unter »Kentrall« Einträge in meinem Handy gab. Ich war verzweifelt. Jude hatte doch gesagt, er hätte seine Nummer eingespeichert. Immer wieder blätterte ich vor und zurück, schließlich wurde ich bei einem anderen Namen stutzig ... *Angela.* Ein breites Grinsen überkam mich. Ich kannte keine Angela und das war eindeutig eine neue lange Handynummer. Na klar, er hatte *Angel* inkognito in unsere kleine Familie aufgenommen. Wie intelligent! Jude dachte wirklich an alles.

***

Am nächsten Morgen weckte mich zum ersten Mal Hayle. Er saß an meinem Bett und schüttelte mich am Arm. Verschlafen rieb ich mir die Augen.

»Komm schon«, drängelte er. »Ich soll dir heute alles erklären. Oder willst du, dass David auf dich sauer ist?«

»Wie spät ist es?«

»Sechs.«

»Bist du verrückt? David steht vor halb acht nicht auf!«

»Ja, aber wir haben kein Frühstück mehr. Zieh dich an! Wir gehen einkaufen.«

Ich stöhnte genervt. Widerwillig schleppte ich mich ins Bad, Katzenwäsche, frische Kleidung, ich drehte meine Haare zusammen und war nach kaum zehn Minuten aufbruchbereit. Hayle nahm mich an der Hand und wir verließen das Haus. Es war schrecklich kalt, windig, und noch dunkel. Ich versank in Selbstmitleid, fand das alles ganz furchtbar ungerecht.

Im Supermarkt erklärte Hayle mir, worauf ich bei den Einkäufen achten sollte. Danach machten wir noch kurz Halt bei einem Bäcker und einem Bio-Gemüse-Laden. Vier schwere Taschen schleppten wir nach Hause. »Vielleicht ist es besser, du gehst täglich einkaufen, dann hast du nicht so schwer zu tragen«, meinte er, »aber jetzt kommen wir sicher ein paar Tage aus.«

Wir bereiteten gemeinsam das Frühstück vor. David gesellte sich etwas später zu uns und danach musste ich wieder allein wegräumen. Wir redeten nicht besonders viel. David wirkte sehr kühl und abweisend. Aber ich wusste, was ich zu tun hatte, damit sich das besserte ... Zum ersten Mal erkundete ich unseren Abstellraum und fand diverse Putz-Utensilien. Ich wollte David meinen guten Willen beweisen und begann mit meiner Aufgabe in seinem Trakt der riesigen Wohnung. Doch alles gestaltete sich viel zeitaufwändiger, als ich vermutete hätte, vor allem die Badezimmer. Hayle holte mich zu Mittag und zeigte mir seine Kochbücher. Am Nachmittag war ich mit unserer Wäsche und unzähligen Hemden beschäftigt, die gebügelt werden wollten. Der dritte Küchendienst raubte mir dann meine letzten Kräfte und am Abend schlief ich ein, ohne auch nur ein einziges Mal an *Angel* gedacht zu haben.

***

Der nächste Tag verlief dafür etwas angenehmer, denn geputzt wurde nur an jedem zweiten Tag. Ich brauchte mich also nur auf die Küche zu konzentrieren und Hayle half mir wieder. David ging mir nach wie vor aus dem Weg.

Den Nachmittag verbrachte ich vor dem Laptop. Ich las gerade meine E-Mails, als er mir seine Pläne für den Abend mitteilte: »Hayle und ich sehen uns heute ein Musical an und wir essen danach auswärts.«

Ich musste mir das Grinsen verkneifen und nickte gespielt enttäuscht. Gegen achtzehn Uhr waren beide weg ... und sofort schlug mein Herz für *Angel.* Eine kleine Einschränkung hatte ich mir allerdings selbst auferlegt. Ich beschloss, Jude zu schreiben, dass ich nicht allein war, um zu testen, wie weit er gehen würde. Ich holte *Angel* aus seinem Versteck, legte eine CD ein und machte es mir im Bett gemütlich. Nach kurzer Überlegung tippte ich in mein Handy: »David ist zu Hause, aber ich brauche dich so sehr. Bitte Jude, gib mir *Angel.*«

Bevor ich die Nachricht abschickte, ließ ich *Angel* zwischen meine Beine gleiten. Meine lüsternen Gedanken an Jude hatten bereits feuchte Spuren hinterlassen und erleichterten ihm nun ein geschmeidiges Eindringen. Gespannt drückte ich auf »senden« und wartete. Minuten vergingen und nichts passierte. Ich drehte mich zur Seite und überlegte ernsthaft, ob ich nicht vielleicht doch eine Angela kannte, die ich einfach nur vergessen hatte ... Wie spät war es bei Jude überhaupt? Auf jeden Fall Nachmittag. Plötzlich sprang die Klammer auf. Ich erschrak, aber im nächsten Moment strahlte ich übers ganze Gesicht. Jude war jetzt irgendwo in L. A. damit beschäftigt, mich zu befriedigen. Welch Ehre!

Ich hielt mich mit beiden Händen an einem Kissen fest und schloss meine Augen. Ich versuchte, mir Jude vorzustellen – seinen schönen Körper, seine schmalen Lenden und sein anmutiges Geschlecht – während es sachte in mir zu vibrieren begann. Er war langsam und vorsichtig. Heimlich berührte ich mich dabei selbst ... ich streichelte meine Brüste ... und *Angel* arbeitete in mir. Vor mir sah ich Judes Schwanz in seiner ganzen Schönheit, prall und geschmeidig. Ich stellte mir vor, Jude hätte sich über mich gekniet, sodass ich ihn direkt vor Augen hatte, und auch er streichelte sich selbst auf verführerische Weise. Ich wünschte ihn mir in meinem Mund, doch ich durfte ihn nicht haben. Minutenlang schien er sich aufzuwärmen, für das, was danach kam. Eine Drehbewegung gesellte sich zu den Vibrationen und entlockte mir ein leises Stöhnen. Es fühlte sich himmlisch an, aber gleichzeitig kam ich mir schrecklich einsam vor. Noch nie hatte ich nur für mich selbst gestöhnt. Ich versuchte, es zu unterdrücken, aber es gelang mir nicht. *Angel* gab sich alle Mühe, er massierte genau die richtigen Stellen und bald fing er an, mich zu stoßen. Dann fiel mir ein, dass ich ihn gar nicht abstellen oder entfernen konnte, und dieses Wissen erregte mich ungemein. Ich war Jude ausgeliefert, ich drehte mich zur Seite, hielt mir das Kissen vors Gesicht, um mein eigenes Stöhnen nicht hören zu müssen, und gab mich seiner Willkür hin. Die Stöße kamen in immer kürzerer Frequenz und gewannen an Härte. Es pumpte wie verrückt in mir. Als ich einmal kurz an meinem Körper nach unten blickte, konnte ich die Bewegung von außen sehen, wie sie gegen meine Bauchdecke schlug. Ich schwitzte, fühlte die Lust in mir aufsteigen, mein Kopf fiel in den Nacken und meine Fingernägel krallten sich in die Matratze. Dann brach es aus mir heraus ... mein sprühendes Feuerwerk ... meine intimsten Muskeln pulsierten und kontrahierten so stark, dass sogar *Angel* in seiner Bewegung gebremst wurde. Ich gab mir alle Mühe, nicht zu schreien und meine Erregung mit stimmlosem Keuchen wegzuatmen, um meine Beherrschung für den Ernstfall zu testen. Noch immer zuckten meine Muskeln. Erschöpft klammerte ich mich wieder an mein Kissen und bekam erste Bedenken ... Jude hatte mir eine Stunde angekündigt. Das war viel zu lang! Ich konnte schon jetzt nicht mehr.

Nun konzentrierte ich mich darauf, locker zu lassen, meinen Unterleib zu entspannen, ganz bewusst. Ich wollte mich ihm schutzlos hingeben und durchhalten, bis er mit mir fertig war. Und er enttäuschte mich nicht. Er bewegte sich selbstbewusst. Ich kam ein zweites Mal und obwohl ich dabei einen extrem starken Lustreiz verspürte, gelang es mir, auf meine Stimme zu verzichten. Ich hatte sogar das Gefühl, dass es dadurch noch um einiges schöner war, intensiver, weil sich meine gesamte Energie fokussierte und in meinem Körper blieb. Mein dritter Höhepunkt folgte dicht auf den zweiten. Ich drückte in Seitenlage das Kissen gegen meine Brust, im Rausch meiner Lust verdrehte ich unwillkürlich meine Augen, sodass es fast schmerzte, doch ich keuchte lautlos, beherrscht, und ließ mich von *Angel* schütteln, bis ich nicht mehr konnte. Kurz darauf gab mich die Klammer frei.

Ich sah auf die Uhr. Fünfundfünfzig Minuten waren vergangen. Fix und fertig griff ich zu meinem Handy und schrieb an Jude: »Dreimal danke ... Du bist himmlisch.«

Ich badete *Angel* liebevoll im Waschbecken, besprühte ihn mit Desinfektionsspray und stellte ihn kurz zum Trocknen auf.

Dann erhielt ich eine SMS retour: »Sag mir, wenn du allein bist. Ich will dir weh tun.« Auf der Stelle zogen sich meine intimsten Muskeln lustvoll zusammen. Jude wusste genau, wie er mich für sich begeistern konnte. Ich war gefangen von der Macht seiner Worte und spürte, wie meine Knie weich wurden. Ich musste mich an den Waschbeckenrand klammern und antwortete mit zitternden Fingern: »Ich knie vor dir, Jude!«

Die Prüfung auf Aruba

Am nächsten Morgen checkte ich meine E-Mails und stieß dabei auf eine wichtig Nachricht meiner Agentur. Noch am selben Tag sollte ein Casting für ein exklusives Modejournal stattfinden. David befreite mich dazu großzügig von meinem »Strafdienst«.

Nur sieben Mädchen kamen zu dem besagten Termin, vermutlich wegen der Kurzfristigkeit, also standen meine Chancen gut. Ich war die Einzige mit langen schwarzen Haaren. Trotzdem glaubte ich, meinen Ohren nicht zu trauen, als kurzerhand am Ende des Castings das Ergebnis verkündet wurde. Gemeinsam mit zwei anderen Models wählten sie mich aus. Für ein Bikini-Shooting auf Aruba ... ARUBA! Wie sollte ich das bloß David erklären?

Auf dem Heimweg besorgte ich Sushi, schließlich war ich für das Abendessen zuständig und außerdem wusste ich nur zu gut, wie sehr David Sushi liebte. Ich konnte ihm damit auch tatsächlich ein Lächeln auf die Lippen zaubern, als ich es zu Hause auftischte. Er öffnete seine obligatorische Flasche Champagner – hart erspart durch meine Putzdienste – und schenkte uns ein.

»Wie ist dein Casting gelaufen?«, fragte er aufmerksam.

Ich strahlte stolz bis über beide Ohren. »Mein Casting ist der Grund für Sushi und Champagner!«

»Zahlen sie so gut?«

»Nein, ich will dich bestechen.«

David lächelte. »Wofür brauchst du meine Erlaubnis?«

»Du musst meine Strafe für eine Woche aussetzen.«

»Kommt gar nicht in Frage!«

»David … bitte … Es ist ein wichtiger Job!«

»Eine Woche lang?« Er zog skeptisch eine Augenbraue hoch.

»Ja, ein Katalog-Shooting, gemeinsam mit zwei anderen Mädchen von Liberty Models auf … Aruba.«

»Aruba? Ich soll dich wegfliegen lassen?«

Ich nickte hoffnungsvoll.

David konnte sich nicht freuen. Er fuhr sich gequält durch die Haare. »Wann?«

»Es ist sehr kurzfristig. Sie hatten eigentlich Models einer anderen Agentur gebucht und da gab es irgendwelche Komplikationen … und …«

»Wann?«, unterbrach mich David.

»Sonntag.«

David stand vom Tisch auf und ging Richtung Schlafzimmer. Sofort lief ich ihm hinterher. Wo war das Problem? War er eifersüchtig? Hatte er Angst, er würde mich verlieren?

»Darf ich reinkommen?«, fragte ich, nachdem ich anständig im Türrahmen stehen geblieben war.

David saß auf dem Bett und seufzte. »Ja.«

Ich kniete zwischen seinen Beinen nieder und küsste ihn auf die Wange. Dann umarmte ich ihn innig. »Ich gehe nicht, wenn du es nicht willst«, versprach ich ihm.

Aber David schwieg.

»Ich liebe dich, David … Ich würde dich nie betrügen. Das mit Jude war eine Ausnahme. Bitte, glaube mir. Du brauchst keine Angst um mich zu haben. Es gibt für mich keinen schöneren Mann … nicht auf dieser Welt … und ganz bestimmt nicht auf Aruba. Ich will dich nicht verlieren, David, es ist nur ein Job. Ein ganz toller Job … bitte erlaube es mir …«

David kam ganz nahe an mein Ohr und hauchte: »Ja.«

Erstaunt sah ich ihn an. »Heißt das … ich darf?«

Er lächelte. »Ich hatte nie vor, es dir zu verwehren.«

Ich war kurz sprachlos. Dann stieß ich ihn zurück auf sein Bett.

»Es war trotzdem schön, dir zuzuhören«, gestand er.

Auf der Stelle wollte ich beleidigt gehen, aber David hielt mich fest, und riss mich zu sich aufs Bett. Er schloss mich in seine Arme und obwohl er mich ganz schön dran gekriegt hatte, musste ich ihn einfach küssen. Es war das erste Mal, seit meiner Entgleisung mit Jude, dass David mir freundlich gesinnt war und ich war sofort hell erfreut darüber. Ich vergaß, dass wir eigentlich essen wollten, Champagner, Sushi, Hayle. Davids Lippen waren alles, was ich jetzt brauchte, und meine Begierde entfachte auch bei ihm ganz schnell die Leidenschaft. Seine Hand griff zwischen meine Beine. »Ich will dich, Zahira!«, schmachtete seine warme Stimme.

»Ja«, hauchte ich sehnsüchtig und gleichzeitig hoffte ich, dass er es so gemeint hatte, wie auch ich. Ich wollte mich diesmal nicht für ihn umdrehen. Er sollte mich lieben, wie man eine Frau liebt, und die Tatsache, dass ich noch immer auf meinem Rücken lag, schenkte mir Hoffnung. David war heiß. Unglaublich heiß! Ich kannte ihn so gar nicht. Er zog ungeschickt an meinem Höschen, bis ich ihm half, es nach unten zu streifen. Und ohne sich selbst auszuziehen, kam er über mich, mein Kleid rutschte nach oben, er griff mit einer Hand in seine Jogging-Hose und in der nächsten Sekunde stieß er in mich. Ein Schrei brachte mein Blut in Wallung. Er gab mir wundervolle Bewegungen. Rhythmisch und hart. Viel härter, als ich es von ihm gewohnt war. Vielleicht wollte er Jude Konkurrenz machen. Aber sein Schwanz passte so gut, mit niemandem wollte ich ihn vergleichen. Ich half ihm aus dem T-Shirt, denn ich mochte es, David zuzusehen, wie sich sein schlanker Körper wellenförmig auf mir bewegte. Ich mochte seine blasse Haut, die so zart, glatt und rein war, wie die eines jungen blonden Mädchens ... und plötzlich brachte mir sein Rhythmus ein durchgehendes Hochgefühl, das kaum zu übertreffen war. Zum ersten Mal in meinem Leben wünschte ich mir, keinen Orgasmus zu bekommen, denn das hätte meine Lust kaum noch steigern können ... es hätte sie nur beendet. Aber dieser Wunsch blieb mir verwehrt. Sein Schwanz versetzte mir noch ein paar gezielte Stöße, dann war es um mich geschehen. Mein Unterleib bog sich ihm entgegen, ich zitterte, bebte und keuchte – ich hatte mich geirrt, es gab doch noch eine Steigerung – gleichzeitig hörte ich David laut aufstöhnen und im nächsten Moment ergoss er sich in mich. Es pulsierte heftig in mir, während meine intimen Muskeln sich unerbittlich um seine Erektion schlossen. David sackte über mir zusammen und ließ sich von den Ausläufern meines Höhepunktes verwöhnen ... von den kleinen Wellen, die noch immer voller Hingabe an seiner Härte saugten. Glücksgefühle durchströmten meinen Körper. Ich liebte es, wenn er mit seinem ganzen Gewicht auf mir lag und mir den Atem raubte. Meine Arme schlangen sich um seine Schultern, David gehörte mir, mir allein. Ich versuchte, ihn so lange wie möglich zu halten ... bis er sich von mir löste ... und erschöpft auf den Rücken fiel. Ich folgte ihm, rollte mich an seinem Arm klein zusammen und strahlte vor Glückseligkeit.

»Du hast es schon wieder getan ...«, seufzte er vorwurfsvoll.

Aber ich reagierte nicht, in meinem Universum drehten sich noch die Sterne.

David nahm liebevoll mein Gesicht in seine Hände. Er küsste meine erhitzten Wangen. »Du hast mich mit deinen kleinen kräftigen Muskeln um den Verstand gebracht.«

Ich sah es zwar als Kompliment, aber ich konnte noch nicht antworten.

David sprach nachdenklich weiter: »Ich überlege ernsthaft, ob ich es dir sagen soll ...«

Dieser Satz holte mich dann doch aus meiner Trance. »Was?«, flüsterte ich neugierig.

Er lächelte. »Weißt du, ich möchte wirklich nicht über Santiago reden, und normalerweise dürfen die Mädchen so etwas auch nicht wissen ...« David seufzte und ich hoffte, dass er weitersprechen würde. Aufgeregt blickte ich in seine Augen. »Santiago war deshalb ganz verrückt nach dir.«

»Weshalb?«, fragte ich ungeduldig.

David streichelte über meine Wange. »Wie ich gesagt habe ... wegen deiner kleinen kräftigen Muskeln ... du bist ohnehin viel enger als die anderen Mädchen, aber wenn du dann anfängst, an meinem Schwanz zu klammern, könnte ich aus der Haut fahren. Und bei Santiago war es nicht anders. Die Männer auf Ivory wussten das alle, er hat mehrfach davon erzählt und regelrecht damit geprahlt. Du bekamst dann auch ziemlich schnell Sex-Verbot und Wasserflaschen anstelle des Trinkautomaten. Er wollte sich selbst nichts zerstören. Vielleicht ist das auch der Grund, warum ich bei dir so viel empfinde und mich davor noch keine Frau zum Orgasmus gebracht hat.«

Ich schluckte. »Ich dachte immer, er hätte meinen Mund bevorzugt ...«

David nickte. »Ja, das auch, aber das hat damit nichts zu tun. Oralverkehr hat für ihn einen eigenen Kick. Er braucht sich dabei nicht anzustrengen, während das Mädchen auf jegliche

Zuneigung verzichten muss und er nebenbei ihre Versagensangst genießen kann. Und du hast ihm auch da weit mehr gegeben, als er erwartet hatte. Also wenn ich daran denke, dass er jetzt ohne dich auskommen muss ... und du bist erst achtzehn ... Ich will dich wirklich nicht beunruhigen, aber ich traue mich fast zu wetten, er wird dich zurückholen.«

Ich schüttelte den Kopf. »David, ich glaube nicht, dass er sich die Blöße gibt und eines Tage bettelnd vor unserer Tür steht.«

David lachte. »Mach dir keine Sorgen. So läuft das nicht. Wenn es so weit ist, wirst du vor ihm knien und betteln. Glaub mir.«

Ich wollte das nicht hören. Selbst, wenn er recht hatte und Davids Worte bereits ein verzücktes Kribbeln in meinem Unterleib auslösten, ich wollte es zu diesem Zeitpunkt nicht zugeben. Ich versuchte, mir selbst einzureden, ich könnte David nie verlassen.

***

Während der nächsten Tage besuchte ich gleich zweimal ein Sonnenstudio, um nahtlose Bräune zu tanken ... für Aruba. Und dann, endlich, war Sonntag. Ich beschloss, *Angel* auf meine Reise mitzunehmen, denn ein einsames Hotelzimmer bot den idealen Ort, um Judes Wunsch nachzukommen. Gleichzeitig plagte mich das schlechte Gewissen, dass ich mich nach unserem letzten Mal fünf Tage nicht gemeldet hatte und ich machte einen folgenschweren Fehler. Via SMS wollte ich ihn über meine geplante Reise informieren und schrieb: »Hi, Jude! Ich fliege heute mit *Angel* nach Aruba ... eine Woche Bikini-Shooting ... melde mich vom Hotel. Love, Zahira.«

Während ich auf eine Antwort von ihm wartete, packte ich meine Sachen. David wollte mich zum Flughafen begleiten und wir saßen bereits in einer Miet-Limousine, als mein Handy vibrierte. »Wann ist Check-in?«, fragte Jude. Ich erschrak. Was hatte er vor? Nur zögernd schrieb ich zurück: »Dreizehn Uhr« und er antwortete: »Lass *Angel* in deinem Handgepäck!«

Was auch immer er plante, keinesfalls würde ich *Angel* in aller Öffentlichkeit an mich lassen! Soweit musste mich Jude doch kennen. Außerdem würde ich im Flugzeug mein Handy ausschalten. Ich konnte mir seinen Wunsch nicht erklären, aber das störte nicht weiter, denn *Angel* war ohnehin in meiner Handtasche. Zu groß war meine Angst, dass er vielleicht mit meinem Koffer hätte verloren gehen können.

In der riesigen Abflughalle warteten bereits Joleen und Chiara, gemeinsam mit dem Fotografen. Ich blieb mit David etwas abseits stehen, um mich von ihm zu verabschieden.

»Wer ist das?«, fragte er.

»Der Fotograf«, antwortete ich, »ein ziemlich bekannter! Gerry Hemingway, er hatte schon Supermodels vor der Linse. Er fliegt mit uns.«

David nickte und ich sah ihm an, dass ihn das nicht glücklich machte. Ich umarmte David innig. »Ich liebe dich, David, und ich betrüge dich nicht!« Dann sah ich ihm wieder in die Augen und lächelte. »Noch einen Monat putzen könnte ich nicht ertragen, glaub mir!«

David schmunzelte und gab mir einen Kuss auf den Mund, dann sah er mich stumm an – ein für mich sehr schmerzliches Verhalten, das noch von Ivory auf ihn abgefärbt hatte. Es gab keine Worte der Verabschiedung, die es mir vielleicht etwas erleichtert hätten, zu gehen – genau wie bei Jude. Ich wartete bestimmt eine Minute lang ... und schließlich musste ich gehen, ohne ein einziges liebevolles Wort von ihm. Ich küsste ihn noch mal auf die Wange, sah den Schmerz in seinen Augen und wandte mich schweren Herzens von ihm ab. Am liebsten hätte ich in diesem Augenblick alles hingeschmissen. Das war es überhaupt nicht wert. Niemand war angewiesen auf das bisschen Geld, das ich dort verdienen würde. Völlig in mein Trübsal verstrickt, gesellte ich mich zu den anderen beiden Models.

Der Fotograf kam mit einem mitfühlenden »Hey, was ist los?« auf mich zu. Er sah, dass ich traurig war und wollte mir über die Wange streichen. Doch sofort schreckte ich entsetzt zurück, fast so, als hätte er mich schlagen wollen. Nicht auszudenken, wie das auf David gewirkt hätte, wenn ich mir so einfach ins Gesicht hätte fassen lassen. Jedoch waren jetzt alle drei etwas perplex, warum ich so überreagierte.

»Entschuldige bitte, ich wollte dir nicht zu nahe treten«, beteuerte er sofort. »Ich bin Gerry.«

Ich schüttelte den Kopf, es war nicht seine Schuld, gleichzeitig reichte ich ihm die Hand und seufzte: »Zahira.«

»Ist das dein Freund?«, fragte er.

Ich nickte. Er hatte mich also mit David beobachtet.

Gerry lächelte verstehend. »Können wir jetzt gehen?«

Wir machten uns auf den Weg zum Check in. Nach der Passkontrolle suchten wir ein gemütliches Café, wo wir uns die Zeit bis zum Boarding vertreiben konnten. Gerry war nicht unattraktiv, sportlich und groß, am auffälligsten erschienen mir jedoch seine kräftigen Haare, die er in gepflegten hellbraunen Wellen bis weit über seine Schultern trug. Ich fand ihn auch höflich und nett, etwas jünger als David, doch der Tatsache, dass er ziemlich gut aussah, hatte er es vermutlich auch zu verdanken, dass ich mich nicht wirklich mit ihm unterhalten wollte. Meine Aufmerksamkeit galt eher den beiden Mädchen. Chiara sprach jedoch nur französisch, da war ich auch mit meinen Spanisch-Kenntnissen recht schnell am Ende, und

Joleen wirkte etwas unnahbar auf mich. Plötzlich kam die SMS, für die ich Jude wohl noch länger hassen sollte: »Ich möchte, dass du *Angel* beim Security Check aus dem Samtbeutel nimmst und ihn oben auf in die Plastik-Schale legst. Das ist ein Befehl.«

Sofort tippte ich in mein Handy: »Du spinnst!« Aber noch bevor ich »senden« drücken konnte, überkamen mich Zweifel bezüglich der Wortwahl. So durfte ich mit Jude nicht reden. Also löschte ich es wieder. Dann las ich seine SMS noch einmal und während sich gleichzeitig prickelnde Erregung in meinem Unterleib auszubreiten begann, bekam ich es mit der Angst zu tun. Nein, diesen Gefallen würde ich Jude nicht tun, ganz bestimmt nicht. Ich atmete schwer und kämpfte mit meinem Schamgefühl. Dann knallte ich das Handy auf den Tisch und fuhr mir verzweifelt mit beiden Händen in die Haare, als die nächste SMS kam: »Ich will deine Bestätigung! Jetzt!«

Ohne weiter nachzudenken tippte ich »Ja« und drückte auf »senden« und erhielt »Ich denke an dich« retour. Plötzlich hatte der ganze Flughafen für mich eine andere Dimension. Es war nicht mehr die Realität. Ich ging wie auf Wolken und machte mir nur noch Gedanken, ob ich besser vor oder hinter den anderen die Sicherheitskontrolle passieren sollte. Mein Herz klopfte. Ständig musste ich mich damit beruhigen, dass man mich bestimmt nicht verhaften würde, nur weil ich meinen Vibrator offen herzeigte. Dann bekam ich aber doch die Panik. Kurz vor der Kontrolle entschuldigte ich mich bei den anderen mit dem Vorwand, ich müsse noch auf die Toilette. Ich bog um die Ecke und wartete ein paar Minuten. Wenn ich mir schon die Blöße geben sollte, dann wenigstens nicht vor meiner Agentur. Das war ja geradezu rufschädigend, was Jude mit mir machte. Kurz darauf nahm ich all meinen Mut zusammen. Ich stellte mich gleich zum ersten Röntgen-Förderband und legte meine Jacke in eine Plastik-Schale. Mein Herz klopfte mir bis zum Hals, als ich nach dem Samtbeutel suchte. Ich platzierte meine Handtasche in der zweiten Schale und die dritte ließ ich ganz allein für *Angel* ... Der weiche Samt bereitete ihm eine würdige Unterlage und darauf glänzte er ... wunderschön ... und aus purem Gold. Als ich mich von dem Anblick wieder losreißen konnte, stand Gerry neben mir. Er blickte auf *Angel* und zog eine Augenbraue hoch.

Mist! Verdammt! Ich musste in der Sekunde hochrot angelaufen sein. Mein Herzschlag war ohnehin kaum noch zu übertreffen. Im nächsten Moment winkte man mich durch den Metalldetektor. Ungeduldig wartete ich nun auf der anderen Seite des Förderbandes und beobachtete die Gesichter der Sicherheitsleute. Sie hielten das Band an und diskutierten. Eine Frau zeigte auf mich. Ich musste mich schließlich zur Seite drehen und strich verlegen durch meine Haare. Dann spürte ich eine Hand auf meinem Rücken. »Hier, deine Sachen ...« Gerry hielt mir die Jacke auf. Sofort packte ich *Angel* wieder in meine Handtasche und wir gingen weiter. »Was sollte das?«, fragte er.

»Warum bist du nicht mit den anderen vorausgegangen?«, fragte ich zurück.

»Ich musste auf dich warten. Was, wenn dir auf der Toilette schlecht wird?«

»Danke. Aber jetzt ist mir noch viel mehr schlecht!«

»Erklär mir das! Welche Frau legt bitte ihren Vibrator offen in die Schale? Das war völlig unnötig!«

»Das ist kein Vibrator!«, entgegnete ich.

»Nicht? Was dann?«

»Das geht dich nichts an ... bitte ...« Ich machte eine abweisende Handbewegung.

Als wir zum Gate kamen, war der erste Transferbus mit den beiden anderen Mädchen bereits weg. Wir nahmen den zweiten und im Flugzeug stellte ich etwas genervt fest, dass ich nun auch noch neben Gerry sitzen musste. Nach dem Start lehnte er sich bequem zurück. »Wie alt bist du?«, fragte er interessiert.

Gott, wie sollte ich das sechs Stunden durchstehen? Etwas ungehalten antwortete ich ihm: »Ich bin achtzehn Jahre, habe einen Freund in New York, einen Geliebten in L. A., einen ziemlich einflussreich Ex-Freund, der nach mir sucht und einen Vibrator in der Handtasche! Noch Fragen?«

Gerry lachte amüsiert. »Alles klar.« Kurz darauf korrigierte er sich. »Nein, doch, eine Frage noch ... das an deinem Hals ...«

»... ist ein Brandmal«, unterbrach ich ihn. »Genau! Die Sekte, die hatte ich glatt vergessen!«

Gerry nickte anerkennend. »Du bist eine interessante Frau.«

Ich musste selbst ein wenig schmunzeln. Aber für den Rest der Reise hatte ich, abgesehen von belanglosem Smalltalk, meine Ruhe. Vermutlich hatte er begriffen, dass ich über mein Privatleben nicht reden wollte.

Wir landeten bei Sonnenuntergang auf Aruba und ein Taxi brachte uns in ein exklusives Hotel. Als hätte ich heute noch nicht genug Aufregung erlebt, passierte bei unserer Ankunft dann noch etwas ziemlich Unerwartetes, was mir Gewissheit brachte, diese Reise würde für mich zu einer Prüfung werden.

Wir trafen uns in der Lobby mit der restlichen Crew ... Visagisten, Stylisten, Grafiker und andere Abgesandte des Modejournals. Insgesamt umfasste das Team vierzehn Personen und so kam es, dass uns der Hotelmanager persönlich begrüßte. Er erschien mit einer aufreizend gekleideten jungen Dame, die rund um mit Blüten geschmückt war und uns Cocktails reichte. Er selbst trug einen dunklen Anzug und als mein Blick das erste Mal auf ihn fiel, blieb fast mein Herz stehen. Er sah aus wie Santiago ... die schwarzen Haare, streng nach hinten gekämmt, dieselbe Statur, der südländische Teint, das charmante Lächeln, der gleiche Gang ... einfach alles. Vielleicht war er ein paar Jahre älter. Wie auch immer, ich konnte nicht hinsehen, die Ähnlichkeit raubte mir den Atem. Jemand drückte mir einen Cocktail in die Hand und während ich beobachtete, wie er den anderen beiden Models bereits die Hände schüttelte, nahm ich einen großen Schluck von dem, wie ich leider feststellen musste, anti-alkoholischen Fruchtshake. Als er vor mir stand, gab ich ihm nervös meine Hand und merkte gleichzeitig, wie das Glas in meiner anderen zu zittern begann. Keine Ahnung, was er sagte, denn ich konnte mich kurz darauf nicht mal mehr an seinen Namen erinnern, aber aus der Nähe sah er noch viel umwerfender aus. Ich hoffte inständig, er hatte eine Frau, eine Geliebte, zehn Kinder oder er sollte homosexuell sein. Wobei letzteres ... ach, ich wollte nicht wirklich darüber nachdenken.

Eine Assistentin des Modejournals informierte uns noch, dass wir erst übermorgen mit Fotoaufnahmen starten würden und demnach morgen frei hätten. Die Runde löste sich so langsam auf und ich bezog mein Zimmer im zweiten Stock des Haupthauses. Vom Balkon aus hatte ich einen wunderschönen Ausblick auf den Pool, weiter unten am Strand sah ich beleuchtete Palmen und auf der anderen Seite das Abend-Restaurant mit seiner großen Terrasse. Ich wollte heute nicht mehr nach unten gehen, also bestellte ich mir Essen aufs Zimmer. Wenig später fiel ich erschöpft ins Bett, ohne *Angel* auch nur einen Funken Beachtung geschenkt zu haben. Stattdessen versuchte ich krampfhaft, dieses Bild aus meinen Gedanken zu verbannen, das Bild von »Santiago 2«, denn es machte mich traurig.

Mach mit mir, was du willst!

Es war bereits heiß und sonnig, als ich am nächsten Morgen erwachte – eine angenehme Abwechslung zu dem winterlich kalten New York. Ich schlüpfte in ein weißes Strandkleid und hatte zufällig fast dasselbe Timing wie die anderen beiden Mädchen. Wir trafen einander beim Frühstück und planten gemeinsam, was wir heute unternehmen würden. Joleen war zum Glück der französischen Sprache mächtig, also konnte zumindest sie sich mit Chiara verständigen. Im Hotel wurde ein Ausflug zu einer Schmetterlingsfarm angeboten, für den wir uns einstimmig entschieden. Gemeinsam mit ein paar anderen Gästen waren wir fast vier Stunden unterwegs.

Nachmittags verbrachten wir die Zeit am Pool, wo wir auch Gerry wiedertrafen. Er setzte sich zu uns auf eine Liege. »Habt ihr euch gut eingecremt?«, erkundigte er sich.

»Klar, Schutzfaktor fünfzig! Was denkst du denn?«, antwortete ich. Das war ja wohl das Mindeste, was ein Model wissen sollte. Keine weißen Ränder, kein Sonnenbrand. Entweder Kleidung oder Sunblocker.

»Auch am Rücken?«, hakte er nach.

Ich zog eine Augenbraue hoch. »Willst du fühlen?«

»Danke, ich glaub dir«, gab er zurück.

War er nun doch schüchtern? Ich lächelte. Chiara redete irgendetwas Unverständliches, woraufhin Gerry auf Französisch antwortete und sich kurz entschlossen zu ihr setzte. Eine

Minute später massierte er ihr die Schultern und den Rücken mit Sonnenmilch.

»Zum morgigen Shooting«, erklärte er nebenbei, »wir werden erst am späten Nachmittag beginnen. Ich möchte die untergehende Sonne nutzen. Ich schlage vor, wir treffen uns um sechzehn Uhr unten am Strand, draußen bei den Felsen. Die Visagistin braucht euch dann vermutlich schon direkt nach dem Mittagessen, aber das klärt ihr bitte mit Valerie am Abend. Ach ja, wir essen heute alle gemeinsam. Ich hoffe, ihr habt noch nichts vor?«

***

Im Restaurant war für uns ein Tisch für vierzehn Personen reserviert. Irgendwie passierte es, dass ich schon wieder neben Gerry saß und diesmal unterhielten wir uns recht nett. Er erzählte mir von bekannten Models, die er schon fotografiert hatte, und von seiner Zeit in Südafrika, als er noch nicht so bekannt war. Nach dem Essen tranken wir Cocktails an der Bar. Gerry und Chiara gaben mir Französisch-Unterricht und die beiden hatten echt Spaß mit meiner Aussprache, vor allem aber mit meinem spanisch-geprägten »R«.

Später gesellte sich Joleen zu uns. »Wie lange bleibt ihr noch?«, fragte sie, »wir sollten doch morgen halbwegs frisch aussehen.«

Es war bereits elf Uhr, also relativ spät. »Ich denke, wir gehen auch bald«, versicherte ich ihr. Plötzlich wurde ihr Blick von irgendeiner Attraktion hinter mir eingefangen. Ich drehte mich um und sah »ihn« in Begleitung von zwei jungen Männern.

»Ist der nicht süß?«, schmachtete Joleen.

Gerry lächelte amüsiert.

»Das ist doch der Hotelmanager«, erklärte ich ihr etwas verwundert. Den musste sie doch kennen ... von gestern.

»Nicht der!«, entgegnete sie, »der links, der jüngere!«

»Ach so ... sind vielleicht Gäste«, mutmaßte ich.

»Das sind seine Söhne«, wusste Gerry. »Vorn bei der Rezeption hängen Bilder. Sie arbeiten auch hier.«

Söhne? Ich sah nur »ihn«. Und genau wie gestern fesselte mich sein Anblick, als er an uns vorbeiging. Schlagartig verflog meine heitere Laune und nun wollte ich auch nicht mehr länger bleiben. »Joleen hat völlig recht. Ich werde schlafen gehen«, verkündete ich den dreien und zog mich kurzentschlossen auf mein Zimmer zurück.

Ich bereute es, dass ich nicht schon eine halbe Stunde eher gegangen war, denn nun hatte ich wieder mit dem gedanklichen Bild vor meinen Augen zu kämpfen. Trotzdem, eines war heute anders: *Angel* ... Er war die Lösung. *Angel* würde mich bestimmt ablenken und mit ziemlicher Sicherheit würde ich danach auch so müde sein, dass ich schlafen konnte. Hoffentlich hatte Jude Zeit für mich.

Als ich aus dem Badezimmer kam, überprüfte ich noch mal, ob meine Tür auch wirklich gut verschlossen war, dann tippte ich in mein Handy: »Jude, ich bin allein ... Mach, was du willst.«

Im Vorzimmer-Spiegel bemerkte ich, wie sehr bereits die Vorfreude mein Gesicht erstrahlen ließ. Ich legte mich ins Bett und schob *Angel* zwischen meine Beine, wo er sehnsüchtig feucht empfangen wurde. Dann drückte ich auf »senden«.

Plötzlich kam ein SMS zurück. »Wo bleibt der Dank für gestern?«

Gestern?! Wofür sollte ich ihm danken? Für mein Herzklopfen, meine Blöße? Für meine Verlegenheit, als ich mich vor Gerry rechtfertigen musste? Er hatte mich gedemütigt. Und ich empfand noch jetzt ziemliches Unbehagen, wenn ich daran dachte. Aber genau das wollte er ja erreichen. Und genau das hatte ich wohlgemerkt »freiwillig« mit mir machen lassen. Was sollte ich ihm also schreiben? Ich kannte Jude gut genug, um zu wissen, dass er mit »Dank« kein schlichtes »danke« meinte. Er wollte wissen, ob es ihm gelungen war und ich mich ausreichend blamiert hatte. Also schrieb ich, was er hören wollte: »Du hast mich gestern gedemütigt, Jude, vor bestimmt zehn Leuten. Bitte, mach das nie wieder.« Ein paar Sekunden später sprang die Klammer in mir auf. Ich war erleichtert.

Erwartungsvoll streckte ich mich im Bett aus und versuchte, mich zu entspannen. Ein leises Summen und Vibrieren ließ mich schmunzeln. Jude zärtlich? Das konnte ich ja gar nicht glauben ... aber es fühlte sich wundervoll an. Ich betrachtete die getäfelte Decke über meinem Bett und beschloss, das kleine Licht an meinem Nachttisch anzulassen. *Angel* war noch immer dabei, sich aufzuwärmen. Er schenkte mir sanfte kreisende Bewegungen ... sie zeigten mir, wie groß er war, wie viel Platz er in mir eingenommen hatte und dass Jude jetzt von meinem Unterleib Besitz ergriffen hatte. Unweigerlich öffneten sich meine Lippen, um meinen tiefen Atemzügen die Freiheit zu schenken, und mein Herzschlag geriet in Verzückung. Die Vorstellung, dass Jude nun mit mir machen konnte, was er wollte, brachte mir prickelnde Erregung. Er würde mir wehtun. Mit Sicherheit. Auf Jude konnte man sich verlassen. Aber noch war es nicht so weit, *Angel* bog sich in mir, er drehte sich und der breite Ring vibrierte angenehm. Ich musste immer schwerer atmen. Meine Begierde wuchs, ich krallte mich am Kopfteil des Bettes fest und war bereits kurz davor, den ersten Höhepunkt dankbar anzunehmen, als plötzlich ... »AAAAH!« Ich schrie ... Ich schrie lang! ... Jude!

Das war ein Stromstoß, ein extrem schmerzhafter, und nicht zu kurz. Aber ich hatte gar keine Zeit darüber nachzudenken, denn jetzt pumpte es heftig in mir. *Angel* hatte kurze, schlagende Bewegungen aufgenommen und langsam gesellte sich ein elektrisches Kribbeln am unteren Ring dazu. Ich hatte geschrien, mein Gott! Das Kissen! Ich sollte mir ein Kissen vor den Mund halten. Schnell drehte ich mich zur Seite und riss gleich die ganze Decke an mich. Das elektrische Kribbeln wurde immer stärker. Es brannte ganz empfindlich auf meiner zarten Haut. Verkrampft hielt ich die Decke fest und versuchte, es zu ertragen. Doch es machte mir Angst, ich war mir nicht sicher, ob Jude wusste, wo meine Schmerzgrenze lag. Heiße und kalte Schauer liefen über meinen Körper. Ich fühlte die Elektrizität an meinen intimsten Muskeln, wie feine Nadelstiche, die mich zu Tausenden durchlöcherten. Jude folterte meine Vagina mit Hingabe. Und ich musste die Decke wieder loslassen, ich wollte flüchten, meine Beine schlugen wild um sich, mein Stöhnen wurde immer lauter und unweigerlich mündete es wieder in ein Schreien. Ich krallte mich in die Matratze, während sich der Schmerz langsam steigerte und ich die ärgsten Sekunden regelrecht auf mich zukommen sah. Schon jetzt konnte ich nur noch lauthals kreischen. Dann war es da ... und leider wurden nur wenige meiner Töne von der Matratze erstickt, bis es endlich wieder nachließ.

Danach kam eine kleine Pause, langsames Kreisen, seichtes Kribbeln. Ich sah das Handy auf meinem Nachttisch und kurz überlegte ich, ob ich Jude um Gnade bitten sollte. Die Hotelgäste neben mir mussten ja denken, ich würde ein Kind gebären. Aber bei Jude machte ich mir nicht viel Hoffnung, dass er, solange ich noch SMS schreiben konnte, Mitleid mit mir hätte. Also drehte ich mich zur Seite und nahm mir diesmal eisern vor, die Decke nicht mehr von meinem Gesicht zu lassen. Ich schwitzte. Mein Herz raste. Und jegliche Vorfreude hatte sich in Angst verwandelt. Wie wollte er mich so zum Orgasmus bringen? Aber vielleicht war das gar nicht sein Ziel. Vielleicht gab es für mich heute nur Schmerzen ... ohne Belohnung. Genau wie zuvor steigerte sich das seichte Kribbeln wieder zu einem brennenden Stechen und Jude machte jeglichen Vorsatz, meine Decke festzuhalten, zunichte. Splitterfasernackt strampelte ich auf dem Laken, bevor mein ganzer Körper sich erneut in wilden Zuckungen verkrampfte und die Matratze Opfer meiner Töne wurde ... doch sie gab meiner schrillen Stimme kaum Einhalt. Ich keuchte und schrie. Plötzlich hielt jemand meinen Arm fest! Eine Decke legte sich auf meinen abgekämpften Körper und im selben Moment endeten die Stromimpulse. Es folgte ein angenehm sanftes Kreisen. Ich kreischte nach Luft. Sofort versuchte ich mich gegen die fremde Hand zu wehren. Ich fuhr in die Höhe und da waren auf einmal ganz viele Leute in meinem Zimmer ... Eine Frau, zwei Männer, alle in Hoteluniformen ... der vierte, der mich festhielt, trug nur einen Morgenmantel, und mich traf fast der Schlag, als ich in sein Gesicht blickte ... der Hotelmanager!

Er sah mich besorgt an ... und ich keuchte haltlos. Plötzlich riss mich ein Stromschlag zurück auf die Matratze.

»Ein epileptischer Anfall!«, meinte eine Frau.

»Holen Sie den Arzt!«, forderte der Mann neben mir.

»NEIN!«, schrie ich und drehte mich zu ihm.

»Was um Himmels Willen fehlt Ihnen?«, fragte er.

Angel begann mich zu stoßen ... Verzweiflung gesellte sich zu meiner Erregung, die mich nicht mehr normal atmen ließ. Ich konnte kaum reden, aber versuchte es dennoch. »Lassen sie mich ... bitte ... allein!«

»Sie brauchen einen Arzt!«, entgegnete er standhaft.

»Nein ... mir geht's gut«, hechelte ich, »ich schwör's ... bitte gehen Sie ... bitte!« Ich merkte, dass ich wie eine Klette an seinem Unterarm klammerte, schaffte es jedoch nicht, ihn loszulassen. Gleichzeitig war ich so fasziniert von seinem Antlitz.

»Drogen!«, mutmaßte ein junger Mann, der wohl ein Page war. »Vielleicht eine Überdosis!«

»Ich werde Sie ganz bestimmt nicht allein lassen, solange ich nicht weiß, was Ihnen fehlt!«, erhob der Manager seine Stimme.

Oh nein! Was sollte ich ihm bloß sagen? Das stechende Kribbeln zwischen meinen Beinen gab mir bereits einen Vorgeschmack auf den nächsten Dauerschmerz. Mit glasigen Augen flehte ich ihn an: »Schicken Sie die Leute weg ... bitte!«

Nachdenklich studierte er mich. »Sagen Sie mir dann, was Ihnen fehlt?«

Ich nickte und hechelte.

»Okay, keinen Arzt«, sagte er zu seinen Angestellten. »Sie können gehen.«

Während sich alle entfernten, steigerte Jude die Stromstöße schon wieder auf ein unerträgliches Maß. Beim besten Willen hätte ich jetzt nicht reden können. Ohne seinen Arm loszulassen, warf ich mich zur anderen Seite und riss den Manager damit zu mir aufs Bett. Mein Gefühl sagte mir, dass es diesmal auf einen Orgasmus hinauslaufen würde, meine Erregung war zügellos. Der Manager saß jetzt neben mir, lehnte über mir, und die Wärme aus seinem Morgenmantel strömte auf mich. Ich presste seinen Arm an meine Brust und die zugehörige Hand an meinen Hals. *Angel* schenkte mir ein angenehmes Vibrieren und heftige Stöße in Verbindung mit erträglichen Stromwellen. Mein Stöhnen kündigte eine Ekstase an ... und dann brach es aus mir heraus ... mein ganzer Körper wurde geschüttelt ... ich stieß einen Lustschrei aus ... einen zweiten ... und einen dritten. Ich verkrampfte mich. Mein Gehirn wurde mit Endorphinen überflutet, sodass mir kurz schwarz vor Augen wurde. Doch dann gewährte er mir endlich eine Pause. Völlig verausgabt drehte ich mich zu dem Besitzer des geliebten Unterarms, der sich so warm und kräftig an meine Brust schmiegte. Ich war benebelt, aber glücklich ... und musste etwas verlegen lächeln. Und plötzlich waren wir per du.

»Sag mir bitte, was du da tust. Es macht mir Angst«, flüsterte er.

»Ein Vibrator ...«, gestand ich keuchend, »ein etwas ungewöhnlicher.« Im nächsten Moment erhielt ich schon wieder einen Stromstoß, der mich kurz aufschreien ließ.

Er schüttelte den Kopf. »Das ist nicht normal! Du hast ja Schmerzen ... Warum stellst du das nicht ab?«

»Ich kann nicht«, japste ich und merkte, dass ich noch immer seinen Arm an meinen Körper drückte. Sofort ließ ich ihn los. »Lassen Sie mich allein ... bitte ... ich kann das jetzt nicht erklären.«

Er sah mich misstrauisch an ... dann nickte er ... noch immer skeptisch. Ich versuchte verzweifelt, die Erregung zu unterdrücken, die sich schon wieder in meinem Unterleib aufbaute. Er legte mir eine Karte neben das Telefon. »Ich möchte, dass du mich in einer halben Stunde anrufst und mir sagst, dass es dir gutgeht«, forderte er. »Oder ich bleibe hier!«

Ich schüttelte den Kopf und presste drei Worte über meine Lippen: »Ich ... rufe ... an.« Dann warf ich mich zur anderen Seite und versteckte mein Gesicht unter der Decke. Kurz darauf fiel die Tür ins Schloss.

Etwas erleichtert näherte ich mich meinem zweiten Höhepunkt, der mich wieder fast in die Ohnmacht trieb. *Angel* war wundervoll, aber mein Herz raste besorgniserregend schnell und ich fühlte mich am Ende meiner Kräfte. Fünf Minuten später gab mich die Klammer frei.

Als ich wieder einigermaßen klar denken konnte, wollte ich es zuerst nicht wahrhaben. Wie waren die alle in mein Zimmer gekommen? Ich hatte einen Orgasmus in den Armen eines Mannes, dessen Namen ich nicht mal kannte! Einen Versuch wäre es wert gewesen, mir einfach einzureden, alles nur geträumt zu haben, aber da lag diese Karte auf meinem Nachttisch. »Ronan Defoe«. Mir stockte der Atem. Jude! Was hatte er mir angetan? Er musste doch wissen, dass ich mich in einem Hotelzimmer befand. Verzweifelt zog ich *Angel* aus mir heraus. Mit wackeligen Beinen taumelte ich ins Bad. Mein Spiegelbild schockierte mich. Ich war rot erhitzt im Gesicht, meine Augen verheult, meine Haare völlig zerzaust und verschwitzt ... So hatte er mich gesehen? Wieder zurück in meinem Bett schrieb ich eine SMS: »Du übertreibst es, Jude! Ich bin in einem Hotel!«

Kurz darauf kam zurück: »Wie oft genau habe ich es übertrieben?«

Dafür hätte ich ihn ins Gesicht schlagen können ... und mir gleich dazu ... für meine Antwort: »Zwei Mal, Jude. Danke.« Ich schleuderte mein Handy aus dem Bett. Da fiel mir ein, die halbe Stunde war um, ich musste ihn anrufen, bevor er vielleicht erneut nach mir sehen würde. Möglichst schnell wollte ich diese unangenehme Pflicht hinter mich bringen und ihm danach am besten nie wieder begegnen. Ich wählte die Handynummer, die mit Kugelschreiber auf die Visitenkarte geschrieben war.

Er meldete sich mit »Defoe« und vor Aufregung stolperte mein Herz. Ich begann zu stottern: »Hi, ich ... ich weiß nicht, ob Sie überhaupt meinen Namen wissen ...«

Er lachte. »Zahira Navarro Castilla.«

»Si! ... Äh ... ja.«

»Ich habe mir erlaubt, mich zu erkundigen«, gestand er.

Ich atmete schwer und bemühte mich um einen geordneten Satz. »Wie sind Sie ... in mein Zimmer gekommen?«

»Meine Mitarbeiter haben mich geweckt, beziehungsweise ›geholt‹, ich hatte noch nicht geschlafen. Ein Appartement darf nur in meinem Beisein geöffnet werden, wenn jemand drin ist. Ein Page hatte dich schreien gehört. Er war außer sich, er dachte, es ginge um Leben oder Tod.«

Ich seufzte. »Verstehe ... ähm ... mir geht's jetzt wieder gut.«

Er lachte herzlich. »Fein. Vielleicht lässt sich das für den Rest der Woche irgendwie vermeiden? Ich habe noch andere Gäste.«

»Es wird nicht wieder vorkommen ... versprochen!«

»Gut. Und ... wenn du über irgendetwas reden möchtest ... kannst du mich gern anrufen. Die Nummer hast du ja jetzt ... und lass bitte das Sie weg ... ich bin Ronan ... okay?«

»Okay.«

»Dann ... gute Nacht?«

»Gute Nacht.«

Ich klappte mein Handy zu und holte tief Luft. Ich zitterte am ganzen Körper und mir war plötzlich eiskalt. Unter zwei riesigen Decken suchte ich nach Wärme und wollte vergessen. David! Er hatte ja keinen Schimmer, was ich hier durchmachte. Dieser Urlaub würde zu einer Prüfung werden ... ich hatte es geahnt. Ich war kurz davor, mich zu verlieben ... nein, es war schon viel zu spät, ich war bereits bis über beide Ohren verliebt. Ronan ... Ich sehnte mich nach seiner Wärme, nach der Hitze in seinem Bademantel, nach seinem Körper, seinem Gesicht, seinen Haaren und seiner samtigen Stimme. Die Schmetterlinge überschlugen sich regelrecht in meinem Bauch und brachten mein Herz zum Rasen. Da fiel mir wieder ein, er hatte angeblich zwei Söhne ... bestimmt gab es dazu auch eine Frau! Vielleicht sollte ich meine Gefühle für ihn etwas zügeln. Morgen war auch noch ein Tag. Aber *Angel* hatte sich für diese Woche erledigt, dessen war ich mir hundertprozentig sicher.

***

Als ich frühmorgens mein Zimmer verließ, überkam mich die Befürchtung, dass ich heute möglicherweise Gesprächsthema Nummer Eins beim Hotelpersonal sein würde. Und wenn es ganz schlimm käme, dann wusste nicht nur das Personal Bescheid, sondern auch meine Agentur. Am liebsten wäre ich unter dem Teppich ins Restaurant gekrochen. Doch die neugierigen Blicke hielten sich zum Glück in Grenzen. Niemand verhielt sich wirklich auffällig.

Wieder frühstückte ich mit Joleen und Chiara. Gleich danach trafen wir uns mit dem Styling-Team und waren den ganzen Tag mit Vorbereitungen für die Aufnahmen bei Sonnenuntergang beschäftigt. Der erste Tag war immer der schwierigste, bis alle wussten, was sie zu tun hatten, wer welches Outfit tragen würde, meine Extra-Behandlung wegen der Narben, mein Brandmal wurde ausführlich besprochen, Hair-Styling, Make-up ... Im Nu war es vier Uhr nachmittags. Das geplante Bikini-Shooting draußen bei den Felsen war schnell erledigt, danach ging es in eleganten Kleidern an den beleuchteten Pool für Nachtaufnahmen. Immer wieder gab es für mich lange Wartezeiten, während Gerry die anderen Mädchen ablichtete, trotzdem war ich heilfroh, als wir kurz vor Mitternacht entlassen wurden. Erschöpft fiel ich ins Bett, in der Hoffnung, möglichst schnell einzuschlafen, denn am folgenden Tag sollte das Shooting bereits früh beginnen.

***

Diesmal war der mit Palmen gesäumte weiße Sandstrand Ort des Geschehens. Gerry führte uns zu einem etwas abgelegeneren Bereich, wo kaum noch Hotelgäste zu sehen waren. Wir posierten einzeln, wieder in hübschen glamourösen Bikinis. Als ich an der Reihe war, stand ich mit den Füßen zwar im seichten Wasser, aber ein paar Meter hinter mir war eine Stelle im Meer, wo sich die Wellen brachen und einen feinen Sprühnebel in die Höhe peitschten. Gerry erteilte mir ziemlich genaue Anweisungen für die Posen, die er sich vorstellte, und ich gab mein Bestes. Hinter ihm standen ein paar Leute von unserem Team, hie und da huschten dann doch ein paar Hotelgäste durchs Set, aber im Großen und Ganzen lief alles wie geplant. Bis meine Augen bei einem beiläufigen Blick über den Strand auf »ihn« trafen ... Ronan. Er hielt sich etwas abseits und sah einfach nur zu, aber mit meiner Konzentration war es schlagartig vorbei. Ich gab mir alle Mühe, ihn nicht zu beachten, doch sein Erscheinen machte mich nervös. Er war elegant gekleidet und lehnte lässig an einer niedrigen Mauer.

Gerry kam zu mir ins seichte Wasser. »Was ist los mit dir?« Beiläufig strich er durch meine langen Haare.

»Bitte sag ihm, er soll weggehen!«

»Wer?«

»Da hinten, an der Mauer.« Ich warf einen kurzen Blick in seine Richtung.

»Das ist der Hotelmanager.«

»Jaa ...«, hauchte ich gequält.

»Ich kann dem Manager nicht sagen, er soll weggehen! Was hat er dir getan?«

»Nichts, er hat mir nichts getan, aber ich kann mich nicht konzentrieren, wenn er mich ansieht.«

»Verliebt?«, fragte er.

Ich zuckte mit den Schultern.

Gerry grinste. »Ein Freund, ein Ex, ein Geliebter, ein Vibrator und ein Hotel-Manager?«

Ich musste lachen.

»Reiß dich zusammen!«, forderte er ruhig, aber bestimmend.

»Nein, ich kann nicht, bitte ... Sag ihm, er soll weggehen.«

Gerry seufzte. »Okay, ich rede mit ihm.«

Aufgeregt beobachtete ich, wie er zu ihm ging. Kurz darauf wandte sich Ronan von uns ab und entfernte sich. Im Weggehen fuhr er sich mit einer Hand durch seine schönen Haare. Gerry kam zurück und meine Aufmerksamkeit gehörte wieder ihm.

***

Am nächsten Tag hatten wir »Drehpause«. Nichts zu tun, außer Entspannen, Essen und Sonnen am Pool. Gerry leistete uns wieder Gesellschaft. Diesmal ließ sogar ich mir von ihm den Rücken eincremen.

»Sag, welchem deiner ganzen Männer gehört dein Herz?«, fragte er neugierig.

»Meinem Freund natürlich, wem sonst?«

»Der, der dich zum Flughafen gebracht hat?«

»Ja.«

Gerry nickte. »Stehst du auf ältere Männer?«

Ich antwortete nicht. Wenn das Alter das Einzige war, was er in David gesehen hatte, dann hatte er keine Antwort verdient.

»Es geht mich ja nichts an, ich dachte nur, weil der Hotelmanager auch nicht mehr der Jüngste ist.«

»Du bist auch nicht mehr der Jüngste!«, gab ich ihm zurück.

»Bist du in mich auch verliebt?«

Ich lachte. »Nein, ich bin in niemanden verliebt, okay?«

»Schade, ich kenne nämlich jemanden, der in dich verliebt ist.«

Erschrocken drehte ich mich zu Gerry um. »Wer?«

»Chiara.«

»Chiara? Sie ist ein Mädchen!«, klärte ich ihn auf.

»Ja, sie hat es mir gestern Abend erzählt.«

»Du scherzt.«

»Nein, glaub mir.«

Ich war leicht überfordert. »Aber ... wieso ich?«

»Vielleicht findet sie dein spanisches ›R‹ so sexy! Keine Ahnung. Vermutlich hat es aber eher etwas mit deinem Äußeren zu tun. Heute schon mal in den Spiegel gesehen?«

Ich schüttelte den Kopf. »Doch ... aber ich bin nicht lesbisch.«

»Sie meinte, sie sei auch nicht lesbisch, aber trotzdem ist sie ganz hingerissen von dir. Sie hat mich gefragt, ob ich dich vielleicht überreden könnte, mit ihr gemeinsam Fotos zu machen, ein bisschen erotisch. Das ist bei deinem Lebenswandel doch bestimmt kein Problem. Sie ist hundertmal schüchterner als du.«

»Mein Lebenswandel? Was weißt du schon über meinen Lebenswandel?«, fragte ich entsetzt.

»Das im Flugzeug klang zumindest sehr vielversprechend.«

Ich war fassungslos. Und sprachlos. »Ich ... ich versteh Chiara nicht mal, wenn sie redet.«

»Ich bin ja dabei. Ich werde für euch übersetzen.«

»Und wozu Fotos?«, fragte ich.

»Sie wünscht sich eben Fotos von dir und wahrscheinlich wüsste sie auf der anderen Seite auch nicht, wie sie auf dich zugehen sollte.«

Chiara war bildhübsch, zierlich, dunkelblond. Sie erinnerte mich an Jana, die ich auf Ivory am meisten in mein Herz geschlossen hatte. Trotzdem, ich wusste ja selbst nicht, was ich mit einem Mädchen anstellen sollte, auch wenn mich dieses Angebot zugegebenermaßen neugierig machte. »Sag ihr, ich denke darüber nach … und … und ich finde sie auch sehr hübsch.« Ich lächelte.

Gerry streichelte über meine Haare. »Okay, mach ich.«

Beim Mittagessen fiel mir auf, dass Chiara mich wirklich überdurchschnittlich oft anlächelte. Ich hatte es bis jetzt immer meinen mangelnden Sprachkenntnissen zugeschrieben. Man konnte mich ja nur anlächeln, nachdem ich nichts verstand. Trotzdem plagte mich der Verdacht, dass alles vielleicht nur eine Masche von Gerry war. Traue nie einem Fotografen! Möglicherweise hatte er Chiara genau dasselbe über mich erzählt, nur um an erotische Fotos von uns beiden zu gelangen. Angeblich sollte es für Männer ja reizvoll sein, zwei halbnackte Mädchen zu beobachten. Was ich nicht wirklich bestätigen konnte, denn auf Ivory war das tabu. Bestimmt hätte sich Santiago übergeben müssen, wenn ich vor seinen Augen Jana zu küssen gewagt hätte, ohne dem Zweck, sein Sperma zu teilen. Obwohl, der eigentliche Hintergedanke für dieses Verbot lag doch ganz woanders. Wir Mädchen durften einander gegenseitig keine Zuneigung schenken. Er wollte stets, dass wir auf die Zuneigung der Männer angewiesen waren.

Aber wie sollte ich bloß herausfinden, was Gerry mit seiner Verkupplung beabsichtigte?

***

Am Nachmittag entschied sich ein Großteil des Teams wieder für einen Ausflug. Ich hingegen zog es vor, endlich einmal ganz für mich allein im Hotel zu bleiben. Nicht im Zimmer, nein, der reine weiße Sandstrand mit seinen üppigen Palmenreihen hatte es mir angetan. Um genau zu sein, ich fühlte mich geradezu magisch angezogen. Etwa eine Stunde vor Sonnenuntergang spazierte ich hinunter ans Meer und fand eine einsame Liege am Strand. Zum ersten Mal widmete ich mich dem Buch, das ich für diese Reise mitgenommen hatte. Kurz dachte ich an mein Handy, das seit drei Tagen gut verschlossen im Safe lag. Ich hatte Angst, Jude würde mir schreiben ... Angst vor einer neuerlichen Anweisung, die mich in Schwierigkeiten bringen könnte. Ich war mir meiner Schwäche für Jude durchaus bewusst. Wenn ich einen Befehl von ihm erst einmal gelesen hatte, war es bereits um mich geschehen. Folglich galt seit drei Tagen meine einzige Paranoia meinem Handy. Ich weigerte mich, es anzusehen. Mit David hatte ich ohnedies so eine Art stilles Abkommen. Er wollte von mir nichts wissen und ich durfte von ihm nichts wissen, bis ich wieder zu Hause war. Eine Art Strafe ... ähnlich wie mit unserer Verabschiedung. Meine Grübeleien ließen mir keine Ruhe zum Lesen und schließlich legte ich das Buch wieder zur Seite. Dabei fiel mir auf, dass ich es an meinem Bauch mit Sonnenöl beschmiert hatte. Fast im selben Moment fiel ein großer Schatten auf mich ... Ronan.

Er kam näher und setzte sich auf die Liege neben mir. Mein Herz überschlug sich kurz. Etwas erschrocken richtete ich mich auf. Er wirkte nachdenklich und bedrückt. »Lauf nicht davon, bitte«, ersuchte er mich.

»Nein«, beruhigte ich ihn kopfschüttelnd. Dann schlug ich mein zweites Bein über die Liege, sodass ich mich ihm zuwenden konnte. Gleich darauf merkte ich, dass ich seinen Anblick aus dieser Nähe nur ganz schwer ertragen konnte. Verlegen strich ich durch meine langen Haare und sah zur Seite.

Er griff nach meiner Hand und ich zuckte zusammen. »Warum kannst du mir nicht in die Augen sehen?«, fragte er.

»Ist das so schwer zu erraten?«, flüsterte ich.

Er hielt meine Hand liebevoll in seiner und machte mich

damit unendlich nervös. Ich fühlte, wie ich meine Knie fest zusammenpresste ... zwischen seinen Beinen, die er ein Stück auseinander gestellt hatte. Vor Santiago wäre ich jetzt vermutlich auf den Boden gesunken. Und es kostete mich ziemliche Beherrschung, es vor Ronan nicht zu tun. Mit ganz viel Ruhe in seiner Stimme begann er schließlich zu erklären: »Falls du dir wegen deiner Würde Gedanken machst ... glaub mir, jeder andere Mann auf dieser Insel wäre Montagabend gern an meiner Stelle gewesen. Ich bin sehr dankbar, dass ich das erleben durfte. Eine Frau verliert nicht ihre Würde, wenn sie sich einem Mann im Orgasmus offenbart. Du hast mir nur gezeigt, was ich vermutlich nie von dir bekommen werde. Ich weiß sehr zu schätzen, was ich gesehen habe, und du warst wunderschön.«

Meine Augenbrauen zogen sich gequält zusammen und ich war sprachlos ... überwältigt von seinen Worten.

»Und wenn ich schon das eine nicht bekomme«, sprach er weiter, »dann lass mich wenigstens mit dir zusammen zu Abend essen, heute, wenn du Lust hast.«

Wie ferngesteuert schüttelte ich meinen Kopf und erfand in Windeseile eine Ausrede. »Ich bin schon mit den anderen Mädchen verabredet.«

»Und danach? Ein Cocktail an der Bar?« Sein liebevoller Blick schmerzte in meinen Augen. Ich seufzte und plötzlich wollte ich nur noch fliehen. Schnell nahm ich mein Buch, löste mich aus seiner Hand und ließ ihn allein am Strand zurück.

Er folgte mir nicht.

Ich konnte mir selbst nicht erklären, warum mich seine Zuneigung so sehr verletzte. Vielleicht weil ich mir selbst das Gebot auferlegt hatte, David nicht zu betrügen. Dann fielen mir wieder Davids Worte ein ... eines Tages, wenn der Richtige käme, würde er mich gehen lassen. Ich wollte nicht, dass es jetzt so weit war. Ich wollte David. Keiner kannte mich so gut wie er und bei ihm fühlte ich mich geborgen, trotz all meiner abartigen Sehnsüchte und obwohl es manchmal schmerzte, die Schattenseite meiner Gefühlswelt nicht mit ihm teilen zu können. Für mich gab es auf dieser Welt einfach nicht den richtigen Mann. Vielleicht sollte ich es mit Ronan darauf ankommen lassen? Was hatte ich zu verlieren?

Tiefe Wunden

Nach dem Abendessen, welches ich gerade noch rechtzeitig mit Chiara und Joleen verabreden konnte, ging ich auf mein Zimmer, um mich frisch zu machen. Ich schlüpfte in ein sexy Kleid, ignorierte wie gewohnt mein Handy im Safe und machte mich allein auf den Weg in die Bar. Ich hatte nicht mal viel Hoffnung, dass er tatsächlich dort sein würde, aber als ich den Raum betrat, trafen sich unsere Blicke sofort. Er saß mit seinen beiden Söhnen an einem etwas abseits gelegenen Tisch und beobachtete mich, wie ich allein auf einem Barhocker einen Platz fand. Während ich in der Getränke-Karte blätterte, übernahm die Aufregung meinen Herzschlag. Auch wenn ich es vermied, in seine Richtung zu sehen, ich konnte fühlen, dass er im Raum war. Ihn umgab eine Aura, die weit stärker war, als die aller anderen Personen. Und dann stand er hinter mir ... und flüsterte in meine Haare: »Danke.«

Ich drehte mich zu ihm und lächelte. Seine warme Hand legte sich zärtlich auf meinen nackten Rücken. »Was möchtest du trinken?«, fragte er.

»Ein Glas Sekt«, antwortete ich.

»Alain! Ein Glas Dom Pérignon und einen Jack Daniels on the rocks bitte.«

Whisky? Sofort biss ich auf meinen Daumennagel und drehte mich kurz von ihm weg, damit er mein belustigtes Grinsen nicht sehen konnte. Jetzt trank er auch noch Whisky wie Santiago.

Aber er hatte es dennoch bemerkt. »Was amüsiert dich?«, fragte er mit einem hinreißenden Lächeln.

»Nichts«, hauchte ich. Ich sah zu ihm auf ... und zum ersten Mal ertrug ich den Blick in sein Gesicht, ohne gleich wieder an Flucht zu denken. Seine Augen fesselten mich. Es lag überschwängliche Faszination darin, als könnte er kaum zurückhalten, was er mir alles sagen wollte. Doch dann wollte er plötzlich etwas ganz anderes. »Tanz mit mir!«, bat er mich.

Ich lächelte verlegen. »Hier tanzt niemand.«

Er fasste zärtlich an meine Wange und raunte in mein Ohr: »Egal, ich möchte dich noch einmal in meinen Armen halten.«

Bestimmt konnte er sich gar nicht vorstellen, wie sehr auch ich das wollte. Bereits der Arm, der meinen Rücken umschlang, fühlte sich unglaublich an, aber auf seine Einladung hin lehnte ich mich an ihn, bis meine Stirn seinen Hals berührte ... und auch er drückte mich an seinen Körper. Seine zweite Hand griff zärtlich in meine Haare und hielt meinen Kopf liebevoll beschützend fest. An seiner Brust hörte ich seinen Herzschlag und rein innerlich hatte mich bereits ergeben. Von mir aus konnte er jetzt mit mir tanzen, schlafen, Golf spielen ... Mir war alles recht.

»Ich muss mich hier vor meinen Angestellten etwas zurückhalten«, erklärte er leise. Dann streichelte er noch einmal über meine Wange, bevor er mir seine schützende Hand entzog.

Ich hatte verstanden ... setzte mich wieder aufrecht hin und suchte verlegen nach einem anderen Thema. »Du hast zwei Söhne?«, fragte ich, noch immer berauscht von seiner Nähe. Mein Herz raste wie von Sinnen.

Ronan nickte und sah kurz zu ihnen hinüber. »Soll ich sie dir vorstellen?«

»Nein! Ich ... mich hätte eher interessiert ... also ... ob es eine ... Mutter gibt ... zu diesen Söhnen?«

Er lachte und gab mir ein Glas Champagner in die Hand. »Trink was, vielleicht werden deine Fragen dann etwas präziser.« Wir tranken beide einen Schluck, dann hakte er nach: »Willst du es noch mal versuchen?«

Er schaffte es tatsächlich, dass ich ihn fast durchgehend anstrahlen musste. »Hast du eine Frau?«, fragte ich schließlich.

Ronan schüttelte dezent den Kopf und sah mich prüfend an ... auf eine Reaktion wartend.

»Ich will mit dir allein sein«, bat ich ihn.

Er lächelte, als hätte er etwas Ähnliches vermutet, und überlegte kurz. »Warte draußen vor der Bar auf mich. In ein paar Minuten.« Dann küsste er meine Hand und ging wieder zurück zu dem Tisch, wo er vorhin gesessen hatte.

Ich wandte mich meinem Glas zu und nahm einen großen Schluck. Seine Söhne mussten ungefähr in meinem Alter sein. Was er ihnen wohl erzählte? Ich wartete bestimmt zehn Minuten, dann hatte ich mir genug Mut angetrunken und ging nach draußen. Und kaum hatte ich mich dreimal gelangweilt im Kreis gedreht, stand er neben mir. Seine Hand legte sich auf meinen Rücken und ein angenehmes Prickeln durchlief meinen ganzen Körper. »Wir machen einen Strandspaziergang«, sagte er und ich war fast ein bisschen enttäuscht. Nach meinem wohl unmissverständlichen Angebot hatte ich etwas anderes erwartet.

Vereinzelt waren noch Gäste auf dem Hotelgelände unterwegs und Ronan berührte mich kaum, während wir die verzweigten Wege entlangspazierten, vorbei am Pool, Richtung Strand. Obwohl ich wusste, dass es nur der Strand war, kam es mir vor, wie ein elend langer Weg in sein Schlafzimmer und meine Begierde wuchs mit jedem Schritt. Ich malte mir aus, mit ihm barfuß durch den warmen Sand zu laufen ... ich wollte vor ihm niederknien, in den Sand fallen und mich vor ihm auf dem Boden räkeln, bis er nicht mehr widerstehen konnte und sich auf mich legen würde. Ich malte mir aus, durch das seichte Wasser zu laufen, ihn mit mir zu ziehen, immer tiefer, er sollte mich untertauchen, mit der Kraft seiner Hände, und wenn sich danach meine Lippen öffneten, um verzweifelt nach Luft zu schnappen, dann sollte er mich küssen. Ich wollte ihn nass sehen ... sehen, wie kristallklare Perlen über sein Gesicht liefen, von seinen Augenbrauen auf seine langen Wimpern tropften, seine Lippen befeuchteten und sich an seinem Hals zu einem schmalen Strom vereinten, der den Weg talwärts suchte. Ich gierte danach, mit meinen Lippen diesem Gewässer zu folgen, über seine Brust, der feinen Linie seiner Haare entlang, immer tiefer ... das feuchte Nass würde salzig schmecken und ich wünschte mir, dass es nicht das Meer wäre, das seine Haut umnetzte, sondern der Schweiß seiner glühenden Ekstase nach unserem ersten Liebesakt.

»Deine Schuhe ... komm, wir ziehen unsere Schuhe aus«, unterbrach er meine Gedanken. Ronan bückte sich zu meinen Füßen, um mir aus den High Heels zu helfen. Wir standen am Eingang zu einer kleinen Bambushütte und bei einem kurzen Blick hinein sah ich zwei Massage-Liegen, keine Fenster und keine Beleuchtung. Ronan stellte unsere Schuhe ab und schloss von außen die Tür. »Ich will mit dir im Sand laufen«, flüsterte er und zog mich Richtung Meer. Er hatte seine helle Hose bis zu den Knien hochgerollt und jetzt endlich, hier, wo zu dieser Zeit keine Menschenseele mehr unterwegs war, hielt er meine Hand. Das Meer war fast spiegelglatt und nur ganz leise schlichen einzelne Wellen über den flachen weißen Sand in Richtung unserer Füße. »Erzähl mir von dir!«, forderte er mich auf ... mit einem sanften Lächeln auf den Lippen.

Aber ich wollte nicht von mir sprechen. Jetzt, wo doch nur er in meinen Gedanken war. »Was soll ich dir erzählen?«, fragte ich ihn.

»Woher kommst du? Wo lebst du? Wie lebst du? Was machst du, wenn du nicht arbeitest?«

Ich seufzte ... so viele Fragen. »Mein Vater ist Spanier, meine Mutter aus Kolumbien, aber ich lebe in New York.«

Er wartete, ob vielleicht noch etwas kommen würde ... dann hakte er nach. »Allein?«

»Nein, in einer Art Wohngemeinschaft.« Das tat weh ... »Mit zwei Homosexuellen.« Und das war Hochverrat! Mein Herz blutete. Was hatte mich bloß veranlasst, so etwas zu sagen?

Ronan lachte. »Wirklich? Da hast du es sicher lustig ...«

Ich zuckte mit den Schultern und konnte nicht antworten.

»Und was hat dich zu dem Tattoo an deinem Hals bewogen?«

Mit dieser Frage hatte ich wenigstens schon gerechnet. »Ich war mal in einer Sekte ... dort war das so üblich.«

»Was für eine Sekte?«, bohrte er nach.

»Ich will nicht darüber reden.«

Ronan blieb stehen und stellte sich vor mich. »Warum nicht?«

Ich schüttelte den Kopf und spürte schon wieder einen Kloß in meinem Hals. »Ich muss dir doch nicht alles erzählen!«, wurde ich etwas ungehalten.

»Nein. Du musst überhaupt nichts. Du musst auch nicht hier mit mir den Strand entlang laufen.«

Entsetzt sah ich ihn an ... Dann drehte ich mich um und lief zurück Richtung Hütte. Meine Schuhe lagen unter einem der beiden Massagetische, und gerade, als ich die schmalen Riemen um meine Knöchel schließen wollte, unterbrach ein Schatten den einzigen Lichtschein, der durch den Türspalt fiel.

Ich blickte zu ihm auf ... Ronan. Ich wusste, er würde mich nicht so einfach gehen lassen. Sofort hatte ich wieder ein verhaltenes Lächeln im Gesicht. Er kam zu mir, half mir hoch und zog die Tür hinter sich zu. Augenblicklich war es dunkel. Nur zwischen den schmalen Ritzen im Strohdach und die leicht gebogenen Bambusstäbe sickerte etwas Licht hindurch. Ich konnte seine Konturen sehen und ließ mich bereitwillig von seiner Ausstrahlung fesseln. Er drängte mich einen Schritt rückwärts, dann fühlte ich seine warmen Hände an meiner Taille, wie sie höher wanderten ... unter meine Arme ... der Griff wurde fest ... er hob mich hoch und setzte mich auf den Massagetisch. Bereitwillig öffnete ich meine Schenkel und ließ ihn in meine Mitte. Mein starkes Verlangen nötigte mich, meine Beine um ihn zu schlingen und ihn mit vorsichtiger Bestimmtheit an mich zu ziehen. Ich wollte seinen Körper fühlen, meine Hüfte gegen seine Lenden drücken und zum ersten Mal entlockte mir die Vorfreude, die ich dabei empfand, ein leises Stöhnen. Er hatte seine Hände in meinen Haaren vergraben, während ich mich noch ziemlich verkrampft am Massagetisch festhielt. Ich wusste, dass er nicht Santiago war ... und dass ich ihn rein theoretisch hätte anfassen dürfen ... aber ich konnte nicht. Es war so schon schwer genug, meine Leidenschaft zu zügeln. Seine Hände hingegen berührten mich überall und brachten mich innerlich zum Glühen. Seine Finger glitten über mein hauchdünnes Kleid, meine Taille, meine Brüste ... Meine sehnsüchtigen Laute zeigten ihm meine Begierde. Gefühlvoll legte er seine Hände auf meine zierlichen Rundungen, um sie sanft zu drücken. Er berührte meine kleinen Knospen, die sich bereits fest zusammengezogen hatten und durch das Kleid hervorstachen. Ich wimmerte leise und sehnsüchtig. Meine Hüfte konnte nicht stillhalten. Die nackte Haut an den Innenseiten meiner Schenkel rieb an seiner

Hose und durch das feine Spitzenmaterial meines Tangas fühlte ich seine harte Erregung. Er machte damit mein Verlangen fast unerträglich. Ich verzehrte mich mit jeder Faser meines Körpers nach ihm. Bis er mich endlich näher an sich heranzog und seine warmen Lippen zärtlich über meine Schläfen strichen. Doch mein Mund flehte schon längst um einen Kuss. Gleichzeitig berührten meine Hände zum ersten Mal seine Schultern und ich musste laut aufstöhnen, weil dieses Gefühl unbeschreiblich war. Seine Lippen kamen näher, sein feuchtheißer Atem floss in meinen offenen Mund, und er begann mit schüchternen Küssen zärtlich von mir zu naschen. Aber ich wollte mehr, viel mehr, sofort machte sich Enttäuschung bei mir breit, dass er vielleicht die gleiche vorsichtige Zurückhaltung an den Tag legen könnte wie David.

Fest entschlossen, etwas dagegen zu unternehmen, zog ich meine Beine an und kniete mich auf den Tisch, damit ich größer war und seinem Mund auf selber Höhe begegnen konnte. Wieder spreizte ich meine Schenkel so weit ich konnte und drückte meine Scham gegen seine Lenden, fasste an seine Taille und zog ihn vorsichtig an mich. Unsere Lippen berührten sich. Und jetzt kannte meine Leidenschaft keine Scheu mehr. Ronan hielt mich in den Haaren fest, während meine Zunge in seinem Mund nach Einlass begehrte. Dabei fiel mir auf, dass ich noch nie zuvor einem Mann meine Zunge in den Mund gesteckt hatte, aber das Gefühl war berauschend. Die Erregung brannte in meinem Unterleib und ich war mir sicher, auch die Feuchtigkeit zwischen meinen Beinen war bereits am Überlaufen. Immer wieder musste ich mich von seinen Lippen lösen, weil mir der Atem fehlte. Ich stöhnte, meine Finger krallten sich in seinen Rücken und ich fühlte mich so hilflos. Er konnte meine Begierde nicht stillen. Er küsste mich zärtlich, während ich von ihm regelrecht besessen war. Bestimmt tat ich ihm schon weh mit meinen Nägeln auf seiner Haut. Vielleicht war das der Grund, warum wir Santiago nicht berühren durften? Verzweifelt keuchte ich über seine Schulter hinweg, meine erschreckend hohe Stimme wurde immer sehnsüchtiger und gequälter … sie verlangte nach einem Schmerz, der mich wieder zur Vernunft brachte … ich wollte seine ganze Kraft … seine Macht … Ich konnte nicht mehr stillsitzen, begann mich zu winden, riss an seinem Hemd, alles drehte sich und dann brach es aus mir heraus: »Schlag mich, bitte, schlag mich …«

Entsetzt über meine eigenen Worte schnürte sich sofort meine Kehle zusammen. Ronan blieb für einen Moment ruhig. Dann stieß er mit einem Fuß die Tür ein Stück auf, sodass Licht in den Raum fiel … er wollte mich sehen. Ich hatte selbst einen Schock, war sprachlos und grenzenlos beschämt, weil mir das gerade passiert war. Er legte eine Hand an meine Wange, liebevoll, aber ich spürte Tränen in meine Augen steigen. Als ich auf den Boden wollte, hielt er mich fest. »Nicht! Bleib hier, bitte«, bat er mich eindringlich. Doch ich wehrte mich, schüttelte den Kopf, bückte mich schluchzend, um meine Schuhe aufzuheben, dann flüchtete ich aus der bedrohlichen Hitze unserer Zweisamkeit.

Ich hasste mich für meine Entgleisung. Und ihn für seine Zärtlichkeit und seine Zurückhaltung. Obwohl ich mir selbst noch nicht darüber im Klaren war, ob eine höhere Bereitschaft von seiner Seite, mir seine Leidenschaft zu zeigen, mich nicht noch früher in den Wahnsinn getrieben hätte.

Vielleicht durfte ich mir keinen Mann suchen, den ich so grenzenlos begehrte. Keinen, der mir die Sinne raubte mit seinem Anblick und seiner Ausstrahlung. Was sollte er jetzt bloß von mir denken?

Meine Tränen waren noch nicht versiegt, da klopfte es bereits an meiner Zimmertür. Ich seufzte laut und schlug mit der flachen Hand gegen die glatte Mauer. Ich wollte ihm nicht ins Gesicht sehen müssen.

»Zahira, bitte«, hörte ich leise durch die Tür und seine Worte schmerzten in meiner Magengrube. Jeder Satz, der mit meinem Namen begann, klang wie ein Befehl in meinen Ohren.

»Zahira!«

Was sollte ich bloß tun? Schließlich öffnete ich die Tür und blickte in sein mitfühlendes und besorgtes Gesicht. »Bitte, lass mich rein. Du musst mit mir sprechen.«

Ich schüttelte entschieden den Kopf.

»Du fliegst übermorgen nach Hause ... Ich will das nicht so stehen lassen.«

»Ich kann nicht«, seufzte ich und versuchte, seinen Blicken auszuweichen.

»Doch, du kannst, bitte, ich tu dir doch nichts.« Er ergriff meine Hände und drängte mich in mein Zimmer. Völlig aufgelöst fiel ich vor ihm auf die Knie. Ich sah zu ihm auf und empfand Genugtuung ... aber er bückte sich sofort zu mir herunter und nahm mich auf seine Arme. Er setzte sich mit mir gemeinsam auf die Couch, wollte mich halten, aber ich flüchtete von seinem Schoß und umarmte ängstlich meine eigenen Knie. Nur am Rande wurde mir bewusst, wie das wohl auf ihn wirkte ... Er musste denken, ich hätte einen schweren psychischen Schaden.

Ronan wandte sich mir langsam zu, lächelte und schüttelte seinen Kopf. »Ich werde aus dir nicht schlau, ehrlich. Mal kann ich mich deiner Begierde nicht erwehren, dann brichst du in Tränen aus, läufst mir davon ... mal wirkst du abgebrüht, sagst schockierende Dinge, und jetzt zitterst du vor mir, erfüllt von

Angst, als würdest du mir zutrauen, ich könnte mit dir das tun, worum du mich vorhin gebeten hast.«

Wie sollte ich dafür eine Erklärung finden? Ich kannte sie ja selbst nicht. Aber er war mit seiner Ansprache noch nicht fertig. »Die Sekte ... Hab ich recht? Was haben sie dir angetan?«

»Kannst du nicht verstehen«, schluchzte ich, »dass ich darüber nicht reden möchte?«

Er zog mich wieder auf seinen Schoß und hielt mich fest. »Du musst mir ja nicht alles erzählen. Sag mir irgendetwas. Nur, damit ich eine Ahnung habe?«

Ich schüttelte den Kopf.

»Man hat dich missbraucht, oder?«

»Nein.«

Er strich eine Haarsträhne aus meinem Gesicht. »Was dann?«

Ich sah in seine Augen und gab mich schließlich geschlagen. Aus dem Chaos in meinem Hirn suchte ich ein paar Anhaltspunkte, die mir nicht allzu verfänglich erschienen ... »Der Sektenführer ...« Gott, diese Bezeichnung hatte ich für Santiago noch nie benutzt. Bald würde ich es selbst glauben. »Er sah aus wie du«, flüsterte ich, als wäre es ein Geheimnis, »und ... ich war schrecklich verliebt in ihn ... mehr als verliebt ... viel mehr. Und ... ich konnte ihn nicht haben, nicht so, wie ich es wollte ... nicht ganz.« Mit zittrigen Fingern wischte ich die Tränen aus meinen Augen.

»Er sah aus wie ich?«, fragte er nach.

Ich nickte.

»Und jetzt projizierst du alles, was du für ihn empfindest, auf mich?«

Ich zuckte mit den Schultern.

»Na herrlich!« Er lehnte sich mit mir in den Armen zurück. »So schnell wird man zum Sektenführer.«

Endlich konnte ich wieder tief durchatmen, offenbar erleichtert von einer Last, die ich mit mir getragen hatte. Er hingegen wirkte nun gekränkt. »Du verstehst hoffentlich, dass ich unter diesen Umständen, nicht mit dir schlafen möchte.«

»Ja«, hauchte ich.

»Hat er auch nicht mit dir geschlafen?«

»Doch.«

»Was hat er dir dann verwehrt?«

Ich zögerte, ließ mich aber von seinem einfühlsamen Blick erweichen. »Meine Hände.«

»Wie ... deine Hände?«

»Ich durfte ... seinen Körper nicht berühren ... mit meinen Händen.«

Ronan war ziemlich perplex. »Wie funktioniert das, wenn man Sex hat?«

Daraufhin hob ich meine Hände mit überkreuzten Handgelenken über meinen Kopf und ließ sie danach entlang meiner Haare wieder nach unten gleiten. Meine Augenbrauen verzerrten sich gequält und sofort liefen wieder die Tränen. Ich schluchzte herzzerreißend.

Er presste seine Lippen aufeinander und streichelte über das Nass an meinen Wangen. Dann nahm er meine Hand in seine und wollte sie offenbar liebevoll an sein Gesicht führen, jedoch, noch bevor ich den Kontakt spüren konnte, entriss ich sie ihm. Erschrocken schnappte ich nach Luft und sah ihn panisch an.

Fassungslos schüttelte er den Kopf. »Ich bin nicht er!«, erinnerte er mich und wurde dabei etwas lauter.

Und seine Reaktion veranlasste mich, ihn unentschuldbar zu verletzten. »Ich weiß! ... Denn er ist viel mehr!«

Ronan wandte seinen Blick von mir ab und ich wusste, dass ich ihn schlimmer nicht hätte treffen können. »Es tut mir leid«, entschuldigte ich mich umgehend, aber damit konnte ich nichts mehr reparieren. Er sah mich kurz an, dann schob er mich von sich, stand auf und verließ mein Zimmer.

Ich heulte. Und ich machte mir Vorwürfe, denn ich wusste ja selbst, dass es nicht stimmte, was ich gesagt hatte. Nicht Santiago war mehr ... Ronan war es. Er war liebevoll und zärtlich. Ausnahmslos. Er war mir auf selber Augenhöhe begegnet ... mit Achtung und Respekt ... aber ich konnte damit nicht umgehen. Bei Ronan gab es keine Machtspiele, er wollte mich gleichwertig und würdevoll behandeln, selbst, wenn es dabei vielleicht nur um eine Nacht gegangen wäre. Es schmerzte unendlich, zu erkennen, dass ich jemanden wie ihn nicht zu schätzen wusste und tief in meinem Innersten nicht angemessen für ihn empfinden konnte.

Das Foto

Heute war mein letzter Tag auf Aruba. Ronan. Ich durfte ihn nicht so zurücklassen. Er hatte es verdient, zu wissen, wie sehr mich mein schlechtes Gewissen plagte, dass ich gestern nicht ganz bei Sinnen und heute hingegen einsichtig war. Ich wollte vor meiner Abreise unbedingt noch einmal das Gespräch mit ihm suchen.

Mit meiner Agentur traf ich mich nach dem Frühstück am Strand. Für Chiara und mich gab es keine Arbeit mehr, nur noch von Joleen sollten Unterwasser-Aufnahmen gemacht werden. Dazu fuhren wir alle gemeinsam mit einem Boot raus an ein Korallenriff und ich fand es eine willkommene Abwechslung, diesmal nur zuzusehen. Genau wie Chiara trug ich über meinem Bikini eine weiße lange Hose und ein T-Shirt, da wir beide nicht wussten, wie lange wir der Sonne ausgesetzt sein würden. Joleen war der glanzvolle Mittelpunkt des Tages. Wider Erwarten wurde sie nicht in Bikinis geshootet, sondern in langen wallenden Kleidern, die sie fast zur Verzweiflung brachten, denn allein schon das Schwimmen fiel ihr damit schwer. Gerry hatte eine professionelle Tauchausrüstung an und konnte dadurch ohne Probleme länger unter Wasser bleiben. Chiara und ich standen an der Reling und beobachteten Joleens Einsatz. Jedes Kleid erforderte mehrere atemraubende Tauchgänge, zwischendurch erholte sie sich immer wieder an einem Rettungsring, bevor sie an Bord kam, um sich umzuziehen, neu geschminkt oder gestylt wurde.

Wieder einmal fand ich es richtig schade, dass ich mich mit Chiara nicht unterhalten konnte, während sie neben mir stand und genauso fasziniert wie ich das Geschehen beobachtete. Nach dem dritten Durchgang war ich dann schon etwas gelangweilt von der ewig gleichen Abfolge und meine Blicke schweiften zu einem Kreuzfahrtschiff, das ich winzig klein am Horizont ausgemacht hatte, als plötzlich Chiara vorsichtig nach meiner Hand griff. Ich sah sie an ... und sie lächelte ... wie immer. Im selben Moment fiel mir ein, was Gerry erzählt hatte, und ich war etwas verunsichert, was ich von ihrer Geste jetzt halten sollte ... bis sich dann tatsächlich ihre Lippen öffneten, und sie im Begriff war, mir etwas zu sagen. »Spiels du 'eute mit mir?«

Ich musste lächeln, vermutlich aus Verlegenheit. Erst jetzt bemerkte ich, dass sie sich ausgezogen hatte und nur noch ein cognac-farbiger Bikini ihre zierliche Figur schmückte. Aber ihr Satz war noch nicht zu Ende. »... vor die Kamera«, ergänzte sie und hielt sich nun auch mit ihrer zweiten Hand an meiner fest. Sie wirkte so schüchtern und unschuldig, umso mehr überraschten mich ihre zweideutigen Worte und ich fragte mich auch, woher sie plötzlich meine Sprache konnte. Dann wurde mir klar, dass sie mich etwas gefragt hatte und ich ihr vielleicht antworten sollte. Sie war wirklich bildhübsch, überhaupt wenn sie lächelte – so, wie jetzt – und die Meeresbrise ihre langen blonden Haare verwehte. Wieder erinnerte sie mich an Jana und beim Gedanken an Jana war ich zu fast allem bereit. Es hatte auch nicht viel Sinn, eine Gegenfrage zu stellen, denn vermutlich war dies der einzige Satz, den sie für mich einstudiert hatte. Also antwortete ich mit »Oui« und war dabei ganz stolz, wenigstens ein Wort ihrer Sprache zu beherrschen.

Jetzt lächelte sie nicht mehr, nein, sie strahlte ... und sie umarmte mich glücklich. Zeitgleich kletterte Gerry mit seiner schweren Tauch- und Kamera-Ausrüstung aus dem Wasser und bekam gerade noch mit, wie sich Chiara von mir löste.

»Hat sie sich eingecremt?«, war seine erste Sorge, als er Chiara im Bikini erblickte.

»Weiß ich nicht, frag sie!«, antwortete ich. Warum fragte er mich?

Auf seine anschließenden französischen Worte erwiderte sie: »Oui.« Dann sagte er noch etwas und sie antwortete mit einem zweiten »Oui« und strahlte dabei bis über beide Ohren.

Gerry grinste.

Na toll!

»Willst du dich nicht auch ausziehen?«, fragte er mich, »ihr könnt euch oben auf die Sonnenterrasse zurückziehen.«

Ich stellte mich vor ihn. »Zuerst sagst du mir, was ihr gerade gesprochen habt.«

Gerry lächelte. »Sie hat mir verraten, dass du Ja gesagt hast.«

»Hast du ihr diesen Satz beigebracht?«

»Sie hat darauf bestanden. Ist das so schlimm?«

Ich überlegte kurz ... und schüttelte den Kopf.

Durch das Umstyling war jetzt wieder große Hektik an Bord und ich sah, dass Chiara bereits nach oben flüchtete. Ich gab mir einen kleinen Ruck, legte auch meine Kleidung ab und zupfte meinen blau-weiß gestreiften Bikini zurecht. Gerry griff mir freundschaftlich auf den Rücken. »Sie freut sich bestimmt, wenn du ihr erlaubst, dich einzucremen.«

»Willst du gleich mitkommen und Fotos machen?«, fragte ich zynisch.

Er lächelte. »Nein, ich kann jetzt nicht. Aber du hast mein Wort, da oben stört euch keiner.«

Ich seufzte. Chiara stand tatsächlich die Freude ins Gesicht geschrieben, als sie mich erblickte. Ich setzte mich zu ihr und gab ihr mit einem fragenden Blick meine Sonnenmilch in die Hand. Sie deutete mir, ich solle mich hinlegen und kurz darauf stellte ich fest, dass ich zwar schon oft von einem Mädchen eingecremt worden war, mich jedoch noch nie zuvor dabei so eigenartig gefühlt hatte. Ich lag auf dem Bauch und sie öffnete mein Bikinioberteil, um es nicht mit Öl zu beschmieren. Ihre Hände waren unendlich zärtlich. Es fühlte sich an, wie eine sanfte Massage. Sie kam etwas näher und setzte sich schließlich auf meine Liege. Ich spürte ihre nackte Haut an meiner Hüfte, und mir kam es so vor, sie bedachte mich weit länger mit ihren gefühlvollen Liebkosungen, als es tatsächlich notwendig gewesen wäre. Dann wechselte sie zu meinen Beinen und mir wurde ganz anders zumute. Sie strich mit ihren öligen Fingern ungeniert über die Innenseiten meiner Oberschenkel und zum ersten Mal durchströmte ein lustvolles Kribbeln meinen Körper. Ich war selbst etwas schockiert über meine Reaktion, zumal das ja die Finger einer Frau waren. Vielleicht lag es daran, dass ich mich ihr hingab, ohne es wirklich zu wollen, und das Ganze in meinem Innersten einer kleinen Vergewaltigung gleichkam. Ja, so musste es sein. Als sie fertig war, hob sie meinen Arm ein Stück und gab mir zu verstehen, dass ich mich umdrehen sollte. Ich setzte mich auf und wollte gerade meinen Bikini im Rücken wieder zusammenbinden, als sie mir schnell auf die Schulter griff und »Nohhh…« hauchte.

Aber das kostete mich dann doch zu viel Überwindung. Allein die Vorstellung, von ihr meine Brüste gestreichelt zu bekommen, bereitete mir ziemliches Unbehagen. Ich schüttelte meinen Kopf und in ihrem Gesicht sah ich die Enttäuschung. Trotz allem ließ sie sich nicht davon abhalten, auch noch meine

Vorderseite zu verwöhnen. Diesmal konnte ich ihr zusehen und langsam gewöhnte ich mich daran, von ihr berührt zu werden. Ich versuchte es auch als »Aufwärmrunde« für heute Abend zu betrachten. Hätte ich jedoch gewusst, was mich nur ein paar Stunden später bei diesem erotischen Shooting erwarten würde, hätte ich mich vielleicht doch lieber für das Brüste-Kneten als Aufwärm-Übung entschieden.

***

Am späten Nachmittag gingen wir von Bord und das ganze Team eilte Richtung Hotel. Gerry nahm Chiara und mich unauffällig zur Seite. »Wann treffen wir uns?«, fragte er.

»Ich brauche am Abend frei«, erklärte ich ihm, »also wenn es nach mir geht, so früh wie möglich.«

»Okay, ich muss meine Ausrüstung versorgen und wir wollen uns bestimmt alle ein bisschen frisch machen, also schlage ich vor, in zwei Stunden.«

Ich nickte. »Wo?«

»Sag du, wo du willst ...«

Ahnungslos hob ich meine Schultern. Blieb ja wohl nur irgendein Zimmer.

Gerry erkannte meine Ratlosigkeit. »Ich kann dir nur sagen, dass ich wahrscheinlich das größte Zimmer von uns habe, drei Räume ... und das ganze Foto-Equipment ist auch bei mir.«

»Frag mal Chiara, ich richte mich nach ihr«, entgegnete ich etwas unsicher.

Für sie war das in Ordnung, also galt sein Zimmer als vereinbart. Wir trennten uns und Gerry gab mir noch leise eine Aufforderung bezüglich Dresscode mit: »Sexy Dessous!«

Ich nickte.

Wenig später betrachtete ich mich bereits im Spiegel. Ich hatte mich für reinweiße Spitzendessous entschieden, weil sich die besonders schön von meinem dunklen Hautton abhoben. Meine pechschwarzen Haare fielen schwer und perfekt geglättet über meine nackten Schultern und leichtes Make-up betonte das kühle Blau meiner Augen. Beim Anblick meines Spiegelbildes überkam mich ein selbstverliebtes Lächeln und ich musste mir auch eingestehen, dass sich mittlerweile zu meiner leichten Aufregung auch etwas Vorfreude gemischt hatte. Es war die Konstellation, die mich faszinierte, dass uns Gerry dabei fotografieren würde, denn so hatte ich in gewisser Weise das Gefühl, es für ihn – also für einen Mann – zu tun. Ich schlüpfte noch in ein kurzes Kleid und in schwarze High Heels, denn ich wollte nicht im Bademantel durch die Hotelanlage laufen.

Gerry öffnete die Tür. Er trug eine schwarz glänzende Hose und ein eng anliegendes T-Shirt, welches seinen athletischen Körper auffallend betonte. Seine lange Mähne war im Nacken straff zusammengebunden. Mit einem freundlichen Lächeln bat er mich herein. Das Zimmer war wirklich riesig, da hatte er nicht übertrieben. Durch den Wohnbereich führte er mich in das angrenzende Schlafzimmer, wo Chiara bereits wartete. Ihr Bademantel hing offen an ihr herab und ich dachte zuerst, sie wäre darunter nackt, aber dann erkannte ich doch cremefarbene Spitzen, die ihre zierlichen Rundungen bedeckten. Auf dem zentral gelegenen Doppelbett hatte er eine weinrote Satin-Decke ausgebreitet. Etwas seitlich standen ein Scheinwerfer, ein Stativ, der riesige weiße Schirm einer Blitzanlage und eine Leiter.

Ich bekam Herzklopfen und Gerry erkannte ziemlich schnell meine Unsicherheit. Er griff sehr selbstbewusst an meine Taille und ich merkte, wie sehr ich innerlich nach Halt bei ihm suchte. Vermutlich hätte ich lieber mit ihm geschlafen, als mit Chiara diese Fotos zu machen. Ich konnte sie gar nicht ansehen.

»Wir machen zuerst Fotos mit dir allein, wenn dir das recht ist?«, schlug er vor.

»Okay!« Das war mir sehr recht. »Bekomme ich die dann auch für meine Mappe?«, fragte ich. Immerhin musste ich an meine Karriere denken, wenn ich schon mal die Gelegenheit hatte, von einem berühmten Fotografen abgelichtet zu werden.

»Sicher. Wir sehen sie uns nachher gemeinsam auf meinem Laptop an und du sagst mir, welches du gern hättest.«

»Ich möchte aussehen wie Adriana Lima, wenn du das irgendwie einrichten kannst.«

Gerry lachte. »Ich geb mir Mühe. Zeig mal, was du da drunter hast.« Er nestelte an meinem Kleid herum.

Es bereitete mir keine Schwierigkeiten, mich vor ihm auszuziehen, hatte er mich doch die letzten Tage ständig im Bikini fotografiert. »Weiß ist perfekt«, befand er. »Ich hatte vergessen dir zu sagen, dass Rot ein Problem wäre.«

Ich kniete mich in die Mitte des Bettes und Gerry machte sich an die Arbeit. Er dirigierte mich in ein paar aufreizende Posen, stieg auf die Leiter, fotografierte mich von oben und machte am Schluss noch ein paar bewegte Aufnahmen, während ich meine langen Haare durch die Gegend schleuderte. Chiara saß die ganze Zeit etwas abseits und beobachtete mich.

»Willst du ein Oben-ohne-Foto?«, fragte Gerry schließlich.

Sofort schüttelte ich den Kopf. »Nein. Wozu?« Für meine Mappe konnte ich so etwas ohnehin nicht verwenden.

»Weiß nicht ... für dich? Für deinen Freund, deinen Geliebten ...«

»Hör auf!«, unterbrach ich ihn, »wenn du mich noch ein Mal daran erinnerst, gehe ich!«

»Bitte entschuldige, aber es gibt Mädchen, die würden sehr viel für ästhetische Nackt-Fotos von mir tun. Ich hab dich schließlich nicht um eine pornografische Pose gebeten.«

»Es gibt auch Models, die sich prinzipiell nicht nackt ablichten lassen«, entgegnete ich.

»Die melden sich aber auch nicht freiwillig zu einem erotischen Shooting bei mir«, erinnerte er mich.

»Heißt das, du erwartest von mir, dass ich mich ausziehe?«

»Ich erwarte gar nichts! Die Fotos sind für Chiara. Du musst entscheiden, was du ihr geben willst.«

»Dann gehe ich so weit, wie sie auch!«, entschied ich.

Als wollte er sich ergeben, hob er seine Hände. »Mir ist alles recht!« Dann winkte er Chiara zu mir.

Schon in dem Moment, als sie ihren Bademantel fallen ließ, wären vermutlich die meisten Männer vor Begeisterung dahingeschmolzen. Ihr Körper war geradezu furchteinflößend perfekt. Ihre grazilen Beine waren von beneidenswerter Länge, ihre wohlgeformten Brüste hoben sich verführerisch von ihrer schmalen Silhouette ab und ihre ganze Haut schimmerte seidig im warmen Scheinwerferlicht. Wie in Zeitlupe kletterte sie zu mir aufs Bett und selbst aus der Nähe verhielten sich die cremefarbigen Dessous nahezu unsichtbar an ihr, als hätte man ihre Nacktheit nur mit etwas Spitze verziert. Fast wäre mein Mund offen stehen geblieben, hätte ich mich nicht selbst ermahnt. Chiara hingegen lächelte mich unverhohlen an, als wäre ich ihr schönstes Geburtstagsgeschenk.

»Sag ihr bitte, dass sie umwerfend aussieht«, flüsterte ich Gerry zu, ohne meinen Blick auch nur für eine Sekunde von ihr zu nehmen. Ihr Französisch klang plötzlich wie ein Liebeslied in meinen Ohren. »Sie sagt, du siehst mindestens genauso umwerfend aus.« Er seufzte genervt. »Gut, wir haben jetzt alle genug Honig ums Maul ... Fällt euch selbst etwas ein oder braucht ihr meine Hilfe?«

Nachdem er das Ganze für sie übersetzt hatte, begann Chiara an mir herumzuzerren. Ich musste innerlich lachen, weil sie sich so viel Mühe gab, wie ich ins Bild gerückt werden sollte. Sie suchte dabei stets meinen Körperkontakt, legte ihr Gesicht an mein Dekolleté und blickte treuherzig in die Kamera. Oder wir knieten zueinander gedreht, sodass unsere Brüste sich etwas berührten, unsere Hände sich fassten und unsere langen Haare miteinander verschmolzen. Gerry stieg wieder auf seine Leiter und wir posierten im Liegen. Wir umarmten einander, hielten Stirn an Stirn jeweils eine Hand in den Haaren der anderen, und sie wollte, dass ich dabei ein Bein über ihre Hüften legte. Chiara hatte so viele Ideen, dass sich Gerry, bis auf ein paar Anweisungen, in welche Richtung wir blicken sollten, völlig ruhig verhielt. Doch dann wurde Chiaras Griff in meinem Nacken immer entschlossener. Wir lagen noch immer zueinander gedreht und sie sah mich ganz verliebt an. Ihr Gesicht kam näher, ihre sinnlichen Lippen öffneten sich und während ich mich mit beiden Händen an ihre schmale Taille klammerte, küsste sie mich. Ich war dankbar, dass gleichzeitig das Klicken der Kamera verstummte und fühlte zum ersten Mal, wie eine schlanke weibliche Zunge in meinem Mund herumirrte. Von wegen »hundertmal mehr schüchterner als ich«, sie war geradezu besitzergreifend. Sie hielt meinen Kopf mit beiden Händen fest, damit ich ihr nicht entkommen konnte. Ihr sehnsüchtiges Stöhnen floss in meinen Mund und nötigte mich förmlich, ihn für sie geöffnet zu halten. Ihre Lippen waren seidig und weich, ohne jegliche borstige Kante, wie ich sie selbst von gut rasierten Männern gewohnt war. Und beim Gedanken daran fiel mir erst auf, wie sehr ich sie vermisste ... die borstige Kante. Es war ein Kuss, der für mich keinen Reiz hatte. Einfach nur feucht und weich, ohne jegliches Prickeln.

Als hätte sie es gefühlt, löste sich Chiara im selben Moment und sah mir besorgt und fragend in die Augen. Sie hielt mich weiter mit einer Hand im Nacken fest, während ihre andere nun zärtlich über meine Taille strich. Ich musste lächeln ... sie hatte mich gekitzelt. Dann griff sie zwischen meine Brüste und zog sanft an dem Verbindungsstück meines BHs. Es war unmissverständlich, sie wollte, dass ich ihn auszog, aber ich deutete ihr ein »Nein«. Daraufhin strich sie weiter hinunter über meinen Bauch. Ihre Hand wanderte in mein Höschen ... und plötzlich musste ich sie im Nacken festhalten, konnte jedoch nicht verhindern, dass ihr Gesicht mir schon wieder so nahe kam, dass sie mich fast berührte. Und während ihre Zunge frivol an meinen Lippen herumspielte, glitten ihre zierlichen Finger zwischen meine Schenkel. Jetzt entkam mir zum ersten Mal ein lustvolles Stöhnen ... und sie lächelte ... jedoch nicht wegen meiner sehnsüchtigen Laute, sondern wohl eher wegen der verräterischen Feuchtigkeit, auf die sie da unten gestoßen war. Sie hatte schnell alle Fältchen erkundet und bewegte sich nun gekonnt in dem Nass in deren Mitte. Sie machte es auf eine Art und Weise, dass man jede ihrer Bewegungen dank der sonstigen Stille im Raum deutlich hören konnte. Und da ich wusste, dass auch Gerry noch im Zimmer war, fand ich ihre Handlung so demütigend, dass sie mich damit bis an die Grenze meiner Empfindungen erregte. Völlig hingerissen von dem, was sie mir antat, stellte ich auch noch ein Bein für sie auf und ließ ihr damit jegliche Freiheit, an mir herumzuspielen und meine glitschige Feuchtigkeit geräuschvoll darzubieten. Sie hatte mich verführt und schnell herausgefunden, wofür ich mich begeistern konnte. Jedes obszöne Schmatzen war ein Peitschenhieb auf meiner Seele. Ich liebte ihre Finger und ich liebte die Striemen, die sich stetig in mein Schamgefühl zeichneten. Dann drehte sie mich auf den Rücken und streifte mein Höschen von meinem Körper. Sofort ließ ich meine Beine wieder auseinanderfallen, wohl wissend, dass Gerry da unten stand und mich sehen konnte. Und ich wehrte mich auch nicht, als sie ihr Spiel wieder aufnahm. Ihre geschickten Finger legten sich jetzt auf das pochende Zentrum meiner Lust. Sie kreiste und massierte mit Hingabe rund um meine empfindlichste Stelle und ließ meinen Atem vor Begierde beschleunigen. Ich drehte mein Gesicht zu ihr, vergrub mich in ihren langen blonden Haaren, hielt mich an ihrem Nacken fest ... und als sie meine kleine erregte Perle zwischen ihre Finger nahm und sie mit wohldosierter Kraft immer wieder rhythmisch zusammendrückte, konnte ich es nicht mehr zurückhalten. Ein Orgasmus durchströmte meinen Körper ... ich stöhnte mit heller Stimme und schrie in ihre Haare. Sie ließ mich nicht los und ich wand mich unter geradezu schmerzvoll elektrisierenden Zuckungen. Schließlich riss ich die quälende Hand von mir und sah Chiara entsetzt in die Augen. Ich keuchte erschöpft ... und sie lächelte.

Etwas verärgert, aber nicht wirklich böse, dass sie mich rumgekriegt hatte, gab ich ihre Hand wieder frei und griff in meine eigenen Haare ... sie waren schweißnass. Als ich aufsah, lehnte Gerry an der Wand am Fußende des Bettes. Pole Position. Sofort schloss ich meine Schenkel. Gerry lächelte. »Aber der BH war wichtig, oder?«, meinte er zynisch.

Ich sah an mir herab. Tatsächlich, ich hatte meinen BH noch an. Ein kleiner Sieg. Ich tastete nach meinem Slip und bedeckte eilig meine Blöße. »Und du bist dir sicher, dass sie nicht lesbisch ist?«, fragte ich Gerry.

»Ja. Sie ist bi«, antwortete er kühl.

»Na toll, du hast so getan als wäre sie hetero ... und schüchtern!«, warf ich ihm vor und wurde dabei etwas lauter.

Chiara legte ihre Finger auf meinen Mund und griff nach meinen Händen. Sie wollte, dass ich mich wieder hinlegte. Ich seufzte ... und folgte ihr. Sie küsste meine Handfläche und führte sie anschließend an ihre Brust. Ich erschrak, denn sie hatte ihren BH inzwischen ausgezogen. Sofort fiel mein Blick auf ihren Schritt, aber da war zum Glück noch ein Höschen. Während ich ihre nackten Brüste berührte, wurde mir klar, dass ich ihr etwas schuldig war. Bestimmt wollte sie jetzt von mir das Gleiche, was sie vorhin für mich getan hatte. Panik überfiel mich, denn ich wusste, dass ich ihr damit nicht dienen konnte. Ihre Handgriffe waren perfekt gewesen, wie sollte ich mich damit messen können? Aber vielleicht erwartete sie das gar nicht, schließlich hatte sie inzwischen mitbekommen, dass ich in diesen Dingen absolut unerfahren war. Allein schon, wie ungeschickt und zaghaft ich ihre Brüste knetete ... kein seichtes Stöhnen konnte ich ihr damit entlocken. Aber was sollte schon passieren? Niemand würde mich hier für irgendetwas bestrafen. Und nur zu gern löste ich meine Hand von ihrem unanständig abstehenden Nippel, um über die seidige Haut ihrer Taille zu streichen, über ihren Po ... und mit etwas Überwindung ... in ihr kleines Spitzen-Höschen. Sie war geschmeidig glatt rasiert, genau wie ich, und ich fühlte die kleine Spalte, die sich unter hitziger Feuchtigkeit bereitwillig für mich auftat und meine Finger tiefer gleiten ließ. Ein leises Stöhnen erklang an meinem Ohr. Auch Chiara hatte sich an meiner Seite in meinen Haaren vergraben. Zum ersten Mal in meinem Leben befühlte ich fremde Schamlippen, sie waren noch kleiner als meine, seidig zart und feucht. Ich strich alle Rillen auf und ab, stets begleitet von reichlich Saft ihrer Begierde. Schließlich führte ich drei Finger zusammen und versuchte, sie zu massieren ... wanderte zu ihrer kleinen erregten Knospe und bedachte sie mit sanftem Druck und kreisenden Bewegungen. Chiara stöhnte, ich hielt ihren Kopf fest an mich gedrückt und gab mir wirklich Mühe, sie mit meiner unerfahrenen Hand zu befriedigen. Sie wusste ja gar nicht, wie unerfahren meine Hände tatsächlich waren. Nicht mal mir selbst hatte ich jemals das Vergnügen gegönnt, ohne fremde Hilfe einen Höhepunkt zu erleben. Auf Ivory war das streng verboten und davor, in den zwei Jahren meiner keuschen Beziehung mit Tyler, hatte ich es stets verweigert. Ich wollte, dass er sich für mein Glück zuständig fühlte, wenn ich schon seinem besten Stück entsagen musste. Also konnte ich mich nur daran halten, was die paar Männer, mit denen ich bisher Sex gehabt hatte, an mir veranstaltet hatten. Passivität in Aktivität umzusetzen, war natürlich ein eigenes Kapitel und an Übung fehlte es gänzlich. Trotzdem stöhnte Chiara kontinuierlich an meiner Schulter. Ich versuchte meine Bewegungen zu variieren, den Druck zu erhöhen und das Zentrum meiner Bemühungen zu verlagern ... endlose Minuten lang. Schließlich hob Chiara ihren Kopf, sie sah zu Gerry und seufzte ein paar französische Worte. Unter all den lieblichen Lauten verstand ich einzig und allein die letzten ... und ich glaubte, meinen Ohren nicht zu trauen ... denn die waren »Mon Amour«.

Sofort stoppte ich meine Aktivitäten und schreckte in die Höhe. »MON AMOUR?«, fuhr ich ihn an.

Er zuckte mit seinen Schultern und lächelte schelmisch, während er noch immer lässig mit beiden Händen in den Hosentaschen an der Wand lehnte.

»Sie hat ›Mon Amour‹ zu dir gesagt!«, warf ich ihm vor. »Was soll ich mir dabei denken?«

Gerry kam näher und setzte sich hinter Chiara. »Vielleicht, dass sie gestern schon hier geschlafen hat?« Dann streckte er sich auf der Matratze aus, stützte sich auf einen Ellbogen, umschlang Chiaras Hals, und mit seiner anderen Hand griff er in ihren Schritt.

Sofort rutschte ich ein Stück von ihr weg. »Ihr habt was miteinander?«, hauchte ich entsetzt.

Gerry fing an, sie heftig zu massieren. Chiara stöhnte ... sie wand sich in seinen Armen, griff verzweifelt nach mir und wollte sich festhalten.

»Sie hat mich gebeten, dir zu helfen«, erklärte Gerry. Chiara keuchte ein paar unverständliche Worte. »Sie sagt, sie hätte dich auch glücklich gemacht. Du sollst bleiben.«

»Ihr habt mich ausgetrickst! Ihr habt eine Affäre und wolltet mich da hineinziehen!« Ich flüchtete aus dem Bett und suchte nach meinem Kleid. Wie konnte ich nur so dumm sein?

Gerry ließ Chiara los und eilte zu mir. »Hey, keiner wollte dich wo reinziehen. Du hast das freiwillig gemacht und bist dabei nicht zu kurz gekommen.«

»Ja ... ich kenne mich aus!«, fauchte ich ihn an, schubste ihn beiseite und lief zur Tür.

In meinem Zimmer angekommen, wurde alles noch viel schlimmer. Er hatte uns zugesehen! Unter dem Gesichtspunkt, dass die beiden eine Affäre hatten, fand ich das grauenvoll. Die ganze Zeit dachte ich, für Chiara wäre es auch eine Überwindung, sich vor ihm so zu zeigen, dabei war ich die einzige, die sich um ihr Schamgefühl Gedanken machen musste. Sofort drängte sich wieder dieses glitschig schmatzende Geräusch in meine Ohren und ich hätte mir am liebsten alle Haare gleichzeitig ausgerissen ... vor Scham. Ich schrie und schlug mit der Faust gegen die Eingangstür. Dann heulte ich hemmungslos, ließ mich ins Bett fallen und versuchte zu vergessen. Ich dachte an *Angel* ... wollte Schmerzen ... physische Schmerzen, die das

Leid in meiner Seele überdecken konnten. Dann fielen mir jedoch wieder meine Schreie ein, die das Hotelpersonal aufgeschreckt hatten ... und Ronan. Wie spät war es überhaupt? Bereits acht! Und ich wollte doch noch zu ihm!

Im Badezimmer musste ich feststellen, dass ich schrecklich aussah ... verheult, verschwitzt und zerstörte Haare. Jetzt gab es nur zwei Möglichkeiten, mich ihm so zu zeigen, wie ich war oder nach einer guten Stunde Restaurierungsarbeiten das Risiko in Kauf zu nehmen, dass es dann vielleicht zu spät war und er seine Tür nicht mehr öffnen würde. Auf jeden Fall wollte ich persönlich mit ihm reden und da für mich ausgeschlossen war, mit ihm zu schlafen, entschied ich mich für ein Mittelding. Nach einer schnellen Dusche zwang ich meine feuchten Haare in einen strengen Pferdeschwanz, schminkte mich und schlüpfte in ein kurzes schwarzes Kleid und High Heels. Inzwischen wusste ich, dass er im obersten Stock des Hotels wohnte und fand im Aufzug auch tatsächlich einen Knopf für das ›Penthouse‹. Sofort erfasste mich ein heftiges Deja-vù und mein Magen verknotete sich schmerzvoll. Er war nicht Santiago. Das musste ich mir ständig vorsagen ... wieder und wieder ... und schließlich stand ich vor seiner Tür und klopfte.

Niemand öffnete. Vielleicht war er beim Essen? Ich klopfte ein zweites Mal, etwas lauter, und kurz bevor ich wieder umkehren wollte, öffnete er die Tür. Er war noch geschäftlich elegant gekleidet.

»Hi«, hauchte ich, während mein Puls sich beschleunigte, »ich wollte mit dir reden ...«

Er atmete hörbar aus. »Du hast mir schon genug gesagt.«

Ich schüttelte den Kopf und lächelte versöhnlich. »Nein ... bitte.« Dann machte ich einen Schritt auf ihn zu und legte zärtlich eine Hand auf seine Brust. »Ich muss dir das erklären, ich hab nachgedacht ...«

Doch er nahm sie von sich. »Ich hab eine Besprechung.«

»Jetzt? ... Hier?«

Ronan hielt die Tür etwas weiter auf, damit ich die ganzen Leute sehen konnte, die sich in seinem Zimmer befanden.

»Ich komme später ...«, bot ich ihm leise an.

»Nein. Ich weiß nicht, wie lange das dauert ... und dann gehe ich schlafen.«

Seine Worte schmerzten. Das war eine Zurückweisung. »Ich fliege morgen nach Hause«, entgegnete ich betroffen.

Er sah zur Seite und atmete tief durch, bevor er mir wieder in die Augen blickte. »Wann musst du weg?«

»Um zehn.«

»Dann komm vorher ... Ich bin ab acht Uhr wach.«

»Okay«, hauchte ich dankbar und ein kleines Lächeln legte sich wieder auf meine Lippen.

Sein Gesicht blieb ernst. Er nickte und schloss die Tür.

***

Als ich am darauffolgenden Morgen erneut mit Herzklopfen vor dem Eingang zum Penthouse stand, hatte ich mir bereits die halbe Nacht lang Gedanken gemacht, was ich ihm sagen wollte. Aber dann kam alles ganz anders ...

Ronan öffnete in seinem schwarzblauen Bademantel, den ich bereits von unserer ersten nächtlichen Begegnung kannte. Obwohl er sich bemühte, freundlich zu sein, spürte ich, dass er noch immer beleidigt war. »Hast du schon gefrühstückt?«, fragte er im Vorzimmer.

»Nein«, antwortete ich, »aber ich will nichts essen, bitte, ich will nur mit dir reden, dann gehe ich wieder.«

Daraufhin blieb er im Flur stehen und sah mich erwartungsvoll an. Mein Herz klopfte. Nur zögerlich begann ich zu reden. »Ich möchte, dass du weißt … es liegt nicht an dir.«

Er verdrehte die Augen, als wollte ich ihn mit klischeehaften Sprüchen abfertigen.

»Nein … warte …«, unterbrach ich seine Gedanken. »Es ist nicht so, wie du denkst. Lass es mich erklären. Ich will dir sagen, warum es an mir liegt. Ich hab irgendwie zwanghaft das Bedürfnis, anders behandelt zu werden, als du es mit mir machst. Das heißt aber nicht, dass ich es falsch finde, wie du mit Frauen umgehst. Im Gegenteil, eigentlich sollte ich mir genau das wünschen … aber ich kann nicht.« Die letzten paar Worte kamen nur noch leise und verschämt aus meinem Mund.

Er seufzte und überlegte kurz. »Wie möchtest du gern behandelt werden?«

Ich lächelte verlegen. »Das ist schwer zu erklären. Er kann es einfach.«

»Dein Sektenführer?«

»Ja.«

»Warum nennst du ihn nicht einfach Santiago?«

Ich wurde bleich vor Schreck. »Woher kennst du seinen Namen?«

Er zuckte mit den Schultern. »Ich hab im Internet recherchiert.«

Verwirrt sah ich ihn an. Santiago war im Internet?

Ronan nahm meine Hand und führte mich zu seinem Laptop. »Ich hab nach deinem Tattoo gesucht, dieses verschlungene ›S‹, welches ja eigentlich ein Brandmal ist. Es gibt achtundsiebzig Mädchen auf der Welt, die dieses Zeichen tragen … Wusstest du das nicht?«

Ich schüttelte den Kopf. Achtundsiebzig? Acht-und-siebzig? Ronan öffnete eine Homepage und sie war mit diesen sphärischen Weltraumklängen hinterlegt, die ich nur zu gut kannte. Sofort wurde mir schwindelig und ich sank auf seinen Bürostuhl.

»Hier, siehst du?« Er deutete auf den Bildschirm. »Von jedem Mädchen ein Bild. Die älteste ist achtundzwanzig.« Ronan scrollte weiter nach unten. »Und hier bist du!«

Völlig perplex riss ich meine Augen auf. Santiago hatte mich ins Internet gestellt. Mein FHM-Cover! Sogar mein Vorname stand dabei. Ich war Nummer sechsundsiebzig. Vor mir Jana und die anderen Mädchen. Hinter mir zwei neue Gesichter ... blond ... mit üppigen Brüsten ... gar nicht Santiagos Ding. Von ihm selbst war kein Bild zu sehen. Plötzlich wurde mir schwarz vor Augen und ich sackte ohnmächtig zusammen.

***

Ronan saß neben mir, als ich wieder erwachte. Er hatte mich auf die Couch gelegt. Erschrocken richtete ich mich auf und griff mit beiden Händen in meine Haare. »Ich wusste nicht, dass es so eine Seite gibt«, erklärte ich ihm und bekam dabei kaum Luft.

»Dann weißt du vermutlich auch nicht, wozu sie dient?«

»Nein ... aber ich glaube, ich will es gar nicht wissen.«

Ronan sah mich zittern und griff nach meiner Hand. »So schlimm ist es nicht. Er veranstaltet offensichtlich einmal pro Jahr ein Treffen, wo er all diese Mädchen hier einlädt, beziehungsweise wird auf dieser Webseite der Termin dafür bekannt gegeben. Das letzte fand sehr exklusiv auf einer Yacht statt. Welchen Zweck die Seite sonst noch hat, kann ich dir nicht sagen. Vielleicht brüstet er sich vor irgendwelchen Leuten mit seinen Verflossenen. Übrigens, die Seite war geschützt, ich hab sie von einem Programmierer, einem Bekannten von mir, aufmachen lassen.«

Warum hatte David mir das nicht gesagt? Bestimmt wollte er mich von diesen Treffen fernhalten. Nummer Sechsundsiebzig! Obwohl ich geplant hatte, diesmal tapfer zu sein und vor Ronan nicht mehr zu weinen, kamen mir schon wieder die Tränen.

Ronan bohrte weiter in meinen Wunden. »Wieso lässt man sich für einen Mann brandmarken? Du bist achtzehn ... Du warst vielleicht ein paar Monate mit ihm zusammen! War es das wert?«

»Ja«, schluchzte ich trotzig.

»Er macht die Mädchen alle hörig, hab ich recht?«

Ich zögerte kurz, bevor ich es mir selbst eingestehen konnte. Dann nickte ich stumm. Ronan zog mich an sich und schlang seine Arme um meinen Körper. Ich legte meinen Kopf an seine Schulter und heulte. Minutenlang.

»Ich muss jetzt gehen«, seufzte ich.

Ronan hielt mich noch kurz fest, dann begleitete er mich ins Vorzimmer, wo mich eine neue Traurigkeit überrollte, weil mir klar wurde, dass ich nun zum letzten Mal in sein schönes Gesicht sehen und ein paar Minuten später jegliche Chance bei ihm verspielt haben würde. Ich fragte mich, wie ich es meinem Körper und meiner Seele nur antun konnte, an dem falschen der beiden Männer zu hängen.

Ronan richtete seinen Bademantel, der an seiner Brust etwas zu weit aufgegangen war. »Hab ich das vorhin richtig verstanden, dass du dich bei mir entschuldigen wolltest?«, fragte er. Der Tonfall in seiner Stimme kam mir plötzlich etwas eigen vor, fast ein wenig herablassend. Aber das war eine Art, mit der ich wenigstens umzugehen wusste.

»Ja ... es tut mir aufrichtig leid, ich wollte dich letztes Mal nicht beleidigen«, beteuerte ich.

»Ich verzeihe dir, wenn du mir einen Wunsch erfüllst ...«

Jetzt war ich noch mehr überrascht. »Okay«, entgegnete ich kleinlaut und gespannt, was jetzt kommen würde, denn sein verführerischer Blick ließ mich bereits dahinschmelzen.

Er hielt einen Finger unter mein Kinn und drängte mich einen Schritt zurück, bis ich eine Wand hinter mir spürte. »Wenn du mir diesen Wunsch erfüllst, vergebe ich dir.« Sein Ausdruck war ernst und mir wurde ganz anders. Er sprach mit mir, als wäre er Santiago. Woher konnte er das plötzlich? Brauchte ein Mann nur zu wissen, dass eine Frau die Neigung hatte, jemandem hörig zu sein. Reichte das schon aus, um den richtigen Tonfall zu finden? Konnte das jeder? »Ich werde dich jetzt küssen ...«, sprach er weiter und sofort spürte ich pochende Erregung zwischen meinen Beinen. »Und ich möchte, dass du mich dabei mit deinen Händen berührst ... im Gesicht!«

Erschrocken schnappte ich nach Luft. »Nein«, hauchte ich, »du weißt doch, dass ich ein Problem damit habe!«

»Ja ... und du sollst wissen, dass ich ein ganz normaler Mensch bin ... genau wie du ... und genau wie er! Es ist abartig, solch ein Aufsehen darum zu machen!«

Ich wandte meinen Blick von ihm ab, auf der Suche nach einer Antwort. Doch seine Hand holte zärtlich mein Gesicht zurück in seine Richtung. »Wirst du es tun? ... Sonst küsse ich dich nicht!«

Wieso war er sich so sicher, dass mir ein Kuss von ihm etwas bedeutete? Zugegebenermaßen hatte er mich ziemlich in die Enge getrieben und sein selbstbewusstes Auftreten veranlasste mich schließlich, ihm ein zaghaftes »Okay« zu schenken.

Er nickte zufrieden. »Nimm deine Hände schon mal nach oben, dann hast du es danach nicht so weit.«

Ich liebte seinen Befehlston. Doch ihm zu gehorchen, fiel

mir schwer. Missmutig legte ich meine Arme auf seine Schultern und streckte sie hinter ihm aus. Er lächelte ... und ganz langsam kam er mir näher ... sein Gesicht, sein Mund, seine Lippen ... ich schloss meine Augen und er begann, mich leidenschaftlich zu küssen. Seine Hände hielten jetzt an meiner Taille fest, er drückte mich leicht und ich wusste, was er damit meinte. Mein Herz klopfte, ich war mir sicher, ihm seinen Wunsch nicht erfüllen zu können, und zögerte. Aber sein Kuss war so endlos betörend. Ronan war so zudringlich. Seine Zunge versetzte mich in einen süßen Rausch. Ich spürte die Erregung in meinem Unterleib, ein Ziehen und ein Kribbeln, die Nässe zwischen meinen Beinen. Und erst, als mich erneut der sanfte Druck seiner Hände ermahnte, fand ich zurück ins Hier und Jetzt. Ich wollte es tun. Ich wollte tun, was er verlangte. Doch schon der erste Versuch misslang. Während ich langsam die Arme hinter seinem Kopf anwinkelte und mit den sensiblen Innenseiten meiner Unterarme seine schönen Haare berührten, verlor ich jegliche Beherrschung über meine Gefühle. Mit der ganzen Kraft meiner Arme zog ich ihn an mich, meine Hände rissen an seinen Haaren, ich rutschte von seinen Lippen, ein Gemisch aus Schreien und Stöhnen drang aus meinem Mund, meine Beine knickten weg und er musste mein Gewicht halten. Vermutlich war diese Demonstration für ihn auch überzeugend genug, denn er löste sich aus meinem Klammergriff und hielt meine Arme fest, solange, bis ich wieder allein stehen konnte. Doch ich keuchte noch immer vor Erregung und vor Begierde ... wie besessen.

Mit sanfter Stimme versuchte er mich zu beruhigen: »Schhhhh ... Ist ja gut ... Ich wollte dir nur helfen.« Er nahm mich in seine Arme. Aber ich ließ mich nicht beruhigen. Er durfte jetzt nicht aufhören. Mein Feuer war entfacht und ich war verrückt nach ihm. Ich spürte, wie er sich gegen mich lehnte, mit seinem Körper drückte er mich an die Wand. Und als ich zu ihm aufblickte, gab er mir seine Zunge zurück. Er küsste mich hingebungsvoll und mich durchströmte ein seltenes Glücksgefühl. Doch das war erst der Beginn. Ich fühlte seinen Bademantel, der große Knoten an seinem Gürtel presste sich aufdringlich gegen meinen Unterleib. Er beflügelte meine Fantasie. Und während Ronan mich küsste, wurde die mächtige Schlinge an meinem Bauch zu Fleisch und Blut. Ich stöhnte vor Verlangen. Bald sah ich nur noch seinen Schwanz vor meinen Augen und dann musste ich ihm meinen Mund entziehen, um meinen sehnlichsten Wunsch in Worte zu fassen: »Lass mich vor dir niederknien, bitte, ich will dich in meinem Mund haben.«

Er senkte seinen Kopf und küsste mich am Hals weiter, während er unter mein Kleid fasste und vorsichtig in mein Höschen griff. Zärtlich befühlte er die grenzenlose Feuchtigkeit, die sich hier für ihn gebildet hatte. »Ich könnte mir aber auch etwas anderes vorstellen?«, gestand er.

Ich atmete schwer ... seine Finger gaben sich alle Mühe, mich zu überzeugen, aber ich ließ mich nicht erweichen. »Nein ... bitte ... lass mich!« Ungeduldig öffnete ich die Schleife seines Gürtels und noch bevor ich nach unten sehen konnte, versprach mir der Tastsinn meiner Finger, ich würde meinen Mund weit öffnen müssen. Ronan ließ zu, dass ich mich mit beiden Händen an seinem Schwanz festhielt, doch er flüsterte eine süße Bitte in mein Ohr: »Zuerst will ich dich nackt sehen.«

Ich strahlte ihn an, nur zu gern wollte ich mich vor ihm ausziehen. Mein Kleid fiel auf den Boden, gefolgt von meinen Dessous und als ich schließlich splitternackt vor ihm stand, fühlte ich mich geschmeichelt, denn in seinen Augen sah ich Gefallen und Bewunderung, vielleicht für meinen Körper, aber ich stellte mir vor, es wäre für meinen Gehorsam. Ronan streichelte zärtlich über meine Brüste und zauberte prickelnde Gänsehaut in all meine Poren. »Sag deinem Guru bei Gelegenheit, ich bin dankbar für die Homepage, denn so habe ich wenigstens ein Foto von dir.«

Ich musste lachen. Doch wir wussten vermutlich beide, dass ich dem nie Folge leisten würde.

Unter dem Schutz seines Bademantels sank ich auf die Knie. Dabei ließ ich ganz bewusst meine Finger über seinen Körper gleiten, über seinen Rücken und über seine Oberschenkel ... um guten Willen zu zeigen ... oder zumindest, um vorzugeben, dass ich einsichtig und auf dem Weg der Besserung war. Dann streckte ich meine Arme über die leichte Behaarung seiner Brust nach oben, weil ich es liebte, beim ersten Eindringen meine Hände nicht zu gebrauchen. Ronan fasste meine Handgelenke und drückte sie an sein Herz. Mit einem Unterarm lehnte er sich über mir gegen die Mauer. Ich mochte dieses Bild aus meiner Perspektive, dann sog ich gierig seinen intimen Duft ein und belohnte ihn mit einem gekonnten Zungenspiel auf seiner Eichel. Meine Lippen berührten die seidig weiche Haut, sie liebkosten sie mit feuchten Küssen und meine Zungenspitze reizte seine empfindsamste Stelle. Sein Schwanz stand steil aufgerichtet vor mir und er zuckte kräftig unter meiner Behandlung. Bis sich mein Mund schließlich öffnete und die pralle Erektion in sich aufnahm. Ich wollte Ronan in die Augen sehen, aber er hatte sie geschlossen. Doch das hingebungsvolle Saugen an seinem Schwanz brachte ihn zum Stöhnen und es ließ auch zwischen meinen Schenkeln den Saft der Begierde nur so quellen. Es tropfte auf meine Füße und ich bemerkte, wie sich meine geschwollenen Schamlippen an meiner Ferse teilten, um meinen Lustpunkt vorsichtig daran zu reiben. Ronan gab meine Hände frei. Er fasste behutsam in meine Haare, ohne mir Führung zu geben. Auch ich griff nun nach dem Objekt meiner Begierde und umschloss es am Schaft, während ich mich mit meinen Lippen voll und ganz der sensiblen Spitze widmete. Meine Erregung wuchs, meine Bewegungen wurden schneller und sein Schwanz immer härter. Unter dem festen Druck meiner Lippen glitt er geschmeidig ein und aus. Meine Zunge erfreute sich an seiner unregelmäßigen Struktur. Er glänzte von meinem Speichel, war rosa-violett, prall, und unmittelbar davor, zu kommen. Sein kehliges Stöhnen versicherte mir höchste Erregung, er musste sich nun mit beiden Händen an der Wand abstützen und genau im richtigen Moment zog ich ihn aus meinem Mund, denn ich wollte ihm etwas anderes bieten. Er explodierte regelrecht vor meinen Augen und spritzte in mehreren Schüben in mein Gesicht. Sein Sperma benetzte meine Wangen, meine Nase, meine Augen. Ich missbrauchte seinen Schwanz als Pinsel, um es gleichmäßig zu verteilen und ein sinnliches Gemälde in meinem Gesicht entstehen zu lassen. Dann saugte ich daran, stahl mir auch den letzten Tropfen und leckte ihn hingebungsvoll von allen Seiten sauber. Mit seiner Eichel an meiner Stirn wartete ich schließlich, bis er sich erholt hatte und mir zu verstehen gab, dass ich aufstehen durfte. Ich empfand tiefe Genugtuung dabei, ihm mit seinem Sperma in meinem Gesicht gegenüberzustehen. Die Verzückung darüber, dass er mein Kunstwerk nun anerkennend und wertschätzend betrachtete, ließ mich breit lächeln.

Er musste sich räuspern, bevor er seine Stimme wiederfand und sprach: »Also wenn du dich mal verändern möchtest, würde ich mich sogar bereit erklären, für dich eine Sekte zu gründen.«

Sein Angebot machte mich sehr glücklich, zumal ich ja wusste, wie sehr er Sekten verabscheute.

Dann wollte er mich küssen und ich drehte erschrocken mein Gesicht zur Seite, denn die Vorstellung, dass ein Mann sein eigenes Sperma auf die Lippen bekommen sollte, fand ich widerlich. »Nicht! Ich muss gehen ... mein Flieger«, wehrte ich mich.

»Willst du dir vorher das Gesicht waschen?«

Ich lachte. »Ja ... das wäre nett.«

Wenig später küsste er mich gefühlvoll zum Abschied und versicherte mir noch mal: »In meiner Sekte wärst du das einzige Mitglied.«

Verlegen lächelte ich. Wir wussten beide, dass das nie passieren würde. Aber ich war stolz, dass es ihm gefallen hatte. Doch mittlerweile hatte ich es ziemlich eilig.

Beim Öffnen meiner Zimmertür stolperte ich über ein großes Kuvert, das jemand unten durchgeschoben hatte. Darin kam ein Foto zum Vorschein, ein Meisterwerk eines Fotografen, das mich vor Begeisterung erstarren ließ. Es zeigte mich in meiner weißen Spitzenunterwäsche, wie ich mich auf einer rot glänzenden Satindecke räkelte. Das weiche Licht gab der Szene unvergleichliche Sinnlichkeit. Meine langen schwarzen Haare waren weit ausgebreitet und ich musste zugeben, abgesehen von den blauen Augen, hatte das Model darauf verdammt viel Ähnlichkeit mit Adriana Lima. Dieses Foto hätte sich bestimmt gut gemacht zwischen all den klassischen Posen in meiner Referenz-Mappe, aber die Umstände, unter denen es entstanden war, veranlassten mich zu einer ganz anderen Handlung. Ich steckte es wieder zurück in die Hülle, suchte einen leuchtend roten Lippenstift aus meiner Handtasche und bepinselte damit meinen Mund. Dann drückte ich einen hübschen Kuss auf das Kuvert und machte mich kurz vor meiner Abreise noch einmal auf den Weg zum Penthouse. Vor seiner Tür kniend überkam mich dann doch dieser wehmütige Schmerz der Trennung, den ich eigentlich hätte empfinden sollen, als er mich zum Abschied geküsst hatte und meine sentimentalen Gefühle noch betäubt und berauscht von seinem wundervollen Höhepunkt friedlich geschlummert hatten. Bittere Tränen tropften nun auf den Umschlag und zeichneten einen Sternenhimmel rund um den einsamen, leuchtend roten Planeten. Aber bevor sich das Papier ganz aufweichen konnte, musste ich mich selbst davon losreißen und schob es schweren Herzens unter seiner Tür hindurch, mit dem Wissen, damit nicht nur ein schönes Bild, sondern auch ihn verloren zu haben.

Wenige Minuten später verließ ich das Hotel.

Meine Stimmung war gedrückt. Die beiden Mädchen gingen mir aus dem Weg und im Flugzeug saß ich wieder neben Gerry. Anstandshalber bedankte ich mich bei ihm für das Foto, obwohl mir eigentlich gar nicht danach war, mich bei ihm für irgendetwas zu bedanken.

»Hast du mir verziehen?«, fragte er daraufhin.

»Was denn? Du hast ja noch nicht mal zugegeben, dich unrecht verhalten zu haben.«

»Ich meine, ob du mir verziehen hast, dass ich Chiara den Vorzug gab. Es ist doch offensichtlich, dass du auf sie eifersüchtig warst.«

Mir blieb vor Entsetzen der Mund offen. »Bist du verrückt? Ich war doch nicht eifersüchtig! Falls du dich nicht erinnern kannst, ich wollte überhaupt nichts von dir!«

»Nicht?«

»Nein!«

»Ich dachte, ich hätte da was gesehen ... in deinen Augen ...«

Ich zischte verächtlich und sah ihn empört an.

»Du bist hinreißend, wenn du in die Luft gehst«, schmeichelte er.

Verwirrt schüttelte ich den Kopf. »Du hast mich auf den Arm genommen?«

Er lächelte schuldbewusst.

Ich zischte noch mal und war sprachlos. Doch dann machte ich eine abweisende Handbewegung, ließ mich zurück in den Sitz fallen und vertiefte mich zum Schein wieder in mein Buch. Ich musste nachdenken ... über David ... und was genau von meinen Erlebnissen ich ihm erzählen wollte. Gleichzeitig wurde mir klar, dass ich mir wirklich bald Sorgen um meine Augen machen sollte. Ich hatte zwar seit einer Woche nichts von ihm gehört, aber die Chancen, dass David mich vom Flughafen abholen würde, standen recht gut, und niemand konnte in meinen Augen besser lesen als er.

***

Aber meine Angst war unbegründet. Verleitet durch seinen liebevollen Empfang und die angeborene Gutmütigkeit, die er ausstrahlte, erzählte ich ihm freiwillig alles – einen Teil schon im Taxi und den Rest am Abend. Er hielt die Geschichte mit Chiara sogar für eine wichtige Erfahrung, auch wenn ich dadurch nur zu dem Schluss gelangt war, weder bisexuell noch lesbisch zu sein. Und sein Schuldeingeständnis, mir die Informationen zu Santiagos exklusiven Treffen absichtlich vorenthalten zu haben, erleichterte es ihm vermutlich etwas, mir meinen Fehltritt mit Ronan zu verzeihen, zumal ich ja gar keinen richtigen Sex mit ihm gehabt hatte. Trotzdem bat ich David, mir Blut abzunehmen und es untersuchen zu lassen, da ich ihn auf keinen Fall mit irgendetwas anstecken wollte. Aber auch diese Angst stellte sich als unbegründet heraus.

Meine Lebensfreude steigerte sich erheblich, als mich David eine Woche später vorzeitig von meinen Putzdiensten befreite und Hayle wieder in die Küche zurückkehrte. Vermutlich hatten beide erkannt, dass diese Tätigkeiten nicht gerade zu meinen Stärken zählten.

David gab mir auch das geheime Passwort für Santiagos Homepage und ich saß einige Abende vor dem Computer und betrachtete die Fotos der Mädchen. Anbei standen jeweils deren Vorname und das exakte Geburtsdatum. Darüber hinaus gab es keine persönlichen Informationen. Dann entdeckte ich einen Link zu den Terminen. Das letzte Jahrestreffen lag vier Monate zurück – musste also in meine Zeit auf Ivory gefallen sein – und das nächste war noch nicht angekündigt. David meinte, es gäbe klarerweise keine Pflicht, dorthin zu gehen, und er würde es mit allen Mitteln zu verhindern wissen, falls ich so etwas plante. Er ließ sich auch nicht dazu verleiten, mir etwas über diese Treffen zu erzählen und berief sich dabei auf seine Schweigepflicht.

Smokey Eyes

Eines Abends checkte ich meine E-Mails. Mehr als vierzehn Tage waren vergangen, seit mich meine Agentur das letzte Mal zu einem Casting geschickt hatte. Umso erfreuter war ich nun, als ich auf ein vielversprechendes Job-Angebot stieß. David lag mit einer Zeitung auf der Couch und ließ sich die E-Mail von mir vorlesen. »Die Agentur schreibt, ich wurde gemeinsam mit zwei anderen Mädchen für ein Shooting gebucht, nächsten Dienstag in New Jersey. Eine Print-Kampagne! Sie möchten uns in Dessous auf Motorrädern fotografieren, für Yamaha!« Ich strahlte vor Freude.

David hingegen wirkte nicht so glücklich. »Ich möchte nicht, dass du Motorrad fährst. Du bist achtzehn und hast keinen Führerschein!«

»Ich glaube nicht, dass so etwas geplant ist«, überlegte ich laut und suchte nach Hinweisen in der E-Mail.

»Vielleicht kannst du das noch klären«, seufzte David und griff wieder zur Zeitung.

Am nächsten Morgen telefonierte ich mit der Agentur und sie versicherten mir, dass wir auf den Motorrädern nur posieren sollten, gemeinsam mit Männer-Models. Ich erzählte es David und konnte ihn so weit beruhigen, dass er es mir erlaubte.

***

Der besagte Dienstag kam schneller als erwartet. Am späten Vormittag fuhr ich mit einem Taxi zum vereinbarten Treffpunkt bei der Agentur und gemeinsam mit den zwei anderen Models, Visagistinnen, Hairstylisten, Assistenten und einigen Gepäcksstücken, bestiegen wir einen Kleinbus. Von meinen beiden Kolleginnen hatte eine rot leuchtende lange Haare und die andere hellblonde, ebenfalls lange Locken. Vermutlich waren die Haarfarben das Kriterium, wonach man uns ausgesucht hatte. Beide Mädchen waren sehr hübsch, wenn auch ungeschminkt. So, wie ich.

Die Fahrt dauerte eine knappe Stunde und führte uns in die ländliche Gegend von New Jersey. Wir hielten auf einem riesigen Platz vor einem aufgelassenen Theater. Unzählige Fahrzeuge parkten kreuz und quer. Ich sah die Motorräder, um die sich offenbar alles drehen sollte. Einige Mitwirkende waren mit Taxis gekommen, die jetzt seitlich neben den Kleinbussen parkten. Und sogar ein Sattelschlepper stand vor dem Theater. Vielleicht hatte man damit die Motorräder angeliefert. Viele Schaulustige drängten sich rund um das Set. Ich war wirklich beeindruckt von dem Aufwand, den man hier trieb.

Eine Assistentin führte uns in einen Container, wo wir für das Shooting gestylt werden sollten. Die Visagistin schminkte mich sehr intensiv ... Smokey Eyes ... viel zu düster für meinen Geschmack. Dafür überdeckte sie mein Brandmal nicht. Es hieß, der Kunde hätte kein Problem mit Tätowierungen. Jemand lackierte meine Finger- und Zehennägel blutrot. Danach machte sich ein Friseur an meinen Haaren zu schaffen und zauberte ein unglaubliches Volumen in meine großen schwarzen Locken. Als ich wieder in den Spiegel sah, blickte ich in die stechend blauen Augen einer verruchten Rockerbraut.

Gemeinsam mit den beiden anderen Mädchen, die mir in Sachen Schönheit um nichts nachstanden, wechselten wir von einem Container in den nächsten. Vorsichtig entledigten wir uns unserer privaten Kleidung und schlüpften in sexy Dessous und High Heels. Danach ging es hinaus zum Set. Sofort fiel mein Blick auf die drei Männer-Models, die von einer Partner-Agentur bereitgestellt wurden und bereits in Position auf den Motorrädern warteten. Ihr Outfit war komplett schwarz und aus Leder. Sie trugen verspiegelte Vollvisier-Helme, schwarze Handschuhe und Biker-Boots mit silbernen Schnallen. Als wir vor ihnen standen, realisierte ich erst, wie riesig so ein Motorrad war. Ich machte mir direkt Sorgen, wie ich da aufsteigen sollte.

Auch der Fotograf, der mir gänzlich unbekannt schien, hatte seine Ausstattung bereits aufgebaut und selbst er verfügte über drei Assistenten, die für Blitzanlage, PC und Equipment zuständig waren. Zuerst wurden Gruppenfotos inszeniert. Den Hintergrund bildete das Portal des alten Theaters. Ein Assistent half nacheinander mir und den anderen Mädchen auf den Rücksitz jeweils eines Motorrades. Die männlichen Models hatten ihre Hände auf den Lenkern und sahen nach vorn, während wir uns zurücklehnen und Richtung Kamera drehen sollten. Immer wieder kontrollierte der Fotograf das Ergebnis seiner Bemühungen auf dem angeschlossenen Laptop.

Danach forderte eine etwas schwierigere Aufgabenstellung meinen Gleichgewichtssinn. Diesmal mussten wir hinter den Männern auf den Ledersitzen knien, den Kopf in den Nacken fallen lassen und die Hände nach oben strecken. Nach zehn Minuten war der Fotograf zufrieden. Das Set wurde umgebaut, zwei Maschinen weggeführt, und ich sollte das erste Model für die Einzelaufnahmen sein. Mein Partner rutschte auf dem Sitz etwas nach hinten und ein Assistent half mir, mich vor ihm zwischen seinen Beinen auf die Lederpolsterung zu knien. Mit dem Rücken sollte ich mich über den Lenker ins Hohlkreuz biegen und wieder den Kopf in den Nacken fallen lassen.

Bereits der erste Versuch war ein Treffer.

Doch dann war die letzte Pose an der Reihe, die mir ungeahnte Probleme bereiten sollte. Diesmal sollte ich meinen Partner ansehen. Ich saß vor ihm, musste meine Beine um seine Hüften schlingen und mich hinter meinem Rücken am Lenker festhalten. Sie wollten einen sexy Blick! Ich sollte also ein Spiegelglas lasziv anmachen. Dabei bekam ich schon Herzklopfen bei dieser anzüglichen Pose ... meine Beine um einen fremden Mann gewickelt ... das glatte, warme Leder seiner Hose auf meiner nackten Haut ... und mein kleines Höschen, dessen Sitz ich ständig überprüfen musste, in unserer Mitte. Ich überlegte, was der Insasse wohl denken würde, wenn ich ihm dann noch aufreizende Blicke zuwarf. Und als wäre das noch nicht genug, hatte nach dem zweiten Foto ein Typ von Yamaha die glorreiche Idee, ich sollte den Fahrer nicht nur sexy ansehen, sondern gleichzeitig so tun, als würde ich mit meiner Zunge über sein Visier lecken. Verlegen musste ich lächeln, doch ich wollte niemanden enttäuschen. Dabei lag für mich die Herausforderung gar nicht darin, dass ich mir über den Fahrer den Kopf zerbrach, sondern dass ich parallel dazu im Spiegelglas mich selbst beobachten konnte. Gleich beim ersten Versuch, meine Zunge rauszustrecken, musste ich lachen und mich aus der Pose lösen. Ab dem zweiten Versuch war es bei mir vorbei. Ich konnte mich vor Lachen gar nicht mehr einkriegen. Und gleichzeitig war ich wirklich enttäuscht von mir selbst. Normalerweise hatte ich bei solchen Shootings schon die Disziplin, mich einigermaßen professionell verkaufen zu können, aber diesmal lief einfach alles schief. Beim vierten Versuch, als ich unabsichtlich mit meiner Zunge das Visier tatsächlich berührte und auf dem Spiegelglas einen feuchten Fleck hinterließ, brachte ich sogar meinen Partner zum Lachen, zwar lautlos, aber an seinem Brustkorb sah ich, wie es ihn schüttelte. Als er sich dann aus der Pose löste und schwer seufzend zurücklehnte, bog ich mich vor Lachen über seinen Oberschenkel. Eine Visagistin musste kommen und mein verlaufenes Augen-Make-up korrigieren und sein Visier putzen. Wie peinlich!

»Vielleicht wäre es besser, Sie würden mir meinen Partner vorstellen ...«, schlug ich dem Fotografen vor.

Der meinte jedoch: »Lieber nicht, dann ist es meistens noch schlimmer ...«

Schade, ich war so neugierig. Er hatte eine gute Figur, groß, schlank und nachdem er Model war, sah er bestimmt auch blendend aus. Ich seufzte enttäuscht.

Der nächste Versuch klappte dann endlich und ich hatte es überstanden. Der Fotograf kam näher und erklärte mir detailgenau seine letzte Vision vom perfekten Foto. »Wir machen jetzt noch eine bewegte Aufnahme. Er fährt mit dir fünfzig Meter die Straße runter, dreht dann um und kommt zurück. Wenn ihr wieder auf meiner Höhe seid, bitte Blick in meine Richtung – er nicht, nur du – und bitte nicht lächeln. Setz dich wieder nach hinten und leg deine Arme um seine Hüften.«

Ich hatte verstanden und kletterte auf den Rücksitz. Obwohl es nur um fünfzig Meter ging, bereitete mir nun mein schlechtes Gewissen Probleme. Ich hatte David versprochen, nicht zu fahren. Gedankenverloren legte ich meine Hände um den Fahrer und hielt mich fest. Die Maschine startete mit einem ohrenbetäubenden Lärm. Zweimal ließ er den Motor aufheulen, bevor wir uns in Bewegung setzten und langsam wendeten. Er fuhr mit mir bis zum Ende des Theatergebäudes, zog eine ausgedehnte Kurve und blieb schließlich mit Blick Richtung Set stehen. Dann wartete er, bis jemand in der Ferne ein Handzeichen gab. Das Motorrad heulte erneut auf, wir fuhren los und ich konzentrierte mich auf einen fototauglichen Blick in die vorgegebene Richtung. Meine Haare wurden vom Fahrtwind umhergewirbelt, an der entscheidenden Stelle blitzte es zweimal ... und das Foto war geschafft.

Wir fuhren bis ans andere Ende des Platzes, dort bogen wir nach rechts in eine Straße. Ich fragte mich, ob er um das Theater herumfahren wollte, oder warum wir nicht einfach wendeten wie zuvor. An der nächsten Kreuzung bog er nach links. Ich bekam Angst ... Mit meiner Hand schlug ich ihm auf die Brust und schrie: »Hey, das Set ist dort hinten!«

Aber der Motor heulte auf und mein Fahrer beschleunigte ungemein ... Wir waren auf einer Schnellstraße. Sofort musste ich mich fester an ihm anklammern, der Wind peitschte mir ins Gesicht und ich konnte nicht mehr sprechen. Was hatte er vor? Wollte er mich entführen? Das fand ich geradezu lächerlich. Aber vielleicht hatte ich ihm vorhin zu sexy in die Augen gesehen und ihn dazu angestiftet. Panik stieg in mir auf. Warum musste mir das jetzt passieren?

Wir fuhren immer schneller und es war mir kaum noch möglich, über seine Schulter hinweg nach vorn zu sehen. Obwohl ich hinter seinem Rücken nach Deckung suchte, tränten meine Augen vom Fahrtwind, und so spärlich, wie ich bekleidet war, fror ich entsetzlich. Ich konnte nicht fassen, dass er glaubte, er könnte mich hier vom Set weg entführen, ohne dass es jemandem auffiele? Die mussten doch etwas mitbekommen haben, die Polizei rufen oder selbst die Verfolgung aufnehmen. Sie waren doch verantwortlich für mich!

Bei einer Ausfahrt wechselten wir auf eine Landstraße. Ich beschloss, an der nächsten Kreuzung, wo er halten würde, abzuspringen ... Aber es kam keine. Stattdessen hielt er fest an seinem Höllentempo. Meine Finger krallten sich ineinander und ich hatte wirklich Angst, dass wenn sie den Kontakt verlieren sollten, es mich von ihm reißen und durch die Lüfte schleudern würde. Ich trug weder Helm noch Schutzkleidung, nicht mal normale Kleidung, ich hatte einen zierlichen BH und ein kleines Spitzenhöschen an. Meine Angst lähmte mich ... auch noch, als sich unsere Geschwindigkeit etwas verringerte, weil uns Serpentinen auf eine Anhöhe führten. Mittlerweile war ich mir sicher, entführt zu werden. Und niemand folgte uns.

Zwischendurch gab es sogar einen Moment, wo er eine Hand vom Lenker nahm, um sie auf meine verschränkten Finger zu legen. Mir schauderte. Schlagartig wurde mir klar, dass ich weiterdenken sollte. Wozu wollte er mich denn entführen? Und warum verwandelte sich die Gegend rund um mich zusehends in eine karge Einöde? Unzählige Minuten waren vergangen, seit ich das letzte Auto gesehen hatte. Bestimmt wollte er mir etwas antun.

An der höchsten Stelle bogen wir in eine schmale Schotterstraße. Und schließlich erreichten wir einen Aussichtspunkt. Dort hielt er an und stellte den Motor ab. Sofort stieg er vom Motorrad und drehte sich zu mir um. Eigentlich hatte ich geplant, bei der nächsten Gelegenheit abzuspringen und davonzulaufen, aber hier war absolut nichts, wohin ich mich hätte retten können. Und dadurch, dass er abgestiegen war, blieb ich verschreckt sitzen. Mein Herz klopfte wie verrückt. Er griff sich an den Hals und öffnete den Verschluss seines Helmes ... Dann nahm er ihn ab. Und genau hier sollte mein Leben in Freiheit enden. Ein Leben, in dem ich noch nicht mal richtig begriffen hatte, was es bedeutete, frei zu sein.

Santiago stand vor mir!

***

Obwohl ich mich bei seinem Anblick erschrocken hatte, war ich für einen kurzen Moment erleichtert, dass er es war ... und nicht irgendein Fremder, der mir Gewalt antun würde. Aber dann, als er mir gezielt in die Augen blickte, brach seine Ausstrahlung wie eine Flutwelle über mich herein. Er legte seine Handschuhe in den Helm, hängte diesen an den Lenker, als hätte er alle Zeit der Welt. Offensichtlich wusste er, ich würde ihm hier nicht davonlaufen. Ich hingegen kämpfte in meinem eigenen Körper ums Überleben. Mein Herz konnte sich nicht entscheiden, ob es vor Angst, Schock oder Freude aussetzen sollte, entschied sich dann schließlich, alles zu vereinen und nach einer kurzen Pause unter meiner Kopfhaut laut pochend weiterzuschlagen. Wie Buschtrommeln hörte ich meinen eigenen Puls in den Ohren und der Anblick, der sich mir bot, schnürte meine Kehle zu. Ich keuchte ängstlich und griff verzweifelt mit beiden Händen in meine Haare, während Santiago mir langsam näher kam. Nicht das kleinste Lächeln zierte seine Lippen. Stattdessen legte sich seine warme Hand an meine nackte Taille und ich zuckte, als hätte mich der Strom getroffen. Von da an war es ein schlichtweg aussichtsloses Unterfangen, meinen Atem beruhigen zu wollen. Mein Mund würde sich heute nicht mehr schließen lassen, damit musste ich mich abfinden. Er griff mit seiner anderen Hand nach meinem Kinn und zog es zu sich heran. Ich musste aus lebensbedrohlicher Nähe in sein Gesicht sehen. Mein Kopf zitterte.

»Warum die Aufregung?«, fragte er mit sonorer Stimme.

Ich konnte dem nur ein unverständliches Wimmern entgegensetzen. Er wusste genau, dass ich jetzt nicht antworten konnte. Seine Augen fixierten mich, bis ich aufgab, meine Lider schloss und blind weiterkeuchte. Meine Fingernägel krallten sich in den Ledersitz ... und dann fühlte ich den Hauch seines Atems auf meinen Lippen. Seine Zunge berührte mich als erstes ... er spielte mit mir, und kostete in vollen Zügen aus, dass ich in seiner Gegenwart vor Angst fast zu sterben glaubte und gleichzeitig meine Begierde kaum unter Kontrolle hatte. Kurz darauf ergriffen seine geschmeidigen Lippen Besitz von meinem Mund. Er küsste mich leidenschaftlich, seine Hand wanderte in meine Haare und ich betete, nicht ohnmächtig zu werden. Das war der schönste Moment meiner letzten drei Monate und ich wollte ihn genießen. Seine Zunge sandte lustvolle Impulse durch meinen ganzen Körper. Ich spürte ein betörendes Kribbeln in meinem Unterleib, als würde *Sweet Angel* in mir vibrieren. Zwischen meinen Beinen bildete sich triefende Feuchtigkeit, sie floss an dem schmalen Streifen meines Höschens vorbei und benetzte das glatte Leder des Sitzes.

Als Santiago meine Begierde seinem Ermessen nach ausreichend gesteigert hatte, löste er sich von meinen Lippen, um wieder in meine Augen zu sehen. Bereitwillig zeigte ich ihm mein Verlangen, meinen erregten Atem und meine schmerzlichen Blicke, die seiner Schönheit bedingungslos verfallen waren. Er zögerte einen Moment und ich wusste, dass er sich an meinem Anblick ergötzte, dann drängte er erneut seine Zunge in meinen Mund und sie bewegte sich nun so aufdringlich in mir, dass ich direkt das Gefühl hatte, von ihm vergewaltigt zu werden. Er fasste streng in meine Haare und ich gab mich ihm wehrlos hin. Sofort reagierten all die sensiblen Regionen in meinem Unterleib mit pochender Erregung. Ich krallte mich in den Sitz und seine Zunge vollführte Künste, die in mir Reaktionen hervorriefen, als hätte ich sie parallel dazu gleichzeitig zwischen meinen Beinen gehabt. Als würde sie meine feucht glühenden Schamlippen lecken, auf ihnen kreisen, sich drehen und winden und schlussendlich meinen empfindlichsten Punkt mit gezielten Zungenschlägen foltern. Seine flache Hand streichelte über meinen Bauch und obwohl er mich nicht im Geringsten intim berührt hatte, durchbrach im selben Moment meine Erregung alle Schranken. Mein Körper wurde von wilden Zuckungen erfasst, die ich nicht unter Kontrolle hatte. Ich wollte schreien, doch er hatte mich mit seinem Mund geknebelt. Meine erstickten Laute flossen in seine Kehle ... während meine intimen Muskeln kontrahierten und wellenförmige Ströme meinen Unterleib beglückten.

Santiago löste sich von meinen Lippen und sofort kreischte ich nach Luft, als hätte er versucht, mich mit seinem Gesicht zu ersticken.

Überrascht sah er mich an. »Seit wann springt mir dein Orgasmus so leichtfertig entgegen?«

»Ich ... weiß auch nicht«, keuchte ich.

»Hab ich dir das erlaubt?«

»Nein ... es tut mir leid!«

»Gib mir deine Hände!«, verlangte er. »Hast du nicht gelernt, um Erlaubnis zu fragen?«

Ich spürte noch die Ausläufer meiner wundervollen Ekstase, das Blut rauschte wie Starkstrom durch meine Adern, ich wollte einen klaren Gedanken fassen, aber die Überdosis an Endorphinen hatte wohl mein Bewusstsein vernebelt. Ich konnte seinen Worten nicht folgen ... sah nur, wie er eine Hand aufhielt ... und legte gehorsam meine Handgelenke überkreuzt in seine linke, während er mit seiner rechten ... ausholte.

Eine heftige Ohrfeige traf mein Gesicht. Ich fiel fast vom Motorrad, hätte er mich nicht an den Händen zurückgerissen. Meine Wange brannte wie Feuer, aber mein Herz hatte ihm im selben Moment verziehen ...

»Du hast recht«, korrigierte er sich anschließend, »ich muss dich verwechselt haben.«

Ahnungslos sah ich ihn an und traute mich nicht zu fragen. Er richtete seinen Blick zwischen meine Beine, wo ein kleiner nasser Fleck auf dem Ledersitz glänzte. »Zu deiner Zeit hatten wir das noch nicht«, erklärte er, »aber jetzt wirst du es dir wenigstens merken. In Zukunft bittest du mich um Erlaubnis.«

»Ja«, hauchte ich ergeben, während ich ebenfalls betroffen zwischen meine Schenkel blickte und mich für dieses kleine Malheur, mein Vergehen, schämte.

Santiago nickte gönnerhaft.

Plötzlich ließ mich noch ein zweites Vergehen vor Schreck erstarren. »Ich hab dich angefasst ... Ich hab dich vorhin auf dem Set angefasst!«, brach es aus mir heraus, als mir klar wurde, dass er es war, über dessen Beine ich mich vor Lachen gebogen hatte ...

»Ist ja nicht das erste Mal«, entgegnete er gelassen.

»Bitte? ... Wie meinst du das?«

»So, wie ich es sage.«

Ich war entsetzt und wollte mich verteidigen: »Ich hab dich davor noch nie angefasst. Wie kannst du mir so etwas vorwerfen?«

Daraufhin kam er mir so nahe, dass ich seinen Atem auf meiner Haut spüren konnte. »Mir musst du keine ›Amnesie‹ vorspielen! Du hast mich angefasst, im Gesicht und an der Schulter. Und ich hatte es dir erlaubt ... bis zu deinem letzten Herzschlag.«

Ich sah in seine finsteren Augen und wusste nicht recht, ob ich ihm das glauben sollte.

»Du kannst dich nicht erinnern?«, fragte er skeptisch.

Ich schüttelte den Kopf. Er meinte es tatsächlich ernst. Ich hatte ihn, kurz bevor ich mein Bewusstsein verloren hatte, angefasst. Und nun konnte ich mich nicht mehr daran erinnern. Meine Amnesie war nicht vorgespielt. Sie war zu diesem Zeitpunkt traurige Wahrheit. Erst viel später brachte mir ein anderes Ereignis meine Erinnerung zurück.

Ein mitleidiges Lächeln blitzte in Santiagos Mundwinkeln. »Oh ... das stelle ich mir aber besonders bitter vor ... wenn du mich schon einmal berühren darfst und es dann nicht auf die Reihe kriegst, es dir zu merken.«

Gequält zogen sich meine Augenbrauen zusammen. Ich hatte das Gefühl, der ganze Weltschmerz würde über mich hereinbrechen. Wieso konnte ich mich nicht daran erinnern? Wie konnte mein Gedächtnis bloß ein so bedeutendes Ereignis löschen?

Santiago streichelte über meine Wange. »Du kannst dich wirklich nicht erinnern?«

»Nein«, schluchzte ich.

Daraufhin zeigte er einen Funken Mitgefühl. »Weißt du ... so schmerzlich es für dich auch sein mag, ich bin sehr froh darüber und finde es geradezu unglaublich, denn ich hatte die ganze Zeit überlegt, wie ich damit umgehen sollte, dir dieses Privileg zugestanden zu haben. Die Frage hat sich jetzt erübrigt und dafür bin ich fast dankbar. So etwas sollte nicht zwischen uns stehen.« Er küsste mich auf die Stirn. »Lass es mich noch einmal hören ... aus deinem Mund ... damit ich es glauben kann.« Erwartungsvoll blickte er in meinen Augen ...

Mit tränenerstickter Stimme gab ich ihm seinen Willen. »Ich kann mich nicht daran erinnern, dich berührt zu haben.« Ein herzzerreißendes Schluchzen beendete meinen Satz.

Er zog seine Mundwinkel blasiert nach unten und nickte.

Dann kam er mir näher und hauchte in mein Ohr: »Es tut mir leid für dich.«

Anschließend zwang er mich mit der Kraft seiner Hände langsam nach vorn, bis ich mit meinem Oberkörper flach ausgestreckt auf dem glatten Ledersitz lag. Mein Gesicht musste ich seitlich zu ihm drehen. Er strich zärtlich durch meine langen Haare und über meinen nackten Rücken. Neue Angst flackerte in mir auf, denn er hatte mir einen Orgasmus geschenkt und es war eine logische Folge, dass er mir als Ausgleich dafür nun wehtun würde. Ergeben überkreuzte ich die Arme hinter meinem Rücken und hoffte, ihn damit milde stimmen zu können.

»Wie konntest du leben ... ohne mich?«, fragte er theatralisch betroffen.

Ich atmete nervös ... und gab keine Antwort.

Er streichelte ein paar Tränen aus meinem Gesicht. »Warum quälst du dich so?«

Ich schluchzte. Er musste mich nicht überreden. Ich wollte zurück zu ihm. Sehnsüchtig wartete ich auf seine alles entscheidende Frage.

Dann legte er seine Hand um meinen Hals, er drückte mich fest, und kam mit seinem Mund direkt an mein Ohr. »Gehörst du noch mir?«, raunte er.

Ohne zu zögern antwortete ich mit »Ja«.

In der nächsten Sekunde riss er mich vom Motorrad und ich fiel auf den groben Schotter. Ich blieb liegen und erwartete seinen Schuh, der nun auf mich treten und mir meinen letzten eigenen Willen nehmen würde. Mit all meinen Sinnen wollte ich ihm gehören ... Aber es passierte nichts. Als ich wieder aufsah, stand er zwei Meter von mir entfernt, neben dem Lenker der Maschine, und zündete sich eine Zigarette an. »Hat dich jemand beschmutzt?«, fragte er.

»Wie?«

»Ich muss wissen, ob du mit einem Fremden Sex hattest!«

David und Jude waren nicht fremd, Ronan vergaß ich in der Aufregung, also fiel mir nur Lacourt ein, der sich mit seinen Grausamkeiten massiv in mein Gedächtnis geprägt hatte, und ich musste eilig überlegen, was und wie viel ich ihm davon erzählen sollte. Im Augenwinkel sah ich ihn schon näher kommen und noch bevor ich antworten konnte, stieg er nun doch mit seinem Schuh ... auf meine linke Hand. Ich stöhnte vor Schmerzen auf.

»Lüg mich nicht an, wenn dir dein Leben lieb ist!«, drohte er mir. Er musste sein gesamtes Gewicht auf dieses Bein verlagert haben, denn der spitze Kies bohrte sich schmerzhaft in meine Handfläche. Ich musste mich unweigerlich aufrichten und rutschte auf meinen Knien dicht neben seinen Fuß. Mein ganzer Körper verkrampfte sich. Ich keuchte mit flehend hoher Stimme. Erfüllt von Schmerzen, lehnte ich meine Stirn gegen sein Knie und blickte verzweifelt auf den schönen Schuh, der mir solche Qualen bereitete. Dann versuchte ich zu sprechen: »Ein Arzt ... in Miami ... er hat mich gezwungen.«

Santiago seufzte. »Wozu?«

»Nicht richtig Sex ... er wollte nur ... meinen Mund.«

Plötzlich spuckte er voller Entsetzen neben mir auf den Boden. »Das sagst du mir jetzt? Nachdem ich dich geküsst habe? Du widerst mich an!«

Seine gefühllose Antwort kränkte mich maßlos und ich versuchte verzweifelt, mich zu rechtfertigen: »Er hat mich erpresst! Er wollte dich anzeigen, wenn ich nicht getan hätte, was er verlangte!«

Endlich gab er mich frei und entfernte sich ein paar Schritte. Ich wimmerte erleichtert, drehte meine Hand um und löste vorsichtig die Steine, die sich in meine Haut gebohrt hatten. Meine zarten Gelenke schmerzten. Ich hatte das Gefühl, ich würde diese Hand nie wieder bewegen können.

»Wie kann er mich anzeigen?«, fragte er.

»Er hat deine DNA ... und einen ziemlich ... aussagekräftigen Befund über mich.«

Santiago fasste sich an die Stirn. »Weißt du seinen Namen?«

»Dr. Lacourt ... André Lacourt.«

Er nickte und dachte kurz nach, bevor er sich zu meiner Gesundheit äußerte. »Ich werde dich untersuchen lassen.«

»Das kann David machen«, bot ich an.

Er lächelte. »Du wirst David nicht mehr sehen.«

Ein kalter Schauer lief mir über den Rücken, als ich diesen Satz hörte. Er wollte mich nicht nach Hause lassen, damit ich mich von David verabschieden konnte? »Aber meine Schuhe ... David hat sie in einem Safe!«

»Er kann sie schicken!«

Ich war entsetzt. »Du nimmst mich jetzt gleich mit?«

»Ja, meine Limousine steht beim Theater. Wir fahren dorthin zurück.« Er streckte mir seine Hand entgegen und half mir hoch.

»Meine Agentur ... wieso machst du überhaupt einen Model-Job?«, fragte ich naiv.

Er lachte und hielt mit zwei Fingern mein Kinn fest, um mir den nächsten Satz förmlich ins Gesicht zu spucken. »Alles Fake! Das ganze Set. Ich hab für dich bezahlt ... wie für eine Nutte!«

Ich war sprachlos. Nicht wegen seiner erniedrigenden Ausdrucksweise, sondern wegen all der Schwierigkeiten, die er offenbar auf sich genommen hatte, um an mich heranzukommen. »Die waren alle eingeweiht?«, fragte ich und konnte es gar nicht glauben.

»Bis auf deine Agentur, alle! Und sie wahren den Schein, bis wir zurück sind.«

Panisch erhob ich meine Stimme gegen ihn: »Meine Agentur! Meine Agentur wird ausrasten!«

Er grinste amüsiert und sah mir danach tief in die Augen. »Ich fürchte mich jetzt schon!«

Klar. Welch dumme Bemerkung von mir! Was hatte er schon zu befürchten ... »Bitte entschuldige«, flüsterte ich und senkte einsichtig meinen Kopf.

Er streichelte über meine Haare. Plötzlich fühlte ich seine Lippen an meiner Stirn. Und mein Herz machte Luftsprünge, als ich ihn daraufhin ansah und ganz eindeutig wieder weiche, liebevolle Züge in seinem Gesicht erkannte. Das war der Blick, den er mir stets schenkte, nachdem er mir ausreichend seine Macht demonstriert hatte und nun zufrieden mit sich selbst war. Er betrachtete mich eingehend und ich vernahm fast ein bisschen Bewunderung in seinen Augen. »Zahira«, schmeichelte er und seine Stimme klang jetzt melancholisch, »ich muss dir ehrlich sagen, ich hab schon viel erlebt ... aber mit deiner Zunge auf meinem Visier gehörst du zu meinen favorit moments ... absolut! Ich hab dich auch selten so gelöst und fröhlich gesehen.«

Ich lächelte stolz. Aber in Gedanken fand ich es schon etwas pervers. Da war er ständig darauf bedacht, mir Angst und Schrecken einzujagen, und dann wunderte er sich, warum ich in seiner Gegenwart nicht gelöst sein konnte.

Nachdem er Helm und Handschuhe wieder angelegt hatte, setzte er sich auf das Motorrad. Ich stand neben ihm und er klappte sein Visier hoch. »Versuch bitte, mich nicht unnötig anzufassen! Du kannst deine eigenen Hände festhalten!«, ermahnte er mich.

Ich kletterte etwas ungeschickt hinter ihn und verschränkte meine Finger vor seinem Körper. Er ließ den Motor aufheulen, wendete ... und erneut nahmen mir Kälte und Fahrtwind den Atem. Auf der unerträglich langen Fahrt dachte ich nur an David. Ich wollte es ihm selbst erklären. Er würde sich entsetzliche Vorwürfe machen, wenn er diese Nachricht von meiner Agentur erfahren müsste. Ich wollte ihm versichern, dass es mein freier Wille war, dass mich Santiago zu nichts gezwungen hatte. Ganz bestimmt würde ich New York nicht verlassen, ohne mich von David und Hayle verabschiedet zu haben. Persönlich. Der Fall war klar: Ich musste fliehen!

Zurück am Set schoss der Fotograf gerade die letzten Fake-Fotos, für wen auch immer. Ein Assistent übernahm unser Motorrad und Santiago führte mich zu den Containern. »Zieh dich um, ich spreche inzwischen mit den Verantwortlichen«, gab er mir zu verstehen.

Das war mein Einsatz. Ich stieg in den Container, nahm meine Kleidung und meine Handtasche, beobachtete, wie Santiago sich mit einer Angestellten von Liberty-Models zu unterhalten begann und ergriff blitzartig die Flucht. Zwischen den parkenden Kleinbussen suchte ich nach einem Taxi, einem Yellow-Cap aus New York. Es gab drei zur Auswahl. Ich stürzte auf den ersten Fahrer zu, gleichzeitig sah ich einen mir unbekannten Mann aus einer schwarzen Stretch-Limousine steigen. Panisch redete ich auf den Taxi-Fahrer ein, es ginge um Leben und Tod, er müsse mich nach Manhattan bringen, und gab ihm hundert Dollar in die Hand. Der dubiose Mann aus der Stretch-Limousine zückte sein Handy, während er beobachtete, wie ich einstieg.

»Fahren Sie! Schnell, bitte!«, flehte ich meinen Fahrer an.

An der ersten großen Kreuzung ersuchte ich ihn, nicht direkt nach Manhattan zu fahren, sondern in die entgegengesetzte Richtung, also bogen wir auf die Schnellstraße Richtung Philadelphia. Kein Wagen folgte uns. Wir fuhren eine halbe Stunde länger, als auf dem Hinweg, ich konnte mich auf dem Rücksitz umziehen und machte mir Gedanken über meine Agentur.

Mein Herz klopfte, als ich zu Hause angekommen aus dem Taxi stieg. Mir war, als hätte ich schon wieder eine Nacht mit Jude verbracht ... und noch viel schlimmer ... diesmal würde ich David verlassen.

Bereits beim Aufsperren der Wohnungstür überfluteten dicke Tränen meine Augen, sodass ich mit meinem Schlüssel kaum ins Schloss fand. Ich ließ meine Handtasche fallen und suchte nach David. In der Küche traf ich Hayle. »Wo ist er?«, schluchzte ich.

»Er schläft ... Was ist passiert?«

Ich schüttelte nur den Kopf und eilte Richtung Schlafzimmer. Eigentlich durfte ich David dort nicht stören, aber das war eine Ausnahme. Er lag ganz am Rand seines riesigen Doppelbettes und schlief fest. Ich kniete mich neben ihn und betrachtete sein unendlich hübsches Gesicht. Es brach mir das Herz ...

David erwachte durch mein Schluchzen und als er meine Verzweiflung erkannte, hielt er mich sofort fest. »Was ist passiert?«, flüsterte er.

Ich fiel ihm um den Hals und weinte bitterlich ... aber ich brachte Santiagos Namen nicht über meine Lippen. Ich wusste, dass ich damit unsere Welt zerstören würde.

David setzte sich auf, schüttelte mich und wurde etwas lauter, »Bitte ... sag was!«

»Das Foto-Shooting ...«, schluchzte ich, »war eine Inszenierung ... nur für mich!«

»Ich verstehe nicht ...«

»David, ich gehe zu ihm zurück.«

»Santiago?«

»Ja.«

David ließ sich zurück aufs Bett fallen und hielt beide Hände vor sein Gesicht. Kurz darauf erreichte ihn der nächste panische Gedanke und er sah mich wieder an. »Ist er hier?«

»Nein, ich bin ihm am Set in New Jersey davongelaufen. Er wollte mich sofort mitnehmen, aber ich wollte zuerst zu dir.«

»Du bist ihm davongelaufen?«, fragte er erregt.

»Ja.«

»Das ist gar nicht gut!« Er setzte sich auf und schlüpfte noch etwas ungeschickt und verschlafen in einen Jogging-Anzug. »Wie stellst du dir das vor? Was glaubst du, wie er das findet? Wann willst du zu ihm gehen?«

»Ich weiß es nicht ...«

»War er allein dort? Wie konntest du davonlaufen?«

»Ich glaub, er war allein ... oder, warte ... als ich ins Taxi stieg, hab ich eine schwarze Stretch-Limousine gesehen, wie er sie normalerweise benutzt, und einen Mann, den ich nicht kannte ... vielleicht war das sein Fahrer ...«

»Santiago dreht durch, wenn ihm ein Mädchen davonläuft. Das ist nicht die beste Voraussetzung, wenn du zu ihm zurück willst. Ich will mir nicht vorstellen, was dich dann erwartet.«

Jetzt begann ich zu begreifen. Bestimmt hatte David so etwas schon mal erlebt. »Was soll ich tun?«, fragte ich ihn.

»Nicht zurückgehen, ganz einfach! Jeder Zeitpunkt während der vergangenen drei Monate wäre besser gewesen, als jetzt nach dieser Aktion!«

Ich nickte. Dann schüttelte ich meinen Kopf. »Ich muss! Bitte ... Er wird es mir bestimmt anrechnen, wenn ich freiwillig komme.«

David konnte über meine Naivität nur lachen.

»Er wird mich nicht umbringen«, versuchte ich ihn zu beruhigen.

»Zahira. Zwischen einem Schlag ins Gesicht und ›umbringen‹ liegt noch ganz viel dazwischen, von dem du keine Ahnung hast. Glaub mir!«

Ich schluckte. »Du machst mir Angst.«

»Du bist bei mir in Sicherheit! Es war ein Fehler, dich wieder arbeiten zu lassen!«

»David, es war kein Fehler. Bitte mach dir keine Vorwürfe! Auch wenn er mich jetzt nicht gefunden hätte, ich hab schreckliche Sehnsucht nach ihm, ich spüre es jeden Tag! Es war nur eine Frage der Zeit. Ich will nicht warten, bis ich zu alt für ihn bin ... und ich will zu keinem Jahrestreffen ... ich will zurück zu ihm!«

Wieder hielt er sich die Hände vors Gesicht und seufzte. Aber meine Worte waren überzeugend und schließlich nickte er, wenn auch sehr unglücklich. Wenig später bot er mir seine Hilfe an. »Ich muss das mit Damian besprechen.«

Ich fiel David um den Hals. »Ich liebe dich ... und es tut mir so leid.«

»Ich habe dir versprochen, ich lasse dich gehen, wenn der Richtige kommt ... aber Santiago ist definitiv nicht der Richtige ...«, erklärte er mir mit Tränen in seinen Augen, »... darum fällt es mir verdammt schwer.«

»Hör auf zu weinen ... Du musst mich hassen!«

Kopfschüttelnd fuhr er sich durch die Haare. »Komm, wir reden draußen weiter.«

Ich ließ ihn los und wir setzten uns ins Wohnzimmer, um alles zu besprechen. »Meine Schuhe. Ich muss meine Schuhe mitnehmen«, erinnerte ich ihn.

»Ja, aber zuerst müssen wir mal über den richtigen Zeitpunkt nachdenken. Wir sollten ihm zumindest zwei Tage geben, um sich zu beruhigen.«

Ich nickte.

»Ich werde dich nach Miami begleiten ...«, meinte er kühl und sachlich. »Ich schlage Damian ein Treffen am Yachthafen vor.« Dann sah er mich an. »Vielleicht musst du das letzte Stück allein mit dem Taxi fahren. Ich will Santiago nicht sehen!«

»Ja«, seufzte ich.

»Okay, dann hole ich mein Handy.«

»Nein, warte noch ... Santiago meinte, er bräuchte Befunde von mir, du hast mich doch erst vor zwei Wochen untersucht – nach Aruba – bitte sag ihm das, sonst steckt er mich vielleicht in Quarantäne.«

David war einverstanden, tippte in sein Handy und stellte auf Lautsprecher. Damian meldete sich beim ersten Läuten.

»Damian ... kannst du reden?«

»Ja. Ich bin in Miami.«

»Wieso hast du uns nicht gewarnt?«, warf ihm David vor.

»Ist sie bei dir?«

»Ja.«

»Hör mal, es tut mir leid, wirklich, aber ich kann ihn nicht ewig hintergehen. Ohne mich hätten sie Zahira schon vor zwei Monaten in ihrer Wohnung gefasst«, erklärte er.

David atmete tief durch und seufzte. »Trotzdem ...«

»David! Santiago ist außer sich. Sie ist ihm davongelaufen!«

»Ich weiß, deshalb rufe ich an. Sie war sich nicht bewusst, was sie damit anrichtet. Sie wollte sich von mir verabschieden. Ich bringe sie übermorgen persönlich nach Miami!«

»Nein, er will dich nicht sehen, David!«

»Das beruht auf Gegenseitigkeit. Sie wird das letzte Stück

mit dem Taxi allein fahren. Ich gebe ihr die High Heels mit, alle Dokumente und aktuelle Befunde. Sie ist absolut gesund, sag ihm das.«

»Okay, ich rufe ihn an ... wegen einem Termin.«

»Danke! Und Damian, bitte, wenn du ihn irgendwie beeinflussen kannst, er muss ihr nichts beweisen! Dass sie nach dem Vorfall, den sie mit ihm hatte, zu ihm zurück will, sagt doch schon alles. Sie hat ihn nicht angezeigt. Er sollte dankbar sein!«

»Ja, ich tue mein Bestes, versprochen!«

Nachdem das Gespräch beendet war, wollte David kurz allein sein. Erst beim Abendessen bekam ich ihn wieder zu Gesicht und obwohl ich vor Aufregung nichts essen konnte, setzte ich mich mit an den Tisch. Die Stimmung war gedrückt, sogar Hayle wirkte traurig, dabei konnte er sich doch freuen ... unsere Tage zu dritt waren gezählt.

Dann kam der Anruf. David nahm ihn entgegen und seinen wenigen Worten konnte ich absolut nicht entnehmen, was nun mit mir geschehen sollte. Gespannt wartete ich also, bis er endlich zu erzählen begann: »Übermorgen ist okay, siebzehn Uhr am Pier. Du sollst allein mit einem Taxi kommen, die Schuhe tragen ... und nüchtern sein.«

»Nüchtern?«, fragte ich schockiert.

David nickte. »Er hat mir den Grund nicht gesagt.«

Sofort fiel mir wieder Dr. Lacourt ein. Die Operation. Wozu nüchtern?

David sah die Panik in meinen Augen und versuchte mich zu beruhigen. »Ich denke nicht, dass es dabei um eine OP geht, falls du das überlegst, eventuell will er verhindern, dass dir schlecht wird ... wovon auch immer ...«

Ich schluckte. »Vielleicht will er mir einfach nur Angst machen ...«, entgegnete ich trotzig, als David mich schon wieder verächtlich ansah. Kurz darauf entschuldigte ich mich bei den beiden und zog mich in mein Zimmer zurück. Ich musste allein sein, um darüber nachdenken zu können. David kündigte an, die Nacht bei mir zu verbringen.

STARALLÜREN

Als ich in meinem Zimmer auf ihn wartete, dachte ich an Jude. Ich nahm mir vor, ihn morgen über meine Entscheidung zu informieren. Bestimmt würde er *Angel* zurückhaben wollen. David kam sehr spät, ich schlief schon fast. Er legte sich zu mir und nahm mich in seine Arme. Schnell merkte ich, dass er keinen Sex wollte. Seine Blicke waren besorgt und ich war ehrlich dankbar, dass er noch immer zu mir hielt. »Ich kann fast nicht glauben, dass du mich gehen lässt«, gestand ich ihm.

»Ich auch nicht.« Er streichelte über meine Haare. »Aber ich kann dich verstehen. Ich habe ihn selbst schon dreimal verlassen.«

Überrascht sah ich ihn an. »Drei Mal? Wann? Und warum?«

Davids Blick trübte sich in der Sekunde. »Das erste Mal ... war gleich zu Beginn, ein Monat nachdem wir einander kennengelernt hatten.«

»Wie habt ihr euch kennengelernt?«, unterbrach ich ihn.

»Das weißt du nicht?«

»Nein. Woher denn? Wir reden doch nie über Santiago«, beschwerte ich mich.

David seufzte. »Dann werde ich dir jetzt eine Gute-Nacht-Geschichte erzählen.« Er lächelte bedeutungsvoll und mein Herz jubelte vor Begeisterung. »Es war ... in der Aphrodite-Klinik. Santiago war mit einem Mädchen dort, das sich die Brüste vergrößern lassen wollte. Er war erst sechsundzwanzig und hatte bereits damals ein abartig selbstbewusstes Auftreten.« Ich bemerkte, wie Davids Augen zu strahlen begannen, während er von Santiago erzählte ... »Wir hatten eine große Gemeinschaftspraxis, nur durch Paravents getrennt, wo immer drei Ärzte parallel Erstgespräche mit Patienten führen konnten. Santiago war mit diesem besagten Mädchen bei einem Kollegen von mir und führte sich dort auf wie ein Irrer. Ständig lief er die kurzen Wege auf und ab, gestikulierte hektisch und beherrschte auch verbal den gesamten Raum. Trotzdem, oder vielleicht gerade deshalb, konnte ich von Anfang an meine Augen nicht von ihm lassen. Als ich meine Patientin verabschiedet hatte, rief ich keine neue auf, sondern beobachtete die Diskussion, die er mit seiner Freundin und dem Arzt führte. Santiago konnte falsche Brüste schon damals nicht leiden und er erwartete sichtlich von meinem Kollegen, dass er sie davon abbringen würde. Sie saß halb nackt auf einem Behandlungstisch und schilderte ihre Vorstellungen, während er hauptsächlich deshalb so aufgebracht war, weil er von diesem Arzt keine Unterstützung bekam. Als er mich zum ersten Mal bemerkte, hatte ich sofort das Gefühl, dass ihn meine Anwesenheit irritierte. Er war eindeutig abgelenkt ... seine Argumente gingen ihm aus und sein Redeschwall ließ nach. Ein paar Mal strich er sich affektiert über seine geglätteten Haare, bevor er mich schließlich ansprach und meinen Rat suchte. ›Was meinen Sie? Hat sie es nötig, sich operieren zu lassen?‹ Ich sah das Mädchen an und konnte ihn nur unterstützen. ›Keinesfalls.‹ Daraufhin kam er näher, griff mir vertrauensvoll an den Oberarm und fragte mit verführerischer Stimme: ›Hätte sie Chancen bei Ihnen?‹ Ich lachte verlegen, ›Nein‹ und blieb damit ehrlich. ›Welcher Operation müsste sie sich unterziehen, damit Sie sie attraktiv fänden?‹, wollte er neugierig wissen und hielt mich weiter fest. Seine Berührung machte mich wahnsinnig. Bestimmt merkte auch er das. Ich hatte Probleme, gelassen zu wirken. ›Einer Geschlechtsumwandlung‹, entgegnete ich mutig und blickte prüfend in seine Augen. Jeder Hetero-Mann hätte in diesem Moment erschrocken seine Hand von mir genommen. Aber er tat es nicht. Im Gegenteil. Er ging sogar noch einen Schritt weiter. ›Vielleicht sollten wir das bei einem gemütlichen Abendessen besprechen‹, schlug er vor, mit allem Charme, den seine Stimme zu bieten hatte, jedoch so leise, dass nur ich es hören konnte. Immerhin waren noch fünf weitere Personen in diesem Raum. In meinem Wahrnehmungsvermögen verschwanden all diese Leute. Zu verlockend war die Versuchung, ihn herauszufordern. Und das tat ich auch. ›Von mir aus können wir das auch gleich jetzt und hier besprechen‹, entgegnete ich. Ein kleines verzücktes Lächeln blitzte in seinen Mundwinkeln auf, dann sah er noch einmal hinter sich zu seiner Freundin und im nächsten Moment kam er mir so nahe, dass ich dachte, er würde mich küssen. Aber kurz bevor sich unsere Lippen berührten, hielt er inne ... mit lasziv geöffnetem Mund ... er fesselte mich mit seinem sinnlichen Blick und wartete auf meine Initiative. Magisch angezogen schloss ich meine Augen und führte meine Lippen bereitwillig an seine. Und es elektrisierte mich wie ein Stromschlag, als er meinen Kuss zu erwidern begann. Mein Herz klopfte wie verrückt und ich fühlte das Prickeln, das von meinen Lenden ausging und dort ohne Scheu meine Begeisterung für ihn verriet. Von diesem Moment an war ich ihm verfallen. Einer der schönsten Momente in meinem Leben.«

Auch mein Herz klopfte mittlerweile heftig, beeindruckt von seiner Erzählung. »Und deine Kollegen? Hast du danach Probleme in der Klinik bekommen?«, fragte ich.

»Ja ... später ... das war zu dem Zeitpunkt aber nicht von Bedeutung für mich. Wir verabredeten uns noch am selben Abend in einer Bar. Und danach bin ich mit ihm mitgegangen. Er wohnte in Miami, in einer modernen Villa, er hatte vier Freundinnen und jede Menge Personal. An diesem Abend bekam ich jedoch nur ihn zu Gesicht.«

»Warst du sein erster Mann?«, fragte ich neugierig.

»Nein, bestimmt nicht ...«

Dann flüsterte ich und hoffte inständig, dass David weiter erzählen würde. »Und wie war er im Bett?«

David lächelte. »Alles kann ich dir auch nicht erzählen.«

»Warum nicht? Du weißt doch von mir auch alles. Bitte ...«

»Wenn ich von dir alles weiß, liegt das bestimmt nicht daran, dass du mir alles erzählst!«

»Worauf willst du hinaus?«, fragte ich und bekam plötzlich ein ganz mulmiges Gefühl in meinem Bauch.

Er grinste. »Mein kleiner Engel weiß nicht, wovon ich rede?«

So hatte er mich noch nie genannt, trotzdem stand ich völlig auf der Leitung und schüttelte den Kopf.

David half mir auf die Sprünge: »Nein? ... Vielleicht sollte ich besser mein ›goldiger Engel‹ sagen?«

»*ANGEL?*« Mein Herz stolperte vor Schreck und ich musste mir beide Hände vors Gesicht halten, damit er die plötzlich aufsteigende Röte nicht sehen konnte. »Woher weißt du das?«, keuchte ich beschämt durch meine Finger.

David lächelte. »Du hattest, als du von Jude gekommen bist, deine Handtasche im Vorzimmer vergessen. Ich wollte auf deinem Handy nachsehen, ob er dir seine Nummer gegeben hat und bin auf dieses Teil gestoßen. Daraufhin rief ich Jude an und er hat mir das kleine Wunderding erklärt ... und er konnte mich auch überzeugen, dir diesen Spaß zu gönnen.«

»Und warum hast du nichts gesagt? ... Und wieso hast du am nächsten Morgen noch mal mein Handy durchsucht?«

»Nur für dich ... Das hattest du verdient.«

»Sehr nett! Ich hatte echt Panik, du würdest die Nummer löschen ... Ich wusste nicht mal, dass er sie unter ›Angela‹ eingespeichert hatte.«

»Jetzt sei nicht sauer. Immerhin habe ich dir dein Spielzeug gelassen!«

Ich nickte, reumütig, und flehte ihn kurz darauf schon wieder mit meinen Blicken an. »Dafür erzählst du mir jetzt von deiner ersten Nacht mit Santiago.«

David seufzte. »Das bleibt aber unter uns«, warnte er mich.

»Ich schwör's!«

Er streichelte durch meine Haare und schon wieder überzog ein Glitzern seine Augen. »Es war gegen Mitternacht, er zeigte mir sein Schlafzimmer und ein überdimensionales rundes Bett mit einem Spiegel an der Decke. Wir blieben stehen. Er lehnte sich sehr zurückhaltend an eine Wand und ließ alles mich machen. Geduldig sah er mir zu, wie ich mich entkleidete. Ich fand es reizvoll, völlig nackt vor ihm zu stehen, und er lächelte geschmeichelt beim Anblick meiner Erektion. Dann drückte ich mich an ihn, legte meinen Schwanz zwischen seine leicht auseinandergestellten Beine. Und während ich ihn zu küssen begann, schloss er seine Schenkel. Er überkreuzte seine Füße und hielt mich in dem harten Stoff seiner Jeans gefangen. Erhobenen Hauptes lächelte er mich dabei an und erstmals sah ich den Sadisten in ihm, entschlossen und stolz. Ich versuchte, ihn weiter gefühlvoll zu küssen und öffnete die Knöpfe an seinem Hemd. Die nackte Haut seiner Brust zu berühren und ihn am Hals zu küssen, erregte mich ungemein. Er hingegen wirkte kühl und ruhig, nur seine Lenden und die

Ausbuchtung seiner Jeans verrieten, dass er sehr wohl Gefallen an mir gefunden hatte. Ich entzog ihm meinen Schwanz und fasste mutig in seinen Schritt. Mit einer Hand begann ich ihn zu massieren und blickte gleichzeitig in seine dunklen Augen. Er sah mich so verliebt an, das kannst du dir nicht vorstellen. Schließlich griff ich mit meiner anderen Hand an seinen Gürtel und zog ihn vorsichtig mit mir Richtung Bett. Ich hörte nicht auf, ihn intim zu massieren, ich konnte meine Finger nicht mehr von seiner Erektion lassen ...

Erst im Liegen öffnete ich seinen Gürtel, die Knöpfe an seinen Jeans ... und befreite ihn von seiner Kleidung. Kaum war er nackt, schlüpfte er aus seiner passiven Rolle und berührte zum ersten Mal mich. Er drehte mich auf den Rücken, legte sich auf mich und rieb seinen schönen Körper auf mir. Gleichzeitig küsste er mich, mehr als fordernd. Seine Zunge raubte mir den Verstand. Uns beiden. Wir stöhnten beide, als könnten wir es nicht erwarten, und mussten immer wieder voneinander lassen, um zu Atem zu kommen. Er blickte zwischendurch sehnsüchtig nach unten und hörte nicht auf, mit seinem Schwanz auf meinem zu kreisen. Und dann passierte mir leider etwas sehr Unangenehmes ... Santiago wanderte an meinem Körper tiefer und ich wusste, ich war kurz davor, mich nicht mehr zurückhalten zu können. Dann fühlte ich seine Lippen an meinem prallen Glied, seine feuchte Hitze umschloss meine Eichel und mit dem Schlag seiner Zunge reizte er meine empfindlichste Stelle ... das war zu viel. Ich hauchte gerade noch eine schnelle Warnung, versuchte ihn wegzudrücken und sofort nahm er ihn aus dem Mund. Er sah so hübsch aus, so erregt, als hätte ich ihn aus einer Trance geholt. Sein Gesicht kam ganz nahe an meine Wange, während unter dem wohldosierten Druck seiner Hand alles auf meinen Bauch spritzte und ich verzweifelt stöhnte. Es war mir so unangenehm ... Ich hatte Angst, er könnte denken, dass das bei mir immer so schnell ginge. Aber er lächelte nur und sah mich noch genauso verliebt an wie zuvor.«

»David ...«, seufzte ich. Zwischen meinen Schenkeln fühlte es sich an, als hätte ich gerade selbst ein Schwanz gelutscht. Aber ich wollte weiter hören, was passiert war.

»Und dann ... war er an der Reihe?«, fragte ich atemlos.

»Ja ... so ungefähr. Er legte seine flache Hand auf meinen Bauch und verteilte meinen reichhaltigen Erguss mit kreisenden Bewegungen über meine Brust, bis hinauf an mein Kinn. Zwischendurch hielt er mich ein paar Mal am Hals so fest, als wollte er mich würgen. Er gab mir damit sehr deutlich zu verstehen, dass er wollte, dass ich ihm gehörte. Und die Tatsache, dass ich ihm das erlaubte, obwohl er acht Jahre jünger war, erregte mich selbst zutiefst. Er zog mich an den Haaren in Richtung seiner Lenden und während er mich mit einer Hand im Nacken festhielt, als müsste er mich zu irgendetwas zwingen, gab er mir mit seiner anderen Hand seinen Schwanz in den Mund. Im selben Moment stöhnte er zum ersten Mal richtig laut. Dann ließ er meinen Kopf los und gab sich mir einfach hin. Ich merkte schnell, dass er es umso erregender fand, je tiefer ich ihn in meine Kehle eindringen ließ und zwischendurch wollte er auch immer wieder meine harte Zungenspitze an seiner empfindlichsten Stelle spüren. Irgendwann hielt er mich wieder am Hals fest und als ich ihn das nächste Mal tief in meine Kehle drückte, begann sein ganzer Körper zu beben. Ich bearbeitete ihn mit meiner Zunge und er spritzte ganz wundervoll gegen meinen Gaumen. Damals küsste er mich anschließend noch auf den Mund. Heute würde er das nicht mehr tun. Das verbieten ihm scheinbar seine Starallüren.« David lächelte.

»Ihr habt ja gar nicht miteinander geschlafen«, stellte ich enttäuscht fest.

David streichelte über meine Wange. »Ich bin noch nicht fertig.«

»Entschuldige.«

»Ehrlich gesagt, möchte ich aber gar nicht mehr weiter erzählen. Um es kurz zu machen, ich hab anschließend mit ihm geschlafen und hatte dabei auch meine gewohnte Ausdauer wieder.«

»Er mit dir nicht?« Diese Frage beschäftigte mich schon seit Monaten ... wer mit wem ... und wie?

David sah mich an und ich wusste, er überlegte, was er mir antworten sollte. Seine Lippen pressten sich kurz aufeinander, er blies Luft durch die Nase, aber dann bekam ich meine heißbegehrte Information. »Santiago lässt mit sich schlafen ... grundsätzlich ... und nie umgekehrt.«

»Heißt das, er hat noch nie aktiv mit einem Mann geschlafen?«

»Nein, er braucht das auch bei Frauen nicht. Oder hat er dich schon ein einziges Mal von hinten genommen?«

»Nein.«

»Siehst du, er ist da sehr konsequent. Unter Männern ist es ganz normal, dass man bestimmte Vorlieben hat, warum er das bei Frauen auch verweigert, weiß ich nicht. Vielleicht hängt es mit seinem übertriebenen Reinlichkeitssinn zusammen, der bei ihm schon an eine Phobie grenzt.«

»Und was bevorzugst du bei Männern?«, fragte ich mutig.

»Ich wäre nicht zehn Jahre bei Santiago geblieben, wenn es mich nicht befriedigt hätte. Trotzdem gefällt mir auch die andere Rolle. Mit Hayle mache ich beides.« Er streichelte über meine Wange. »Ist jetzt dein Wissensdurst gestillt?«

»Ja.« Ich seufzte glücklich.

»Dann schlafen wir jetzt, okay?«

Ich nickte. »Schläfst du morgen mit mir?«, fragte ich ihn, unterstützt von einem flehenden Blick.

»Auf jeden Fall! Und wie hat es mein kleiner Engel am liebsten?« Er grinste.

»Von dir ist mir alles recht … oder, wenn du mich schon fragst, dann hätte ich gern beides, eines nach dem anderen.«

David lächelte und gab mir einen Gute-Nacht-Kuss auf die Stirn. Ich versuchte ganz schnell einzuschlafen, bevor sentimentale Gedanken über mich hereinbrechen würden …

***

Der letzte Tag war viel zu schnell vorüber. David buchte für uns die Flüge, wir holten meine High Heels aus dem Banksafe und zu Mittag führte er mich in ein teures Restaurant mit wundervoller Aussicht über Manhattan. Wir tranken Champagner, nur zu zweit, als gäbe es etwas zu feiern, und er hatte Tränen in seinen wunderschönen Augen, als er erzählte, dass er mir eigentlich ein Geschenk hätte machen wollen, zum Abschied, aber wir wussten beide, dass ich nichts mitnehmen durfte. Ich versicherte ihm, dass er mir nichts schenken musste. Seine Liebe und sein Verständnis waren weit mehr, als ich jemals verdient hatte. Und als auch mich der Abschiedsschmerz überrollte, rettete uns schließlich die Flasche Champagner. Danach ging es uns eindeutig wieder besser. Und auf der Fahrt mit dem Taxi konnten wir sogar schon wieder lachen.

Zuhause stand ich vor dem nächsten Problem, welches sich nicht viel von dem ersten unterschied: ein Schrank voller teurer Kleidung, Kosmetika, Schuhe, Handy, Laptop …

»Was soll ich mit all den Sachen tun?«, fragte ich David.

Er setzte sich auf mein Bett und obwohl er sehr nachdenklich wirkte, war ich mir sicher, er wusste genau, was er mir eigentlich sagen wollte. »Was denkst du, wie lange du bei Santiago bleiben wirst?«

Ich zuckte mit den Schultern. »Solange er mich haben will.«

Er nickte. »Wo möchtest du hin, wenn du ihn noch mal verlässt?«

Als ich merkte, worauf er hinauswollte, kniete ich zwischen seinen Beinen nieder. »Sag das jetzt nicht ...«, flehte ich ihn an.

Er zog mein Gesicht an seinen Hals und umarmte mich innig. »Mich stören deine Sachen nicht. Denkst du, ich lasse hier jemand anderen einziehen?«

»Aber wir können auch alles einfach in meine Wohnung bringen«, schlug ich vor.

»Ich will, dass du zu mir kommst, wenn du Ivory verlässt.«

Ich nickte und war gerührt. Etwas Schöneres hätte er nicht sagen können.

Erst nach ein paar Minuten löste ich mich schweren Herzens aus seiner Umarmung. »Ich möchte noch an meine Eltern schreiben«, flüsterte ich und stahl mich ins Wohnzimmer.

Am Abend war die Stimmung, dank Hayle, wieder etwas fröhlicher. Ich half ihm, das Geschirr wegzuräumen. »Wirst du mich zum Abschied küssen?«, fragte ich keck.

Hayle lächelte. »Wenn du es willst.«

»Ja. Ich wünsche mir einen leidenschaftlichen Zungenkuss von dir!«, forderte ich ganz unbescheiden.

»Okay, ich werde sehen, was sich machen lässt. Aber erst morgen!«

Ich nickte zufrieden und überlegte, ob ich dafür bei David um Genehmigung bitten sollte. Aber als er später zu mir ins Zimmer kam, hatte ich es vergessen. Andere Dinge schienen mir viel wichtiger. »Wir sind gestern vom Thema abgekommen«, beschwerte ich mich. »Du wolltest mir erzählen, wie es dazu kam, dass du Santiago schon drei Mal verlassen hast ...«

»Ich hatte gehofft, du würdest es vergessen«, gestand David, als er sich auf mein Bett setzte, um mir beim Ausziehen zuzusehen. »Aber wenn du unbedingt willst ... Das erste Mal war noch in Miami, er hat mich gezwungen, mit einem Mädchen zu schlafen.« David fuhr sich gequält mit der Hand über die Stirn und seufzte. »Ich erzähle dir das nicht gern ... wirklich.«

»Bitte ... ich weiß fast überhaupt nichts von ihm! Und ich möchte ihn einfach besser einschätzen können. Wenn du mir nichts erzählst, dann erzählt mir niemand etwas, das weißt du ganz genau. Ich lerne aus jedem deiner Worte. Ich weiß nicht mal, ob er Eltern hat ... warum er reich ist ... welchen Beruf er gelernt hat ... Ich weiß gar nichts!«, bettelte ich ihn an.

»Keines der Mädchen weiß das alles«, gab er mir zu bedenken.

»Ja, es ist aber auch keine mit dir zusammen! Ich erzähle es niemandem ... das kannst du mir glauben ... bitte, David ...«

Er seufzte. »Er ist aus Chicago. Als er fünf war, sind seine Eltern bei einem Flugzeugabsturz ums Leben gekommen, in einem Privat-Jet. Die Familie hatte ein riesiges Firmen-Imperium. Er ist bei Zieh-Eltern aufgewachsen, die mehr schlecht als recht ein Auge auf ihn hatten ...«

»Bei Zieh-Eltern?«, unterbrach ich ihn. »Gab es sonst keine Verwandten?«

»Nein, keine engeren, und seine Eltern hatten das testamentarisch so verfügt.«

»Und wie war das für ihn ... bei diesen Zieh-Eltern?«, fragte ich besorgt.

David seufzte. »Es war die Hölle für ihn.«

»Warum?«, hauchte ich und setzte mich zu ihm aufs Bett. Instinktiv wusste ich, David würde mir jetzt etwas Schlimmes erzählen.

»Ich kann dir nur sagen, dass er seit damals seine Aversion gegen die Hände einer Frau hat. Bitte versuch dir den Rest selbst zusammenzureimen.«

»Nein! ... Sag, dass das nicht wahr ist!«

Sorgenfalten gruben sich in Davids Stirn und er musste von mir wegsehen. Ich konnte es nicht glauben. Diese eine Person war also schuld an seiner Phobie! »Wo lebt diese Frau? Gibt es sie noch?« Ich begann, David am Arm zu packen und ihn mit aller Kraft zu schütteln. »Sag mir, dass ich sie umbringen darf, bitte! Warum hat er das nicht längst getan? Wie konnte sie ihm das antun?« Ich war außer mir.

»Sie ist gestorben ... vor ein paar Jahren«, erklärte David.

Ich nickte und fühlte einen Schmerz in meiner Brust. Aber nicht wegen dieser Frau. Bis jetzt hatte ich immer gedacht, er würde es mir aus einer Laune heraus verbieten. Ich wusste ja nicht, welche Erinnerungen er damit verband und wie sehr es ihn verletzten würde, wenn ich ihn tatsächlich berührt hätte.

»Zahira, bitte behalte das für dich. Ich hätte es dir bestimmt nicht erzählen dürfen, aber vielleicht fällt es dir so leichter, ihn zu verstehen, und vielleicht ist es dann auch nicht so schlimm für dich, dieses Verbot zu respektieren.«

»Ja, ich behalte es für mich. Ich bin dir unendlich dankbar. Du hättest es mir schon viel früher erzählen sollen ... noch auf Ivory.«

David schüttelte den Kopf. »Nein, das war unmöglich. Wenn er das herausgefunden hätte! Er will keine Schwäche zeigen, darum verkauft es gern als willkürliches Verbot, um die Mädchen bewusst damit zu quälen.«

Ich war mir noch nicht sicher, ob es für mich nun mit diesem Wissen einfacher zu ertragen sein würde. Vermutlich nicht. Wie gern hätte ich ihm bewiesen, dass meine Hände zärtlich waren und ihm bestimmt nichts Böses wollten. Trotzdem, David schenkte mir mit dieser Erklärung ganz viele Gründe, warum ich mich nicht dafür hassen brauchte, Santiago zu lieben. Er war es wert, von mir geliebt zu werden ... mit all seinen Eigenheiten.

»Wie lange war er bei diesen Zieh-Eltern?«, fragte ich David.

»Er ist mit sechzehn Jahren mit Damian zusammengezogen, rein freundschaftlich. Und zu seinem achtzehnten Geburtstag hat er das Vermögen seiner Eltern geerbt. Er wusste das schon seit frühester Kindheit an und hatte daher nie wirklich den Anreiz verspürt, sich für einen vernünftigen Beruf zu interessieren. Ab achtzehn hatte er Geld ohne Ende. Zum Zeitpunkt, wo ich ihn kennenlernte, war er bereits stolzer Besitzer seiner Insel, aber die Villa, die nach seinen Wünschen dort errichtet werden sollte, war noch in der Bauphase, ein Monat vor Fertigstellung, und die Insel selbst hatte noch keinen Namen. Eines Tages erzählte er mir, er wolle sie nach mir benennen.« David verdrehte die Augen und klang nun fast beschämt. »Santiago meinte, meine Haut wäre so hell und edel wie Elfenbein ... darum Ivory.«

Ich lachte amüsiert, denn genau so hatte ich das auch immer gesehen. »Er hat recht«, bestätigte ich ihn und krabbelte zu ihm unter die Decke.

David fasste zärtlich in meine Haare und begann mich im Nacken zu kraulen. »Das Mädchen ... Er hat gedroht, ihr Gewalt anzutun, wenn ich nicht mit ihr schliefe.« Ich nickte betroffen und er sprach weiter. »Ich habe es getan. Für sie. Und am nächsten Morgen, noch bevor er erwachte, bin ich in ein Hotel gezogen. Allerdings nicht für lange. Soweit ich mich erinnern kann, dauerte es zwei Tage, bis er mich gefunden hatte. Es war vielleicht auch meine Schuld gewesen, denn ich hatte das Zimmer unter meinem Namen gebucht. Um ehrlich zu sein, ich glaube, ich wollte von ihm gefunden werden. Er ersuchte mich um ein Gespräch. Es war kurz vor seiner Übersiedlung nach Ivory und er plante, mich mitzunehmen. In meiner Klinik hatte ich durch den Vorfall, wie schon erwähnt, ohnehin Probleme. Wahrscheinlich hätte ich in absehbarer Zeit meinen Job verloren. Und Santiago machte mir ein mehr als verlockendes Angebot, eine Art ›Ehevertrag‹. Er bot an, mir für jedes Jahr, das ich mit ihm zusammen sein würde, eine hohe Geldsumme zu zahlen ... siebenstellig ... im Voraus ... jeweils zu Beginn eines Kalenderjahres. Santiago ist bei Männern finanziell sehr großzügig. Ich nahm an und er hielt sich regelmäßig an unsere Vereinbarung. Er hat sogar dieses Jahr, Ende Januar, noch einmal überwiesen, obwohl wir da schon längst nicht mehr auf Ivory waren. Das finde ich höchst seltsam. Aber jetzt weißt du vielleicht, warum wir keine Geldsorgen haben und warum ich nicht wollte, dass du deine Schuhe verkaufst.«

»Was sind meine Schuhe wert?« fragte ich neugierig.

David lächelte entschuldigend. »In diesem Fall vertrete ich Santiagos Standpunkt. Das solltest du nicht wissen. Es ist schöner, wenn du es eines Tages erfährst, nachdem du mit ihm endgültig abgeschlossen hast. Außerdem, wenn du Pech hast, wie Victoria, dann darfst du sie nicht behalten, also solltest du dich ohnehin nicht zu früh freuen. Im Gegensatz zu mir hattest du nie einen Vertrag mit Santiago. Es ist eine freiwillige Leistung von ihm.«

»Aber im Grunde hat er sie mir ja schon geschenkt.«

David lachte. »Ja. Das kannst du ihm dann selbst erklären ... am besten gleich morgen.«

Das Wort »morgen« versetzte mir einen kleinen Schrecken.

Schnell suchte ich nach einer Ablenkung. »Und das zweite Mal als du ihn verlassen hast …?«

»Das war erst vor drei Jahren, als Estelle zu uns kam, gleich in ihrer ersten Woche.«

»Was hat er getan?«

David seufzte schwer. »Ich weiß es nicht genau. Auf jeden Fall hatte sie sich den Arm gebrochen.«

»Sie sich?«, stieß ich hervor. Sofort fiel mir ein, dass er mir damit einmal gedroht hatte.

»Ja, angeblich ein Unfall, aber ich hatte meine Zweifel. Ich bin mit ihr ins Spital gefahren und hab auf sie eingeredet wie auf ein krankes Tier, aber sie ließ sich nicht umstimmen, sie wollte unbedingt zu ihm zurück. Ich hingegen bin in Miami geblieben … wieder in einem Hotel. Diesmal unter falschem Namen. Es dauerte fast eine Woche, bis er mich gefunden hatte. Ich dachte, mich trifft der Schlag … Bis heute weiß ich nicht, wie er damals in mein Hotelzimmer gekommen war, aber als ich im Vorraum meinen Mantel ablegte, drückte er mich plötzlich von hinten gegen die Wand, er drehte mir brutal die Arme auf den Rücken und hielt mich fest. Wie besessen schrie er mich immer wieder an: ›Es war ein Unfall! Es war ein Unfall!‹ Irgendwann konnte ich mich umdrehen, dann schrie er es in mein Gesicht. Er war extrem aufgebracht und wirklich verzweifelt. Und schließlich glaubte ich ihm.«

Ich schluckte.

»Und diesmal … gab es nie einen Moment, wo du Sehnsucht nach ihm hattest seit wir von Ivory weg sind?«, fragte ich.

»Nein, ehrlich nicht … Ich glaub, ich bin geheilt.«

»Wegen dem, was er mir angetan hat?«

»Nicht nur das. Er hatte schon mit Keathan meine Grenzen überschritten. Weißt du, wie wir alle werde auch ich nicht jünger ... und wenn Santiago unsere wirklich mühsam gewachsene innige Beziehung nur noch dazu missbraucht, sich daran aufzugeilen, mich von seinen jungen Geliebten erniedrigen zu lassen, dann zerstört das so viel zwischen uns. Irgendwann musste ich einfach handeln, um mich zu schützen. Ich möchte unsere schönen Momente in Erinnerung behalten.«

»Das wusste ich nicht«, flüsterte ich und streichelte mitfühlend über seine Haare.

»Es war auch nicht leicht, dir das anzuvertrauen«, fügte er hinzu. David wirkte verletzt und ich begann, ihn zärtlich zu küssen, empfand tiefe Liebe für ihn und Dankbarkeit, dass er mir das alles erzählt hatte. Gleichzeitig hoffte ich, er würde nun mit mir schlafen, denn es war für mich nicht vorstellbar, von ihm zu gehen, ohne ein letztes Mal seine intime Nähe gefühlt zu haben. Aber zum Glück dachte er genauso. Er erwiderte meine Küsse anfangs zaghaft, dann leidenschaftlich und bald fühlte ich seine Hände an meinem Körper, wie sie mich ungewohnt grob behandelten! Sofort löste ich mich von seinen Lippen und sah erschrocken in seine Augen, weil ich nicht wusste, was das zu bedeuten hatte. David lächelte und machte meine Verwirrung dadurch nur noch größer. »Hol *Angel!*«, forderte er ganz liebevoll, doch die Strenge seiner Hand, die mich im Nacken festhielt, zeigte mir, dass er es ernst meinte.

»Wozu?«, hauchte ich, ganz hingerissen von seiner Macht über mich.

»Tu es einfach. Und bring dein Handy mit.« Er gab mich frei, damit ich aufstehen konnte.

Leicht perplex ging ich zu meiner Kommode, holte *Angel* und mein Handy ... und legte mich wieder zu ihm.

»Und jetzt schreibst du Jude, dass du allein bist.«

»Nein«, hauchte ich und schüttelte entschieden den Kopf.

David nahm mir *Angel* aus der Hand und befeuchtete ihn mit seiner Zunge und in seinem Mund auf so obszöne Weise, dass ich auf der Stelle feucht wurde. Dann schob er ihn mir einfach zwischen die Beine, hielt mich fest und legte das Handy auf meine Brust. »Schreib! Sonst mache ich es.«

Seine ungewohnt dominante Art machte mir fast Angst. »Okay, ich schreib ihm, aber nicht, dass ich allein bin. Bitte, es ist schlimm genug anders … bitte.«

»Nein! Ich will wissen, woran du die letzten Wochen deinen Spaß hattest.«

»David, so darfst du das nicht sehen. Es war nur ein Spiel. Und ich will das nicht vor dir … bitte …«

David nahm mein Handy und tippte eigenmächtig darauf los, mit der anderen Hand hielt er meine Arme zusammen, sodass ich *Angel* nicht aus mir entfernen konnte. Kurz bevor er auf »senden« drückte, zeigte er mir den Text:

»Jude, ich halte Zahira in meinen Armen.

Zeig mir, was du drauf hast. David.«

»Nein, bist du verrückt!«, protestierte ich heftig. Doch es war zu spät, er hatte die SMS abgeschickt. Panik überfiel mich. Nun brauchte David all seine Kraft, um meine Hände von meinem Schritt fernzuhalten. Ich flehte ihn unzählige Male an, während die Minuten verstrichen und ich inständig hoffte, dass Jude vielleicht ausnahmsweise sein Telefon nicht bei sich hatte. Doch dann, von einer Sekunde auf die andere, hörte ich auf, mich zu wehren. Die Klammer war aufgesprungen …

Als meine Hände keinen Widerstand mehr boten, ließ David mich los. Ich drehte mich beleidigt von ihm weg und drückte ein Kissen an meine Brust. Gleichzeitig begann es in mir zu rotieren. Ab jetzt beherrschte Jude meinen Körper. Er gönnte mir ein langsames Vorspiel. Verzweifelt stellte ich fest, dass ich meine Erregung nicht unterdrücken konnte und unweigerlich schneller atmen musste. David drehte mich zu sich und küsste mich zufrieden auf die Stirn. Danach hielt er mich fest. *Angel* wurde immer aggressiver, er schlug von innen gegen meine Bauchdecke. Gleichzeitig vibrierte der breite Ring, der sich zwischen meinen kleinen Schamlippen Platz geschaffen hatte und sie nun aufs äußerste dehnte, so herrlich, dass ich es beim besten Willen nicht unangenehm finden konnte. Ich klammerte mich an David, genau zur richtigen Zeit, denn plötzlich erhielt ich meinen ersten Stromstoß, ohne Vorwarnung, ohne sanftes Knistern zum Eingewöhnen. Ich schrie in seine Brust, keuchte und es schüttelte meinen Körper. Sogar David war erschrocken. Jude erteilte mir von jetzt an einen Stromstoß nach dem anderen, jeweils unterbrochen von einer kurzen Ruhephase, in der er ausschließlich meine kleinen Schamlippen durch sanftes Kribbeln stimulierte. Ich reagierte mit zügelloser Feuchtigkeit. Als er mich genügend angewärmt hatte, begann er, mich beherzt zu stoßen. Instinktiv wollte ich im Bett nach oben flüchten, völlig sinnlos. David blickte bereits etwas besorgt, als er mich erneut an seine Brust zog, um mir seine Arme als Schutz zu bieten, für etwas, wovor er mich nicht schützen konnte. Aber ich versuchte, es auszuhalten. Da sich *Angel* in mir verspreizt hatte, spürte ich die Stöße nun in beide Richtungen. Jedes für sich ein lustvoller Reiz ... aber in der Kombination fast zu viel. Ich stöhnte und sabberte David voll. Tapfer ertrug ich all die Stöße und merkte, dass sie mir zunehmend mehr und mehr Lust verschafften. Und als sich wieder ein elektrisches Kribbeln dazugesellte, durchbrach mein erster Orgasmus die Hemmschwelle. David konnte mich fast nicht halten. Ich schrie an seine Brust und krallte mich in seinen Rücken, während meine intimen Muskeln unablässig kontrahierten. Und das Schlimmste an *Angel* war, dass er mir nie zur richtigen Zeit eine Pause gönnte. Er überging meine heftigsten Höhepunkte und jedes Mal hatte ich Angst, dass entweder mein Herz oder meine Lungen versagen könnten. Irgendwann hatte David Mitleid und griff zu meinem Handy. Kurz darauf versiegte das leise Summen und die Klammer gab mich frei.

Erschöpft blieb ich bäuchlings liegen. David griff zwischen meine Beine und kaum hatte er sanft an *Angel* gezogen, flutschte er auch schon aus mir heraus. David legte sich auf mich und drang vorsichtig von hinten in mich ein. Sofort weiteten sich meine engen Muskeln für ihn. Ich wimmerte erschöpft in ein Kissen, genoss aber gleichzeitig seine gefühlvollen Stöße. Er verzauberte mich mit seiner Härte und seiner endlosen Ausdauer. Sein Schwanz fühlte sich wundervoll an, trotz seiner Größe glitt er geschmeidig in mir aus und ein. Tief in mir hielt er manchmal inne und erfüllte mich mit pochender Erregung. David fasste an meinen Hals, genauso, wie ich es mochte. Dann steigerte er sein Tempo und sein heißer Atem strömte über meinen Nacken. Ich stöhnte und wollte nicht kommen, denn dieses Gefühl sollte niemals enden ... Aber ich konnte mich nicht lange wehren, David ließ mir keine Pause, ich war seinen himmlischen Stößen ausgeliefert, die in immer kürzeren Abständen auf mein Lustzentrum trafen. Er reizte mich mit seinem Spiel bis zur Ekstase und dann schrie ich, als hätte ich von *Angel* einen Stromstoß erhalten. David schob sich tief in mich, hielt inne und ergab sich meinen heftigen Kontraktionen. Nur ein paar Sekunden später wurde auch sein Körper von einem Höhepunkt gepeitscht. Er stöhnte laut und kehlig an meinem Nacken, während seine Muskeln in ihrer Spannung erzitterten.

David zog sich langsam aus mir zurück und nahm mich an seine Schulter. Für den Bruchteil einer Sekunde war ich mir überhaupt nicht mehr sicher, ob ich ihn wirklich verlassen wollte. Aber wie ein Wundermittel verbannte dieser kurze Gedanke an Santiago sofort meine Zweifel. Ich wusste, dass ich mit diesem letzten Sex mit David meinen qualvollen Entzug von Ivory überstanden hatte. Von jetzt an gehörte ich wieder Santiago. Und es war so unwahrscheinlich einfach ... egal woran ich dachte ... sein Gesicht, sein Körper, seine Hände, seine Stimme, seine Bodyguards, seine Insel ... alles erfüllte mich mit tiefster Sehnsucht und schürte mein Verlangen, ihm gehören zu wollen. Ich war glücklich und ich freute mich auf morgen.

Die Kette ist fünf Meter lang

Als ich erwachte, lag ich in den Armen von David. Doch meine Empfindungen für Santiago hatten sich nicht verändert. Ich konnte es selbst nicht glauben, genau in meinem schönsten Moment mit David war mein Herz zu Santiago übergesprungen. Und dieses Gefühl machte mich so stark, dass ich mir beim besten Willen nicht vorstellen konnte, heute noch irgendwann eine Träne zu vergießen.

»Ich darf nichts frühstücken«, erinnerte ich David, als wir einander wenig später im Wohnzimmer wiedertrafen.

»Doch, es ist acht Uhr. Bis zum späten Nachmittag bist du längst wieder nüchtern.«

Ich schüttelte den Kopf. »Ich möchte nicht. Bitte.«

»Warum nicht? Du kannst mir glauben. Falls es dir entgangen ist, ich bin Arzt.«

»Wenn er möchte, dass ich heute nichts esse, dann esse ich nichts«, beharrte ich auf meiner Entscheidung.

Erst jetzt merkte David, dass mit mir irgendetwas nicht stimmte und seine Miene wurde ernst. »Was ist mit dir?«, fragte er.

»Ich weiß auch nicht. Es ist gestern Abend passiert, kurz nachdem du mit mir geschlafen hast. Ich hatte plötzlich keine Angst mehr ... und ich bin jetzt auch nicht mehr traurig. Ich freue mich unendlich, dass ich ihn heute sehen kann.«

David nickte und wirkte ein wenig gekränkt. Ich wollte nicht, dass er das falsch verstand, denn er hatte mich mehr als glücklich gemacht, und das musste ich ihm sagen. »David, gestern Nacht war ...«

Sofort hielt er mir den Mund zu. »Ich weiß, was gestern Nacht war. Und Hayle will es nicht wissen!«

Erschrocken sah ich ihn an. »Ich kann auch allein nach Miami fliegen, wenn du das willst.«

David stieß leere Atemluft aus. »Nein, ich hab versprochen, ich bringe dich hin ... allein schon wegen der High Heels.«

»Also nur wegen der wertvollen Schuhe ... nicht wegen mir?«

Er sah mich an und lächelte ... »Wenn du nichts mehr für mich empfindest. Dann muss ich es umgekehrt auch nicht tun, oder?«

Er hatte verstanden. Und zum Glück konnte er lachen und war nicht böse auf mich.

»Und was ist mit meinem Kuss?«, fragte Hayle.

David sah mich fragend an.

»Ich lasse mir etwas anderes einfallen, okay?«, bot ich Hayle an.

Und schließlich trennte ich mich von Hayle auf die gleiche Weise, wie ich gekommen war. Ich küsste seine Hand, aber statt vor ihm niederzuknien, umarmte ich ihn liebevoll.

***

Unser Flug hatte etwas Verspätung und als wir in Miami landeten, war zu allem Unglück unsere bestellte Limousine nicht zu finden.

»Das ist kein Problem«, beruhigte mich David, »wir haben noch eine gute Stunde Zeit und können auch ein normales Taxi nehmen.« Im nächsten Moment tauchte wie aus dem Nichts ein Fahrer auf, der nach uns suchte. David ließ uns zu einem kleinen In-Lokal in der Nähe des Hafens bringen. Es war ein sehr feines Lokal, angenehm klimatisiert. David trank einen Kaffee, während ich mich auf der Toilette frisch machte und umzog. Ich hatte im Handgepäck ein leichtes kurzes Sommerkleid mit, ganz in Violett. Meine High Heels durfte ich auch erst jetzt anziehen und meine wärmere Kleidung aus New York verstaute ich wieder in der Tasche. Als ich mich im Spiegel betrachtete, meine Haare kämmte und etwas nachschminkte, wurde ich zum ersten Mal richtig nervös. Schnell löste ich mich von diesem Bild und ging wieder nach draußen zu David. »Jetzt hab ich doch Angst«, gestand ich ihm.

»Du siehst bildhübsch aus. Viel zu hübsch ...« David streichelte über meine Wange.

»Danke.« Ich strahlte ihn an und küsste seine Hand.

Dann erklärte er mir noch ein paar wichtige Dinge. »Hier, das sind deine Befunde und Dokumente, alles in einer Mappe, deine Wohnungsschlüssel und die Schlüssel für deine Schuhe. Vergiss nicht, am Sonntag brauchst du wieder eine Spritze zur Verhütung. Aber das steht auch in deinen Befunden.«

»Ja, danke ... Glaubst du, Santiago ist persönlich hier, um mich abzuholen?«, fragte ich David.

»Kann schon sein, aber sei nicht enttäuscht, falls er es nicht ist, die eine Stunde kannst du auch noch warten.«

Ich nickte. »Und du rufst Jude für mich an?«

»Ja, versprochen. Ich schick ihm auch dein kleines Spielzeug zurück.«

Kurz darauf verließen wir das Lokal. Auf dem Weg zu unserer Limousine übernahm schon wieder die Nervosität meinen Herzschlag. David drückte meine Hand. »Ich muss dir noch etwas sagen.«

Neugierig sah ich ihn an.

»Santiago wird dich nach meiner Adresse fragen.«

Mein Gott! Daran hatte ich noch gar nicht gedacht. Aber noch bevor ich antworten konnte, sprach er weiter: »Ich möchte, dass du sie ihm gibst.«

Entschieden schüttelte ich den Kopf. Das sollte wohl ein Scherz sein. Wie konnte er auch nur denken, ich würde ihm unser streng gehütetes Geheimnis verraten?

David lächelte. Er lächelte lange! Er sah zum Himmel ... zu seinen Schuhen ... drehte sich von mir weg ... und fand schließlich wieder zurück in meine Augen. Jetzt war seine Miene ernst. »Muss ich dir das wirklich erklären?«

»Ich ... du denkst, er würde es aus mir herausbekommen?«, stotterte ich.

»Darauf wirst du es nicht anlegen! Du sagst es ihm, sobald er danach fragt! Von mir aus sieh es als Befehl!«

»Aber, David, ich ... bitte ...«

»Mach dir um mich keine Sorgen. Wie es aussieht, möchte er mich ohnehin nicht mehr sehen, und falls wirklich, für mich ist mittlerweile schon genug Zeit vergangen, ich werde mit ihm fertig.« Er griff an meine Schulter und versicherte mir eindringlich: »Zahira, er kann mir nichts tun. Ich bin ein freier Mann. Wenn er sich von mir eine Abfuhr holen möchte, dann soll er kommen. Aber ich werde es nicht hinnehmen, dass du dich deshalb von ihm schlagen lässt, ohne auch nur den Funken einer Chance zu haben ... Ist das klar?«

Ich nickte einsichtig. Das war deutlich. Und er hatte recht ... wie immer.

»Noch etwas: Von Jude sollte er es nicht erfahren«, ergänzte David, »aber danach wird er nicht fragen! Wenn er erfährt, dass Jude meine Nummer hatte, ist Damian dran. Das musst du dann vor ihm verantworten.«

»Okay«, hauchte ich.

David hielt mich noch eine gute Minute lang in seinen Armen, ich flüsterte bestimmt fünfmal in sein Ohr, dass ich ihn liebte ... dann küsste er mich zärtlich auf meinen Mund

und hielt mir die Wagentür auf. Ich hatte die Mappe in der einen Hand und meine zwei Schlüssel in der anderen. Als sich das Taxi in Fahrt setzte, konnte ich David absolut nicht mehr ansehen. Ich musste an etwas anderes denken, allein schon, um zu vermeiden, dass meine Schminke verlief.

Keine fünf Minuten später näherten wir uns dem Teil des Hafens, wo die privaten Yachten lagen. Der Fahrer hielt vor dem ersten Pier und im selben Moment erkannte ich Marcus, der mit einem zweiten Mann am Aufgang zum Bootssteg wartete. Mein Fahrer war bereits bezahlt, er half mir beim Aussteigen und ich ging, zwar etwas nervös, aber trotzdem freudig gestimmt, auf Marcus zu. Ich musste zwei Stufen zu ihm hochsteigen und wollte ihn ganz unbefangen, freundschaftlich umarmen, aber er hielt sofort abwehrend seine Hand vor sich. Ich schreckte zurück und blieb stehen.

»Geh weiter zu Damian«, sagte er, ohne ein Wort der Begrüßung.

Ich klammerte mich an meine Mappe und tat, was er verlangte.

In der Mitte des langen Steges warteten drei Männer. Damians lange Haare erkannte ich sofort, der zweite war Edward und der dritte war mir unbekannt. Als ich an allen dreien vorbeiblickte, vollzog mein Herz Freudensprünge, denn ganz vorn, am Ende des Piers, stand Santiago. Er war tatsächlich gekommen, um mich abzuholen. Kurz vor Damian wurden meine Schritte immer langsamer. Mir zitterten die Knie und nach der distanzierten Begrüßung mit Marcus, war ich etwas unschlüssig, was Damian von mir erwartete.

»Hi«, brachte ich schließlich über meine Lippen, als ich vor ihm stehen blieb.

Er streckte einen Arm nach meinen Unterlagen aus, gleichzeitig sagten mir seine Blicke, dass ich von ihm kein »Hi« zur

Begrüßung bekommen würde. Damian wirkte gar nicht gut gelaunt. Ich gab ihm meine Mappe und die beiden Schlüssel. Im nächsten Moment hielt mich der eine fremde Mann an meinen Haaren fest. Ich wollte ihn ansehen, aber sein strenger Griff ließ nicht zu, dass ich mich nach ihm umdrehte. Mein Herz klopfte und das Atmen fiel mir schwer ... Damian überflog im Eiltempo meine Unterlagen. Plötzlich stellte sich Edward vor mich und begann mich zu durchsuchen, als ob man unter diesem Hauch von Mini-Seidenkleidchen etwas hätte verstecken können. Seine Hände fassten gefühllos in meine Haare, er strich über meinen Rücken, meine Brüste ... hielt sogar meine Pobacken kurz fest ... bevor er mit einer Hand zwischen meine Beine griff. Dann kniete er sich vor mich, prüfte die Verschlüsse meiner Schuhe, umfasste mit seinen Händen meine nackten Oberschenkel und wanderte unter meinem Kleid hoch bis an meine Taille. Zum Schluss stand er wieder auf und sah mir in die Augen. »Mach deinen Mund auf!«, verlangte er.

Unweigerlich musste ich lachen. Ich fand das alles so albern! Dachten die, ich wäre gekommen, um den Präsidenten zu erschießen? Kaum hatte ich meine belustigte Reaktion gezeigt, knallte eine Ohrfeige in mein Gesicht. Ich schrie vor Schmerzen, denn der zweite Mann hielt mich noch immer an den Haaren fest und die Wucht des Schlages hatte entsetzlich an meiner Kopfhaut gerissen. Sofort hob ich meine Hände schützend an meinen Kopf und sah Edward schockiert an. Er hatte mich noch nie geschlagen. Mir fiel Jude ein und ich musste mich selbst ermahnen, denn auch Edward war jung, aber das sollte mich wohl nicht dazu veranlassen, seine Autorität in Frage zu stellen.

»Mach deinen Mund auf!«, forderte er ein zweites Mal.

Diesmal gehorchte ich ihm. Er griff mit zwei Fingern in meinen Mund, dann ließ er von mir ab und der Typ hinter mir gab meine Haare frei.

Damian sah mich mit ernster Miene an. »Bist du nüchtern?«

»Ja«, entgegnete ich, »warum?«

Er beachtete meine Frage nicht mal. Er reichte meine Unterlagen an den mir unbekannten Mann, dann legte er seine große Hand um meinen Hals und drückte so fest zu, dass ich unweigerlich beide Hände zur Hilfe nehmen musste, um mich zu wehren. Sofort hielt mich wieder jemand von hinten an den Haaren.

»Damian ...«, schluchzte ich, »bitte!« Ich rang verzweifelt nach Luft.

Damian kam mir mit seinem Gesicht so nahe, dass ich seinen Atem spürte, und warnte mich eindringlich: »Mach dich auf etwas gefasst!«

Er hielt mich noch kurz fest, dann ließ er los.

Meine Knie zitterten so stark, dass ich mich auf den Boden sinken ließ und mit beiden Händen auf den Holzlatten abstütze. Ich keuchte nach Luft und versuchte, meinen Herzschlag zu beruhigen. Im nächsten Moment fasste Damian brutal in meine Haare und riss mich in die Höhe. Dann ging er mit mir gemeinsam weiter den Pier entlang. Santiago stand mit dem Rücken zu uns, er trug einen dunklen Anzug, hatte beide Hände in den Hosentaschen und blickte hinaus aufs offene Meer. Zirka fünf Meter vor ihm blieben wir stehen und warteten ... Damian sagte nichts, aber bestimmt hatte Santiago die Erschütterungen unserer Schritte wahrgenommen, denn ein paar Sekunden später drehte er sich um und kam langsam auf mich zu. Er sah umwerfend aus. Aber seine Miene war finster. Als er nach meinem rechten Handgelenk griff, schien er sogar richtiggehend angewidert von mir. Lieblos zerrte er mich bis zum Ende des Piers und stellte sich Auge in Auge mir gegenüber auf.

Seine Ausstrahlung erdrückte mich ... Ich wollte zurückweichen und sah zu Boden, aber da war kein Platz mehr für einen einzigen Schritt ... Er hatte mich bis an den Rand des Holzstegs gedrängt. Hinter mir war ein Abgrund von gut zwei Metern bis zur Oberfläche des Hafengewässers. Ich drohte fast das Gleichgewicht zu verlieren, wollte mich an ihn klammern, aber genau das war mir verboten. Er kam mir so nahe, dass ich die Hitze seiner Aufgebrachtheit auf meiner Haut fühlen konnte.

»Ich habe zwei gewaltige Probleme mit dir«, fauchte er verächtlich in mein Gesicht, »kannst du dir vorstellen welche?«

Mein Kopf zitterte und ich bekam kaum Luft. Ich hatte Angst, beim nächsten tiefen Atemzug Übergewicht nach hinten zu bekommen. »Ich ... bin dir ... davongelaufen«, stotterte ich.

Er schob sein Kinn nach vorn und sprach mit zusammengebissenen Zähnen weiter: »Du bist mir nicht nur davongelaufen, du hast mich bloßgestellt! Vor deiner gesamten Agentur!«

Ich versuchte niederzuknien, aber er ließ mich nicht und hielt stattdessen mein Kinn fest. »Es ist völlig überflüssig, mich um Gnade zu bitten. Meine Strafe für dich steht fest.«

Er trat von mir zurück und zog eine Augenbraue hoch. »Willst du mir gehören?«

Ich wusste, dass er mit diesen Worten meine Einwilligung forderte, mich zu bestrafen. Sein tiefer Atem verriet seine Erregung. Er würde mich schlagen, dessen war ich mir ganz sicher. Immer, wenn er von mir zurücktrat, kündigte sich so etwas an. Ängstlich blickte ich zu Damian und danach auf den Abgrund hinter mir. Ich wollte nicht in das Hafenwasser fallen.

Santiago wich einen Schritt zur Seite, als wollte er mir den

Weg freigeben. »Du kannst gehen, wenn du dir nicht sicher bist.«

Chaos beherrschte meine Gefühlswelt. An meinen herabhängenden Armen ballten sich meine Hände zu Fäusten. Für diese Entscheidung brauchte ich all meine Kraft, denn mein ganzer Körper wehrte sich innerlich, einzig mein Herz wollte zu ihm. Und dann kam es zaghaft über meine Lippen: »Ich bin mir aber sicher.«

Erwartungsvoll trat er wieder vor mich und hielt seinen Kopf etwas schräg, um den zweiten Teil meines Satzes besser zu verstehen.

»Ich will dir gehören«, hauchte ich.

Santiago nickte zufrieden. Er küsste mich auf die Stirn und mein Schicksal war besiegelt.

Damian gab ihm ein breites Halsband aus Leder. Ich musste meine Haare hochhalten, damit Santiago es mir anlegen konnte. Währenddessen überlegte ich, ob dies wohl zum neuen Dresscode auf Ivory gehörte. Beim Verschließen klackte es zwei Mal metallisch, ähnlich wie bei den High Heels, die sich danach nicht mehr öffnen ließen. Ich fasste meine Hände wieder hinter meinem Rücken und gleichzeitig fiel mir auf, dass er mich gar nicht geschlagen hatte. Eine silberne Kette hing jetzt an mir herunter und Santiago griff zwischen meine Brüste, um sie aufzunehmen. Wie an einer Leine hielt er mich fest und sah mir in die Augen. Wollte er jetzt vielleicht, dass ich vor ihm niederkniete? Er trat mehrere Schritte zurück und ließ die Kette dabei lose über seine Finger gleiten, offenbar um mir zu zeigen, wie lang sie war. Als er wieder näher kam, erkannte ich an ihrem Ende einen Karabiner. Santiago bückte sich neben mir zu Boden und hakte ihn an einem plumpen Gegenstand ein, der an der Kante des Piers stand. Es war ein kleiner Betonklotz.

Danach erhob er sich und sprach eiskalt in mein Gesicht: »Das Wasser ist sechs Meter tief. Die Kette ist fünf Meter lang.«

Nervös begann ich zu zwinkern, als mir dämmerte, was er plante. Santiago war an Grausamkeit kaum zu übertreffen. Er wusste genau, dass ich vor nichts *größere* Angst hatte, als vor dem Ersticken. Ich sah, dass zwei seiner Bodyguards am anderen Ende des langen Piers den Zugang versperrten. Hier lagen nur drei große Yachten, also war meine Chance gering, dass gerade jetzt einer der Besitzer kommen würde, um diese Aktion zu stören. »Hast du einen Arzt mit?«, fragte ich ängstlich.

»Wir brauchen keinen Arzt«, entgegnete er amüsiert und streichelte dabei durch meine Haare.

Mein Herz klopfte immer lauter, als ich die Ausweglosigkeit meiner Situation erkannte. Ich wollte nicht sterben ... Seine Blicke nahmen liebevolle Züge an, wie jedes Mal, wenn er sich an meiner Angst ergötzte. Er schloss mich in seine Arme und drückte mich ganz fest an sich. Er wollte die Kurzatmigkeit in meinem Brustkorb spüren und das ängstliche Zittern, das meine Atemzüge begleitete. Seine Nähe machte mich wahnsinnig, an seinem Hals inhalierte ich den Duft seiner Haut und begehrte ihn ohne Ende. Wieder überlegte ich, mich an ihm anzuklammern, es hätte die Situation kaum noch verschlimmern können, aber letztlich konnte ich mich beherrschen.

Er löste sich von mir, trat einen Schritt zurück und Damian nahm ihm das Sakko ab. Santiago begann die Manschettenknöpfe an seinem rechten Handgelenk zu öffnen. Und das war der Moment, der meine Sinne lähmte. Ich hörte auf, über irgendetwas nachzudenken. Das Bild vor meinen Augen wurde undeutlich. Es war, als würde ich durch ihn hindurchsehen. Eine unangemessene Ruhe durchströmte meinen Körper.

»Willst du mir noch etwas sagen?«, fragte er.

»Ich liebe dich«, antwortete ich ergeben.

Santiago nickte anerkennend und schloss dabei kurz seine Augen. Kein Lächeln kam über seine Lippen. Meine Finger krallten sich hinter meinem Rücken ineinander, dann traf der Schlag seiner Hand gnadenlos hart auf mein Gesicht. Ich fiel nach hinten, und in der Sekunde, als ich ins Wasser eintauchte, war ich wieder hellwach. Sofort begann ich zu schwimmen, ich schnappte nach Luft und sah nach oben. Ich fühlte den Schmerz an meiner Wange nicht, zu groß war meine Aufregung. Santiago beugte sich etwas herunter und hielt die Kette fest, die zu meinem Halsband führte. Ich strich meine Haare aus dem Gesicht und das Wasser aus den Augen.

»Sieh mich an!«, verlangte er.

Ich gehorchte ihm und keuchte dabei panisch. Das Kleid behinderte mich beim Schwimmen. Und gerade, als ich nach der Kette greifen wollte, um mich leichter über Wasser halten zu können, ließ er sie los.

»Bitte ...«, flehte ich ihn an, »bitte mach das nicht!«

Santiago stand auf und nickte Damian zu. Der gab mit seinem Fuß dem Betonklotz einen Tritt.

Erschrocken kreischte ich nach Luft. Das schwere Ding klatschte neben mir ins Wasser und eine Sekunde später zog mich mein Halsband nach unten. Ich hielt die Luft an und versuchte gegen das Gewicht anzukämpfen, aber so sehr ich mich auch bemühte, ich konnte die Wasseroberfläche nicht erreichen. Ich wusste nicht, was er von mir erwartete, zerrte panisch an meinem Halsband und versuchte, den Haken für die Kette zu finden. Als ich nach oben blickte, konnte ich verschwommen vier Männer erkennen, die meinen Überlebenskampf beobachteten. Jemand musste mich retten. Ich fand den Verschluss nicht und begann von neuem, mich mit einem kräftigen Tempo nach dem anderen nach oben zu stoßen, aber meine Luft und meine Kraft verließen mich fast gleichzeitig. Nur wenige Zentimeter trennten meine Fingerspitzen von der rettenden Oberfläche, als ich plötzlich Wasser schluckte. Im selben Moment sprang jemand neben mir ins Wasser. Sofort griff er mir an den Hals und ich schlug in meiner Panik so wild um mich, dass es ein paar endlose Sekunden dauerte, bis er mit einem Schlüssel das Halsband von mir lösen konnte. Ich atmete Wasser ein. Er zog mich an die Oberfläche und ich musste mich an der Luft hustend fast übergeben. Es war Edward. Er hielt mich in einem Rettungsgriff gefangen und zerrte mich zur Yacht, wo uns zwei Männer aus dem Wasser halfen. Zurück am Steg, warf er mich vor Santiagos Füße ... Mein Kleid war zerrissen, ich hustete noch immer Salzwasser und zitterte am ganzen Körper.

Santiago ging auf und ab. Er wartete ungeduldig auf seine beiden Männer vom anderen Ende des Piers. Zu sechst blieben sie ein paar Meter von mir entfernt stehen und besprachen sich. Niemanden kümmerte es, dass ich hier klatschnass auf dem Boden lag und damit zu kämpfen hatte, das letzte Wasser aus meinen Lungen zu husten ... Als ich wieder Luft bekam, setzte ich mich langsam auf und drückte meine Haare aus. Mit wackeligen Beinen erhob ich mich, schlang meine Arme schützend um meinen Brustkorb und wartete.

Santiago sah mich und kam sofort auf mich zu. »Wer hat dir erlaubt, aufzustehen?«, fragte er.

Ich konnte ihn gar nicht ansehen, schüttelte nur leicht den Kopf und legte mich wieder auf den Boden.

Santiago drehte mich mit seinem Fuß auf den Rücken ... und ich blickte erwartungsvoll zu ihm auf.

Zwei seiner Bodyguards kamen näher. Er legte seine Unterarme seitlich von sich gestreckt in deren offene Hände und ließ sich stützen. Sie wandten ihre Blicke ab, einzig Santiagos Augen waren auf mich gerichtet. Und dann gab er mir das, wonach ich mich so sehr gesehnt hatte. Vorsichtig stieg er mit seinem schwarzen Designer-Lederschuh auf meinen flachen Bauch, eine Form der Erniedrigung, die blitzschnell all meine Sinne erfasste und mich nur noch auf ihn konzentrieren ließ. Ergeben legte ich meine Arme über den Kopf und entspannte auch meine Bauchmuskeln, denn nur so hatte ich das Gefühl, mich ihm wirklich wehrlos hinzugeben. Ich war mir sicher, er würde den Unterschied spüren und ich vertraute ihm vollends und wusste, dass er das konnte. Jedes Mal, wenn er sein Gewicht verlagerte und den Druck verstärkte, sank er in mich ein und beobachtete dabei das zaghafte Stöhnen, das über meine Lippen kam ... als wollte er testen, wo ich am empfindlichsten war. Je länger es dauerte, umso besser konnte ich fühlen, ihm zu gehören. Als er von mir stieg, schloss ich meine Augen und atmete ruhig.

Nicht mal der Schmerz an meiner Kopfhaut konnte mich aus meiner Trance erwecken. Santiago zog mich an meinen nassen Haaren in die Höhe, dann hielt er mich im Nacken fest, um mich eindringlich zu fragen: »Bist du bereit, die Strafe für dein zweites Vergehen zu empfangen?«

Ich war nicht bereit. Meine Knie zitterten, mein nasses Kleid klebte an mir und ich selbst schwebte in einer anderen Welt. Außerdem wusste ich nicht, welches zweite Vergehen er meinte. »Wofür?«, fragte ich leise.

»Hast du es schon vergessen?« Er ließ mich los und die Finger seiner rechten Hand spreizten sich angestrengt, um sich kurz darauf zu einer Faust zu ballen ... Ein paar Mal wiederholte er diese bedrohliche Geste, mit der er offensichtlich nach Beherrschung suchte, bevor er weitersprach: »Du Glückliche! Ich könnte es nie vergessen, wenn eines meiner Mädchen sich am Sperma eines Fremden bedient.« Seine vorwurfsvollen Blicke durchbohrten mich und ich musste meinen Kopf senken, um mir eine Rechtfertigung zu verkneifen, die er ohnehin kannte. Sofort griff er nach meinem Kinn und hob es zu sich an. »Bist du bereit?«, zischte er.

Sehnsüchtig sah ich in seine dunklen Augen. Ich wusste, er würde mir im Vorhinein nicht sagen, wie er vorhatte mich zu bestrafen, also war es überflüssig, danach zu fragen. Vermutlich hätte es auch gar keine Form der Strafe gegeben, die ich nicht angenommen hätte. Ich liebte ihn bedingungslos. Meine Antwort war vorherbestimmt.

Ausgeliefert

Santiago nahm mich am Handgelenk, gab den anderen fünf Männern ein Zeichen und führte mich auf seine Yacht. Ich rutschte und stakste ängstlich hinter ihm her, blickte besorgt auf meine nackten Beine, an denen noch immer salzige Tropfen ihre Spuren talwärts zogen und mir in meinen gläsernen High Heels den Halt raubten. Das hübsche violette Kleid, welches ich erst vor einer Stunde in einem Kaffeehaus angezogen hatte, war nun zerrissen und genauso durchnässt, wie meine langen schwarzen Haare. Allein dem wohlig warmen Klima von Miami hatte ich es zu verdanken, dass ich in dieser Verfassung nicht fror. Wir gingen an Bord der *Symphonie* und obwohl Santiago mir noch eine zweite Bestrafung angedroht hatte, durchströmte mich ein sanftes Gefühl der Erleichterung. Wir würden wegfahren, weg von dem Bootssteg mit seinem Abgrund, ich würde nicht mehr ins Wasser stürzen und um mein Leben bangen müssen. Santiago hatte sich endgültig entschieden mich mitzunehmen ... mit auf seine Insel ... nach Ivory.

Noch bevor wir am Pier ablegten, orderte er seine Männer unter Deck und ging selbst mit mir voraus. Der überraschend enge Kajütenraum war rundum mit Wurzelholz verkleidet. Weiße Lederbänke zogen sich u-förmig über alle Seiten und wie ein etwas zu hoher Couchtisch stand in deren Mitte eine einzelne schmucke Seemannskiste aus Holz. Santiago blieb mit mir direkt dahinter stehen und in seiner Aufgebrachtheit presste er mein zierliches Handgelenk viel zu fest – als könnte ich ihm hier davonlaufen. Der Reihe nach kamen alle Leibwächter nach unten und während sie sich im Kreis rund um die Kiste aufstellten und erwartungsvoll in Santiagos Richtung blickten, bekam ich zum ersten Mal Angst. Die würden doch hoffentlich nicht alle etwas mit meiner Bestrafung zu tun haben? Meine unsicheren Blicke galten vor allem den zwei neuen Männern, die ich namentlich noch nicht kannte. Aber vielleicht bezweckte er mit dieser Versammlung auch nur, mir die beiden vorzustellen. Wie alle Männer aus seinem engsten Kreis sahen sie umwerfend gut aus, stattlich, braungebrannt, etwas jünger als Santiago, und im Gegensatz zu Marcus, Edward und Damian waren sie blond.

Meine Hoffnung löste sich jedoch schnell in Luft auf, als Santiago seine Stimme erhob. Mit seinen Worten entriss er mir den Boden unter den Füßen. »Ihr habt eine Stunde! ... Ich werde langsam fahren.«

Ich erschrak und für einen Moment setzte sogar mein Herz aus. Am liebsten wäre ich in Santiago hineingekrochen, aber ich durfte mich aufgrund seiner Berührungsphobie nicht mal aktiv an ihm festhalten. Damian legte eine weiß gepolsterte Lederabdeckung auf die hohe Kiste und kam danach mit einem Tuch auf mich zu. Eine unangenehme Hitze stieg in mir auf. Auf der Suche nach Schutz drehte ich mich mit einem Schritt vor Santiago, kehrte allen den Rücken und versuchte mein Gesicht an seiner Brust zu verbergen. Und er legte tatsächlich beschützend seine Hand in meine Haare, drückte mich für einen Moment liebevoll an sich, bevor er mich meinem Schicksal überließ.

Damian setzte sich auf die Kiste und nahm mich zwischen

seine Beine. Ich hörte mein eigenes Herz wie Trommelschläge unter meiner Kopfhaut und merkte, dass ich nur ganz schwer Luft bekam. Santiago stand noch immer hinter mir. Ich konnte es nicht glauben, hatte ich doch die letzten Monate alles daran gesetzt, mich so gut es ging aufzusparen ... hatte, abgesehen von einer Nacht mit Jude, ausschließlich mit David Sex gehabt ... hatte gegen meinen Willen einem Psychopathen meinen Mund geboten, einzig und allein, um Santiago zu schützen ... und nun wollte er mich im Gegenzug seinen Leibwächtern zum Fraß vorwerfen.

»Mach eine Faust!«, forderte Damian.

Wie ferngesteuert hielt ich eine geballte Hand vor meinen Körper.

»Nicht so! Halt deinen Daumen fest!«, tadelte er mich.

Die ersten Tränen liefen über meine Wangen, als Damian ein dünnes Stoffsäckchen über meine Hand zog und es mit einer breiten Manschette rund um mein Handgelenk fixierte.

Während ich die anderen Männer im Hintergrund beobachtete, wie sie der Reihe nach ihre durchtrainierten Körper entblößten, suchte ich in Gedanken verzweifelt nach einer Erklärung für das, was Damian gerade mit meiner Hand machte. Bis es mir schließlich dämmerte. Der seidige Stoff bot keinen Schutz, so wie es vielleicht ein Boxhandschuh getan hätte, aber ich würde dafür niemanden mit meinen Nägeln verletzen.

»Warum tust du das? Ich wehre mich nicht!«, versprach ich ihm.

»Du wirst dich wehren, glaub mir!«, gab er zurück und versorgte meine zweite Hand.

Ich begann vor Angst zu keuchen ... Mein Herz drohte zu kollabieren. Damian drehte mich wieder zu Santiago. Der streichelte nun zärtlich über mein Gesicht und ich dachte zuerst, er wollte mich ehrlich beruhigen, aber mit seinen Worten versetzte er meinem Herzen den nächsten Stich. »Ich will sie schreien hören. Keiner von euch wird sich bei ihr zu erkennen geben, und vergesst nicht, ihr die Schuhe auszuziehen!« Dann wurden meine Augen abgedeckt, ein fester Knoten riss an meinen feuchten Haaren. Ich konnte Santiagos Hand nicht mehr spüren, stattdessen hörte ich noch einmal seinen Befehlston hinter mir: »Du fängst an!«, bevor er den Geräuschen nach über die Holztreppe nach draußen ging. Die Kajütentür fiel ins Schloss.

Irgendjemand zerrte mein zerrissenes Kleid über meine Schultern und ließ es zu Boden gleiten. Blind drehte ich mich im Kreis, wollte zaghaft nach jemandem greifen, mich einer Person zuwenden, um nicht so verloren und entblößt mitten im Raum zu stehen. Sie öffneten meinen BH und streiften auch mein von Meerwasser durchtränktes Höschen nach unten. Dann drückte mich einer der Männer an sich. Er war nackt. Er umarmte mich und gab mir durch sanftes Streicheln über meinen Rücken etwas Zuneigung, aber seine Erektion, die aufdringlich gegen meinen Bauch drückte, ließ mich erschaudern. Zaghaft berührten meine Fäuste seine breiten Schultern und erst jetzt wurde mir klar, dass mir ohne Hände komplett mein Tastsinn fehlte. Ich würde nicht mal an Haaren oder Gesicht erkennen, wem ich gegenüberstand. Der Unbekannte hielt meinen Kopf fest an sich und ich hatte keine Chance ihm zu entkommen. An meinen Füßen fühlte ich Hände, die meine High Heels entfernten und dadurch rutschte ich an der fremden Brust noch ein gutes Stück nach unten. Ich hörte den Motor der Yacht starten und die *Symphonie* setzte sich in Bewegung.

Einer der Männer griff nach meinem Handgelenk, zog mich

aus der fremden Umarmung. Unbeholfen stieß ich mit dem Knie gegen etwas Kantiges und plötzlich fühlte ich mehrere Hände gleichzeitig auf mir. Dann ging alles ganz schnell. Sie zwangen mich auf die hohe Kiste. Ich musste mich auf den Rücken legen und stellte fest, dass die Auflagefläche so kurz war, dass ich weder meine Füße darauf stützen noch meinen Kopf ablegen konnte. Ich winkelte meine Knie ab und presste meine Beine ängstlich zusammen, die Arme schützend vor meinem Oberkörper überkreuzt. Nicht mal eine Sekunde hielt ich in dieser erniedrigenden Position aus, als explosionsartig ein Fluchtinstinkt in mir ausbrach. Damian hatte recht, ich würde mich wehren ... und das offenbar noch bevor sie angefangen hatten. Mein Verstand ließ mir gar keine andere Wahl. Ich wollte ausbrechen, schlug wild um mich, als wollte man mich verbrennen, trat mit meinen Füßen in alle Richtungen und erwischte dabei tatsächlich einige Körper. Ich wollte mich aufsetzten, davonlaufen, selbst wenn ich nicht weit kommen würde, einfach nur weg aus dieser Rückenlage und runter von dieser Kiste ... aber ich wurde sofort gehalten. Unzählige Hände fassten mich an und sie waren eindeutig stärker als ich, sie hielten meine Arme auseinander, zogen an meinen Haaren und drückten auf meinen Brustkorb. Etwas mehr Kraft war notwendig, um meine Beine in ihre Gewalt zu bringen, sie hielten sie senkrecht nach oben, bis meine Knie gestreckt waren. Als ich die erste Hand zwischen meinen Schenkeln spürte, zuckte ich so stark, dass mein Körper abhob und nur noch in der Luft gehalten wurde. Panisch keuchte ich, als ginge es um mein Leben. »Bitte ... Damian ... bitte!«, flehte ich ihn an. Solange ich noch reden konnte, musste Damian stellvertretend für alle anderen meine Gnadengesuche entgegennehmen. Ich wusste, dass er immer Santiagos erster Leibwächter gewesen war und dass er vermutlich auch jetzt hier das Sagen hatte. Aber ich bekam keine Antwort. Zwei große Hände fassten an meine Beckenknochen und ein kräftig erigierter Schwanz drang in mich ein. Ich schrie ... musste mir jedoch im selben Moment selbst eingestehen, dass es nicht wirklich ein Schmerzensschrei war, sondern ein erschrockener Laut, der einzig meiner übermäßigen Angst zuzuschreiben war. Ich hechelte nach Luft und verfolgte panisch seine ersten Bewegungen. All meine Muskeln hatten sich verkrampft, um einen eventuell drohenden Schmerz abzuwehren. Ich spürte mehrere Hände, die mich streichelten ... in meinem Gesicht und auf meinem Bauch ... niemand fasste an meine Brüste. Sie versuchten mich zu beruhigen. Und obwohl ich es hasste, von so vielen Männern berührt zu werden und ihren vermutlich lüsternen Blicken ausgeliefert zu sein, entspannten sich meine Muskeln geringfügig und ich sank langsam wieder mit meinem Rücken auf die Lederpolsterung. Gleichzeitig versuchte ich meine Laute zu unterdrücken, denn ich war die Einzige, die hier irgendwelche Töne von sich gab, aber es gelang mir nicht ... meine Stimme klang verzweifelt. Einige Minuten lang bediente er sich an mir, die ganze Zeit streichelten Hände über meinen Körper ... aber niemand war brutal. Nur langsam verebbte das Chaos in meinem Gehirn. Ich versuchte, mich unter seinen Stößen zu entspannen und mir gelangen ein paar tiefere Atemzüge. Dann ließ er überraschend plötzlich von mir ab, obwohl ich den Eindruck hatte, dass er noch nicht fertig gewesen war.

Wieder spürte ich Finger an meiner Öffnung und sofort drang der Nächste in mich ein. Mein intimer Tastsinn versicherte mir, dass es sich um jemand anderen handelte. Auch er hielt meine Beine gestreckt nach oben und ich musste mich ihm minutenlang hingeben, während mich die anderen festhielten.

Der dritte hob mich von der Kiste und ich musste mich auf seine mächtige Erektion setzen. Meine Beine schlangen sich reflexartig um seine Hüften, er hielt mich unter den Achseln fest und seine Lenden schlugen rhythmisch gegen meine. Ich fasste mit meinen Fäusten an seine Schultern, versuchte ihn an mich heranzuziehen, und zu meiner Erleichterung gab er nach. Ich konnte meine Arme um seinen Hals schlingen und war unendlich dankbar für die körperliche Nähe, die er mir schenkte. Angespannt klammerte ich mich an ihm fest und fühlte sein Gesicht an meiner Wange, während sein Schwanz mich, wie vermutlich angeordnet, mit heftigen Stößen versorgen musste. Er atmete erregt, aber ohne seine Stimme zu gebrauchen. Ich wurde mir über seine Identität nicht klar. Ich war zu lange von Ivory fort gewesen, um jemanden an seinem Geruch zu erkennen. Einzig Damian war auszuschließen, ihn hätten seine langen Haare verraten.

Als er genug von mir hatte, setzte er mich auf der Kiste ab und löste sich aus meinem Klammergriff. Sofort hatte ich eine neue Erektion in mir und ich ließ mich wieder nach hinten fallen. Er fasste mit beiden Händen an meine Taille und abgesehen davon hielt mich diesmal niemand fest. Er drang tief in mich ein und wechselte ständig das Tempo. Endlose Minuten lang. Ich konnte meinen Kopf schon nicht mehr halten und stöhnte erschöpft. Plötzlich merkte ich eine Veränderung in der Anspannung meiner Bauchmuskeln. Ich war erregt. Vielleicht, weil mich außer ihm diesmal niemand berührte? Vorsichtig ließ ich meinen Kopf in den Nacken fallen und begann gegen meinen Willen eindeutig lustvoll zu stöhnen. Ich merkte, dass er hingegen sich wie alle bemühte, keinen Ton von sich zu geben und vernahm ausschließlich stimmlose Atemgeräusche. Sein Schwanz fühlte sich wundervoll an, er bewegte sich unheimlich geschickt in mir, er war kräftig, besitzergreifend, seine hastigen Stöße erschütterten meinen Körper und doch tat er mir nicht weh. Genauso, wie ich es brauchte. Ich war kurz davor zu kommen und konnte gar nicht glauben, dass er das zulassen wollte. Noch immer hielt er meine Taille fest und ich tastete mit meinen Fäustlingen nach seinem Körper. Mein Kopf richtete sich auf und mit sehnsüchtigem Stöhnen flehte ich ihn an, jetzt bloß nicht aufzuhören. Vermutlich hatte er meine bettelnden Laute verstanden, denn er griff nach meinen Handgelenken und hielt sie mir fest zusammen. Mein Kopf fiel ganz von selbst wieder in den Nacken und ich keuchte immer ungezügelter, vergaß alles um mich herum, die Männer, deren Blicke, ich wollte kommen ... Er schenkte mir noch ein paar langsame, gefühlvolle Bewegung, vielleicht, um mich mit meiner Begierde zu quälen, aber dann ließ er es zu ... Meine Beine krampften um seine Hüften und pressten mich fest gegen seine Lenden ... Ein Lustschrei brach aus mir heraus und mein ganzer Körper wurde von einer unsichtbaren Macht geschüttelt. Ich riss mich selbst in die Höhe, schlug mit meinem Gesicht gegen seine Brust und fühlte sitzend seine mächtige Erektion noch viel stärker. Ich schrie mir die Ekstase aus dem Leib, ließ meiner Stimme und meinen Tränen freien Lauf, dann landete ich wieder auf dem Rücken und mein pulsierendes Zucken an seinem Schwanz wollte gar kein Ende nehmen ... Mein Körper bebte, bis ich nicht mehr konnte und irgendwann nur noch erschöpft keuchte. Er war nicht gekommen. Genauso hart und erregt, wie er in mich eingedrungen war, verließ er meinen Körper.

Dann kam der Nächste. Und ab da war alles anders. Er tat mir schon beim Eindringen weh. Er versetzte mir so kräftige Stöße, dass ich drohte, vom Tisch zu rutschen. Zwei Männer stellten sich zu meinen Schultern, damit mein Körper ausreichend Widerstand bot. Ich stöhnte und wimmerte. Meine Bauchmuskeln schmerzten von der Anstrengung, bis mich der Nächste an sich riss. Er suchte nach Einlass zwischen meinen Schenkeln, hob mich vom Tisch und legte sich mit mir gemeinsam auf eine der Bänke. Ich war über ihm, mit einem Fuß noch auf dem Boden, als er mich an seine Brust drückte. Gleichzeitig spürte ich einen anderen Mann hinter mir. Er spreizte meine Pobacken und seine Spucke sprühte auf meine erhitze Haut. Mein Becken fest in seiner Hand, drang er ohne jegliche Vorbereitung von hinten in mich ein. Ich schrie, als hätte er mich aufgespießt. Jetzt hatte ich wirklich Schmerzen. Noch nie zuvor hatte ich zwei Männer gleichzeitig in mir gehabt. Ich konnte die Dehnung kaum ertragen und flehte erneut um Gnade. Aber Damian erhörte mich nicht. Sie hielten meine Hüften fest und ließen nicht von mir ab. Ein anderer fasste plötzlich in meine langen Haare, drehte sie zusammen und zwang mein Gesicht in seine Richtung, dann schob er mir seine kräftige Erektion in den Mund. Ich war verzweifelt, zitterte und konnte mich kaum noch auf den Armen halten. Der unter mir begann meine Brüste grob anzufassen. Ich wusste nicht mehr, auf welchen Schmerz ich mich konzentrieren sollte, fühlte mich zerrissen und wollte nur noch schreien. Sämtliche Laute wurden jedoch von dem Schwanz in meinem Mund erstickt. Er drängte sich tief in meine Kehle und trieb immer mehr Tränen aus meinen Augen. Ich musste würgen und husten ... Plötzlich fühlte ich zwei Hände an meiner Taille, die mich von allen drei Männern gleichzeitig wegrissen.

Längst konnte ich nicht mehr zählen, wie oft ich mich nun schon hingegeben hatte. Er legte mich wieder auf die Kiste und machte sich zwischen meinen Beinen zu schaffen, wo alles nur noch schmerzte und dick angeschwollen war. Gnadenlos hielt er mich am Hals fest und stieß brutal in mich. Ich schrie, als hätte man mich geschnitten. Noch nie hatte mir jemand so wehgetan. Wie eine offene Wunde brannte es zwischen meinen Beinen. Ich war mir sicher, dass ich mittlerweile blutete. Jedoch ohne zu sehen oder mit meinen Fingern zu fühlen, war die feuchte Nässe, die an meinen Schenkeln herunterlief, nicht zu definieren. Sofort riss jemand meinen Kopf in den Nacken und steckte mir wieder einen Schwanz in den Mund. Die anderen hielten meine Hände und Beine, während mein Peiniger sich völlig aus mir zurückzog, um kurz darauf ein zweites Mal gewaltsam in mich zu stoßen. Diesmal wurde mein Schrei wirkungsvoll erstickt und im selben Moment wusste ich ... nie im Leben war das einer der Männer, die ich kannte ... keiner, weder Marcus noch Edward noch Damian, würde mir so etwas antun. Mein ganzer Körper stand unter Strom und er tat es ein drittes Mal. Diesmal blieb er in mir und begann ein qualvolles Spiel von unrhythmischen Bewegungen. Und wenn meine verkrampfte Anspannung bis dahin noch einen Bruchteil der Schmerzen abgewehrt hatte, konnte ich sie nun nicht mehr halten und musste locker lassen. Aus Verzweiflung darüber schnürte sich meine Kehle zusammen, bis ich mich schließlich verschluckte und erstickt husten musste. Sie gaben meinen Mund frei und eigentlich wollte ich wieder schreien, doch ich gierte nur noch nach Luft und versuchte es zu ertragen. Die Anstrengung jagte meinen Herzschlag an seine Spitze und Schweißausbrüche trieben das Wasser aus meinen Poren.

Nach einem weiteren Wechsel hatte ich erneut zwei Schwänze in mir, die es sich diesmal zum Spiel machten, meinen Körper gleichzeitig zu verlassen und synchron wieder in mich zu stoßen, sodass ich entweder leer zurückblieb oder komplett ausgefüllt wurde. Ich betete, dass die Zeit verging und mir fiel zwischendurch eine Hand auf, die sich auf meine Brust legte, als wollte sie mich beruhigen oder vielleicht sogar meinen Herzschlag kontrollieren. Doch dann sank ich in eine düstere Nebelwolke, eine Art Trance, die mir das Wahrnehmungsvermögen für meine Umgebung nahm. All die Hände verschwanden aus meiner Realität, die Berührungen und das Eindringen der Männer ... Ich verlor die Orientierung, wusste nicht mal mehr, wo oben und unten war.

Bestimmt noch einige Male wechselten sie einander ab, bis ich irgendwann dadurch erwachte, dass ich auf den Boden fiel. Jemand hatte mich von der Kiste gestoßen. Ich zitterte am ganzen Leib und hielt schützend eine Faust zwischen meine Beine, während das Motorengeräusch der Yacht endlich verstummte.

Nur langsam merkte ich, dass ich es überstanden hatte. Ich hörte die Tür und Schritte auf der Treppe. Kurz ließen sie mich noch unbeachtet auf dem Boden liegen, bevor mich jemand aufhob. Er wickelte mich in ein Badetuch und wollte mich auf die Bank setzen, aber ich rutschte sofort hinunter auf meine Knie, begleitet von einem entkräfteten Schmerzensschrei. Ich konnte nicht sitzen. Daraufhin packte er mich am Oberarm und zwang mich zurück auf die Bank. Etwas nach hinten gelehnt fand ich schließlich eine Stellung, die mir halbwegs erträglich schien. Jemand löste die Manschetten von meinen Handgelenken und befreite mich von der Augenbinde, sodass ich wieder sehen konnte. Es war Damian. Mir gegenüber saß Santiago, alle anderen waren bereits weg. Und auch Damian ging nun nach oben und schloss hinter sich die Tür.

Noch immer zitternd presste ich nun das weiße Handtuch

an mich. Santiagos prüfende Blicke hielten an meinem Gesicht fest. Ich wischte mit den Fingern über meine Wangen. Bestimmt sah ich grauenvoll aus.

Er stütze seine Unterarme auf die Knie und kam mir dadurch ein Stück näher. »Wie war das für dich?«, fragte er interessiert.

Fassungslos wandte ich meinen Blick von ihm ab und presste meine Lippen zusammen.

»Möchtest du das nicht mehr?«

Für einen Moment sah ich ihn trotzig an, bevor ich ein stimmloses »Nein« hervorbrachte.

Santiago fuhr sich durch die Haare. Die Kiste zwischen uns war wieder zu einem Couchtisch umgebaut, zwei Gläser und eine Flasche Whiskey standen darauf. Er nahm eines davon und schenkte sich reichlich ein. »Leg das Handtuch weg!«, forderte er streng und mir schauderte. »Spreiz deine Beine, ich will dich ansehen ... und stell deine Füße auf den Tisch!« Seelenruhig trank er einen Schluck, während sein Blick auf mir haften blieb.

Ich kämpfte mit meinem Schamgefühl und lehnte noch immer etwas heruntergerutscht auf der Bank, die Beine eng aneinandergepresst. Meine geschundene Intimzone würde bestimmt nicht hübsch aussehen ... entzündet, angeschwollen und blutunterlaufen. So wollte ich mich ihm nicht zeigen. Aber ich wusste, ich hatte keine Wahl.

Santiago zündete sich eine Zigarette an.

Ich ließ das Handtuch fallen, hielt mir eine Hand vors Gesicht und stellte ein Bein an die Kante des Tisches und das andere dicht daneben. Wie sollte er mich noch lieben, wenn er das zu sehen bekam?

Mit der Zigarette zwischen den Fingern zeigte er auf die äußeren Kanten des Tisches. Ich musste meine Beine für ihn spreizen und meine offene Wunde präsentieren, als hätte er mich noch nicht genug gedemütigt. Beschämt blickte ich zur Seite und mein Herzklopfen nahm gar kein Ende.

»Sieh mich an!«, forderte er.

Ich gehorchte. Sein Gesicht blieb ausdruckslos, zum Glück nicht schockiert. Plötzlich machte er eine blitzschnelle Handbewegung und schüttete den Inhalt seines Glases über den Tisch hinweg, gezielt zwischen meine Beine. Es dauerte eine Sekunde, bis der Reiz in meinem Gehirn ankam, dann schrie ich auf. Ich warf mich zur Seite und hielt beide Hände vor mein Gesicht, während meine Beine vor Schmerzen zitterten. Der Alkohol brannte wie Feuer auf meiner wunden Haut und ich konnte nicht aufhören zu schreien. Was hatte ich ihm bloß getan, dass er diese Härte aufbringen konnte, mich so zu quälen? Minutenlang wand ich mich auf der Bank, bis das Brennen nachließ und ich wieder zu einer normalen Atmung fand.

Als ich danach zu ihm sah, machte er gerade seine Zigarette aus und hatte erneut liebreizende Worte für mich: »Wie gern hätte ich dich jetzt in meinen Armen gehalten. Ich kann es nicht sehen, wenn du mit deinen Schmerzen allein bist, aber wir müssen das auf später verschieben, wenn du dich gewaschen hast.«

In diesem Moment hatte ich sogar einen Funken Verständnis für seinen Reinlichkeitswahn. Ich hatte mich selbst noch nie so schmutzig gefühlt ... an allen Stellen meines Körpers. Andererseits konnte ich mir auch nicht vorstellen, mich heute noch zwischen meinen Beinen zu berühren, um mich zu waschen. Ich wollte nicht mal an mir hinuntersehen.

»Setz dich wieder auf ...«, riss er mich aus meinen Gedanken, »und nimm das Handtuch!«

Ich wickelte das weiße Tuch um mich und versuchte, meine

Augen vor den blutigen Flecken zu verschließen, die mir dabei entgegenleuchteten. Dann setzte ich mich vorsichtig an die Kante der Bank, in der Hoffnung, dass er jetzt mit mir fertig war. Mein ganzer Körper zitterte vor Erschöpfung.

Aber Santiago griff nach dem zweiten Glas. Ich vermutete darin Kokosmilch. Er betrachtete es und sagte anerkennend: »Ganz schön potent meine Jungs!«

Ich konnte nicht glauben, was ich gehört hatte. Das sollte Sperma sein? Aber als ich genauer nachdachte, wurde mir plötzlich klar, warum keiner von ihnen für mich merklich zum Höhepunkt gelangt war.

Santiago stellte das Glas direkt vor mir ab, mit einer einladenden Geste. Er grinste über das ganze Gesicht.

»Nein«, hauchte ich.

»Warte!«, unterbrach er mich und rief nach Damian. Alle fünf Männer kamen die Treppe herunter und setzten sich. Mir fiel auf, dass sie im Vergleich zu Santiago reichlich erhitzt aussahen. Die beiden blonden Männer nahmen unmittelbar neben ihm Platz. Er wiederholte seine einladende Handbewegung in meine Richtung mit der Bemerkung: »Und achte bitte auf ein freundliches Lächeln! Alles andere wäre respektlos!«

Sechs Augenpaare waren auf mich gerichtet. Ich wusste, es würde nicht wehtun und ich müsste auch nicht um mein Leben bangen, wie bei anderen Inszenierungen, die mir Santiago schon geboten hatte. Also fand ich es vergleichsweise harmlos. Ich würde mich mit dieser Geste ihnen allen unterwerfen und das war der vereinbarte Preis, den ich zahlen musste, für ein Leben mit Santiago. Noch immer hatte ich unerträgliche Schmerzen zwischen meinen Beinen und kniete mich schließlich vor den Tisch. Meine Hände zitterten so stark, dass ich das Glas fast nicht halten konnte. Ich führte es vorsichtig an meine Lippen und machte den ersten Schluck von der lauwarmen, dicklichen Flüssigkeit. Eigentlich wollte ich es in einem Zug leer trinken, aber es gelang mir nicht, und ich musste absetzen. Wenigstens mein Gesicht blieb entspannt, als hätte ich bloß Wasser getrunken, auch wenn sich die Konsistenz in meinem Hals nun weit anders anfühlte. Ein kurzer Blick auf das Glas ließ mich erschaudern ... die Gesamtmenge hatte sich bis jetzt nur unmerklich verringert. Es war schwieriger, als ich gedacht hatte. Verlegen sah ich Santiago an und kämmte mit zittrigen Fingern durch meine Haare. Der rauchte schon wieder und lehnte sich erwartungsvoll und entspannt zurück.

Ohne dass ich es wollte, zogen sich meine Augenbrauen leicht zusammen, als ich das Glas zum zweiten Mal an meinem Mund ansetzte. Ich schloss die Augen und versuchte meine Gesichtsmuskeln zu entspannen. Einen Schluck nach dem anderen trank ich und hoffte dabei jedes Mal auf etwas eigene Spucke, die weit flüssiger schien, als der zähe Schleim, der sich durch meinen Rachen zog. Verkrampft hielt ich mich mit einer Hand an der Bank fest, meine Fingernägel bohrten sich in das teure Leder. Ich hörte jemanden leise lachen, dann stellte ich das Glas zurück auf den Tisch und öffnete meine Augen. Es war leer. Ich senkte meinen Kopf und versuchte mich in meinen langen Haaren zu verstecken, um noch drei- oder viermal ungesehen schlucken zu können. Ich wollte nicht husten, sehnte mich nach eigenem Speichel, der meinen Hals durchspülen sollte, damit ich wieder ungehindert atmen konnte. Als ich mich halbwegs im Griff hatte, strich ich meine langen Haare zurück und blickte Santiago voller Stolz an.

Er seufzte schwer. »Also ein freundliches Lächeln sieht bei mir anders aus!«

Mein Magen zog sich vor Schreck zusammen.

»Ich weiß nicht, ob meine Jungs damit leben können ...«, überlegte er laut.

Mit beiden Händen fuhr ich nun in meine Haare und sah Santiago an. Der blickte fragend in die Runde und zu meiner Erleichterung nickten sie alle. Ich war dankbar. Mehr als das. Eine weitere Bestrafung hätte ich nicht mehr überstanden.

»Haben wir ein frisches Kleid für sie?«, fragte Santiago.

Damian öffnete einen Schiebeschrank hinter sich und gab mir einen gelben Bikini. Ein Kleid gab es leider nicht. Ich ließ das Handtuch los und schlüpfte in den Bikini. Etwas schmerzhaft klebte der weiche Stoff zwischen meinen Schenkeln. Edward half mir in die High Heels. Auf wackeligen Beinen stand ich nun nahe der rettenden Treppe und hoffte inständig, wir würden jetzt aufbrechen.

»Bevor wir gehen, möchte ich, dass du dich bei jedem meiner Männer angemessen bedankst.«

Ich nickte unbeeindruckt, denn damit hatte ich gerechnet. Es war ein übliches Ritual auf Ivory. Dabei musste auch die richtige Reihenfolge beachtet werden. Durch die beiden Neuen war mir jedoch die Hierarchie etwas unklar.

»Darf ich ihre Namen wissen ... und die Hierarchie?«, fragte ich Santiago schüchtern.

»Natürlich. Bitte entschuldige, dass ich nicht selbst daran gedacht habe.« Während er die Namen der Reihe nach aufzählte, nickte er jedem einzelnen seiner Männer zu. »Amistad, Cheyenne, Damian, Edward, Marcus.«

Verwunderung lähmte für einen Moment meine Gedanken. Die beiden Neuen hatten offensichtlich Damian von seiner Position als »Erster Leibwächter« verdrängt. Also musste ich zuerst vor Amistad niederknien, der direkt neben Santiago saß und mir seine Hand bereitwillig entgegenhielt, damit ich sie küssen konnte. Amistad hatte ein sehr grobes, männliches Gesicht, eine sonnige Hautfarbe und kräftige, blonde Haare. Durch seine kühlen grauen Augen wirkte er sehr streng, wenn er nicht gerade lächelte. Ich wiederholte meine Geste bei Cheyenne, der Amistad in Punkto Attraktivität um nichts nachstand, jedoch eindeutig weichere Gesichtszüge hatte ... auch feinere Haare, vielleicht ein paar Zentimeter länger, aber trotzdem schick geschnitten ... und warme goldbraune Augen. Still bewunderte ich die ausgefallenen Namen der beiden. Aber meine Faszination wurde schnell getrübt von der Erinnerung und von meinem Verdacht, dass einer der beiden es gewesen sein musste, der mir so wehgetan hatte. Rasch wechselte ich zu Damian und küsste seine Hand, bevor ich abschließend vor Edward und Marcus niederkniete.

Erst dann standen alle auf und gingen nach draußen. Edward half mir über die Stufen. Bei jeder Bewegung scheuerte das Bikini-Höschen in meinem wunden Schritt, was man offensichtlich an meinem Gang bemerkte.

»Lass Santiago vorausgehen«, flüsterte mir Edward zu, »dann trage ich dich.« Jedoch, als ich aus dem gekühlten Innenraum der Yacht in die tropische Hitze gelangte, wurde mir schwarz vor Augen und ich brach ohnmächtig zusammen. Damit hatte sich die Diskussion, ob ich selbst laufen musste oder nicht, erübrigt.

Die quälende Hand

Wenig später kam ich wieder zu mir. Edward setzte mich im Eingangsbereich des klimatisierten Wohnzimmers der Villa auf dem Boden ab. Ich stützte mich erschöpft auf meine zitternden Arme und wartete, dass mein Kreislauf sich stabilisierte.

Santiago wandte sich an Damian: »Bringst du sie nach unten? Wir gehen aufs Dach schwimmen.«

»Nein«, meinte Amistad. »Ich mache das.«

Santiago sah ihn etwas überrascht an, erklärte sich aber einverstanden. »Von mir aus. Wir sehen uns am Pool.«

Ich glaubte meinen Ohren nicht zu trauen. Er hatte Santiago widersprochen. Und der hatte es ihm auch noch ungestraft durchgehen lassen. Völlig perplex blickte ich zu Santiago auf ... der wandte sich aber sofort von mir ab, um mit den anderen nach oben zu gehen. Amistad blieb bei mir.

Als alle weg waren, packte er mich grob am Oberarm und zwang mich in die Höhe. Angst breitete sich in mir aus. Wer war er? Sein eiskalt stechender Blick durchdrang meine Augen und traf mich tief in meinem Innersten. Er ließ mich unmissverständlich spüren, dass ich ihm gehorchen und mich darauf konzentrieren sollte, jetzt bloß keinen Fehler zu machen. Wie gern hätte ich ihm versichert, dass ich ihm ergeben war und mich bemühen wollte, seine Erwartungen zu erfüllen, aber ich traute mich nicht zu sprechen. Er sah es ohnehin in meinem Gesicht, denn er nickte kurz wohlwollend, bevor er mit mir Richtung Lift ging.

Ich lief neben ihm her und spürte vor lauter Angst den Schmerz zwischen meinen Beinen kaum noch. Der Aufzug hielt einen Stock tiefer, wo sich meine schlimmsten Befürchtungen bewahrheiten sollten. Ich würde wieder ein Zimmer im Keller bekommen, obwohl ich vor meiner Abreise von Ivory bereits den Status gehabt hatte, im ersten Stock bei Santiago leben zu dürfen. Vom Lift führte er mich erbarmungslos über das buckelige Kopfsteinpflaster durch die dunkle Grotte bis zur vierten Eisentür. Sie gab den Blick frei auf das kleine Verlies, welches exakt dieselben Maße hatte, wie mein erstes Zimmer im Keller ... damals war es die sechste Tür. Nichts Neues, alle Zellen sahen gleich aus, vielleicht zwei mal drei Meter, schwarzes Kopfsteinpflaster, kein Fenster, elektrisches Kerzenlicht, keine Möbel.

»Dein Zimmer!«, verkündete er mit ernster Miene.

Ich nickte wortlos und versuchte meinen Kummer zu verbergen. Amistad zog mich weiter den finsteren Gang entlang. Er nahm Fesseln aus einem Regal und legte mir ein breites Lederhalsband um. Mit Manschetten und kurzen Ketten wurden meine Handgelenke an einem silbernen Ring unterhalb meines Kinns befestigt und ich konnte somit meine Arme nicht mehr ausstrecken. Er öffnete die Tür zum Badezimmer. »Du wäschst dir jetzt deine Haare. Ich bin gleich wieder da«, befahl er mir.

Kurz darauf war ich allein in dem edlen, riesigen Feuchtraum, der bis auf die goldenen Armaturen ebenfalls in schwarz gehalten war. Mir wurde fast schwindelig bei all den Erinnerungen, die ich mit diesem Ort verband. Ich sah die drei breiten Schminktische mit den ganzen teuren Kosmetika der Mädchen. Meine Neugier war grenzenlos, ich freute mich unendlich darauf, Jana wiederzusehen. Ich hoffte so sehr, dass es ihr gut ging ... hatte doch Jude von einem Unglück auf Ivory berichtet, ohne Details zu verraten. Irgendetwas musste vor rund zwei Monaten passiert sein, das ihn veranlasst hatte, mit Victoria die Insel zu verlassen. Bestimmt würde ich die Mädchen erst morgen Früh zu Gesicht bekommen ... wenn überhaupt. Ich begab mich zu einer der drei offenen Duschen und merkte schnell, dass der Spielraum meiner Ketten zwar ausreichte, um mir die Haare zu waschen, ich jedoch an meine geschundene Intimzone bei weitem nicht herankam.

Kaum hatte ich das Shampoo aus meinen Haaren gespült, war Amistad schon wieder zurück. Ich sah gerade noch seinen Bademantel, als er ihn ablegte und sich mir nur in Hotpants näherte. Sein Körper war beeindruckend! Er musste Fitnesstrainer oder etwas Ähnliches von Beruf sein, trotzdem verängstigte mich seine Erscheinung und vor allem der kalte Blick in seinen Augen. Aber noch bevor ich vor ihm zurückweichen konnte, hatte er bereits die Ketten an meinem Hals gefasst. Ich fragte mich, was er jetzt noch von mir wollte, er hatte sich doch bestimmt schon zur Genüge an mir verausgabt. Seine andere Hand befreite mich von meinem Bikini, sodass ich schließlich, abgesehen von meinen extremen High Heels, die mich fast auf seine Augenhöhe brachten, splitternackt vor ihm stand. Amistad änderte die Befestigung meiner Hände, machte sie bewegungsunfähig, indem er die Ketten entfernte und meine Handgelenke überkreuz direkt an das Halsband hängte. Er stellte das Wasser kühler, drehte mich vor sich um und zog mich mit meinem Rücken an seinen Körper. Als mir dämmerte, was er vorhatte, spürte ich bereits seine Hand zwischen meinen Beinen. Er wollte mich waschen! Ich schreckte sofort zurück ... vor Schmerzen. Nicht mal ich selbst hätte mich da unten jetzt berühren wollen. Ohne nachzudenken musste ich mich zwangsläufig wehren und Amistad hatte dabei einen entscheidenden Nachteil … er war barfuß. Er riss mich einmal um sich herum und warnte mich lautstark: »Halt still!«

»Ich kann nicht … bitte …«, flehte ich ihn an.

Daraufhin nahm er die Dusche aus der Aufhängung, zerrte mich Richtung Wand und fauchte: »Knie dich hin!«

Ich gehorchte und er drängte mich mit meinem Gesicht so weit gegen die Wand, dass ich auf meinen Fersen sitzend die Knie weit öffnen musste. In derselben Stellung kniete er sich direkt hinter mich und legte die Dusche über meine Schenkel. Ein Arm schlang sich um meine Taille und seine andere Hand hatte nun freien Zugang zu meiner empfindlichsten Stelle.

»Bitte … Amistad … bitte!«, flehte ich ihn an.

Ohne Erfolg. Er berührte meine Schamlippen, ein schriller Schrei hallte durch das Badezimmer und meine Stimme wollte auch die nächsten paar Minuten nicht versiegen. Ich presste meine Stirn gegen die Fliesen, mein ganzer Körper verkrampfte sich und zitterte, während seine Finger in meiner frischen Wunde badeten. Mit Entsetzen sah ich an mir herab und beobachtete die quälende Hand, wie sie meine Lippen entlangstrich … sie waren entzündet, angeschwollen und standen steif auseinander. Er nahm sie zwischen seine Finger und allein diese Berührung brachte mich fast um den Verstand. »Was hab ich … dir getan?«, schluchzte ich. Ich verstand ja, dass Santiago mich bestrafen wollte, aber was hatte *er* damit zu tun?

Wieder bekam ich keine Antwort, stattdessen suchte er mit seinen Fingern nach Einlass. Er drang in mich ein und verursachte damit neue Schmerzen. Ich keuchte mit hoher Stimme und riss an meinen Fesseln, während es den Anschein hatte, als wollte er mich gründlich von innen auswaschen. Gleichzeitig spürte ich seine harte Erektion an meinem Steißbein.

Seine Hotpants mussten sich in Luft aufgelöst haben, denn das war eindeutig seine bloße Haut, die sich an mich presste. Im nächsten Moment bestätigte sich meine Vermutung, denn obwohl ich unter jeder meiner Pobacken den gefährlichen Absatz eines Stöckelschuhes hatte, schaffte er es irgendwie, seinen Penis heil unter mir hindurchzuschieben. Ich blickte nach unten und sah, wie Amistad sich zwischen meinen gespreizten Schamlippen selbst berührte. »Wenn du mich mit deinen Schuhen verletzt, bist du tot«, drohte er.

Das war eine klare Ansage. Sofort drehte ich meine Fersen ein Stück auseinander. Hatte er denn keinen Schlüssel, um mir die High Heels auszuziehen? Er stellte das Wasser ab und massierte weiter seinen Schwanz zwischen meinen Beinen. Ich sah seinen Daumen um seine Eichel kreisen, er drückte sich selbst fest, bevor seine Finger einen engen Ring formten und er damit mehrmals über seine Erektion glitt. Dann legte er seine Hand offen unter seinen Schwanz, als wollte er ihn mir präsentieren und hauchte in mein Ohr. »Jetzt lass dein warmes Wasser darüber rinnen.«

Ich erschrak vor seinen Worten. Er war nicht nur ein Sadist, der sich an meinen Schmerzen ergötzte, er war auch noch pervers. Und das alles hinter Santiagos Rücken. Womöglich hatte er gar keine Erlaubnis, mich so zu quälen. Soweit ich mitgekriegt hatte, wartete Santiago am Pool auf ihn. Ich würde Santiago nie so lang warten lassen!

Plötzlich fasste er meine Haare und riss meinen Kopf in den Nacken. Mit rauer Stimme zischte er ungehalten: »Los, ich warte!«

Ich fand es so abartig. Vor allem diese Rollenverschiebung. Es musste doch erniedrigend für ihn sein. »Ich kann das nicht«, entgegnete ich.

»Wenn du das nicht kannst, hast du keine Berechtigung hier zu sein! Glaub mir, das ist eine von den einfachsten Übungen.«

Ich schluckte. »Okay«, hauchte ich einsichtig und optimistisch, dass ich meine Blockade überwinden könnte.

Er massierte wieder seine Eichel und keuchte gleichzeitig voller Erregung direkt in mein Ohr. Ich hingegen versuchte mich geistig ganz schnell an einen anderen Ort zu versetzen, mir Wiesen, Wälder und einen Gebirgsbach vorzustellen, einen eisig kalten, der meine Füße fast erfrieren ließ und verlockend plätscherte. Für einen Moment konnte ich mich entspannen und meine verkrampfte Blockade löste sich. Ich sah an mir herab und beobachtete, wie mein kleiner Gebirgsbach über seinen Penis und seine Hand lief. Wieder wimmerte ich vor Schmerzen, denn es brannte höllisch. Aber er stöhnte immer lauter in meine Haare und massierte sich lustvoll, bis meine Quelle versiegte. Dann war es kurz ruhig. Plötzlich klammerte er sich an mir fest und spritzte heftig in seine eigene Hand. Dieser Anblick erregte mich ungemein und sein selbstbewusstes Stöhnen an meinem Ohr bescherte sogar mir Kontraktionen, mit denen ich nicht gerechnet hätte. Ich spürte meine Wunde ein paar Mal lustvoll zucken, bevor der Schmerz mich wieder einholte. Dann war ich nur noch dankbar, dass er sich hatte erleichtern können. Vielleicht hatte er jetzt Erbarmen mit mir. Ich merkte, wie er hinter mir aufstand. Er zog mich mit sich in die Höhe und hielt mir seine vor Sperma triefende Hand direkt vors Gesicht. Nun kam ihm sein vorhergehendes Argument zugute, denn ich wollte ihm beweisen, dass ich eine Berechtigung hatte, hier zu sein. Unaufgefordert leckte ich seine Hand ab, von allen Seiten. Ich nahm seine Finger in den Mund und saugte an ihnen. Er schmeckte gut. Es kam sogar eine gewisse Gier in mir auf. Voller Stolz darüber sah ich ihm lasziv in die Augen, während ich das für ihn tat, und ich genoss es auch aus tiefster Seele, als er mich danach mit seiner anderen Hand am Hinterkopf festhielt, um mir seine Finger so tief in den Mund zu stecken, dass ich augenblicklich würgen musste. Damit konnte er mich nicht beeindrucken ... Aber ich ihn! Ich merkte es an seinem erregten Atem und seinem verklärten Blick. Er war zweifellos fasziniert, dass ich mich nicht wehrte und es mit mir geschehen ließ. Zum Schluss streichelte er zufrieden über meine Wange und seine Stimme hatte nun einen Hauch von Sanftmut. »In dem Glas heute, da war nichts von mir dabei«, erklärte er mir.

Ich war ziemlich perplex. Überrascht nickte ich und wusste gleichzeitig, dass er sich vor mir nicht hätte rechtfertigen müssen. Seine Erklärung klang fast wie eine Entschuldigung und das hatte ich nicht erwartet. Aber es brachte mich dazu, ihn ein wenig zu verstehen. Offensichtlich wollte er mit mir allein nachholen, was ihm vorhin nicht gelungen war.

Im nächsten Moment küsste er mich gefühlvoll auf den Mund. Ich spürte zum ersten Mal seine geschmeidigen Lippen und hatte kurz darauf auch einen Blick für seine Augen. Sie waren steingrau und plötzlich fand ich sie wunderschön, denn jetzt war ich zutiefst beeindruckt. Zum einen, von seiner Ehrlichkeit und zum anderen, dass er mich, nachdem ich sein Sperma geleckt hatte, auf meinen Mund küsste. Er griff zur Dusche und spülte mich ein letztes Mal sauber. Dann löste er meine Handgelenke, befreite mich von dem Halsband und gab mir ein Badetuch. Wortlos trocknete er sich neben mir ab und schlüpfte in seinen Bademantel. Aus dem Regal nahm er ein frisches kurzes Seidenkleid, so wie es die Mädchen meist als Nachthemd oder für die Aufstellungen trugen, und nachdem ich es angezogen hatte, führte er mich in mein Zimmer auf der gegenüberliegenden Seite des Flurs.

»Auf den Boden«, befahl er mir mit ruhiger, aber immer noch ausgesprochen dominanter Stimme und verschwand aus meinem Blickfeld.

Ich kniete mich auf die schwarzen buckeligen Pflastersteine und ließ mich vorsichtig auf die Seite nieder, während ich angestrengt überlegte, ob er sich wohl an der gesamten Aktion auf der *Symphonie* nicht beteiligt hatte oder einfach nur nicht an der Samenspende.

Amistad kam mit einem Fläschchen und einer Creme zu mir zurück. Er drehte mich auf den Rücken und schob meine aufgestellten Beine auseinander. Er besprühte meine empfindlichen Schamlippen mit einer Flüssigkeit, die zum Glück nicht brannte, und cremte sie danach vorsichtig ein. Seine Handgriffe wirkten ziemlich routiniert. So gekonnt, dass sich direkt der Verdacht aufdrängte, dass er vielleicht doch nicht Fitnesstrainer von Beruf war, sondern Frauenarzt ... Arzt! Das war es! Jude hatte doch von einem Psychodoktor erzählt, der jetzt Davids Platz eingenommen hatte. Am Ende war Amistad gar kein Leibwächter, sondern Santiagos neuer Geliebter! Vielleicht durfte er ihm deshalb widersprechen? Obwohl, soweit ich mich erinnern konnte, durften das nicht mal seine Geliebten. Aber was war er dann? Zu sehr hätte mich das jetzt interessiert ... so sehr, dass ich meine Worte nicht zurückhalten konnte. »Du bist Arzt, oder?«, fragte ich, während ich mich auf meine Ellenbogen stützte, um in sein Gesicht sehen zu können.

Er lächelte. »Das wirst du noch früh genug erfahren.«

Also doch. Ich hatte recht. Wenn auch kein Frauenarzt, dann war er wohl Neurologe, Psychologe, Psychiater oder irgendetwas in der Art.

Amistad erhob sich wieder. »Ich lasse dich jetzt allein. Eine

Flasche Wasser steht hier. Wenn du zur Toilette musst, dieser Schalter öffnet die Tür, sobald draußen frei ist. Die Vier-Stunden-Sperre gibt es nach wie vor, und hier den Emergency-Button. Hast du noch Fragen?«

»Ja«, antwortete ich reflexartig, bevor er gehen konnte. Allerdings musste ich erst nachdenken, was ich fragen sollte.

Er wartete kurz.

»Wann werde ich die anderen Mädchen sehen?«

»Ich weiß nicht, vielleicht morgen. Das wird Santiago entscheiden.«

»Und wie komme ich zu einer Matratze?«

»Das sehen wir auch morgen, versuch jetzt zu schlafen, okay?«

»Eines noch!« So langsam kam ich mir vor wie ein kleines Mädchen, das um die letzte Gute-Nacht-Geschichte bettelte. »Du weißt, dass ich heute nichts gegessen habe?«

Er nickte.

Ich hätte gehofft, ihm vielleicht einen Energie-Riegel entlocken zu können, wie ihn die Mädchen hier normalerweise dreimal pro Tag bekamen, aber stattdessen kniete er sich neben mich. Obwohl ich mit meinem Kopf auf dem Boden lag, kam er mir mit seinem Gesicht so nahe, dass ich dachte, er wollte mich küssen. Vor Schreck hielt ich die Luft an, aber er drehte sich seitlich und flüsterte in mein Ohr: »Du hast gerade vorhin aus meiner Hand gegessen. Weißt du nicht mehr?« Erwartungsvoll blickte er in meine Augen. »Wenn dem so ist, dann müssen wir es wiederholen.«

Ich war geblendet von seiner Ausstrahlung, eingeschüchtert von seinen Worten und gleichzeitig liebte ich die Nähe und die Hitze seines Körpers, die aus seinem Bademantel ungehindert auf mich strahlte. Ich himmelte ihn mit meinen Blicken an und schüttelte stumm den Kopf, um seinen Vorschlag dankbar abzulehnen.

Er lächelte und ließ sich auf meine Lippen nieder. Ich traute mich nicht, ihn anzufassen und ließ meine Hände ruhig auf dem Boden liegen, während er mich gefühlvoll küsste. Im Gegensatz zu vorhin eroberte diesmal seine Zunge meinen Mund und schenkte mir damit die schönste Gute-Nacht-Geschichte, die ich mir in diesem Moment hätte vorstellen können. Minutenlang. Er fand sichtlich Gefallen an mir und meinen sehnsüchtigen Lippen, die ihm bereitwillig Einlass gewährten und ihm jedes Mal hinterherkamen, wenn er sich entfernen wollte, um sich einen kleinen Nachschlag zu stehlen. Trotz allem, meine Vermutung, dass er vielleicht derjenige war, der mir auf der *Symphonie* so wehgetan hatte, jagte mir ständig kalte Schauer über den Rücken. Genauso wie die Gedanken an die Dusche mit ihm. Als würde er zwei Persönlichkeiten in sich tragen und als könnte ich mit meiner Hingabe nun diese eine Person festhalten, die mir weit besser gefiel. Irgendwann stand er auf und sah mich noch ein letztes Mal an, bevor er wortlos verschwand.

Schlagartig war es dunkel in meinem kleinen Verlies. Nur das elektrische Flackerlicht erhellte den Raum ein wenig. Ich drehte mich zur Seite und hoffte, möglichst schnell einschlafen zu können, bevor ich an David denken musste. Aber während ich das überlegte, war es auch schon zu spät. Bittere Tränen liefen über meine Wangen und jetzt spürte ich zum ersten Mal den Trennungsschmerz, den ich eigentlich hätte fühlen sollen, als er mich vor ein paar Stunden noch in seinen Armen gehalten hatte. Dazu kam auch das schlechte Gewissen, was ich alles über mich hatte ergehen lassen, nur um Santiagos Gunst zurückzugewinnen. David hätte das bestimmt nicht gebilligt. Und ich hoffte, dass er es auch nie würde erfahren müssen.

Willkommen zu Hause!

Ich erwachte mehrmals, weil ich auf dem ungewohnt harten Boden nicht gut liegen konnte, bis endlich Schritte vor meiner Tür zu hören waren. Stöckelschuhe! Es war Morgen und die Mädchen durften ins Bad. Mein Herz machte Freudensprünge! Nach ein paar Minuten stellte ich jedoch enttäuscht fest, dass meine Tür nicht aufgegangen war. Sie duschten ohne mich. Etwas betrübt lehnte ich mich an die Mauer und versuchte mich in Geduld zu üben, bis es draußen wieder still wurde.

Mein Blick fiel auf die lange Wand linker Hand vom Eingang aus gesehen, und ich bemerkte eine Neuerung im Vergleich zu früher. Es gab jetzt Eisenringe, die an mehreren Stellen zwischen den massiven schwarzen Steinen hervorlugten ... ohne erkennbares System und verteilt auf alle Höhen. Sie erinnerten mich am eine obszöne Flugblattwerbung für einen SM-Club in New York, wo eine junge Frau wie gekreuzigt in den Ringen hing und ein Mann zwischen ihren Beinen kniete, um sie zu lecken. Dieses Bild hatte mich ziemlich lange verfolgt und ich musste schmunzeln, als es nun wieder in meinem Kopf auftauchte. Aber sofort war ich mir tausendprozentig sicher, die Ringe hier hatten einen anderen Zweck. Vielleicht würde mich jemand an die Wand fesseln. Aber zwischen meinen Beinen niederknien, um mich zu lecken? Wer?

Gerade, als ich über mein ganzes Gesicht belustigt grinste, öffnete sich meine Schiebetür und Damian kam herein. Ich stand auf und konnte mein Lächeln nicht abstellen.

»Was amüsiert dich?«, fragte er neugierig.

Ich schüttelte den Kopf. »Bitte entschuldige.«

»Bist du glücklich, wieder hier zu sein?«

»Ja.« Ich war glücklich, ungelogen. Überhaupt jetzt, wo ich den gestrigen Tag überstanden hatte.

Damian nickte verständnisvoll. »David hat mich heute Morgen angerufen.«

Schlagartig wurde ich ernst und sah ihn verängstigt an. »Was wollte er?«

»Er hat sich erkundigt, ob es dir gut geht.«

Sofort stockte mein Atem. Ich traute mich fast nicht zu fragen, was Damian ihm geantwortet hatte. »Du hast ihm doch nichts erzählt, oder?«

»Er hat sich mehr oder weniger mit einem schlichten ›Ja‹ zufriedengegeben und wollte nichts Genaueres wissen.«

»Danke, Damian.«

»Wofür? Wie ich sehe, war es nicht gelogen. Du siehst glücklich aus.«

»Ja, aber trotzdem ... gestern auf dem Schiff ... Ich war mir nicht sicher, ob ich das ...«

Damian legte einen Finger auf meine Lippen. »Versuch es zu verdrängen. Bitte. Ich werde mich mit dir nicht über gestern unterhalten.«

Ich nickte. Offenbar war es ihm unangenehm.

»Santiago wird gleich zu dir kommen.«

Ein kleines Lächeln legte sich auf meine Lippen, bis Damian weitersprach: »Du kannst noch kurz ins Bad, dann muss ich dich fesseln.«

Wenig später waren meine Handgelenke zirka einen halben Meter von meinem Kopf entfernt an die Steinwand gekettet. Mein kurzes Seidenkleid und meine Schuhe durfte ich anbehalten. Ich war nervös und lauschte jedem Geräusch, das ich vor meiner Tür vermutete, bis sie sich schließlich öffnete und Santiago einen kurzen Blick hereinwarf. Mein Herz überschlug sich. Er blieb jedoch draußen stehen und unterhielt sich weiter mit Damian und ein oder zwei weiteren Männern. Sie lachten und schienen sich köstlich zu amüsieren, während mein Herzklopfen sich ins Unermessliche steigerte. Ich wusste selbst nicht, warum ich plötzlich so viel Angst vor ihm hatte. Vielleicht weil ich gestern Amistad erlebt hatte und ich mir vorstellen konnte, dass er es nicht tatenlos hinnehmen würde, dass ihn jemand an Grausamkeit übertraf. Ich hatte Angst, er würde mir jetzt beweisen wollen, dass immer noch *er* derjenige war, vor dem ich mich in diesem Haus zu fürchten hatte. Und ich fand diese Fesseln so unnötig. Wie konnte er nur denken, ich würde mich ihm widersetzen? Oder waren sie einfach nur dazu gut, damit ich mich ihm ausgeliefert fühlte ... mit erhobenen Händen, als würde er mich mit einer Waffe bedrohen ... wehrlos und verletzlich? Vermutlich. Und ich musste mir selbst eingestehen, dass es wirkte. Nervös und ungeduldig stieg ich von einem Bein auf das andere.

Santiago sah nun schon zum zweiten Mal in meine Richtung und hatte auch bereits eine Hand an den Türrahmen gelegt. Wenigstens konnte ich mittlerweile einschätzen, dass er gut gelaunt war. Damian erklärte ihm auch ziemlich geschickt verpackt, dass er mich bereits informiert hätte, dass Jude und Victoria die Insel verlassen hatten. Dann hörte ich Damian sich entfernen und Santiago kam endlich zu mir, gefolgt von Amistad und Cheyenne. Wie gestern auf dem Schiff teilten sie sich die Plätze an seinen Seiten, während er sich mir gegenüber aufstellte. Für mich waren sie jedoch bedeutungslos. Ich sah nur Santiago. Er lehnte sich zurück an die Wand und die fröhliche Stimmung war nun schlagartig aus seinem Antlitz gewichen. Sein Tonfall wirkte leicht genervt, als er zu reden begann: »Amistad hat mir gestern noch erzählt, du hättest einige Fragen? Also ... was quält dein kleines Gehirn?«

Ich zischte verächtlich, musste lachen und verdrehte meine Augen. »So charmant hat mir schon lange keiner mehr einer Frage gestellt!«

Nahezu im selben Moment hatte ich seine Antwort in meinem Gesicht. Er traf mit seinem Handrücken zielgenau meinen rechten Wangenknochen, sodass ich meinte, kurz das Bewusstsein zu verlieren. Ich fiel auf meine Knie, wobei ich den Boden nicht ganz berührte, da meine Arme von den Fesseln nach oben gerissen wurden. Ein Schmerzensschrei entsprang meiner Kehle. Erschrocken sah ich zu ihm auf.

Santiago massierte seine eigene Hand und warf mir einen bitterbösen Blick zu. »Willkommen zu Hause!«

Mein Herz klopfte mir bis zum Hals und meine Knie zitterten, während ich mich wieder aufrichtete. Ich wollte mir an die Wange fassen, konnte aber, selbst als ich einen Arm zur Gänze durchstreckte und an der Manschette mit aller Kraft zog, mit keiner Hand mein Gesicht erreichen. Ich seufzte verzweifelt und sah, dass Amistad sich mir einen Schritt näherte. Er hatte eine Creme in der Hand und fasste exakt an die richtige Stelle in meinem Gesicht ... Ich zuckte zusammen.

»Da?«, fragte er überflüssigerweise.

Ich biss mir auf die Lippen und nickte.

Vorsichtig brachte er etwas Anti-Blaue-Flecken-Creme auf und trat wieder zurück.

»Also«, fuhr Santiago fort, »was wolltest du mich fragen?«

Ich schluckte hart. Genau genommen wollte ich jetzt überhaupt nichts mehr von ihm wissen. Zu groß war die Angst, meine Frage könnte seinen Vorstellungen nicht entsprechen. Aber ich musste etwas sagen und ich durfte ihn nicht warten lassen, also atmete ich tief durch und fand schließlich meine wohlüberlegten Worte: »Gestern auf dem Schiff … dachte ich … die beiden … Herren … wären deine Leibwächter.«

Er zog eine Augenbraue hoch und wartete kurz, bevor er das Wort ergriff. »Ich sehe, dein kleines Gehirn schafft es offenbar nicht, eine Frage zu formulieren, also werde ich dir diese Schwierigkeit abnehmen und dir eben das erzählen, was du meiner Meinung nach wissen sollst.«

Ich bemühte mich angestrengt, meine Mimik zu kontrollieren. Fast hätte ich schon wieder die Augen verdreht. Aber so senkte ich meinen Blick, bereit, ihm zuzuhören.

»Amistad und Cheyenne sind meine Geliebten.«

Sein geradliniges Bekenntnis überraschte mich dermaßen, dass ich ihn wieder ansah.

Der Stolz glänzte in seinen Augen und ich merkte richtig, wie viel ihm daran lag, mir die folgenden Sätze ans Herz zu legen. »Sie ersetzen David in doppelter Hinsicht. Amistad verfügt über die erforderliche Ausbildung, Erfahrung und Kompetenz, die ihn als meinen Leibarzt qualifizieren. Er ist zweifacher Doktor. Zudem besitzt er Wesenszüge, die ich vor allem im Umgang mit dem weiblichen Geschlecht sehr schätze, mit denen David aber nie aufwarten konnte, weil er einfach zu weich war. Amistad weiß, wie weit er sich an Schmerzgrenzen herantasten kann, er ist Arzt, hat die absolute Kontrolle und keine Scheu auf diesem Gebiet. Ich bin mir sicher, er konnte dies gestern auf der *Symphonie* bei dir unter Beweis stellen und trotz deiner verbundenen Augen einen bleibenden Eindruck hinterlassen.«

Ich nickte betroffen. Das war also die offizielle Bestätigung für meine Vermutung.

Santiago lächelte selbstgefällig und zum ersten Mal fühlte ich meine Liebe für ihn schwinden.

Aber er war noch nicht fertig mit seiner Ansprache. »Cheyenne«, Santiago griff nach dessen Hand und ich fand es geradezu belustigend, ihn nun händchenhaltend vor mir stehen zu sehen, aber ich konnte mich beherrschen. »Er ist die sensible Seite von David und obwohl er bisexuell ist, wirst du ihn nicht viel zu Gesicht bekommen, denn ich habe aus meinen Fehlern gelernt. Du nimmst mir keinen Mann mehr weg!«

Santiago hatte Angst vor mir? Wieder musste ich mir ein Lächeln verkneifen. Kommentar dazu erwartete er von mir ohnehin keinen, also hielt ich einfach meinen Mund.

»Du kannst gehen«, flüsterte er Cheyenne zu. Der verließ wortlos meine kleine Zelle.

Santiago wirkte sehr aufgebracht und es war mir ein Anliegen, seine Laune zu besänftigen. »Ich bewundere dich«, flüsterte ich und meinte es wirklich aufrichtig.

Seine Miene blieb jedoch unverändert. »Generell oder für etwas Bestimmtes?«

Ich lächelte verlegen. »Generell natürlich, aber jetzt meinte ich ... wie soll ich es ausdrücken ... deine Männer ... deine Wahl ...«

»Du willst mir Honig ums Maul schmieren!«, unterbrach er mich.

»Nein! Ich meine das ehrlich.« In Wahrheit war ich fasziniert davon, dass ihm ein Mann wie Amistad ergeben war. Aber das traute ich mich in dessen Gegenwart nicht zu sagen.

»Wollen wir das so stehen lassen ...« Santiagos Blicke waren skeptisch. »Aber jetzt zu dir. Wie geht's dir da unten?« Er sah zwischen meine Beine, wo das kurze Kleid gerade noch bedeckte, was er nicht sehen sollte. Denn Unterwäsche hatte mir Damian nicht gegönnt.

Die Vorahnung, dass er heute noch etwas von mir wollte, bereitete mir ernsthaft Sorgen und ich hätte vermutlich alles getan, um das zu verhindern. Ich hatte noch immer Schmerzen, wenn auch etwas weniger als gestern, aber von »verheilt« konnte noch lange keine Rede sein. Und unser »Erstes Mal« nach so langer Zeit, hatte ich mir wahrlich anders vorgestellt, darum musste ich ihn unbedingt noch einen Tag vertrösten. »Ich denke bis morgen ist wieder alles in Ordnung«, flüsterte ich und hoffte, damit durchzukommen.

Er legte seinen Kopf etwas schräg. »So? Denkst du das?«

Ich nickte zögerlich und bekam ein flaues Gefühl im Magen.

»Dann werde ich mich also bis morgen gedulden«, schlug er vor und ich merkte, dass es ihm sichtlich Probleme bereitete, dabei kein Lächeln zu zeigen. Er konnte vermutlich selbst nicht glauben, dass ich ihm das abnehmen würde.

Skeptisch sah ich ihn an und traute mich nicht zu nicken.

»Wie schade, dass Geduld nicht zu meinen Stärken zählt«, seufzte er, »außerdem glaube ich nicht, dass du das selbst beurteilen kannst.« Er warf Amistad einen auffordernden Blick zu.

Meine Augenbrauen zogen sich gequält zusammen und ich riss an meinen Fesseln, denn am liebsten hätte ich mir die Hände vors Gesicht gehalten, damit er meine Verzweiflung nicht sehen konnte. Im nächsten Moment fasste mir Amistad an den Hals und schob mit seinen Füßen meine Beine so weit auseinander, dass ich mit den High Heels fast nach außen knickte. Dann gab er mir den vorderen Saum meines Kleides in den Mund. Widerwillig nahm ich ihn zwischen meine Zähne und entblößte damit meine Scham vor Santiago.

Amistad kniete sich auf den Boden und befestigte Manschetten an meinen Knöcheln und diese wiederum an Ringen in der Wand, sodass ich gegrätscht stehen bleiben musste.

Schließlich wandte er sich meiner Mitte zu, er zog aus seiner Tasche einen kleinen Stift mit Beleuchtung und berührte mit seinen Fingern meine wunden Lippen. Er teilte sie, zog sie schmerzhaft auseinander und drang ein Mal kurz in mich ein. Mein Herz klopfte wie verrückt und ich vergaß vor lauter Angst das Atmen ... bis er sich wieder erhob.

Er wandte sich an Santiago: »Du brauchst nicht zu warten.«

Ich spuckte mein Kleid aus.

Santiago blieb ernst, er blickte Richtung Tür, kniff seine Augen etwas zusammen und schien nachzudenken. Dann sah er mich eiskalt an. »Ich befürchte ... dass ich jetzt keine Lust auf dich habe. Also was tun wir, damit sich dein Zustand bis am Abend nicht verändert?«

Ich hatte nicht damit gerechnet, dass es mich noch schlimmer treffen könnte. Ich atmete panisch, Tränen der Verzweiflung liefen aus meinen Augen und gaben ihm jetzt erstmals den Anreiz, mich in seine Arme zu schließen. Er kam einen Schritt auf mich zu, drückte seinen Körper gegen mich und zog meinen Kopf an seinen Hals. Er küsste mich zärtlich auf die Schläfe, während ich noch immer nach einem Ausweg suchte. »Wir ... wir lassen einfach ... die Heilsalbe weg«, hauchte ich mit zittriger Stimme.

»Nein, das genügt mir nicht«, lächelte er mich an und kurz gab er die Sicht frei auf Amistad, der gerade im Begriff war, einen einzelnen Handschuh anzuziehen. Er war schwarz und übersäht mit einem Flaum von silbernen Dornen.

»Warte«, ersuchte ihn Santiago, »ich will, dass sie mich darum bittet.« Dann drückte er mich wieder mit seinem ganzen Gewicht gegen die Wand.

Die Angst lähmte mich. Ich wollte an meinen Fesseln ziehen, aber mir fehlte die Kraft. Ich konnte mich nicht mehr bewegen.

Santiago hielt meinen Kopf in seinen Händen, er ließ mich zu sich aufsehen. Seine Pupillen waren geweitet, seine Blicke dunkel und voller Erregung. Ich bekam kaum Luft, musste meine Lippen öffnen und ließ mich von seiner Schönheit blenden. Ich liebte diesen Ausdruck zügelloser Begierde in seinem Antlitz. Bei all meiner Angst, als sich seine Lippen auf meine legten, fühlte ich nur noch Verlangen. Er küsste mich leidenschaftlich, schenkte mir seine Zunge und damit seine uneingeschränkte Nähe, nach der ich mich so sehr gesehnt hatte. Nur ganz selten störte das Aufblitzen eines bitteren Gedanken meine Glückseligkeit. Irgendwann zog er sich etwas zurück und küsste nur noch meine Lippen, sein heißer Atem strömte in meinen Mund. Ich behielt meine Augen geschlossen, wollte mich seiner Zuneigung ergeben und wünschte mir, es würde niemals enden. Aber dann gesellte sich eine samtige Stimme zu seinen tiefen Atemzügen und Worte, deren Bedeutung ich nicht wahrhaben wollte. »Sag es!« Er stöhnte in meinen Mund und küsste zwischendurch immer wieder meine sehnsüchtigen Lippen. »Sag es für mich ... komm!«

Dichter Nebel vereinnahmte mein Gehirn. Nur noch mein Unterbewusstsein wusste, worum es eigentlich ging, als es gegen meinen Willen die Antwort formulierte, die er von mir hören wollte. »Tu mir weh ... bitte«, flehte ich ihn an.

Santiago stöhnte schwer und presste gleichzeitig die harte Erregung seiner Lenden gegen meinen Unterleib. Ich fühlte, mit seiner Leidenschaft zu verschmelzen. Mit einer Hand hielt er meinen Kopf an sich gedrückt, während seine andere meine Taille umfasste. Sein Mund lag an meiner Schläfe. Er musste seine Beine auseinandergestellt haben, um Amistad Zugang zu gewähren, anders konnte ich mir die gezielte Berührung zwischen meinen Schenkeln nicht erklären. Im nächsten Moment schrie ich in seine Brust, mit allem, was meine Stimme zu bieten hatte. Ich riss an meinen Fesseln und zitterte am ganzen Körper, aber er hielt mich in seiner engen Umarmung gefangen, bis Amistad seinen Finger wieder aus mir herausgezogen hatte, mein letzter Schrei versiegt war und ich nur noch erschöpft keuchte.

»Jetzt können wir die Heilsalbe weglassen, wenn du willst«, hauchte er in meine Haare. Dann löste er sich langsam, drückte mir noch einen Kuss auf die Stirn und verließ mit Amistad den Raum.

Ich war fassungslos. In jeder Hinsicht. Darüber, was ich gesagt hatte ... was er getan hatte ... wozu Amistad fähig war ... Plötzlich knickte ich mit einem Knöchel nach innen. Sie hatten mich nicht mal losgebunden. Ich konnte nicht stehen in dieser gespreizten Haltung und als ich an mir hinunterblickte, sah ich Blut auf den Boden tropfen. Wie sollte ich an meinen Emergency-Button gelangen, um Damian zu Hilfe zu holen? Verzweifelt ließ ich mich in die Fesseln fallen, auch wenn es an Schultern und Handgelenken schmerzte, ich musste meine Knöchel kurz entlasten. Kaum eine Minute später suchte ich wieder Halt auf den High Heels und richtete mich auf. Das machte ich bestimmt fünfmal im Wechsel und mir blieb dabei gar keine Zeit, über Santiagos Grausamkeit nachzudenken, weil mich meine Schmerzen komplett vereinnahmten. Bis endlich die Tür aufging und ich Damian erblickte. Er war meine Erlösung.

Damian hatte bestimmt keine Vorstellung, was zwischen meinen Beinen geschehen war, und fasste mitfühlend an meine Wange.

»Bitte«, flehte ich ihn an, »ich kann nicht mehr stehen.« Wieder knickte ich mit einem Knöchel nach innen.

Damian bückte sich zu meinen Füßen und löste die Fesseln. Erleichtert und etwas wackelig stellte ich meine Beine zusammen. Dann befreite er meine Hände. »Ich darf dich erst am Nachmittag ins Bad lassen«, erklärte er.

Ich nickte und sank vorsichtig auf meine Knie, um mich auf den Boden zu setzen. Ich hielt mir die Hände vors Gesicht und weinte.

Damian ließ mich einige Zeit allein, bis ich mich beruhigt hatte. Als er wiederkam, hatte er eine Zeitung in der Hand. Er blätterte darin nach einer bestimmten Seite, faltete sie zusammen und legte sie vor mir auf den Boden. »Hier ... ich soll dich das lesen lassen!«

Leicht verwirrt nahm ich sie in meine Hände und sofort stach mir ein Foto ins Auge, ein kleines Portrait in schwarzweiß. Es war Lacourt! André Lacourt. Eine Todesanzeige! Er war in der Nacht von gestern auf heute während seines Nachtdienstes tot aufgefunden worden. Verstorben an einer Überdosis. Fragend sah ich zu Damian auf.

Er nickte bedeutungsvoll. »Bei der Gelegenheit sind auch sämtliche Befunde, Arztberichte und DNA-Proben von dir und Santiago aus der Klinik verschwunden. Das wird allerdings nie jemand bemerken«, erklärte er.

Fassungslos sah ich ihn an. »Er hat ihn umgebracht?«

Damian lächelte. »Keine Sorge, er macht sich die Hände nicht schmutzig. Er hat Beziehungen.«

Gänsehaut lief über meinen Körper. Mir fehlten die Worte ...

»Hast du Hunger?«, fragte Damian.

»Ja.« Ich räusperte mich. »Hunger ... Durst, Matratze, Dusche, Creme ... Sonst hab ich keine Wünsche.« Ich lächelte ihn hilfesuchend an.

Damian nickte. »Warte kurz.«

Ich wusste, dass er mir das meiste davon nicht erfüllen durfte, aber seine Stimme klang sehr vielversprechend!

Er hatte Lacourt umbringen lassen! Unfassbar ... So grausam er zu mir auch gewesen war, den Tod hatte ich ihm nicht gewünscht.

Kurz darauf kehrte Damian mit einem Teller in der Hand zurück, einer Gabel und einer Wasserflasche. Auf seiner Schulter hatte er ein großes Badetuch, welches er, als wollte er ein Picknick veranstalten, auf dem Boden ausbreitete. Dankbar setzte ich mich auf das flauschig dicke Frottee und stellte gleichzeitig fest, dass auf dem Teller »echtes Essen« war: Curryreis mit Gemüse und verschiedenen Fleischsorten. Ich hatte mich schon gewundert, einen Energie-Riegel auf einem Teller serviert zu bekommen, aber noch nie hatte ich im Keller echtes Essen gesehen.

Damian bückte sich zu mir herunter. »Mehr geht nicht. Wie gesagt, du darfst am Nachmittag ins Bad.«

Ich nickte einsichtig. »Danke, Damian. Ich weiß das alles sehr zu schätzen. Wirklich!«

Er streichelte über meine Wange. »Du darfst nicht verzweifeln ... es wird besser. Halt noch ein, zwei Tage durch.«

Ich hatte keine Ahnung, wovon er sprach und sah ihn nur fragend an.

Damian lächelte zuversichtlich und ließ mich allein.

Ein, zwei Tage? Was sollte danach besser werden? Das Einzige, was ich mir wirklich wünschte, das besser werden sollte, war Santiagos Art. Denn so kalt und unbarmherzig hatte ich ihn nicht in Erinnerung gehabt. Aber woher sollte Damian wissen, wann sich Santiagos Wesen zum Besseren verändern würde? Vielleicht lag das alles auch nur an meiner Sichtweise. Ich hatte den negativen Erinnerungen an Santiago einfach nicht genug Beachtung geschenkt, denn gemangelt hatte es daran kaum. Er hatte sich schon früher stets an meine Grenzen herangetastet und dabei zu höchster Erregung gefunden. Also was sollte nun besser werden? Vielleicht sprach Damian einfach nur von meinem Wunsch nach einer Matratze. Ein, zwei Tage müsse ich noch warten. Ich seufzte.

Seine SexPuppe

Wie angekündigt öffnete sich Stunden später meine Tür und Damian ließ mich allein ins Bad. Nach der Dusche bediente ich mich an den Schminksachen der anderen Mädchen und der Gedanke, dass ich mich nun für Santiago stylen würde, machte mich nervös. Damian gab mir ein neues kurzes Kleid, schwarz und hauchdünn. Durchgehend aus transparenter Spitze. Diesmal war ich dankbar, dass er mich mit Unterwäsche verschonte. Dafür bat ich ihn um eine Heilsalbe. Die musste er mir aber verweigern.

»Bist du fertig?«, fragte er schließlich.

Ich nickte.

»Du siehst atemberaubend sexy aus.«

Ich lächelte skeptisch. »Ob er das auch so sieht?«

»Er wird dir das nicht zeigen, aber er sieht es so, glaub mir, sonst wärst du nicht hier. Er hat ausschließlich Mädchen in seinem Besitz, deren Äußeres ihn uneingeschränkt bezaubert ... vielleicht mit Ausnahme der zwei jungen Damen, die Amistad gehören.«

»Zwei Mädchen sind für Amistad hier?«, fragte ich erstaunt.

»Ja, du wirst sie morgen kennenlernen.«

»Ich glaub, ich hab sie im Internet gesehen, auf seiner Homepage. Sie sind blond und haben eine ziemlich üppige Oberweite, richtig?«

»Du weißt von den jährlichen Treffen?«, fragte Damian.

»Ja … Ist das schlimm?«

Er überlegte kurz. »Ja, doch … Es wird genau ab dem Moment schlimm, wo du es nicht für dich behalten kannst, denn die anderen Mädchen wissen nichts davon und es würde Santiagos Philosophie in ihren Grundfestungen erschüttern.«

Ich grinste. »Du meinst, ich könnte ihn erpressen?«

Damian lachte herzlich. »Wenn dir an deinem Leben nichts mehr liegt …«

»Okay … überzeugt. Ich behalte es für mich.«

»Komm jetzt, es ist Zeit! Ich bringe dich nach oben.«

Doch im Lift konnte ich meinen Mund einfach nicht halten. »Ich bin seine Nummer Sechsundsiebzig! Weißt du das?«

Damian warf mir einen bösen Blick zu. Dann öffneten sich die Türen und ich war still. Einzig mein Herz klopfte aufdringlich laut. Nach einer kurzen Vorankündigung von Damian betrat ich Santiagos Schlafzimmer.

Er stand mir abgewandt am Fenster, trug einen schwarzen Bademantel und rauchte. Ich blieb etwas verunsichert in der Mitte des Zimmers stehen, bis er seine Zigarette ausgeraucht hatte und zu mir kam. Er sah unbeschreiblich sexy aus … ich liebte seine schwarzen Haare, die er streng nach hinten gekämmt trug, und seine ernste Miene, die mir Herzklopfen bereitete. Geschmeidig ließ er eine Hand um meinen Körper streichen, während er mich mit langsamen Schritten umrundete, um mich von allen Seiten eingehend zu betrachten, ohne auch nur ein Wort mit mir zu sprechen. Augenblicklich war ich gefesselt von seiner Berührung und von seiner Ausstrahlung. Direkt vor mir machte er halt, nahm mich liebevoll in seine Arme und begann mich zu küssen. Wieder einmal überwältigte mich seine Nähe und seine Zuneigung. Monatelang hatte ich mir genau diese Szene vorgestellt und von ganzem

Herzen gewünscht ... bei ihm im Schlafzimmer zu sein, von ihm gehalten und liebevoll geküsst zu werden. Doch dann spürte ich, wie die Feuchtigkeit zwischen meinen Beinen in meiner Wunde brannte. In meine Atemzüge mischten sich Schmerzenslaute und nach kurzer Zeit löste er sich von mir. »Was ist los?«, flüsterte er irritiert.

»Es brennt. Wenn ich feucht werde, brennt es ...«, keuchte ich.

Er nickte verstehend, senkte seinen Blick und streichelte über die Außenseite meiner Hüften. Als er den Saum meines Kleides fasste, hob ich meine Arme und er befreite mich von meinem »Kleinen Schwarzen«. Ergeben behielt ich meine Arme über dem Kopf. Er registrierte es kurz wohlwollend, dann fasste er zärtlich an meine schmale Taille und zog mich enger an seinen Körper. Von Neuem musste ich mich einem leidenschaftlichen Kuss hingeben, der meine erregte Feuchtigkeit schürte, bis die ersten Tropfen ihren Weg entlang der Innenseiten meiner Oberschenkel suchten. Als mein schmerzliches Wimmern seine fordernden Küsse störte, löste er sich erneut von meinen Lippen, aber noch bevor er etwas sagen konnte, flehte ich ihn an: »Ich bitte dich, schlaf heute noch nicht mit mir.«

Ich hatte die Hoffnung, dass er vielleicht nur vor Amistad seine Macht über mich demonstrieren wollte, und wenn er mit mir allein war, ein Nachsehen hätte.

»Wieso?«, hauchte er in mein Ohr. »Alles andere wäre doch nur halb so schön.« Er öffnete seinen Bademantel und als ich seine Erregung auf meiner nackten Haut fühlte, wollte ich augenblicklich vor ihm auf den Boden sinken. Aber er hielt mich zurück.

»Bitte«, flüsterte ich, »lass mich vor dir knien.«

»Nein«, hauchte er. Er zwang mich weiter, aufrecht stehen zu bleiben, während er nach meiner Hand griff, seine Finger mit meinen verschränkte und an seine Lenden führte. Noch nie zuvor war es mir erlaubt gewesen, seinen Schwanz zu berühren ... und jetzt nötigte er meinen Handrücken, über seine Erektion zu streichen! Ich fühlte die geschmeidige Haut seines steifen Gliedes und keuchte kurzatmig vor Erregung. Es war kaum auszuhalten, ich wollte nicht mehr stehen bleiben. »Bitte«, versuchte ich erneut mein Glück, »bitte, lass mich niederknien ... ich bitte dich.«

Er sah in meine Augen. »Es gibt keine Diskussion darüber, für mich steht fest, was ich mit dir mache.«

Doch ich verzehrte mich danach, seinen Schwanz in meinem Mund zu haben, mit meiner Zunge die sensible Spitze zu liebkosen, von seinem Lusttropfen zu kosten. Und mein quälendes Verlangen nach dieser intimen Berührung nötigte mich förmlich, nicht locker zu lassen und ihn weiter anzubetteln. »Ja, ich weiß«, flüsterte ich, »aber vorher ... nur eine Minute ... bitte ... ich bin mir sicher, du weißt nicht mehr, wie sich meine Zunge anfühlt.«

Sichtlich geschmeichelt von meiner Hartnäckigkeit schenkte er mir sein charakteristisches schiefes Lächeln und ließ meine Haare los. Für mich war das die Zustimmung, vor ihm auf die Knie sinken zu dürfen. Ich rutschte dicht an seinem Körper nach unten, um möglichst viel von ihm zu spüren. Mein ganzer Tastsinn hatte sich nun auf mein Gesicht verlagert, mit meinen Wangen streichelte über seinen Schwanz, über die zarte, warme Haut seines Geschlechts. Ich stellte fest, dass er neuerdings Schamhaare trug, ein schwarzer kurzgetrimmter Flaum zierte seine Lenden. Ich inhalierte seinen köstlichen intimen Duft, der mir noch sehr vertraut war, und ich hatte sogar den Eindruck, dass die Schamhaare sein eigenes Aroma noch intensivierten. Mein Mund und meine Nase gierten förmlich danach. Mit meiner Zunge verteilte ich Feuchtigkeit über das gesamte Ausmaß seiner Erektion, dabei umkreiste meine Zungenspitze liebevoll seine empfindlichste Stelle. Und wie von selbst öffnete sich mein Mund und verlangte nach mehr. Mich quälte die Angst, ich könnte zu viel Zeit verlieren, meine Minute würde bald verstreichen und er würde mir mein schönes Geschenk wieder wegnehmen, noch bevor ich es tief in mir hatte. Aber meine Angst war unbegründet. Santiago legte eine Hand in meine Haare und sein mächtiger Schwanz versenkte sich tief in meiner Kehle. Ich fasste meine Hände hinter dem Rücken und sah ergeben zu ihm auf. Santiago hielt mich fest an sich gepresst und wartete auf den Moment, wo mir die Tränen kamen ... ich konnte nicht atmen, meinte zu ersticken und musste mich selbst beherrschen, ruhig zu bleiben ... dann lief das Wasser aus meinen Augen und seine raue Stimme gab mir einen unerwarteten Hoffnungsschimmer: »Komm! Du kannst im Bett weitermachen.« Er ließ mich los und es fühlte sich an, wie ein kleiner Sieg. Meine Fähigkeit, mich zu überwinden, hatte ihn überzeugt ... und vielleicht sogar von seinen grausamen Plänen abgebracht.

In der Mitte aller Kissen machte er es sich in Rückenlage bequem. Ich lächelte, denn es erinnerte mich an früher, als ich ihn mit meinen Lippen und meinem Mittelfinger befriedigen durfte. Und ich wollte wieder in ihm sein, seine aller intimste Stelle spüren und ihm höchste Lust verschaffen. Doch plötzlich riss er mich unsanft an sich, um mich zu warnen: »Keine Finger! Wir machen es diesmal anders. Du weißt, wann es bei mir so weit ist. Ich möchte, dass du mich erregst soweit du kannst ... und dich zum Schluss auf mich setzt. Ich will die letzte Minute in dir sein. Wenn du den richtigen Moment verpasst, dann lasse ich noch heute Abend Amistad mit dir schlafen!« Um die Ernsthaftigkeit seiner Worte zu unterstreichen, drückte er meine Handgelenke viel zu fest.

Seine Drohung ließ mich erschaudern. Und vielleicht wollte ich mich mit meiner Antwort selbst ein wenig vor meinem unabwendbaren Schicksal verschließen: »Du weißt gar nicht, wie sehr ich mich nach deinen Händen gesehnt habe. Keiner hielt mich jemals so fest, wie du es gerade tust.«

»Hast du mich verstanden?«, beharrte er auf seine Aussage und ließ meine Schmeicheleien nicht gelten.

»Ja, du lässt mir die Wahl, mich im Liebesakt einem schwarzen Panther oder einem weißen Hai hinzugeben.«

Er lächelte und ließ mich los. »Wenn du es so sehen willst.«

Aus seinem Lächeln konnte ich schließen, dass er sich von meiner Fantasie des schwarzen Panthers in Verbindung mit der unberechenbaren Gefahr, die von einem solchen ausging, geschmeichelt fühlte. Nur unschwer war zu erkennen, dass ich mit dem weißen Hai dann wohl einen Ärztekittel mit unzähligen blutrünstigen Zahnreihen gemeint hatte. Aber eines wusste ich, er konnte mir den Spaß nicht verderben, den ich nun mit seinem schönsten Stück haben sollte. Ich kniete an seiner Seite und hielt meine langen Haare aus dem Geschehen, während ich meine andere Hand devot hinter meinen Rücken führte. Ich schenkte ihm meinen Mund ... minutenlang ... und sein Schwanz versetzte mich in eine tiefe Trance. Er wuchs unter dem sanften Druck meiner Lippen zu einer knochenharten Erektion, an der sich die Haut prall spannte. Genüsslich reizte ich ihn weiter ... mit dem gekonnten Spiel meiner Zunge, die ohne Zweifel wusste, wo er es am liebsten hatte ... und nur am Rande bemerkte ich, dass ich damit gegen meine eigenen Interessen arbeitete. Sein verstärktes Stöhnen und seine lustvollen Kontraktionen waren ein deutliches Zeichen aufzuhören.

Schweren Herzens ließ ich ihn aus meinem Mund gleiten und legte ihn mit meinen Lippen bedächtig ab, um an seinem Körper ein Stück höher zu krabbeln.

Wieder hielt ich meine Haare zusammen und senkte ergeben mein Gesicht an Santiagos Schulter. Mit sanften Küssen übersäte ich ihn bis hinauf an seinen Hals, während ich freihändig mein geschundenes Feuchtgebiet an seinen Schwanz dirigierte. Bereits bei der ersten Berührung durchfuhr mich ein stechender Schmerz, und ein verzweifeltes Stöhnen entkam meiner Kehle. Santiago atmete tief durch, als hätte er sich an einem ausgedehnten Lungenzug seiner Zigarette erfreut. Seine pralle Eichel drückte sich auf meine Schamlippen, ich musste sie mehrmals auf und ab gleiten lassen, bis sich meine Enge für ihn auftat und ihm Einlass gewährte. Santiago legte seine Arme um mich, hielt meinen Kopf fest an sich und genoss sichtlich mein gequältes Keuchen, während ich seinen Schwanz zaghaft in mich eindringen ließ. Ich wimmerte. Mein Körper bebte vor Schmerzen, langsam kam er tiefer ... und als ich es geschafft hatte, musste ich kurz regungslos verharren, um wieder zu Atem zu kommen. Es fühlte sich an, als hätte ich mir ein Reibeisen eingeführt. Gleichzeitig trieb mich Santiagos erregtes Stöhnen fast in den Wahnsinn. Kurz unterbrach er es und hauchte in meine Haare: »Los, beweg dich!«

Wie gern hätte ich ihm diesen Wunsch erfüllen wollen! Aber ich saß wie versteinert auf ihm, unfähig, mich auch nur einen Zentimeter zu bewegen. »Ich kann nicht«, keuchte ich, bereit aufzugeben.

Doch erneut spürte ich seinen heißen Atem an meinem Ohr. »Bitte ... beweg dich ... für mich.«

Mein Magen krampfte sich zusammen. Ein »Bitte« aus seinem Mund war fast so selten wie Schnee auf Ivory ... und ich hasste ihn dafür ... denn es brachte mich dazu, ohne Rücksicht auf meinen eigenen Körper einen aussichtslosen Versuch zu starten. Ich seufzte laut, verzagt über meinen Entschluss, dann hob ich mich etwas von seiner Brust ab und ließ seinen Schwanz ein Stück aus mir gleiten. Sofort schrie ich wieder vor Schmerzen und stoppte mein qualvolles Begehren. »Ich kann nicht«, keuchte ich verzweifelt, »wirklich nicht.«

Daraufhin griff Santiago mit einer Hand nach hinten und drückte einen Schalter. Ich entdeckte ein neues Bedienfeld an seinem Betthaupt. Es gab jetzt fünf Schalter ... in Schwarz, Weiß, Rot, Silber und Gold. Er hatte den goldenen gedrückt. Entsetzt sah ich ihn an und ahnte Schlimmes. »Nicht Amistad! Bitte!«, flehte ich ihn an.

»Nein, ICH schlafe mit dir«, wollte er mich beruhigen, aber ich verspürte dabei nicht wirklich Erleichterung. Im nächsten Moment umfasste er mich kräftiger, drehte sich mit mir gemeinsam quer über das Bett und lag auf mir. Wieder war ein Schmerzensschrei meiner Kehle entsprungen, als sich sein Schwanz in mir bewegt hatte. Mein Kopf lag nun an der linken Bettkante und plötzlich fiel mein Blick auf Amistad, der auf dem Boden hinter mir niederkniete.

»Halt sie!«, forderte Santiago ihn auf.

Amistad fasste meine Handgelenke über meinem Kopf zusammen und hielt mir mit seiner anderen Hand den Mund zu. »Willst du, dass sie kommt?«, fragte er Santiago.

Ich war außer mir. Wie konnte er überhaupt an so etwas denken ... in meinem Zustand.

»Sie hat starke Schmerzen«, erklärte ihm Santiago, »ich spüre ihre Wunde an meinem Schwanz pulsieren. Ich glaube nicht, dass ...«

»Überlass das mir«, unterbrach ihn Amistad, »wenn du ihr etwas Zeit geben kannst ...«

ZEIT?? Er war verrückt! Ich betete, dass Santiago nicht auf ihn hören würde. Zeit war das Letzte, was ich jetzt brauchen konnte. Ich wollte, dass es so schnell wie möglich vorüber war.

Santiago sah mich kurz an, dann gab er Amistad mit einem Nicken sein Einverständnis. Der ließ daraufhin meine Hände los und streichelte zärtlich durch Santiagos Haar. Seine Lippen öffneten sich und beide versanken direkt vor meinen Augen in einem leidenschaftlichen Kuss. Meine Arme behielt ich nun eigenständig über meinem Kopf, ich fühlte Amistads T-Shirt an meinen Fingern, während ich den beiden zusah.

Als sie sich voneinander gelöst hatten, begann Santiago ein grausames Spiel mit mir. Meine Hände waren streng fixiert und meine Schreie wurden von Amistands Hand unterdrückt. Mein letzter Gedanke war, ihm nötigenfalls einen Höhepunkt vorzutäuschen. Aber dann konnte ich mich auf rein gar nichts mehr konzentrieren. Amistads Hand rutschte an meine Nase und Panik brach in mir aus. Anfangs nahm er mir nicht vollständig den Atem, sondern begrenzte lediglich die Luftzufuhr durch leichtes Zusammenpressen meiner Nasenflügel, dennoch brachte die Angst mein Herz zum Rasen. Ich war seinen Händen wehrlos ausgeliefert, während Santiago an mir sein Verlangen stillte. Dann drückte Amistad fester zu und endlose Sekunden lang glaubte ich zu ersticken. Mir wurde schwindelig ... schwarz vor Augen ... ich bewegte mich ständig am Rande einer Ohnmacht, und plötzlich merkte ich, dass die Schmerzen nicht mehr vordergründig meine Empfindungen vereinnahmten, sondern eindeutig abflauten. Ich fühlte eine Reibung an meiner kleinen Lustperle, die als einzige heute Morgen von dem Dornenhandschuh verschont geblieben war. Mit Entsetzten verstand ich dieses Gefühl als Erregung und sah besorgt hinter mich. Ich wollte Amistad mit meinen

Blicken anflehen meinen Mund freizugeben, aber im selben Moment erschütterte ein Orgasmus meinen ganzen Körper. Ein wellenförmiger Schmerz erfüllte mein Becken und quälte mich über Sekunden. Vor meinem inneren Auge sah ich helle Lichtblitze ... Ich schrie in seine Hand. Mit aller Kraft musste er mich halten, um ein Aufbäumen zu verhindern. Santiago stieß einen gepressten Triumphschrei aus, als er sich, animiert durch meine Kontraktionen, abrupt und deutlich fühlbar in mir versprühte. Danach sackte er über mir zusammen und ließ sich von meinen letzten heftigen Zuckungen verwöhnen.

Amistad gab meinen Mund frei und sofort gierte ich nach Luft, aber Santiagos Gewicht auf mir machte das Atmen kaum leichter ... bis er sich endlich aus mir zurückzog und sich wieder in der Mitte des Bettes auf seine Kissen legte. Amistad schlug eine dünne Decke über mich. Ich konnte nichts mehr sehen, aber ich hörte, dass er sich um Santiago kümmerte. Er kniete sich mehrmals auf die Matratze, brachte ihm vermutlich ein feuchtes Tuch, denn ich hatte das Geräusch von laufendem Wasser aus dem angrenzenden Badezimmer ausgemacht ... Er musste auch einen der fünf Schalter betätigt haben, denn kurz darauf war plötzlich Damian im Raum und half mir beim Aufstehen. Er hielt mich fest, während ich auf meinen wackeligen Beinen das Gleichgewicht suchte. Erst jetzt wurde mir wieder klar, dass ich die ganze Zeit über meine High Heels getragen hatte und ich dankte Gott, Santiago dabei keine Verletzung zugefügt zu haben. Damian wickelte mich in ein weißes Badetuch. Mein Blick fiel noch einmal auf Amistad, der sich über Santiago gestützt hatte, als würde er ihn am Hals küssen und verdeckte mir vollständig die Sicht auf meinen Geliebten.

Dann zog mich Damian am Oberarm und führte mich aus dem Zimmer. Im Aufzug kamen mir die Tränen. Ich fühlte mich benutzt. Er hatte mich behandelt, wie eine Sexpuppe, an der ein bestimmtes Programm aktiviert worden war, um ihn zu befriedigen. Mein Körper hatte genau so funktioniert, wie Amistad es ihm aufgezwungen hatte ... Verzweifelt versuchte ich, geistig damit klar zu kommen.

Damian führte mich ins Bad, wo ich mich duschen durfte.

In meinem Verlies bekam ich ein neues Seidennachthemd und sah enttäuscht einer weiteren Nacht ohne Matratze entgegen. Als Damian gegangen war, legte ich mich etwas zittrig und ungelenk auf den Steinboden, er hatte mir schon wieder eine Heilsalbe verwehrt ... mit der schmerzlichen Ankündigung, Amistad würde später noch nach mir sehen.

Ich hatte bereits geschlafen, als sich plötzlich die Schiebetür öffnete und das von außen gesteuerte, stärkere Licht meine Augen blendete. Sofort richtete ich mich auf und flüchtete ängstlich in die hinterste Ecke des Raumes. Amistad trug einen Bademantel. Er kniete sich zu mir auf den Boden und erst jetzt sah ich, dass er unter anderem eine Spritze mitgebracht hatte. Wenigstens seine Miene erschien mir einigermaßen freundlich. Mit einer Hand streichelte er über mein Gesicht und meine Schulter. »Warum hast du so viel Angst vor mir? Ich hab dir nichts Böses getan«, fragte er mit ruhiger Stimme.

Ich schüttelte nur den Kopf. Bestimmt würde ich ihm jetzt nicht erklären, was seine »Behandlung« in mir ausgelöst hatte und dass ich mich in seinen Händen wie eine Marionette gefühlt hatte. Am Ende würde er sich an meiner Schilderung ergötzen und ich ihm damit noch zu seiner gelungenen Darbietung gratulieren.

»Du sprichst nicht mit mir?«, fragte er gekünstelt enttäuscht und seine Finger wanderten langsam an meinen Hals.

»Doch, ich spreche mit dir«, hauchte ich gehorsam.

Er senkte kurz seinen Blick, bevor er wieder in meine Augen sah. »War das heute erniedrigend für dich?«, bohrte er in meiner Wunde.

Eine Träne lief über meine Wange, am liebsten hätte ich ihn von mir weggestoßen, aber das durfte ich nicht. »Ja«, seufzte ich aufrichtig.

Er schmunzelte. Sein Gesicht kam direkt vor meines, er durchbohrte mich mit seinem stechenden Blick, hielt eine Hand an meinem Hals, während seine andere über meinen Bauch streichelte. »Ich hab dir heute deine Würde genommen und dein Körper hat mir einwandfrei gehorcht, ich hab dich erniedrigt und genau das will ich jetzt von dir hören ... die ganze Länge.«

Ein kalter Schauer lief über meinen Rücken. Ich wusste, dass es keinen Ausweg gab und ich mich seinem Befehl fügen musste, aber er war ungeduldig.

»Sag es!«, ermahnte er mich und sah ganz verzückt in meine Augen, während ich mit meinem Schamgefühl rang, bis schließlich die vorgegebenen Worte über meine Lippen holperten: »Du ... hast mir meine Würde genommen ... mein Körper hat dir gehorcht ... und du hast ... mich erniedrigt.« Mein Herz klopfte mir bis zum Hals.

»Das nächste Mal wird dich mein Schwanz am Atmen hindern, anstelle meiner Hand.«

Ich schenkte ihm ein eingeschüchtertes Nicken.

Amistad lächelte und streichelte über meine Wange. »Freust du dich darauf?«

»Nein«, antwortete ich ehrlich.

Er grinste über sein ganzes Gesicht. »Das hatte ich auch nicht erwartet.«

So langsam wusste ich gar nicht mehr, ob ich nun vor Santiago oder vor ihm mehr Respekt haben sollte.

Er hielt mich weiter in die Ecke gedrängt, während er die Spritze vorbereitete. »Dreh dich zur Seite«, verlangte er und zog mein Nachthemd etwas nach oben, sodass er meine Hüften freilegte. Ich spürte einen Stich oberhalb meiner Pobacke und traute mich nicht zu fragen, welchen Zweck diese Injektion haben sollte. Aber er erklärte es unaufgefordert. »Das ist ein Antibiotikum, damit du keine Infektion bekommst ... und auch die Wunden werden nun schneller heilen.«

Danach musste ich mich auf den Boden legen und er versorgte meine Intimzone gewissenhaft mit den notwendigen Arzneimitteln, bevor er mir eine Gute Nacht wünschte.

***

Meine Tür öffnete sich erst am nächsten Morgen wieder. »Aufstellung!«, vernahm ich Damians Stimme. Mein Herz wusste noch nicht, was mich erwarten würde und vollführte unbekümmerte Freudensprünge bei dem Gedanken, nun endlich die anderen Mädchen zu sehen. Ich kämmte ein paar Mal mit den Fingern durch meine Haare und trat schließlich hinaus auf den düsteren Gang, wo es, genau wie in meiner Zelle, nichts gab, außer schwarzen Pflastersteinen an Boden, Wänden und Deckengewölben ... unterbrochen von den wenigen gemauerten Nischen, in denen flackerndes Kerzenlicht künstlich simuliert wurde. Es roch nach einer Mischung aus Moschus, Sandelholz und Vanille. Das Klappern der High Heels wurde von einem leisen Wasserplätschern akustisch untermalt. Vier Mädchen hatten sich bereits eingefunden und beim Anblick der beiden Neuen setzte fast mein Herzschlag aus. Damian hielt mich am Arm fest. Offenbar hatte er vermutet, ich könnte Alice oder Natalie vor lauter Wiedersehensfreude um den Hals fallen – eine Art der Begrüßung, die als überschwänglich galt und streng verboten war. Die beiden anderen Blondinen zogen jedoch meine volle Aufmerksamkeit auf sich und ließen mich vor Entsetzen erstarren. Mit den üppigen Brüsten hatte ich ja gerechnet, auch die langen Haare, die am Hinterkopf streng zusammengefasst wurden, waren nicht das Problem ... sie hatten makellose Figuren, groß und extrem schlank, sie wirkten sportlich und etwas muskulöser, als ich es von Santiagos Geschmack gewohnt war. Ich fand ihre Körper geradezu beängstigend perfekt, jedoch auch einen Hauch vulgär, was sie zugegebenermaßen höchstwahrscheinlich ihrem Outfit zu verdanken hatten, denn das brachte meinen Atem zum Stocken. Schwere Eisenfesseln legten sich jeweils um Hals, Handgelenke und Knöchel. Sie mussten zusammen einige Kilogramm wiegen. Jede von ihnen trug Santiagos gläserne High Heels und ein schwarzes Lederkorsett, atemberaubend eng um die Taille geschnürt und kaum etwas verhüllend. Ihre Brüste wurden angehoben, jedoch nicht bedeckt und an den Nippeln funkelten edle Piercings ... kleine Stäbchen, deren beider Enden von Diamanten geziert wurden. Ein ähnliches Schmuckstück blitzte zwischen den Schamlippen hervor. Der gesamte Intimbereich wurde von zwei prunkvollen Ketten aufreizend in Szene gesetzt, sie liefen von dem schwarzen Korsett hinab, spannten sich, vermutlich viel zu eng, über den Schritt nach hinten. Ein Schmerz war den beiden Schönheiten jedoch nicht anzumerken. Ihre Blicke waren leer und streng geradeaus gerichtet. Ihnen gegenüber standen Natalie und Alice. Erst jetzt kam ein kleines Lächeln über meine Lippen und ich erinnerte mich wieder zu atmen. »Jana?«, hauchte ich ohne zu überlegen. Sie fehlte!

»Jana ist oben«, beruhigte mich Damian.

Skeptisch sah ich ihn an. Ich war mir nicht sicher, ob ich ihm trauen konnte, denn noch immer wusste ich nicht, welches schreckliche Ereignis Jude dazu veranlasst hatte, die Insel zu verlassen. Natalie und Alice war auf den ersten Blick keine Veränderung anzusehen, dennoch war ich mir fast sicher, dass es eines der Mädchen getroffen haben musste ... was auch immer. Ich begrüßte sie schließlich mit einem zaghaften Händedruck und Damian stellte mir danach die beiden Blondinen als Jessica und Irina vor. »Ihr könnt jetzt duschen gehen. Es wird nicht gesprochen!«, befahl er, und das fiel mir diesmal wirklich schwer. Aber alle hielten sich eisern daran.

LiebesBiss

Erst am frühen Abend wurden wir aus unseren Zimmern für die nächste Aufstellung geholt. Wieder fehlte Jana. Diesmal trugen wir weiße Dessous, nur Jessica und Irina präsentierten dasselbe Outfit wie heute Morgen. Damian tippte etwas ungehalten in sein Handy. Seltsame Spannung lag in der Luft, hinter meinem Rücken spielte ich nervös mit meinen Fingern. Es sah ganz so aus, als würde Santiago jeden Moment kommen, um ein Mädchen auszuwählen. Vielleicht würde er auch Jana herunterbringen? Mein Herz klopfte vor Aufregung, als sich die Schiebetür des Aufzugs langsam öffnete. Santiago, Amistad und Cheyenne betraten die finsteren Gemäuer, einheitlich schwarz gekleidet, mit engen Jeans und kurzärmeligen T-Shirts, wobei Santiago und Amistad unmittelbar beim Lift stehen blieben und Cheyenne den Vortritt ließen.

Cheyenne ging eine zaghafte Runde entlang der Mädchen, seine Blicke waren dabei mehr zu Boden gerichtet, als auf deren Gesichter. Er kam nicht mal bis zu mir nach hinten. Seine linke Hand legte sich um Natalies Taille und ohne, dass sie niederknien musste, zog er sie an sich. Santiago nickte und die Aufzugstür öffnete sich für die beiden. Ich fragte mich, wieso Santiago bei ihr keine Angst hatte, dass sie ihm Cheyenne wegnehmen könnte. Natalie passte nicht nur mit ihren hellblonden, langen Haaren und ihrer blassen, zarten Haut perfekt zu Cheyenne, sie hatte auch sein scheues Wesen.

Bestimmt wären sie ein hübsches Paar. Obwohl, so gut kannte ich Cheyenne noch nicht. Vielleicht war er nur mir gegenüber so verschlossen und vorgeblich schüchtern.

Santiago küsste Alice, wandte sich jedoch ziemlich schnell von ihr ab und kam zu mir. Viel Auswahl hatte er ja nicht gerade, nachdem Irina und Jessica angeblich Amistad gehörten und ihn nicht interessierten. Meine Chancen standen demnach gut, dass er mich wählen würde. Ich hatte auch kaum noch Schmerzen. Das Antibiotikum hatte seinen Dienst getan. Meine intimen Muskeln zogen sich sogar schon wieder lustvoll zusammen, als Santiago vor mir stand und sein wohlwollender Blick auf mein Gesicht fiel. Ich wollte mit ihm die Nacht verbringen ... allein, ohne Amistad. Aber er berührte mich nicht. Mit beiden Händen in seinen Hosentaschen fragte er mich nach meinem Befinden. Ich versicherte ihm, dass es mir wieder gut ginge, aber er zeigte trotzdem kein Interesse. Gerade, als er im Begriff war, sich wieder von mir abzuwenden, musste ich ihn mit einer Frage aufhalten. »Ich ... bitte ...«

Etwas überrascht blieb er stehen und legte seinen Kopf erwartungsvoll schräg.

»Ich ... ich habe Jana noch nicht gesehen.«

Er nickte und lächelte. »Ja. Das liegt daran, dass sie oben bei mir ist.«

»Seit vorgestern?«, fragte ich erstaunt.

Santiago fuhr sich durch die Haare und nickte. »Jana hat deinen Platz an meiner Seite eingenommen. Sie lebt mit mir und wohnt in deinem ehemaligen Zimmer.«

Ich schluckte. Damit hatte ich nicht gerechnet. Ich wusste nicht, sollte ich mich für sie freuen ... oder überwog in diesem Fall dann doch meine Eifersucht. Gleichzeitig platzte damit jeglicher Hoffnungsschimmer für mich, den Keller in absehbarer Zeit verlassen zu können. Santiago streichelte lächelnd über mein Dekolleté und begab sich danach wieder an die Seite seines Geliebten, ohne eine Wahl getroffen zu haben.

Dann ging Amistad seine Runde. Er begann bei Irina und Jessica. Dabei fiel mir auf, dass beide ihm nicht ins Gesicht blickten, obwohl er direkt vor ihnen stand und zärtlich ihre Körper berührte. Irina zitterte sogar. Ich konnte sie verstehen, denn ich wollte auch nicht von ihm ausgewählt werden. Ich fragte mich, ob die beiden sich wirklich gänzlich freiwillig für ihn und diese strenge Tracht entschieden hatten.

Amistad hielt sich nicht besonders lange mit Streicheleinheiten auf. Er ging weiter ... schritt an mir vorüber ... beachtete Alice kaum ... und blieb direkt vor Santiago stehen. Geheimnisvoll senkte er seinen Kopf an Santiagos Schulter, offenbar um ihm etwas zuzuflüstern. Danach sah er ihm in die Augen und verdeckte mir komplett die Sicht. Irina und Jessica blickten noch immer zu Boden. Ich konnte das gar nicht verstehen, denn mich faszinierte dieses Schauspiel. Schließlich drehte sich Amistad wieder um und kam zu mir. Ich glaubte meinen Ohren nicht zu trauen, als er vor mir stehen blieb und mit vollem Ernst eine äußerst seltsame Frage an mich richtete: »Wenn du die Wahl hättest, zwischen Santiago und mir, für wen würdest du dich entscheiden?«

Tsss ... lachhaft! Wie sehr war er eigentlich von sich selbst eingenommen? Ich musste mich beherrschen, um nicht augenblicklich in schallendes Lachen zu verfallen, was ich andererseits nur zu gern zugelassen hätte, aus Loyalität zu Santiago. Gleichzeitig fragte ich mich, warum ich es nicht tat. Konnte es sein, dass jetzt meine Angst vor Amistad sogar schon meine Ergebenheit Santiago gegenüber beeinflusste? Ich war schockiert und enttäuscht von mir selbst. Ängstlich sah ich in seine kalten Augen und hauchte fast unhörbar: »Für Santiago.« Dabei begann sein Bild vor meinen Augen abgehackt zu zucken und ich brauchte ein paar Sekunden, bis ich erfassen konnte, dass dies an meiner Nervosität und dem damit verbundenen nervösen Zwinkern meiner Augenlider lag.

Amistad lächelte und kam mir näher. Er hielt mit zwei Fingern mein Kinn fest, seine Lippen öffneten sich und er drängte mir einen feuchten, innigen Kuss auf.

Ich verstand die Welt nicht mehr. Wollte er sich nun dafür bedanken, dass ich mich für Santiago entschieden hatte? Er ließ sich Zeit ... viel Zeit ... Ich spürte seine Zunge, langsam und zärtlich. Ein heißer Schauer lief über meinen Rücken. Seine zweite Hand legte sich an meine Taille und streichelte mich liebevoll, bis er sich irgendwann von mir löste. »Und jetzt?«, fragte er.

Ich atmete schwer. »Wie bitte?«

»Würdest du noch immer Santiago bevorzugen?«

»Ja.« Glaubte er, ein Kuss würde etwas verändern?

Amistad nickte. Er griff nach meinen Händen und führte sie an seine Wangen. Ich wehrte mich nicht und behielt sie dort. Er war gut rasiert, trotzdem konnte ich seinen kräftigen Bartwuchs spüren, ein seltenes Erlebnis für meine enthaltsamen Hände. Ich ließ jeweils zwei meiner Finger über sein Ohr hinweg in seinen Haaransatz gleiten, ohne dabei mit meinen Daumen seine Wangen zu verlieren. Entsetzt stellte ich fest, dass ich ihn mit meinen Blicken fasziniert anhimmelte und gleichzeitig zwischen meinen Beinen sich ein erregtes Pulsieren bemerkbar machte. Er drängte mich einen Schritt zurück gegen die Mauer, hielt mich an der Taille fest und öffnete seinen Mund, um mich leidenschaftlich zu küssen. Ich war hin und weg von den süßen Empfindungen, die mein Tastsinn an mein Gehirn sandte. Meine Daumen fühlten jede Bewegung seines Kiefers, wenn er sich weit öffnete, um mich mit Küssen zu verschlingen. Ich konnte mich gar nicht entscheiden, ob ich lieber an seinen Nacken greifen oder weiter an seinem Gesicht festhalten wollte. Seine Zunge raubte mir Atem und Verstand gleichermaßen. Santiago war schon längst aus meinem Universum verschwunden. Mein weißes Spitzenhöschen hielt meine triefende Nässe in Zaum. Ich hoffte inständig, er würde mir nicht zwischen die Beine greifen. Im nächsten Moment musste ich mich jedoch selbst korrigieren, denn nun wünschte ich mir nichts mehr, als dass er mir zwischen die Beine griff. Ich wollte seine Hände spüren, wie sie in meiner Feuchtigkeit verschwanden, seine Finger, die in mich eindrangen ... und seinen Schwanz. Ich keuchte. Amistad gab meine Lippen frei und blickte verzückt in meine glasigen Augen. »Und jetzt?«, haucht er in meinen offenen Mund. »Wen würdest du jetzt wählen?«

»Dich.«

Er lächelte geschmeichelt. »Und wozu?«

Ich keuchte. »Ich will dich!«

»Was willst du mich?« Seine Hand wanderte an meinen Hals.

»Ich will dich glücklich machen.«

»Wirklich?«

»Ja.«

»Und wie willst du das anstellen?«

Langsam begann ich aus meiner Trance zu erwachen. »Wie ... wie immer ... du willst.«

Er musste mich hypnotisiert haben. Wo war Santiago eigentlich? Ich traute mich nicht, meinen Kopf zu bewegen, war wie gefesselt von dem Antlitz, das so lasziv mit mir sprach.

Sein Mund wanderte an mein Ohr. »Du darfst jetzt niederknien.«

Ich sank vor seinem Körper auf den steinigen Boden und sah zu ihm auf. Amistad streichelte über meine Haare. Ich hörte den Lift und die anderen Schiebetüren, Stöckelschuhe, dann sollte ich mich wieder erheben und er führte mich ... in die falsche Richtung ... in mein Verlies! Ich hatte eigentlich erwartet, mit ihm nach oben zu fahren, in ein schönes Schlafzimmer.

»Leg dich auf den Boden«, befahl er mir.

Ich tat, was er verlangte und gleichzeitig versuchte ich mich zu erinnern, ob ich vorhin Santiago offiziell verweigert hatte und wo die Konsequenzen geblieben waren. Auf dem Rücken liegend beobachtete ich Amistad. Er holte ein paar Dinge von draußen ... Seile, Rollen, Karabiner ... und legte sie neben mir auf den Boden. Ein Seil befestigte er an einem Ring in der Decke, die er aufgrund seiner überdurchschnittlichen Körpergröße ohne Probleme mit der bloßen Hand erreichen konnte. Dann bückte er sich zu mir herunter, öffnete meine High Heels und stellte sie beiseite. »Bist du dir sicher, dass du das willst?«, fragte er.

Ich atmete schwer. Es war offensichtlich, er wollte mein blindes Einverständnis, meine Unterwerfung ohne Vorbehalte. Leider war ich noch immer gebannt von seinem Charme und so war das Einzige, wonach ich mich sehnte, er. Ich wollte mich ihm hingeben, ihn genauso erregen, wie er mich erregt hatte. Und nur er wusste, was er selbst brauchte ... wie er mich wollte ... Und ich wollte es auch wissen, wollte wissen, wofür sich Amistad begeistern konnte, also antwortete ich mit »Ja.«

Amistad nickte zufrieden. »Du wirst Schmerzen haben und du wirst mir deinen Mund schenken. Mehr verlange ich nicht von dir.«

Ich antwortete nicht, ließ mich stattdessen von seiner Ausstrahlung verzaubern.

»Dreh dich auf den Bauch und umfasse deine Füße mit deinen Händen.«

Etwas skeptisch drehte ich mich vor ihm um. Ich hatte bis jetzt noch nie versucht, bäuchlings mit meinen Händen meine Füße zu erreichen. Aber es gelang mir tatsächlich. Er hob mich noch ein wenig an, sodass ich mit durchgebogenem Hohlkreuz sogar meine Knöchel fassen konnte. Dort sollte ich mich festhalten, während er ein schwarzes, breites Klebeband abrollte und so oft um meine Hand-Fuß-Verbindungen schlang, bis nur noch zwei schwarze Verdickungen zu sehen waren und man nicht mehr eindeutig sagen konnte, wo genau die Hand aufhörte und das Bein anfing. Dann schob er mich ein Stück von der Wand weg, sodass ich in der Mitte des kleinen Raumes lag. Ich hörte etwas Metallisches aufschnappen und im nächsten Moment fühlte ich eine kalte Klinge an meinem Rücken. Er zerschnitt meinen BH und mein Höschen. Danach stand er wieder auf und ich merkte schnell, dass diese Stellung unbequem war. Allerdings entdeckte ich auch eine Möglichkeit, mir Erleichterung zu verschaffen, wenn ich meine Schenkel etwas spreizte, musste ich mich nicht so stark ins Hohlkreuz biegen.

Amistad blieb vor mir stehen. Bestimmt sah er mich an, aber ich konnte es nicht hundertprozentig sagen, denn mein Blick war mehr oder weniger zu Boden gerichtet. Ich musste mir den Hals schon extrem verrenken, um bis zu seinen Hüften hochsehen zu können, aber sein Gesicht konnte ich bei weitem nicht ausmachen. Er wartete, und ich wusste nicht worauf, aber irgendwie fand ich es erregend, so vor ihm zu liegen. Noch nie hatte ich mich so hilflos, so ausgeliefert gefühlt. Er hatte Klebeband verwendet, anstelle von Fesseln, und ich wusste, er würde mich im Notfall nicht so schnell davon befreien können. Mein Nacken schmerzte ... und als ich die Anspannung nicht mehr halten konnte, legte ich meine Stirn auf dem Boden ab und seufzte. Meine Beine öffneten sich wie von selbst.

Irgendwann beugte sich Amistad zu mir herunter, legte meine Haare zur Seite und fasste besitzergreifend an meinen Nacken. Seine Wärme und seine Berührung elektrisierten mich, genauso, wie das Gefühl, komplett bewegungsunfähig und seinen Händen wehrlos ausgeliefert zu sein. Langsam begann er über meinen Körper zu streicheln und mein Atem beschleunigte sich unweigerlich. Ich drehte meinen Kopf zur Seite, sodass er mein Gesicht sehen konnte. Seine Hände fühlten sich unglaublich gut an. Er berührte mich überall ... und an manchen Stellen viel zu kurz. Schon längst war ich feucht und bereit für mehr, aber seine Finger glitten immer nur beiläufig zwischen meine Schenkel, obwohl ich sie so schön für ihn geöffnet hielt. Auch mein sehnsüchtiges Stöhnen konnte ihn nicht zu mehr verleiten. Dann richtete er sich wieder auf und stellte sich über mich. Seine Beine pressten sich seitlich an meinen Brustkorb, sie drückten meine Rippen leicht zusammen und ich fühlte, ihm zu gehören. Es bereitete mir Herzklopfen, als er mit seinem nackten Fuß sanft über meinen Rücken strich, bis hoch an meinen Nacken, in meine Haare. Er berührte mein Gesicht und meinen Mund und es bestand kein Zweifel, wie sauber und gepflegt seine Füße waren. Sofort entstand der Wunsch in mir, ihn mit meinen Lippen, mit meiner Zunge liebkosen zu wollen, aber er zog sich gleich wieder zurück und streichelte über meinen Rücken. Danach musste er sich wohl zwischen meine Beine gestellt haben, denn nun bedachte er meine Oberschenkel und meine Pobacken mit wohldosierten Fuß-Berührungen und endlich schenkte er mir auch dort seine Aufmerksamkeit, wo ich es zuvor von seinen Händen ersehnt hatte. Ich stöhnte auf, als sich sein Fuß vorsichtig in meine feuchte Spalte drängte ... und von da an hatte ich meine Stimme nicht mehr unter Kontrolle. Ich hätte mir ein Kissen gewünscht, das meine lustvollen Laute aufgefangen und mein Verlangen nicht ganz so offensichtlich für ihn preisgegeben hätte. Ich schämte mich dafür, an seinem Fuß Gefallen zu finden, und er bewegte sich ganz wundervoll, war umnetzt von meiner Feuchtigkeit und versuchte in mich einzudringen ... Er versetzte mir rhythmische Stöße und ich liebte seine große Zehe, die im Alleingang geschmeidig in mich glitt, um mich mit kräftigen Vibrationen zu beglücken. Ich keuchte verzweifelt ... meine Atemzüge wurden immer kürzer ... mein Körper verkrampfte sich ... ich war kurz davor zu kommen ... und ich wimmerte flehend, jetzt bloß nicht aufzuhören, jedoch im selben Moment zog er sich aus mir zurück. Enttäuscht ließ ich meine Stirn zu Boden sinken und seufzte.

Amistad kam wieder vor mich. Er griff unter meine Achseln und hob mich vom Boden auf. Instinktiv wollte ich meine Beine bewegen, was mir aber nicht gelang. Meine Hilflosigkeit machte mich nervös. Er drückte meinen nackten Brustkorb an sich und hielt mich dabei nur mit einem kräftigen Arm um meine Taille fest. Verlegen musste ich lächeln, als er in meine glasigen Augen blickte. Und ich hatte Angst ... nein, Panik! Panische Angst, er könnte mich fallen lassen, denn mit dieser eigenwilligen Fesselung, hätten meine Knie den Aufprall vermutlich nicht überlebt. Aber er trug mein Gewicht mit Leichtigkeit mit einem Arm, streichelte zärtlich eine Haarsträhne hinter mein Ohr und küsste mich auf die Wange. »Bist du bereit?«, fragte er.

Ich wusste nicht, wofür und ich konnte auch nicht sprechen. Aber ich war zu allem bereit, ich wollte mich ihm hingeben, ihn glücklich machen. Ich ließ meine Stirn auf seine Schulter sinken und es genügte ihm als Zustimmung. Er drehte sich mit mir um. In der hinteren Ecke meiner finsteren Zelle ließ er mich langsam zu Boden. Als meine Knie die Steine berührten, wusste ich, was er mit seiner Frage gemeint hatte. Amistad hielt mich noch immer unter den Achseln fest, aber seine Unterstützung verlor sich langsam. Er beobachtete mein ängstliches Keuchen ... Dann zog er seine Hände weg und mit Entsetzten stellte ich fest, dass er mich in die Ecke gelehnt hatte ... ohne jegliche Sicherung. Der harte Boden fühlte sich unter meinen nach hinten gebogenen Knien nahezu unerträglich an und ich fürchtete, nach vorn zu fallen. Ich glaubte meinen Augen nicht zu trauen, als Amistad den Raum verließ, am liebsten hätte ich ihm nachgerufen, aber mir fehlte der Atem. Meine Knie taten höllisch weh und ich versuchte verzweifelt, sie ein bisschen auseinanderzuschieben, eine andere Stellung zu finden, einen Punkt, der vielleicht nicht ganz so schmerzvoll wäre. Mein Herz blieb fast stehen, als ich meinte, dabei mein Gleichgewicht zu verlieren ... Sofort hielt ich wieder still und traute mich nicht mehr, mich zu bewegen. Ich musste mich dem Schmerz ergeben, doch ich war ungeduldig ... Wann würde er zurückkommen?

Ein paar Minuten später hatten sich die ärgsten Beschwerden verflüchtigt und waren einem partiellen Taubheitsgefühl gewichen. Amistad kehrte zurück, ohne irgendetwas geholt zu haben! Er stellte sich direkt vor mich, streichelte durch meine langen Haare und zog mein Gesicht an seinen Körper. Mit einer Hand hielt er meinen Kopf fest, während drei Finger seiner anderen Hand an meinen Lippen nach Einlass suchten. Die anschließenden Minuten machten mich so gierig auf seinen Schwanz, dass ich meinte, innerlich zu verglühen. Ich wollte nicht mehr warten. Er hatte es mir versprochen ...

Mit einem kurzen Seil drehte er meine Haare zu einem kunstvollen Knoten, sodass sie mir nicht mehr ins Gesicht fielen. Dann nahm er mich wieder hoch und im selben Moment erwachten meine tauben Knie zum Leben, sie schmerzten und wurden sofort erneut zu Boden gezwungen, diesmal jedoch frei in der Mitte des Raumes. Hitze stieg in mir auf. Amistad hielt mich ausschließlich an meinem Unterkiefer fest, er hatte seinen Daumen in meinem Mund, drei Finger an meinem Kinn, und wieder keuchte ich angestrengt. Gerade, als ich ihn anflehen wollte, mich nicht loszulassen, zog er mein Kinn hoch und gab mir das dicke Seil, das von der Decke herab hing, in meinen offenen Mund. Er wich zwei Schritte zurück und ich schrie vor Schmerzen in den Strick, dessen verknotetes Ende meinen Mund fast vollständig ausfüllte. Mit der ganzen Kraft meiner Kiefer versuchte ich mich aufrecht zu halten und auf meinen Knien mein Gleichgewicht zu finden. In diesem Moment war ich mir sicher, wenn das hier zu Ende war, würde ich nie wieder laufen können. Die buckeligen Pflastersteine folterten meine Kniescheiben und ich fand keine Stellung, die mir erträglich schien. Ich zitterte und keuchte und konnte Amistad mit meinem nach oben gerichteten Blick nicht sehen. Doch plötzlich konnte ich ihn fühlen. Ich spürte seine warmen Hände an meinem Körper, er musste sich vor mich gekniet haben und obwohl ich aufgrund meiner Schmerzen absolut keinen Nerv für seine Zärtlichkeiten hatte, erregten mich seine Berührungen unendlich. Er streichelte über meine Brüste und meine empfindsamen Knospen, die sich ihm voller Verlangen entgegenstreckten. Etwas fester griff er an meine Taille und umschloss schließlich meinen Hals. Er verzauberte mich … Ich wand mich in seinen Händen und mein Rauschzustand spiegelte sich in meiner Stimme wieder. Bestimmt hatte er den Eindruck, ich wollte mit meinem Knebel im Mund ein Lied für ihn singen. Mein Körper glühte vor Erregung und ich wusste, wenn er mich jetzt zwischen meinen Beinen berührt hätte, wäre es um mich geschehen gewesen.

Aber dieses Vergnügen gönnte er mir nicht. Stattdessen erhob er sich und endlich konnte ich hilfesuchend in seine Augen sehen, die mir jedoch nicht viel Aussicht auf Besserung versprachen. Er zog ein zweites Seil von der Decke und machte sich an meinen Haaren zu schaffen. Kurz darauf verspürte ich einen strengen Zug an meiner Kopfhaut, Amistad hielt das andere Ende des Seiles fest, mein Hinterkopf wurde leicht nach oben gezogen, und auf seine Anordnung hin konnte ich den Knebel zwischen meinen Zähnen auslassen und wurde ab sofort an meinen Haaren ausbalanciert. Dann lockerte er jedoch genau dieses Seil und augenblicklich musste ich meine Beine weiter spreizen, damit mich der Zug im Gleichgewicht hielt. Amistad lächelte, als er mich ängstlich torkeln sah, denn im ersten Moment hatte ich gedacht, er hätte mich losgelassen, dabei wollte er nur mein Gesicht auf die richtige Höhe bringen. Ungeduldig beobachtete ich, wie er meinen »Haargalgen« an der Wand fixierte, wieder vor mich trat und seine Hose öffnete. Sofort beim ersten Anblick erkannte ich, dass ich seinen Schwanz noch nie in vollem Ausmaß erigiert gesehen hatte. Ich bekam Angst ... und plötzlich wurde mir einiges klar. Amistad fasste mich im Nacken und ließ sein erregtes Glied über mein Gesicht streichen. Seine zarte Haut an meinen Lippen, Wangen und Augenlider weckte unendliche Begierde in mir und bald wusste ich selbst nicht mehr, ob ich nun vor Schmerzen keuchte oder vor Lust. Ich sah, dass er seinen Schwanz mit ziemlicher Kraft niederbiegen musste, um mein Gesicht zu erreichen. Er strich immer wieder über meine Lippen und ich streckte sehnsüchtig meine Zunge nach ihm aus, bis er ihn mir endlich in meinen Mund gab. Ich spürte sofort den kräftigen Druck an meinem Gaumen und verzehrte mich danach, ihn tief in meiner Kehle zu haben, aber gleich nachdem er die ersten paar Male in mich gestoßen war, zog er ihn wieder heraus, um mich mit einer Ermahnung zu kompromittieren, als würde ich nicht wissen, was ich zu tun hatte. »Du brauchst mich nicht mit deinen Lippen festzuhalten!« Zärtlich streichelte er über meine Wangen, während er in meine Augen sah und mich weiter tadelte: »Lass einfach locker, ich will ganz nach hinten in deine Kehle, dort wo es enger wird.« Sein schwerer Atem ließ sich kaum verbergen. »Entspann dich ... atme gleichmäßig ... und lass deine Kiefer ganz locker ... ich hol mir schon das, was ich brauche.«

Verlegen schluckte ich und wollte ein »Ja« sprechen, aber meine Stimme versagte.

Amistad lächelte und gab mir seinen Schwanz zurück. Schnell merkte ich, dass ich ihn bisher offenbar wirklich mit meinen Lippen festgehalten hatte, es war vermutlich so eine Art Schutzfunktion oder Abwehrhaltung, denn nun, wo ich es nicht mehr tat, konnte er viel tiefer in mich eindringen. Sofort schossen mir die Tränen in die Augen und jeder einzelne seiner Stöße verursachte ein so obszönes Geräusch in meiner Kehle, dass ich mir am liebsten die Ohren zugehalten hätte. In regelmäßigen Abständen ließ er mich nach Luft schnappen. Er berührte sich währenddessen selbst, und noch bevor ich meinen Mund nur ein einziges Mal hätte schließen können, war er schon wieder in mir.

Nebenbei löste er das Seil aus meinen Haaren – entfernte meinen Sicherheitsgurt – und ich merkte direkt, wie sehr er es genoss, zwischendurch seine Hände von mir zu nehmen.

Ich musste ihn dann ganz schnell wieder mit meinen Lippen umschließen, denn dann hing ich allein mit meinem Mund an seinem Schwanz, suchte mein Gleichgewicht und schnaubte verzweifelt durch meine Nase. Er belächelte die Panik in meinen Augen. Bis er wieder in meine Haare fasste und mich so heftig und ohne Unterbrechung stieß, dass mir fast schwarz vor Augen wurde. Ich hatte das Gefühl, dabei selbst in Ekstase zu fallen ... seine mächtige Erektion und das Spiel, das er mit mir trieb, erregten mich unbeschreiblich ... als hätte sich mein Geschlecht in meinen Hals verlagert, um nun hingebungsvoll von ihm missbraucht zu werden. Irgendwo da hinten war mein zweiter G-Punkt, der jeden kräftigen Stoß von ihm mit einem Blitzgewitter in meinem Hirn quittierte.

Amistad stöhnte. Eine raue männliche Stimme begleitete seine tiefen Atemzüge. Mich hingegen ließ er kaum noch atmen ... und mir wurde schwindelig ... bis er sich schließlich ein Stück aus mir zurückzog. Ich kreischte nach Luft. Er nahm seinen Schwanz in die Hand und drückte ihn fest zusammen, während ich meinen Mund für ihn geöffnet hielt, ihn mit meinen Augen anhimmelte und es nicht erwarten konnte. Dann ließ er los und ergoss sich über meinem Gesicht, ein letztes kehliges Stöhnen verließ seine Lippen und er erzitterte vor mir. Dankbar leckte ich ihn von allen Seiten sauber, Amistad hielt meinen Kopf in seinen Händen, er war außer Atem und sah mir ganz verzückt zu, wie ich seinen Schwanz auf meinem Gesicht balancierte und angestrengt versuchte, ihn in meinen Mund zu bekommen. Er lächelte schließlich und beugte sich zu mir herunter. »Konntest du nicht kommen?«, flüsterte er mitfühlend in mein Ohr.

Mir schauderte beim erotischen Klang seiner Stimme ... sein Hauch an meinem Ohr war, als hätte er über meine Schamlippen geleckt ... Ich war kurz davor, eine kleine Explosion zu erleben und fast hätten seine Worte eben diese ausgelöst, aber ich konnte nicht antworten und wimmerte nur wehmütig. Jetzt waren es wieder die Schmerzen an meinen Knien, die mich quälten. Amistad ließ sich vor mir nieder, zog meinen Kopf an seine Schulter und griff vorsichtig zwischen meine Beine. Ein langgezogener Lustschrei brach aus mir heraus. Seine Hand badete in meiner Feuchtigkeit, sie verwandelte sich in einzelne Finger, die entlang meiner pochenden Spalte gemächlich auf und ab strichen. Ich keuchte und schrie schon im Voraus, aus Angst, er würde meine kleine geschwollene Perle berühren, aus Angst, ich könnte den Schmerz der Erlösung nicht ertragen. Und dann tat er es. Ganz sachte legten sich seine Finger auf die besagte Stelle, er übte einen leichten Druck auf mich aus, zog ein paar kleine Kreise und in meinem Lustzentrum explodierte ein himmlisches Feuerwerk. Er musste mich um die Taille fassen, damit er mich halten konnte, denn ich hatte meine Beine nicht mehr unter Kontrolle, zitterte und schrie, biss in seinen Nacken ... und musste im selben Moment ohnmächtig geworden sein.

***

Als ich wieder erwachte, lag ich auf dem Bauch. Ich erschrak und versuchte mich zu erinnern. Hatte ich Amistad gebissen? Wo war er jetzt? Ich konnte mich nicht umdrehen. Noch immer nackt und bewegungsunfähig verklebt lag ich auf dem Boden. Plötzlich fühlte ich eine Berührung an meinem Rücken und zuckte zusammen ... etwas Kaltes ... eine Schere. Amistad war dabei, mich von den Klebebändern zu befreien. Erleichtert legte ich meinen Kopf wieder ab. »Halt deine Füße fest, auch wenn die Bänder weg sind!«, befahl er mir.

Mühevoll und vorsichtig schnitt er Zentimeter für Zentimeter entlang meiner Haut, um mich nicht zu verletzen. Am

Schluss setzte er sich direkt vor mir auf den Boden, lehnte sich mit dem Rücken gegen die Wand und zog meinen Kopf in seinen Schoß. Mit beiden Händen hielt er mich dort fest. »Jetzt lass los«, forderte er ruhig, und mittlerweile ahnte ich ansatzweise, dass es wehtun würde, meine Beine auszustrecken, aber ich hatte keine Vorstellung, wie sehr. Ich schrie und wand mich in seinem Schoß, fühlte die übermächtige Kraft seiner Hände, die mich gut halten konnten. Er ergötzte sich an meinen Qualen. Mir schien, es war für ihn wie die Zigarette danach. Als meine Stimme versiegt war, streichelte Amistad liebevoll über mein Gesicht. »Glaubst du, du kannst für mich aufstehen?«

Ich nickte und er half mir langsam hoch.

»Halt dich an meiner Schulter fest, ich zieh dir deine Schuhe wieder an.« Er reichte mir auch ein frisches Nachthemd ... cognacfarben und endlos sexy.

Kurz darauf stand ich auf den wackeligen High Heels und lehnte mich haltsuchend an die Wand hinter mir.

Amistad kam mir näher, legte seine Hand an mein Gesicht und küsste mich zärtlich. »Ich hätte dich jetzt mit nach oben genommen, dich in meinem Bett schlafen lassen, aber leider hast du mich gebissen ... also, ich hoffe, du verstehst das ...«

Schmerzlich zogen sich meine Augenbrauen zusammen. Ich senkte meinen Blick und nickte.

Amistad küsste mich auf die Stirn und ging. Angesichts des steinigen Fußbodens, der mich nun die dritte Nacht um meinen Schlaf bringen würde, empfand ich es als harte Strafe. Ich war jedoch ein klein wenig skeptisch, ob er es wirklich ehrlich gemeint hatte oder ob er mich nur verletzen wollte ... mit einer spontan erfundenen Belohnung, die mir ohnehin nie vergönnt gewesen wäre.

Wie schade, dass mir an diesem Abend niemand sagte, dass dies meine letzte Nacht im Keller sein würde, wo es doch alle gewusst hatten!

Jana

Am nächsten Morgen brachte mir Damian zu meiner freudigen Überraschung schon wieder »richtiges Essen«: Müsli mit frischen Früchten, Joghurt und einen Tee. Vermutlich als Entschädigung dafür, dass ich erneut am Sportprogramm der Mädchen nicht teilnehmen durfte. Fast den ganzen Tag ließen sie mich in meiner Zelle allein und zum ersten Mal begann ich mich um meine Füße zu sorgen. Ich wusste, dass man die High Heels für zumindest zwei Stunden pro Tag ausziehen musste, um mit Dehnungsübungen, Laufen und Sport einer Verkürzung der Sehnen entgegenzuwirken. Vor meiner Flucht von Ivory hatte ich zwar aus Liebe zu Santiago freiwillig darauf verzichtet, hatte es in Kauf genommen, meine Füße für ihn zu schädigen, jedoch durfte ich im Gegenzug als seine Nummer Eins an seiner Seite leben, so wie David oder Amistad. Und ich empfand es mehr als ungerecht, wenn er jetzt, ohne mich auch nur gefragt zu haben, von mir verlangte, dass ich das Gleiche für ein Leben im Keller auf mich nehmen würde.

Aber nicht nur die Geschichte mit meinen High Heels belastete meine Seele, sondern auch noch ein zweiter Konflikt. Vielleicht lag es daran, dass ich, seit ich zurück auf Ivory war, bei weitem mehr Zeit mit Amistad verbracht hatte, als mit Santiago ... denn mittlerweile wusste ich kaum noch, für wen ich was empfinden sollte. Optisch hatten sie beide ihren Reiz, wenn auch Santiago weit mehr meinen visuellen Vorlieben entsprach, aber Amistad schenkte mir Aufmerksamkeit ... und im Umgang mit mir konnte ich ihm auch nichts vorwerfen. Er erinnerte mich an Jude. Beide waren ein Balanceakt an meiner Schmerzgrenze, der mir höchste Befriedigung verschaffte, genau wie Santiago früher. Bei »Santiago heute« stimmte auf gewisse Weise das Verhältnis nicht mehr. Ich hatte den Eindruck, ihm nicht das Geringste zu bedeuten. Er hatte Jana. Zu mir war er eiskalt, brutal und zynisch ... vielleicht unterbrochen von ein paar wenigen, oberflächlichen Streicheleinheiten.

Ich erschrak vor meinen eigenen Gedanken. Diese Betrachtungsweise machte mich traurig. War doch Santiago der Grund, warum ich überhaupt hierhergekommen war und David verlassen hatte. Ich brach in Tränen aus, zweifelte an meiner Entscheidung, an Santiago, an meiner vermeintlich großen Liebe zu ihm. Ich hoffte inständig, diese Gefühle in mir würden sich bald ändern.

Meine Schiebetür öffnete sich und Damian trat ein. Er fand mich schluchzend auf dem Boden sitzen, bückte sich zu mir herunter und legte seine Hand auf mein Knie.

»AU!« Ich stöhnte auf. Damian hatte es nett gemeint und mein Knie leicht gedrückt. »Es tut noch weh ... von gestern«, erklärte ich ihm.

»Bitte entschuldige ...« Er nahm seine Hand weg. »Warum weinst du?«

Ich hielt mir beide Hände vors Gesicht. »Ich kann dir das nicht erklären.«

»Ist es etwas Grundsätzliches ... oder nur momentan?«

»Grundsätzlich ... verdammt grundsätzlich!«, antwortete ich ihm ehrlich.

Damian nahm mir die Hände aus dem Gesicht. »Dann sag es mir. Ich will dir helfen ...«

Ich schüttelte verärgert meinen Kopf. »Nein, du willst mir nicht helfen, keiner will mir hier helfen. Vielleicht ist es das, was mich so quält. Solange David noch hier war, gab es wenigstens eine Person, die zu mir hielt. Sogar Edward schlägt mich mittlerweile! Auf der *Symphonie* hat kein einziger von euch zu mir gehalten, und jetzt tut es auch keiner«, warf ich ihm vor.

»Was hast du dir erwartet? Wer sollte deiner Meinung nach zu dir halten?«, fragte er.

Darüber brauchte ich nicht lange nachzudenken. »Santiago! Aber er liebt mich nicht mehr.«

»Du täuschst dich. Er hat sich nur zurückgehalten die letzten Tage. Ich hab dir gesagt, du sollst nicht aufgeben ... und noch ein wenig durchhalten.«

»Wenn du mir jetzt noch erklären kannst, wovon du sprichst, vielleicht kann ich dich dann verstehen!« Etwas gereizt blickte ich ihn an.

Damian lächelte. »Santiago wird es dir selbst erklären. Er will dich sehen ... jetzt.«

Das war ja mal eine Ansage. »Konntest du das nicht gleich sagen?«

»Nein, ich wollte wissen, warum du weinst. Denn du musst heute noch sehr stark sein.«

Mein Magen zog sich zusammen. »Ist es wegen Jana?«, fragte ich ihn.

»Er will es dir selbst sagen.«

Mir wurde angst und bange zumute.

»Du kannst das kurze Nachthemd anlassen. Jana trägt heute genau das Gleiche, allerdings nicht in Cognac, sondern in Apricot, aber dieselbe Spitze.«

Wie aufmerksam. Wenn ich nicht gewusst hätte, dass Santiago derjenige war, der diesen Kult pflegte, dass seine Mädchen immer einheitlich angezogen sein mussten, hätte ich fast angenommen, Damian wäre ein Dessous-Fetischist.

Ich stöckelte noch etwas unsicher auf meinen High Heels aus dem Verlies über die Pflastersteine. Meine Knie schmerzten vom Vortag und sie waren sogar leicht blau unterlaufen.

Im Aufzug streichelte Damian über meine Wange. »Ich halte zu dir. Ich habe es David versprochen, ich konnte dir auf der *Symphonie* nicht helfen, aber glaub mir, ich *war* ›nett‹ zu dir.« Er zog bedeutungsvoll eine Augenbraue hoch.

Überrascht sah ich ihn an. »Du?« Ich fiel aus allen Wolken. »Warte ... warte ... kannst du den Lift anhalten?«

Damian lächelte verlegen und stoppte den Aufzug.

»Ich ... ich dachte ... ich hatte Cheyenne vermutet ...«

»Nein, Cheyenne hat dich hochgehoben – falls du dich an das erinnern kannst. Ich hab dich kommen lassen ... und dein Körper hat mir dabei ziemlich überschwängliche Begeisterung geschenkt ...«

Jetzt lächelte ich etwas verlegen. »Das lag vielleicht daran, dass ich zu dem Zeitpunkt noch nicht wusste, was danach auf mich zukommen würde.«

»Ja, es tut mir leid. Nach Amistad war es dann auch für mich unmöglich, dir keine Schmerzen zuzufügen. Aber du kannst mir glauben, er war der Einzige, dem das Spaß gemacht hat.«

Ich schluckte. »Spaß? Warum ist er dann nicht gekommen?«

»Woher weißt du das?«

»Er hat es mir selbst gesagt.«

Damian seufzte. »Amistad ist sehr eigen. Er braucht meist einen besonderen Kick. Und er mag es auch nicht, einer von vielen zu sein.«

Ich nickte und sah wie Damian sein Handy zückte, um den Lift wieder in Gang zu setzen. »Darf ich dich umarmen?«, fragte ich eilig.

Daraufhin schloss er mich in seine Arme und hielt mich einen Moment lang fest. Er schenkte mir die Zuneigung, die ich so dringend brauchte, um wieder halbwegs stabil in mir selbst zu ruhen. Dann stoppte der Lift, wir stiegen aus und gingen bis zu Janas Tür.

»Warte hier«, forderte mich Damian auf und betrat selbst das Zimmer, während ich etwas ungeduldig stehen blieb. Draußen war es noch hell, das Licht fiel durch die großflächige Verglasung im Wohnzimmer bis hier nach hinten in den breiten Flur der ersten Etage. Es musste also noch Nachmittag sein. Im nächsten Moment war Damian wieder bei mir, er sah mir sehr eigenartig, fast entschuldigend, in die Augen und ließ mich danach allein das Schlafzimmer betreten.

Santiago stand mit Jana am Fenster. Ich erkannte sie nur an ihren goldblonden wallenden Haaren und ihrer grazilen Gestalt, denn sie hatte mir ihren Rücken zugewandt. Santiago hielt sie in seinen Armen. Langsam ging ich bis zur Mitte des Raumes ... und dann erschrak ich so sehr, dass ich keinen einzigen Schritt mehr tun konnte. Wie versteinert blieb ich stehen ... und wurde bestimmt kreidebleich vor Entsetzen. Jana hatte ihre linke Hand an Santiagos Gesicht! Ich musste dreimal hinsehen, damit ich es glauben konnte. Sie streichelte langsam über seine Wange, seinen Hals und kämmte mit ihren schlanken Fingern durch seine Haare. Er sah mich eiskalt an und wartete auf meine Reaktion.

Ich war sprachlos. Eigentlich wollte ich ihren Namen sagen, damit sie sich zu mir umdrehte, aber ich konnte nicht. Wenn er mir jetzt provokativ zeigen wollte, dass Jana nicht nur das Recht hatte, an seiner Seite zu leben, sondern auch noch als einzige Frau auf Erden das Privileg genießen sollte, ihn berühren zu dürfen, dann ... dann würde das die Grenzen meiner Toleranz überschreiten. Damit wollte ich bestimmt nicht leben. Ich war nicht eifersüchtig, auf keines der Mädchen, er durfte schlafen mit wem er wollte ... aber nicht das! Tränen schossen in meine Augen. Ich suchte nach meiner Stimme und fuhr verlegen durch meine Haare. »Sie darf dich berühren«, hauchte ich.

»Ja«, entgegnete er, ohne jegliche Erklärung.

Jana nahm ihre Hand aus seinem Gesicht, ließ sie fallen ... und drehte sich langsam um.

Ich zischte verächtlich und enttäuscht, ich atmete schwer, aber ich wollte sie zumindest begrüßen. Also ging ich ihr entgegen. Und während ich einen Fuß vor den anderen setzte, wurde mir schlecht. Jana. Sie sah mich zuerst gar nicht an, dann blickte sie in meine Richtung ... aber auf seltsame Weise durch mich hindurch. Erschrocken blieb ich stehen und meinte zu ersticken. Janas Augen fanden mein Gesicht nicht. Ich sah Santiago an. Der biss sich auf die Lippen. Im selben Moment schrie ich in meine Hände. Jana war blind!

Sofort schämte ich mich für meine Reaktion ... Jana gegenüber. Ihre helle Stimme hauchte meinen Namen, und ich versuchte mit aller Gewalt, mich zu beruhigen.

»Du darfst sie umarmen«, erlaubte mir Santiago.

Jana lächelte an mir vorbei und mir schauderte.

Schluchzend schloss ich sie in meine Arme. Sie fühlte sich genauso gut an wie immer, sie war extrem schlank und doch so geschmeidig und weich ... ihr Haar duftete nach Pfirsich. Mir kamen die Tränen und mein aufdringlicher Herzschlag erschütterte unsere beiden Körper, während ich ihren kaum wahrnehmen konnte.

»Das reicht jetzt«, unterbrach uns Santiago, zog mich von ihr weg und drängte mich einen Meter zurück in den Raum.

»Nimm deine Hände auf den Rücken«, befahl er mir, während er Jana wieder an sich drückte. Sie schlang ihren schlanken Arm um seinen Hals und legte ihren Kopf an seine Schulter.

»Du wirst dich an diesen Anblick gewöhnen müssen. Ich habe dich nicht zurückgeholt, damit du deine Zeit im Keller verbringst. Du wirst ab sofort hier oben wohnen ... in diesem Zimmer ... bei Jana.« Vielleicht hätte ich mich mit diesem Gedanken noch anfreunden können, aber im nächsten Moment blitzte wieder sein zynisches Lächeln in seinen Mundwinkeln auf und er ließ sich jedes seiner folgenden Worte auf der Zunge zergehen: »Du wirst ihr Blindenhund sein.«

Fassungslos stieß ich einen verächtlichen Laut aus, wankte ein paar Schritte rückwärts. Seine Ausdrucksweise hatte mich getroffen wie ein Schlag ins Gesicht ... und noch viel schlimmer ... ich fühlte mich plötzlich nur allzu bestätigt in meiner Vermutung, dass er mich nicht mehr liebte und nur noch gehässig zu mir war. Ich wollte weg von hier, wandte mich ab und verließ fluchtartig das Zimmer.

»DU BLEIBST HIER!«, schrie er mir hinterher.

Aber ich war bereits auf der Treppe, die hinunter ins Erdgeschoss führte, lief durch das Wohnzimmer und betete, dass die Eingangstür offen sein würde. Und tatsächlich, sie war unverschlossen und gab auf Knopfdruck den Weg frei in die tropische Hitze. Ich wusste, dass ich nicht weit kommen würde, aber ich musste weg ... raus ... an die frische Luft. Ohne Ziel. Ohne den Funken einer Chance. Mit einem tiefen Atemzug sog ich den feuchten Duft des Ozeans in meine Lunge und entschied mich für den erdigen, breiten Weg, der rund um die Insel führte. Gleichzeitig verfluchte ich meine High Heels, denn sie hinderten mich am Laufen. Immer wieder blickte ich hinter mich, aber selbst als ich gute hundert Meter von der

Villa entfernt war, sah ich wider Erwarten niemanden, der mir folgte. Später verdeckte die üppige Vegetation meine Sicht.

Im Laufschritt gelangte ich schließlich zur Badebucht und entdeckte ein Gebilde am Strand, das meine Neugierde weckte, also wählte ich diesen Weg. Santiago hatte doch tatsächlich drei überdimensionale Himmelbetten neben den bisherigen, ohnehin schon luxuriösen Sonnenliegen errichten lassen. Sie glichen in ihrer Bauweise offenen Strand-Bungalows. Jeweils vier dicke Säulen trugen ein ausladendes Strohdach und die massive Bambus-Unterkonstruktion war weit größer, als die mittig daraufliegende weiße Doppelmatratze. Ich sah edle Kissen, seidige weiße Vorhänge, die von goldenen Ketten zusammengehalten wurden, einen Champagner-Kühler, den offenbar jemand vergessen hatte, auch aus Gold, und Santiagos Wappen am Dach, ebenfalls Gold. Zum ersten Mal begann ich all diesen Luxus zu hassen und damit auch Santiago, das Wappen, mein Brandmal, meine Schuhe ... Schon wieder versank ich im Sand ... Ich heulte. Was hatte er Jana angetan?

Der Sonnenuntergang tauchte die ganze Insel in orangegelbes Licht. Im seichten Wasser fiel ich auf die Knie. Der Ozean war lauwarm. Wieder sah ich mich um ... niemand war mir gefolgt. Bestimmt dachte er, ich könnte ohnehin nicht entkommen und würde irgendwann von selbst reumütig heimkehren. Trotzdem war ich enttäuscht. Was, wenn ich mir das Leben nehmen wollte? Wenn ich nun einfach ins Meer liefe und nie wieder zurückkäme ... Das war ihm offensichtlich auch egal. Der Gedanke fesselte mich, denn wenn ich mit dieser Vermutung richtig lag, dann wollte ich wirklich nicht mehr leben. Wenn ich bedachte, was ich alles auf mich genommen hatte, um seinen Anforderungen zu entsprechen, um ihn glücklich zu machen, und nun als Dank dafür seine Gleichgültigkeit ernten sollte oder viel schlimmer noch ... Plötzlich klatschte mir eine Welle ins Gesicht. Erst jetzt merkte ich, dass ich bereits am Schwimmen war.

Dicke Tränen verschleierten meine Sicht. Dennoch fühlte ich mich kräftig und wollte mir all meine Aggressionen von der Seele kämpfen. Ich musste mich bewegen, wollte mich verausgaben, bis ich keine Energie mehr hatte, über mein erbärmliches Leben nachzudenken. Mein Kleid störte mich. Die Spaghettiträger rutschten ständig über meine Schultern und behinderten meine Arme. In einem Anfall von Wut riss ich es mir vom Leib und begann verzweifelt zu heulen, weil ich mit meinen Schuhen nicht das Gleiche tun konnte.

Irgendwann blickte ich mich um. Durch die unruhige See konnte ich zuerst kaum den Strand erkennen, aber dann entdeckte ich doch tatsächlich drei Männer dort draußen, die allerdings nicht den Anschein machten, ins Meer zu wollen. Eine Welle brach über mich herein und ich verschluckte mich, musste kurz husten, betrachtete es jedoch nicht weiter als gefährlich, denn ich war eine gute Schwimmerin. Ich würde bestimmt nicht umkehren und reumütig niederknien ... vor wem auch immer. Das war es! Ich wusste ja nicht mal mehr, wer hier auf dieser Insel wirklich das Sagen hatte. Konnte Santiago überhaupt noch irgendetwas ohne Amistads Hilfe tun? Wieder drehte ich mich um. Jetzt stand nur noch einer am Strand. Also, wenn die zwei anderen mir tatsächlich gefolgt waren, was ich aufgrund des Wellenganges unmöglich sehen konnte, dann würden sie ewig brauchen, um mich einzuholen, denn ich war mittlerweile einige hundert Meter weit draußen. Doch ich musste ehrlich zugeben, meine Kräfte ließen langsam nach.

Und wieder traf mich unvorbereitet eine Welle im Gesicht, ich verschluckte mich heftig und zum ersten Mal empfand ich einen Hauch von Angst. Nahezu im selben Moment durchfuhr ein wahrlich riesiger Schreck meine Blutbahn, denn ich hatte unter Wasser eine Berührung an meinem Körper vernommen. Ich schrie auf und wirbelte panisch herum. Nun hatte ich direkt Mühe, mich über Wasser zu halten. Eine Welle von hinten klatschte mir alle Haare über den Kopf und ich beschloss, ein paar Meter zu tauchen, um meine Augen frei zu bekommen und bei der Gelegenheit einen Blick nach unten zu wagen. Ich hielt die Luft an, nahm den Kopf unter Wasser und gerade, als ich mit dem ersten kraftvollen Tempo hinter mich trat, erwischte ich schon wieder etwas. Sofort riss mich jemand am Arm zurück an die Oberfläche. Erschrocken schnappte ich nach Luft, befreite mein Gesicht von dem schweren Haarschleier und im nächsten Moment hasste ich mich für die Gefühle, die ich empfand, als ich in das vertraute Antlitz blickte, denn meine ersten Gedanken waren erfüllt von Sorge! Mit allen anderen hatte ich gerechnet, aber nicht damit, dass er mir persönlich nachschwimmen würde. Gleichzeitig war ich aufgebracht und zornig, denn es war für mich nur ein weiteres Zeichen, dass mit der Hierarchie auf dieser Insel irgendetwas nicht stimmte. »Was machst du hier?«, fuhr ich ihn an. »Hast du keinen Rettungshund, der den Blindenhund für dich aus dem Wasser zieht?«

Er hatte mich losgelassen und ich merkte, dass er mit irgendeinem Problem unter Wasser kämpfte. Da erinnerte ich mich wieder, ihn getreten zu haben und erneut flackerte Besorgnis in mir auf. Aber dann griff er brutal nach meinem Arm. »Was machst DU hier? Das ist viel mehr die Frage!«, schrie er mich an. »Willst du dich umbringen?«

Ich zischte verächtlich. »Und wenn? Wen kümmert es?«

Eine unerwartet große Welle brach über uns beide herein.

Ich verlor den Kontakt zu ihm ... Vielleicht zwei Meter von mir entfernt tauchte er auf und strich sich das Wasser aus dem Gesicht. »Mich kümmert es! ... Sei nicht so blöd ... Komm jetzt, wir schwimmen zurück!«

Ich schüttelte meinen Kopf ... Er kam näher, aber er konnte mich nicht mehr festhalten, weil wir beide ziemlich zu kämpfen hatten, uns selbst über Wasser zu halten. Tränen der Verzweiflung spülten das Meerwasser aus meinen Augen. Ich wollte nicht zurück und so weitermachen wie die letzten Tage. »Nein ... du liebst mich nicht!«, warf ich ihm an den Kopf.

Er verdrehte die Augen. »Lass uns zurückschwimmen, wir können draußen reden.«

Es machte mich traurig, dass er es nicht mal schaffte, wenigstens ein paar Worte der Zuneigung für mich zu heucheln. Im selben Moment klatschte eine Ohrfeige auf meine Wange. Dann fasste er mich an den Haaren und spuckte es förmlich in mein Gesicht: »Los! Schwimm! Ich kann dich auch bewusstlos schlagen und rausziehen, wenn dir das lieber ist.«

Er hatte es schon wieder getan! Seine Worte bohrten sich wie Dornen in meine Seele und neue Wut stieg in mir auf. »Wozu willst du dir die Mühe machen?«, fauchte ich zurück. »Ich bin doch nur ... deine Nummer Sechsundsiebzig!«

Etwas perplex ließ er mich los ... Er fuhr sich durch die Haare und musste sich für einen Moment von mir abwenden. Dann sah er mich wieder an und fragte: »Woher weißt du das?«

»Ist doch völlig egal, woher ich das weiß ... Es wäre auch nicht von Bedeutung für mich, wenn du mich lieben würdest.« Ein eiskalter Schauer durchströmte meinen Körper und ich bekam plötzlich Gänsehaut.

Santiago schüttelte den Kopf und kam mir näher. Er zog mich in seine Arme, sodass ich nicht mehr schwimmen konnte.

»Glaub mir, ich wäre jetzt nicht hier, wenn ich es nicht tun würde ...« Er küsste mich am Hals. »Bitte, schwimm zurück.«

Ich zitterte, aber das war der Strohhalm, auf den ich gewartet hatte ... und der mich schließlich umkehren ließ ...

Mir war kalt, mir klapperten die Zähne. Völlig außer Atem und am Ende meiner Kräfte erreichte ich das seichte, wärmere Wasser am Strand. Ich fühlte den feinen Sand unter meinen Knien und freute mich, es geschafft zu haben. Santiago hatte die ganze Zeit neben mir geschwommen, aber im Gegensatz zu mir hatte er jetzt noch die Energie, sich mühelos aufzurichten und eilig davonzuschreiten. Etwas weiter vorn sah ich Damian aus dem Wasser stapfen ... und als ich mich zur anderen Seite drehte, kam Marcus klatschnass den Strand entlang ... Wusste ich doch, dass sie ihn nicht allein hatten rausschwimmen lassen. Bestimmt waren sie die ganze Zeit neben uns gewesen. Santiago brüllte Damian an und zeigte zornig Richtung Haus. Auf dem Weg zurück zu mir kam ihm Marcus entgegen, den würdigte er jedoch keines Blickes. Ich sah auch, wie Cheyenne, der draußen gewartet hatte und als Einziger trocken und komplett angezogen war, den Strand verließ. Erst jetzt wurde mir peinlich bewusst, dass ich völlig nackt war. Die Männer trugen wenigstens Shorts. Also zögerte ich etwas, mich an die Luft zu wagen und streckte mich stattdessen erschöpft im knöcheltiefen, fast körperwarmen Wasser der Länge nach aus.

»Wo ist dein Kleid?«, fragte Santiago, als er wieder bei mir war.

Ich drehte mich auf den Rücken, sah ihn über mir stehen und bekam Herzklopfen ... Wie oft hatte ich davon geträumt, mich nackt vor ihm im seichten Wasser zu räkeln. Aber jetzt konnte ich es nicht, er hatte meine sinnliche Unbefangenheit zerstört. Das Einzige, was ich ihm geben konnte, waren meine Hände, die ich freiwillig über meinen Kopf nahm und ihm damit meine Ergebenheit signalisierte. Er ließ mich warten, vielleicht genoss er meinen Anblick ... Erst nach ein paar Sekunden sank er auf seine Knie und kam über mich. Ich fühlte die Schwere seine Körpers, seine Wärme, seinen Herzschlag und war überwältigt von seiner Nähe. Es war so einfach ... Ich brauchte doch nur einen Funken an Zuneigung. Er war so hübsch ... und so nass. Für einen Moment sah ich ein Zögern in seinen Augen, dann erlöste er mich mit einem Kuss. Ich konnte mich meiner Begierde für ihn kaum erwehren, hing sehnsüchtig und kurzatmig an seinen Lippen und versuchte, meine Hände unter Kontrolle zu halten, während er mich mit seinen Händen leidenschaftlich berührte. Er streichelte über meine Brüste, meinen Bauch und immer wieder zwischen meine Beine. Dann drang er mit zwei Fingern in mich ein. Ich stöhnte begierig und dankbar, doch ich hatte Angst vor dem Sand, der im Wasser aufgewirbelt wurde. Aber er bewegte sich unbeeinflusst davon, immer schneller, gleichzeitig küsste er mich am Hals, bis mein Körper unweigerlich unter seinen Händen erbebte.

Santiago schenkte mir auch danach noch liebevolle Blicke. Er streichelte mit den Fingern, die mich soeben beglückt hatten, zärtlich über meinen Bauch und meine Brüste. Ich fühlte seine eigene Erregung an meiner Hüfte und fragte mich, warum er nicht in mich eingedrungen war. Vielleicht hatte auch er Respekt vor dem Sand? Obwohl ich eigentlich noch nicht sprechen wollte und ich mich kaum noch an all meine Probleme erinnern konnte, zwangen mich ein paar Gedanken, ihn mit meinen Worten in seiner Sinnlichkeit zu stören. »Wir wollten eigentlich reden ...«, flüsterte ich.

Er sah mir kurz in die Augen, dann legte er sich noch mal auf mich und kam mit seinem Mund an mein Ohr. »Ich weiß«, hauchte er, »aber ich tu mich leichter, wenn du entspannt und nicht so gereizt bist.«

Ich musste lachen. Wie berechnend! Er ließ mich mal kurz an seinen Fingern zappeln, damit er sich danach überzeugungstechnisch nicht so viel Mühe geben musste. Nur ungern wollte ich mir eingestehen, dass seine Strategie zu einem gewissen Grad gewirkt hatte, denn schon als er mir danach wieder in die Augen sah, hätte ich zerfließen können ... vor Ergebenheit. Und die Tatsache, dass ich ihm nicht widersprochen hatte, bestätigte ihn vermutlich in seiner Ansicht.

»Mir wird kühl«, merkte er an, »komm, wir gehen raus.«

Wir standen auf und ich verschränkte etwas verlegen die Hände vor meiner Brust.

Er lächelte. »Wir haben Handtücher bei den Kingsize-Betten.« Er zeigte auf eines der drei neuen Luxus-Bauwerke. »Wir werden uns dort hinsetzen und in Ruhe reden.« Etwas skeptisch sah er mich an und fügte hinzu: »... wenn du willst.«

Natürlich wollte ich reden. Vor allem wollte ich mit ihm allein sein. »Ich wasche mir nur den Sand aus den Haaren«, gab ich ihm zu verstehen und ging ein paar Schritte weiter hinein ins Meer. Dort, wo mir das Wasser bis zu den Oberschenkeln reichte, ließ ich mich fallen, tauchte unter ... und wirbelte mit beiden Händen den Sand aus meinen langen Haaren. Als ich wieder auftauchte, stand er direkt vor mir. Er legte eine Hand an meine Wange und in seinen Augen glänzte plötzlich unsägliches Verlangen. »Lass mich das machen«, forderte er.

»Was?«, hauchte ich.

Zärtlich küsste er mich auf den Mund. »Ich will dich unter Wasser halten, bis deine Haare sauber sind.«

Ich erschrak. Es war meine Schuld. Ich hatte ihn dazu verleitet. Und jetzt schaffte ich es nicht, ihm zu widersprechen. Ich sank vor ihm auf die Knie und erblickte eine verlockend geformte Ausbuchtung an seiner nassen Shorts. Verzückt öffnete ich meinen Mund und biss zärtlich in den dünnen Stoff. Santiago hielt meine Hände fest und ließ mir kurz mein Vergnügen. Ich blickte sehnsüchtig zu ihm auf und verwünschte den dünnen Stoff, der uns trennte. Wie gern hätte ich ihn jetzt befriedigt und seine anderen Pläne verworfen. Doch viel zu früh löste er meine Zähne von seinem Schwanz und kniete sich zu mir ins Wasser. Er nahm mich zwischen seine Beine und umarmte mich, während ich meine Hände hinter meinem Rücken fassen sollte. Ich legte meinen Kopf an seine Schulter und fühlte seine Hände in meinen Haaren. Irgendwann wurde sein Griff strenger ... und je fester er mich anfasste, umso geringer wurde meine eigene Muskelspannung. Die Kraft wich aus meinem Körper. Er machte es ganz langsam. Ich hatte noch die Gelegenheit, tief einzuatmen, dann sah ich den Wasserspiegel vor meinem Gesicht in die Höhe steigen, ich schloss meine Augen und er drückte mich unter Wasser. Er hielt meinen Kopf an seinen Bauch gepresst und legte ein Bein über meine Hüften. Ich musste mir die Hände vors Gesicht halten und gleichzeitig schossen die verrücktesten Gedanken durch mein Gehirn. Ich träumte von einer Apnoe-Taucherin, die sich an meiner Stelle seinen Händen ausliefern würde. Sie könnte er bestimmt nicht beeindrucken mit dieser Praktik, vorausgesetzt er wüsste nicht von ihrer Begabung. Sie könnte ihm vorspielen, völlig aufgelöst und außer Atem nach einer Minute aufzutauchen, ohne dabei auch nur Herzklopfen bekommen zu haben. Im Gegensatz zu mir. Ich dachte jedes Mal, mein letztes Stündchen hätte geschlagen.

Dann kam der Moment, auf den er vermutlich gewartet hatte ... ich glaubte zu ersticken und musste mich unweigerlich wehren, ohne Rücksicht darauf, ihn nicht berühren zu dürfen. Und durch seine Aversion vor meinen Händen, hatte ich ziemlich schnell gewonnen, kam an die Oberfläche und gierte verzweifelt nach Luft. Sofort hing er an meinen Lippen und ich meinte, er wollte mich verschlingen. Er stöhnte. Und ich genoss seine überschwängliche Leidenschaft. Ich musste mir wieder mal eingestehen, dass es das wert war ... ein bisschen Angst für seine überschwängliche Begierde. Absolut! Selten fühlte ich mich von ihm so geliebt, wie in diesen Momenten.

Als wir beide wieder zu Atem gekommen waren, nahm er mich hoch auf seine Arme ... und ich ließ mich fallen, so, wie er es gern hatte, als wäre ich ohnmächtig. Auf einem der Bambus-Plateaus setzte er mich ab. Ich kniete mich neben die Kingsize-Matratze und er wickelte mich in ein weißes Handtuch. Seine trockene Kleidung lag am unteren Ende, aber er beachtete sie nicht, befreite sich nur von der nassen Hose und hüllte sich ebenfalls in ein flauschiges Badetuch.

Es war schon fast dunkel. Die letzten Sonnenstrahlen zauberten ein paar violette Streifen in die düsteren Wolken am Horizont. Santiago streckte sich in der Mitte der weichen Liegefläche aus und klopfte mit der flachen Hand auf den Platz neben sich. Er lächelte. Ich liebte den verlockenden Ausdruck in seiner Miene. Ich setzte mich dicht neben ihn und er legte liebevoll eine Hand um meine Hüfte, als wollte er mich noch enger an sich drücken. Er bat mich, ihm sein Handy zu reichen und so streckte ich mich kurz zu seinen Füßen, wo die lange Hose lag. Dabei fiel mein Blick auf seinen Unterschenkel und ich zuckte zusammen. Er war aufgeschürft und blutete. Meine Augenbrauen verzogen sich schmerzlich. »Es tut mir leid«, versicherte ich ihm aufrichtig.

»Ja«, antwortete er, »du kannst nichts dafür.«

Ganz etwas Neues. Normalerweise war ich doch an sämtlichen Ereignissen schuld, auch an denen, an denen ich nicht mal theoretisch schuld sein konnte.

»Was willst du essen?«, fragte er mich.

Etwas perplex blickte ich in seine Augen. »Im Ernst?«

Er lachte. »Ja.«

»Irgendetwas?«, fragte ich ungläubig.

»Was dein Herz begehrt!«

Ein bisschen viel Entscheidungsfreiheit für ein Mädchen, das heute Morgen noch in einem Verlies erwacht war. »Crevettencocktail?«

Santiago nickte und zückte sein Handy. Ich vermutete, dass er mit Damian sprach. »Hi. Wir bleiben hier unten. Bezüglich Essen: Wir nehmen einen Crevettencocktail, eine Paella, zwei Flaschen Champagner, vielleicht etwas Salat. Als Dessert Mousse âu Chocolat blanc mit Erdbeeren. Aber die sollen das kühlen! Und schick Amistad mit einer Desinfektion, ich hab mich geschnitten.«

Santiago legte sein Handy zur Seite und fragte mich: »Was ist?« Erst jetzt wurde mir bewusst, dass ich ihn angestarrt hatte, als wäre er der Weihnachtsmann.

Stumm schüttelte ich meinen Kopf.

Santiago lehnte sich entspannt zurück und grinste mich an. »Sag, wohin wolltest du schwimmen? Nach Miami?«

Ich zischte verächtlich. »Was hast du mit Jana gemacht?«

»Das ist eine Gegenfrage!«

»Entschuldige.«

Er öffnete mein Handtuch am Dekolleté und entblößte meine Brüste, um sie daraufhin abwechselnd zu streicheln. »Also?«

Ich schluckte. »Ich ... ich wollte einfach nur weg von hier.«

»Warum?«

»Ich war enttäuscht ... von dir ... wie kalt du zu mir bist ... und wie sehr du Amistad erlaubst, sich in den Vordergrund zu drängen. Ich habe schon das Gefühl, ihm zu gehören ... und das macht mir Angst.«

Santiago atmete tief durch. »Zahira, du weißt genau, dass ich das Wechselspiel liebe. Wenn ich dich die ersten drei Tage, die du jetzt hier bist, ›kalt‹ behandelt habe, dann gab es einen Grund dafür ... und du wirst auch wieder das Gegenteil erfahren. Andere Mädchen lasse ich zwei Wochen lang ›schlecht behandeln‹, um mich danach an ihnen zu erfreuen. Vielleicht wird dir das auch mal passieren, wer weiß?«

»Ich brauche keine zwei Wochen Entzug, um für dich zu fühlen!«, protestierte ich.

»Das musst du mir überlassen.« Er kniff mich in einen Nippel, bis ein erzwungenes »Okay« über meine Lippen stolperte.

»Und Amistad drängt sich nicht in den Vordergrund. Er führt meine Befehle aus und nimmt mir dabei viel Arbeit ab. Du kannst dich bei ihm fallen lassen. Und du darfst empfinden, ihm zu gehören. Denn er gehört mir! Wieso hast du ein Problem damit?«

»Ich hab kein Problem damit. Solange ich für dich Liebe empfinden kann, hab ich kein Problem damit.«

»Niemand hindert dich daran, für mich Liebe zu empfinden!«

»Doch ... du«, wollte ich eigentlich sagen, aber ich traute mich nicht, stattdessen nickte ich.

Skeptisch blickte er in meine Augen. »Komm, küss mich.«

Ich beugte mich über ihn und ließ mich wieder mal von seinen Lippen und seiner Zunge um den Verstand bringen. Er hielt meinen Kopf fest in seinen Händen, während Wellen der Erregung durch meinen Körper jagten. Plötzlich bemerkte ich eine leichte Erschütterung und als ich aufsah, stieg Amistad auf unsere Liebesinsel. Ich kniete noch immer an Santiagos Seite und kehrte somit Amistad den Rücken, während er nun seine Wunde verarztete.

»Wie ist das passiert?«, fragte er.

»Nichts von Bedeutung«, entgegnete ihm Santiago.

Ich lächelte in mich hinein und war froh, Amistads Gesicht nicht sehen zu müssen. Schweigend behandelte er das verletzte Bein weiter. Hinter mir betraten zwei Küchenangestellte die Plattform. Sie arrangierten einen kleinen quadratischen Holztisch mit zwei roten Sitzkissen am unteren Ende unserer Liebesinsel. Es wurde vornehm aufgedeckt, mit edlen Stoffservietten, Silberbesteck, Kerzen und einer Orchidee, um die herrlich duftenden Köstlichkeiten standesgemäß zu präsentieren. Die Bediensteten öffneten die erste Flasche Champagner, schenkten ein und entfernten sich danach wieder.

Mittlerweile war auch der Verband fertig, Amistad hatte maßlos übertrieben. Vermutlich sollte ich mich bei diesem Anblick schuldig fühlen. Santiago setzte sich auf. Und als Amistad sich erhob, fiel sein Blick auf den Tisch. »Ganz schön viel Belohnung für die dreiste Selbstinszenierung einer Achtzehnjährigen«, merkte er an.

Ich wurde blass vor Schreck. Wie konnte er so etwas behaupten. Ängstlich flehend blickte ich zu Santiago, während ich beobachtete, wie er langsam aufstand, Amistad im Nacken fasste und ihm bitterböse in die Augen sah. »Ach ja? Und sie ohnmächtig zu ficken hältst du für angebracht!«

Amistad lächelte schuldbewusst. »Ich meine ja nur ... Wenn sich das hier herumspricht, rennen sie morgen alle ins Wasser.«

Santiago ließ ihn wieder los. »Dann wird es deine Aufgabe sein, das zu verhindern«, fauchte er ihn an.

Amistad nickte und zog sich zurück.

Endlich waren wir allein.

»Ist dir kalt?«, fragte Santiago.

»Nein«, antwortete ich. Sogar meine Haare waren an der schwülen Luft schon fast getrocknet.

»Dann lass uns nackt essen.«

Ich lächelte begeistert und legte mein Handtuch zur Seite. Wir saßen mit verschränkten Beinen einander gegenüber auf den samtigen Sitzkissen, vor uns der niedrige Tisch mit unseren bestellten Speisen. Die Champagnergläser klirrten hell, als mir Santiago zuprostete, und wir begannen eine Unterhaltung, die alles andere als unbeschwert ablief. Sie war erfüllt von gegenseitigem Misstrauen, Lügen und Heuchelei ... von seiner, aber auch von meiner Seite.

»Also, erzähl! Woher weißt du deine Katalognummer? Von David?«, fragte er interessiert, während er sein Glas abstellte und die ersten Bissen seiner Paella verzehrte.

»Nein«, wies ich seinen Vorwurf entschieden zurück. »Bei einem Fotoshooting hat mich jemand auf mein Brandmal angesprochen, er hatte es im Internet gefunden und mir die Seite gezeigt.«

»Die Seite ist gesperrt!«

»Ja, ich weiß, ein EDV-Spezialist hatte sie ihm aufgemacht.«

Santiago wirkte irritiert. »Was hast du ihm erzählt von hier?«

»Nichts. Er dachte, es handle sich um eine Sekte.«

Er nickte. »Also weißt du auch von den von den jährlichen Treffen?«

»Nicht viel, nur die Termine, aber ich hab die Fotos der ganzen Mädchen gesehen.«

Er grinste blasiert. »Hast du gedacht, ich hätte vor dir Briefmarken gesammelt?«

»Nein ... Aber hab auch nicht gewusst, dass so viele dein Brandmal tragen.«

»Du weißt vieles nicht!«

»Ja. Wie läuft so ein Jahrestreffen ab?«, fragte ich neugierig.

»Das erzähl ich dir später ... wenn wir gegessen haben.«

Ich nickte und widmete mich meinem Crevettencocktail, der ganz wundervoll meine Geschmacksnerven betörte. Währenddessen überlegte ich, wie ich das eigentliche Thema ansprechen sollte, das mir sehr viel mehr am Herzen lag. Beim Gedanken an Jana musste ich meine Gabel zur Seite legen.

»Was hast du?«, fragte er.

»Jana.«

»Ich hab ihr nichts getan ... Wieso denkst du das?«

»Sie ist blind!«

»Ja. Sie hatte eine allergische Reaktion auf Augentropfen.«

Verwundert sah ich ihn an und wusste nicht, was ich sagen sollte. Das war gelogen. Das war glatt gelogen! Wegen einer »allergischen Reaktion« hätte Jude ihn nicht verlassen. Aber das durfte ich ja offiziell nicht wissen. »Seit wann braucht Jana Augentropfen?«, fragte ich skeptisch.

»Was ist das für eine Frage?«

»Ich weiß nicht ... Ich hab noch nie Augentropfen verwendet ... und Jana trägt weder eine Brille noch Kontaktlinsen ... und im Keller zieht es nicht.«

Santiago verdrehte die Augen. »Was willst du damit andeuten?«

Ich seufzte. »Nichts.«

»Wenn du an meinen Worten zweifelst, dann sag es!«

»Nein«, beteuerte ich.

Eisiges Schweigen begleitete unsere letzten Bissen. Ich war betroffen, dass er mir nicht sagen wollte, was Jana zugestoßen war, obwohl er mit Sicherheit wusste, dass ich ihm seine Version nicht abgenommen hatte.

»Hast du eigentlich realisiert, dass du ab sofort im ersten Stock wohnen wirst?«, fragte er wenig später.

»Nein, noch nicht wirklich. Bei Jana im Zimmer?«

»Ja. Ich möchte, dass du dich um sie kümmerst. Sie ist in vielen Dingen hilflos.«

»Das bedeutet, wir würden zusammen in einem Bett schlafen?«

Er lächelte. »Es beunruhigt mich etwas, dass du daran als erstes denkst. Meine Regeln gelten nach wie vor. Ich möchte keine lesbische Liebe zwischen euch. Ihr dürft euch umarmen, mehr nicht.«

»Ja. Ich ... ich bin nicht lesbisch«, versicherte ich ihm, bevor ich die Frage aller Fragen stellte, die eher wie eine ungläubig gehauchte Feststellung klang, die vor Neid nur so triefte. »Sie darf dich anfassen ...«

Santiago nickte mit ernster Miene und drückte Janas Privileg noch einen Stempel auf. »Ja! ... Es ist ihre Art zu sehen.«

Das war also der Grund? Weil sie blind war, durfte sie ihn anfassen? Das roch ja förmlich nach einer Entschädigung oder Wiedergutmachung für etwas, das er ihr angetan hatte. Mein Gott, wie groß musste sein schlechtes Gewissen wohl sein, dass er ihr das erlaubte? Betroffen senkte ich meinen Blick und murmelte in mich hinein: »Wenn es dunkel ist, kann ich dich auch nicht sehen ...«

Er schmunzelte. »Ein netter Versuch.«

»Vielleicht gewöhnst du dich ja daran?«, fügte ich hinzu.

»Ich muss mich an nichts gewöhnen, Zahira! Es gibt keine Diskussion darüber.«

Etwas pikiert wegen meiner offiziellen Benachteiligung wurde ich in meinen Fragen nun mutiger. »Wenn ich oben wohne, werde ich Amistad und Cheyenne gleichgestellt?«

Santiago zischte verächtlich. »In deinen Träumen!«

War ja nicht so abwegig. Schließlich war ich auch vor meiner Abreise von Ivory seinen Geliebten gleichgestellt. »Jana auch nicht?«

»Nein.«

»Das heißt, wir haben auch keine Exklusivität?«

»Bedingt. Jana kann nicht einfach ausgewählt werden, hierfür ist bei mir eine Erlaubnis einzuholen. Bei dir werden wir das ähnlich gestalten, allerdings scheidet Cheyenne aus.«

Ich nickte. Cheyenne wollte ich besser nicht ansprechen.

»Ich hab dich aus dem Keller geholt, Zahira. Wie sieht's aus mit Dankbarkeit?«, fragte er gebieterisch, während er sein Besteck weglegte.

Verlegen strich ich durch meine Haare und sah ihn an. »Ja, gut.«

Er lächelte amüsiert. »Geht das deutlicher?«

»Ich bin dir sehr dankbar.«

Jetzt!

Nachdem wir gegessen hatten, erhob sich Santiago von seinem Sitzkissen und streckte sich auf der weißen Doppel-Matratze aus. Wir waren nach wie vor nackt und unsere Liebesinsel unter dem Strohdach von flackerndem Kerzenlicht erfüllt.

»Komm her!« Er hielt einen Arm auf und wollte, dass ich mich zu ihm setzte. »Wir spielen jetzt ein Spiel«, verkündete er und griff nach der gekühlten Schüssel mit Mousse au Chocolat und Erdbeeren.

Ich war freudig überrascht, kniete vor ihm und wartete auf seine Erklärung.

»Es ist ein romantisches Spiel ... würdest du mir vielleicht nicht zutrauen, vermutlich wirst du dabei den Schmerz vermissen. Aber darum kann ich mich später kümmern, falls es dir ein Bedürfnis ist.«

Ich lachte. »Okay.« Er war so fürsorglich.

Stolz streichelte er über meine Wange und ich hoffte, er hatte mein »Okay« nicht bereits als Zustimmung verstanden.

»Also, es ist ganz einfach.« Er nahm etwas von dem weißen Mousse auf den langstieligen kleinen Löffel und strich sich davon etwas auf die Schulter. »Das ist für dich«, sprach er mit einem auffordernden Blick in dieselbe Richtung.

Ich hielt meine Haare zusammen, beugte mich über ihn und leckte den kleinen weißen Fleck von seiner nackten Haut. Danach sah ich ihn wieder an.

Er lächelte. »Okay, als nächstes bist du dran! Wenn du zwischendurch eine Erdbeere möchtest, sag's mir, dann werde ich dich füttern. Ich selbst darf Erdbeeren essen, so viele ich möchte ... gut ... ich fange an!« Santiago tauchte den schmalen Löffel abermals in die Creme. Er tupfte sich ein wenig davon in die Mitte seiner Handfläche und ließ genau diese Hand geöffnet neben mir zu Boden.

Kniend rutschte ich ein Stück weg von ihm, nahm meine Haare zur Seite und begann die delikate Süßspeise aus seiner Hand zu lecken. Hatte ich mir ja schon gedacht, dass dieses Spiel einen eigenen Reiz entwickeln würde. Für uns beide. Er würde mir mit jeder kleinen Portion demonstrieren, dass, egal wo ich mich an seinem Körper bewegte, er unmissverständlich meine Unterwürfigkeit erkennen wollte und ich würde mich glücklich schätzen, ihm diese Macht über mich zu gewähren.

»Willst du eine Erdbeere?«, fragte er danach.

»Ja.«

Daraufhin nahm er eine zwischen seine Zähne und zog mich an sich. Ich stahl sie aus seinem Mund und während ich sie runterschluckte, musste ich mir eingestehen, dass mir dieses Spiel gefiel. Mit einem Blick, der tausend Worte sprach, vertraute mir Santiago den Löffel an. Ich wusste, ich durfte meine Freiheit nicht missbrauchen.

Ich kniete neben ihm und entschied mich für meinen linken kleinen Nippel, der seine Begeisterung sofort dadurch zeigte, dass er sich beim ersten Kontakt mit dem kalten Mousse freudig aufrichtete. Ich hüllte ihn in winterliches Weiß, legte den Löffel wieder beiseite und strahlte Santiago an.

Der zog eine Augenbraue hoch.

Ich bekam Angst ... Angst, die falsche Wahl getroffen zu haben. Aber er wollte mich mit dieser kleinen Verzögerung offenbar nur erschrecken, stützte sich auf seinen Ellbogen und führte seinen Mund an meine Brust. Feuchte Wärme umschloss meinen hart abstehenden Nippel, ich fühlte das Kreisen seiner Zunge, ein wohliges Saugen und sanfte Bisse. Santiago hatte die Augen geschlossen und ich bewunderte sein schönes Gesicht, seine Haare ... Ihn zu beobachten erregte mich. Ja, ich liebte dieses Spiel. Sofort beschloss ich, in der nächsten Runde meinen anderen Nippel zu bedenken, der sich nun sträflich vernachlässigt fühlte.

Aber vorher war Santiago an der Reihe. Er setzte seiner linken großen Zehe ein Sahnehäubchen auf.

Während ich sie nicht nur ableckte, sondern sie auch in meinen Mund nahm, daran hingebungsvoll saugte und sie mit meiner Zunge liebkoste, spürte ich prickelndes Verlangen in meinem Unterleib. Kurz dachte ich an Amistad. Seit gestern wusste ich, wozu so eine große Zehe in der Lage war. Ob Santiago mir wohl anmerkte, dass mich das Gefühl seiner großen Zehe in meinem Mund erregte? Egal. Nun war mein zweiter Nippel am Zug. Santiagos Zunge vollführte ähnliche Kunststücke wie zuvor. Mein Herz klopfte und ich wünschte mir, dass ihn das auch so sehr erregen würde wie mich.

Wieder erwartete mich eine Erdbeere. Diesmal zerbiss er sie und ich bekam mehrere Teile, leicht angewärmt, aus seinem Mund. Ich sollte ihm sein Glas reichen und wir tranken beide einen Schluck Champagner. Dann legte er einen Arm über den Kopf und verteilte mit der anderen Hand weißen Schaum in seiner Achsel, als wollte er sich nassrasieren. Diesmal brauchte ich etwas länger. Er streichelte zärtlich meinen Hals, während ich ihn mit meiner Zunge verwöhnte ... und ich spürte, dass sein Atem tiefer ging. Ich wünschte mir so sehr, ihn zu erregen, denn mir wurde bereits heiß ... vom Alkohol ... vom männlichen Duft und salzigen Geschmack seiner Achseln … und von der erotisierenden Wirkung seiner nackten Haut.

Er gab mir den Löffel. Ich stellte mein Bein auf und tropfte ein weißes Schokoladenhäubchen auf mein linkes Knie. Dann lehnte ich mich zurück auf meine Ellenbogen und hoffte, meine Grenzen nicht überschritten zu haben, wenn ich von ihm erwartete, dass er sich jetzt zu meinem Knie beugte, um es abzulecken. Aber Santiago blieb entspannt liegen, er lächelte mich an, drehte sich nur kurz in meine Richtung und fasste mit seiner rechten Hand in meine linke Kniekehle. Im nächsten Moment riss er mein Bein an sich, sodass ich neben ihm fast einen Überschlag machte. Ich lag verdreht auf der Seite und musste lachen, während er gemütlich mein Knie ableckte und es anschließend wieder fallen ließ.

»Willst du eine Erdbeere?«, fragte er aufmerksam.

Diesmal zerbiss er sie gründlich, bevor er sie in meinen Mund spuckte.

Ich konnte kaum erwarten weiterzuspielen. Santiago lud sich eine große weiße Portion auf den Löffel. Meine Vorfreude ließ mein Herz höher schlagen, als er sie langsam über seinen Schwanz balancierte, jedoch ohne ihn zu bekleckern. Mit der anderen Hand streichelte er durch meine Haare, er beobachtete meine sehnsüchtigen Blicke, gleichzeitig wanderte der Löffel tiefer, über seinen Schaft hinweg, bis zu dem riesigen Doppelhügel, der glatt rasiert zwischen seinen Beinen lag und im Nu weiß überzogen war. Santiago spreizte seine Schenkel und ließ mich in die Mitte. Er legte sich etwas höher und zog seinen wohlig erregten Schwanz etwas zur Seite, um mich besser sehen zu können. Voller Hingabe leckte ich die weiße Creme von seiner weichen Haut, er hatte es mir nicht einfach gemacht, denn freihändig war mein Zielgebiet ziemlich unhandlich.

Er beobachtete meine Anstrengungen, irgendwann legte er seine Hand an mein Kinn und streichelte mit seinem Daumen zärtlich über meine Wange. »Mach deinen Mund auf!«, hauchte er und ich sah ein kleines »Bitte« in seinen Augen. Ich öffnete meine Kiefer weit und er gab mir seinen vermutlich wertvollsten Körperteil zwischen die Zähne. Bestimmt ein Vertrauensbeweis, dachte ich. Meine Lippen umschlossen ihn. Ich saugte die ganze Pracht in meinen Mund und wie ein zu dicker Knebel füllte er meine Wangen aus. Santiago trank nun allein von seinem Glas Champagner und lächelte mich entschuldigend an. Pausbackig konnte ich kaum meine Zunge bewegen und hatte auch Schwierigkeiten zu schlucken. Dann erlöste er mich und reichte mir mein Glas und den Löffel.

Leicht schwindelig vom Alkohol wurde ich nun immer mutiger. Ohne viel nachzudenken legte ich mich auf den Rücken und kleckste weiße Sahnemasse wunderschön mittig platziert auf meinen Venushügel. Als ich ihm jedoch den Löffel zurückgab, überkamen mich erste Zweifel. Was hatte ich getan? Wenn ich mir vorstellte, wozu das führen könnte, wurde mir erst bewusst, dass ich so etwas von ihm gar nicht wollte. Santiago setzte sich auf und seine Miene war finster. Ich überlegte, mich zu entschuldigen, aber er kam mir zuvor. Mit einem Finger strich er die Schokolade von meinem Schambein und verteilte sie kurzerhand an meinem Hals. Es stand offensichtlich nicht mal zur Debatte, ob er mich da unten küssen würde. Langsam legte er sich auf mich und sein Mund öffnete sich an meiner Kehle. Ich spürte seinen Schwanz über meine Hüften streichen, während er mich am Hals küsste. Er rieb sich an meinem Körper und machte mich halb wahnsinnig. Ich keuchte und fragte mich, wie lange er sich noch beherrschen konnte, denn ich wollte ihn schon längst in mir haben. Aber er rutschte seitlich von mir, blieb neben mir liegen und flüsterte in mein Ohr: »Von jetzt an treffe ich die Entscheidungen.«

Ich nickte, mein Atem ging schwer und mit glasigen Augen flehte ich ihn an, mit mir Liebe zu machen. Aber er griff hinter sich und zeigte mir kurz darauf seine Hand ... sein Mittelfinger war zur Hälfte weiß überzogen. Ich lächelte und kam ihm mit meinem Mund bereitwillig entgegen. Zögernd gab er mir jedoch nur die Spitze seines Fingers und während ich daran saugte, fühlte ich die Feuchtigkeit zwischen meinen Beinen. Meine intimen Muskeln zuckten leidenschaftlich, als würde ich an seinem Schwanz saugen ... und in seinem Gesicht erkannte ich nun zum ersten Mal auch sein Verlangen. Ich spielte mit meiner Zunge an seinem Finger. Immer wieder entzog er ihn mir, wenn ich ihn zu tief einsaugte. Er amüsierte sich dabei über die Enttäuschung in meinen Augen, bis er mich schließlich fragte: »Willst du mehr?«

»Jah«, hauchte ich gierig.

Er lächelte. »Willst du für mich weinen?«

Ich wusste, was das bedeutete, aber ich wollte ihn tief in mir haben, und nicht nur einen Finger, also nickte ich.

Er lehnte noch immer auf seinem Ellenbogen und griff nun mit der zugehörigen Hand an meinen Hinterkopf. Liebevoll zog er mich an sich und legte gleichzeitig sein schweres Bein über meine Hüften, um mich zu fixieren. Dann gab er mir drei seiner langen schlanken Finger in den Mund. Seine Augenbrauen zogen sich mitfühlend zusammen, als er sah, wie ich kämpfte. Er versetzte mir sanfte Stöße, die einen Liebesakt simulieren sollten, während seine Fingerspitzen ganz empfindliche Punkte in meiner Kehle trafen. Mein Magen kontrahierte und unzählige Tränen suchten ihren Weg über die Schläfen in meine Haare. Würgelaute verließen meine Kehle, für die ich mich unendlich schämte, aber ich liebte es, wenn er meinen Körper beherrschte.

Als er genug hatte, griff er sich mit derselben und nun nassen Hand an seinen Schwanz, der prall aufgerichtet zwischen uns empor ragte. Er ließ ihn mehrmals geschmeidig durch seine Finger gleiten und sah dabei abwartend in meine Augen. Mein Körper bebte, meine Erregung schmerzte, ich keuchte, aber ich spürte gleichzeitig, dass ich ihn jetzt nicht anbetteln durfte. Seine Finger berührten mich kurz zwischen meinen Schenkeln, die sich bereitwillig für ihn öffneten. Er belächelte mein sehnsüchtiges Wimmern und kam endlich über mich. Sein Mund war ganz nah an meinem Ohr und er flüsterte: »Du wirst erst kommen, wenn ich es dir erlaube.«

Verzweifelt sah ich ihn an. Das konnte er nicht verlangen. Mein sensibles Nervengeflecht war bis aufs äußerste gespannt und wenn er jetzt in mich eindringen würde, dann wäre es bestimmt sofort um mich geschehen. Wie sollte ich das verhindern? »Ich kann nicht«, hauchte ich.

»Du willst mir doch den Abend nicht verderben ... Ich möchte, dass du mit mir kommst, also wirst du warten, bis ich es dir sage.«

Eine unterschwellige Angst legte sich über meine Erregung. Ich wollte ihm ganz bestimmt nicht den Abend verderben. Allein schon der Gedanke machte mich traurig und ließ mich wieder darauf besinnen, dass mein Orgasmus nicht an erster Stelle stand. Er diente nur dazu, die letzten Sekunden seiner Lust zu verstärken und ihn zum Ausbruch zu stimulieren. Jedoch, noch nie hatte ich ernsthaft versucht einen Höhepunkt zurückzuhalten. Er sah mir in die Augen und ich widersprach ihm nicht. Zufrieden nickte er und sein mit meinem Speichel überzogener Schwanz rutschte zwischen meine Beine. Die pralle

Knolle drängte sich in meine feuchte Spalte und der mächtige Umfang dehnte meine Muskeln, wie ich es mir schöner nicht vorstellen konnte. Er ließ ihn ganz langsam in mich gleiten, beobachtete dabei meine Augen. Ich stöhnte ängstlich. Und als er sich in mir versenkt hatte und meinen ganzen Körper mit seinen Lenden etwas anschob, hielt er kurz inne. Mit aller Kraft musste ich mich beherrschen. Sein strenger Blick ruhte auf mir und er hauchte zufrieden: »Ja ... genau so.«

Dann legte er seinen Kopf neben mein Gesicht und begann, mir rhythmische Stöße zu versetzen. Jeder einzelne von ihnen sandte lustvolle Impulse bis in mein Gehirn. Ich hielt mich an meinen eigenen Haaren fest, atmete regelmäßig und versuchte, mich zu konzentrieren. Santiago hatte es zwar nicht ausgesprochen, aber ich wusste, wenn ich es nicht schaffte, würde nächstes Mal Amistad wieder meinen Höhepunkt steuern ... und mit diesem Damoklesschwert über mir verspürte ich eine geringfügige Linderung meiner Ekstase. Obwohl sich sein Schwanz wundervoll anfühlte! Er war hart und kraftvoll, steigerte kontinuierlich sein Tempo. Santiago küsste mich am Hals und ich musste mein Stöhnen zulassen. Dann richtete er sich leicht auf, damit seine Lenden schwungvoller gegen mich schlagen konnten. Mein ganzer Körper bebte, ich wollte schreien, war jedoch zu sehr damit beschäftigt, meine Erregung, die in mächtigen Wellen über mich hereinbrach, kontrolliert wegzuatmen. Bestimmt sah er die Besorgnis in meinem Gesicht, ich wollte ihn glücklich machen. Egal, was er dafür brauchte. Dann legte sich sein Brustkorb wieder auf mich, sein Mund suchte mein Ohr und er hauchte durch meine langen Haare: »Jetzt.«

Mit einem erleichterten Seufzen atmete ich ein einziges Mal aus und noch bevor ich wieder einatmen konnte, durchfuhr der Orgasmus meinen Unterleib. Santiago schlang seine Arme um mich und hielt mich ganz fest, während die ersten Schockwellen durch meinen Körper jagten. Ich kreischte nach Luft und keuchte, meine Muskeln krampften sich um seinen Schwanz und schenkten ihm kurz darauf das unkontrollierte Pulsieren, auf das er gewartet hatte. Sie würgten ihn unerbittlich, bis sein Körper sich anspannte und auch er unter heftigem Stöhnen zu zittern begann. Ich spürte seinen Samen kraftvoll in mich schießen und er stöhnte erleichtert, bevor er über mir zusammenbrach.

Einige Minuten lang nahm sein Gewicht mir fast den Atem, ich hielt mich noch immer in meinen eigenen Haaren fest, bis ich mich mit einem erstickten Seufzen bemerkbar machen musste. Santiago stütze sich auf seine Unterarme und lächelte mich an. »Irgendwann werde ich dich danach erdrücken«, schmeichelte seine samtige Stimme. Zärtlich küsste er mein Gesicht und drehte sich anschließend auf den Rücken. Eigentlich hatte ich mir ein kleines Lob erwartet, weil ich es geschafft hatte, aber stattdessen zog er mich an seine Seite und hielt mich etwas zu grob umfasst in seinem Arm. Ich fühlte, ihm zu gehören und glaubte ganz fest daran, dass er stolz auf mich war.

Mit seiner freien Hand suchte er nach einer Zigarette und kurz darauf blies er einen weißen Schleier in die Luft. Erst als er ausgeraucht hatte, wandte er sich mir zu, sah in mein Gesicht und streichelte durch meine Haare. »Wegen dieser Webseite ... und den besagten Jahrestreffen ...« Seine Stimme klang heiser. »Jana soll nicht davon erfahren ... und die anderen Mädchen auch nicht.«

»Ja ... ich behalte es für mich.«

»Wie kann ich sicher sein, dass du es ihr nicht erzählst?«

Ich zuckte ratlos mit meinen Schultern. Wenn er geahnt hätte, wie viel ich noch über ihn wusste, durch David ... die Geschichte mit seiner Zieh-Mutter, die verantwortlich war für seine Berührungsphobie, seine wilden Jugendjahre mit Damian oder wie kitschig romantisch er David kennengelernt hatte, seine bevorzugte Stellung bei gleichgeschlechtlicher Liebe, die Schweigegelder ... Und er machte sich Sorgen wegen dieser Treffen!

»Meine Angst, dass du es rauskriegst, wenn ich es erzähle, ist viel zu groß«, versicherte ich ihm.

»Ja, aber dann ist es zu spät ...« Er überlegte angestrengt, bevor er zu einem Entschluss kam. »Wir machen es so, ich zahle dir eine Million Dollar für dein Stillschweigen. Du bekommst das Geld an dem Tag, an dem du mich verlässt.«

Mir blieb augenblicklich die Luft weg. Ich versuchte mich zu beherrschen und nicht in Hysterie zu verfallen. Einzig mein nervöses Zwinkern verriet, dass ich mit diesem Angebot kaum umgehen konnte. Hätte ich nicht von David gewusst, dass solche Zahlungen für ihn an der Tagesordnung lagen, wenn auch üblicherweise nur für seine männlichen Geliebten oder Bodyguards, hätte ich es für einen schlechten Scherz gehalten. Aber so war mir klar, dass er es ernst meinte. Ich hatte soeben in der Lotterie gewonnen und durfte es aus diplomatischen Gründen nicht zeigen. Für so viel Geld konnte ich gut und gern auch all die anderen Geheimnisse für mich behalten ... Schließlich erlaubte ich mir doch ein kleines Lächeln.

Er verstand es als Zustimmung. »Die Schweigepflicht gilt natürlich auch für das Geld an sich, auch gegenüber meinen Männern«, erklärte er abschließend.

Ich nickte. Ich wollte nie wieder sprechen. Zur Sicherheit.

Er lächelte. »Hab ich jetzt ein stummes und ein blindes Mädchen?«

Ich strahlte ihn glücklich an, ließ mich dann aber doch zu einem schüchternen »Ja« hinreißen.

»Gut.« Santiago küsste mich auf die Stirn. »Ich halte es übrigens nicht für notwendig, dir zu erzählen, wie diese Treffen ablaufen! Du wirst es erfahren, wenn es soweit ist.« Er drehte sich zur Seite, griff nach seinem Handy, wählte und sprach: »Du kannst sie abholen ... mit Silberschmuck ... und ich brauche mein Fell.«

Dann schenkte er Champagner nach, trank, zündete sich eine zweite Zigarette an und blickte sinnlich und zufrieden hinaus auf die nun künstlich grün beleuchtete Meeresbrandung. Ich schmiegte mich an seinen linken Arm und genoss die letzten paar Minuten, die mir vergönnt waren. Irgendjemand würde mich gleich abholen kommen ... mit Silberschmuck? ... Und einem Fell? Mir war alles recht. Für eine Million Dollar!

Es vergingen keine zehn Minuten und unsere Liebesinsel wurde erneut erschüttert. Mein Wärter ließ eine völlig überdimensional große schwere Kette zu Boden fallen und nickte mir auffordernd zu. Wehmütig küsste ich Santiagos Hand und erhob mich.

»Hast du ein Kleid mit?«, fragte ich Amistad leise.

Er presste kurz die Lippen zusammen, schüttelte den Kopf, blickte auf meine nackten Brüste und heuchelte Bedauern. »Wenn ich das gewusst hätte ...« Dann bückte er sich zu der Kette und als ich sah, wie sich sein Bizeps anspannte während er sie aufhob, wurde mir etwas mulmig zumute. Auch Größe und Dicke der einzelnen Glieder ließen mich erschaudern. Mit dieser Kette konnte man einen Panzer abschleppen! Er schlang mir das wuchtige, kalte Ding zweimal um den Hals und ich dachte, ich müsse augenblicklich vor ihm in die Knie gehen.

»Der Heimweg wird sich für dich etwas mühsam gestalten. Vielleicht überlegst du dir das nächste Mal, wie weit du vom

Haus weglaufen möchtest«, erklärte Santiago aus seiner lässigen Liegeposition heraus mit dem Champagnerglas in der Hand.

Die Kette war viel zu lang und Amistad legte zusätzlich zwei Achterschleifen um meine Handgelenke. Im selben Moment betrat »Das Fell« die Plattform und, hätte mich mein Silberschmuck nicht nach vorn gezogen, wäre ich bei seinem Anblick vermutlich nach hinten umgekippt. Amistad reagierte blitzschnell, er drückte mich zu Boden und ich fiel schmerzhaft auf meine Knie. Sofort stellte er sich vor mich, sodass ich Cheyenne nicht mehr sehen konnte.

Aber ich hatte ihn gesehen! Und seine Erscheinung war unvergesslich imposant. Über die breiten Schultern hatte er eine edle Tigerfell-Decke geschlagen, sie fiel an seiner Brust leicht auseinander und gewährte einen aufreizenden Einblick. Vermutlich war er darunter gänzlich nackt. In seinen großen sanften Augen spiegelte sich das goldgelbe Licht der Kerzen. Seine Gesichtszüge waren weich und männlich zugleich, ebenmäßig und kantig. Keiner von Santiagos Geliebten hatte jemals schwul ausgesehen. Cheyenne war bildhübsch.

Ich hörte ihn an mir vorbeigehen. Amistad fasste an das kurze Stück meiner Kette, das meinen Hals mit den Handgelenken verband, und half mir in die Höhe. Im Augenwinkel beobachtete ich, wie Cheyenne seinen Umhang ausbreitete, vor Santiago niederkniete und sich zu ihm legte. Ein bezaubernder Anblick. Mir fiel ein, dass noch reichlich Mousse au Chocolat übrig war und bei dem Gedanken, was die beiden damit anstellen würden, ging sofort die Fantasie mit mir durch. Schade, dass ich nicht bleiben durfte ... und leider hatte ich auch keine Zeit für Tagträume, denn Amistad zog an meiner Kette. So beschloss ich, mir diese sinnliche Vorstellung für später aufzuheben.

»Wie schwer ist die Kette?«, fragte ich Amistad keuchend, als wir noch keine zwanzig Meter zurückgelegt hatten.

»Fünfzehn Kilo. Aber ich trage ja auch einen Teil.« Er hatte das Ende um sein Handgelenk geschlungen.

Obwohl der harte erdige Weg prinzipiell einfach zu gehen war, kamen wir nur langsam vorwärts, denn das schwere Ding raubte mir auf meinen High Heels das Gleichgewicht. Ich wollte mir nicht die Knöchel verstauchen. Etwa nach der halben Strecke gewährte mir Amistad eine Pause. Er sah mich mitfühlend an und nahm mich schließlich inklusive Kette auf seine Arme. Er trug mich den restlichen Weg bis zur Villa. Ich war dankbar, denn ich war todmüde. Heute hätte ich vermutlich auch auf Pflastersteinen gut geschlafen. Im Wohnzimmer nahm er mir den protzigen Silberschmuck ab und begleitete mich noch bis zu meiner Zimmertür.

Jana schlief bereits fest. Ich kuschelte mich neben sie auf die herrlich weiche Matzratze, die nur mir allein gehörte, genau wie unzählige flauschige Kissen und eine seidige Decke ... fast so schön wie ein Tigerfell.

In dieser Nacht träumte ich zum ersten Mal von Cheyenne.

Verbotene Blicke

Es war noch nicht richtig hell, als ich die Augen aufschlug, aber eine Berührung hatte mich geweckt. Janas Hand tastete vorsichtig nach meiner. Bereitwillig verschränkte ich meine Finger mit ihr. Am liebsten hätte ich ihre Hand geküsst, aber das hatte Santiago nicht ausdrücklich erlaubt, also lächelte ich sie nur liebevoll an. Im selben Moment erschrak ich bis auf die Knochen vor der grausamen Wirklichkeit. Damals wusste ich noch nicht, dass es mir von nun an täglich so ergehen würde. Die ersten paar Sekunden meines Erwachens verliefen stets unbeschwert und einigermaßen glücklich, bis ich realisierte, dass sie blind war. Es dauerte Wochen, mich daran zu gewöhnen. Angestrengt versuchte ich, meine Traurigkeit vor ihr zu verbergen.

Jana löste ihre Finger aus meinen und streichelte über meine Haare. »Darf ich dich im Gesicht berühren?«, flüsterte sie.

Ich nickte und hoffte, sie würde es verstehen, denn ein Kloß in meinem Hals hinderte mich am Sprechen.

Neugierig und doch endlos zärtlich erkundete sie meine Augenbrauen, meine Nase, meinen Mund und meine Wangen.

»Santiago hat gesagt, ich darf dich umarmen«, flüsterte ich und wünschte, sie wollte es auch.

Ohne zu zögern kam sie mir entgegen und ich schloss sie in meine Arme. Jana drückte sich ganz fest an mich und ich spürte ihren weichen, zierlichen Körper, das rutschige Material unserer Nachthemden, die mit einer edlen Spitzenborte in unserem Schritt endeten. Ich spürte ihr nacktes Bein zwischen meinen, ihre geschmeidige Haut, ihre Wärme. Minutenlang hielten wir einander fest, bis sie sich wieder von mir löste.

»Jana, ich hab so viele Fragen an dich«, gestand ich ihr.

»Mir geht's genauso. Du warst fast vier Monate weg! Du weißt gar nicht, was du ihm damit angetan hast!«, stellte sie in den Raum.

»Ihm? Santiago? ... Weil ich weg war?«, fragte ich erstaunt.

»Nein, du hast ihm David weggenommen!«

»Dazu gehören immer noch zwei«, verteidigte ich mich, »ich hab David ja nicht entführt! Und glaub mir, ich hatte meine Gründe, genauso wie David.«

»Welche Gründe? Du hast dich in ihn verliebt und ihm den Kopf verdreht, bis er bereit war, Santiago zu verlassen!«

»Hat er euch das erzählt?« Langsam dämmerte mir, woher sie ihre Ansichten hatte.

»Ja ... warum? Stimmt es nicht? Ich weiß noch genau, er war tief getroffen, als er uns mitteilte, dass ihr gemeinsam die Insel verlassen habt.«

Unfassbar! Er hatte tatsächlich alle Schuld auf mich geschoben. Jana hatte keine Ahnung, dass er zuvor versucht hatte, mich zu ersticken, was ihm genaugenommen auch gelungen war, hätte David mich nicht wiederbelebt. Allerdings wurde ich nun etwas unschlüssig, was die Richtigstellung dieser Behauptung betraf. Ich wollte ihm nicht in den Rücken fallen, denn ich hatte Angst um mein Schweigegeld. Ihm traute ich durchaus zu, dass er die Regeln dafür täglich seinen Launen entsprechend anpassen würde. Hatte er gestern zwar nur die geheime Webseite erwähnt, könnte es heute schon ein ganz anderes Thema mit einschließen. Kurz, ich wollte gegen keine

Regel verstoßen, also ließ ich Jana schweren Herzens in dem Glauben und seufzte. »Ich denke, David war davon ausgegangen, dass Santiago ihn nicht mehr liebte.«

»Wenn er ihn nicht geliebt hätte, dann hätte ihn das auch nicht so verletzt! David war zehn Jahre mit ihm zusammen!«, warf sie mir vor. »Ich konnte mich nicht mal von ihm verabschieden.«

»Das tut mir leid ... ehrlich.«

Sie antwortete nicht. Erst nach einigen Minuten brach sie das Schweigen. »Wie geht es David?«

»Es geht ihm gut ... wirklich ... Er lebt jetzt mit Hayle in New York.« Ich dachte, je mehr ich ihr erzählen würde, umso gesprächiger müsste vielleicht sie im Gegenzug sein. »In einer sehr schönen Wohnung, direkt am Central Park.«

»Und wie war er zu dir? Warst du frei?«

Ich schloss kurz die Augen, um mich zu erinnern. Es war erst vier Tage her, aber mein Leben mit David schien schon so weit weg. »David war ... er ... er war so lieb zu mir ...« Plötzlich schnürte sich meine Kehle zusammen. »Bitte Jana, ich kann über David noch nicht reden. Vielleicht in ein, zwei Wochen.«

»Warum bist du eigentlich zurückgekommen?«, wollte sie wissen.

»Ich ... ich kann nicht mit einem Mann leben, der immer nur zärtlich zu mir ist.«

Jana nickte. »Ja, das könnte ich auch nicht.«

Ich setzte mich im Bett auf. »Wie ist das mit deinen Augen passiert?«, fragte ich sie frei heraus.

Sie zögerte kurz. »Es war eine Allergie auf Augentropfen.«

»Jana ... nie im Leben! Halt mich bitte nicht für blöd!«

»Aber es waren Augentropfen!«

Ich lachte ungläubig. »Und warum ist Jude gegangen?«

»Ich weiß nicht ... vielleicht wegen Amistad.«

»Jana, es waren keine Augentropfen. ER hat dir das angetan. Womit auch immer ...«

Sie verzog keine Miene. »Es hat keinen Sinn, darüber zu diskutieren ... Du musst dich mit dieser Antwort abfinden.«

Das war deutlich. Er hatte ihr verboten, es mir zu sagen. Womöglich war sie auch eine Schweigegeld-Anwärterin.

Somit hatten wir die wichtigsten Fragen geklärt. Ich hatte David böswillig entführt und sie war blind wegen einer Augentropfenallergie. Dazu kam noch, dass sie den Anschein machte, als würde sie das alles wirklich glauben. Aber vielleicht wollte sie es ganz bewusst so, und mir stand es bestimmt nicht zu, sie dafür zu verurteilen, schließlich hatte sie jeden Tag mit den Konsequenzen, mit ihrer Behinderung, zu leben. Sie sollte entscheiden, was sie glauben wollte ... und was nicht.

Ich sah, wie sie an ihr Handgelenk fasste. Eine seltsame Uhr zierte ihren Unterarm, sie konnte daran die Zeit fühlen. »Wir sollten aufstehen. Santiago frühstückt meist um acht.«

»Ja«, stimmte ich ihr zu. »Kann ich dir bei irgendetwas helfen?«

»Danke ... vielleicht später beim Anziehen.« Jana stieg aus dem Bett und ich folgte ihr. »Hast du schon mal gehört, dass es Menschen gibt, die Farben an Kleidungsstücken fühlen können?«, fragte sie mich.

»Nein.«

»Doch, wirklich. Es funktioniert aber soweit ich weiß nur bei Baumwolle. Blau fühlt sich anders an als Gelb. Schwarz anders als Grün. Ich habe es versucht und ich spüre auch einen Unterschied, aber es gelingt mir noch nicht so richtig. Außerdem ist das Material unserer Kleider und Unterwäsche dafür nicht geeignet.« Sie seufzte.

Mit Jana zu duschen war eigenartig. Allein das Wissen,

dass ich sie sehen konnte und sie mich nicht, beflügelte meine Fantasie. Ich brauchte mich für meine Blicke nicht zu schämen. Ich hätte sie unbemerkt minutenlang anstarren können. Sie hatte ihre Haare hochgesteckt und war bildhübsch ... nackt, nass und auf gläsernen High Heels. Ich sah ihr zu, wie sie sich im Intimbereich rasierte, und dachte darüber nach, ob ich es mit geschlossenen Augen wohl auch könnte. Es schien mir jedoch zu riskant, es heute auszuprobieren.

Wieder zurück in unserem Zimmer erhellte bereits das Tageslicht den Raum. Erst jetzt fiel mir die eigentlich unübersehbare Neuerung auf. Wie gebannt blieb ich davor stehen und begutachtete das edle Stück, das mir gleichzeitig Angst einflößte. Die rechte Wand war von der Ecke bis zum Doppelbett mit einer schwarzen Platte, vermutlich aus Ebenholz, verkleidet worden. Darin eingearbeitet glänzten unzählige silberne Ringe in allen Höhen und Positionen. Ähnlich wie in den Verliesen, nur viel großzügiger und edler.

»Siehst du dir die Wand an?«, fragte Jana.

»Ja.«

»Die haben wir erst seit zwei Wochen. Bei Amistad im Zimmer ist genau die Gleiche.«

»Wozu? Gibt es den Kontrollraum nicht mehr?«, fragte ich erstaunt.

»Doch ... aber ... dort ist kein Bett. Santiago wollte sie neben dem Bett haben.«

Ich nickte, völlig in Gedanken ... und noch immer gebannt von dem Anblick. Dann schickte ich schnell ein leises »Okay« für sie hinterher und wollte nicht weiter nachfragen.

Ich suchte sandfarbene Unterwäsche für uns aus, sowie transparente Kleider in demselben Farbton. »Hast du schon mit allen Männern hier geschlafen?«, fragte ich sie leise.

»Ja ... Warum flüsterst du?«

»Ich weiß auch nicht ... vielleicht falls wir abgehört werden.«

»Wir werden abgehört! Aber da nützt dir Flüstern nichts. Sie hören alles. Es gibt auch zwei Kameras. Frag mich bitte nicht wo.«

Ich erschrak. »Waren die schon immer da?«

»Nein. Er meinte, er hätte sie für mich einbauen lassen ... zu meiner Sicherheit. Aber sie sind in allen Zimmern. Auch in den Verliesen. Damian hat die Aufsicht darüber.«

Erleichtert atmete ich auf. Wenigstens hatte sie mich darauf aufmerksam gemacht, bevor ich fragen konnte, wie Cheyenne im Bett war. Santiago war bei diesem Thema ohnehin so empfindlich. Gleichzeitig hoffte ich, mich bei unseren Gesprächen davor nicht zu weit aus dem Fenster gelehnt zu haben.

Jana hielt meine Hand, während wir langsam die Treppe hinunter ins Wohnzimmer schritten. Die große Tafel war reich gedeckt, aber nur zur Hälfte besetzt. Mir fiel auf, dass jetzt weniger Leute dieses Haus bewohnten, als vor meiner »Flucht«, so blieb der hintere Teil des Tisches leer. Jana hatte meinen Platz neben Santiago bezogen. Ich hielt es für angebracht, stehen zu bleiben, denn ich wusste nicht, wo er mich haben wollte. Edward und Marcus saßen einander zirka in der Mitte der Tafel gegenüber. Sonst war noch keiner der Männer anwesend.

»Du sitzt bestimmt neben mir«, meinte Jana.

Nahezu im selben Moment kam Amistad die Treppe herunter. Im Normalfall würde man sagen, er kam gelaufen, aber das entsprach nicht der Wahrheit. Viel mehr schien er zu schweben. Als hätte er eine neue Art der Fortbewegung erfunden ... die Überwindung von Stufen, ohne dem Körper auch nur die geringste Form der Erschütterung zuzufügen. Der Morgen mit Jana hatte so langsam und gemütlich begonnen, dass mich Amistads plötzliches Erscheinen richtiggehend erschreckte, fast schmerzte, als würde binnen einer Sekunde alles in mir aufflackern, was er jemals mit meinem Körper angestellt hatte. Gleichzeitig war ich wie geblendet von seinem Äußeren. Ich fühlte ganz stark, ihm zu gehören. Und seit ich wusste, dass Santiago das für gut befand, wollte ich es mir auch nicht mehr verbieten. Ich wollte ihm zeigen, wie sehr ich ihn verehrte, stand noch immer neben Janas Stuhl und kniete unaufgefordert nieder.

»Guten Morgen«, schmeichelte seine Samtstimme in die Runde.

Er blieb vor mir stehen und legte eine Hand an meine Wange. »Du weißt nicht, wo dein Platz ist?«

Ich schüttelte vorsichtig den Kopf ... wollte seine schöne Hand nicht verlieren. Gleichzeitig genoss ich es unendlich, vor ihm zu knien.

»Steh auf!«, flüsterte er.

Widerwillig erhob ich mich.

Er küsste mich am Hals, streifte dabei leicht mein Gesicht, und ich war ihm augenblicklich verfallen. Ich spürte seine Hitze, seine Ausstrahlung und seine kratzigen Bartstoppeln auf meiner zarten Haut. Sie jagten wohlige Schauer durch meinen Körper, ließen meine intimsten Muskeln sehnsüchtig zusammenziehen und entfachten unweigerlich meine Begierde. Ich war so empfänglich, so offen und übersensibilisiert für alles, was er mit mir machte, dass es mir selbst schon unheimlich vorkam. Prüfend sah er in meine Augen. In seinen Mundwinkeln zuckte ein kleines Lächeln. Ohne Zweifel erkannte er an meinen Blicken, wie sehr ich ihn anhimmelte. »Das ist in der Tat ein Problem«, erklärte er. »Santiago ist sich selbst noch nicht ganz im Klaren darüber.«

»Worüber?«, hauchte ich.

Amistad lächelte. »Deinen Sitzplatz. Wir haben gerade von deinem Sitzplatz gesprochen, Baby. Hast du den Faden verloren?«

Ich schluckte, wich seinen Blicken aus und strich verlegen durch meine Haare. »Ja.«

Zärtlich hob er mein Kinn an und lächelte. Dann kam er mir näher und seine feuchtheißen Lippen legten sich auf meine. Er küsste mich ... langsam ... und lasziv ... mal spürte ich seine Zunge, seine Lippen ... dann verlor ich wieder vollständig den Kontakt zu ihm. Ich atmete schwer. Er machte mich nervös. Unwillkürlich blinzelte ich zwischendurch, wenn er mich mit offenem Mund einfach stehen ließ, aber kurz darauf drang er wieder leidenschaftlich in mich ein. Mein Herz klopfte und meine Knie wurden weich. Ich hatte schwer damit zu kämpfen, nicht ohnmächtig zu werden, mein Bewusstsein rettete sich von einem schwarzen Loch in das nächste. Ich konnte kaum stehen und traute mich dennoch nicht, mich an ihm festzuhalten. Bei meinem nächsten kleinen Blinzeln erkannte ich im Augenwinkel, dass mittlerweile Santiago, Damian und Cheyenne anwesend waren. Ich hörte die schweren Holzstühle über den Boden gleiten und plötzlich hatten sich meine Empfindungen um hundertachtzig Grad gewendet ... ich wollte das nicht ... nicht vor Santiago. Aber Amistad raubte mir mit seinen Lippen weiter beharrlich den Atem und schenkte Santiago nicht einen Funken an Aufmerksamkeit. Ich hätte im Boden versinken können, während ich tapfer vor ihm stand und mich von ihm küssen ließ. Ich wusste, wie das enden würde. Irgendjemand würde mich dafür bestrafen.

Dann löste er sich von mir und trat einen Schritt zurück. Ängstlich sah ich zu Santiago. Der beachtete mich jedoch nicht. Amistad wandte sich ab und setzte sich zu den anderen an den Tisch. Der Platz neben Jana war noch immer frei. Ich konnte gar nicht glauben, dass jetzt nichts passieren sollte, dass der provokative Kuss mit Amistad keine Konsequenzen für mich hatte. Etwas verunsichert ging ich zu Santiago und kniete neben ihm nieder.

Er griff an meine Taille und lächelte mich an. »Guten Morgen, mein Schatz.« Dann küsste er mich gefühlvoll auf den Mund.

Ich war sprachlos. Offenbar wollte er wirklich dulden, was Amistad mit mir getan hatte ...

»Setz dich neben Jana«, forderte er mich auf.

Santiago selbst saß wie gewohnt am Kopfende der großen Tafel, zu seiner Linken Cheyenne, im Anschluss Amistad, zu seiner Rechten Jana. Ich nahm zwischen ihr und Damian Platz.

»Mir ist durchaus klar, dass dieser gemeinsame Esstisch eine gewisse Problematik mit sich bringt«, erklärte Santiago, »trotzdem möchte ich nicht darauf verzichten.«

Ich sah, wie er Cheyennes Hand drückte, und meine Blicke wanderten an Cheyennes Arm etwas höher, über den flauschigen weißen Morgenmantel und den tiefen Ausschnitt, seine Brust und seine zarte Haut hinweg, bis in sein makelloses Gesicht.

»Genau das meine ich«, ergänzte Santiago.

Ich schluckte und riss meine Augen von Cheyenne.

»Es gibt nur zwei Möglichkeiten ... Entweder lasse ich dich neben Cheyenne sitzen, dann kannst du ihn zwar nicht ansehen, aber du wärst ihm näher, als ich es ertragen kann ... oder du sitzt ihm schräg gegenüber, so wie jetzt, und ich muss mit deinen Blicken leben.« Etwas unschlüssig zog er seine Mundwinkel nach unten und seufzte.

»Ich werde ihn nicht mehr ansehen«, versprach ich kleinlaut.

Er nickte still vor sich hin und kratzte gedankenverloren mit seinem Buttermesser auf dem Teller. Jana griff nach meiner Hand, aber ich wusste selbst, dass das nichts Gutes zu bedeuten hatte. Mein Herz klopfte und meine Augen suchten bei Amistad nach Halt. Sollte er ihm doch versichern, dass ich mich beherrschen konnte. Aber auch Amistad wandte seinen Blick von mir ab. Santiago hielt nach wie vor Cheyennes Hand fest in seiner Linken und im nächsten Moment schleuderte er das schwere Messer mit einer Drehbewegung aus seinem Handgelenk über den Tisch, sodass mehrere Champagnergläser geköpft wurden. Es klirrte schrill, Jana schrie auf und alle anderen waren auf ihren Stühlen zurückgeschreckt.

Santiago zog seine Augenlider zu flachen Schlitzen und biss seine Kiefer so fest zusammen, dass sich die kantigen Knochen an seine Wangen abzeichneten. »Du wirst ihn ansehen! Das lässt sich nicht vermeiden«, fauchte er in meine Richtung, »und du kannst selbst entscheiden wie oft. Amistad wird mitzählen ... genau wie Cheyenne.«

Ich hatte keinen blassen Schimmer, was das zu bedeuten hatte, aber ich nickte.

»Konntest du das neue Mobiliar in Janas Schlafzimmer schon bewundern?«, fragte er mit einem gekünstelten Lächeln.

Wieder nickte ich. Am Rande bekam ich mit, wie aus der Küche Reinigungskräfte herbeieilten, um das Chaos auf dem Tisch zu beseitigen. Damian entschuldigte sich kurz, er musste sich umziehen.

Santiago nahm kaum Rücksicht darauf, dass nun Personal mithörte. »Ich weiß, dass du es nicht gewohnt bist, ausgepeitscht zu werden. Ich war anfangs auch dagegen, fand es zu banal. Aber Amistad hat ein Talent dafür. Er macht es wirklich gut. Frag Jana!«

»Ich zweifle nicht an Amistads Fähigkeiten«, antwortete ich.

Santiago schlug mit der Faust auf den Tisch und brachte damit das restliche Porzellan zum Zittern. »Wenn ich dir sage, du sollst sie fragen, dann fragst du sie!«

Erschrocken wandte ich mich an sie. »Wie war er?«

Sie machte eine Handbewegung, als wollte sie es mir erklären, auch ihr Mund öffnete sich, aber noch bevor sie einen Ton herausbrachte, begann sie zu weinen.

»Okay ...«, flüsterte ich zu Santiago, »ich hab verstanden.«

Der nickte. »Amistad wird zählen, wie oft du Cheyenne ins Gesicht siehst. Egal, ob hier am Tisch oder irgendwann tagsüber. Cheyenne zählt ebenfalls, wobei seine Punkte doppelt gerechnet werden. Kannst du dir vorstellen weshalb?«

Ich musste kurz überlegen. »Weil wir uns dann in die Augen gesehen haben?«

Santiago lächelte. »Genau. Wenn es ihm auffällt, ist das gleichbedeutend damit, dass sich eure Blicke getroffen haben! Und das dulde ich schon gar nicht.«

Ich nickte.

»Wir werden immer zwei Tage zusammenkommen lassen. Jeden zweiten Abend bekommst du deine Strafe.«

»Okay.«

»Wo stehen wir bis jetzt?«, fragte er Amistad.

»Vier.«

Dann sah er zu Cheyenne.

»Zwei.« Im selben Moment drehte Cheyenne seinen Kopf in meine Richtung und korrigierte sich auf »Drei.«

Sofort sah ich von ihm weg und fuhr mir durch die Haare. Wenn Cheyenne zwischen Amistad und Santiago saß, wie sollte ich zwischen den beiden hin und her sehen, ohne ihn dabei mit meinen Blicken zu streifen?

»Dann wären wir jetzt bei zehn!«, hielt Santiago fest.

»Ich ... ich wusste doch bis gerade eben noch gar nichts davon«, versuchte ich mich zu rechtfertigen.

Santiago lächelte süffisant. »Ich mache die Regeln. Und ich habe nie behauptet, gerecht zu sein.«

Ich seufzte und hielt meinen Mund. Jeder Widerspruch hätte es vermutlich nur noch schlimmer gemacht.

»Ach ja, eines noch ...«, ergänzte Santiago. »Eine ausgedehnte, vorsätzliche Bewunderung zählt zwanzig Punkte.«

Ich nickte phlegmatisch, ohne ihn anzusehen.

»Gut ... dann lasst uns jetzt frühstücken!«, beendete er die Diskussion.

Ich nahm mir ganz fest vor, Cheyenne nie wieder anzusehen.

***

Der restliche Tag verlief einigermaßen ruhig. Ich erhielt von Santiago die Erlaubnis, meine Schuhe für zwei Stunden täglich auszuziehen, so wie alle anderen Mädchen, und ich durfte mit Jana im Fitnessraum trainieren. Sie nutzte hauptsächlich das Laufband, war aber auch auf den Kraftgeräten sehr geschickt und kaum auf meine Hilfe angewiesen. Später trafen wir uns auf der Dachterrasse mit Natalie, Alice und Damian zum Schwimmen. Es gab ein kleines Büffet an der Bar, alkoholfreie Cocktails und lateinamerikanische Musik, die nach meinen drei Tagen im Verlies fast Urlaubsstimmung in mir entfachte. Erst am späten Abend, als es bereits dunkel war, gesellten sich die anderen Männer zu uns auf die Terrasse. Sie bedienten sich am Büffet und machten es sich in den Lounge-Liegen am Pool gemütlich. Ich spürte richtig, wie ich mich innerlich versteifte, denn unter ihnen war auch Cheyenne. Ich hasste ihn dafür, dass er mich daran hinderte, Santiago anzusehen, wie es mir beliebte, denn er hielt sich ständig in Santiagos Nähe auf und jeder längere Blick wäre mir zu riskant gewesen. Dann erinnerte ich mich wieder daran, mit welcher Einschränkung Jana zu leben hatte ... und das brachte mich zurück auf den Boden. Trotzdem war ich fast erleichtert, als Damian uns aufforderte, die Terrasse zu verlassen. Ich genoss eine angenehm warme Dusche mit Jana und kuschelte mich anschließend mit ihr gemeinsam in unser großes Bett.

»Willst du ... bitte, versteh das nicht falsch, aber ... willst du fernsehen?«, fragte ich sie zögerlich.

Jana lachte. »Ja, kein Problem, können wir gern machen.«

Wie ein riesiges Bild prangte der Flachbildschirm an der weißen Wand direkt gegenüber von unserem Bett. Jana hatte die Fernbedienung und wir einigten uns auf eine Dokumentation über Indien.

»Zahira?« Unerwartet griff sie nach meiner Hand.

»Ja?«

»Gehst du morgen mit mir laufen?«

»Wo? ... Draußen?«

»Ja ... ich würde es so gern versuchen ... Ich weiß, man kann sich beim Laufen schlecht an der Hand halten, aber vielleicht genügt es, wenn ich deine Schritte neben mir höre. Ich hab's noch nie probiert.«

»Dann versuchen wir's morgen ... versprochen!«

Sie lächelte zufrieden.

Irgendwann machten wir den Fernseher aus und beschlossen zu schlafen. Auf dem Flur waren noch Geräusche zu hören.

»Denkst du, es kommt noch jemand zu uns?«, flüsterte ich.

»Schwer zu sagen ...«

»Wie oft schläft Santiago bei dir?«

»Ich weiß nicht ... Aber oft! Im Schnitt bestimmt jede zweite Nacht.«

Ich lächelte innerlich. Da hatte ich doch mit Jana einen echten Glücksgriff gemacht. So oft hatte er früher nie bei mir geschlafen. Er würde mich doch hoffentlich nicht wegschicken, wenn er bei Jana schlafen wollte ...

»War Cheyenne auch schon bei dir?«, fragte ich sie leise.

»Ja.«

Plötzlich hörten wir ein Geräusch, ein Lichtschein fiel in unser Zimmer und wir waren beide ruhig. Ich drehte mich um und sah Santiago, wie er gerade die Tür von innen schloss. Mein Herz schlug sofort schneller. Er ging langsam um unser Bett herum, zu meiner Seite und machte noch mal die schwache Dämmerbeleuchtung an. Ich fragte mich, ob ich ihr sagen durfte, dass er es war, oder ob sie ihn ohnehin an den Schritten erkannt hatte ... Aber dann nahm mir seine charmante Stimme die Entscheidung ab. »Rutsch rüber, Baby ... ich möchte neben Jana liegen.«

Wehmütig tauschte ich meinen Platz mit ihr.

Santiago legte sich hinter Jana. Sie drehte sich sofort zu ihm und er schloss sie, etwas tiefer an seiner Brust, in seine Arme. Ich war dankbar für das Licht und glücklich, ihn nun endlich in Ruhe ansehen zu können. Er wirkte entspannt, geduldig und liebevoll. Es dauerte nicht lange bis er Jana eine Hand entzog, um sie an mein Gesicht zu legen. Ich rutschte ganz dicht an sie heran und er streichelte zärtlich über meine Wange und meine Haare.

»Ich will mit euch reden«, begann er und sein Gesichtsausdruck glich einem Geständnis, »... unter anderem über Augentropfen.« Er hielt mich verkrampft im Nacken fest, seine Blicke wirkten unsicher. »Zahira, ich weiß, dass du die Wahrheit vertragen kannst, aber trotzdem, versprich mir, dass du bei mir bleibst.«

»Sag es ihr nicht«, bat ihn Jana.

Mein Herz raste. »Bitte«, hauchte ich, »du weißt, ich hab dir immer verziehen.« Im Gegensatz zu Jana hatte ich den Vorteil, ihn mit meinen Augen anflehen zu können. Und es wirkte ...

Er nickte unmerklich und rang kurz mit sich selbst, bevor er zu reden anfing. »Es waren definitiv Augentropfen ... besser gesagt ein Spray! Es hatte den Zweck, das Augenlicht für ein paar Stunden auszulöschen ... danach kann man in der Regel wieder normal sehen. Ich hatte das Zeug von Amistad.« Er nahm kurz die Hand von mir und fuhr sich durch die Haare. »Vielleicht sollte ich weiter vorn beginnen ... Nachdem David gegangen war, hatte ich eine Klinik in Atlanta aufgesucht und lernte dort Amistad kennen. Er war mein Arzt, und bald stellte sich heraus, dass er ein ähnliches Leben führte wie ich hier, mit mehreren Mädchen und mit Männern, unter anderem mit Cheyenne. Ich hab mich sofort in Cheyenne verliebt, und bald konnte ich nicht mehr sagen, ob es mir besser ging wegen der Therapie, wegen Cheyenne oder wegen Amistad. Ich bin jedes Wochenende zu ihnen geflogen und Amistad hatte einige interessante Techniken in Verwendung, die ich noch nicht kannte. Er zeigte mir eine Flüssigkeit, mit der man Stimmbänder lähmen kann, um einem Mädchen für ein paar Stunden die Stimme zu nehmen, Ohrentropfen, die vorübergehend taub machen, und eben dieses ... Augenspray.« Er seufzte schwer.

Schmerzhaft sickerten diese ganzen »interessanten Techniken« in mein Gehirn und binnen Sekunden entstanden in meinem Kopf Bilder und beängstigende Gefühle, die mir den Atem raubten. Ich wollte mir jedoch nichts anmerken lassen, denn ich hatte noch so viele Fragen.

»Und Jana war allergisch darauf?«

»Nein ... « Er seufzte. »Dieses Augenspray ist offiziell nicht zugelassen und das Fläschchen, das er mir mitgegeben hat, hatte einen Produktionsfehler. Einer der Bestandteile war komplett überdosiert. Jana hat sich das Zeug von mir in die Augen sprühen lassen ...« An seiner Stimme merkte ich, dass ihm das wirklich nahe ging. Er musste eine kurze Pause einlegen, bevor er weitersprechen konnte. »Ich fühle mich schuldig, das kannst du mir glauben. Genauso wie Amistad. Wir haben die Firma verklagt und Jana bekam eine hohe Summe Schmerzensgeld zugesprochen. Und das ist nur ein Bruchteil davon, was sie von mir als Entschädigung bekommt. Trotzdem, das alles kann ihr Augenlicht nicht ersetzen, dessen bin ich mir durchaus bewusst ... Sie hat mir vertraut«, erklärte er betroffen und streichelte dabei liebevoll durch Janas Haare. »Mein Gesicht war das Letzte ... was sie in ihrem Leben gesehen hat.«

Mir lief die Gänsehaut über den Rücken. Ich hielt mir beide Hände vor den Mund und war geschockt. Wie gern hätte ich ihm gesagt, wie furchtbar ich das fand und wie leid es mir für Jana tat, aber mir fehlten die Worte.

Santiago räusperte sich. »Ich habe Jana danach gefragt, was sie sich von mir wünscht. Sie hätte alles von mir haben können. Aber sie wollte mich nur anfassen dürfen. Für immer.«

»Mich hast du nie gefragt, was ich mir wünsche«, warf ich ihm spontan vor.

»Ja, ich weiß. Vielleicht aus Angst, deine Wünsche könnten ähnlich gelagert sein, denn ich könnte sie dir nicht erfüllen.«

»Wieso? Bei Jana geht es doch auch.«

»Das ist etwas völlig anderes. Sie kann mich nicht sehen. Sie ist für mich ein absolut harmloses, hilfloses Geschöpf, das sich an mir festhält, um überhaupt existieren zu können. Was ich von dir nicht behaupten kann.«

Gekränkt schüttelte ich den Kopf. »Aber ... meine Hände sind genauso harmlos und zärtlich ... Ich könnte dir nie ...« Ich stoppte mich selbst, sonst hätte er vielleicht gemerkt, dass ich den Grund für seine Phobie kannte. Also flüsterte ich nur noch ein kleines »Bitte« hinterher und flehte ihn mit meinen Augen an. »Ich liebe dich und ich wünsche es mir so sehr.«

Zärtlich legte er seine zweite Hand an mein Gesicht. »Zahira, du bist das erste und einzige Mädchen, dass ich jemals zurückgeholt habe. Und ich werde dich glücklich machen, das verspreche ich dir! Ich werde bei dir toleranter sein als bei anderen. Ich weiß, was du brauchst, um glücklich zu sein, und ich erwarte im Gegenzug, dass du mir verzeihst und mich nicht gleich wieder verlässt.«

Ich nickte traurig. »Ich glaube, ich hätte dich gar nicht verlassen, wenn David mir nicht so glaubhaft versichert hätte, dass du mich umbringen wolltest. Er hat mich dazu gedrängt, wegzugehen.«

Santiago lächelte und streichelte über meine Wange. »Ich wollte dich nie umbringen, glaub mir!«

»Warum hast du es dann getan?«, schluchzte ich.

Ich sah, wie Jana neugierig ihren Kopf bewegte, um besser hören zu können.

Er blickte kurz auf sie, bevor er weitersprach. »Es hatte nichts mit dir persönlich zu tun. Ich war geschockt. Ich war außer mir. Vielleicht dachte ich, wenn du weg wärst, würde David bei mir bleiben ... was widersinnig ist, denn dann hätte er mich erst recht verlassen. Vielleicht wollte ich ihn damit einfach nur bestrafen für seine Untreue. Ich war verzweifelt.« Santiagos Augen glänzten. »Auch wenn ich es nicht zeigen wollte, aber der Gedanke, David zu verlieren, hat mich in diesem Moment zerrissen. Ich hab erst später realisiert, dass sein Handeln nicht viel mit dir zu tun gehabt hatte.«

»Warum hast du ihn dann nicht zurückgeholt?«

Er zischte verächtlich. »Erstens wollte er nicht zurückgeholt werden, sonst hätte er nicht diesen Aufwand betrieben, sich vor mir zu verstecken, zweitens wusste ich, dass ich ihm das Versprechen, welches er sich im Gegenzug von mir erwartet hätte, nicht hätte geben können. Und seit ich Cheyenne kenne, denke ich nicht mehr über David nach. Wie du vielleicht bemerkt hast, habe ich dich nicht mal nach seiner Adresse gefragt ...«

»Ja ...« Ich schmunzelte. »Soll ich dir etwas sagen? David hat mir sogar aufgetragen, dir unsere Anschrift zu geben, wenn du sie möchtest. Ich solle mich von dir nicht foltern lassen ... für ihn.«

»Wie edel!« Santiago verdrehte die Augen.

»Er hat auch gesagt, du kannst ruhig kommen und dir eine Abfuhr holen.« Ich konnte ein verschmitztes Lächeln kaum zurückhalten.

»Reizend ... Große Worte! Ich weiß genau, dass er mich vermisst. Trotzdem, gib sie morgen Damian! Vielleicht ist mir ja mal danach.«

Jana hob ihren Kopf zwischen uns und fragte völlig verstört: »Du hast sie umgebracht?«

Santiago seufzte. »Wie du siehst, lebt sie noch ... aber ich hätte es fast getan.«

»Wie?«

Seine Stimme klang nun melancholisch und er sah mich dabei ganz verliebt an. »Es ist bei meinem Lieblingsspiel passiert. Ich habe mich in ihren blauen Augen verloren und ihre Berührung hat mich gelähmt ... Ich konnte sie nicht mehr loslassen. Insgesamt war es zu lange für ihr schwaches Herz. Aber David konnte sie ja wiederbeleben.«

»Ich hab kein schwaches Herz!«, protestierte ich.

Er grinste selbstgefällig. »In meinen Händen wird das Herz jeder Frau schwach! Und deines ist sogar geschmolzen! Glaub mir, du hast nicht mal versucht, dich zu wehren!«

»Ich kann mich bis heute nicht erinnern, was in diesen letzten Minuten passiert ist«, bedauerte ich. »Und ich kann mich vor allem nicht daran erinnern, dich berührt zu haben!«

Mitfühlend streichelte er über meine Wange und seufzte. »Zahira ... ich werde mir für dich etwas überlegen, eine Möglichkeit, damit ich dir zumindest ein Mal kurz erlauben kann, mich anzufassen. Aber hör auf, mich anzubetteln.«

Ich nickte überglücklich.

»Wenn ihr wollt, schlafe ich heute in der Mitte, ausnahmsweise«, schlug er vor und machte das Licht aus.

Vermutlich war meine Freude darüber größer als die von Jana, denn sie musste dafür den Platz in seinen Armen aufgeben. Aber ich rechnete es ihm hoch an, dass er sich Gedanken darüber machte, uns gleich zu behandeln. Vorsichtig kam er zwischen uns. Er drehte sich zu mir, zog mich ganz dicht an sich, legte ein Bein über meine Hüften und hielt mich wie ein Seitenschläferkissen an seiner Brust. Jana kuschelte sich an seinen Rücken und schlang einen Arm um seinen Körper. Ich liebte diese innige Nähe zu ihm, seine Hitze, den Duft seiner nackten Haut und den zarten Flaum an seiner Brust. Ich hörte sein Herz schlagen und sank glücklich in einen tiefen Schlaf ...

Atme!

»Amistad?«

»Vier.«

»Cheyenne?«

»Zwei.«

»Gemeinsam mit den zehn von gestern macht das achtzehn.«

Amistad befestigte Ledermanschetten an meinen Hand- und Fußgelenken. Zweimal hatte ich Cheyenne direkt in die Augen gesehen ... unabsichtlich ... wir waren einander im Badezimmer und im Lift begegnet. Die restlichen Blicke waren mir beim Essen passiert, die Sitzordnung verlangte mir einiges ab und forderte meine volle Konzentration, aber immerhin, im Vergleich zu gestern hatte ich mich verbessert.

Santiago schickte Cheyenne aus dem Zimmer. Er selbst setzte sich erwartungsvoll auf die Bettkante ... erste Reihe fußfrei ... und zog Jana neben sich.

»Muss sie hierbleiben?«, fragte ich Amistad leise, während er mir ein breites Halsband anlegte.

Er lächelte nur und gab keine Antwort. Das war für mich ein Zeichen, dass ich nicht mehr sprechen durfte. Ein erster Anflug von Angst breitete sich in meinem Körper aus. Parallel dazu verbanden sich all meine Gefühle mit Amistad. Ich verspürte das starke Bedürfnis, mit ihm zu schlafen. Seine warmen, großen Hände fühlten sich wundervoll an. Sie öffneten meinen BH und streiften mein Höschen nach unten, ich stieg mit meinen High Heels heraus und er warf meine Dessous auf das Bett. Amistad drängte mich ein paar Schritte rückwärts, bis ich mit meinem Rücken die glatte Holzwand berührte. Er führte meine Arme nach oben und fixierte meine Handgelenksmanschetten weit voneinander entfernt an Ringen. Dann zog er meine Füße auseinander, sodass ich gerade noch in meinen hochhackigen Schuhen stehen konnte, und befestigte sie ebenfalls. Ich war nervös. Und obwohl mich Jana nicht sehen konnte, fühlte ich mich schrecklich nackt vor ihr.

»Bitte ... nicht vor Jana«, flehte ich Santiago an.

Im selben Moment landete eine Ohrfeige in meinem Gesicht. Sofort konzentrierte ich mich wieder auf Amistad. Er warf mir einen bitterbösen Blick zu, dem ich nicht standhalten konnte. Einsichtig sah ich zu Boden. Aber er hielt einen Finger unter mein Kinn, sodass ich ihn wieder ansehen musste.

»Für dich gibt es jetzt nur zwei wichtige Dinge«, erklärte er mir, »du wirst nicht schreien ... und du wirst atmen.«

Ich nickte. Klang nicht so schwierig. Hatte ich es doch schon mal geschafft, ein paar Schreie zu unterdrücken, als David mich bestrafen musste. Und damals traf mich ein weit bösartigeres Instrument, eines, das Narben hinterließ. Demnach konnte es nicht so schlimm werden. Dachte ich. Dann sah ich die Peitsche.

Amistad entblößte seinen muskulösen Oberkörper vor mir und behielt nur die dunkle, lange Hose an. In seinen Händen drehte er das steife Ende einer Peitsche, deren Ausmaß mich erschaudern ließ. Noch nie hatte ich ein so langes Exemplar gesehen. Unsicher wanderten meine Augen in alle Richtungen, ich zweifelte stark daran, dass in dieser Ecke des Zimmers genug Platz wäre, allein um auszuholen. Wie konnte er Santiago und Jana so dicht neben uns sitzen lassen? Aber dann erlagen meine Gedanken dem Anblick, der sich mir bot. Amistad ging vor mir nachdenklich ein paar Schritte auf und ab, als würde er meditieren. Er drehte sich um, ich sah seinen schönen Rücken, und mit der furchteinflößenden Peitsche in der Hand präsentierte er mir einen Kontrast, der mich zwangsläufig erregte. Was hätte ich die letzten Monate dafür gegeben, auch nur ein Mal in eine solche Situation zu kommen. Santiago lehnte sich etwas nach vorn, stützte seine Unterarme auf die Knie und senkte seinen Blick. Ich konnte mir nicht vorstellen, was das zu bedeuten hatte ... wollte er nicht zusehen? Und gerade, als ich dachte, wann Amistad endlich anfangen würde, hörte ich ein schrilles Surren in der Luft. Instinktiv drehte ich mein Gesicht zur Seite, kniff die Augen zusammen, verkrampfte mich am ganzen Körper und hielt die Luft an. Jedoch das Surren verstummte wieder, ohne dass mir etwas passiert war.

Plötzlich griff er mir ins Gesicht. »Ich werde dich nicht schlagen, solange du nicht langsam und regelmäßig atmest.«

Ich war verwirrt. Ich hatte doch geatmet ... und falls nicht, wie konnte er das sehen ... und warum war ihm das wichtig?

Liebevoll küsste er mich auf die Stirn. »Und du brauchst deinen Kopf nicht zur Seite zu drehen, ich treffe dich nicht im Gesicht.«

Ich nickte und spürte, wie mir das Atmen immer schwerer fiel. Dabei sollte ich mich doch beruhigen. Santiago hielt seinen Kopf unverändert gesenkt.

»Sieh mich an!«, forderte Amistad. Er meinte mich. Dann begann er von neuem die Peitsche zu schwingen. Seine Bewegungen wirkten so anmutig, so mühelos, als könnte er sich entspannen, während die Luft von einem gleißenden Surren zerschnitten wurde.

Aber, allein wenn ich nur daran dachte, dass mich dieses Unding gleich treffen würde, stockte mir der Atem.

Wieder sackte die Peitsche schlaff zu Boden … und Amistad lächelte.

»Ich kann das nicht«, hauchte ich verzweifelt und von mir selbst enttäuscht.

Er kam zu mir und streichelte über meine Schläfen. »Entspann dich.«

»Warum kannst du es nicht einfach tun?«, fragte ich ihn. »Egal ob ich schreie oder die Luft anhalte.«

»Weil du mit deiner Methode keine achtzehn Hiebe durchhältst!«

Santiago stand auf und holte sich eine Zigarette. Ich sah mich schon die ganze Nacht hier hängen.

Plötzlich küsste mich Amistad. Seine Lippen verschmolzen mit meinen, er bewegte sich leidenschaftlich und fordernd in meinem Mund. Ich spürte ein paar kräftige Wellen der Erregung in meinem Unterleib und wünschte mir nichts mehr, als mit ihm zu schlafen. Aber er löste sich von mir, trat zurück und setzte die Peitsche in Bewegung.

Ich merkte, dass sich in mir etwas verändert hatte. Ich atmete langsam und tief, spürte Sehnsucht und konnte nicht denken.

Dann traf der erste Hieb mit einem ohrenbetäubenden Schnalzen meinen Körper. Ich schrie auf … es brannte … überall! Ich konnte gar nicht sagen, wo er mich getroffen hatte, auf jeden Fall irgendwie senkrecht, denn der Schmerz zog sich von meiner Schulter, über Brust und Bauch bis zu meinem linken Oberschenkel. Keuchend wartete ich, dass es nachlassen würde. Amistad lächelte mich an und tauschte danach mit Santiago ein paar amüsierte Blicke aus. »Sie hat einfach das Pech, dass sie im Fortgeschrittenenkurs gelandet ist«, meinte er.

»Sie hat den besten Lehrer«, lobte ihn Santiago. »Und sie genießt es. Das weißt du selbst.«

Ich sah an mir hinab und beobachtete skeptisch eine blassrosa Linie, die sich diagonal über meinen Körper zog und in ihrer Farbintensität immer kräftiger wurde. Sprachen die von mir?

Amistad wirbelte erneut sein Werkzeug durch die Luft. Ich wusste, er wollte mich atmen sehen, und tat ihm den Gefallen.

»Du hast jetzt ein Mal geschrien. Wir wissen alle, wie weh es dir tut. Ab jetzt ist es nicht mehr notwendig, dass du für uns deine Stimme zum Besten gibst. Jedes Mal, wenn du schreist, zählt nicht.«

Entsetzt und missbilligend stieß ich Atemluft aus ... Im selben Moment traf mich die Peitsche. Ich war erschrocken, aber mir fehlte die Luft. Sofort konzentrierte ich mich darauf, nicht zu schreien und hechelte nur ängstlich. Der Schmerz zog sich wieder über meinen ganzen Körper.

Amistads Gesichtsausdruck war bitterernst. Er nickte fast unmerklich, schenkte mir jedoch damit das Gefühl, es richtig gemacht zu haben. Dann traf mich der nächste Schlag. Diesmal musste ich meinen Schrei bewusst unterdrücken, atmete aber so schnell es ging weiter. Die Abstände wurden immer geringer, er ließ mir kaum Zeit zu atmen, nur ein Mal entglitt mir ein stimmliches Stöhnen und ich hoffte, er würde es nicht als Schrei werten. Das Surren der Peitsche raubte mir fast den Verstand, man konnte nie abschätzen, wann er sie auf mich loslassen würde, er zeigte keine Zeichen einer Ankündigung und keinen berechenbaren Rhythmus. Niemand zählte mit. Plötzlich stoppte er und kam auf mich zu. Er hielt mich im Nacken fest und seine Lippen hauchten sanft an meinem Ohr: »Atme!« Mein Körper reagierte wie auf Befehl und entspannte meine Rippenbögen. Sofort kreischte ein Ton durch meine

Kehle, als hätte er mich von den Toten auferweckt. Ich gierte nach Luft. Erst jetzt merkte ich, dass ich die ganze Zeit nicht geatmet hatte. Amistad hielt meinen Kopf an seine Brust. »Es beginnt, mir zu gefallen«, sagte er zu Santiago.

Ich sah, dass Jana zwischen Santiagos Beinen kniete und ihn oral befriedigte. Er hatte seinen Bademantel für sie geöffnet und atmete tief.

Wie gern hätte ich Amistad gefragt, wie viele Schläge ich noch ertragen musste, aber ich traute mich nicht, zu sprechen.

Erneut wich er von mir zurück und versetzte sein Instrument schrill in Bewegung. Er traf mich quer über den Unterleib und unweigerlich schrie ich auf.

»Wir bleiben bei elf«, ermahnte er mich streng.

Ich keuchte. Aber jetzt wusste ich wenigstens, wo ich stand.

Noch sieben Mal biss sich die Peitsche gnadenlos in mein Fleisch. Ich hatte es geschafft, zwischendurch zu atmen, aber nun hechelte ich erschöpft, wie nach einem überstandenen Marathon. Und ich war schweißnass.

Amistad kam zu mir und küsste mich genau wie zuvor, aber jetzt war ich plötzlich grenzenlos verrückt nach ihm. Mein Keuchen wurde zu einem Stöhnen und ich verzehrte mich nach seinem Körper. Ich war so dankbar, dass er aufgehört hatte mir wehzutun und spürte den Saft meiner Erregung über die Innenseiten meiner Schenkel fließen. Verzweifelt riss ich an den Ketten und versuchte nach ihm zu greifen. Er musste mit mir schlafen ... Wäre ich nicht gefesselt gewesen, ich wäre über ihn hergefallen. Doch dann löste er sich von mir.

»Nein!« protestierte ich und erntete dafür umgehend wieder eine Ohrfeige. Er strafte mich mit einem letzten strengen Blick und verließ den Raum.

Ich konnte mir meine Erregung nicht erklären. Einerseits

brannte mein ganzer Körper schmerzvoll, andererseits fühlte ich mich wie kurz vor einem Orgasmus. Mein Lustzentrum schien angeschwollen und pochte empfindlich. Wenn mich nur irgendjemand zwischen den Beinen hätte berühren können. Sehnsüchtig wanderten meine Blicke zu Santiago. Auch er schien erregt, aber seine Leidenschaft galt nicht mir. Er atmete schwer und verkrallte sich angespannt in Janas Haaren, während sie noch immer zwischen seinen Beinen kniete und ihn befriedigte. Ich beneidete sie maßlos und es dauerte einige Zeit, bis ich begriff, dass meine Rolle heute Abend sich einzig auf Zusehen beschränken sollte. Santiago zog Jana zu sich aufs Bett. Er legte sich auf sie und drang in sie ein ... vor meinen Augen. Ich verzehrte mich nach jeder Berührung von ihm, nach seinen Küssen, und am meisten nach seinem Schwanz, der so heftig in sie pumpte. Ich konnte mir vorstellen, wie hart er war, wie empfindlich erigiert und wie sein Ausmaß sie forderte. Man konnte direkt sehen, wie ihr zierlicher nackter Körper von seinen Kräften erschüttert wurde und ich wünschte mir dasselbe für mich. Ich seufzte und verging fast vor unerfülltem Verlangen ...

Nach einem geräuschvoll maskulinen Orgasmus und zwei entspannten Zigaretten, befreite mich Santiago von den Fesseln.

Mein Körper war übersät mit roten Linien. Er legte mich neben Jana und begutachtete das entstandene Muster. »Mach dir keine Sorgen wegen der Striemen. Sie halten maximal zwei Tage und sie werden stets verschwunden sein, bevor wir dir neue zeichnen.«

Er küsste mich auf die Stirn und ging.

***

Der nächste Morgen gehörte Jana. Nach einem leichten Frühstück tauschten wir unsere High Heels gegen Sportschuhe, schlüpften in atmungsaktive Pantys und Tops, mit dem Vorhaben, Janas Wunsch nachzukommen. Sie wollte zum ersten Mal, seit sie ihr Augenlicht verloren hatte, wieder an der frischen Luft laufen. Der Rundweg, der um die Insel führte, war prinzipiell bestens geeignet dafür – ein fester, erdiger Untergrund, breit genug, sodass man bequem zu viert nebeneinander spazieren hätte können, stellenweise sanft hügelig. Er schlängelte sich durch die tropische Vegetation, wurde von üppig grünen Büschen gesäumt, die sich vor der Villa lichteten. Nicht überall hatte man Aussicht auf das Meer, nur an der Nordseite verlief der Weg direkt neben dem Wasser. Er führte auch auf die kleine Anhöhe hinter dem Haus, von wo aus man auf der einen Seite die privaten Yachten ankern sah und auf der anderen Seite die weiße Sandbucht mit ihrer malerischen Palmenreihe.

Jana hatte die Idee, den samtigen Gürtel eines Morgenmantels als Verbindungsseil zwischen uns zu verwenden, und schon nach wenigen Metern waren wir ein eingespieltes Team. Ich lief einen guten Schritt vor ihr und gab der »Leine« etwas Spiel, so spürte sie nur einen leichten Zug, wenn sie ihre Richtung korrigieren musste. Ihre Konzentration galt jedoch hauptsächlich der Beschaffenheit des Bodens, während ich auf die Vegetation achtete, die von oben oder von der Seite unsere Laufbahn beeinträchtigte. Jana vertraute mir völlig und wir konnten ein anspruchsvolles Tempo halten. Ich sah die Freude darüber in ihrem Gesicht. Sie liebte die Bewegung, die feuchte Luft, den leichten Wind und das Meeresrauschen. Gleichzeitig bereiteten ihr die ganzen Eindrücke eine willkommene Abwechslung von dem relativ eintönigen Alltag der letzten Wochen, wo Highlights sich nur auf sexueller Ebene abgespielt hatten.

Den restlichen Tag brachten wir mit Körperpflege zu. Ich

behandelte die blassen Überreste meiner Striemen, und mit ein bisschen Sonnencreme konnten wir den Nachmittag auf der Dachterrasse ausklingen lassen. Cheyenne war weder zum Mittag- noch zum Abendessen erschienen, wodurch ich mir, meiner Einschätzung nach, lediglich vier verbotene Blicke vom Frühstück anlasten musste. Ein erfolgreicher Tag, der jedoch noch lange nicht enden sollte ...

»Hast du eine Ahnung, wo Cheyenne heute war?«, fragte ich Jana, als ich mich abends zu ihr unter die Decke kuschelte. Durch sie wusste ich erst, wie gefährlich es war, wenn ein Partner High Heels im Bett trug. Ich allein hatte mich damit noch nie verletzt, aber Jana war nachts nicht zu unterschätzen. Wenn ein Albtraum sie quälte, wurden die edlen Luxus-Accessoires regelrecht zu Waffen an ihren Füßen. Darum achtete ich stets darauf, dass ich mich kurz vor dem Einschlafen von ihrem Kissen, ihrem hübschen Gesicht und ihrer zärtlichen Hand löste und wieder auf meine Seite zurückzog.

»Cheyenne fühlt sich manchmal nicht so gut«, antwortete Jana, »und wenn es ihm schlecht geht, bleibt er meist in seinem Zimmer.«

»Ist er krank?«

»Nein ... nicht richtig.«

»Was heißt nicht richtig?«

»Er hat Probleme. Ich weiß selbst nicht genau womit. Und er lehnt es ab, sich von Amistad behandeln zu lassen. Er möchte keine Medikamente nehmen.«

»Hat er Depressionen?«

Jana nickte betroffen. »Santiago ist so geduldig mit ihm. Er versucht ihm jeden Wunsch zu erfüllen und sein Interesse für alle möglichen Dinge zu wecken. Er fährt regelmäßig mit ihm aufs Festland, hat sogar angefangen Golf zu spielen, nur wegen Cheyenne. Aber wenn er so eine bestimmte Phase hat, kann ihm einfach keiner helfen. Dann verkriecht er sich in seinem Zimmer und ist nur noch unglücklich.«

»Warum möchte er keine Medikamente nehmen, wenn es ihm dann vielleicht besser ginge?«

»Keine Ahnung. Ich denke, irgendwann wird ihn Santiago ohnehin dazu zwingen.«

Unerwartet öffnete sich unsere Schlafzimmertür und ich flüsterte »Amistad« in Janas Ohr, so leise ich konnte, denn ich fand es so ungerecht, dass sie stets bis zum ersten gesprochenen Wort ihre Anspannung ertragen musste, außerdem hatte mir das niemand verboten.

Er kam an meine Seite, setzte sich und zog mich mit einem selbstbewussten Griff um meine Taille zu sich an die Kante des Bettes. Ich lag auf dem Rücken und er lächelte mich an. »Du wirst doch nicht etwa schon schlafen wollen?«

Warum fragte er das? Wen kümmerte es schon, was ich wollte? »Hast du eine bessere Idee?«, fragte ich mutig. Ich erinnerte mich daran, wie versessen ich gestern darauf gewesen war, mit ihm zu schlafen. Aber jetzt, wo ich wieder all meine Sinne beisammen hatte, überwog doch meine Angst vor ihm. Sein Schwanz war nicht unbedingt Mittelpunkt meiner sexuellen Fantasien, im Gegenteil, auf der *Symphonie* hatte er sich damit bei mir reichlich schlechtes Image eingehandelt. Ich schrieb dies vorwiegend seiner Größe zu und zweifelte deshalb stark daran, dass es mit ihm überhaupt jemals schön sein konnte.

»Ja genau, ich hab eine viel bessere Idee.« Sanft streichelte er über mein seidiges Nachthemd. »Wenn du möchtest, darfst du mir heute zusehen, wie ich Irina mit der Peitsche bearbeite. Sie ist perfekt darin ... und du könntest bestimmt etwas lernen.«

»Nur zusehen?«, fragte ich skeptisch.

Er lachte. »Ja. Vielleicht finde ich einen Assistentinnen-Job für dich. Aber grundsätzlich bist du erst morgen wieder dran.«

»Okay«, hauchte ich.

Amistad nickte zufrieden und seine Blicke forderten mich auf, ihm zu folgen.

LustRausch

Amistad führte mich in sein geräumiges Schlafzimmer. »Setz dich aufs Bett und warte, ich muss sie erst von unten holen.«

Artig setzte ich mich und bewunderte inzwischen die Umbauten, die in diesem Raum stattgefunden hatten. Wie Jana bereits angekündigt hatte, prunkte hier eine meisterhaft identische Kopie unserer Holzwand mit all ihren Silberringen, allerdings nicht neben dem Bett, sondern, aufgrund der großzügigen Grundfläche dieses Raumes, direkt gegenüber, an der breiten freien Wand. Zusätzlich hingen zentral einige Ketten von der Decke. Wenn man sich also im Bett aufsetzte und bequem an ein paar Kissen lehnte, hatte man beste Sicht auf den Ort des Geschehens. Eine Besonderheit fiel mir noch ins Auge ... vom Fuße der Holzwand erstreckte sich auf dem Boden horizontal eine weitere massive Holzfläche bis hin zum Bett. Fast hätte man sie für einen schwarz glänzenden Parkettboden halten können, wären da nicht an etlichen Stellen die obligatorischen Ringe eingearbeitet gewesen.

Gentlemanlike hielt Amistad die Tür auf und wartete. Die Vorfreude strahlte aus seinem Gesicht. Nicht jedoch aus meinem. Ich erschrak, denn Irina konnte kaum gehen. Er hatte ihre ohnehin schon schweren Hand- und Fußfesseln mit massiven Eisenketten verbunden, die ihr nur kleine Schritte erlaubten. Ein weiterer breiter Eisenring lag um ihren zierlichen Hals. Ihre blonden Haare waren am Hinterkopf streng zusammengefasst. Zum ersten Mal sah ich sie ohne Korsett, sie trug knappe, schwarz glänzende Unterwäsche, die gerade mal ihre Scham und ihre Nippel bedeckte. Und trotz allem wirkte sie keineswegs schmerzgeplagt, unglücklich oder ängstlich. Sie blieb mittig vor der Holzwand stehen und beobachtete fast freudig gespannt Amistad, wie er ihr die schweren Ketten abnahm.

»Wir haben heute eine Zuschauerin«, erklärte er ihr nebenbei.

Irina sah mich an und nickte mit einem ehrlichen Lächeln auf den Lippen. Irgendwie erinnerte sie mich mit ihren üppigen Brüsten, ihrer schlanken Taille und ihrem leicht muskulösen Körper an Lara Croft ... als wäre sie ihre blond gefärbte Zwillingsschwester.

Amistad erhob sich und langte nach einer bestimmten Kette von der Decke, er führte ihre Handgelenke nach oben und hakte sie daran fest. Dann kniete er sich vor sie und legte eine schwere Spreizstange zwischen ihre Fußgelenke, die er ebenfalls mit Karabinern befestigte. Im Aufstehen streichelte er über ihren Körper und löste dabei fast unmerklich die Bändchen ihrer Wäsche. BH und Höschen fielen auf den Boden. Er griff streng an ihren Nacken und sah aus nächster Nähe in ihr Gesicht. Ihre Lippen öffneten sich und ihr Atem wurde tiefer. Ein paar Sekunden lang ließ er sich von ihren Blicken anhimmeln, bevor er sie auf den Mund küsste. Dann zog er am zweiten Ende der Kette, wodurch ihr ganzer Körper noch etwas gestreckt wurde. Sie stand nun vor mir, mit weit gespreizten Beinen, auf Santiagos High Heels, geschmückt mit seinem Brandmal und drei kleinen edlen Piercings. Amistad griff nach derselben Peitsche, die er bei mir verwendet hatte und ich flüchtete augenblicklich zurück ans Kopfende des Bettes.

Er registrierte es kurz, hatte aber keine Einwände. Stattdessen erklärte er mir in aller Ruhe seine Technik.

»Weißt du, normalerweise beginnt man mit einer sanften Peitsche, um den Körper aufzuwärmen und an den Schmerz zu gewöhnen. Die Mädchen fallen fast in Trance, wenn du es richtig machst. Sie genießen es. Man muss sich langsam an die härteren Geräte herantasten ... und irgendwann bist du bei dieser hier angelangt, ohne dass du es merkst.« Während er sprach, stolzierte er in großem Bogen um Irina. So wie eine Raubkatze, die ihr Opfer umrundet, bevor sie zuschlägt.

Hinter ihrem Rücken streifte er sein T-Shirt ab und begann danach seine Peitsche locker in der Hand zu schwingen. Ich merkte, dass dieses schneidende Geräusch sie nervös machte, ihre gesenkten Blicke folgten aufgeregt seiner schwarzen Jogginghose und den nackten Füßen. Ihr Atem ging schwer und ich konnte die heftige Bewegung der Rippen an ihrem Brustkorb beobachten.

»Ich hingegen«, sprach er melancholisch weiter, »beginne gleich mit dieser hier. Dadurch kann sich mein Opfer ...«, er grinste, amüsiert über seine eigene Wortwahl, »nicht an den Schmerz gewöhnen.«

Kurz sah er in meine Augen, vielleicht um meine Aufmerksamkeit zu kontrollieren, dann ließ er die Peitsche auf Irinas Körper los. Ein schriller Knall hallte durch das Zimmer. Wie eine Schlange hatte sich das Unding rund um ihre Silhouette gewickelt und Irina hatte erschrocken aufgeschrien. Für einen Moment schloss sie ihre Augen, dann keuchte sie. Sofort traf sie der nächste Schlag, aber sie schrie nicht mehr. Amistad ließ sie von nun an regelmäßig zweimal atmen, bevor er erneut zuschlug. Irina drehte sich an ihrer Aufhängung in alle Richtungen, obwohl sie wusste, dass sie keine Chance hatte, seiner Gewalt zu entkommen. Mein Herz schlug mir bis zum Hals. Meine Fingernägel krallten sich in die Bettdecke, ich starrte sie an und verkrampfte mich völlig. Bei jedem Schlag riss es mich, als hätte Amistad meine Haut getroffen. Plötzlich stoppte er, ging zu Irina, griff ihr zärtlich an die Wange und hauchte: »Entschuldige.«

Dann kam er zu mir, fasste mich streng im Nacken, kam mit seinem Gesicht ganz nahe vor meines und flüsterte: »Atme!«

Sofort kreischten meine Lungen nach Luft. Verdammt! Mir war nicht mal aufgefallen, dass ich vergessen hatte zu atmen.

Er zeigte zum Fußende des Bettes. »Knie dich hier her! Das geht so nicht, ich muss dich näher bei mir haben.«

Eilig folgte ich ihm und kniete mich auf das untere Ende der Matratze, keine zwei Meter von Irina entfernt.

»Zieh das aus!« Er zupfte kurz am Träger meines Nachthemds und stellte sich danach wieder an seine ursprüngliche Position, von wo aus er die Luft erneut zum Singen brachte.

Ich schlüpfte aus dem Nachthemd und fragte mich kurz wozu. Konnte er so besser meinen Atem kontrollieren? Aber bevor ich lange nachdenken konnte, nahm die Peitsche ihren gewohnten Rhythmus auf. Irina drehte sich nicht mehr. Sie sah ihm in die Augen, keuchte schwer ... und trotzdem wirkte sie stark. Ihr gesamter Körper war angespannt. Ich bewunderte Amistads Zielsicherheit. Er steuerte sein Instrument stets so, dass es sich rund um ihren Körper wickelte und mit dem ausgefransten Ende exakt in ihren Schritt peitschte. Mal von rechts ... mal von links. Und nach einiger Zeit verlagerten die kleinen Fransen ihr Zielgebiet an ihre Nippel. Angestrengt konzentrierte ich mich darauf, zu atmen. Irina stöhnte immer lauter, angespannte Falten gruben sich in ihre Stirn und ihre Blicke hingen an seinen Augen, als hätte er sie hypnotisiert. Ich fragte mich, wie lange sie noch durchhalten musste. Irgendwo bei dreißig hatte ich aufgehört zu zählen, aber bei jedem einzelnen Schlag litt ich mit ihr. Ich sah ihre Schamlippen empfindlich anschwellen, sie färbten sich beängstigend intensiv, genau wie ihre Brüste. Irinas Körper zuckte bei jedem Schlag. Plötzlich versiegte das Pfeifen in der Luft. Amistad trat vor sie. Er riss ihren Kopf in den Nacken und tadelte sie: »Wag es ja nicht!«

Sie keuchte.

Ich hatte keine Ahnung, wovon er sprach.

Er ließ ihren Kopf los und sofort flehte sie ihn an: »Bitte ...«, und erntete dafür nur ein unumstößliches »NEIN!«

Amistad ging wieder auf seine Position. Ängstlich sah ich ihm hinterher. Die Schlange surrte ihr gewohntes Lied.

Weitere zehn Schläge brachten Irinas Haut zum Glühen, dann legte er die Peitsche beiseite und umrundete Irina mit gemächlichen Schritten. Sie keuchte schwer. Schließlich blieb er hinter ihr stehen. Zärtlich strichen seine Hände über ihre gepeinigte Silhouette. Er berührte ihre Wunden, sie wand sich lustvoll, und zum ersten Mal kam mir in den Sinn, dass die Geräusche, die sie von sich gab, ähnlich wie bei mir gestern, auf ihre Erregung zurückzuführen waren. Sie keuchte vor Verlangen ... und bettelte um Erlösung. Seine Finger näherten sich ständig ihrem Schritt und zogen sich kurz davor wieder zurück.

»Komm her!«, seine sanft gehauchten Worte rissen mich aus meiner Faszination. Er hatte mich gemeint! »Knie dich vor sie.«

Skeptisch kniete ich nieder.

»Näher ... komm her ... und mach deinen Mund auf!«

Völlig ahnungslos gehorchte ich ihm, kniete nun fast zwischen ihren Beinen und hielt meinen Mund für sie geöffnet. Ich fragte mich, wozu? Fühlte sich vielleicht Amistad durch diese Pose erregt? Würde er in Kürze Hand an sich selbst legen, seinen Schwanz durch ihre Beine hindurchstrecken und an meine Lippen führen? Erwartungsvoll blickte ich zu ihm auf und stellte mir in Gedanken bereits vor, seinen mächtig erigierten Penis vor meinen Augen zu haben, der sich genüsslich über mir erleichtern würde. Irinas Stöhnen wurde immer verzweifelter. Zwischen ihren Brüsten hindurch sah ich, wie sich Amistads große Hand um ihren Mund legte. Er zog ihren Kopf an sich und griff endlich mit seiner anderen Hand in ihren Schritt. Direkt vor meinen Augen beobachtete ich zwei Finger, die ihre gepeinigten Schamlippen teilten und gespreizt auseinander hielten. Sie gewährten dem dritten Finger freien Zugriff auf ihr empfindlich geschwollenes Lustzentrum. Er traf exakt den richtigen Punkt, denn sie verkrampfte sich augenblicklich, schrie in seine Hand ... und in derselben Sekunde spritzte mir etwas ins Gesicht, das mich vor Schreck zurückschleuderte.

»AAAH!« Ich schrie auf, kippte über meine Stöckelschuhe nach hinten und fing mich rücklings auf den Unterarmen ab. Entsetzt sah ich Amistad an, der noch immer damit zu kämpfen hatte, Irinas bebenden Körper zu halten. »Was war das?«, fauchte ich ihn an. »Sie hat mich angepinkelt!« Angewidert wischte ich mit den Händen über mein Gesicht.

Langsam ließ er Irina los, kurz verdeckte sie mir die Sicht, aber dann erkannte ich, dass er sich den Bauch hielt. Er lachte! Er verdrehte seine Augen und versuchte sein Lachen zu unterdrücken, was ihm jedoch kaum gelang.

Ich wusste nicht, was daran lustig sein sollte. »Sie hat mir in den Mund gepinkelt!«, beschwerte ich mich bei ihm. Schlimm genug, dass ich mich schon mal von den Männern hier hatte anpinkeln lassen müssen ... aber von einem Mädchen? Ekelhaft!

Er drückte sich angestrengt seine Handfläche an die Stirn und musste schließlich auf der Bettkante Platz nehmen. Er konnte kaum ernst bleiben. »Sie hat dich nicht angepinkelt«, sagte er. Gleichzeitig wischte er sich ein paar Tränen aus seinen Augen. Dann konnte er sich endlich zusammenreißen. »Hast du noch nie gesehen, dass ein Mädchen beim Orgasmus spritzt?«

Skeptisch sah ich ihn an. »Nein ... Was soll das sein? Wohl kaum Sperma!«

»Es ist genau das Gleiche wie bei dir, wenn du feucht wirst. Nur etwas heftiger. Es braucht dich nicht so zu ekeln. Das ist genießbar. Vertrau mir!«

Ich schluckte und war ziemlich verwirrt. Aber die Vorstellung, beim Orgasmus wie ein Mann abzuspritzen, faszinierte mich. Es musste sich sensationell anfühlen ... viel intensiver. »Kannst du mir das auch mal machen?«, fragte ich ihn.

Noch nie sah ich ihn so herzlich lachen und ich fühlte mich leicht kompromittiert, als er sich nicht einkriegen konnte. Was war an meiner Bitte so lächerlich?

»Komm her ...«, er hielt mir seine ausgestreckte Hand entgegen, »ich kann dir das nicht machen, denn es war nicht meine Kunst, sie ist physisch anders veranlagt, bei ihr ist das immer so, sie kann gar nicht anders.« Mit einem feuchten Reinigungstuch wischte er über mein Gesicht. »Setz dich wieder nach hinten.«

Etwas enttäuscht und leicht beleidigt krabbelte ich aufs Bett und drückte mich in den letzten Winkel.

Amistad widmete sich nun wieder Irina. Er begann sie leidenschaftlich zu küssen, gleichzeitig massierte er erneut ihren Schritt. Irgendwann sank er vor ihr auf die Knie. Mehrere Finger glitten von unten in sie hinein und gleichzeitig legten sich seine Lippen an ihre gereizte Perle. Sie stöhnte lustvoll ... ihr Kopf fiel in den Nacken ... sein Mund umschloss ihre Spalte ... und plötzlich bebte ihr Körper vor Ekstase. Sie kreischte und riss an den Ketten. Sie musste diesmal in seinen Mund gespritzt haben, denn der hielt noch immer an ihr fest. Nach ihren letzten Zuckungen erhob sich Amistad und küsste ihre atemlosen Lippen.

Atmen! ... Ja, da fiel es mir auch wieder ein.

Amistad befreite sie von den Ketten und hob sie samt der Spreizstange mühelos aufs Bett, sodass sie breitbeinig auf allen Vieren kniete. Er drückte ihr Gesicht auf die Matratze und befestigte ihre Handgelenke zwischen ihren Füßen. Einladend präsentierte sie ihm nun ihr aufgerichtetes Hinterteil. Ich war mir nicht sicher, ob ich bei der folgenden Szene zusehen wollte. Aber dann fesselte mich der Anblick seiner mächtigen Erektion. Er hatte die Jogginghose nur etwas nach unten gezogen und strich sanft mit seiner Hand über die gesamte Länge seines erigierten Gliedes. Es war riesig, die Spitze prall und violett ... Augenblicklich verzehrte ich mich danach. Bestimmt brauchte er doch jemanden, der ihn befeuchtete. Obwohl ich genau wusste, dass ich hier eigenmächtig überhaupt nichts machen durfte, konnte ich mich diesem Anziehungspunkt nicht verwehren. Mutig krabbelte ich ihm entgegen ... und zum Glück wusste er sofort, was ich wollte ... vielleicht hatte er es an meinem verklärten Blick gesehen. Er fasste mich an den Haaren und gab mir sein schönstes Stück in den Mund. Ich saugte an seiner Eichel, benetzte ihn mit Feuchtigkeit und er konnte es nicht lassen, mehrmals tief in mich zu stoßen. Sofort hob es meinen Magen. Er war einfach viel zu groß. Ein paar Sekunden lang hielt er mich fest und stillte mein Verlangen, dann flüchtete ich wieder an das hintere Ende des Bettes. Amistad versenkte sich in Irina. Sie stöhnte nicht mal so wild, wie ich vermutet hatte. Ich hätte geschrien an ihrer Stelle, aber sie war ihn offenbar schon gewöhnt. Bevor er kam, zog er sich zurück. Er griff nach der Eisenstange und drehte Irina damit etwas unsanft auf den Rücken, dann kniete er sich neben sie auf die Matratze, ließ seine Hand noch drei, vier Mal über seinen pulsierenden Schwanz gleiten und spritzte ihr in mehreren Schüben ins Gesicht. Sehnsüchtig betrachtete ich sein Sperma und bemerkte, dass ich auch erregt und feucht geworden war. Mit zwei Handgriffen befreite er sie von der sperrigen Stange. Dann legte er sich entspannt in unsere Mitte. »Das ist für dich, Baby«, flüsterte er mir zu und zeigte auf Irinas Gesicht, »darauf stehst du doch.«

Ja, durchaus, er hatte recht. Das letzte Mal hatte ich es aus seiner Hand geleckt, aber Irinas Gesicht war doch etwas anderes. Bereitwillig kam sie mir über seiner Brust etwas entgegen. Er sah, dass ich zögerte und streichelte noch einmal motivierend über meine Haare. Dann schloss sie ihre Augen und ich küsste sie auf die Wange. Ich ließ meine Lippen mit sanften Bissen über ihr Gesicht wandern und saugte alles auf, was sich mir an Flüssigkeit bot. Es tropfte von ihren Augenbrauen, ihren Wimpern und von ihrem Kinn. Zum Schluss leckte ich sie mit meiner Zunge gründlich sauber, bis wirklich nichts mehr übrig blieb.

»Küss sie«, hauchte er, »sie hat bestimmt noch etwas in ihrem Mund.«

Kurz öffneten sich ihre Augen, sie blickte auf meine Lippen und kam mir entgegen. Ich küsste sie leidenschaftlich und zum ersten Mal machte es mir Spaß, meine Zunge in ein Mädchen zu drängen. Auch sie war gierig ... und doch so gefühlvoll. Ich konnte mich ehrlich für ihre weichen rosa Lippen und ihre seidige Zunge begeistern. Sie schmeckte nach seinem Sperma. Ich hatte keine Scheu und keine Bedenken, denn er hatte es befohlen, und obwohl ich es vorgeblich für ihn tat, wuchs meine Erregung von Minute zu Minute ...

Irgendwann trennte er uns und wir legten uns an seine Schultern.

»Sie ist süß«, flüsterte Irina.

»Ja«, seufzte er, »aber sie muss jetzt leider gehen.« Auffordernd sah er mich an.

Ich nickte enttäuscht, setzte mich auf und schlüpfte in mein kleines Spitzennachthemd. Dann wollte ich mich noch mal zu ihm beugen, um seine Hand zu küssen, aber er hielt mich im Nacken fest. »Du gehst jetzt zu Daminan«, forderte er eindringlich, »und sagst ihm, er soll für Santiago einen Schnitt von dieser Szene machen.«

Verwirrt sah ich ihn an. »Einen Schnitt? Welche Szene?«

»Du weißt, welche Szene ich meine!«

»Nein, bitte nicht!«, hauchte ich ängstlich.

Er grinste. »Schämst du dich etwa vor Santiago?«

»Nein ... aber ...«, ich seufzte und verdrehte die Augen. Es hatte ohnehin keinen Sinn, mit ihm zu diskutieren. Ergeben nickte ich.

»Du gehst jetzt direkt zu ihm«, betonte er noch mal. »Ist das klar? Ohne Zwischenstopp im Bad! Ich bin mir sicher, dass er noch wach ist.«

»Okay.«

Etwas widerwillig machte ich mich auf den Weg nach unten. Viel lieber hätte ich jetzt eine warme Dusche genossen. Damian bewohnte, so wie die anderen Leibwächter, eines der Zimmer im Erdgeschoss. Mir wurde etwas mulmig zumute, als ich anklopfen wollte, denn durch die Holztür drangen Geräusche an mein Ohr, die nicht von ihm allein stammen konnten. Ich hoffte, sie ließen sich dem Fernseher zuschreiben, andernfalls würde er gerade eine Party in seinem Zimmer feiern. Zögerlich klopfte ich, aber dann doch entsprechend kräftig, sodass er mich hören konnte. Damian öffnete einen Spalt und hüllte mich unweigerlich in eine Rauchwolke.

»Störe ich?«, fragte ich anständig.

Er lächelte. »Nein, wir pokern und haben gerade Pause.«

Ich nickte verstehend.

»Was ist passiert?«, fragte er.

»Ich ... ich soll dir von Amistad ausrichten ... du sollst Santiago einen Schnitt von einer Szene machen.«

Fragend zog er beide Augenbrauen gleichzeitig in die Höhe. »Welche Szene?«

Ich lief unweigerlich rot an und bestimmt sah er auch, dass ich nach Worten rang. Damian wich einen Schritt zurück und hielt mir die Tür auf. »Komm rein.«

Edward, Marcus, zwei Männer vom Sicherheitspersonal und der Chefkoch saßen an einem Spieltisch mit Pokerchips. Sie tranken, rauchten und unterhielten sich lautstark. Damian stellte die Musik leiser. Er führte mich an ihnen vorbei zu seinem Computer und setzte sich in einen bequemen Drehstuhl. Als er das Hausüberwachungsprogramm startete, stellte ich mich sofort dicht neben ihn, damit die anderen den Bildschirm nicht sehen konnten.

»Also ...« Er schlang entspannt seinen linken Arm um meine nackten Beine. »Welches Zimmer? Wer mit wem? Irgendetwas musst du mir schon sagen.«

»Amistad.« Mehr brachte ich nicht heraus. Die ganze Zeit über suchte ich panisch nach einer Möglichkeit, mich aus der Affäre zu ziehen. Ich wollte nicht, dass Damian das sah.

»Ja, und wann? Jetzt gerade?«, bohrte er nach.

»Vor einer halben Stunde vielleicht.«

Gespannt verfolgte ich Amistads Schlafzimmer im Zeitraffer. Leider hatte Damian den Zeitpunkt ziemlich genau getroffen, also konnte ich nicht wirklich etwas Interessantes erkennen. Plötzlich drückte er auf Play und ich zuckte zusammen, als einer der unzähligen Peitschenhiebe auf Irinas Körper niederprasselte. Ich hatte vergessen, dass dieses Videoband auch einen Ton enthielt. Fragend sah er mich an.

»Noch ein Stück weiter …« Ich schämte mich so sehr, dass zwei Tränen aus meine Augen auf ihn herabfielen.

Damian wirkte nun erstmals etwas besorgt und streichelte beruhigend über meine Beine. Dann startete er wieder den Schnelldurchlauf und überschritt dabei die entscheidende Szene. Er stoppte dort, wo Amistad sich vor Lachen krümmte. Das machte ihn stutzig, und nur zwei Klicks später war er an der richtigen Stelle angelangt. Mein Herz klopfte wie verrückt, während er sich ansah, wie Irina in meinen Mund spritzte und ich vor Schreck nach hinten fiel. Ich beobachtete ängstlich sein Gesicht, suchte nach dem kleinsten Zucken seiner Mundwinkel, nach einem Lächeln. Gleichzeitig hasste ich es, meine eigene Stimme zu hören, als ich Amistad schüchtern darum bat, das Gleiche haben zu dürfen. Irgendwann zogen sich Damians Augenbrauen leicht zusammen und er presste seine Lippen aufeinander. Dann bearbeitete geschäftig das Band und verschob einen Ausschnitt in einen anderen Ordner. Abschließend verfolgte er noch schnell im Zeitraffer die Aufzeichnung bis zu dem Moment, als ich das Zimmer verlassen hatte, und drehte kurzerhand den Bildschirm wieder ab.

Er hatte nicht gelacht.

Trotzdem blieb er nun sitzen und hielt mich weiter fest. Nachdenklich stützte er seinen anderen Ellenbogen auf die Armlehne und kaute an seinem Daumennagel. »Er hätte mich anrufen können … Warum schickt er dich?«, fragte er und es klang wie ein Selbstgespräch.

Ich spürte seine große warme Hand, wie sie meine nackte Pobacke umfasste und kraulte.

Dann blickte er zu mir auf. »Weißt du es nicht?«

Unsicher schüttelte ich den Kopf.

Seine Hand glitt von hinten zwischen meine Beine und im selben Moment stieg eine schreckliche Hitze in mein Gesicht. Ich war so nass, das überschritt fast die Grenze meines Schamgefühls. Sofort griff ich an sein Handgelenk und versuchte ihn wegzudrücken.

»Nimm deine Hände weg«, flüsterte er ruhig aber bestimmt.

Ich fuhr verlegen durch meine Haare und verschränkte anschließend meine Arme.

Damians Hand legte sich nun von vorn zwischen meine Schenkel. Sie drehte sich genüsslich und badete in meiner Feuchtigkeit. Wenigstens reichte mein kurzes Nachthemd so weit, dass er nicht sehen konnte, was er tat.

»Er hat dich verhungern lassen«, flüsterte er.

Ich wusste was er meinte, denn genauso fühlte ich mich ... seit gestern.

Dann fuhr er unerwartet mit zwei langen Fingern in mich.

Erschrocken schnappte ich Luft, aber sofort fühlten sich seine Finger gut an.

Damian blickte hinter sich, »Edward!«, gleichzeitig tippte er eine Nachricht in sein Handy. »Edward, wir machen Schluss für heute, sag den anderen, sie sollen gehen.«

Edward sah mich kurz an, dann wandte er sich an die Herren am Pokertisch und sie verließen etwas missmutig das Zimmer.

Die zwei Finger begannen mich zu stoßen und mein Atem beschleunigte sich.

Damians Handy piepte, er las ... und hörte nicht auf, mich nebenbei zu stimulieren. Marcus und Edward kamen näher.

Damian hielt sein Handy hoch und zeigte ihnen den Text auf dem Display, ohne dass ich ihn sehen konnte. Doch ich wusste, es war die Genehmigung für mich.

Er legte das Handy beiseite. Seine Stöße waren heftig, schnell und tief. Ich sah meine Nässe an seinem Handgelenk und schämte mich so dafür. Aber im nächsten Moment konnte ich schon an gar nichts mehr denken. Ich stöhnte und meine Knie wurden weich. »Ich kann nicht stehen ... bitte«, flehte ich ihn an.

Damian legte entspannt seine Füße auf den Computertisch und lehnte sich in seinem Chef-Sessel zurück. »Halt sie!«, befahl er Marcus.

Marcus stellte sich hinter mich. Seine kräftigen Arme umschlangen meine Taille und meinen Hals.

»Lass dich fallen«, raunte Damian, »er kann dich halten.«

Ich lehnte mich an ihn, ließ locker und bald darauf begannen meine Beine zu zittern. Ich stöhnte verzweifelt, konnte meine Stimme nicht unterdrücken und wand mich in Marcus' Armen. Das obszöne Geräusch, das Damians Finger in mir verursachten, folterte mein Schamgefühl, genau wie Edwards Blicke, die an mir hingen. Gleichzeitig schürte es das Verlangen in mir. Dann fühlte ich einen Finger auf meiner empfindlichsten Stelle, er umkreiste gekonnt meine kleine Lustperle und augenblicklich sandte dieser Reiz zündende Impulse an mein gesamtes Nervensystem. Es brach wie eine Explosion aus mir heraus. Die heftigen Muskelzuckungen rissen mich von den Beinen, ich schrie und wollte seine Hand aus mir ziehen, aber er hielt sich mit aller Kraft in mir fest, bis die letzte Kontraktion versiegt war und ich nur noch keuchte ...

Damian wischte seine Hand an einem Stofftaschentuch ab. Dann erhob er sich von dem Drehstuhl und nahm mich auf seine Arme. Im Nebenzimmer legte er mich auf einem großen Doppelbett ab. »Wen willst du?«, fragte er beiläufig, während er mich von meinem Nachthemd befreite.

Ich dachte, nicht richtig gehört zu haben. Seit wann war ich diejenige, die die Wahl hatte? »Dich«, antwortete ich skeptisch.

»Sicher?«, fragte er.

»Ja.«

Er grinste. »Ich wollte es nur hören.«

Es zogen sich jedoch alle drei aus.

Damian schob meine Beine etwas lieblos auseinander, machte sich in meiner Mitte breit und drang ohne zu zögern in mich ein. Sein Schwanz entlockte mir einen unbekümmerten Lustschrei. Damian belächelte meine Reaktion und nahm eine rhythmische Bewegung in meinem Unterleib auf. Seine Stöße waren nicht brutal, aber trotzdem sehr beherzt und kräftig ... genauso, wie ich es brauchte. Ich erinnerte mich an mein Erlebnis mit ihm auf der *Symphonie*. Meine feuchte Hitze umklammerte ihn dankbar. Mit sehnsüchtigen Blicken himmelte ich ihn an und meine Stimme zeigte ihm ungeniert meine Begeisterung. Er durfte nicht aufhören ... Damian war wundervoll.

Etwas später kniete er sich auf die Matratze, ohne die intime Verbindung zu mir zu verlieren. Er hielt mein Becken fest in seinen Händen und schenkte mir in dieser Stellung noch viel intensivere Stöße. Ich genoss seinen Anblick ... Damians lange schwarze Haare, die glatt und seidig über seine breiten Schultern fielen, seine kantig zurechtgestutzte Bartlinie, die ihn hart und unbarmherzig erscheinen ließ und seinen schlanken, muskulösen Körper. Edward kam neben mich, zog selbstbewusst meinen Kopf an seine Lenden, sodass ich mich auf meine Ellbogen stützen musste. Er gab mir seine mächtige Erektion in den Mund, während Marcus mit seinem erigierten Glied über meine Brüste streichelte. Sie wechselten einander ab. Bald war ich gefangen in meiner eigenen Lust. Ich liebte die unterschiedlichen Duftnoten, ich liebte ihren Schweiß und wusste zu schätzen, dass niemand von ihnen mir Schmerzen zufügte. Wehrlos überließ ich ihnen meinen Körper. Ich genoss Damians Stöße, die mich so heftig erschütterten, während die anderen beiden meinen Mund untereinander tauschten, mich an den Haaren rissen und begierig um den Platz in meiner Kehle kämpften. In jeder kurzen Pause keuchte ich angestrengt nach Luft, bis sich irgendwann Edward in mir ergoss. Er hielt meinen Kopf fest an sich gepresst, pumpte sein Sperma in mich und löste damit eine starke Gefühlswelle in mir aus. Während der erste Höhepunkt meinen Körper zum Beben brachte, erstickte sein hart pochender Schwanz meine Schreie.

Damian stoppte kurz seine Bewegungen, er ließ sich von meinen Kontraktionen massieren und versuchte gleichzeitig, ihnen nicht zu erliegen. Dann drehte er sich mit mir auf die Seite und Marcus kam hinter mich. Seine Hand verteilte die glitschige Nässe zwischen meinen Pobacken. Als ich plötzlich ahnte, was er wollte, zuckte ich ängstlich zusammen, aber Damians Arme umschlangen mich fester und sein mächtiger Schwanz hielt mich aufgespießt in Position. Ganz langsam begann auch Marcus in mich einzudringen und glitt dabei überraschend geschmeidig in meine hitzige Enge. Gleichzeitig zog Damian sich aus mir heraus. Sie nahmen beide sanfte Stöße auf, wobei sie nie gemeinsam in mich eindrangen. Mal wurde ich von hinten ausgefüllt, dann von vorn, im Sekundentakt. Damian hielt meinen Kopf an seine Brust, ich keuchte erregt und schwitze vor Anstrengung. Jede Bewegung elektrisierte meinen Unterleib. Die beiden waren perfekt aufeinander eingespielt, so perfekt, dass ich mich direkt fragte, ob sie das öfter machten, denn sie verfolgten einen fehlerlosen Rhythmus. Sie bewegten sich gekonnt und trieben mich mit ihrer Ausdauer in den Wahnsinn. Meine Stimme klang verzweifelt, enthielt aber doch auch einen Hauch von Gier, die ständig nach mehr verlangte. Speichel lief aus meinem weit geöffneten Mund und vermischte sich mit dem salzigen Nass von Damians Brust. Dann wurde auch sein Stöhnen laut und kehlig. Gleichzeitig verkrampfte sich Marcus, er keuchte in meine Haare. Ich konnte nicht zuordnen, wer von beiden zuerst gekommen war. Es pochte und pulsierte in mir. Ich wurde überschüttet mit Gefühlen, meine Beine zitterten vor Erschöpfung und kurz darauf sackten auch die angespannten Muskelpakete vor und hinter mir zusammen. Sie zogen sich aus meiner feuchten Glut zurück und streckten sich etwas benommen auf dem Bett aus.

Nach einer Weile griff Damian unter meinem Hals hindurch an meinen Nacken. Er blickte in meine glasigen Augen, die ihn ergeben anhimmelten. »Da haben wir uns ja eine kleine Nymphomanin herangezüchtet«, schmeichelte er.

Ich wollte nicht antworten, kuschelte mich nur an ihn.

Damian streichelte durch meine schweißnassen Haare. »Ich glaube, ich muss mir dir duschen gehen«, bemerkte er.

Kurz darauf erhob er sich, half mir auf die Beine und ich folgte ihm in sein privates Badezimmer. Es war weit kleiner, als das riesige Luxusbad im ersten Stock, aber immer noch edel und großzügig genug, um mich ehrlich zu beeindrucken. Damian zeigte auf den Boden der kreisförmigen Wellness-Dusche und ich kniete mich gehorsam auf den mir zugewiesenen Platz. Er kam zu mir, schloss hinter uns die geschwungenen Glastüren und stellte sich breitbeinig über mich. Warmes Wasser begann zu plätschern, ich schmiegte mich an seine kräftigen

Oberschenkel und genoss die Wärme, seine Nähe und die Geborgenheit. Er nahm keine Rücksicht auf mich, cremte sich mit diversen Shampoos ein, spülte sie wieder ab und schenkte mir kaum Aufmerksamkeit. Ich liebte die Vorstellung, dass ich nur Wasser abbekam, das zuvor über seinen Körper geflossen war, mal vermengt mit dem salzigen Schweiß seiner Haut, dann wieder milchig weiß und aufgeschäumt, vermischt mit Duschgel. Ich streichelte mit meinem Gesicht über die Innenseiten seiner Schenkel und küsste ihn voller Hingabe. Zeitweise raubte mir ein kräftiger Schwall puren Wassers den Atem und immer wieder musste ich mir meine eigenen Haare und all das Nass aus dem Gesicht streichen, damit ich genug Luft bekam, aber um nichts in der Welt hätte ich meinen schönen Platz zwischen seinen Beinen aufgegeben. Dann sah ich, wie er sich im Schritt mit Kokosmilch einseifte und hielt ihm sofort mein Gesicht sehnsüchtig entgegen. Er belächelte, wie ich mich zwischen seine Beine drängte, aber dann versorgte er ohne zu zögern mit seiner Hand auch mein Gesicht mit Kokosmilch, als würde es zu seinen edlen Weichteilen gehören. Ich musste mich beherrschen, um nicht meinen Mund zu öffnen und nach all dem zu gieren, was so sanft und geschmeidig auf meinem Gesicht lag ...

Nachdem er uns abgespült hatte, ließ ich mich wieder auf den Boden sinken. Dann gab er mir die Dusche in die Hand, damit ich mich waschen konnte, während er sich unter den Achseln rasierte. Als er fertig war, übergoss er uns beide mit eiskaltem Wasser, ich hielt die Luft an und zitterte. Vielleicht bedachte er damit nur seine Beine, ich konnte es nicht sagen, denn die Kälte ließ mich erstarren und nicht zu ihm hoch blicken. Wie versteinert hoffte ich, dass seine Kneippkur möglichst bald vorübersein würde. Dann stellte er endlich das

Wasser ab und es schüttelte mich am ganzen Körper. Ich war übersät mit Gänsehaut und japste hektisch nach Luft. Etwas entsetzt sah ich ihn an und stieß dabei wieder mal auf sein amüsiertes Lächeln. Er warf mir ein flauschiges Handtuch zu, ich rieb mich hastig trocken und als sich mein Atem etwas beruhigt hatte, hatte ich ihm auch schon verziehen. Aber wen interessierte das schon? Wortlos, mit einem Fingerzeig auf die Tür, forderte mich Damian auf zu gehen.

Wehmütig kniete ich vor ihm nieder. Normalerweise hätte ich seine Hand geküsst, aber diesmal zog es mich tiefer, viel tiefer. Ergeben berührten meine Lippen seine nackten Füße. Damian blieb unbeeindruckt, als ich wieder vor ihm stand, und genau das gefiel mir an ihm. Glücklich verließ ich sein Zimmer.

Halt mich fester!

Das gesellschaftliche Event, zu dem wir am darauffolgenden Abend eingeladen waren, prägte sich nicht wirklich in meine Erinnerung. Es war eines von vielen, zu denen ich Santiago begleiten durfte, mit der einzigen Ausnahme, dass wir in jener Nacht zum ersten Mal ein blindes Mädchen an unserer Seite hatten. Schon am Nachmittag nahm ich mir speziell viel Zeit für Jana, denn sie war fast so nervös, als würde sie heiraten. Seit über zwei Monaten hatte sie sich nicht geschminkt gehabt und auch keine aufwändige Frisur getragen. Nun begriff ich erst, was Santiago mit seiner Andeutung gemeint hatte, sie wäre in vielen Dingen auf meine Hilfe angewiesen. Jana hatte ausgesprochen schöne, blonde Haare, mit denen man nicht viel anstellen musste, um gut auszusehen, aber für diesen Abend wünschte sie sich einfach etwas Besonderes. Mit ein paar riesigen Lockenwicklern, Fön, Glätteisen und viel Haarspray zauberte ich edle, große Wellen in ihre blonde Mähne, die mich selbst fast neidisch werden ließen. Danach gab sie mir eines ihrer Lieblingsfotos von sich selbst und genaue Anleitung, wie ich sie schminken sollte. Ich fand es ziemlich anspruchsvoll, aber meisterte es mit ganz viel Liebe und Geduld. Sie sollte unsere Königin werden ... heute Abend. Und letztendlich war ich von mir selbst überrascht und mit dem Kunstwerk sehr zufrieden.

Wir trugen teure Cocktailkleider, die von einem italienischen Designer extra für diesen Anlass angeliefert wurden, und bei einem abschließenden Blick in den Spiegel, war ich gerührt. Ich stand direkt neben Jana und fand es so endlos schade, dass sie nicht sehen konnte, was ich mit meinem hingebungsvollen Perfektionismus an ihr vollbracht hatte. Aber Jana war sehr feinfühlig und so reichte mein leises Seufzen und sie umarmte mich dankbar mit einem Lächeln auf ihren sinnlichen Lippen.

An diesem Abend war sie seine »First Lady«. Er führte sie stolz an seinem Arm. Sie trug eine leicht getönte moderne Sonnenbrille und kaum jemand merkte, dass sie nicht sehen konnte. Es war wie ein Spiel, sie musste sich auf Santiagos Führung verlassen und ihm ihr Vertrauen schenken, hätte allerdings maximal stolpern oder mit jemand anderem zusammenstoßen können. Und da wir weit härtere Spiele gewohnt waren, konnte sie relativ entspannt mit dieser Situation umgehen und die Veranstaltung ehrlich genießen.

***

Die darauffolgenden Tage versuchte ich unermüdlich, mich an das Leben mit Jana und Cheyenne zu gewöhnen. Was für Santiago eine perfekte Zusammenführung seiner favorisierten Sexualpartner auf engstem Raum bedeutete, stellte für mich eine wahre Herausforderung dar ... in doppelter Hinsicht.

Zum einen in der Gestalt von Cheyenne, weil ich meine Blicke kaum von ihm lassen konnte, er sich jedoch mir gegenüber sehr unbarmherzig verhielt und nicht über die kleinste meiner Entgleisungen hinwegsehen wollte. Jeden zweiten Abend bekam ich gnadenlos eine Zahl genannt, die von Amistad mit Hingabe vollstreckt wurde. Santiago war immer seltener anwesend, was jedoch Amistads Ehrgeiz kaum zügelte. Obwohl mich sein gekonnter Umgang mit der Peitsche auch regelmäßig erregte, blieb es unabwendbar eine Strafe für mich, da er mir danach keine Erlösung gestattete. Dafür genoss ich die Amnestie an den Wochenenden, wo Santiago mit Cheyenne die Insel verließ, um mit ihm den ganzen Tag lang Golf zu spielen. Seine Abwesenheit schlug sich umgehend in einer weit zu geringen Zahl meiner Vergehen nieder, offenbar nicht wert, Amistad zu bemühen.

Jana war jedoch meine mit Abstand größere Herausforderung. Ihr Privileg, Santiago berühren zu dürfen, quälte mich fast zu Tode. Er schlief im Durchschnitt jede zweite Nacht bei uns. Entweder mit Jana oder mit mir, während die andere jeweils direkt daneben lag. Im Gegensatz zu Jana konnte ich jedoch bei meiner passiven Rolle etwas sehen! Erfüllt von blankem Neid musste ich regelmäßig beobachteten, wie sie ihre Finger in den Haaren meines Geliebten vergrub, wie sie sich an seine kräftigen Schultern klammerte, während er sich an ihrem Körper leidenschaftlich verausgabte. Ich fragte mich oft, ob er es wohl gemerkt hätte, wenn meine Hand anstelle der ihren in seiner größten Ekstase in seine Haare gefasst hätte. Aber ich traute mich nie. Zu groß war mein Respekt vor seiner Phobie und den möglichen Konsequenzen für mich.

Und so vergingen drei Wochen, bis das nächste Event vor der Tür stand, zu dem ich ihn begleiten sollte ...

Allerdings hatte ich für selbigen Abend vierundzwanzig verbotene Blicke angesammelt und als Santiago und Amistad unser Schlafzimmer betraten, war ich mir etwas unsicher wegen meiner Bestrafung. Er wollte mich doch mitnehmen, und dafür sollten keine Striemen meinen Körper entstellen.

»Setzt dich aufs Bett!«, verlangte Amistad. Er kniete vor mir nieder und öffnete meine High Heels.

Santiago stolzierte gelangweilt vor der meterlangen Schrankwand auf und ab. Beiläufig strich er mit einer Hand über die neueste Kollektion Designerkleider, ohne ihnen wirklich

Beachtung zu schenken. Er wirkte nachdenklich. Auch Jana schien die Anspannung zu fühlen, sie saß in dem für ihre Körpermaße viel zu großen, wuchtigen Ledersessel neben unserem Bett und umschlang schützend ihre angezogenen Beine.

Amistad erhob sich wieder, er warf mir einen strengen Blick zu und für mich war klar, ich würde ihn jetzt nichts fragen. Er wandte sich von mir ab und griff an Santiago vorbei in den Schrank. Neben mir flogen zwei schwarze Kleider aufs Bett, danach Unterwäsche. Er zog die schwere Schiebetür zur Seite und entnahm aus dem dahinter verborgenen Regal zwei Paar High Heels, schwarz, mit intensiv roten Sohlen. So schlecht gelaunt, wie er wirkte, machte ich mich darauf gefasst, dass er auch diese in meine Richtung schleudern würde, aber er blieb vor Santiago stehen und betrachtete die edlen Schuhe von allen Seiten. Ich sah ihm an, dass er nach Selbstbeherrschung suchte, bevor das erste Wort über seine Lippen kam. »Es ist keine gute Idee, sie mitzunehmen!«

Santiago verdrehte die Augen. »Das wirst du mir überlassen! Ich gehe nicht ohne Begleitung in diesen Club.«

»Das verlangt ja keiner ... aber Frauen sind ausdrücklich verboten!«

Santiago lächelte verächtlich. »Verbote sind etwas für arme Menschen!«

Es klopfte an der Tür. Damian trat ein und brachte Natalie. Sie war bereits auffallend stark geschminkt. Viel zu verrucht für ihr unschuldiges Wesen, ihre blasse Haut und ihre hellblonden Haare.

Amistad stellte die High Heels vor mir auf den Boden. »Du hast eine halbe Stunde Zeit«, erklärte er mir, »schmink dich wie sie und die Haare glatt zurück zu einem strengen Pferdeschwanz.«

Ich nickte und begab mich ins Badezimmer.

Als ich zurückkam, hatte Natalie bereits ihr schwarzes Kleid angezogen. Es war völlig anders geschnitten als die Kleider, die wir sonst trugen ... hochgeschlossen, aber ärmellos ... dafür so kurz, dass man fast ihren Slip sah. Das hauchdünne, feine Material schmiegte sich eng an ihre perfekten kleinen Rundungen und ganz in schwarz wirkte sie noch dünner, als sie ohnehin schon war. Ihre nackten Beine schienen von endloser Länge. Es war richtig ungewohnt, sie mal in anderen Schuhen zu sehen, wo kein Riemen um die Knöchel die fließende Schönheit ihrer Beine unterbrach. Sie sah wirklich steil aus.

Jana weinte.

»Kann Jana nicht mitkommen?«, fragte ich Santiago.

»Nein.«

»Ich kann mich um sie kümmern«, schlug ich vor, »es wird kaum auffallen, dass sie ...«

»Ich habe Nein gesagt!«, fauchte er und durchbohrte mich gleichzeitig mit seinem strengen Blick. »Zieh dich jetzt an!« Santiago verließ das Zimmer und wartete unten auf uns.

Mir war leicht mulmig zumute, als Damian uns an Bord der *Symphonie* half. Amistad und Cheyenne begleiteten uns unter Deck, während Marcus die Yacht steuerte und Santiago bei ihm an der frischen Luft blieb. Ich wusste, dass sie sich abwechselten, denn Santiago liebte es, selbst zu steuern.

Zu fünft saßen wir auf den weißen Lederbänken rund um die alte Seemannskiste.

Amistad griff plump auf meinen nackten Oberschenkel. »Sollten wir uns inzwischen die Zeit vertreiben?«, fragte er frivol die anderen Männer.

Ich wurde bleich vor Schreck.

Natalie wusste vermutlich nicht, wovon er sprach, zumindest war es ihrer Gesichtsfarbe nicht anzumerken. Damian zog missbilligend eine Augenbraue hoch und Cheyenne durfte ich nicht ansehen.

Aber dann lachte Amistad süffisant in meine Richtung ... und ich hätte ihm am liebsten eine Ohrfeige verpasst. Er griff nach meinem Gesicht und tätschelte geringschätzig meine Wange. »Wir wollen dein Make-up nicht ruinieren. Vielleicht auf dem Heimweg, wenn du brav bist.« Er grinste hinterhältig.

Ich lehnte mich schweigend zurück ... neben Natalie ... während die Männer ein Gespräch begannen, dem ich nicht so richtig folgen konnte. Sie benutzten völlig fremde Namen und trotzdem hatte ich das Gefühl, dass es größtenteils um Santiago ging. Sie sprachen von der Schweiz, von Cuba Libre, einem Jubiläum, irgendwelchen Vorbereitungen, Agenturen, Verträgen und zeitlich gestaffelten Transporten. Sie vereinbarten auch, dass Damian und Amistad sich mit einem gewissen Harry Mayor in Miami treffen würden, wenn Santiago mit Cheyenne das nächste Mal zum Golfen wollte.

»Kein Wort davon zu Santiago«, ermahnte uns Amistad, »es soll eine Überraschung werden.«

»Hat er Geburtstag?«, fragte Natalie.

»Jeder Mensch hat einen Geburtstag«, antwortete er zynisch.

»Und wann hat Santiago?«, unterstützte ich sie.

»Welches Datum haben wir denn heute?«, wollte Amistad von uns wissen.

Sofort begann ich in Gedanken zu rechnen. Wie viele Wochen war ich jetzt hier? Wann ging mein Flug von New York nach Miami? ... Natalie wusste so schnell erst recht keine Antwort.

»Seht ihr ... also, was soll ich mit euch über ein Datum diskutieren? Ihr werdet es früh genug erfahren, nämlich genau dann, wenn ich es für angebracht halte.«

Beleidigt hielt ich meinen Mund und hoffte, dass es ihn glücklich machte, dass er nun zum zweiten Mal seine Macht über uns demonstrieren konnte. Er war sichtlich noch schlecht gelaunt von der kleinen Meinungsverschiedenheit vorhin mit Santiago.

Wir hatten keinen Kalender auf Ivory. Wir besaßen überhaupt keine persönlichen Dinge, keine Handtasche, keinen Ausweis, kein Geld und schon gar kein Handy. Wenn wir ausgingen, so wie heute, hatte stets einer der Männer unsere Ausweise bei sich und in Santiagos Stretchlimousine gab es ein Beauty-Case, falls sich die Mädchen nachschminken oder frisieren mussten. Wir selbst waren, abgesehen von dem Kleid, High Heels und teuren Ohrringen, so gut wie mittellos. Wäre eine von uns bei einem Landgang verloren gegangen, sie hätte ernsthaft Probleme gehabt, sich durchzuschlagen. Aber vermutlich war genau das Sinn und Zweck dieser Regelung. Wir sollten uns abhängig fühlen, nackt und hilflos. Und Amistad war so nett und hatte uns unsere Position noch mal klar vor Augen geführt. Aber er war noch nicht fertig. Es gab noch einen kleinen Spielraum nach unten …

»Ihr habt bestimmt die roten Sohlen an euren High Heels bemerkt.«

Zögerlich nickten Natalie und ich.

»Ich finde es direkt schade, dass man sie beim Gehen so schlecht sehen kann«, bedauerte er, »darum habe ich mir etwas einfallen lassen, eine kleine Choreografie, die, wie ich mir denke, Santiago sehr gefallen wird.«

Seiner vorsichtigen Wortwahl nach, ahnte er zu diesem Zeitpunkt noch nicht, dass gerade diese »kleine Choreografie«, die er uns für diesen Abend lehrte, in den folgenden Wochen und Monaten bei sämtlichen Empfängen, Veranstaltungen und

Auftritten Santiagos Lieblingsritual werden sollte, welches er mit Leidenschaft pflegte und nur selten entbehrte.

»Wenn wir heute diesen Club betreten, dann werdet ihr seine Schuhe binden. Dreimal.«

Mit großen Augen sahen wir ihn an. Mein Herz klopfte und ich spürte sofort, dass mir das gefiel.

»Ihr werdet an seiner Seite gehen, Natalie rechts, Zahira links. Santiago wird an einem gut übersehbaren Platz stehen bleiben, ihr werdet vor ihm auf den Boden gehen und dreimal die Schleife seiner Schuhbänder auflösen und wieder binden. Die ganze Zeit über kniet ihr mit einem Bein auf dem Boden, sodass man die rote Sohle sehen kann. Danach erhebt ihr euch, synchron, und stellt euch wieder an seine Seiten. Wenn Santiago dann weitergeht, wird nur noch Cheyenne ihn begleiten. Zahria geht neben mir und Natalie neben Damian.«

Ich fühlte mich wie hypnotisiert von Amistads Augen, und nickte, ohne auf Natalie zu achten.

»Gut. Wir üben das jetzt. Cheyenne!« Er ersuchte ihn, aufzustehen.

Cheyenne stellte sich mit dem Rücken zur Tür und Amistad wies uns an seine Seiten. Ich achtete darauf, ihm nicht ins Gesicht zu sehen. Auf ein Zeichen hin knieten wir uns zu seinen Füßen, banden drei Schleifen und hatten danach kurz Augenkontakt, bevor wir uns synchron erhoben und wieder neben ihn stellten.

»Ja ... nur eine kleine Korrektur«, merkte Amistad an, »es sieht besser aus, wenn ihr das gleiche Bein auf den Boden legt. Einigen wir uns auf das rechte. Der Rest war okay.«

»Weiß Santiago, dass wir das machen?«, fragte ich.

»Ich sage es ihm kurz vor dem Eingang«, erklärte Amistad.

Am Hafen wartete bereits unsere Limousine inklusive Fahrer, also blieb Marcus auf der Yacht. Es verging kaum eine Viertelstunde und wir bogen in eine finstere Straße, der auf den ersten Blick kein Club anzusehen war. Es gab keine Leuchtreklame, kein prunkvolles Entré und keinen roten Teppich, wie ich es von anderen Auftritten mit Santiago gewohnt war. Dafür zeigte sich die Gasse fast gänzlich verstellt von den teuersten Limousinen: Rolls Royce, Benltey, Maybach, Mercedes und viele andere mehr.

Unser Fahrer öffnete die breite Schiebetür der Stretchlimousine. Als ich meine roten Sohlen auf den weichen Boden setzte, fiel mir dann doch ein Teppich auf, ein tief schwarzer, mit einem riesigen silbernen Wappen und der Aufschrift »Empire«. Er führte die wenigen Meter zu einer wuchtigen Eisentür. Zwei stattliche Männer bewachten den Eingang. Sie waren schwer bewaffnet und trugen verspiegelte Brillen.

Wir alle warteten beim Wagen, während Damian mit den beiden Männern eine kurze Diskussion begann. Inzwischen erklärte Amistad Santiago unsere kleine einstudierte Choreografie. Ich sah ihn schmunzeln und sich fast etwas verlegen an die Stirn fassen. Und während Damian mit dem Türsteher noch immer zu keiner Einigung gekommen war, wandte sich Santiago Cheyenne zu. Er drängte ihn gegen eine Mauer und begann ihn leidenschaftlich zu küssen.

»Ihr seid das Problem ...«, erklärte uns Amistad leise, »in diesen Club dürfen keine Frauen.«

Aber dann, nachdem einer der beiden Männer einen Anruf erhalten hatte, öffnete man uns doch bereitwillig und übertrieben freundlich das Eisentor. Alle machten Platz für Santiago. Er trat als Erster ein, gefolgt von Natalie und mir. Damian gab eine Art Kreditkarte beim Empfang ab. Wir durchschritten eine überraschend prunkvolle kleine Halle, wie man sie hinter dieser Fassade nicht vermutet hätte, zwei weitere Türen und zum Schluss ein goldenes Tor. Dahinter eröffnete sich uns ein gediegener Table-Dance-Club, der sofort durch seine intime Atmosphäre bestach. Eine Handvoll langgezogener Stufen führte hinunter zu einer kleinen Bühne, an der linken Seite gab es vereinzelt noch freie Logen mit bequemen Sofas, Liegeflächen und niedrigen Glastischen. An der anderen Seite der Bühne erstreckte sich eine goldene Bar, die fast schon orientalisch anmutete. Aber das Besondere an diesem Club waren die Mädchen und die Art, wie man sie präsentierte. Durch das gesamte Lokal schlängelte sich ein schmales Fließband rund um die Bühne, über die Bar, in drei Etagen vorbei an den einzelnen Logen und wieder zurück zur Bühne. Unzählige blutjunge Schönheiten tanzten darauf in dichten Abständen hintereinander und überwanden dabei stets Berg- und Talfahrten, sodass sie sich im richtigen Moment auf den Rücken legen oder zumindest hinknien mussten, um das Gleichgewicht halten zu können. Sie hatten das in ihre Choreografien eingebaut und nach einer Weile war es für den Zuschauer völlig normal, dass dieses Förderband nicht geradlinig verlief. Einige von ihnen schafften es auch, ihren schlanken Körper entsprechend zu biegen und nahezu durchgehend auf den High Heels zu bleiben.

Amistad gab mir einen Anstoß von hinten und sofort erinnerte ich mich wieder daran, was wir einstudiert hatten. Ich warf einen Blick auf Natalie. Sie wartete bereits auf meinen und wir traten gemeinsam einen Schritt vor Santiago, um synchron vor ihm niederzuknien und zum Schein seine Schuhe zu binden. Im Augenwinkel beobachtete ich Natalie und stellte fest, dass auch sie keine Eile hatte. Mein Herz klopfte wie verrückt und mein Atem ging schwer. Es war etwas völlig anderes, vor Santiago zu knien, als vor Cheyenne.

Und sie genoss es genauso wie ich. Santiago stand erhaben an einem wunderschön exponierten Platz. Etliche Blicke waren auf ihn gerichtet, da wir das Lokal eben erst betreten hatten und er offensichtlich in diesem Etablissement bekannt war. Fast wehmütig erhoben wir uns nach dieser kleinen Zeremonie. Santiago blickte uns beiden kurz in die Augen, bevor er seinen Arm um Cheyennes Taille legte, wir zurücktraten, und ihnen den Weg freigaben. Kurz darauf eilte ein älterer Herr Santiago entgegen. Mit einer innigen Umarmung begrüßte er ihn und wies eine Angestellte an, ein paar Gäste von der Bar an Tische zu bitten, damit wir zu sechst an der goldenen Theke Platz finden konnten. Ich beobachtete, wie die »Flüchtigen« als Entschädigung jeweils eine Flasche Champagner erhielten. Natalie und ich durften uns auf Barhocker setzen, während die Männer stehen blieben. Wir bestellten Cocktails, Santiago begann zu rauchen, äußerte nebenbei einen Musikwunsch, der auch prompt erfüllt wurde, und ich versuchte mich daran zu gewöhnen, dass neben meinem Ellenbogen auf dem Fließband reihenweise Mädchen vorbeizogen. Sie hatten ausnahmslos perfekte Körper, trugen sexy Dessous und bewegten sich lasziv bis obszön. Santiago schenkte ihnen nicht viel Beachtung, er unterhielt sich mit Cheyenne. Doch die Musik war laut und wir konnten nichts verstehen. Wenn man sich ernsthaft mit jemandem verständigen wollte, musste man entweder schreien oder einander verdammt nahe kommen.

Wie es aussah, war ich heute Abend Amistad zugeteilt worden. Er hatte ständig eine Hand auf meinen nackten Schenkeln oder in meinem Nacken … und er war auch der Einzige, der mit mir sprach. »Könntest du dir vorstellen, hier zu arbeiten?«, fragte er mich und ich spürte dabei den Hauch seines Atems an meinem Ohr.

»Ich kann so ... nicht tanzen«, antwortete ich mit einem entschuldigenden Blick.

»Das kann man lernen.«

Ich schüttelte meinen Kopf. »Die warten doch alle nur auf einen Reichen, der sie hier rausholt. Also, ich denke, für mich wäre es ein Rückschritt.«

Amistad nickte. »Aber nicht jede von ihnen bekommt heute noch vierundzwanzig Peitschenhiebe ...«

Ich lächelte verlegen. »Trotzdem ... ich möchte nicht tauschen.«

Er legte seine Hand an meinen Hals und sah mir in die Augen. »Willst du vielleicht erhöhen?«

Plötzlich kam ein sehr attraktiver, etwas älterer Mann zu Santiago und sagte ihm etwas ins Ohr. Daraufhin entschuldigte sich Santiago bei Cheyenne, warf auch Amistad einen kurzen bedeutungsvollen Blick zu, bevor er mit diesem Herren ins Abseits wich. Sofort war unser Gespräch beendet und ich war dankbar dafür, denn ich hätte mir mit seiner letzten Frage bestimmt nur Schwierigkeiten eingehandelt. Es war faszinierend, mit anzusehen, wie die Aufmerksamkeit unserer Männer sich nun einzig auf einen Punkt in diesem Raum konzentrierte. Der fremde Herr unterhielt sich sehr angeregt mit Santiago. Er war auffallend schön ... dunkle kurze Haare, leicht ergraut, kantige männliche Gesichtszüge, schlank, und elitär gekleidet. Santiago hielt sein Glas Whisky gemeinsam mit einer Zigarette in der einen Hand und mit seiner anderen gestikulierte er offen. Sie lachten, kamen einander näher ... irgendwann berührte der Fremde Santiagos Unterarm. Er hielt ihn fest, sprach aus nächster Nähe in sein Ohr, sodass man hätte meinen können, er wollte ihn küssen. Dann lachten sie wieder und Santiago ließ jeden Annäherungsversuch bereitwillig zu. Amistad atmete schwer und ich sah, wie er sich Mühe gab, seinen Blick zwischendurch abzuwenden. Dann kam der Moment, wo der Fremde seine Hand zärtlich an Santiagos Nacken legte und er kam ihm nun tatsächlich näher, mit dem unübersehbaren Vorhaben, ihn zu küssen. Aber Santiago wich minimal zurück, er hob leicht abwehrend eine Hand, woraufhin der Schönling die Gelegenheit ergriff, nahm was er kriegen konnte, und demütig Santiagos Hand küsste ... und das ließ er sich wieder gern gefallen. Jetzt konnte ich nicht mehr anders, ich musste in Cheyennes Gesicht blicken, auch wenn es mir verboten war, und wie vermutet, kämpfte er mit den Tränen. Nach ein paar Sekunden sah er mich an, seine Augenbrauen zogen sich schmerzlich zusammen und dann kullerte eine Reihe dicker Tränen über seine Wangen. Er tat mir so leid, am liebsten hätte ich ihn in meine Arme genommen und ihm gesagt, dass er Santiago nicht verlieren würde. Mit Sicherheit war er der Letzte unter uns, der sich um Santiagos Liebe Sorgen machen musste.

Endlich kam Santiago zurück. Ich bemerkte, wie er eine Visitenkarte einsteckte. Er ging sofort auf Cheyenne zu, der wollte sich gekränkt wegdrehen, aber Santiago ließ es nicht zu. Er zwang ihn förmlich, ihn anzusehen, wirkte dabei sogar leicht brutal und gereizt, als er ihm etwas ins Ohr schrie. Dann drehte er sich zu uns. »Lasst uns hinaufgehen in eine Loge. Dort ist es ruhiger.«

Beim Aufstehen fasste Amistad meine Handgelenke und drückte so fest zusammen, dass ich vor Schmerzen augenblicklich vor ihm auf die Knie fallen musste.

»Was soll das?«, fuhr ihn Santiago an.

Amistad antwortete nicht und warf ihm nur einen finsteren Blick zu.

»Wenn du mir jetzt eine Szene machen willst«, fauchte Santiago, »dann kannst du auf der Stelle mit Cheyenne nach Hause fahren! Wir sind nicht im Kindergarten!«

Daraufhin ließ er mich los. Mit Sicherheit war er genauso aufgebracht wie Cheyenne. Aber er zeigte es anders. Amistad hätte nie geweint. Als ich mich wieder erhoben hatte, legte er seinen Arm gebieterisch um meine Taille und wir folgten den anderen in eine Loge. Santiago machte es sich auf einem Sofa gemütlich und legte die Beine auf den Tisch. Er nahm Cheyenne an seine rechte und Natalie an seine linke Seite. Mir blieb wieder Amistad. Ich fand meinen Platz zwischen ihm und Damian. Eine Kellnerin brachte unsere Getränke an den Tisch und fragte nach weiteren Wünschen. Santiago bestellte Brötchen, Lachs und Kaviar, zwei Flaschen Champagner und Früchte.

»Möchten die Herren ... äh ... oder Damen ... später vielleicht an einer Vorführung teilnehmen?«, fragte sie weiter.

Santiago lehnte mit einer leicht überheblichen Geste wortlos ab.

Keine zwei Meter vor uns zogen die halbnackten Mädchen vorüber. Amistad lehnte sich zurück, zum ersten Mal sah ich ihn eine Zigarette rauchen und ich hatte das Gefühl, dass sie ihm gut tat. Er wirkte danach merklich ruhiger. An den anderen Tischen beobachtete ich immer wieder Männer, die einem Mädchen vom Fließband herunterhalfen, um sie auf ihrem eigenen Tisch weitertanzen zu lassen. Das musste auch Amistad bemerkt haben. »Gefallen dir die Mädchen nicht?«, fragte er Santiago.

»Ich mag sie als Gesamtbild. Aber nicht einzeln. Sie sind mir nicht ergeben.« Er blies gelassen Rauch in die Luft.

Amistad lächelte. »Hast du etwas dagegen, wenn ich eine auswähle?«

»Wozu? Du darfst sie nicht anfassen, es sind keine Nutten.«

»Ich weiß, ich bin nicht zum ersten Mal hier. Sie soll einfach nur für uns tanzen.«

»Bitte. Wenn dir das etwas gibt.« Santiago legte seinen Arm um Natalie und zog sie näher an sich heran.

Amistad lehnte sich wieder zurück und musterte die jungen Tänzerinnen. Im Hintergrund beobachtete ich Männer, die auf der Bühne seltsame Geräte aufbauten.

»Was passiert auf der Bühne?«, fragte ich Santiago neugierig.

Er lächelte und streckte einen Arm nach mir aus. »Komm zu mir.« Er half mir über seine Beine und rutschte zur Seite, sodass ich neben ihm Platz fand. Glücklich kuschelte ich mich zwischen ihn und Cheyenne. Ich verstand zwar nicht wirklich, warum Santiago das plötzlich erlaubte, aber für mich gab es keinen schöneren Platz an diesem Abend. Santiago küsste mich und begann danach zu erklären: »Auf der Bühne findet später eine Vorführung statt. Das ist so eine klassische SM-Geschichte, ein Mädchen wird angebunden, von einigen Gästen gefoltert und alle anderen ergötzen sich daran.«

Ich nickte. »Eines von den Mädchen auf dem Fließband?«

»Ja. Man kann eine auswählen.«

Die Kellnerin brachte unsere Bestellung, wir tranken alle einen Schluck Champagner und jedes Mal, wenn ich mich zurücklehnte, fühlte ich Cheyennes Wärme an meinem Rücken. »Und die machen das freiwillig?«, fragte ich.

Er lachte. »Natürlich. Sie bekommen gut bezahlt dafür.«

Plötzlich drängte sich ein junger hübscher Mann an Amistad vorbei und reichte Santiago eine Visitenkarte. »Von dem Herren im weißen Anzug an Tisch vier. Ich soll Ihnen seine Verehrung ausrichten. Und er lässt fragen, ob Sie dieses Jahr im Sommer zur *Concordia* erscheinen werden.«

Santiago lächelte geschmeichelt. »Werden Sie dort sein?«

Der Junge erschrak. »Ich?«

»Ja, Sie.«

Farbe stieg ihm ins Gesicht. Aufgeregt kämmte er mit den Fingern durch seine blonden Locken und antwortete einsilbig. »Ja.«

»Gut. Dann richten sie ihm aus, ich werde auch dort sein.«

Der Junge lächelte verlegen. »Oh ... danke.« Eilig zog er sich wieder zurück.

Santiago überkreuzte seine Beine andersrum und konnte sich vor Grinsen kaum einkriegen.

»Warum nimmst du an keiner Vorführung teil?«, fragte ich ihn neugierig.

Santiago zischte verächtlich. »Ich habe es nicht nötig, eine Frau dafür zu bezahlen, dass sie sich mir hingibt.«

»Du kannst mich verwenden«, bot ich ihm leichtsinnig an.

Überrascht zog er eine Augenbraue hoch. »Das würdest du tun? Vor allen Leuten hier?«

»Ja. Für dich.«

Er streichelte liebevoll über meine Wange. »Ich rechne es dir hoch an, dass du das für mich tun würdest, aber ich prostituiere meine Mädchen nicht vor wildfremden Leuten.«

Ich nickte etwas enttäuscht. »Warum bist du hier? Um Männer kennenzulernen?«

Santiago lachte unmerklich in sich hinein, zögerte und überlegte offenbar, ob er mir auf diese dreiste Frage überhaupt antworten sollte. »Vielleicht ...« Jetzt erst dachte er daran, die Visitenkarte in sein Sakko zu stecken. »Vielleicht auch einfach nur, um zu sehen, wie sich meine zwei Raubtiere verhalten, wenn jemand in ihr Gehege kommt.« Mit einem Griff an mir vorbei – ich musste mich zurücklehnen – zog er Cheyenne an sich, um streng in seine Augen zu sehen ... und ihn anschließend langsam und innig zu küssen. Mein Herz raste. Cheyenne lehnte jetzt über mir, er hielt sich sogar mit einem Arm an mir fest und mir schien, dass er das absichtlich tat, während Santiago durch seinen Kuss abgelenkt war. Vielleicht war seine Berührung eine Art Rache, für Santiagos provokativen Flirt vorhin. Ich hatte auf jeden Fall nichts dagegen, Amistad war inzwischen mit einer persönlichen Tabledance-Vorführung beschäftigt und Cheyenne bereitete mir fast mehr Herzklopfen als Santiago. Der Reiz des Verbotenen. Er küsste Santiago noch immer und seine Hand streichelte nun ganz bewusst über meinen Körper. Ich atmete schwer, versuchte aber dennoch, mir im Gesicht nichts anmerken zu lassen. Seine Hand griff nach meinen Brüsten, er drückte mich gefühlvoll und dann konnte ich nicht mehr anders ... ich musste ihn ansehen ... und anfassen. Zum Glück hatte er seine Augen geschlossen, genau wie Santiago. Ich berührte ehrfürchtig die Hand, die so zärtlich zu mir war, seinen kräftigen Unterarm und seine hart trainierte, glatte Brust. Er hatte sein Hemd weit aufgeknöpft und gewährte mir freien Zugang zu seiner Hitze und seiner nackten Haut. Meine Finger konnten ihr Glück kaum fassen. Und obwohl ich mich fast schmerzhaft nach den Küssen verzehrte, die er Santiago schenkte, wünschte ich mir, dass dieser Moment nie zu Ende ginge. Für eine Sekunde spürte ich seine Finger zwischen meinen Beinen, aber plötzlich zuckte er zurück und nahm seine Hand von mir. Ich tat es ihm nach. Er öffnete langsam die Augen, löste sich von Santiagos Lippen und lehnte sich wieder zurück.

Cheyenne atmete schwer, seufzte und fuhr sich mit beiden Händen durch die Haare. Wir alle tranken wieder. Prickelnde Hitze stieg in mir auf. Ich konnte noch gar nicht glauben, dass das soeben niemand bemerkt hatte. Aber weder Damian noch Amistad straften mich mit bösen Blicken. Zum ersten Mal wurde mir bewusst, dass Cheyenne Interesse an mir hatte. Hätte ich die Möglichkeit gehabt, ihm ungesehen etwas zuflüstern zu können, ich hätte ihn angefleht, Santiago noch einmal zu küssen. Aber der Abend war ja noch jung.

Unsere Tabledancerin verabschiedete sich nach ein paar Minuten, dafür begann auf der Bühne die erste Vorführung. Ein dunkelhaariges Mädchen wurde auf ein goldenes Rad gebunden. Zuschauer stellten sich direkt auf der Bühne im Kreis rund um sie. Santiago lehnte sich etwas nach vorn, um besser zu sehen.

»Geh auf die Toilette und zieh dein Höschen aus«, flüsterte Cheyenne in mein Ohr.

Ich erschrak vor seinen Worten. War er jetzt völlig durchgeknallt? Das konnte er nicht wirklich wollen. Ich riskierte einen Blick und sah ihn betont skeptisch und fragend an, aber sein Antlitz war in gleichem Maße betont überzeugt.

Santiago lehnte sich wieder entspannt zurück. »Willst du nach unten gehen ... zusehen?«, fragte er mich.

Ich schluckte hart und wurde leicht nervös. Meine Vernunft kämpfte angestrengt gegen meine Begierde. Cheyenne ... er wollte zwischen meine Beine ... Er würde Santiago ein zweites Mal küssen ... für mich ... und ich schaffte es nicht, ihm zu widerstehen. »Ich ... nein ... ich muss mal«, stotterte ich, »weißt du, wo hier die Toilette ist?«

»Damian soll dich begleiten«, antwortete Santiago.

Auf dem Weg durch das Lokal bekam ich ernste Zweifel. Was, wenn das eine Falle war? Vielleicht war es mit Santiago abgesprochen oder sogar von ihm inszeniert. Er wollte mich testen. Meine Hände zitterten, mein Magen schmerzte, aber die Versuchung war zu groß. Die Gelegenheit bekäme ich so schnell nicht wieder ... Ivory war mit Überwachungskameras vermutlich besser ausgestattet als das FBI. Ich musste meine Chance nutzen. Aufgeregt schlüpfte ich auf der Toilette aus meinem Höschen und dann überfiel mich gleich das nächste Problem. Ich hielt es in meiner Hand und wusste nicht wohin damit. Ich konnte es mir ja schlecht in die Haare knüpfen. Die einzige Möglichkeit, die ich hatte, war mein BH ... schnell probierte ich es, aber mein Busen sah damit auffallend asymmetrisch aus, also verwarf ich diese Variante wieder und sonst gab es absolut kein Versteck an meinem Körper. Kurz überlegte ich, mein Höschen einfach wegzuwerfen, fand es dann aber doch zu riskant. Vielleicht brauchte ich es noch, vielleicht wollte ich es in zehn Minuten schon wieder anziehen. Ich seufzte verzweifelt. Schließlich behielt ich es klein zusammengerollt, fast unsichtbar, in meiner Hand und Damian brachte mich wieder auf meinen Platz.

»Wo ist Santiago?«, fragte ich Natalie, während ich mich neben Cheyenne setzte.

»Mit Amistad unten ... zusehen.«

Möglichst unauffällig zeigte ich Cheyenne meine verkrampfte Faust, aus der eine kleine schwarze Spitze hervorlugte. Dann ließ ich sie, für ihn fühlbar, hinter seinen Rücken gleiten und legte meine leeren Hände zurück in meinen Schoß. Er hatte mich verstanden, griff hinter sich und steckte mein kleines Dessous in seine Hosentasche. Jetzt war ich ihm ausgeliefert. Ich hatte ihm mein Höschen gegeben und er konnte mich jederzeit verraten. Gierig trank ich mein Glas Champagner leer, erfüllt von schlechtem Gewissen. Santiago kam zurück. Ich machte ihm etwas Platz und rutschte näher zu Cheyenne, sodass ich wieder seine Körperwärme spüren konnte und die Ruhe, die er ausstrahlte.

»Jetzt ist Pause«, erklärte Santiago, »wenn du möchtest, gehe ich später mit dir nach unten.«

Ich nickte.

Santiago zündete sich eine Zigarette an und schenkte mir damit ein wenig Zeit, mit meinem Gewissen klarzukommen.

Cheyenne atmete tief und regelmäßig, ich spürte die kräftigen Bewegungen seines Brustkorbes und fragte mich, ob er wohl meinen aufgeregten Herzschlag fühlen konnte. Ich selbst hörte ihn wie Trommelschläge in meinem Kopf und fürchtete direkt, dass Santiago es auch hören konnte. Nach fünf Minuten hatte er seine Zigarette fertig geraucht. Cheyenne lehnte sich nach vorn und griff nach einer Erdbeere. Ich blickte bewusst zu Boden, wollte gar nicht sehen, wie er sie bestimmt endlos lasziv an seine Lippen führte. Nur meine nervösen Finger verkrampften sich. Mit der zweiten Erdbeere zwischen seinen Zähnen fütterte er Santiago. Ich drehte mein Gesicht in die entgegengesetzte Richtung, aber nur ein paar Sekunden später wusste ich, dass sie einander wieder küssten. Cheyennes erhitzter Körper schmiegte sich an meinen, seine Hand fasste kurz an meinen Hals und drückte leicht zu. Es fühlte sich an, wie eine kleine Drohgebärde, als wollte er damit nur die Verhältnisse klarstellen ... ich sollte für ein paar Sekunden ihm gehören. Wehrlos. Dann rutschte sie über meine Brüste nach unten, tiefer über meinen Bauch, bis zwischen meine Beine. Sofort stellte ich sie einladend auseinander, damit er es leichter hatte. Ängstlich hielt ich mich an seinem Oberarm fest, dann glitten seine Finger zwischen meine Schenkel. Er fühlte meine glitschige Nässe und drang ohne zu zögern in mich ein. Wir wussten beide, dass wir nicht viel Zeit hatten. Ich behielt meinen Kopf bewusst von ihm abgewandt, hielt mir zusätzlich eine Hand vor meine Augen und verkrampfte mich unweigerlich. Seine Finger waren wundervoll, sie begannen einen hochsensiblen Punkt in meinem Inneren zu massieren. Im selben Augenblick hätte ich schreien können, wild um mich schlagen vor Lust. Aber nach außen hin blieb ich ruhig, nur in mir brodelte ein Vulkan. Cheyennes lange Finger begannen zu vibrieren und die einzige Bewegung, die ich zuließ, war die meiner intimsten Muskeln. Sie kommunizierten mit ihm angeregt und umklammerten seine Finger, als wollten sie ihnen nie wieder die Freiheit schenken. Dann legte sich jedoch sein Daumen an meine kleine empfindliche Knospe und ich bekam Angst. Er massierte mich beherzt, aber ich wollte keinen Orgasmus, denn ich war mir sicher, dass ich das nicht stillschweigend durchhalten würde. Ich versuchte ihn wegzudrücken, aber er ließ nicht von mir ab. In der nächsten Sekunde wollte ich es auch gar nicht mehr. Ich verkrampfte mich wieder. Er reizte meine kleine Perle, stimulierte sie mit seinem Daumennagel, ich fühlte einen zarten Schmerz, stechende Lust und eine weitere heftige Vibration, die in meinem Inneren schließlich meinen Ausbruch provoziere. Es traf mich wie eine Naturkatastrophe. Sofort stellte er sein Bein vor meine Knie, damit man das unkontrollierte Zittern nicht sehen konnte, meine Fingernägel bohrten sich in seinen Oberarm. Seine Hand in mir war gnadenlos. Bis zur letzten Zuckung hielt er an mir fest. Die ganze Zeit über atmete ich nicht, in kurzen Abständen wurde mir immer wieder schwarz vor Augen und der Druck in meinen Ohren schien fast unerträglich. Aber die Wellen der Erlösung, die durch meinen Körper strömten, waren es wert ... Ganz langsam zog Cheyenne seine Finger aus mir und er trennte sich auch von Santiago. Ich nahm meine Hand von den Augen und plötzlich liefen ganz unmotiviert unzählige Tränen über meine Wangen. Nein ... Ich wollte jetzt keinen Gefühlsausbruch! Ich erinnerte mich daran, zu atmen und musste feststellen, dass es nur mit hektischem Keuchen funktionierte.

»Was ist los?«, fragte Santiago besorgt. Er sah, dass ich weinte und völlig außer Atem war.

»Er ... er hat mich fast erdrückt«, schluchzte ich ängstlich.

Skeptisch zog Santiago eine Augenbraue hoch.

»Es geht schon wieder«, beruhigte ich ihn.

»Wie kann er dich erdrücken, wenn er sich nur über dich lehnt?« Sein Blick war jetzt verdammt ernst.

»Ich ...« Ich suchte nach Worten.

Aber Santiagos Geduld war schon am Ende. Er griff nach meinem Arm und riss mich zu Boden, er zwang mich zwischen seine Beine, überstreckte meinen Hals nach hinten und fauchte in mein Gesicht: »Ich höre? ... Die Wahrheit!«

Ich überlegte wie hoch mein Kleid in diesem Moment wohl gerutscht war und ob er meine Blöße sehen konnte. Aber selbst wenn dem so gewesen wäre, die Wahrheit konnte ich ihm nicht anvertrauen. »Ich war so neidisch ... wegen diesem Kuss. Mich wird Cheyenne NIE küssen! Ich ... hab ihm ... ins Gesicht gesehen ... und ich konnte meinen Blick nicht mehr abwenden, bis mir die Tränen kamen. Dann hatte ich nur noch Angst vor dir!«

Eigentlich hatte ich als Reaktion darauf eine Ohrfeige erwartet, aber ich erhielt eine Zahl. »Zwanzig!«

»Bitte nicht ...«, flehte ich ihn an, »es sind bereits vierundzwanzig! Und ... ich hab ihn nur von der Seite gesehen, er hatte seine Augen zu ...«

Plötzlich legte Cheyenne seine Hand auf mein Gesicht, vielleicht damit ich nicht in Versuchung geriet, ihn anzusehen, während er mit Santiago redete. »Warum willst du sie bestrafen? Sie hat sich doch nur selbst wehgetan. Zuerst setzt du sie zwischen uns, um sie mit meiner Nähe zu quälen, dann weint sie und es ist dir auch nicht recht.« Er nahm seine Hand wieder von mir.

Santiagos Miene schien skeptisch, aber nachgiebig. Er seufzte. »Okay, wir reden zu Hause weiter. Ich werde es davon abhängig machen, wie du dich den Rest des Abends verhältst.« Abschließend hielt er mir seinen Handrücken vor den Mund, sodass ich ihn zum Zeichen meiner Dankbarkeit küssen konnte. »Du tauschst mit Natalie den Platz!«, befahl er.

Ich nickte, stand auf und zog gleichzeitig mein Kleid lang. Wie sollte ich bloß jemals wieder an mein Höschen kommen?

»Möchtest du noch mal nach unten gehen?«, fragte Amistad Santiago.

»Nein, mich interessieren diese halbherzigen Inszenierungen nicht. Alles Fake! Schauspiel! Die Mädchen sind abgebrüht, genau wie deine!«

Jetzt war er endgültig schlecht gelaunt.

Amistad zog eine Augenbraue hoch. Wir alle wussten, er hätte jetzt allen Grund gehabt, beleidigt zu sein, aber er war es nicht. Amistad hatte sich sehr gut im Griff und erkannte gleichzeitig Santiagos schlechte Laune. »Du hast leicht reden mit zwei Prinzessinnen an deiner Seite«, schmeichelte er ihm, »ich glaube, da würden gern einige Männer hier mit dir tauschen ...«

Santiago lächelte wissend und lehnte sich zurück.

Die Wogen waren wieder geglättet. Natalie reichte Santiago ein Kaviarbrötchen. Alle tranken. Bald spürte ich jedoch die gefährliche Hitze des Alkohols in mir aufsteigen und beschloss für den Rest dieses Abends auf Champagner zu verzichten. Auch die Musik erschien mir nun wieder lauter als zuvor und ich fand, sie nahm langsam dramatische Züge an. Plötzlich tippte mir jemand auf die Schulter. Es war Cheyennes Hand, er hatte seinen Arm hinter Santiago über die Lehne gelegt … und als ich mich das nächste Mal nach vorn beugte, ließ er etwas kleines Schwarzes hinter meinen Rücken fallen. Schnell griff ich nach meinem Höschen und ließ es in meiner Faust verschwinden. Ich ersuchte Santiago, noch mal zur Toilette zu dürfen, um meine verlaufene Schminke zu korrigieren und kurz darauf saß ich glücklich und anständig gekleidet wieder an seiner Seite.

Die Bühne war kaum zehn Meter entfernt und wenn die Sicht nicht von schaulustigen Gästen verstellt wurde, konnte man auch von unserer Loge aus recht gut sehen. Santiago zeigte nach wie vor kaum Interesse für das »Theaterspiel«, das dort aufgeführt wurde. Ich hingegen war fasziniert von jedem einzelnen Akt und langweilte mich nur in den Pausen, während Umbauarbeiten vorgenommen wurden. So wie jetzt gerade. Diesmal entfernten sie sogar gänzlich alle aufwändigen Geräte von der Bühne und brachten dafür nur ein einziges neues. Es hatte die Form eines leicht schrägen Pultes, war aus dunklem Holz, mit ein paar gepolsterten Auflagen und vielen Riemen. Dann vergaß ich eine Zeit lang, das Geschehen zu verfolgen und wurde erst wieder dadurch aufmerksam, dass plötzlich Santiagos Interesse geweckt war.

Er stand auf, um besser sehen zu können und machte sich danach allein auf den Weg nach unten. Gut zwanzig Leute standen auf der Bühne und man konnte wirklich kaum etwas erkennen, abgesehen von der Aufregung. Ein paar Männer bewegten sich hektisch und für eine Sekunde sah ich zwischen all den dunklen Anzügen lange blonde Haare durch die Luft fliegen. Mittlerweile war Santiago ganz vorn und ich starrte wie gebannt auf die Akteure. Die Musik wechselte in ein mystisch dramatisches Genre ... dunkle Männerchöre, sparsam durchzogen von einer einzelnen hellen Frauenstimme. Plötzlich entfernte sich ein Mann aus der ersten Reihe und gab für einen Moment die Sicht frei ... auf ein zierliches Mädchen ... gleichzeitig durchfuhr ein Schreck meinen Körper, denn im Unterschied zu allen anderen, die ich bisher gesehen hatte, wehrte sie sich. Ihre blonden Haare flogen noch immer durch die Luft und sie schien mit mehreren Männern gleichzeitig zu kämpfen. Dann war meine Sicht wieder verstellt.

Bewusst musste ich meinen Mund schließen und schluckte. Entsetzt blickte ich zu Amistad, ob er das auch mitbekommen hatte? Der stand jedoch gerade auf, weil Santiago schon wieder zurückkehrte. Auch Damian musste aufstehen. Meine Augen wurden immer größer.

Santiago besprach sich mit den beiden und zeigte einmal zwischendurch gezielt auf mich. Am liebsten hätte ich auf der Stelle zurückgenommen, was ich vorhin so leichtfertig angeboten hatte. Ich wollte doch nicht auf diese Bühne. Auch nicht für Santiago. Dieses Mädchen hatte bestimmt einen Grund, warum es sich so wehrte. Denn mit all den anderen war man zuvor auch nicht gerade zimperlich umgegangen und von denen hatte sich keine einzige gewehrt. Amistad streckte seine Hand nach mir aus und ich musste aufstehen. Wie gern hätte ich noch schnell ein Glas Champagner runtergekippt, aber dafür war es nun zu spät. Wir gingen gemeinsam nach unten und ließen Cheyenne allein mit Natalie zurück.

Damian erhielt wieder mal die undankbare Aufgabe, mit einem Verantwortlichen, in diesem Fall dem Besitzer des Clubs, der Santiago vorhin so herzlich begrüßt hatte, zu verhandeln. Daraufhin wandte der sich an einen Herren, der auf der Bühne im Zentrum des ganzen Geschehens direkt vor dem Mädchen stand. Der Betroffene wurde etwas ungehalten und aufbrausend. Durch die aufdringliche Musik konnte man sich ohnehin nur lautstark verständigen, aber dieser Herr unterstütze seine Stimme noch durch eindeutige Gesten, bis er sich gemeinsam mit sechs anderen Männern missmutig entfernte. Unser Gastgeber wies uns freundlich auf den freigewordenen Platz.

Santiago trat näher und ich blieb einen Schritt hinter ihm. In weiser Voraussicht hielt mich Amistad am Oberarm fest, denn bei dem Anblick, der sich mir bot, wurde mir kurz schwarz vor Augen. Wie aus einem Reflex heraus wandte ich mich sofort wieder ab und stieß dabei in meiner Umnachtung gegen Amistads Brust. »Mein Gott«, hauchte ich, ohne dass es jemand hören konnte, dann reckte ich mich hinauf zu Amistads Ohr. »Wie alt ist sie?«

»Achtzehn!«, erwiderte Amistad.

»Was passiert mit ihr? Warum hat sie solche Angst?«

»Sie ist Jungfrau.« Er drehte mich wieder um, sodass ich sie ansehen musste.

Das Bild tat mir im Herzen weh. Erstens sah sie nicht aus wie achtzehn, sondern weit jünger, klein und zierlich, und zweitens war sie erfüllt von unbändiger Angst, die schon fast an eine Panikattacke grenzte. Aber am schlimmsten schien mir die erniedrigende Position, in die sie sie gebracht hatten. Sie lag mit weit gespreizten und angewinkelten Beinen auf dem Pult, die Hände über den Kopf nach hinten gestreckt und gefesselt. Ihre Schenkel und Hüften waren mit eng anliegenden Riemen flach niedergespannt, sodass sie ihren gesamten Unterkörper kaum einen Zentimeter bewegen konnte. Wenigstens trug sie Unterwäsche, was jedoch ihre Aufregung kaum milderte ... reinweiße Spitzendessous mit abstehenden, kleinen, rosa Zierblümchen. Sie keuchte panisch und hielt ihren Kopf angespannt in die Höhe, um sehen zu können, was sich zwischen ihren Beinen tat. Hecktisch zuckten ihre Blicke zwischen den Männern hin und her. Vermutlich wusste sie nicht, wer es tun würde.

Mittlerweile stand Santiago bei ihr. Er beriet sich noch mit Amistad, während rund um das Pult Schaulustige gemächlich ihre bevorzugten Plätze einnahmen. Teure Maßanzüge reihten sich aneinander, abgebrühte, überhebliche Blicke. Es roch förmlich nach Geld. Das Mädchen war umstellt von Männern mittleren Alters, denen man den Reichtum bereits aus weiter Ferne ansehen konnte und die das Ambiente eines elitären Tabeldance-Clubs für die Auslebung ihrer zweifelhaften sexuellen Vorlieben missbrauchten. Sie suchten den besonderen Kick ...

Man gab Santiago eine Schere. Jetzt wusste das Mädchen vermutlich, dass er es war, der sie in Kürze zur Frau machen würde, und sie war nur noch fixiert auf ihn. Selbstbewusst, aber doch auch irgendwie nachdenklich, sah er nun zum ersten Mal etwas länger in ihr bildhübsches, herzförmiges Gesicht und in ihre feucht glänzenden Augen, als würde er überlegen, ob er das wirklich wollte. Rang er etwa mit seinem Gewissen? Oder störten ihn nur die anderen Leute? Ich wünschte mir, er hätte Mitleid gehabt.

Sie keuchte immer schneller. Es war sogar für mich die reinste Folter, wie lange er sich Zeit ließ. Und irgendwann überfiel mich der grausame Verdacht, er wollte ihre Angst genießen.

Dann legte er endlich eine Hand an ihren Hals. Ich sah sie schwerfällig schlucken. Sie zitterte am ganzen Körper, während er zärtlich über ihre blasse Haut streichelte, die Schere ansetzte und ihren BH zerschnitt ... gefolgt von ihrem Höschen. Er entblößte ihre Scham. Kein einziges blondes Härchen bedeckte ihre zarte Haut. Santiago wirkte ernst und konzentriert, fast etwas besorgt. Er ließ schützend seine Hand auf ihrem Venushügel liegen, damit nicht jeder sehen konnte, was er gesehen hatte und was ich gesehen hatte ... die kleinen rosa Schmetterlingsflügel, die sich durch die gespreizte Haltung ihrer Schenkel sofort bereitwillig für ihn geöffnet hatten, feucht glitzerten, und in ihrer Mitte noch kleinere blassrosa Flügel offenherzig zum Vorschein brachten.

Sie tat mir so leid, weil sie nicht wusste, wer er war. Wie gern hätte ich ihr erzählt, dass andere Mädchen sich ihm freiwillig hingaben, dass ich einst bereit gewesen wäre, alles zu tun, nur um das zu bekommen, was er jetzt mit ihr machen würde. Und ich wäre bereit gewesen, meine Seele zu verkaufen, für ein Leben mit ihm. Wie gern hätte ich ihr ein bisschen von meinem Stolz geschenkt, von meiner Dankbarkeit und meiner Ergebenheit. Warum konnte er sie vorweg nicht küssen und sie in den süßen Rausch seiner Ausstrahlung hüllen, um die Schmetterlinge in ihrem Bauch zu erwecken? Warum ließ er seine samtige Stimme nicht an ihrem Ohr vibrieren, um prickelnde Gänsehaut auf die unberührte Blässe ihres Körpers zu zaubern? Warum gewährte er ihr nicht seine Nähe, seinen Duft und einen Hauch seines Charmes?

Amistad griff in meine Haare. Er sah mir eindringlich in die Augen, dann auf Santiagos Hose, die er gerade im Begriff war zu öffnen, danach wieder in mein Gesicht. Ich hatte verstanden, kniete nieder, und Santiago gab mir seinen sanft erigierten Penis in den Mund. Anstelle des blonden Mädchens fiel nun ich in Trance. Ich verzehrte mich nach ihm, gierte so stark nach jedem Zentimeter seines Geschlechts, dass ich es kaum erwarten konnte, bis er meinen Mund zur Gänze ausfüllte. Ich brannte darauf, vor all den Leuten zu zeigen, wie sehr ich ihn liebte und begehrte, und genoss es mit Leib und Seele, vor ihm zu knien. Vielleicht wollte ich auch dem Mädchen beweisen, dass er anbetungswürdig war, und nicht allein sein edles Antlitz das Argument, ihm zu verfallen. Ich sah zu ihm auf und gleichzeitig ertrank ich im Hochwasser meiner eigenen Tränen. Noch nie hatte ich das vor Publikum für ihn tun dürfen. Ich fühlte unzählige Blicke auf mir. Meine Lippen umschlossen ihn dankbar, gewährten ihm geschmeidig feuchten Einlass bis tief in meine Kehle, während meine Zunge zwischendurch mit Hingabe seine empfindlichste Stelle reizte. Zärtlich legte er eine Hand in meine Haare und für die letzten paar Stöße nahm er sich selbst den Widerstand, den er brauchte. Ich hielt meine Hände verschränkt hinter dem Rücken und gab mich bereitwillig seinem Drängen hin, bis er sich mir abrupt entzog.

Mit seiner ganzen Hand verteilte er meine Spucke auf seiner nun stattlichen Erektion und wandte sich von mir ab. Ich zuckte kurz zurück, als ich bemerkte, dass ich mit meinem Gesicht fast zwischen den Beinen des Mädchens war. Amistad half mir hoch. Er wischte mit seinen Fingern über meinen Mund, als wäre ich schmutzig, und im selben Moment durchbrach ein heller Schrei den Triumphmarsch der Männerchöre aus den Lautsprechern. Erschrocken drehte ich mich um und sah, dass Santiago in das Mädchen eingedrungen war. Sie keuchte mit weit aufgerissenen Augen und verfolgte panisch jede seiner Bewegungen. Er hielt sich an ihrer schmalen Taille fest und versetzte ihr nur sanfte Stöße, aber trotzdem war sie außer sich – bestimmt würde ihr bald schwindelig werden, wenn sie weiter so hektisch atmete – ihre Wangen glühten förmlich vor Hitze und einzelne Schweißtropfen hatten sich bereits zwischen ihren Brüsten gebildet. Sie wimmerte ... und er machte noch immer keine Anzeichen, sie auf irgendeine Art und Weise beruhigen zu wollen.

Dann zog mich Amistad von ihr weg. »Geh wieder nach oben!«, befahl er mir.

Ich nickte etwas verstört, war aber fast dankbar, das hier nicht weiter beobachten zu müssen. Auf wackeligen Beinen stieg ich die paar Stufen hinauf zu unserer Loge, wo Cheyenne und Natalie warteten. Etwas abseits von den beiden setzte ich mich auf eine eigene Couch und nahm einen kräftigen Schluck Champagner, den ich jetzt wirklich brauchte, während ich nun ohne den Einfluss von Santiagos Aura – die mich stets manipulierte, wenn ich in seiner Nähe war, mir den Verstand raubte, gleichsam wie die Fähigkeit, Dinge objektiv zu betrachten – so langsam realisierte, was sich da unten abspielte. Ernüchtert lehnte ich mich zurück, hielt mir eine Hand vors Gesicht und fühlte mein innerliches Zittern. Ich wusste nicht, sollte ich von Santiago enttäuscht sein, weil er so etwas machte? Sollte ich es verwerflich finden? Zwangsläufig wandte sich mein Blick wieder der Bühne zu. Ich sah Santiago nur von hinten, aber mit jeder harten Hüftbewegung versetzte er meiner Seele einen schmerzhaften Stoß ...

Plötzlich sank die Couch neben mir sachte ein und ein Männerarm schlang sich um meine Taille. »Geht's dir nicht gut?« fragte Cheyenne mitfühlend.

Sofort wehrte ich mich gegen seine Berührung. »Bitte nicht ... Ich will keinen Ärger bekommen.«

Er hielt mich dennoch fest. »Wir sind allein. Ich hab Natalie zur Toilette geschickt.«

Ich schüttelte meinen Kopf. »Weißt du eigentlich, was Santiago da unten tut?«, fragte ich ihn.

»Ja ... aber es interessiert mich nicht.«

»Bitte ... lass mich ... ich kann jetzt nicht ...«, flehte ich ihn an.

Er zog mich unbeeindruckt davon an sich, war fest entschlossen. Ich musste mich ihm zuwenden, behielt jedoch meinen Blick gesenkt. Seine Lippen berührten meine Stirn, er wollte mich eindeutig, und ich hätte vermutlich noch vor einer halben Stunde nichts lieber getan, als eine solche Gelegenheit zu nutzen ... Aber jetzt war alles anders. Ich war erfüllt mit Entsetzen, mir war schlecht und ich konnte nur an Santiago denken. »Bitte, küss mich jetzt nicht«, hauchte ich, »tu es ein anderes Mal, wenn ich dir gehöre ...«

Cheyenne legte seine Hand an mein Kinn und nun musste ich ihm doch in die Augen sehen. »Wir werden auf Ivory keine Gelegenheit dafür haben«, gab er mir zu bedenken.

Wie sollte ich es ihm bloß erklären ... Ich wollte ihn nicht beleidigen. »Cheyenne, ich träume seit ich dich das erste Mal gesehen habe davon, dich zu küssen, aber ... ich kann nicht ... mein Herz ist da unten auf dieser Bühne, bei diesem Mädchen.« Wehmütig löste ich mich von ihm und sah wieder zu Santiago.

Cheyenne nahm seine Hände von mir.

Wenig später setzte sich Natalie zwischen uns ... und auch Santiago kehrte zurück. Er griff sofort nach dem Päckchen Zigaretten, welches direkt vor mir auf dem Glastisch lag. Unweigerlich streifte mich dabei sein Blick und er merkte, dass etwas mit mir nicht stimmte. Es irritierte ihn kurz, aber er schien zu aufgewühlt, um dem weiter Beachtung schenken zu können. Stattdessen wandte er sich Amistad zu, sie blieben beide stehen, Santiago hielt ihn am Arm fest und zündete sich aufgeregt eine Zigarette an. Danach begann er ihm Wange an Wange ausführlich zu schildern. Seine Augen funkelten.

Sein Gesicht bot eine Vielzahl an Mimiken, die ich vergebens zu deuten versuchte. Zwischendurch lächelte er manchmal und in den wenigen kurzen Redepausen blies er lässig weiße Wolken in die Luft. Erst als er ausgeraucht hatte, würdigte er mich wieder eines Blickes und verkündete kurz und bündig: »Wir gehen!«

Im Wagen saß ich ihm schräg gegenüber, ich lehnte nachdenklich meine Stirn an die Scheibe und konnte nicht verhindern, dass man mir den Missmut anmerkte. Ich beneidete Natalie. Sie hatte von all dem kaum etwas mitbekommen und konnte ihn unbeschwert lieben, als ob nichts geschehen wäre. Ich hingegen haderte mit den Bildern in meinem Kopf.

Am Hafen, kurz bevor wir die Yacht betraten, nahm mich Santiago schließlich recht ungehalten zur Seite. Er wirkte aufgebracht und sein erboster Blick stach in meine Augen. Aber er sagte nichts. Beherrscht presste er seine Lippen zusammen.

Ich war kurz davor, mein Entsetzten über seine Tat in Worte zu fassen. Jedoch, noch bevor ich meinen Mund öffnen konnte, nahm er mir den Wind aus den Segeln. »Es steht dir nicht zu, über mich zu urteilen! Vergiss das nicht!« Er wartete kurz, ob ich dem etwas zu entgegnen hatte. Als nichts kam, fügte er hinzu: »Warum fällt es dir so schwer, in meine Augen zu sehen?«

Ich zögerte noch einen Moment, aber dann brach es aus mir heraus: »Ich ... ich kann nicht vergessen, was du mit dem Mädchen gemacht hast!«

Fassungslos wandte er sich von mir ab, als hätte ich es nicht verdient, irgendetwas erklärt zu bekommen, wenn ich meine Grenzen nicht kannte.

Sein uneinsichtiges Verhalten ärgerte mich maßlos und machte mich gleichzeitig betroffen. »Du wirst nicht in den Himmel kommen!«, warnte ich ihn kleinlaut, und hoffte, er würde jetzt vielleicht verstehen, womit ich ein Problem hatte.

Er stieß einen verächtlichen Laut aus. »Kaum sind sie drei Wochen aus dem Keller, werden sie alle größenwahnsinnig! Wie kannst du es wagen?«

Nun war er wieder bei mir und hielt mich unsanft am Oberarm fest. »Entspricht mein Leben etwa nicht deinen Moralvorstellungen? Bin ich dir nicht gut genug?«, fauchte er mich an.

»Nein! Doch!«, widersprach ich ihm umgehend. Ich spürte, dass ich mich auf einem äußerst schmalen Grat bewegte und jedes falsche Wort von mir nun fatale Folgen haben könnte. Aber das wollte ich nicht. »Es tut mir leid«, beteuerte ich.

»Hast du vergessen, wo dein Platz ist?«

Zaghaft schüttelte ich meinen Kopf, denn jetzt war er wirklich sauer. Es entstand eine kurze Pause, die mich verunsicherte. Ich wusste sehr wohl, wo mein Platz war und wollte auf meine Knie sinken, aber ich kam nicht weit, denn im selben Moment fasste er so grob in meine Haare, dass ich sogar meine Spange verlor. »Nein! ... Sag es! Ich will es hören!«

»Bei deinen Füßen. Auf meinen Knien«, stöhnte ich schmerzgeplagt, »oder ... wenn du willst, dass ich mich hinlege, dann unter deinem Schuh.«

Ein kleines Lächeln zuckte in seinen Mundwinkeln. Noch bevor ich ausgesprochen hatte, fühlte ich prickelnde Erregung in mir aufsteigen. Sein fester Griff in meinem Nacken machte jeden Widerstand in mir zunichte.

»Ich vermisse den nötigen Respekt in deinen Augen!«, tadelte er mich.

Gefügig senkte ich meinen Blick.

Santiago fauchte mir ins Gesicht: »Mein Lebensstil geht dich nichts an. Ich möchte nicht mal, dass du darüber nachdenkst!«

»Ich auch nicht«, schluchzte ich und blickte ihn nun wieder aus treuherzigen Augen heraus an.

Seine Miene verlor etwas an Härte. »Was heißt das?«

»Ich will auch nicht darüber nachdenken, was du tust. Ich wollte nur dir gehören, mehr nicht.«

»Vielleicht bist du überfordert mit den Freiheiten, die ich dir lasse?«

»Ja«, hauchte ich.

Santiago nickte verstehend.

Sein Griff in meinem Nacken wurde sanfter, er streichelte über meine Wange und nahm schließlich seine Hand von mir. Ich stand auf wackeligen Beinen vor ihm und bereute plötzlich inständig mein Vergehen mit Cheyenne. Und ich hatte das starke Bedürfnis, mich selbst dafür zu bestrafen. »Ich möchte nicht bei Jana schlafen«, schluchzte ich, »und nicht mit anderen Männern ... Ich will nur dich. Ich liebe dich und ich will mich auf dich konzentrieren können ...« Mein Atem ging schwer und ich brachte die letzten paar Worte kaum über meine Lippen, »... ich möchte heute im Keller schlafen ... bitte.«

Er küsste mich auf die Stirn. »Verstehe ...« Er seufzte. »Aber wir machen das anders. Wenn du wirklich das willst, was ich vermute, dann wird eine Nacht im Keller dafür nicht ausreichen.«

Leicht verunsichert blickte ich in seine dunklen Augen. Er zelebrierte förmlich eine kurze Unterbrechung, indem er sich gemächlich eine Zigarette anzündete. Erst dann sprach er weiter: »Ich werde dir die freie Wahl nehmen ... Du brauchst dir nie wieder den Kopf zu zerbrechen, ob du bei mir bleiben möchtest oder nicht, ob ich der richtige Mann für dich bin oder nicht, ob ich in den Himmel komme oder in die HÖLLE! Denn ab sofort werde ich dich auf meiner Insel festhalten, nötigenfalls auch gegen deinen Willen!« Er blies mir absichtlich eine Schwade Rauch ins Gesicht. »Du darfst dich ab sofort von mir gefangen fühlen.«

Ohne dass ich es wollte, rauschte eine Welle der Erregung durch meinen Körper, die mir fast die Füße wegzog. Das Bild vor meinen Augen begann zu flimmern und ich rang um mein Gleichgewicht. Plötzlich spürte ich Santiagos Hand an meiner Taille. Sie zog mich an seinen Körper.

»Ist es das, was du willst?«, fragte er gebieterisch.

Ich nickte.

»Mit allen Konsequenzen?«

»Ja«, hauchte ich ergeben und schmiegte mein Gesicht an seinen Hals.

»Es gibt keine Exklusivität für dich, Zahira. Ich lasse mit dir schlafen, wen ich will!«

Ich schluckte.

»Und niemand ... «, fügte er hinzu, »niemand wird dir jemals helfen, von Ivory wegzukommen. Erst wenn ich deiner überdrüssig bin, werde ich dich gehen lassen. Und vertraue mir, es liegt nicht in deiner Macht, diesen Moment herbeizuführen. Egal, was du tust und wie du dich verhältst, nichts wird mich dazu bewegen, dich fortzuschicken! Für alles gibt es eine Form der Züchtigung. Du wirst lernen, dich angemessen zu verhalten. Und falls nicht, dann wirst du den Keller nicht mehr verlassen.«

Ein eisiger Schauer lief durch meinen Körper und ich schluckte hart. Etwas perplex wusste ich nicht sofort, was das zu bedeuten hatte oder was ich drauf hätte antworten sollen. Ich wusste nur, dass es sich gut anfühlte, so sehr von ihm begehrt zu werden. Er hatte meine Gedanken in enge Fesseln gelegt und exakt die richtige Entscheidung getroffen. Denn alles, wonach ich mich sehnte, war, mit Leib und Seele ihm zu gehören. Und dieses Gefühl hatte er mir nun unbestritten gegeben. Er hatte von mir Besitz ergriffen und mir gleichzeitig die Verantwortung genommen, meine Entscheidungsfreiheit ... Ich brauchte mich nicht mehr schuldig zu fühlen, einen Mann zu lieben, der unrechte Dinge tat, denn ich hatte keine Wahl. Und ich sehnte mich danach, es noch viel stärker zu spüren. Kurzatmig flehte ich ihn an: »Halt mich ... halt mich fester ... bitte, halt mich noch fester!«

Er lächelte geschmeichelt. »Baby, ich werde dich so fest halten, dass du deinen eigenen Namen nicht mehr weißt.«

KAMERA AUS!

Zurück auf Ivory hatte ich eigentlich damit gerechnet, umgehend in den Keller gebracht zu werden. Aber ich merkte, dass Santiago zögerte. Er hielt mich am Handgelenk fest, während er mit den anderen Anwesenden noch ein paar Worte wechselte, bis sie ihm schließlich eine angenehme Nacht wünschten. Dann ging er mit mir die Treppe hinauf in den ersten Stock. Mein Herz schlug sofort höher, als wir sein Schlafzimmer betraten. Doch ich war auch verwirrt. Das passte nicht ganz zu unserer Abmachung.

Santiago befahl mir, mich auszuziehen, während er sich in das angrenzende Badezimmer zurückzog. Durch die Wände hörte ich, dass er duschte. Und mir fiel wieder das Mädchen aus dem Club ein ... Vermutlich wusch er sich nun seine Schuldgefühle vom Leib. Ich versuchte angestrengt, mir keine Gedanken mehr darüber zu machen.

Nackt ausgezogen blieb ich neben einem Sessel stehen und fühlte eine unangemessene Ruhe in mir. Ich wusste, dass ich nicht beeinflussen konnte, was nun passieren würde. Er plante etwas, das lag in der Luft. Vielleicht wollte er einen Beweis oder ein symbolisches Zeichen von mir, dass ich mit unserer Vereinbarung auch wirklich freiwillig einverstanden war. Er wollte mir doch hoffentlich kein zweites Brandmal verpassen? Nun war ich doch leicht nervös.

Santiago trug einen weißen Morgenmantel, als er aus dem Bad kam. Er lächelte und ich spürte Hitze in mir aufsteigen, als er sich mir näherte. Doch er griff nur nach seinem Sakko, das direkt vor mir über den Sessel gebreitet hing. Ich räusperte mich, um mich bemerkbar zu machen, gleichzeitig fiel es mir schwer, die Worte auszusprechen, die in meinem Gehirn kreisten, aber meine Neugierde verlangte nach einer Erklärung.

»Ich …« Er sah mich an und ich stockte. Verlegen blickte ich zu Boden. »Meine Peitschenhiebe … ich sollte doch heute vierundzwanzig bekommen«, erinnerte ich ihn und blickte ihn nun wieder treu ergeben an.

Santiago belächelte kurz meine Aufrichtigkeit. Doch schon im nächsten Moment war seine Miene wieder ernst. »Ich weiß«, beteuerte er, »aber unser Gespräch von vorhin ändert einiges, um nicht zu sagen *alles*. Geh dich jetzt duschen.«

Er wies auf die Badezimmertür und holte sein Handy aus dem Sakko. Folgsam entfernte ich mich. Anfangs lauschte ich noch, ob ich ihn vielleicht telefonieren hörte, aber als kein Ton von ihm durch die Wände drang, stieg ich ebenfalls in die Dusche. Mir wurde immer seltsamer zumute. Ich wollte nicht zu viel Zeit verschwenden und achtete darauf, meine Haare nicht nass zu machen. Wenig später war ich fertig, wieder trocken, frisch duftend und frisiert. Santiagos Schlafzimmer lag nun in romantischer Dämmerbeleuchtung vor mir, leise Musik spielte, und er selbst hatte sich bereits auf dem übergroßen Bett ausgestreckt. Bis zu den Hüften war sein Körper mit einem weißen Laken bedeckt, aber das, was ich von ihm sah, reichte aus, um mich vor Begierde vergehen zu lassen. Ich strich langsam um das Bett herum und fuhr mehrmals nervös durch meine Haare, denn ich war mir meiner eigenen Nacktheit bewusst. Santiago erlöste mich mit einem Lächeln, das mir ehrlich erschien, er trommelte sanft mit seiner Hand auf den Platz neben sich und ließ mich damit in die Mitte des

Bettes. Auf einen Unterarm gestützt wandte er sich mir zu und begann, versonnen über meinen Körper zu streicheln. Meine Angst, er könnte mir wehtun, war kaum jemals größer. Ich zuckte mehrmals unter seinen Berührungen und wieder fiel mir das fremde Mädchen ein, und ich überlegte, ob er mich wohl mit ihr verglich, ob er sie nun lieber hätte, an meiner Stelle. Dann griff er hinter sich auf den Nachttisch, wo sein Handy lag. Er wählte ... und seine darauf folgende Anweisung ließ mich bis auf die Knochen erschaudern: »Damian, mach die Kameras in meinem Zimmer aus!«

Ich schluckte hörbar. Augenblicklich wurde mir heiß und kalt. »Warum?«, hauchte ich entsetzt und starrte in Santiagos Gesicht auf der Suche nach einer Antwort. Doch der lächelte nur.

Was hatte das zu bedeuten? Wobei wollte er sich nicht filmen lassen? Mein Atem ging schwer ... Instinktiv blickte ich auf die Tür hinter mir. Sollte ich versuchen zu fliehen? Hätte ich eine Chance? Aber wohin? Ich war verloren. Plötzlich kam er mir mit seinem Körper näher. Ich fühlte seine Lenden, seine Erregung, sein schweres Bein auf mir. Seine Hände berührten mich überall und er begann mich leidenschaftlich zu küssen. Wie versteinert blieb ich ruhig liegen, hoffte, dass mich seine Begierde verzaubern würde, dass ich mich entspannen könnte ... aber meine Nervosität wollte nicht schwinden. Seine Küsse waren heiß und fordernd, wie stets, wenn er sich in meiner Angst suhlte. Immer wieder blinzelte ich, weil ich ihn sehen wollte, in seinem Gesicht zu lesen versuchte. Aber er war ein Meister darin, einen souveränen Ausdruck zu behalten, egal was er tat oder plante.

Mein Atem ging tief, ich liebte das Spiel seiner Zunge in meinem Mund, wie sie aufdringlich Kontakt zu meiner Zunge suchte und sich in mir bewegte. Zwischendurch saugte er an meinen Lippen, er stöhnte schwach, aber der Hauch seiner sonoren männlichen Stimme reichte aus, um mich mitzureißen. Ich vergaß meine Angst. Sein Schwanz hatte sich bereits aufgerichtet und presste gegen meinen Unterleib. Zwischen meinen Beinen prickelte die Lust. Triefende Feuchtigkeit würde ihn hier erwarten. Aber Santiago hatte es nicht eilig. Er küsste mich am Hals, seine feuchtheißen Lippen zogen eine Linie zu meinen Brüsten. Meine kleinen Nippel standen bereits willig von mir ab. Er umkreiste sie mit seiner Zunge und ich spürte mein Geschlecht zucken, während er das tat. Unweigerlich begann ich mich unter seinen Händen zu winden. Das war fast mehr, als ich ertragen konnte. Ich spürte seine Zähne, er biss mich sanft in meine kleinen empfindlichen Knospen und entlockte mir ein helles Stöhnen. Und mit einem Mal löste er sich von mir.

Wir drehten uns zur Seite. Ich lag nun mit meinem Gesicht auf seinem Oberarm und hielt meine eigenen Hände vor meiner Brust, konzentriert darauf, ihn nicht zu berühren. Meine Finger waren ineinander verschränkt, als wollte ich ihn bitten – bitten, mich zu lieben. Santiago wirkte nachdenklich, er strich eine Haarsträhne aus meinem Gesicht und ich spürte, dass er mir etwas sagen wollte. Seine Hand glitt über meine Taille und meine Hüfte, dann unterbrach er die seltsame Stille mit drei Worten, die ich niemals vergessen werde: »Fass mich an!«

Ungläubig riss ich meine Augen auf.

Er lächelte.

Ich begann zu keuchen.

»Es ist mein Ernst«, fügte er hinzu.

»Warum?«, hauchte ich.

»Ich denke, ich muss mich dafür nicht erklären.«

»Nein«, stimmte ich ihm zu, während mein Puls in ungeahnte Höhen schoss. War das der Grund, warum die Kameras aus sein mussten? Wollte er sich dabei nicht filmen lassen? Das letzte Mal, als ich ihn angeblich berühren durfte, hätte er mich fast getötet. Santiago würde mich doch kein zweites Mal versehentlich umbringen? David ... Plötzlich fiel mir David ein. Aber der Gedanke konnte sich nicht vertiefen, denn nun nahm Santiago meine Hand und führte sie an seine Brust. Er wollte es tatsächlich.

»Wie lang habe ich Zeit?«, fragte ich verunsichert.

»Bis Damian dich in den Keller bringt.«

Gleichzeitig gab er meine Hand frei, sodass ich sie eigenständig bewegen konnte. Die Berührung brachte den ganzen Raum um mich herum zum Schwanken. Zitternd streichelte ich über seine zart gebräunte Haut. Ich fühlte seine Muskeln und die sanft gedrehten Haare auf seiner Brust, die ich bisher nur mit meinen Lippen hatte erkunden dürfen. Es kam mir fast unwirklich vor, wie ein Traum. Ich musste meine Glücksgefühle unterdrücken, um nicht die Fassung zu verlieren. Schüchtern wagte ich mich weiter, streichelte über seine Schultern und seine Arme ... vor seinem Gesicht hatte ich am meisten Ehrfurcht. Zwischendurch blickte ich immer wieder skeptisch in seine Augen, die kaum weniger wachsam auf mich gerichtet waren. Seine Haut kribbelte unter meinen Fingern, zum ersten Mal fühlte ich seine Körperwärme auf meiner Handfläche und es war befremdlich festzustellen, dass er tatsächlich aus Fleisch und Blut war, genau wie ich. Ein mulmiges Gefühl durchströmte meinen Magen. Ganz langsam tastete ich mich höher ... über seinen Nacken hinweg ... in seine schönen schwarzen Haare. Sie waren noch leicht feucht. Ich berührte sein Ohr, seine Schläfen, seine rauen kratzigen Wangen ... und plötzlich ... plötzlich konnte ich mich erinnern. Ich konnte mich erinnern, dass ich das schon mal getan hatte! Der Gedanke daran ließ meinen Atem stocken, für einen Moment erstarrte ich in der Bewegung und eine tiefe Kummerfalte bildete sich zwischen meinen Augenbrauen.

»Hast du Angst?«, fragte er.

Ich nickte.

Santiago zwinkerte, nahm meine Hand in seine und küsste meine Handfläche. »Wovor?«

»Ich hab Angst, dass es wieder mit einem Herzstillstand bei mir endet. Du hast die Kameras ausschalten lassen. Niemand würde mich diesmal retten. Ich bin ganz allein mit dir.«

Santiago lächelte. »Vertraust du mir nicht?«

»Doch.«

»Wäre es die lieber, du wärst nicht allein mit mir?«

»Nein ... ich ... ich bin gern mit dir allein, aber ...«

Plötzlich legte er einen Finger auf meine Lippen. Ich hielt meinen Mund. Er streckte sich hoch zum Bedienfeld am Betthaupt und drückte den silbernen Knopf.

»Nein!«, stieß ich hervor. Panik brach in mir aus. Silber? ... SILBER? ... Amistad war Gold! Hatten sie getauscht? Hektisch fuhr ich durch meine Haare ... aber sofort schmiegte ich mich wieder an ihn. Plötzlich hatte ich das Gefühl, es eilig zu haben. Ich verbarg mein Gesicht an seiner Brust, küsste ihn und streichelte mit einer Hand über seinen Rücken. Ich fühlte die markanten Muskelpartien, die entlang seiner Wirbelsäule liefen und mich geradezu verleiteten, meine Hand tiefer gleiten zu lassen. Santiago küsste meine Haare und ließ mich gewähren. Er gab sich nach wie vor zärtlich. Dann hörte ich das unverkennbare Klacken der Tür, Santiagos Hand fasste an meinen Hinterkopf, sodass ich mich nicht umdrehen konnte. Ich hörte Schritte, ein Rascheln und das dumpfe Geräusch von Kleidung, die zu Boden fiel. Kurz darauf spürte ich das Bett hinter mir einsinken. Jemand streckte sich neben mir aus ... ein Körper, genauso warm und mächtig wie der von Santiago, schmiegte sich an meinen schmalen Rücken. Er war nackt und er drängte sich an mich. Er hüllte uns beide in den Duft eines mir fremden, aber betörenden Aftershaves. Meine gesamte Aufmerksamkeit hatte sich plötzlich an meine Hinterseite verlagert, wo ich an meinen Pobacken die Berührung seines erigierten Gliedes wahrnahm, begleitet von einem stimulierenden Kitzeln flauschiger Haare. Seine Hand begann über meinen flachen Bauch und meine Brüste zu streicheln. Er küsste mich am Hals, heiß und feucht, während er weiter meine Brüste abwechselnd berührte und lustvoll knetete. Er zauberte mir damit ein süßes Prickeln zwischen die Beine. Ich spürte meine Muskeln zucken und musste leise seufzen, aus Verlegenheit, aber auch vor tiefer Erregung. Langsam gab Santiago mich frei ... Ich konnte mich umsehen. Und das Gesicht, in das ich blickte, traf meinen Bewusstsein wie ein Peitschenhieb. Cheyenne!

Ich erschrak unsagbar ... Jetzt war ich mir sicher, dass etwas mit Santiago nicht stimmte. Warum tat er das? Ängstlich keuchend sah ich in seine Augen.

»Ich ... ich wollte ihn nicht ansehen«, beteuerte ich hastig, völlig überfordert mit dieser Situation.

»Mach dir keine Gedanken!« Santiago warf Cheyenne einen auffordernden Blick zu, woraufhin der mich auf den Rücken drehte. Er griff unbefangen zwischen meine Beine, fühlte meine zügellose Feuchtigkeit und drang ohne zu zögern in mich ein! Ich schnappte nach Luft und blickte zu Santiago. Seine Miene war ernst, aber gefasst ... Die ersten langsamen Stöße trafen in mein Innerstes und sofort überrollten lüsterne

Gefühle meinen Körper. Cheyenne in mir! Wie in Zeitlupe zog er sich zurück und drang erneut tief in mich ein. Meine Erregung war groß. Sein anmutiger Körper spannte sich über mir. Wieder stieß er zu und ein lustvolles Stöhnen brach aus meiner Kehle. Sofort schämte ich mich dafür und blickte besorgt in Santiagos Augen ... sie waren nach wie vor streng auf mich gerichtet. Cheyenne senkte seinen Kopf neben meinem und wandte seinen Blick von mir ab, während er nun einen langsamen Rhythmus aufnahm.

Glühende Hitze stieg in mir auf und durchblutete meine Wangen spürbar, unweigerlich stöhnte ich begierige Laute. Von Cheyenne genommen zu werden, sein Geschlecht mit meinem vereint zu fühlen, während ich gezwungen war, in Santiagos Augen zu sehen, erregte mich ungemein. Er glitt auf sehr kontrollierte Weise in mir ein und aus, ich fühlte seine Härte, seine Größe, beides betörte mich. Zwischendurch traf er ganz empfindliche Punkte in mir, und schließlich behielt er einen Winkel bei, der mir unüberhörbar durchgehend Vergnügen bereitete und mich jeglicher Selbstbeherrschung beraubte. Ich fühlte die Wellen der Lust, die sich hoch und höher schaukelten. Meine Blicke waren verschleiert ... Ich stöhnte ... Santiago streichelte mitfühlend über meine Wange ... und als der Gipfel bereits greifbar war, hörte ich auf zu atmen – bereit, anzunehmen, was er mir schenken wollte – als plötzlich mein Kopf in den Nacken gerissen wurde. Cheyenne verließ abrupt meinen Körper und Santiago stieß seine knochenharte Erektion in mich, ziemlich unwirsch, er war auch größer, und kühler. Der neue Reiz elektrisierte mich und im selben Moment überschritt ich die Schwelle zum Höhepunkt.

Während ich kam, drehte sich Santiago mit mir gemeinsam zur Seite. Ich keuchte an seiner Brust. Alles um mich herum drehte sich, während meine intimsten Muskeln an seinem Schwanz unaufhaltsam pulsierten. Santiago hob mein Kinn an, um in meine Augen zu sehen. Ich war völlig außer Atem und orientierungslos. Daraufhin nahm er mich wieder an seine Schulter und ließ mir Zeit, in dem Gefühl zu schwelgen, ihn in mir zu haben. Und er hatte auch nicht vor, mich so schnell freizugeben ...

Cheyenne kam wieder hinter mich. Sein steifes Glied zwängte sich nun zwischen meine Pobacken, in der Absicht, in mich einzudringen. Anders, als ich es ein paar Tage zuvor mit Damian erlebt hatte, zog sich Santiago jedoch im Gegenzug nicht aus mir heraus und als ich merkte, was sie vorhatten, bekam ich Panik. Ich erinnerte mich an die *Symphonie* und daran, zwei Männer gleichzeitig in mir zu haben. Und an die Schmerzen. »Nicht, bitte!«, flehte ich Santiago an, während ich bereits spürte, dass Cheyenne Probleme hatte, in mich einzudringen. Aber er erhörte mich nicht und hielt mich weiterhin fest. Ich klammerte mich an ihn und gab mir alle Mühe, denn mittlerweile hatte ich gelernt, mich an den richtigen Stellen auf Befehl zu entspannen, und nach einigem Drängen konnte ich ihn tatsächlich aufnehmen. Ich keuchte ängstlich und erregt zugleich. Bis zum Anschlag hatte ich nun beide in mir. Die Dehnung und der Druck waren enorm. Santiago streichelte über meine Haare, als wollte er mich loben, dass ich mit diesen Dimensionen umgehen konnte. Und vermutlich animierte ihn meine Gefasstheit, noch einen Schritt weiter zu gehen. Er legte sich mein linkes Bein über die Hüfte und begann nun, sich synchron mit Cheyenne vollständig aus mir zurückzuziehen, um kurz darauf erneut zuzustoßen. Nur der erste Stoß ließ mich aufschreien, danach stöhnte ich erregt. Die beiden Männer fixierten mich zwischen ihren Körpern mit einer gegenseitigen

Umarmung und begannen, mich rhythmisch auszufüllen und wieder zu verlassen. Verzweifelt klammerte ich mich an Santiago. Das Gefühl in meinem Unterleib war unbeschreiblich und hart an meiner Grenze. Sie bewegten sich langsam, aber bei jedem Stoß durchliefen heiße Schauer meinen Körper, die mir stechende Gänsehaut brachten. Noch nie hatte ich meine Hingabe so intensiv empfunden. Ich durfte mich an Santiago festhalten, ihn in meine Arme schließen, während meine intimsten Öffnungen ihm und seinem Geliebten der Befriedigung dienten. Mein Stöhnen war haltlos. Doch bald schon stoppte Santiago seine Bewegungen, er verharrte tief in mir und gänzlich still. Dafür nahm Cheyenne nun eine äußerst athletische Bewegung auf. Wieder musste ich mich bewusst entspannen, um ihm die Freiheit zu schenken, die er brauchte. In meinem Inneren trennte nur eine dünne Wand die auf ein Maximum erigierten Geschlechtsteile der beiden Männer. Sie trafen sich in mir. Ich wusste, dass Santiago sich aus seiner ureigenen Selbstverständlichkeit heraus, die Rolle zuerteilt hatte, sich nicht bewegen zu müssen, während Cheyenne die Aufgabe hatte, sich möglichst lustbringend und intensiv an ihm zu reiben. Mein Körper war nur die Bühne ... für den Akt. Ich merkte, dass sie einander küssten. Cheyenne machte mir fast meinen Platz streitig, aber er achtete darauf, dass meine Hüfte in der richtigen und optimalen Position blieb, um die Stöße zu empfangen, die Santiagos Stimulierung galten.

Irgendwann drehte sich Santiago auf den Rücken. Ich wurde mit ihm gezogen, kniete über ihm, nach vorn gebeugt, und Cheyenne direkt hinter mir. Er hielt seine Hände an meinen Beckenknochen und begann mich nun härter zu stoßen. Mein ganzer Körper war seinem Rhythmus unterworfen, die Erschütterungen schlugen bis in meine Haarspitzen, aber vor allem meine Brüste waren von den intensiven Schlägen betroffen. Sie bewegten sich fast schmerzhaft, und ich konnte absolut nichts dagegen unternehmen. Ich war auf meine Hände gestützt. Santiago hingegen hatte beide Hände frei und er berührte mich auf eine Weise, die mich völlig aus dem Konzept brachte. Er wühlte ungestüm in meinen Haaren, fasste in mein Gesicht, mit mehreren Fingern in meinen Mund oder er verpasste mir mittelprächtige Ohrfeigen, bis ich nicht mehr wusste, aus welcher Richtung seine Hände kamen. Mittlerweile war ich gehörig außer Puste, mein Herz raste, ich keuchte und stöhnte. Manchmal hielt er mich auch an den Haaren im Nacken fest, um zu beobachten, wie mein zierlicher Körper und meine kleinen weiblichen Formen so unkontrolliert von einer fremden Macht geschüttelt wurden. Ich war mehr als durcheinander, aber ich spürte auch, dass ich bald wieder kommen musste, konnte meine Augen kaum auf etwas fokussieren. Als Santiago mich losließ, begann ich, ihn in wilder Verzweiflung zu küssen. Und auch er schien nun mächtig erregt. Der geschmeidige Kolben, der in meiner engen Höhle ein und aus lief, hatte sein Ziel fast erreicht. Santiagos Becken zuckte unter mir, seine Zunge schnellte in meinen Mund, ich spürte seine Leidenschaft und sie schoss mir auf direktem Wege zwischen die Beine. Mein zweiter Orgasmus erfasste meinen Körper mit roher Gewalt. Ich ließ mich fallen und schrie. Santiago drückte seine Hand auf meinen Hinterkopf, als wollte er mich schützen, doch ich merkte schnell, dass auch er sich verkrampfte. Meine Muskeln würgten unerbittlich an seinem Schwanz und dann stöhnte auch er. Ein tiefer Laut der Erlösung brach aus seiner Kehle, mehrmals, während er sich in Etappen in mich ergoss. Cheyenne hielt endlich still. Hechelnd kauerte ich über Santiago, meine Arme und Beine zitterten vor Erschöpfung, Schweißperlen drangen aus meiner erhitzten Haut … aber er war gekommen.

Santiago atmete schwer. Langsam richtete ich mich wieder etwas auf. Er war wunderschön anzusehen. Und fast hätte ich Cheyenne vergessen, als er sich plötzlich und unvermittelt aus mir zurückzog und mir damit ein grenzenlos beschämendes Gefühl bereitete. Mir war, als hätte ich die Kontrolle über meinen Schließmuskel verloren. Ich stöhnte ärgerlich, doch schon im nächsten Moment wurde ich herumgewirbelt und auch Santiago rutschte aus mir heraus. Ich wurde auf den Rücken gedreht. Cheyenne kniete sich über mich. Er hatte seinen Schwanz in der Hand, fasste meine Haare im Nacken und spritzte mir ins Gesicht. Obwohl ich meinen Mund für ihn geöffnet hielt, ging das meiste daran vorbei. In mehreren Schüben ergoss er sich über mir. Dann ließ er sich ebenfalls auf seinen Rücken fallen.

Erschöpft, aber mit einem Lächeln auf den Lippen, streckte ich alles von mir … Verstohlen blickte ich zu Santiago, wohl wissend, wie mein Gesicht nun aussehen musste. Die Demütigung war zu groß, als dass ich hätte damit sprechen wollen, aber als seine Augen mich auf liebevolle Weise erfassten, breitete sich ein tiefes Glücksgefühl in mir aus und ich empfand Dankbarkeit … Vermutlich hatte ihn meine bedingungslose und unwiderrufliche Hingabe veranlasst, heute ein Versprechen einzulösen. Ich hatte ihn berühren dürfen. Und nicht nur das, er hatte mir Cheyenne gegeben. Cheyenne, der bestimmt das Kostbarste war, was Santiago derzeit zu geben hatte. Und trotzdem empfand ich auch Wehmut … und ich fragte mich, ob er es in meinen Augen sehen konnte … ob er sehen konnte, dass ich mir insgeheim wünschte … es wäre David gewesen.

»Sieh mich an!«

Die Internet-Story

mit dem Gutschein-Code

MP4TBKLRE

erhalten Sie auf

www.blue-panther-books.de

diese exklusive Zusatzgeschichte als E-Book in den Formaten PDF, E-PUB und Kindle. Registrieren Sie sich einfach online oder schicken Sie uns die beiliegende Postkarte ausgefüllt zurück!

Erotische Hörbücher:

Lucy Palmer
WellSex

Im Chateau Belleville erwartet Sie ein Verwöhnprogramm der besonderen Art.

Stellen Sie Ihre LustWünsche beim WellSex selber zusammen!

Ganz so, als würden Sie Ihre SexTräume mit Fremden selber lenken können ...

Trinity Taylor
Die KlavierLehrerin

Bei den McIntyres laufen die Klavierstunden anders ab, als allgemein bekannt.
Vater und Sohn probieren einfach gern aus ...

Lassen Sie sich von feuchten Klavierstunden mit mehr als vier Händen inspirieren ...

Lucy Palmer
LustSklavin

Die Besitzerin eines SM-Clubs muss plötzlich selber ran, als eine ihrer Sklavinnen ausfällt.

Sie trifft dabei ausgerechnet auf ihren ehemaligen Herrn und lässt sich von ihm nur ungern zähmen ...

Weitere erotische Geschichten:

Kim Shatner
VögelBar

Stellen Sie sich vor, Sie gehen in eine Bar und könnten frei wählen, mit wem Sie vögeln möchten ...

Die Vorstellung gefällt Ihnen?

Dann begleiten Sie Marc auf dem Weg zu seiner eigenen »VögelBar«, und lesen Sie von den sexuellen und frivolen Unwägbarkeiten eines solchen Vorhabens!

Denise Harris
SexLügen

Nymphomanisch veranlagt, lügt sie für Sex.

Sie spielt in jungen Jahren mit den Männern und bekommt immer, was sie will.

Dieser drang nach Sex verselbstständigt sich, je älter sie wird.

Aber dann muss sie diese Erfahrungen plötzlich nutzen, um ihre Existenz zu sichern.

Aus Spiel wird Ernst und keiner darf es wissen ...

Gina Summers
Der Tauchlehrer

Ein Urlaub
zwei Tauchlehrer
eine Liebe
und viel Sex ...

Sina erlebt in Thailand nicht nur ihren schönsten Urlaub, sondern auch erotische Massagen, aufregende Tauchgänge, romantische Nächte und hemmungslosen Sex mitzwei Tauchlehrern.

Doch wer ist der Richtige für sie?

LESEPROBE: SARA BELLFORD LUSTSCHMERZ

Sein Name war:
Baxter
Alan Baxter
Sir Alan Baxter der Dritte
Er hatte eine Passion: Er
sammelte Frauen ...

Auch wenn sich diese Aussage so anhören mag, als wäre er nur hinter Weiberröcken her, um seine persönliche Strichliste zu vervollständigen, so war er doch kein Chauvinist.

Ganz im Gegenteil, er liebte Frauen. Er liebte es, ihre Leidenschaft für ihren Körper zu wecken, ihnen zu zeigen, wozu sie mit ihrer Weiblichkeit fähig waren.

Alan Baxter war in eine der reichsten und ältesten Familien dieses Landes hineingeboren worden. In der Hierarchie der Geburtsliste stand er an zweiter Stelle. Eine perfekte Symbiose eines Lebens aus Freiheiten und jugendlichem Unsinn. Im Gegensatz zu seinem Bruder, der als Erstgeborener sämtliche Pflichten zu übernehmen hatte, die ihn auch leider frühzeitig ins Grab brachten, konnte er sich frei entfalten und schlicht und einfach das tun, wozu er geschaffen wurde: verschiedenste Frauentypen erkunden und erforschen. Sein Bruder hingegen mehrte ihr Vermögen und Ansehen in der Highsociety nach bestem Wissen und Gewissen.

Nach dessen Tod übernahm Alan Baxter seine Pflichten. Er gab sein altes unbeschwertes Leben nur sehr ungern auf, hatte er doch diese kleinen Freiheiten mehr als zu schätzen gelernt. Aber nun war er Familienoberhaupt und musste Flagge zeigen. Allerdings achtete er darauf, dass diese Obliegenheiten sein Leben nicht frühzeitig beendeten. Er gönnte sich neben seinem offiziellen Leben ein stilles, eher geheimes Leben.

***

»Du wirst es nicht bereuen …« Seinen geflüsterten Worten fügte er nach einer kleinen Pause noch ein »versprochen!« hinzu. Er schob das Kleid über ihre Schultern und es glitt hinab. Seine Hand in ihrem Nacken löste sich und er griff in das Regal hinter ihr. Seine rechte Hand traf sich mit seiner linken in ihrem Rücken und die schwarze Augenbinde legte sich geschickt über ihr Gesicht.

»Das will ich nicht …« Fiona zuckte zusammen und wollte sich entziehen, doch er presste sich an sie und nahm ihr damit die Bewegungsfreiheit.

»Du wirst dir doch nicht ein ganz besonderes Vergnügen entgehen lassen.« Seine Stimme war rau und zeigte ihr seine Erregung, dennoch ließ er sich nicht beirren und knotete die beiden Enden an ihrem Hinterkopf weiter zusammen. Aber noch war Fionas Widerstand nicht gebrochen. Sie hob die Hände und wollte die Binde runterreißen.

»Es wird fremd sein, aber ich werde dir nicht wehtun! Genieße es einfach.« Der beruhigende Ton in seiner Stimme schien die Zweifel, die sie hatte, beiseite zu wischen, und sie entspannte sich. Seine Hände glitten von ihrem Nacken hinunter in ihren Rücken und öffneten den Verschluss des BHs. Langsam und mit sachtem Druck fuhr er von ihrem Rücken unter ihren Armen nach vorn zu den Brüsten und begann sie zu massieren. Danach trat er einen Schritt zurück und besah sich sein Werk. Unter den Berührungen waren die Nippel steif geworden und

Fionas Atem hatte sich noch mehr beschleunigt. Die Augenmaske unterstrich Fionas zartes Profil, als sie ihren Kopf senkte.

Baxters Hände wanderten weiter, und einen Atemzug später war ihr Slip Geschichte. Leicht tippte Baxter sie an, wobei sie erst ein Bein hob, damit er ihr die Schuhe von den Füßen ziehen konnte, und dann das andere. Langsam richtete er sich auf, nicht ohne an ihrer Scham zu verharren und diese sacht zu küssen.

»Ab jetzt kein Wort mehr«, flüsterte er. Dann nahm er ihre Hand und führte sie durch eine weitere Tür in ein kleines Kabinett.

Dieses war spärlich durch Kerzen beleuchtet und die Möbel darin waren nur undeutlich zu sehen, doch eines war auch in dieser schummrigen Dunkelheit zu erkennen: es waren keine Möbel, die man sich ins Wohnzimmer stellte.

Baxters Erregung stieg. Jedes einzelne dieser Möbelstücke würde er heute Abend mit ihr ausprobieren. Mitten im Raum ließ er Fiona stehen.

»Warte einen Moment«, sagte er und ging zur gegenüberliegenden Wand, wo er sich an einem Sideboard zu schaffen machte. Als Baxter zurückkam, stellte er sich hinter sie und sie hörte, wie es leise metallisch klapperte. Sacht strich er über Fionas Rücken, von dort über ihren Po nach vorn und langte dann zwischen ihre Beine. Ihr leises Stöhnen entlockte ihm ein Lächeln. Doch er beschäftigte sich nicht lange mit dem, was er dort fand. Entschlossen griff er nach ihrem Handgelenk und bog ihr sanft den Arm in den Rücken. Es klickte und der erste Teil der Handschellen war verschlossen. Wieder spürte er Widerstand bei ihr, aber diesmal wollte er ihn nicht mit Worten brechen. Er griff nach ihrer anderen Hand und bog auch diese auf ihren Rücken. Wieder klickte es und nun konnte sie die Hände nicht mehr frei bewegen.

Baxter trat näher an Fiona heran und rieb sich an ihren gefesselten Händen. Seine Hände wanderten derweil ihren Körper hinauf zu ihrem Hals. Er legte ihr eine Hand unter das Kinn und hob es an. Sie spürte, wie sich etwas um ihren Hals legte und ängstlich atmete sie aus.

»Es ist nichts«, beruhigte er sie, »ich will nur verhindern, dass du dich bei unserem Spiel einmischst.« Er schnürte ein Lederhalsband in ihrem Nacken fest, während ein Gewicht ihren Kopf plötzlich ruckartig in den Nacken zog und sie gleich darauf wieder ein Klicken hörte. Auf dem Lederhalsband war ein weiteres Stahlhalsband vernietet und an diesem befand sich im Nackenbereich eine schwere Metallkette, welche bis hinunter zu den mit Handschellen gefesselten Händen ging. Ein kleiner Karabiner hatte sich gerade um die Kette zwischen den Schellen gelegt und verhinderte so, dass sie ihre Schultern nach vorn fallen lassen konnte. Tat sie es, zog sich das Halsband um ihren Hals zu und sie bekam leichte Probleme tief Luft zu holen. Sie musste die Schultern zurückdrücken, damit sie überhaupt etwas Bewegungsfreiheit besaß und das hatte zur Folge, dass sich ihre Brüste in die Luft streckten und ihre harten Nippel zeigten.

Baxter lächelte, als er ihr Stöhnen hörte. Immer noch stand er hinter ihr und seine Hände wanderten hinüber zu den Brüsten, die sie ihm präsentierte. Er hob sie an und massierte sie, dann kniff er fest in die harten Nippel. Fiona bäumte sich auf, was gleich darauf mit einem leichten Röcheln von ihr quittiert wurde.

»Du weißt jetzt, wieweit du dich bewegen kannst. Halt dich daran!«, flüsterte Baxter.

Seine Hände wanderten über ihren Bauch hinunter zwischen ihre Beine. Er ließ es sich nicht nehmen, ein wenig mit ihrer

Klit zu spielen, bevor er hart mit zwei Fingern in sie fuhr und ihre Feuchte zwischen ihren Beinen verteilte.

»Spreizen!« Sein Kommando kam sanft, doch ließ es keine Widerrede zu und Fiona tat, wie ihr geheißen. Baxter ging hinter ihr in die Hocke und schloss Fesseln um ihre schlanken Fußgelenke. Es klickte noch zwei Mal, in denen er die Ketten an einem Holzhocker hinter ihr befestigte. Dann löste er sich von Fiona und nickte dem Mann, der im Hintergrund das Geschehen beobachtet und sich mit den Händen an seinem Schwanz auf seine Art beschäftigt hatte, zu. Baxter selbst ließ sich in einem Sessel nieder und öffnete seine Hose, um seinen Prügel aus dem Gefängnis zu befreien. Er zeigte dem anderen Mann, dass er nun anfangen konnte. Eine zweite Aufforderung brauchte dieser nicht.

***

Der Mann im Hintergrund war der Butler, und wie Baxter sich selbst in Gedanken bestätigte, eine äußerst treue Seele von Mensch. Sein Bediensteter trat vor Fiona und griff hart an ihre aufgerichteten Titten. Sie stöhnte auf. Das waren nicht die Hände, die sie bis jetzt berührt hatten und denen sie nach anfänglichem Widerstand vertraut hatte. Doch mittlerweile war sie so geil, dass es ihr egal war, wer sie nun vögeln würde. Hauptsache, er tat es. Aber noch war er wohl nicht darauf aus, seinen Schwanz in ihr zu versenken.

Der Butler drückte Fiona sanft auf den Holzhocker und sie quiekte leicht auf. Kaum hatte sie sich zum Setzen gehockt, spürte sie einen Dildo zwischen ihren Beinen, und ob sie nun wollte oder nicht, sie musste sich darauf setzen. Langsam nahm sie einen Teil davon in sich auf und ihr Stöhnen sagte Baxter, dass er bei ihr mit diesem Spiel auf dem richtigen Weg war. Fiona bewegte sich langsam über dem Dildo, doch irgendwann hielt sie die Anspannung in ihren Muskeln nicht mehr aus und musste sich auf den künstlichen Schwanz setzen, wobei er unter ihrem Lustschrei tief in ihr versank.

Fiona atmete schwer, als sie sich langsam darauf bewegte. Die beiden Männer spielten derweil an ihren Prügeln. Breitbeinig saß Fiona vor ihnen und die Männer konnten sehen, wie das Spielzeug in ihr verschwand. Auch beobachteten sie Fiona dabei, wie sie immer feuchter wurde und ihre Säfte aus ihr herausliefen. Der Butler ging in die Hocke und seine Lippen suchten ihre Nippel. Er fand sie und begann daran zu saugen. Immer wieder biss er hart in sie hinein, und jeden seiner Bisse belohnte Fiona mit einem lauten Schrei und heftigen Bewegungen auf ihrem Spielzeug. Plötzlich stoppte der Butler und griff sich eine ihrer Titten. Schmerzhaft quetschte er sie und hantierte mit etwas an ihrem Nippel. Etwas Metallisches schloss sich um ihre aufgerichteten Zitzen. Fiona hörte und spürte, wie sich die kühle, kleine Schraube um das Gewinde immer enger um ihren Nippel schloss. Es tat weh und ließ sie aufstöhnen. Genauso verfuhr der Butler mit der anderen Seite, nur dass er sich hier erst gar nicht die Mühe gab, vorsichtig zu sein, sondern sofort hart zugriff und die Schraube an ihrem Schmuckstück von vornherein etwas fester anzog.

Der Butler lehnte sich zurück und besah sich sein Werk. Aber er war nicht ganz zufrieden. Deshalb zog er die Schraube an ihrem linken Nippel noch fester an und grinste über ihren Schrei.

Mit einer Hand fuhr er hinunter an ihren nassen Hügel. Schweiß glänzte auf ihrer Scham. Er prüfte mit einem Finger, wie feucht sie innen war, als er sie mit dem Fingernagel kratzte und sie wieder aufschrie. Der Bedienstete ließ seine Hand dort unten und kniff ihr in den geschwollenen Kitzler. Kurz darauf spürte sie, wie sich auch dort ein kleines Schmuckstück um das bisschen Haut schloss. Das war zuviel. Tränen liefen Fiona unter der Augenbinde das Gesicht entlang. Der Butler leckte die Flüssigkeit weg. Sein heißer Atem in ihrem Gesicht ließ sie erzittern. Konnte es noch schlimmer kommen? Sie hatte Schmerzen und Angst vor ihrer eigenen Geilheit, die von diesen Schmerzen verursacht worden war. Fiona wimmerte leise.